Lin Rina

Animant Crumbs Staubchronik

Drachenmond Verlag

DRACHENMOND VERLAG

Astrid Behrendt
Rheinstraße 60
51371 Leverkusen
http: www.drachenmond.de
E-Mail: info@drachenmond.de

Lektorat: Viktoria Kravtschenko
Korrektorat: Michaela Retetzki
Satz: Marlena Anders
Layout: Astrid Behrendt
Umschlagdesign: Marie Graßhoff
Bildmaterial: Shutterstock
Titelschrift, Widmung und Initialen: Lin Rina

Druck: Booksfactory

ISBN 978-3-95991-391-1

für Dora

Weil durch deine Adern
Wörter und Träume fließen

Prolog

Ich lehnte an einer Marmorsäule und verfluchte innerlich meine Mutter, während ich nett lächelte und mir wünschte, dass auch nur ein Wort aus dem Mund meines Gegenübers sinnvoll erscheinen würde.

»Doch der Eisbär sagte: ›Ich bin der Baron von Münchhausen!‹ Und dann biss er dem Pinguin den Kopf ab«, erzählte er gerade und ich hatte leider noch nicht genügend Punsch getrunken, um auch nur vorzugeben, dass sein Witz lustig gewesen wäre.

Er hatte ein recht ansehnliches Gesicht, aber seine Aufmachung war lächerlich. Was auch immer die Mode gerade diktierte, Männer sollten keine fliederfarbenen Westen tragen. Das war einfach nur grotesk albern.

»Sie lachen gar nicht«, stellte er mit seinem messerscharfen Verstand fest und ich hätte gerne über so viel Gedankenlosigkeit geseufzt. Doch es ging nicht, dafür fehlte mir einfach die Luft.

Mein Korsett war so eng, dass ich kaum atmen konnte und ich schwören könnte, dass mir langsam die Beine einschliefen, weil nicht genug Platz für Blutzirkulation blieb.

Mary-Ann hatte mich so zusammengeschnürt, damit ich in das hellblaue Monster von einem Ausgehkleid passte, das Mutter mir extra aus London hatte kommen lassen, um die dörflichen adligen Junggesellen mit meinem Anblick zu beglücken. Mutter sagte, es sei zur Zeit Mode in London, so eng geschnürt zu sein, und alle jungen Dinger machten das heutzutage. Doch für mich war das unerträglich und ich bildete mir ein, an Sauerstoffmangel verenden zu müssen, wenn ich meinen Platz in der Nähe des geöffneten Fensters verlassen sollte.

Ich fand es völlig unsinnig, den Körper einem Kleidungsstück anzupassen, anstatt das Kleidungsstück dem Körper.

Doch was wusste ich schon? Ich war ja nur ein faules, nichtsnutziges Ding, das es nötig hatte, die jungen Männer mit hellblauen Taft zu bezaubern, damit sie über meinen missratenen Charakter hinwegsehen konnten.

Der junge Mann beäugte mich immer noch erwartungsvoll.

»Die Geschichte ist abwegig«, begann ich und wusste genau, dass ich im Begriff war, das zu tun, was meine Mutter mir immer predigte, nicht zu tun: Ich würde ihn schulmeistern. Und junge Männer schätzten es gar nicht, wenn die Frau, die sie davon überzeugen wollten, dass sie die begehrenswerteste Partie im Saal waren, es besser wusste als sie selbst.

»Mal davon abgesehen, dass Tiere nicht sprechen können, was entschuldigt ist, da es sich ja angeblich um einen Witz handelt, kann ich nicht glauben, dass ein Eisbär so etwas tun könnte«, führte ich aus und wurde prompt unterbrochen.

»Nun ja, ich glaube schon, dass ein Eisbär stark genug wäre, einem Pinguin den Kopf abzubeißen. Das ist doch schließlich ein Raubtier«, redete der junge Mann, von dem ich dachte, dass er Hilton oder Milton hieß, leicht pikiert auf mich ein und stemmte die Hände in die Seiten, um seine Unsicherheit zu überspielen.

»Ja«, antwortete ich. »Aber ich glaube nicht, dass er dazu fähig ist, von der nördlichen auf die südliche Erdhalbkugel zu spazieren, nur um sich mit einem Pinguin um ein kugelrundes Ei zu streiten.«

Milton, oder auch Hilton, sah mich recht dümmlich an und wurde dann zu unser beider Glück von einem Bekannten begrüßt. Er stellte uns flüchtig einander vor, entschuldigte sich dann förmlich und ging.

Armer Tölpel.

Ich blieb allein zurück und konnte die Stimme meiner Mutter in meinem Kopf hören, die mich anklagte, dass ich so für immer allein bleiben und vor Einsamkeit an Schwermut erkranken würde.

Dabei war ich überhaupt nicht allein. Sie ließ mich endlose, langweilige Stunden auf Gesellschaften und Bällen verbringen, auf denen ich nur stumpfsinnige Gespräche führte. Meist mit Menschen, die sich für gebildet hielten, weil sie mal ein Buch von außen angesehen hatten und sich doch nur über die Peinlichkeiten anderer amüsierten.

Und das, obwohl ich stattdessen zu Hause in meinem alten Sessel sitzen und den Gedanken brillanter Köpfe folgen könnte. Die Männer meines Lebens waren bereits bei mir und ich genoss jeden Moment mit ihnen. Ich löste an ihrer Seite Kriminalfälle mithilfe der Technik, Fingerabdrücke zu vergleichen, die bei jedem Menschen so einzigartig waren wie Schneeflocken. Ich nahm Städte ein, indem ich aus Holz ein Pferd baute und mich darin versteckte. Ich folgte literarischen Diskursen, geschichtlichen Nacherzählungen, studierte den Menschen, seinen Geist und die Seele. Ich reiste in achtzig Tagen um die Welt, lernte, wie man Flugzeuge baute, eine Melodie ersann, einen Krieg anzettelte.

Doch meine Mutter hielt es für Blödsinn. Sticken, das sei eine Tätigkeit, die für eine junge Frau meines Standes angebracht war.

Ich seufzte in mich hinein.

Wer hatte sich das bloß ausgedacht?

1

Das Erste oder das, in dem mein Onkel zu Besuch kam.

Sie hat ihn blamiert, Charles! Schamlos öffnet sie den Mund und wirft mit altklugen Sätzen um sich«, jammerte meine Mutter meinem Vater vor und ich verdrehte die Augen. Sie musste auch immer alles so sehr dramatisieren.

»Jedes Mal, wenn ein junger Mann sie anspricht, macht sie alles kaputt. Wieso kann sie nicht wie alle anderen Mädchen sein, die einfach still sind?«, polterte sie weiter und ich konnte mir genau vorstellen, wie sie im Zimmer auf und ab lief, die eine Hand auf die Brust gelegt und mit der anderen sich Luft zufächelnd. »Julia Goodman, das ist ein stilles Mädchen und sie war schon mit siebzehn verlobt. Oder die älteste von den Bordley-Schwestern. Sie hat gewusst, in welchem Momenten es gut war zu schweigen, und sie war mit achtzehn sogar schon verheiratet!« Sie holte tief Luft. Zwar hörte ich es nicht, aber ich wusste es auch so.

Mein Vater dagegen, der wohl entweder am Kaminsims lehnte oder seine Schreibtischkante unter dem Gesäß hatte, hielt dann immer die Luft an und fragte sich genau wie ich, warum sie ständig von stillen Mädchen redete, aber niemals selbst still war.

»Aber deine missratene Tochter sitzt den ganzen Tag auf dem Dachboden in einem alten Sessel und verschlingt Bücher, anstatt zu lernen, wie man sich richtig zu verhalten hat!«, keifte sie nun und ich konnte förmlich vor mir sehen, wie sich eine steile Falte zwischen den Augenbrauen meines Vaters bildete.

»Ani weiß, wie man sich richtig zu verhalten hat, Darling!«, verteidigte er mich und ich lächelte.

Mein rechtes Bein wurde langsam taub und ich versuchte mich anders hinzusetzen, ohne das Ohr vom Lüftungsgitter des Kamins zu nehmen, das von der Küche durch Vaters Arbeitszimmer bis hinauf zum Dachboden reichte.

»Und warum tut sie's dann nicht?«, rief meine Mutter aus und ich seufzte leise, weil ich genau wusste, was jetzt folgte. »Sie ist schon neunzehn, Charles! Neunzehn! Langsam habe ich den Eindruck, dass sie überhaupt kein richtiges Leben führen möchte. Immer nur Bücher, Bücher, Bücher. Und in ein paar Jahren wird sie eine alte Jungfer sein, die keiner mehr haben will, weil sie ihre blühenden Jahre auf einem alten, dreckigen Dachboden verplempert hat!« Meine Mutter begann zu schluchzen und mein Vater murmelte ein paar tröstende Worte.

Ich nahm den Kopf wieder hoch und ließ meinen Nacken knacken. Meine Mutter machte sich einfach nur unnötig Sorgen über Dinge, die mir völlig nebensächlich erschienen. Sie glaubte, dass heiraten und einen eigenen Haushalt zu führen das größte Glück einer jungen Frau sein müsste.

Doch meins war es eben nicht. Sollte ich doch ohne Mann enden, was machte das schon? Ich wurde vielleicht nicht reich, hätte keine eigene Kutsche und konnte mir nicht jedes halbe Jahr eine neue Garderobe zulegen, aber die öffentliche Bibliothek war kostenfrei und dort würde ich bestimmt glücklicher werden als mit einem stumpfsinnigen Mann in einem viel zu noblen Haus.

Ich klopfte mir den Staub vom Rock, zog meine Bluse zurecht und strich mir eine Haarsträhne aus der Stirn, die sich aus meiner Frisur gelöst hatte.

Fast sehnsüchtig sah ich zu meinem alten Sessel, dessen dunkelgrüner Samt an den Armlehnen etwas abgewetzt war und den meine Mutter schon vor Jahren aussortiert hatte, weil er ihr zu schäbig erschien.

Doch für mich war er ein Stück guter Erinnerungen und gehörte in mein Leben, genauso wie es die Bücher taten.

Am liebsten hätte ich mich wieder in seine ausgeleierten Sitzfedern gekuschelt, das Buch aufgeschlagen, das ich vorhin begonnen hatte, und einfach vergessen, dass dort draußen eine Welt mit Gesellschaften und heiratsvermittelnden Müttern existierte.

Aber Mary-Ann würde gleich zum Mittagessen klingeln und dann hatte ich unten zu sein.

Ich seufzte laut, klemmte mir einen schmalen Roman unter den Arm, raffte meine Röcke und kletterte die steilen Stufen nach unten in den ersten Stock.

Unser Haus war größer, als es sein müsste. Fand ich zumindest. Ich schätzte kleine Räume und Wände, die mir Sicherheit boten. Meine Mutter hingegen wollte alles weit haben und mochte es gar nicht, wenn irgendein Möbelstück an der falschen Stelle stand und so den Raum kleiner erscheinen ließ.

Ich schlich mich gerade lautlos am Arbeitszimmer meines Vaters vorbei, damit ich die beiden nicht störte und auch nicht von ihnen gehört wurde, als sich die Tür genau in diesem Moment öffnete.

»Ani!«, sprach Vater mich überrascht an und Mutter schob sich hastig an ihm vorbei, um sich zu mir auf den Flur zu drängen. Sie hakte sich bei mir unter, ein verschwörerisches Lächeln auf den Lippen, und ich war verwirrt über den plötzlichen Sinneswandel. Hatte sie nicht gerade noch geschluchzt und sich über mich geärgert?

»Du wirst nicht erraten, wer heute Morgen hier war, um vorzusprechen. Er gab vor, für deinen Vater etwas abgeben zu müssen, aber ich bin mir sicher, er war wegen dir hier«, säuselte meine Mutter und ich wusste ganz genau, wen sie meinte. George Michels. Mutters neuester Auserwählter, um mich erfolglos zu verkuppeln.

»Oh, wer kann das nur gewesen sein? Doch nicht etwa Mr Michels!«, rief ich übertrieben begeistert und Mutters Grinsen fiel in sich zusammen. Wenn sie in den Jahren mit mir als Tochter etwas gelernt hatte, dann war es, Ironie zu durchschauen.

»Animant! Ob du es glauben willst oder nicht, dieser Mann könnte *deiner* sein und du würdest ein gutes Leben in Wohlstand führen«, begann sie und ihre Augenbrauen zogen sich missbilligend zusammen.

Ich musste mich zusammenreißen, um nicht laut zu lachen, und biss mir auf die Unterlippe. Mr Michels war zwar ein netter Kerl, aber so geistreich wie ein Stück Brot und dabei auch noch außerordentlich tollpatschig, sodass er regelmäßig über seine eigenen Füße zu fallen pflegte.

»Er bohrt in der Nase, wenn er glaubt, dass niemand hinsieht«, sagte ich, während wir die ersten Stufen ins Erdgeschoss nach unten nahmen. Und das hatte ich nicht erfunden.

»Animant!«, empörte Mutter sich und hinter uns begann Vater zu prusten, nahm sich aber sofort zusammen, als Mutter auch ihm einen scharfen Blick zuwarf.

»Er sieht gut aus und er hat dreitausend Pfund im Jahr. Ihr solltet nicht so gehässig sein«, warf sie uns vor, entzog mir ihren Arm und ging die letzten Stufen allein, ehe sie im Salon verschwand. Die Spitze ihres Unterrocks raschelte übertrieben und unterstützte ihren wütenden Abgang, der uns zeigen sollte, wie unverständig wir in ihren Augen doch waren.

Ich zuckte nur mit den Schultern und Vater begann zu grinsen. Denn obwohl er nicht der Meinung war, dass es sich für eine junge Dame geziemte, allein zu bleiben, musste er sich hin und wieder doch über die fruchtlosen Versuche meiner Mutter amüsieren, die mit aller Macht versuchte, mich dazu zu bringen, der Männerwelt zugetan zu sein.

Er war davon überzeugt, dass es mich eines Tages genauso treffen würde wie alle anderen Mädchen in meinem Alter auch und dass mein Herz sich für einen der jungen Männer erwärmte, die meine Gesellschaft suchten.

Mir fehle bisher nur der Anreiz, hatte er einmal gegenüber meiner Mutter erwähnt und ich hatte oben am Ofenrohr nur mit dem Kopf geschüttelt. Ich konnte mir nicht vorstellen, was für ein Anreiz das sein sollte.

Geld war es nicht. Natürlich hatte ich nie erleben müssen, wie es war, wahrlich arm zu sein, aber selbst ohne Mann würde meine Erbschaft mich gut bis ins hohe Alter bringen. Vorausgesetzt, mich würde nicht schon vorher eine Lungenentzündung dahinraffen.

Sozialer Stand war es auch nicht. Ich machte mir nichts aus öffentlichen Veranstaltungen, Gesellschaften, Bällen und schon gar nicht aus dem edlen Getue des niederen Adels. Ich hatte kein Interesse an Titeln oder Ränkespielen der gehobenen Gesellschaft und fühlte mich dabei auch völlig fehl am Platz.

Das Einzige, was blieb und von dem ich sagen musste, dass es mir ein Rätsel war, war die Liebe. Ich hatte von ihr gelesen, war in Gedichten und

Erzählungen den blumigen Ausschweifungen und pochenden Herzen gefolgt und hatte sie doch nicht begriffen. Wie war es möglich, dass man einen Menschen finden konnte, der ein Seelenverwandter war? Es gab Millionen Menschen auf diesem Planeten, wie hoch konnte da die Wahrscheinlichkeit sein, der Person zu begegnen, die für einen bestimmt war?

Mutter behauptete, dass man mit jedem Mann glücklich werden konnte, wenn man das nur wirklich wollte. Doch anscheinend wollte ich nicht wirklich, denn bisher hatte ich mir bei keinem ihrer Auserwählten vorstellen können, auch nur länger als eine Stunde so zu tun, als ob sie interessant wären.

Aber lag das wirklich an mir, oder vielleicht doch an den Männern, die mir bisher begegnet waren?

Stumm setzte ich mich zu meiner Mutter in den Salon und entschied, dass diese Art von Gedankenspiel mich nicht weiterbrachte und auch völlig unsinnig war.

Ich schlug den schmalen Roman auf, den ich für nur drei Penny im Buchladen in der Gardner Street erstanden hatte. Für seinen Preis war er recht umfangreich und erzählte die Geschichte von Jackson Throug während seiner Reise nach Indien und zurück. Ich war gerade an der Stelle, an der er genug Geld für die Überfahrt zusammengekratzt hatte und ein kleines Handelsschiff bestieg, dessen Captain mir doch sehr suspekt vorkam.

»Animant«, sprach Mutter mich an und ich blinzelte mich aus der Geschichte in die Wirklichkeit zurück. »Ich kann es einfach nicht verstehen. Was willst du denn?«, wollte sie von mir wissen und ich hob skeptisch die Augenbrauen.

»Ich will in Ruhe lesen, Mutter«, antwortete ich ihr, obwohl ich wusste, dass das nicht die Antwort auf ihre Frage war. Ihre Frage hatte sich auf meine Zukunft bezogen, auf den Typ Mann, den ich bevorzugen würde, und die Tätigkeit, die ich für mich ersann. Doch ich war es leid, diese Diskussion mit ihr zu führen, und wich ihrer Fragerei meistens aus, indem ich sie absichtlich missverstand.

Sie seufzte wieder laut auf und ich sah, wie ihre Stirn sich langsam rötlich färbte, während sie ihre Wut und Verzweiflung über mich zu unterdrücken versuchte. »Aber was ist mit morgen oder übermorgen?«, versuchte sie mich aus der Reserve zu locken. »Was ist nächstes Jahr oder in zwei Jahren?« Ihre Stimme klang noch sehr gefasst, aber trotzdem etwas gepresst. Ein bisschen tat sie mir leid, weil sie sich solche Mühe gab und mich doch nie verstehen würde.

»Keine Sorge, Mutter«, begann ich lieblich und wandte meine Augen wieder dem Buch zu, dessen papierner Einband sich glatt und kühl an meinen Fingern anfühlte. »Mir werden die Bücher schon nicht ausgehen«, sagte ich beschwichtigend und wartete auf den Seufzer, der unweigerlich folgen musste.

Er war lauter als erwartet und wurde noch nicht mal von Mary-Ann übertönt, die zum Essen läutete.

Das Essen begann still. Vater sprach das Tischgebet und häufte sich dann den Teller mit Kartoffeln und Kürbisgemüse voll. Mutter schmollte, aß demonstrativ wenig, um zu betonen, wie sehr ihre Nerven unter meinem Betragen litten und ich las ein wenig über die miserablen Zustände der Kajüte, in der Jackson Throug die nächsten Wochen zu verbringen hatte.

»Musst du denn sogar beim Essen lesen?«, tadelte mich Mutter streng und ich klappte das Buch sofort zu.

»Verzeih, Mutter. Ich hab mich durch meine Neugierde auf den Verlauf der Handlung hinreißen lassen«, behauptete ich und streckte den Rücken durch. Ich hatte sie heute genug gereizt, da war ein wenig Demut vor ihren Augen sicher nicht unangebracht.

Sie grummelte nur, schob dann den Teller von sich, als wäre schon der Anblick von Essen zu viel, und ich seufzte lautlos, während ich mir ein Stück Lamm in den Mund schob.

Es war so ein Moment, in dem die Welt im Ticken einer Uhr zu versinken drohte und jeder Kopf im Zimmer sich überlegte, was er sagen konnte, um der drückenden Stille ein Ende zu setzen.

Und dann erlöste uns die Türglocke.

»Wer kann das nur sein?«, rief Mutter sofort, die Miene erhellt, und hob den Kopf, um durch die halb geschlossene Tür in den Flur zu spähen. »Erwartest du jemanden?«, wandte sie sich dann an Vater und gab es auf, sich den Hals zu verrenken, da sie von ihrem Platz aus sowieso niemals bis zur Tür hätte sehen können.

»Nicht dass ich wüsste«, gab Vater zurück, nachdem er geschluckt hatte, und wischte sich mit einer Servierte das Öl vom Schnauzbart.

Als hätte jemand eine Kerze entzündet, fingen Mutters Augen plötzlich an zu leuchten und ihr Blick wanderte zu mir. »Und du?«, erkundigte sie sich im erwartungsvollen Ton und ich rollte nur mit den Augen.

»Mutter!«, ermahnte ich sie. »Vielleicht ist es ein Brief oder Mr Smith, weil Dolly sich schon wieder die Fessel verstaucht hat«, begann ich das Licht in ihren Augen durch belanglose Vermutungen zu löschen und Mutter zog beleidigt eine Schnute.

»Das wäre aber sehr ungünstig. Ich hatte einen Ausflug an die Seen geplant und ich brauche Dolly vorne an meinem Einspanner, weil ihr Fell so schön zu meinem Nachmittagskleid passt«, fing sie sofort an, obwohl ich nur wild spekuliert hatte. Draußen im Flur wurde Mary-Anns Stimme lauter.

»Sir, der Mantel. Ich bitte Sie, die Herrschaften ...«, versuchte sie auf jemanden einzureden und hatte offenbar wenig Erfolg. Denn nur einen Moment später wurde die Tür schon schwungvoll aufgerissen und ein großer, bäriger Mann mit nassem Ulster und einem Zylinder auf dem Kopf stürmte ins Zimmer. Sein blau karierter Flanellschal flatterte im Windzug der Tür und er breitete die Arme aus.

»Überraschung!«, rief er mit seiner angenehmen Stimme und ich sprang so hastig auf, dass hinter mir beinahe der Stuhl umfiel.

»Onkel Alfred!«, quiekte ich recht undamenhaft und war drauf und dran, mich wie ein kleines Kind in seine Arme zu werfen. Da drängte sich Mary-Ann hinter ihm durch die Tür und stellte sich mir so ungeschickt in den Weg, dass der Moment der spontanen Reaktion verstrich und ich mir bewusst wurde, dass ich kein Kind mehr war und dass Mutter mich umbringen würde, wenn Regenflecken auf die Seide meiner Bluse kamen.

»Alfred!«, rief auch Vater. »Welch angenehme Überraschung. Was führt dich hier raus zu uns?«

Onkel Alfred zog sich den Schal vom Hals und reichte ihn der wartenden Mary-Ann. »Ach, nur ein paar Besorgungen. Nichts wirklich Wichtiges«, erklärte er und knöpfte den schweren Mantel auf, der mir zeigte, dass es in London kälter war als hier bei uns auf dem Land.

Wir wohnten natürlich nicht wirklich auf dem Land. Doch wenn man unsere kleine Stadt mit einer wie London verglich, dann konnte man es schon als recht ländliche Gegend bezeichnen.

Onkel Alfred reichte den Mantel der armen Mary-Ann, die unter der schieren Masse an Stoff beinahe unterging und sich vorsichtig rückwärts aus dem Zimmer schob.

»Setz dich. Iss was. Mary-Ann wird dir ein Gedeck bringen«, bot Mutter ihm an und lächelte, obwohl wir alle sehen konnten, dass sie verstimmt war. Was nicht an Onkel Alfred lag, sondern nur an ihren zu hohen Erwartungen an einen Besuch, der am besten nicht zur Familie gehörte und im heiratsfähigen Alter war.

Doch Onkel Alfred war viel zu gut gelaunt, um die verkniffenen Falten in ihren Mundwinkeln zu sehen, und zog sich den Stuhl neben meinem Vater raus. Als er sein massiges Gewicht auf das filigrane Mahagonimöbelstück fallen ließ, knarrte es gefährlich und Mutter krallte ihre Finger unauffällig in ihrem Schoß zusammen. Still schien sie zu beten, dass das Gewicht meines Onkels ihren geliebten Stühlen nichts anhaben würde.

Man konnte nicht behaupten, dass Onkel Alfred wirklich dick war. Doch er war groß, genau wie Vater auch, und hatte von Natur aus das breite Kreuz eines Hafenarbeiters. Dann kamen da noch ein paar Wohlstandspfunde dazu und schon hatte man einen Mann von gewaltiger Statur. Vater wirkte dagegen eher schmal. Ihm war es beschert, nach seiner Mutter zu kommen, während sein Bruder die Eigenschaften ihres Vaters geerbt hatte.

Und ich liebte Onkel Alfred. Er war witzig und geistreich, weltgewandt und würde sich fantastisch in einem Roman machen. Als Kind hatte ich mit großen Augen an seinen Lippen gehangen und jedes Wort, jede Geschichte in mich aufgesaugt. Er hatte von fremden Ländern geredet, von Städten und Bauten, von Menschen und Kulturen. All das, von dem ich nur träumen und lesen konnte.

Mittlerweile war zwar auch er sesshaft geworden, hatte sich eine Frau gesucht und bestritt einen hohen Posten im Personalwesen der Royal University of London, doch an Scharfsinn und Witz hatte er nicht eingebüßt.

»Animant«, sprach er mich an, nachdem er mit meiner Mutter die üblichen Nichtigkeiten über das Befinden und die Familie ausgetauscht und Mary-Ann ihm ein Gedeck gebracht hatte. »Und, Mädchen, was liest du zurzeit?«, wollte er wissen und bediente sich aus den Schüsseln mit Gemüse, Fleisch und Kartoffeln.

Ich ließ ein schüchternes Lächeln sehen. Alle Welt wusste, dass ich gerne las, dass ich eigentlich nichts anderes tat, doch die wenigsten fragten mich nach meiner aktuellen Lektüre. Selbst mein Vater hatte irgendwann aufgegeben, mich nach den Titeln zu fragen, die so schnell wechselten wie die Tageszeiten.

»Einen Diskurs über moderne Mathematik und ihren Einfluss auf unsere Sicht der physikalischen Gesetze, einen Bericht über die Gründung der Börse in Amerika 1792 und einen Roman über Jackson Throug's Reise nach Indien«, zählte ich die Titel auf und Onkel Alfred brach in schallendes Gelächter aus.

Vater lachte mit, einfach weil es ihm guttat, die ausgelassene Stimmung seines Bruders zu teilen, und Mutter sah mich an, als ob ich gerade behauptet hätte, die Cholera heilen zu können. Ich lächelte nur eisern weiter, wusste nicht, was es zu bedeuten hatte; fühlte mich fremd bei dem Gedanken, nicht diejenige zu sein, die den Weitblick über die Situation hatte, und zog unauffällig das Buch neben meinem Teller vom Tischrand und auf meinen Schoß, damit meine Finger sich daran klammern konnten.

»Du bist wirklich unglaublich, Ani«, prustete mein Onkel und ich nahm an, dass es sich dabei um ein Kompliment handelte. »Ich kenne nur wenige Leute, die so viel lesen wie du«, fügte er hinzu und diesmal konnte ich den anerkennenden Ton deutlich heraushören. Verlegen zuckte ich mit den Schultern, weil ich mit der unerwarteten Ehre nicht umgehen konnte, und war bemüht, mich zusammenzunehmen, damit mir die Röte nicht ins Gesicht stieg.

»Mich wundert, dass du überhaupt Menschen kennst, die so viel lesen«, warf meine Mutter ruppig ein, der nicht mal im Traum einfallen würde, mich dafür auch noch zu loben. Hätte sie es mal gemacht, vielleicht hätte ich mich dann dazu erbarmt, netter zu ihren auserwählten Schwiegersöhnen zu sein.

»Oh, da gab es einen Mann in Neuseeland, der hat einfach alles gelesen, was er zwischen die Finger bekommen hat, und als es nicht genug war, hat er selbst angefangen zu schreiben«, begann Onkel Alfred ausschweifend zu erzählen und schob sich eine Gabel voll Essen in den Mund. »Und dann gibt es in London diesen Bibliothekar, der ...«, nuschelte er zwischen Fleisch und Kartoffeln und seine Augen, die erst so glänzend und in Erzähllaune geleuchtet hatten, verdunkelten sich schlagartig und wurden durch seine buschigen Brauen überschattet. »Oh, dieser Kerl!«, knurrte er verbissen und seine Zähne zermahlten das Fleisch mit einem Knirschen. Doch er atmete tief durch, schüttelte seine plötzliche Wut wieder ab und versuchte sich an einem neutralen Gesichtsausdruck.

»Ist alles in Ordnung?«, erkundigte Vater sich, während er sein drittes Stück Fleisch zerteilte und Onkel Alfred verkniffen nickte.

»Ach«, wehrte er ab und drei Augenpaare sahen ihn erwartungsvoll an. Er hatte unsere Neugierde geweckt. Er sah von Vater zu Mutter und zu mir und dann wieder zurück. »Es sind nur ein paar Personalprobleme«, erklärte er trocken und seine großen Hände schlossen sich fester um das Besteck. »Die mich allerdings in den Wahnsinn treiben!«, fügte er recht energisch hinzu und ich machte mir ein wenig Sorgen. Mein Onkel war für gewöhnlich ein heiterer Geselle, Sorgen standen ihm nicht.

»Iss, Animant«, ermahnte Mutter mich flüsternd und ich ließ die Finger vom Buch auf meinem Schoß und nahm das Besteck zur Hand, ohne den Blick von meinem Onkel abzuwenden.

»Macht er dir Ärger?«, wollte Vater gerade wissen und Onkel Alfred schnaubte, begann allerdings wieder zu essen, was schon mal ein gutes Zeichen war.

»Ärger ist das falsche Wort, Charles«, erwiderte er zwischen zwei Bissen und wedelte mit der Gabel in der Luft herum. »Ein kleinkarierter Bürokratenarsch ist er, dieser Bibliothekar!«, schimpfte er los und meine Mutter zuckte bei der derben Wortwahl zusammen, was mich zum Grinsen brachte und auch Onkel Alfreds Gesicht hellte sich immer weiter auf. »Ihr müsstet ihn sehen«, meinte er und das Lachen kehrte in seine Stimme zurück. »Mit seiner albernen Lesebrille, den gebügelten Hemden und dem Stock im Hintern. Er ist der Bibliothekar der Royal University Library und er hat so viel zu tun, dass er einen Assistenten benötigt. Doch alle Literatur-Absolventen, die sich zu diesem Job bereit erklären, kündigen manchmal schon nach wenigen Tagen oder werden von ihm zum Teufel gejagt. Niemand wird seinen Ansprüchen gerecht, keiner kann seinen Anforderungen genügen und ich bin bald so weit, irgendwen doppelt zu bezahlen, nur damit er den Job behält.«

»Ist er denn sehr herrisch?«, erkundigte sich Mutter vorsichtig und mein Onkel lachte auf.

»Nein, nur verschroben und zu allem bereit. Wenn ich nicht wüsste, dass die Haushälterin im Personaltrakt ständig über seine Unordnung fluchen würde, hätte ich behauptet, er schläft sogar zwischen seinen Büchern.« Onkel Alfred wischte mit einer Kartoffel das Öl aus dem Kürbisgemüse auf und schob sie sich dann in den Mund. Öl tropfte in seinen Bart und er sah aus wie ein wilder Straßenarbeiter.

Ich versuchte nicht daran zu denken, wie es in meinem Zimmer aussah, und nahm ein wenig Kürbis auf die Gabel. All die Bücher, die schon aus meinen Regalen quollen und sich unter meinem Bett stapelten. Wenn man es genau nahm, schlief ich schon seit Langem zwischen meinen Büchern.

Doch es ging hier ja nicht um mich. Schließlich war ich eine junge Frau mit Wissensdurst und kein kauziger, verstaubter, alter Bibliothekar.

»Wenn mir nicht die Universitätsleitung im Nacken sitzen würde, wäre das auch alles nicht der Rede wert. Wir würden uns in Ruhe zusammensetzen und ich würde dem Jungspund die Leviten lesen«, sagte mein Onkel belustigt und ich stolperte über das Wort *Jungspund*, weil es sich nicht mit dem Bild in meinem Kopf vereinen ließ, das ich mir von dem Bibliothekar gemacht hatte. In meiner Vorstellung waren Bibliothekare alt und nicht jung.

»Wie kann ich dir helfen?«, bot Vater an, so wie er nun mal war, denn seine Hilfsbereitschaft zählte zu seinen größten Stärken. Wenn es allerdings nach meiner Mutter ging, würde man es als Schwäche betrachten, denn seine Hilfsdienste ließen ihn oft lange ausgehen und meine Mutter langweilte sich dann zu Tode oder begann, ihre Träume über meine baldige Hochzeit bis ins kleinste Detail weiter auszuspinnen, um sich den Tag zu versüßen.

»Macht euch in dieser Sache bloß keine Gedanken«, erwiderte Onkel Alfred. »Ich werde schon jemanden finden, der genauso in Bücher verliebt ist wie dieser verrückte Bibliothekar«, rief er lachend und wischte sich mit einer Serviette den Bart sauber.

»Animant zum Beispiel«, zischte Mutter mir zu und ich tat, als ob ich es nicht gehört hätte, weil sie mir damit nur einen Seitenhieb verpassen wollte.

Doch Vater hatte es ganz genau gehört. Er holte tief Luft, seine Augen weiteten sich, als ihm eine Idee kam, und dann wandte er sich an seinen Bruder. »Wieso eigentlich nicht?«, fragte er und Onkel Alfred sah ihn zweifelnd an, in der Erwartung, dass Vater einen Scherz mit ihm machte.

Aber es war kein Scherz. Nichts in seinem Gesicht wies darauf hin, dass Vater es nicht völlig ernst meinte und die Idee zweifelsohne auch noch gut fand. Mir blieb für einen Moment das Herz stehen, weil ich so erschrocken darüber war, und ich biss aus Versehen auf ein Pfefferkorn, das sich im Gemüse versteckt hatte. Alles in meinem Mund zog sich zusammen und ich war bemüht, äußerlich die Fassung zu bewahren.

»Sie hat zwar nicht studiert, aber mit Büchern kennt sie sich allemal aus«, begann Vater seine Idee zu formulieren und Mutter schnitt ihm sofort das Wort ab.

»Bist du verrückt geworden? Sie ist eine junge Dame höherer Gesellschaft und du schlägst vor, dass sie arbeiten geht?«, keifte sie los und die Empörung trieb ihr die Röte auf die Stirn. »Das wäre ein Skandal!«

»Wäre es nicht, Darling«, versuchte Vater sie zu beschwichtigen. »Sie würde mal rauskommen und wäre gezwungen, ihren schlauen Kopf auch zu benutzen.«

»Aber sie müsste allein nach London«, redete Mutter bereits weiter und nun war es Onkel Alfred, der sie unterbrach.

»Sie wäre doch nicht allein, Charlotte«, widersprach er ihr und zog ein skeptisches Gesicht. »Sie würde bei Lillian und mir wohnen.«

Vater wandte seinem Bruder erstaunt den Blick zu. »Du unterstützt meine Idee?«, fragte er überrascht und mir schwirrte langsam der Kopf.

War gerade ernsthaft im Gespräch, mich nach London zu schicken, damit ich dort in einer Bibliothek arbeitete? Und war mir das überhaupt recht?

Der Gedanke, den Tag mit stupiden Arbeiten zu verbringen, anstatt einfach bequem in meinem Sessel zu sitzen und zu lesen, war mir nicht unbedingt willkommen. Aber wenn es bedeuten würde, nach London zu gehen, Neues zu lernen und wenigstens für eine gewisse Zeit der

Hochzeitsplanung meiner Mutter zu entkommen, klang der Vorschlag tatsächlich verlockend.

»Deine Tochter ist schlau und sie lässt sich nicht so schnell unterkriegen. Sie wäre die perfekte Alternative zu meiner bisherigen Strategie. Und wenn es doch nichts werden sollte, dann hab ich diesen Besserwisser von einem Bibliothekar wenigstens ein bisschen geärgert«, senkte Onkel Alfred verschwörerisch die Stimme und Vater lachte.

»Niemand wird hier geärgert! Schon gar nicht *ich!*«, ging Mutter sofort wieder dazwischen. »Sie wird hierbleiben! Bei ihren gesellschaftlichen Verpflichtungen. Sie ist doch kein Versuchsobjekt, das ihr nach London zerren und zum Arbeiten zwingen könnt, nur um zu sehen, was daraus werden könnte!« Ihre Hände waren zu Fäusten geballt und ich wartete nur darauf, dass sie damit auf den Tisch schlug wie ein Auktionator mit seinem Hämmerchen.

Zum Ersten, zum Zweiten, zum Dritten. Verkauft. Animant Crumb, für dreitausend Pfund im Jahr an den jungen Herrn mit dem blonden Schnauzer und der hässlichen fliederfarbenen Weste.

Ich blinzelte meine unsinnigen Gedanken weg, die mir eine unangenehme Gänsehaut bescherten, und ließ das Besteck wieder auf meinen Teller sinken.

Ganz sicher würde ich nicht hier herumsitzen und darauf warten, dass Mutter mich so weit zermürbte, dass ich irgendwann ihrem Drängen nachgab und einen Mann heiratete, den ich nicht wollte, nur damit sie Ruhe gab. Diese Vorstellung behagte mir gar nicht, und ich wäre sogar bereit, ein wenig zu arbeiten, nur um ihr für eine Weile zu entkommen.

»Es muss ja nicht für lange sein«, behauptete Onkel Alfred und verzog grimmig den Mund über die Starrköpfigkeit seiner Schwägerin. »Ein Monat wäre schon ziemlich lang bei diesem Mann.«

»Nein!«, rief Mutter und stand demonstrativ von ihrem Stuhl auf, der quietschend über die Bodenvertäfelung kratzte. »Sie wird nicht nach London fahren! Und das ist mein letztes Wort!«

2

Das Zweite oder das, in dem mein Lesesessel nach London zog.

Ich saß in der Kutsche nach London und klammerte mich an meine Handschuhe, die ich zwischen den Fingern hielt und immer wieder über das glatte Leder strich, um mich selbst zu beruhigen. Draußen zog die Landschaft vorbei, gelbe Stoppelfelder, bunte Bäume, die bereits begannen, ihre Blätter zu verlieren. Draußen bot sich mir eine traumhafte Spätherbstlandschaft, die ich leider in diesem Moment nicht so richtig schätzen konnte.

Ich war auf dem Weg nach London. Kaum zu fassen. Mutter war dagegen gewesen, hatte gezetert und geschimpft, bis Vater sie beiseitenahm und anschließend mit ihr und Onkel Alfred im Salon verschwunden war.

Nur einen winzigen Moment hatte ich es dann noch auf meinem Stuhl im Esszimmer ausgehalten, bis ich aufgesprungen und ihnen hinterhergeeilt war, um an der geschlossenen Tür zu lauschen.

»Stell dir vor, welche Möglichkeiten sich dort auftun könnten. Wie viele Menschen ihr dort begegnen werden«, sagte Vater und Mutter fiel ihm ins Wort.

»Aber Charles«, begann sie weinerlich und ich wusste, welchen Blick sie jetzt aufgesetzt hatte. Diesen flehenden, von schräg unten, mit dem sie Vater immer weichkochte.

Doch diesmal schien er sich davon nicht einwickeln zu lassen. »Charlotte, Gesellschaften mit den Großen Londons, vielleicht sogar

Bälle am Königshof. Junge Männer mit Rang und Namen, Grips und Witz. Einen Monat, Darling, und ihr wird der Kopf schwirren von all den nennenswerten Verehrern, zwischen denen sie sich entscheiden muss!«

Ich schnappte erschrocken nach Luft. War dieser Vorschlag wirklich von meinem Vater gekommen? Wann hatte er sich in dieser Angelegenheit denn so sehr auf die Seite meiner Mutter geschlagen? Ich wusste nicht, ob ich empört oder geschockt sein sollte.

Auch Mutter schien es die Sprache verschlagen zu haben, denn es kam kein Ton von ihr.

»Ihr müsst es ja auch niemandem sagen. Wir behaupten einfach, ich nehme sie als Gesellschaft für Lillian mit. Damit sie nicht den ganzen Tag allein ist, wenn ich die nächsten Wochen so viel zu tun habe. Wer würde es schon hinterfragen, wenn Animant ihren Onkel in London besuchen käme«, gab Onkel Alfred zu bedenken. »Und dann gibt es ja auch immer noch Henry. Er wird sich freuen, seine Schwester zu sehen.«

Ich hörte Mutter seufzen. Es war ein ergebenes Seufzen, eines, das mir sagte, dass Vater und Onkel Alfred gewonnen hatten und sie mir erlauben würde, nach London zu fahren. »Einen Monat!«, erwiderte sie streng. »Und das auch nur, wenn sie es einen Monat aushält. Was ich schwer bezweifle.«

Ich nahm das Ohr von der Tür, trat einige Schritte zurück und setzte mich vorsichtig auf die unteren Stufen der Treppe.

Denn jetzt war es an der Zeit, mir zu überlegen, was ich eigentlich wollte. Wollte ich nach London und die Assistentin eines verschrobenen Bibliothekars werden? War die Aussicht auf ein wenig Freiheit genug, um mich aus meiner täglichen Routine zu reißen und in eine andere Stadt zu fahren?

Die Gesellschaften würden mich ganz sicher nicht reizen und auch die Erwähnung der vielen Gesprächspartner, die ich abzuwimmeln hätte, stimmte mich nicht gerade euphorisch.

Doch andersherum gab mir der Gedanke, abzulehnen und hierzubleiben, einen Stich, der direkt auf meinen Stolz abzielte. Mutter hatte behauptet, ich würde es keinen Monat dort aushalten. Sie hielt mich für naiv und unerfahren, weil ich mich bisher nie beweisen musste und weil alle in mir noch das arme, weiche Kind sahen. Wenn ich ablehnte, würde ich ihnen recht geben und das könnte mein Stolz nicht ertragen.

Also hatte ich zusagen müssen und den verkniffenen Gesichtsausdruck meiner Mutter genossen, die insgeheim gehofft hatte, dass ich mich gegen London und für ihre Gesellschaft entscheiden würde. Doch darauf konnte sie lange hoffen.

Es dauerte zwei Tage, bis ich alles gepackt hatte und Mutter mit meiner Kleiderauswahl ebenfalls zufrieden war. Onkel Alfred blieb und bewohnte unser Gästezimmer, war tagsüber aber die ganze Zeit mit Vater unterwegs, sodass sich keine Gelegenheit bot, ihn über London und die Bibliothek auszufragen.

Über uns rumpelte es und Onkel Alfred schreckte aus seinem Halbschlaf auf. »Was war das?«, wollte er schlaftrunken wissen und ich kniff die Lippen nervös zu einem schmalen Strich zusammen.

»Sicher nur mein Sessel«, gab ich zurück und Onkel Alfred schüttelte den Kopf, während er sich an seinem Bart kratzte.

»Wieso musstest du das alte Ding auch mitschleppen?«, meinte er, doch ein Lächeln umspielte seine Mundwinkel.

»Er gehört nun mal zu mir. Und ich wäre doch auch sicher eine Schande für all meine Vorfahren, wenn ich nicht auch ein bisschen exzentrisch wäre«, warf ich selbstsicher ein und Onkel Alfred lachte laut.

»Da hast du recht, Ani! Wie so oft«, grölte er und ich lächelte.

Die Familie Crumb hatte schon eine Menge Exzentriker hervorgebracht und wenn ich mir die Stammbäume anderer Familien besah, waren es auffällig viele. Meine Großtante Rose hatte eine Vorliebe für übergroße Hüte, mein Cousin dritten Grades war ein Mann mit dem Talent, Geschichten zu erzählen, ohne jemals das Ende zu verraten, und mein Großvater hatte immer behauptet, seine eigene Mutter wäre Admiral bei der Marine gewesen.

Im Gegensatz dazu war es ja fast schon harmlos, dass ich mit einem Sessel verreiste.

Wir machten zwei Pausen auf unserer Reise. Einmal, um in einem wunderschönen kleinen Gasthaus zu Mittag zu essen und einmal für den Fünfuhrtee.

Onkel Alfred erzählte viel über seine letzte Reise nach Europa, über Lillians Begeisterung für deutsches Brot und dass es eine ganz tolle Zeit in London werden würde.

Doch egal, wie geschickt ich es anstellte, das Thema auf die Bibliothek, meinen neuen Job oder diesen ominösen Bibliothekar zu lenken, Onkel Alfred schaffte es immer irgendwie, sich wieder herauszuwinden, und nach dem achten Versuch gab ich schließlich auf.

Er wollte mir offensichtlich nichts darüber erzählen und das machte mich nervös und neugierig zugleich. Doch er versprach, sich gleich morgen früh darum zu kümmern, dass alles offiziell in die Wege geleitet wurde. Und damit würde ich mich wohl zufriedengeben müssen. Vorerst.

Wir erreichten London kurz nach Sonnenuntergang und ich konnte nur wenig erkennen auf den dunklen Straßen, die nur selten von einer Laterne beleuchtet wurden, da die Laternenanzünder ihre Runden wohl noch nicht beendet hatten. Erst als wir ins Zentrum fuhren und dem Gelände der Universität näher kamen, wurden die Straßen breiter und heller und ich konnte die düsteren hohen Häuser bewundern, die sich so eng aneinanderschmiegten, als ob sich so die Kälte besser aushalten ließ.

Natürlich war ich nicht das erste Mal in London, aber das erste Mal ohne meine Eltern, und obwohl die Luft nicht so frisch war wie bei uns auf dem Land, roch sie für mich nach Freiheit und unendlich vielen neuen Möglichkeiten.

Tante Lillian empfing uns an der Tür, als wir mit steifen Gelenken aus der Kutsche kletterten, und lachte überrascht, als sie mich erblickte.

»Animant!«, rief sie freudig und schloss mich in ihre Arme, als ich die drei Stufen zur Haustür hinaufgestiegen war und zu ihr in den warmen Flur trat.

In London war es wirklich bitterkalt, sodass man den Eindruck hatte, der Winter wäre hier schon sehr viel näher als bei uns.

»Wie kommen wir zu der Ehre?«, wollte sie wissen und ihre schmalen Augen wurden von Lachfältchen umzogen. Sie hielt mich eine Armlänge von sich und musterte mich eingehend.

»Onkel Alfred möchte mich als Bibliothekarsassistentin auf Probe einstellen«, antwortete ich frei heraus und ihre Augen wurden erst groß, dann zornig.

»Du willst sie diesem Scheusal zum Fraß vorwerfen?«, rief sie empört, als ihr Mann durch die Tür kam, und stemmte ihre dünnen Ärmchen in die schmale Taille.

»Mach dir mal keine Sorgen, Liebling. Die kleine Ani wird ihn in der Luft zerfetzen«, behauptete er gelassen, knöpfte den Mantel auf und schälte sich aus dem dicken Kleidungsstück.

»Duuu …«, begann Tante Lillian schimpfend und mit gerecktem Finger, schüttelte aber dann den Kopf und seufzte nur leise. »Ach, komm her, mein Abenteurer!« Ihre Stimme wurde milde und sie ging zu ihm, um sich von seinen bärigen Armen umschließen zu lassen.

Die beiden waren ein sehr ungleiches Paar und doch wie füreinander geschaffen. Er war groß und stämmig, sie klein und zierlich. Seine Haare waren dunkel, seine Haut gebräunt, während sie leuchtete wie ein Engel mit hellblondem Haar und einer Haut so weiß wie Marmor.

Nur ihr Humor war der gleiche und das war wohl auch der Grund, warum sie sich so gut verstanden.

Ich knöpfte meinen Mantel auf und reichte ihn an einen stillen älteren Herrn, der mir den Arm hinhielt, damit ich das Kleidungsstück ablegen konnte. Ich nickte ihm höflich zu, er nickte zurück und dann richtete ich meine Aufmerksamkeit wieder auf meine Tante.

»Das Essen wartet, Alfred«, sagte sie gerade und hob dann vielsagend die Augenbrauen. »Und ein Gast, der darauf besteht, noch heute eine Unterredung mit dir zu führen«, fügte sie hinzu und hatte dabei ein Lächeln im Mundwinkel.

»Ein Gast, oho«, machte Onkel Alfred und Tante Lillian knuffte ihn verspielt in die Seite.

»Habt ihr beiden denn Hunger?«, wandte sich meine Tante jetzt auch an mich.

Jetzt, wo wir endlich da waren, spürte ich die Müdigkeit in meinem Körper und das Loch in meinem Magen. Außerdem würde ich zu einem guten Essen nie *Nein* sagen.

Das Esszimmer war kleiner als unseres. Eigentlich waren hier alle Räume kleiner als bei uns, was nicht am fehlenden Reichtum meines Onkels, sondern an dem mangelnden Platz in den Londoner Straßen lag.

Meine Tante ging voraus, ich folgte und mein Onkel wechselte noch ein paar Worte mit seinem Butler, der sich um unser Gepäck kümmern sollte.

Ich war so hungrig, dass ich nicht mal den Drang verspürte, mich vor dem Essen umzuziehen und auch meine Tante schien darin kein Problem zu sehen. Bei ihr und meinem Onkel ging es so viel ungezwungener zu als bei meinen Eltern zu Hause. Mutter hätte mich sofort die Treppen hochgejagt und mich in einen netten Fummel gesteckt, wenn auch nur die geringste Hoffnung bestand, dass der besagte Besuch männlich, jung und ledig sein könnte.

Und das war er tatsächlich. Unerwartet stand ich einem Paar hellbrauner Honigaugen gegenüber und musste sogleich aufpassen, dass mich das ausladende Kleid meiner Tante nicht in die Arme des dazugehörigen Mannes schubste. Ich kam allerdings trotzdem ins Straucheln und hielt mich an einem Tischchen fest, um mein Gleichgewicht wiederzuerlangen.

»Verzeihen Sie«, stammelte ich, ohne die Hand des Mannes in Anspruch zu nehmen, die er mir bereitwillig entgegenstreckte, um mich wenn nötig aufzufangen.

»Schon gut«, antwortete er mir mit leiser, aber fester Stimme und ich starrte ihn an wie ein verschrecktes Kaninchen.

Der Mann vor mir war jung, vielleicht Mitte zwanzig, sein Haar dunkelblond und etwa mittellang, sodass es ihm ein verwegenes Aussehen verlieh. Seine Gesichtszüge waren ebenmäßig, der Kiefer kantig, die Lippen auffällig, ohne dass ich wirklich sagen konnte weshalb.

Die schweren Schritte meines Onkels auf dem Parkett rissen mich aus der Betrachtung des Fremden und holten mich in die Wirklichkeit zurück. Ich schaffte es, in meinem Kopf ein für mich überraschendes abschließendes Urteil über das Aussehen meines Gegenübers zu fällen: Er sah viel zu gut aus, um mich nicht wenigstens ein bisschen zu beeindrucken.

»Winston!«, rief mein Onkel, als er den jungen Mann erblickte, und grinste breit. »Mein Freund, ich dachte, du wärst schon auf halbem Weg nach Glasgow.«

Auch der Angesprochene lächelte und trat vor, um meinem Onkel die Hand zu schütteln. »Erst morgen in der Früh, Alfred. Deshalb nehme ich auch die Unhöflichkeit in Kauf, dich um diese Stunde noch zu stören.«

»Ach wo«, wehrte Onkel Alfred ab, und dann schien ihm plötzlich wieder einzufallen, dass ich nach wie vor neben den beiden Männern an der Wand eingezwängt stand.

»Oh, natürlich«, begann mein Onkel und trat ein Stück zur Seite, damit ich mit meinem Rock mehr Platz zum Stehen hatte. »Ani, darf ich bekannt machen? Dieser junge Mann ist Winston Boyle, der neue Rechtsbeistand meiner Abteilung«, stellte er mir Mr Boyle vor, der höflich den Kopf neigte, ein verschmitztes Lächeln im Mundwinkel. »Winston, das ist meine Nichte Animant Crumb. Ich habe sie nach London mitgebracht, damit sie sich als Bibliothekarsassistentin versuchen kann.«

Mr Boyle fiel bei diesen Worten das Lächeln aus dem Gesicht und er zog überrascht die Augenbrauen hoch. »Wie? In dieser Bibliothek? Bei Mr Reed?«, wollte er entgeistert wissen und so langsam war ich bereit, mir doch ein wenig Sorgen zu machen.

»Wie fürchterlich muss dieser Mann denn sein, dass alle so entsetzt reagieren, wenn das Thema auf ihn kommt?«, fragte ich in einem leichten Ton und lächelte sanft, um meine Gefühle nicht zu offenbaren. Wenn ich die ganze Sache nicht mit Humor nahm, würde ich am Ende vielleicht wirklich Angst bekommen und ich war fest entschlossen, mich nicht so leicht einschüchtern zu lassen. Mutter würde es nur zu gern sehen, wie ich alles hinschmiss und nach Hause zurückgekrochen kam. Aber diesen Gefallen würde ich ihr garantiert nicht tun.

»Er ist nicht fürchterlich«, beeilte Mr Boyle mich zu beruhigen und als er mein Lächeln sah, kehrte auch sein eigenes zurück. »Nur … kompliziert.«

Ich hob eine Augenbraue, legte den Kopf leicht schräg und beschloss, die Gelegenheit zu nutzen, den gut aussehenden Mr Boyle auszuquetschen. Wenn schon niemand anderes bereit war, meine Fragen zu beantworten, dann musste eben er herhalten.

»Setzt euch doch erst mal und esst«, unterbrach Tante Lillian meine Gedanken mit weicher Stimme und streckte die Hand nach mir aus, damit ich mich auf ihre Seite des Tisches setzte. »Dabei könnt ihr immer noch reden.«

Ich lächelte ihr zu, obwohl ich innerlich seufzte, raffte meine Röcke und manövrierte mich zwischen Onkel Alfred und Mr Boyle hindurch, die mir bereitwillig den Weg frei machten.

Meine Mutter hätte mich wohl niemals unterbrochen, wenn ich gerade mit einem netten jungen Mann geplaudert hätte. Aber so war das Leben nun mal, man konnte an jeder Situation etwas beanstanden.

Wir setzten uns, Onkel Alfred sprach das Tischgebet und eine beleibte Frau mit Spitzenhäubchen trug eine Terrine mit dickem Eintopf herein, aus der sie uns einem nach dem anderen ausschöpfte.

Ich hatte gerade den Löffel aufgenommen, da richtete ich das Wort auch schon wieder an Mr Boyle. »Mr Boyle«, sagte ich mit leiser Stimme, hoch erhobenem Kopf, das Kinn hielt ich jedoch ein wenig gesenkt, genau so, wie meine Mutter mir immer einredete, wie man mit jungen Männern zu reden hätte. »Geh ich recht in der Annahme, dass Sie diesen Mr Reed persönlich kennen?«, fragte ich sehr direkt und Mr Boyle nickte, während er kaute.

»Das tun Sie, Miss Crumb«, erwiderte er charmant und seine ungewöhnlichen Lippen verzogen sich zu einem leichten Schmunzeln. »Wenn man so viel Zeit wie ich in dieser Bibliothek zugebracht hat, kann man gar nicht anders, als diesem Herrn persönlich zu begegnen.«

Ich rutschte mit dem Po ein Stück weiter auf die Stuhlkante, um aufmerksamer zuzuhören und mein Interesse an diesem Thema zu unterstreichen. »Mein Onkel hat mich dazu überredet, mein Glück in der arbeitenden Schicht zu versuchen, bisher allerdings alles verschwiegen, was mir in diesem Bezug wichtig erscheint. Sie werden mir wohl verzeihen müssen, dass ich meine Neugierde so offen zur Schau trage«, erzählte ich und Mr Boyle lachte, ein Lachen, das mich anstecke.

Er stützte die Unterarme auf der Tischkante ab und beugte sich mir ebenfalls entgegen. »Ich werde Ihnen mit Freuden alle Fragen beantworten, die ich imstande bin aufzuklären«, versicherte er mir verschwörerisch und hob dann den Blick zu Onkel Alfred, als wäre ihm eingefallen, dass es sich nicht gehörte, Versprechungen in Aussicht zu stellen, die man vielleicht nicht einhalten konnte. »Wenn es Ihrem Onkel denn genehm ist«, fügte er schnell hinzu und seine Stimme bekam einen nüchternen Ton.

Onkel Alfred seufzte laut und schob sich noch einen Löffel voll Eintopf in den Mund, was seine Antwort verzögerte und mich noch mehr auf die Folter spannte. »Redet nur«, sagte er schließlich schroff. »Soll mir recht sein. Dann muss ich schon nicht über diesen Mann sprechen. Das ist nicht gut für mein Herz, wisst ihr«, behauptete er und ich konnte ihm nicht so recht glauben, weil Tante Lillian in diesem Moment ebenfalls zu grinsen anfing und sich nur mühsam das Lachen verkneifen konnte.

Doch es konnte mir ja auch egal sein, welche Gründe Onkel Alfred wirklich hatte, solange er mir erlaubte, meine Neugierde anderweitig zu stillen.

Mr Boyles Honigaugen wandten sich erwartungsvoll an mich und mir fiel es schwer, auf die Schnelle bei all den vielen Fragen zu entscheiden, welche ich als Erstes stellen wollte.

»Mein Onkel deutete an, dass sich kein Assistent für diesen Mr Reed finden lasse. Woran kann das Ihrer Meinung nach liegen?«, begann ich klein, erinnerte mich selbst daran, dass ich ja mal hungrig gewesen war, und tauchte meinen Löffel in den heißen Eintopf, der nach Kartoffeln, Hühnchen und diversen Gewürzen duftete.

»Puh, das ist wohl auch schon der Kern der Sache«, meinte Mr Boyle und ließ seinen Löffel auf halbem Weg in der Luft verweilen, während er die Stirn krauszog, um seine Gedanken anzustrengen. »Ich würde behaupten, es liegt an den Erwartungen, die er an die Leute stellt und die niemand erfüllen kann.«

»Und die wären?«, schob ich gleich hinterher, als Mr Boyle sich den Löffel zum Mund führte.

»Er nimmt sich nicht die Zeit, die Leute richtig einzulernen. Er hat gern seine Ruhe, verschwindet manchmal am Nachmittag einfach, ohne zu sagen wohin, und erwartet, dass man mit den gestellten Aufgaben fertig wird, ohne von ihm eine Anleitung zu bekommen. Ich würde behaupten, er ist ein schlechter Lehrer, der aber trotzdem Perfektion als Ergebnis erwartet«, führte er aus und da fiel ihm noch etwas ein. »Oh!«, machte er und sein Mund verzog sich zu einem kleinen Lächeln. »Und er schätzt es gar nicht, wenn man seine Arbeit nicht ernst nimmt. Ein Mensch, der Vergnügen der Arbeit voranstellt, hat bei ihm nicht die geringste Chance.«

Das waren eine Menge Eigenschaften, die auf einen sehr verschrobenen, steifen Mann hinwiesen, mit dem ich meine liebe Mühe haben würde. Falls ich die Gelegenheit bekam, lang genug zu bleiben, um mich überhaupt darauf einzulassen.

So wie es bei Mr Boyle klang, würde ich in die Bibliothek hineinkommen, einen Fehler machen und schon wieder rausgeworfen werden. Ich hatte noch nie in einer Bibliothek gearbeitet.

Was dachte ich da? Ich hatte überhaupt noch nie gearbeitet! Ich hatte keine Ausbildung, kein Literaturstudium, keinerlei Erfahrungen als Assistent eines Bibliothekars.

Aber ich hatte Stärken, die von Vorteil sein würden. Ich kannte mich in Bibliotheken aus. Zwar nicht speziell in dieser, aber ich hatte schon viele gesehen und das System war immer ähnlich. Ich konnte schnell lesen, war logisch veranlagt und hatte einen Hang zur Sorgfalt.

Und vor allem war ich dickköpfig.

Wenn es sein musste, dann würde sich dieser Mr Reed die Zähne an mir ausbeißen. Sollte sich herausstellen, dass es nur die trotzige Reaktion einer Tochter auf die Worte ihrer Mutter war, würde ich trotzdem niemals aufgeben!

Dieser Entschluss stärkte mir den Rücken, gab mir Aufwind, auch wenn Mr Boyles Worte mich eigentlich hätten entmutigen müssen.

»Woher wissen Sie von dem Vergnügensverbot?«, fragte ich nach.

»Es ist kein Verbot, Miss Crumb. Es wird nur nicht gern von ihm gesehen, wenn sie Bälle und Gesellschaften der Arbeit vorziehen und unausgeschlafen am Morgen antreten«, verdeutlichte er und ich konnte mich des Eindrucks nicht erwehren, dass er irgendwie zu glauben schien, dass ich so eine Person sein könnte, die Bälle liebte und den Morgen verschlief.

»Und um auf Ihre Frage zu antworten. Einige meiner engeren Bekannten haben sich bereits in die Knechtschaft dieses Mannes begeben und sind allesamt geflohen«, sagte er und lachte, weil er darin einen Witz fand, den ich nicht entdecken konnte. »Aber zu Mr Reeds Verteidigung muss ich sagen, dass diese besagten Bekannten faule Taugenichtse sind und es eigentlich nicht anders verdient haben.«

Da war er also, der Witz, und ich lächelte elegant, genau wie Mr Boyle es auch tat.

Ich hatte gedacht, dass die Antworten auf meine Fragen Licht in die Dunkelheit bringen würden. Doch eigentlich warfen sie nur neue Schatten an die Wände, die ich noch weniger deuten konnte als die vorherige Dunkelheit.

Es ergab sich einfach kein vollständiges Bild und meine Neugierde wurde nur weiter angestachelt.

»Aber um dem verschrienen Mr Reed nicht unrecht zu tun, bin ich gewillt, Ihnen auch ein paar seiner positiven Eigenschaften aufzuzählen«, gab Mr Boyle fast gnädig von sich und Onkel Alfred schnaubte in sich hinein. Er schien da wohl anderer Meinung zu sein, sodass ich mir verhalten die Hand vor den Mund legte, damit er mein Lachen nicht sah.

Doch Mr Boyle entging es nicht und seine Augen glitzerten in einer so angenehmen Weise, dass ich mir nicht erklären konnte, woher all die Sympathien kamen, die ich für ihn hegte, obwohl ich ihn so wenig kannte.

Vielleicht lag es an seinem hübschen Gesicht oder seiner stilvollen Kleidung. Doch das hatten schon andere vor ihm gehabt und ich hatte ihnen auch nichts abgewinnen können.

Ich belächelte mich selbst und gab der Möglichkeit Raum, dass es an der Tatsache lag, dass er bisher noch nichts gesagt hatte, was auf Stumpfsinn hinweisen könnte.

Mr Boyle nahm noch einen Löffel Eintopf zu sich und führte seine Anschauungen weiter aus. »Mr Reed ist weltoffen und unkonventionell, soweit man das als Stärken auslegen möchte. Er ist wissbegierig, hat zu beinahe jedem Thema eine Meinung oder zumindest ein Buch, auf das er verweisen könnte, und sein Sinn für Fortschritt ist mir sehr genehm.«

Ich nickte leicht und schwieg, hing meinen Gedanken nach, versuchte das Bild weiter zusammenzusetzen.

»Bin ich Ihnen denn eine Hilfe, Miss Crumb?«, fragte Mr Boyle plötzlich ein wenig verunsichert und ich hob meine Augen wieder zu ihm, bemüht, das Lächeln zurück auf meine Lippen zu zaubern.

»Aber natürlich, Mr Boyle. Sie helfen mir sogar in großem Maße. Doch ich muss zugeben, dass ich aus alldem nicht schlau werde.«

»Da werden Sie wohl warten müssen, bis Sie ihm begegnen«, lachte Mr Boyle und seine Stimme hatte eine Art Zuversicht, die mich davon überzeugte, dass es eine interessante Begegnung werden würde.

Nach dem Essen zogen sich Onkel Alfred und Mr Boyle ins Arbeitszimmer zurück und redeten über irgendwelche Verträge. Allerdings konnte ich nicht viel in Erfahrung bringen, da Tante Lillian mich beinahe beim Lauschen erwischt hätte und ich mich daraufhin mit ihr im Wohnzimmer vor den Kamin setzte. Sie ließ mich von meinen Eltern berichten, von der Reise, und erzählte mir dann von all den aufregenden Sachen, die sie mit mir in London unternehmen wollte.

Ich wies sie nicht darauf hin, dass ich morgen eine Arbeit antrat und daher wahrscheinlich nicht so viel Zeit für ausschweifende Unternehmungen haben würde. Stattdessen lächelte ich nur und ließ ihr die Freude, mir Londons Attraktionen aufzuzählen. Und als sich die Herren wieder zu uns gesellten, war es bereits spät geworden und es war absehbar, dass Mr Boyle uns bald verlassen würde.

»Wie lang werden Sie denn voraussichtlich in London verweilen, Miss Crumb?«, fragte er mich und ich fühlte mich ein wenig geschmeichelt von all der Aufmerksamkeit, die er mir entgegenbrachte.

Er hatte sich nah neben das Sofa gestellt, auf dem ich saß, und sein Blick lag auf mir. Amüsiert und ernst zugleich.

Ich wusste nicht, wie ich darauf reagieren sollte. Seine Blicke verwirrten mich, denn ich fühlte mich besonders gut und gleichzeitig unwohl bei dem Gedanken, dass er mit seiner Frage darauf abzielte, mich wiederzusehen.

»Oh, das weiß ich noch nicht«, gab ich uneindeutig zurück und dachte daran, dass meine Mutter darauf bestanden hatte, dass ich nicht länger als einen Monat blieb. Aber wer konnte das schon so genau vorhersagen?

Onkel Alfred schmunzelte. »Keine Angst, du wirst sie schon wiedersehen«, meinte er mit seiner brummenden Stimme und der Unterton darin gefiel mir gar nicht. Es klang so nach verkuppeln.

Tante Lillian war da auch nicht besser. »In sechs Tagen findet eine Soiree bei den Kents statt«, warf sie ein, erhob sich vom Sessel mir gegenüber und lächelte Mr Boyle an. Er erwiderte das Lächeln, während sein Blick immer wieder zu mir wanderte. Er schien eine Art Bestätigung von mir zu erwarten, die ich ihm aber nicht geben konnte, da ich seine Absichten nicht so recht zu deuten wusste.

»Animant wird uns sicher dorthin begleiten«, versprach Tante Lillian also an meiner statt und auch sie sah mich erwartungsvoll an.

Unsicher stützte ich meine Hand auf der Armlehne des Sofas ab und drückte mich auf die Füße hoch. Wenn alle im Raum standen, wäre es unhöflich gewesen, einfach sitzen zu bleiben.

Meine Gefühle waren noch durcheinander, während der Teil meines Kopfes, der rein analytisch dachte, eine Ungereimtheit in den Worten meiner Tante fand.

»Moment. In sechs Tagen? Sagte Onkel nicht, dass Sie nach Glasgow reisen würden? Welche Kutsche der Welt schafft es denn in sechs Tagen nach Schottland und wieder zurück?«, platzte es lauter aus mir heraus, als ich beabsichtigt hatte, und trotz der Unhöflichkeit, die ich damit an den Tag legte, begann Mr Boyle zu lachen.

»Keine Kutsche, Miss Crumb, da haben Sie recht. Aber ein Luftschiff sehr wohl«, antwortete er und sein Blick veränderte sich. Ungewollt hatte ich das Thema gewechselt und fühlte mich gleich ein wenig leichter ums Herz. Als ob ein unangenehmer Druck, den alle Anwesenden auf mich gelegt hatten, verschwunden wäre.

Meine Augen wurden groß, als ich mir seiner Aussage bewusst wurde. Das war doch unfassbar! »Ein Luftschiff?«, fragte ich entgeistert und trat näher auf Mr Boyle zu. »Ich habe darüber gelesen, aber noch keins mit eigenen Augen gesehen.«

»Was haben Sie denn gelesen?«, interessierte er sich und ich bekam einen kleinen Euphorieschub. Das hatte mich wahrlich noch kein Mann in meinem Alter gefragt.

»Louis Sanders' *Abhandlung vom Fliegen*, *Vom Bau bis zum Flug* von den Thill-Brothers«, ratterte ich runter und dann fiel mir noch ein drittes Buch ein, das auch detaillierte Beschreibungen des Fliegens mit einem Luftschiff enthielt, aber sicher nicht als Sachbuch zählte. »Und *Claire's Reise zum Mond*«, sagte ich trotzdem und wartete darauf, dass Mr Boyle etwas antwortete. Ich hoffte, ich hatte ihn nicht überfordert. Wenn er keines der Bücher kannte, dann würde er sich für unwissend halten. Und zum ersten Mal wollte ich nicht, dass ein Mann sich in meiner Gegenwart vor den Kopf gestoßen fühlte.

»Erstaunliche Fachliteratur«, merkte Mr Boyle an und grinste dann schelmisch. »Vor allem das Letzte«, witzelte er und ich kniff verstimmt die Lippen aufeinander.

Ich mochte es gar nicht, wenn man sich wegen der Bücher, die ich gelesen hatte, über mich lustig machte.

»Wie gefiel Ihnen das Ende?«, erkundigte sich Mr Boyle jedoch und ich fasste mich rasch wieder. »Robert entscheidet sich für seine Claire und gibt das Fliegen um ihretwillen auf. Romantische Lektüre, die für junge Frauen wie geschaffen ist, scheint mir«, merkte er an und ich blinzelte erstaunt.

»Sie haben es gelesen?«, wollte ich wissen, obwohl es offensichtlich war. Schließlich kannte er das Ende.

»Das habe ich. Und?«, blieb er an seiner Frage dran und ich schüttelte den Kopf.

Ich konnte mich genau erinnern, wie ich den Schluss gelesen hatte und danach verwirrt und wütend das Buch auf meinen Nachttisch knallte. »Ich muss Sie enttäuschen. Ich fand das Ende schrecklich«, berichtete ich und nun war es Mr Boyle, den ich mit meiner Aussage ins Staunen versetzte. »Eine Frau, die von ihrem Liebsten verlangt, das wichtigste Gut seines Lebens aufzugeben, kann ihn nicht wahrlich lieben!«, empörte ich mich und sah, wie Tante Lillian sich neben mir ein Grinsen verkniff.

»Eine wirklich ungewöhnliche Meinung für eine junge Frau«, meinte Mr Boyle und ich wusste genau, was er meinte. Ich kannte die jungen Dinger aus meinem kleinen Städtchen und sie alle hatten nur hübsche Kleider, Liebesbriefe, Rosen und anderen romantischen Firlefanz im Kopf.

»Das sagt sie nur, weil sie keine Ahnung von der Liebe hat«, behauptete Tante Lillian plötzlich und ihre Worte verletzten mich, obwohl ich eigentlich wusste, dass sie es nicht böse meinte.

»Ich habe über die Liebe gelesen«, gab ich von mir und riss mich zusammen, um nicht zu streng zu sprechen.

»Liebes«, sagte Tante Lillian zu mir und legte mir gutmütig eine Hand auf den Arm. »Manchmal reicht es nicht, nur darüber zu lesen.«

3

Das Dritte oder das, in dem ich mein Herz verlieren würde.

Der Morgen war so eisig, dass mir die kalte Luft unter den Reifrock zog und mir die Beine schlotterten, obwohl ich meine langen Wollstrümpfe trug.

Der Himmel war wolkenverhangen und blieb düster, auch nachdem die Sonne aufgegangen war.

Nach der Morgentoilette hatte Tante Lillian mir beim Anziehen geholfen, da ich zu nervös gewesen war, um auch nur einen Knopf mit meinen zittrigen Fingern zu schließen. Ich trug eine einfache cremefarbene Bluse aus Baumwolle und einen dunklen karierten Rock aus schwerer Wolle. Beides waren Teile, die meiner Mutter kein bisschen zusagten, weil sie ihrer Meinung nach so farblos und lebensverneinend schienen. Doch ich glaubte, dass sie nur fürchtete, dass ich damit viel zu streng aussah und deshalb die jungen Herren abschreckte, die von den Damen des Landadels fröhliche Papageienpracht gewohnt waren.

Ich fühlte mich sehr wohl in meinen Kleidern, viel wohler als in irgendeinem eng geschnürten Rüschending, und freute mich sehr darüber, dass Tante Lillian mich angesehen und mir gesagt hatte, dass ich in meiner Aufmachung älter und reifer wirkte. Anschließend hatte sie mir die Haare hochgesteckt und mir ihre schmalen Perlohrringe geliehen.

Und obwohl ich mich angemessen angezogen fühlte, war mein Kopf unruhig, mein Magen flau und mein Herz schlug mir bis zum Hals.

Onkel Alfred lief neben mir, hatte mir den Arm geboten, damit ich mich unterhaken konnte, und ich war froh über die Stütze.

Der gepflasterte Weg ging von Onkel Alfreds Haus nur ein Stück die Straße nach unten und bog anschließend durch einen schmiedeeisernen Durchgang in einen Park, der bereits zum Universitätsgelände gehörte.

Mein Onkel zeigte auf mehrere große, stattliche Gebäude aus rostrotem und dunkelgrauem Stein und benannte sie für mich, während mir beinahe die Augen aus dem Kopf fielen vor lauter Staunen.

Das letzte Mal, dass ich hier gewesen war, lag schon eine Weile zurück und ich hatte damals die ganze Zeit mit der Nase in *Oliver Twist* gehangen, um danach unseren restlichen Aufenthalt in London damit zu verbringen, nach Straßenkindern Ausschau zu halten. Der Bibliothek waren wir nicht einmal nahe gekommen, aus der Angst meiner Eltern heraus, mich dort drin zu verlieren und nie wiederzufinden.

Der Park, durch den wir schlenderten, war weitläufig, durchzogen von hell gepflasterten Wegen, gesäumt mit verknöcherten alten Platanen, die schon beinahe alle Blätter verloren hatten. Von Grünflächen umfasst, ragte die Universität in den verhangenen Himmel. Die Gebäude waren prachtvoll konstruiert, mit schmalen Säulen, Türmchen und silbernen Zinnen, wie es so typisch für London war. Sie hatten Hunderte schmale Fenster, große hölzerne Tore und strahlten allesamt eine so machtvolle Aura aus, dass ich Ehrfurcht empfand vor all dem Wissen, das hier auf dem Campus vermittelt wurde und von dem ich lediglich nur eine leise Ahnung hatte.

Dazwischen wimmelte es nur so von jungen Männern. Es war noch recht früh und doch waren sie schon alle unterwegs. Zu den morgendlichen Vorlesungen, zur Cafeteria, die wir rechts zurückließen, oder zu Lerngruppen, die sich überall auf dem Campus und in den Cafés drum herum trafen.

Die Bibliothek lag recht zentral und ich holte ehrfurchtsvoll Luft, als wir den Weg zum Haupteingang entlanggingen.

Die schmuckvolle Fassade ragte vor mir auf, beugte sich mir entgegen und ließ mich meine Kleinheit spüren.

Die Angst, die ich bisher mehr oder minder erfolgreich verdrängt hatte, kroch mit der Kälte des Morgens in meinen Bauch und gab mir das Gefühl, unzureichend zu sein.

Ich hatte keine Vorstellung davon, wie viele Bücher in diesem Gebäude sein würden. Wie hatte ich mir einbilden können, auch nur eine winzige Kenntnis von all der Literatur dieser Welt zu haben.

Onkel Alfred tätschelte mir die Hand, lächelte mir väterlich zu und ließ dann meinen Arm los, um die schwere Tür zu öffnen.

Ich hielt den Atem an, bemühte mich um Haltung; den Kopf hoch erhoben, straffte ich die Schultern und betrat das Gebäude.

Stille umfing mich, als mein Onkel die Tür hinter uns schloss und alle Geräusche von außen aussperrte. Der Wind, der in den Bäumen geraschelt hatte, das Krächzen der Krähenvögel, das Klappern der weit entfernten Kutschen. Hier drin war es so leise, dass man einen Stecknadelkopf hätte fallen hören können.

Die wuchtigen Schritte meines Onkels hallten wie Hammerschläge durch das Foyer und ich folgte ihm schnell.

Ich hob den Blick, mein Herz setzte aus, meine Augen konnten kaum glauben, was sie sahen. Das Foyer war groß, wurde von einem U-förmigen Tresen aus schwarzbraunem Holz dominiert, der in der Mitte des Vorraums stand und an dem zwei junge Männer leise arbeiteten.

Dahinter öffnete sich eine runde Halle, groß wie ein Theater, mit einer gläsernen Kuppel als Dach. Und obwohl die unendlichen Verzierungen aus Schnitzereien und goldenen Applikationen sicher sehenswert gewesen wären, wurde meine Aufmerksamkeit nur von den Büchern gefangen genommen.

Die Regale gingen einmal an der gesamten Wand entlang, geschwungen, sodass sich Nischen ergaben, die die einzelnen Themenbereiche voneinander trennten. Sie waren so hoch, dass man lange Leitern verwenden musste, um an die oberen vier oder fünf Regalbretter zu gelangen. Zwei Treppen führten hinauf auf einen breiten Rundgang, an dem sich das Ganze nur weiter fortsetzte.

Bücher über Bücher, Seiten, Wörter, der Geruch von Papier und Staub in der Luft, und ich wusste, dass ich mein Herz an diesen Ort verlieren würde.

Ich hatte gar nicht gemerkt, wie ich nach vorne getreten war, bis ich beinahe mit einem Studenten zusammenstieß, der etwas ungeschickt einen Stapel Bücher an seinen Platz manövrierte.

»Entschuldigung«, murmelte ich und klang dabei schon viel zu laut für diesen Ort der Ruhe und des Wissens.

Der Mann nickte mir nur zu und setzte sich an einen der unzähligen Tische, die in der runden Halle aufgestellt waren. Auch andere saßen hier, gebeugt über dicke Gesetzbücher, Lexika, fremdländische Literatur, Baupläne und lasen, schrieben und lernten.

Wäre ich ein Mann, so würde ich längst hier sitzen und studieren, alles Wissen in mich aufsaugen. So wie mein Bruder Henry. Aber ich war kein Mann und auch wenn es am anderen Ende von London seit Neuestem auch eine kleine Universität für Frauen gab, war das Studieren für Frauen immer noch eine nicht besonders angesehene Tätigkeit. Wie ich gelesen hatte, waren bisher auch die Studienfächer sehr begrenzt und für mich bisweilen noch nichts dabei, das mich wirklich angesprochen hätte.

Henry hatte behauptet, die Universität für Frauen wäre ein Witz im Gegensatz zu dieser hier und es würden noch viele Jahre vergehen müssen, ehe sich daran etwas ändern würde.

Ich reckte den Hals, sah von einem zum anderen Studenten und versuchte unter ihnen meinen Bruder zu erkennen. Doch er war nicht hier.

Onkel Alfred räusperte sich neben mir und ich schreckte zusammen. Ihn hatte ich ganz vergessen, und auch den Grund unseres Besuches. Eigentlich war alles in den Hintergrund getreten, als ich die Bücher gesehen hatte. Selbst meine Angst vor dem, was vor mir lag, war den Schmetterlingen in meinem Bauch gewichen.

»Ah, da ist er ja«, flüsterte mein Onkel mir zu und ich sah in die Richtung, in die er flüchtig zeigte.

Auch ohne diese Geste, wäre ich sehr schnell darauf gekommen, dass der Mann, der gerade die Treppe nach unten kam, niemand geringerer als der Bibliothekar sein konnte.

Er unterschied sich deutlich von den gebeugten Studenten mit den rauchenden Köpfen. Auffallend groß, war seine Haltung gerade, die Gestalt leicht hager. Er hatte sehr dunkles Haar, keinen Bart und konnte nicht älter als dreißig sein, was erklärte, warum mein Onkel ihn zu einem Jungspund erklärt hatte. Er war für eine so leitende Position wirklich noch sehr jung. Seine Schritte machten fast keine Geräusche und obwohl er mit der Nase in einem Buch steckte, waren seine Füße so trittsicher auf den breiten Stufen, als hätte er sie schon Hunderte Male begangen. Sein Anzug war dunkelbraun, schlicht, passend. Im Gesicht trug er eine Brille, die ihm bis auf die Nasenspitze gerutscht war.

Es ließ sich schwer sagen, wie ich seinen ersten Eindruck auf mich beurteilen sollte. Ich hatte etwas so anderes erwartet und trotzdem schien er voll und ganz hierher zu passen.

»Mr Reed«, sprach Onkel Alfred ihn an und er hob zögernd den Blick von den Zeilen seines Buches.

Als er meinen Onkel entdeckte, sah ich ihn verhalten seufzen und er stoppte das Rollen mit den Augen gerade noch rechtzeitig, dass es nicht zu offensichtlich war. Aber ich hatte es dennoch gesehen.

»Mr Crumb. So schnell hatte ich Sie nicht wiedererwartet«, sagte er und seine Stimme klang höflich und überrascht. Das passte so gar nicht zu den feinen Ausdrücken in seinem Gesicht, die allesamt eine angespannte Genervtheit signalisierten. Genau wie auch bei meinem Onkel, wenn er die letzten Tage von Mr Reed gesprochen hatte. Die beiden mussten sich in der Vergangenheit ja ziemlich auf die Nerven gegangen sein.

»Nein? Wie seltsam. Wo wir doch beide die gleiche Problemlösung verfolgen«, meinte mein Onkel heiter und ich hörte die leichte Prise Ironie so deutlich, dass ich mir ein Grinsen verkneifen musste. »Darf ich vorstellen«, fuhr er fort und legte mir eine Hand auf den Rücken, damit ich einen Schritt nach vorne trat.

»Das ist Animant Crumb, die Tochter meines Bruders. Sie ist eine hervorragende junge Dame mit Scharfsinn und Witz. Sie ist anständig, höflich und ich kenne kaum jemanden, der so viele Bücher gelesen hat wie sie. Ich denke, dass nicht mal Sie da mithalten können«, lobte mein Onkel mich in den Himmel und ich war für einen Moment etwas irritiert über die Wahl seiner Worte. Warum genau erzählte er ihm das alles?

Mr Reed nahm seine Brille von der Nase, faltete sie zusammen und hakte den einen Bügel an den Ausschnitt seiner schlicht bestickten

Weste. Sein Blick wanderte recht skeptisch von meinem Onkel zu mir, weil auch ihm nicht klar war, worauf das alles hinauslaufen sollte.

»Und ich habe beschlossen, sie als Ihre neue Assistentin einzustellen«, rief Onkel Alfred ein bisschen zu laut für diese geweihten Hallen und einige Studenten drehten ihre Köpfe zu uns. Doch offensichtlich machte ihm das alles viel zu viel Spaß, als dass er darauf achten wollte. Sein Blick lag ganz auf Mr Reeds Zügen, dessen Gesichtsfarbe sich von normal zu ungesund blass wandelte, nur um Sekunden später in wutrot umzuschlagen.

»Auf. Ein. Wort!«, zischte Mr Reed ihm verbissen zu, drehte sich auf dem Absatz um und marschierte wie ein Feldmarschall auf die Treppe zu, die er gerade heruntergekommen war.

Auf Onkel Alfreds Lippen erschien ein diabolisches Grinsen, kaum dass sich der Bibliothekar umgedreht hatte, und er folgte ihm mit großen Schritten.

Ich hatte keine Ahnung wohin mit mir, stand einfach nur da, während die Herren mich verließen, und sah mich den Blicken der herumsitzenden Studenten ausgeliefert, die mich ansahen wie einen bunten Hund. Es war nicht sehr nett von den beiden, mich einfach hier zurückzulassen, und ich raffte kurz entschlossen meinen Rock, um ihnen zu folgen.

Ich sah sie gerade noch hinter einer Tür verschwinden, die seitwärts von dem oberen Rundgang abging, als ich die oberste Stufe erreichte. Da sich hier oben niemand weiter aufhielt und die Studenten von unten mich nicht sehen konnten, wenn ich nah an den Regalen entlangging, rannte ich das kurze Stück so leise ich konnte und versuchte meinen schnellen Atem zu unterdrücken, als ich mein Ohr an die geschlossene Tür hielt.

»Das kann ja wohl kaum Ihr Ernst sein!«, hörte ich Mr Reed überdeutlich und er klang wirklich erbost.

»Doch, es ist mein voller Ernst. Vierundzwanzig Assistenten haben Sie in den vergangenen Monaten abgelehnt, rausgeekelt oder entlassen. Und nun ist es genug!«, brachte mein Onkel ihm nicht weniger aufgebracht entgegen und ich musste mich mit der Hand an der Seite eines Regals festklammern, um in meinem Korsett genug Luft zu bekommen und gleichzeitig weiter lauschen zu können.

»Sie ist eine Frau, Mr Crumb. Und eine Unstudierte noch dazu. Was glauben Sie, was ihr Job sein wird? Tee kochen?«, rief der Bibliothekar höhnisch und ich zuckte innerlich zusammen. Es griff mich an, solche Worte zu hören. Natürlich war mir klar, dass ich nie das Ansehen erlangen würde, das ein Mann in meiner Position haben könnte, doch von vornherein anzunehmen, ich sei zu weniger zu gebrauchen, nur weil ich eine Frau war, machte mich rasend.

»Sie ist ehrgeizig und schlau, und sie wird durchaus in der Lage sein, den Aufgaben nachzugehen, die Sie ihr auftragen werden«, verteidigte mein Onkel mich und seine Stimme war wieder ruhiger geworden. »Außerdem haben Sie keine Wahl, Mr Reed. Entweder Sie behalten sie für mindestens einen Monat oder ich werde dem Finanzrat nahelegen, Ihrer kuriosen Maschine nicht länger finanzielle Mittel zur Verfügung zu stellen.«

Mr Reed blieb stumm und ich hielt die Luft an vor lauter Spannung. Mein Onkel hatte diesen Mann gerade tatsächlich erpresst und ich fand das gar nicht gut. Dafür war ich nun wirklich nicht skrupellos genug.

»Außerdem ist sie meine Nichte. Sie werden also achtsam mit ihr umgehen«, setzte Onkel Alfred noch einen drauf und dies schien Mr Reed wieder zur Besinnung zu bringen.

»Na gut. Wie Sie wollen. Aber wenn es der Lady zu anstrengend wird, werde ich der Letzte sein, der sie am Abreisen hindert«, grummelte er und ich konnte ihn kaum verstehen, weil seine Stimme im Rascheln von Papier unterging. »Wird sie auch das Zimmer im Personalgebäude beziehen?«, wollte er fast spöttisch wissen und Onkel Alfred schnaubte.

»Natürlich nicht. Machen Sie sich nicht lächerlich. Sie wird bei meiner Frau und mir wohnen.«

»Dann ist ja alles geklärt. Ich wünsche Ihnen einen schönen Tag und dass ich Sie lange nicht mehr wiedersehen muss«, äußerte Mr Reed ungehalten und ich schnappte erschrocken nach Luft über seine Unhöflichkeit, obwohl seine Stimme wieder einen angenehmeren Unterton bekommen hatte.

»Auf Wiedersehen, Mr Reed. Und ich wünsche Ihnen das Gleiche«, erwiderte mein Onkel die Unverschämtheit und ich wich von der Tür zurück.

Als Lauscherin mit jahrelanger Erfahrung wusste man, wann ein Gespräch wirklich beendet war. Ich ging ein paar eilige Schritte und trat an die Balustrade, um unbeteiligt zu wirken und mir einen kurzen Überblick zu verschaffen.

Hinter mir riss man die Tür mit Schwung auf und ich hörte die schweren Schritte meines Onkels. Als er mir die Hand auf die Schulter legte, drehte ich mich zu ihm um und setzte einen fragenden Gesichtsausdruck auf, damit es so aussah, als ob ich nicht die geringste Ahnung hätte, was als Nächstes passieren würde.

»So, die Formalitäten sind geklärt«, teilte er mir mit und bemühte sich um ein Lächeln, das falsch wirkte. Ich lächelte zurück und tätschelte ihm aufmunternd den Arm.

»Dann kann ich gleich anfangen?«, fragte ich mit entschlossener Stimme und sah von ihm zu Mr Reed, der mich scharf über den Rand seiner Brille hinweg musterte, die er wohl während des Gesprächs im Büro wieder aufgesetzt haben musste.

»Scheint wohl so«, erwiderte er und straffte die Schultern. »Da Ihr Onkel es sicher eilig hat, seinen sonstigen Geschäften nachzugehen«, sagte er scharf und sah Onkel Alfred aus den Augenwinkeln an, »werde ich Ihnen den Ort zeigen, an dem Sie Ihren Mantel ablegen können, und dann werden Sie eine halbe Stunde haben, sich mit dem System vertraut zu machen. Denn ich hatte zu meinem Bedauern in meinem heutigen Zeitplan nicht vorgesehen, einen Assistenten einzulernen, Miss Crumb.« Seine Stimme war immer noch nicht weicher geworden und ich schüttelte innerlich den Kopf über ihn. Langsam verstand ich, was alle an ihm so schrecklich fanden. Er war wirklich sehr unhöflich und ein Meister darin, anderen das Gefühl zu vermitteln, dumm und nutzlos zu sein.

Onkel Alfred schnaubte laut und ich lächelte unverwandt weiter, als ob ich weder den sehr deutlichen Rausschmiss meines Onkels noch die verachtende Haltung gegenüber meiner Anwesenheit bemerkt hätte. Denn so war man als wahre Dame. Man stand über den Dingen, und vor allem über Beleidigungen.

»Mr Reed«, verabschiedete sich Onkel Alfred knapp und führte mich ein Stück am Geländer des Rundgangs entlang, bevor er sich zu mir runterbeugte. »Du wirst das schaffen, Ani. Zeig es dem Sesselfurzer«, raunte er mir zu und ich musste lachen über seine Ausdrucksweise. Auch bei meinem Onkel stahl sich ein Grinsen in die Mundwinkel. Er nickte mir zu, drückte noch einmal kurz die Hand, die ich immer noch auf seinem Arm ruhen hatte, und trat dann auf die Treppe zu. Ein letzter Blick zu mir, der für meinen Geschmack viel zu besorgt aussah, und dann war er verschwunden.

Mr Reed hatte seine Nase schon wieder in dem Buch, das er bereits vorhin in den Händen gehalten hatte, und sah erst auf, als ich mich direkt vor ihn stellte.

»Der Mantel«, sprach ich ihn so freundlich wie irgend möglich an und er blinzelte zweimal, als hätte er schon vergessen, dass ich da war.

»Aber natürlich«, gab er zurück und ich konnte den Ausdruck in seinen Augen nicht recht deuten. Er führte mich zu der Tür neben seinem Büro und wir betraten ein schmales Zimmer. Darin befanden sich ein kleiner, grob gearbeiteter Tisch, zwei Stühle, eine ganze Menge Gerümpel, ein wenig befülltes Regal, ein Garderobenständer und noch eine zweite Tür, die nach hinten führte.

Unaufgefordert entledigte ich mich meiner Handschuhe, die ich ins Regal legte, und knöpfte meinen Mantel auf, der einen Platz an einem Messinghaken des Ständers fand.

Ich hatte keinen Moment erwartet, dass Mr Reed mir beim Ablegen behilflich sein würde und er hatte es auch nicht angeboten.

»Waren Sie bereits schon einmal zuvor in dieser Bibliothek?«, fragte Mr Reed ganz direkt und ich kniff die Lippen aufeinander.

»Nein«, musste ich zugeben und es passte mir gar nicht. Das klang, als ob ich noch nie ein Buch zur Hand genommen hatte und ich ärgerte mich über den abschätzigen Blick meines Gegenübers. »Nicht in dieser«, fügte ich daher hinzu, doch das ließ den Bibliothekar kalt, wenn er mir denn überhaupt zugehört hatte.

»Dann schlage ich vor, Sie sehen sich ein bisschen um, bis ich so weit bin, und dann werde ich Sie mit Ihrem neuen Aufgabenbereich vertraut machen«, erläuterte er, als erzählte er einem Kind, es würde wichtige Arbeit leisten, wenn es seine Bauklötze zusammenräumte. Dann drehte er sich einfach zur Tür, ließ mich ohne ein weiteres Wort stehen und ging zurück in sein Büro, dessen Tür er hinter sich schloss, als wollte er mich gleich wieder vergessen.

Ich kniff die Lippen noch fester aufeinander, um über diese Dreistigkeit nicht laut aufzuschreien.

Für einen Monat hatte Onkel Alfred mich hier eingestellt. Einen Monat gab mir meine Mutter.

Einen Monat, sagte ich mir. Einen Monat mit diesem Mann. Das musste doch irgendwie zu schaffen sein.

4

Das Vierte oder das, in dem ich lernte, Mr Reed zu hassen

Ich ordnete meine Kleidung und redete mir weiter ein, dass alles nur halb so schlimm war und mein Stolz stärker als ein paar ungehobelte Worte von diesem Mann.

Sorgfältig strich ich den Rock glatt, kontrollierte meine Haare und richtete die Brosche an meiner Bluse, die direkt unterhalb einer Halskuhle saß. Dann machte ich mich innerlich bereit und trat aus der Tür, zurück auf den Rundgang.

Er beschrieb einen Kreis, den man einmal herumgehen konnte. Die Wände waren so hoch mit Büchern gefüllt, dass mir schwindelig wurde. Was allerdings auch an dem Hochgefühl liegen konnte, das die Masse an Literatur in mir hervorrief.

Gegenüber führte eine Tür auf einen langen Gang, der ebenfalls mit Regalen vollgestopft war und dessen Ende ich von hier aus nicht sehen konnte.

Ich ging eine Runde, langsam und aufmerksam, und genoss die Stille und die Atmosphäre. Eilig versuchte ich mir die Verteilung der einzelnen Themengebiete einzuprägen, besah mir die metallen kleinen Schilder, die jedem Buch auf den Rücken genietet waren und die die Abkürzungen der Abteilung, des Stehplatzes und des Autors eingestanzt hatten. Mir gefiel, dass die Abfolge der Aufteilungen einem Muster folgte und logisch erfassbar war.

Ich stieg die andere der beiden Treppen wieder hinab und mochte, wie mein schmaler Reifrock dabei wippte. Mr Reed war kein zuvorkommender Mensch, wie ich festgestellt hatte. Aber seine Unfreundlichkeiten rückten in den Hintergrund, wenn ich mein Herz in meiner Brust schlagen hörte, weil ich so ergriffen war von diesem Ort.

Bibliotheken hatte ich immer schon geliebt. Doch die zu Hause in unserem beschaulichen Städtchen war ein Frühstückssalon im Gegensatz zu der Royal University Library. Diese prachtvollen Hallen waren wie für mich gemacht und ich war gewillt, für immer hierzubleiben. Selbst mit diesem unfreundlichen Bibliothekar.

Tief atmete ich die Eindrücke um mich herum ein: die säuerliche Schärfe von gebleichtem Papier, muffig angelaufenen Büchern, frischer Tinte, gegerbtes Leder, Metallbeschläge, Staub, altes und neues Holz; das Licht, das durch die riesige Glaskuppel fiel und den runden Saal in einen grau schimmernden Palast voll unentdecktem Wissen verwandelte.

Auch unten waren die Wände voller Bücher und das System setzte sich fort. Ich zog einen kleinen Notizblock und einen Bleistift aus der Tasche meines Rockes und begann mir eine schnelle Skizze von der Verteilung der Themen zu machen. Zwar folgte es einer gewissen Logik, doch ich würde mir trotzdem nicht sofort alles merken können.

Sowohl rechts als auch links führten wie oben hohe Türen in breite, mit Büchern befüllte Gänge, die vorhin beim Betreten meiner Aufmerksamkeit entgangen waren.

Dort fand ich die weniger wichtigen Thematiken, allgemeine Literatur und sogar eine unerwartet große Anzahl an Romanen und Gedichtbänden.

Die Regale, die Treppen, die Geländer und auch die holzgetäfelten Wände waren kunstvoll verziert mit Schnitzereien und mit Gold beschlagenen Einsätzen und Statuen. Der Künstler hatte sich dabei zwar an nur wenige Motive gehalten, die sich jedoch in den verschiedensten Varianten wiederholten. Die Wappentiere Großbritanniens, der Löwe und das Einhorn, und dazu eine Menge Lilien.

Die Zeit ging vorbei, ohne dass ich es bemerkte, und ich las gerade im Stehen in einem Buch über Napoleons Aufstieg und Fall, als sich neben mir jemand verhalten räusperte.

Ich las noch die Zeile zu Ende und hob dann die Augen, nur um erschrocken zusammenzuzucken. Aus Versehen ließ ich das Buch viel zu laut zuschnappen, sodass das Geräusch unangenehm durch den ganzen Saal hallte.

Mr Reed stand vor mir, die Augenbrauen fragend hochgezogen, den Blick über den Brillenrand auf mich gerichtet. »Haben Sie keine Uhr, Miss Crumb?«, fragte er mich mit so weicher Stimme, dass mir sofort klar war, dass irgendwas nicht stimmen konnte.

»Nein, Mr Reed«, antwortete ich lauernd und konnte einen harten Zug um seinen Mund erkennen. Wieder fiel mir auf, dass er keinen Bart trug, was ungewöhnlich war für einen Mann in seinem jungen Alter. Aber vielleicht legte er auch einfach keinen Wert auf die modischen Anwandlungen unserer Zeit und das würde ihn zumindest in meinen Augen ein kleines Stück sympathischer machen.

»Es ist eine Dreiviertelstunde vergangen, seit ich Sie entlassen habe. Und ich habe wahrlich keine Zeit, Sie im gesamten Gebäude zu suchen«, fuhr er mich an und die Weichheit seiner Stimme war gewichen, genau wie meine Hochstimmung.

Ich war immer gut mit Worten gewesen, hatte Menschen immer Paroli bieten können. Doch gegen die Barschheit seiner Worte wusste ich einfach nichts Schlaues zu sagen, ohne selbst unhöflich zu werden. Und das ärgerte mich über alle Maßen.

»Kommen Sie mit!«, wies er mich recht streng an und ich folgte ihm zwischen den Regalen hindurch und zurück in den Lesesaal.

»Jedes Buch hat seinen Platz«, begann er und ich rollte mit den Augen, was er nicht sehen konnte, da er vorausging und mir den Rücken zugekehrt hatte. »Sie finden dazu die Signaturen auf den Büchern«, erklärte er, als ob ich völlig verblödet wäre, und ich wollte gar nicht wissen, was er bisher an Leuten einlernen musste, dass er es jetzt für nötig empfand, mir so etwas Banales zu erklären. Oder aber er tat es, weil ich eine Frau war.

»Die Aufgabe eines Bibliothekarsassistenten ist es, so etwas zu wissen. Diese Bibliothek muss Ihr zweites Zuhause werden und Sie müssen das Ganze sehr ernst nehmen.« Er wandte mir sein Gesicht zu und nahm die Brille ab. »Weil ich es sehr ernst nehme«, fügte er hinzu und seine Stimme schien viel bedeutungsvoller zu sein als bei den Worten davor. Es war ein Moment der Intensität, wie er dort stand und mich ansah. Mir zu vermitteln versuchte, dass Bücher sein höchstes Gut waren und ich dies zu ehren hatte. Diese Bibliothek war ihm wirklich sehr wichtig.

Dann wandte er den Blick wieder ab und steckte die Brille an seine Weste, wie er es zuvor schon einmal getan hatte.

»Sie werden alle Aufgaben erledigen müssen, zu denen ich nicht komme, und das wird oft mehr sein, als Sie glauben bewältigen zu können«, stellte er mir in Aussicht und ich dackelte ihm weiter hinterher. »Ich erwarte Sie um sieben Uhr dreißig am Morgen. Sie werden die aktuellen Zeitungen von unserem Boten entgegennehmen und ihm seine Entlohnung zahlen. Die Zeitungen müssen dann in die Einspannungen gefasst und dort vorne in den Ständer gehängt werden.« Er zeigte ins Foyer, wo ich einen hohen Ständer mit unzähligen Zeitungen sehen konnte. »Die veralteten Ausgaben werden von Ihnen ins Archiv gebracht. Sie werden die Entleihe und die Annahme von Büchern durchführen. Die zurückgegebenen Exemplare müssen vorsortiert werden. Beschädigte Bücher werden gesammelt und bei einer bestimmten Anzahl an den Buchmacher geschickt, damit er sie restaurieren kann.« Nun wurde Mr Reed immer schneller. Man merkte ihm an, dass er das in den letzten Monaten schon oft aufgezählt hatte und ich zog schnell meinen Papierblock aus der Tasche, um mir Notizen zu machen.

Wenn ich ihm wirklich beweisen wollte, dass er mich unterschätzte, dann musste ich jetzt besonders gut aufpassen.

»Sie nehmen die Neuerscheinungen in die Kartei auf, präparieren das Buch mit den Signaturen und überprüfen die Schlagwörter für die Suchmaschine.«

Ich notierte es zwar, aber die Bedeutung seiner Worte verstand ich nicht. Was war eine Suchmaschine?

»Erlauben Sie eine Frage«, unterbrach ich ihn und störte mich nicht daran, dass er sich irritiert zu mir umdrehte.

Sein Blick fiel auf den Block und den Stift in meinen Händen und ich fragte mich kurz, wie viel er ohne die Brille eigentlich sah. Brauchte er sie nur zum Lesen?

»Schreiben Sie etwa mit?«, brachte er schockiert hervor und ich nickte, wusste nicht, ob es eine Beleidigung oder ein Lob darstellen sollte.

»Die Frage«, erinnerte ich ihn, als er nicht aufhörte, auf meine Hände zu starren und zunehmend verwirrt blinzelte. »Diese Suchmaschine? Wie muss ich mir das vorstellen? Ist es eine richtige Maschine? Steht sie hier in der Bibliothek?«, war ich an der Reihe, ihn mit Worten zu überfallen, und es schien ihm tatsächlich für einen kurzen Moment die Sprache verschlagen zu haben.

»Es ist eine richtige Maschine, Miss Crumb. Und sie steht hier im Gebäude. Um genau zu sein, ist sie direkt neben dem Raum, in dem Sie Ihren Mantel gelassen haben. Es wundert mich, dass sie Ihnen nicht aufgefallen ist«, fand er seine Sprache wieder und räusperte sich dann verhalten. »Aber dieses Thema werden wir zu einem späteren Zeitpunkt angehen. Sie werden vorerst mehr als genug zu tun haben.« Seine Stimme hatte unerwartet wieder diesen schroffen Ton angenommen und der kurze Augenblick an Menschlichkeit, den wir geteilt hatten, war schneller vorbei, als ich ihn hätte genießen können.

Mr Boyle hatte recht gehabt. Dieser Mann war wirklich kompliziert.

Wir liefen die Treppen zum Rundgang hinauf, einmal im Kreis herum und wieder nach unten, während Mr Reed mir unablässig die groben Vorgänge dieser Bibliothek erklärte und dabei so vage blieb, dass ich mir die Hälfte selbst zusammenreimen musste. Meine Liste wurde immer länger und mir wurde langsam klar, warum all die jungen Männer so schnell die Waffen gestreckt hatten. Es war einfach nicht zu schaffen. Nicht so viel in so wenig Zeit, und ich würde mich wahnsinnig anstrengen müssen, wenn ich wirklich vorhatte, meinen Wert zu beweisen.

Nach einiger Zeit, die mir vorkam wie Stunden und doch höchstens eine halbe gewesen sein konnte, entließ mich der Bibliothekar mit den Worten, ich solle mich an ihn wenden, wenn ich noch Fragen hätte, und dem klaren Befehl in seinem Blick, es ja nicht zu wagen, dieses Angebot zu häufig in Anspruch zu nehmen.

Er rauschte schließlich ab, seine Post unter den Arm geklemmt, die er unten am Tresen abgeholt hatte. Noch etwas, das in Zukunft meine Aufgabe sein würde. Ich sah ihm nach, wie er ohne sich umzudrehen in seinem Büro verschwand und stand nun unschlüssig in der Halle.

Eine gigantische Anzahl an Dingen war zu tun und ich fühlte mich von der schieren Masse so überwältigt, dass ich wie gelähmt war. Auf was hatte ich mich da nur eingelassen? In was hatte mein Onkel mich nur hineinmanövriert?

Sicher bereute er selber bereits, dass er mich bei Mr Reed abgeliefert hatte. Sein Blick und das falsche Lächeln hatten ihn verraten. Was er zunächst für einen kleinen Spaß gehalten hatte, erwies sich durch Mr Reeds augenscheinliche Abneigung als höchst kompliziert und nun muss Onkel Alfred aufgegangen sein, was er seiner geliebten Nichte da eigentlich antat.

Doch es gab jetzt kein Zurück mehr. Zumindest nicht, wenn ich meine Ehre behalten wollte. Wenn ich so schnell aufgab, würde Mr Reed nur schnauben, »Ich hab es ja gewusst« murmeln und weiterhin auf Frauen herabsehen, als wäre sein Beamtenarsch etwas Besseres.

Außerdem war dies hier ein Traumland voller Bücher und ich musste zumindest die Gelegenheit finden, in ein paar hineinzuschmökern.

Unruhig durch die neue Verantwortung zog ich die Unterlippe zwischen die Zähne, was ich mir in der Öffentlichkeit oft verkniff, und drückte meinen Notizblock fester an meine Brust.

Ich würde es einfach angehen, meinen Ehrgeiz und meine Intelligenz nutzen, um mich ordentlich zu strukturieren, und dann wäre es sicher ein Klacks. Hoffte ich zumindest.

Eilig setzte ich mich an einen der Tische und besah mir all die Aufgaben, die zusammengekommen waren. Sie zu sortieren, fiel mir nicht schwer. Es gab die täglichen und diejenigen, die nur sporadisch vorkamen, und ich erstellte mir dann einen Tagesplan, um dem Ganzen eine Reihenfolge zu geben. Wichtige vor unwichtigeren, große wurden unterteilt in viele kleine.

Als ich fertig war, fühlte ich mich gleich viel besser, hatte einen ersten Überblick über meine Tätigkeiten und war bereit, es anzugehen. Ich verstaute den Notizblock in meiner Rocktasche und machte mich auf zu den zwei jungen Männern, die Mr Reed mir vorgestellt hatte und die am Tresen arbeiteten.

Sie hießen Cody und Oscar und musterten mich skeptisch, als ich auf sie zugelaufen kam.

»Guten Tag, die Herren«, grüßte ich freundlich und schaffte es in meinem Überschwang sogar zu lächeln. »Da Mr Reed ein schwer beschäftigter Mann zu sein scheint und ich noch so viel zu lernen habe, würde ich gerne Ihrer Arbeit ein wenig zusehen. Wäre das wohl möglich?«, formulierte ich höflich und sah in zwei verdatterte Gesichter. Für einen Moment hatte ich das Gefühl, als hätten die beiden mich nicht verstanden.

»Äm, klar, Miss. Wenn Sie das gern wollen«, antwortete Oscar flapsig und zuckte unbeholfen mit den Schultern, während er immer wieder zu Cody sah, als wollte er sich vergewissern, dass es in Ordnung war, was er sagte.

Obwohl die beiden ordentlich angezogen waren, ließ mich das Gefühl nicht mehr los, dass sie wohl nicht aus reichen Elternhäusern stammten und daher sicher auch keine sehr umfassende schulische und charakterliche Bildung genossen hatten. Vielleicht lag es an der Art, wie Oscar gesprochen hatte, vielleicht aber auch an Codys zurückgezogener Haltung, die ihn wie einen geprügelten Hund aussehen ließ.

Ich wusste nicht recht, wie ich damit umgehen sollte, zwang mein Lächeln zu bleiben, wo es war und trat hinter den Tresen, um mir das Ganze genauer anzusehen.

Der gesamte untere Bereich des Tresens war voller Schubladen, die nach dem Alphabet beschriftet waren.

Ein junger Mann mit hellblauer, teuer bestickter Weste kam mit drei Büchern unter dem Arm auf uns zu und legte sie vor Cody auf den Tresen.

»Mr Lassiter«, sprach Oscar ihn an, während Cody nur verschüchtert nach unten sah und die Schublade L öffnete. Es dauerte nur einen Moment, bis er eine längliche Karte aus schwerem Papier herauszog und sich von Oscar die Titel der Bücher diktieren ließ, die Mr Lassiter gewillt war zu entleihen.

Oscar öffnete jedes der Bücher am hinteren Deckel, nahm die dort befindlichen Zettel heraus und drückte mit einem Stempel das Rückgabedatum darauf.

Dieser Vorgang war mir bekannt und es tat gut, dass diese Bibliothek der meinen zu Hause doch nicht so unähnlich war.

Dann fiel Mr Lassiters Blick auf mich und das leicht ungeduldige Desinteresse, das er den beiden jungen Männern entgegengebracht hatte, verwandelte sich in Überraschung.

»Wer ist denn die Lady?«, fragte er und sprach damit keine bestimmte Person an, so als würde er die Frage an sich selbst richten. Seine Stimme war angenehm klar und doch so glatt, dass ich kein

Interesse daran hatte, diesem Mann vorgestellt zu werden, da sie von Arroganz und einer unguten Verschlagenheit zeugte.

Er musterte mich so unverhohlen, dass ich mich für sein Betragen schämte und nicht anders konnte, als trotzig den Kopf zu heben und seinem unerhörten Blick standzuhalten.

»Sie wird die neue Bibliothekarsassistentin«, erklärte Oscar, der offensichtlich der Gesprächigere von den beiden Jungen war, und warf mir einen vielsagenden Blick zu, der von Unsicherheit bis Ungläubigkeit alles enthielt und mir sagte, dass er nicht daran glaubte, dass ich lange bleiben würde.

»Was? Wirklich?«, platzte es belustigt aus Mr Lassiter heraus, als hätte Oscar einen Witz gemacht, und er musste sich bemühen, seine Stimme gesenkt zu halten.

Mir wurde es langsam zu bunt. Ich war ja wohl kein Tier im Käfig. Sollte dieser eingebildete Kerl doch glauben, was er wollte. Innerlich schnaubend wandte ich mich mit einer schwungvollen Bewegung ab und trat aus dem U des Tresens hervor. Ohne den Mann anzusehen, ging ich an ihm vorbei, als er sich mir geschmeidig in den Weg schob.

»Sollte eine schöne Frau sich nicht lieber einen Ehemann suchen, als sich von einem Tyrannen wie Mr Reed herumscheuchen zu lassen?«, wollte er amüsiert von mir wissen und das Glitzern in seinen Augen verriet mir, dass er sich über mich lustig machte.

Mein erster Gedanke war, dass es für mich keinen Unterschied machte, ob der Tyrann mein Vorgesetzter oder mein Angetrauter war, doch ich sprach ihn nicht aus. »Das ist aber traurig«, sagte ich stattdessen und machte ein mitleidiges Gesicht. »Sie klingen so rückständig wie meine Mutter.« Und damit ließ ich ihn einfach stehen.

Ich fand in einem der Seitenflügel einen Raum, der wohl für viele meiner Arbeiten gedacht war, und ärgerte mich, dass Mr Reed nicht die Güte besessen hatte, mich darauf hinzuweisen, dass diese Kammer existierte. Sie war groß wie ein kleiner Salon, mit hohen Fenstern, die in den Park hinausgingen. Helle Regale und Aktenschränke standen an den Wänden, gefüllt mit Bücherkarteien, Aufzeichnungen über Buchbestellungen und Lieferungen und sämtlichen Verleihkarten ehemaliger Studenten, die jemals ein Buch aus diesen Hallen ausgeliehen hatten. Auf einem massiven Holztisch standen mehrere eigentümliche Maschinen, die ich aber schnell identifizieren konnte. Die eine war für die Prägung der Metallplättchen, die an die Buchrücken gehörten, und ich probierte mich an ihr, was leichter war als vermutet. Die zweite nietete die Plättchen an die Buchrücken und ich brauchte einen so immensen Kraftaufwand für den Hebel, dass ich mein ganzes Körpergewicht einsetzen musste, um ihn herunterzudrücken.

Im gleichen Zimmer fand ich auch eine ganze Reihe an hölzernen Platten, jeweils eine Handspanne hoch und breit, dünn wie eine Scheibe Wurst und mit zwei Löchern im oberen Bereich. Auch sie wurden geprägt mit Buchtitel, Autor, Standort des Buches und Schlagwörtern zum Inhalt. Doch leider war es für mich nicht ausreichend ersichtlich, wofür sie gedacht waren. Hatten sie vielleicht etwas mit der besagten Suchmaschine zu tun?

Auch die beschädigten Werke lagerten hier kreuz und quer und ohne jegliche Ordnung, sodass es mir beinahe schon leidtat um die armen Bücher.

Ich ging langsam alle Punkte meiner Liste durch, suchte nach den dazugehörigen Arbeitsbereichen innerhalb der Bibliothek und brachte Stunden damit zu, mich zurechtzufinden.

Die Zeit schritt voran und ich konnte auf der Standuhr, die im rechten Flügel zwischen Theologie und Philosophie an der Wand stand, ablesen, wie schnell.

Ich fühlte mich, als ob ich kaum vorankäme. Die zurückgegebenen Bücher stapelten sich wirr in mehreren Ständern neben dem Tresen im Foyer und obwohl es mir hätte leichtfallen sollen, sie zu sortieren, damit Cody oder auch Oscar sie gesammelt zurück in ihre Abteilungen bringen konnten, brauchte ich doch eine gefühlte Ewigkeit, weil meine Handgriffe so ungelenk waren.

Es entsprach nicht meiner Gewohnheit, so lang auf den Beinen zu sein, da ich mein bisheriges Leben damit verbracht hatte, auf bequemen Möbelstücken zu sitzen und zu lesen. Meine Waden schmerzten gegen Mittag so sehr, dass ich mich für einen Moment auf einen Stuhl im Lesesaal setzen musste. Meine Fußsohlen brannten, meine Knöchel waren sicher geschwollen, meine Arme taten weh und mein Kopf verlangte nach einer Pause.

Die Bibliothek begann sich zur Mittagspause langsam zu leeren und die Studenten stellten die Bücher, die sie nicht mehr benötigten, auf einen Wagen oder liehen sie aus.

Stöhnend erhob ich mich wieder auf meine wunden Füße und ging mit zügigen Schritten auf den Tresen im Foyer zu, an dem bereits reger Andrang herrschte. Cody und Oscar hatten alle Hände voll zu tun und viele genervte und müde Studenten warteten darauf, an die Reihe zu kommen.

Ein Stück entfernt stellte ich mich an den hohen Tresen und nahm ganz dreist einem jungen Mann mit weißblondem Haar das Buch aus der Hand.

»Guten Tag. Ihr Name?«, sprach ich ihn ruhig an und er blinzelte mich überrascht an.

»Higgins«, gab er zurück und ich öffnete die Schublade H, als ob ich den ganzen Tag nichts anderes getan hätte. Wenigstens etwas, was mir leichtfiel.

»Charles oder James?«, fragte ich, als ich zwei Karten mit dem gleichen Nachnamen fand, und der junge Mann lachte, was seine auffällig grünen Augen zum Strahlen brachte. »Charles. James ist mein Cousin«, erklärte er und ich zog die entsprechende Karte heraus. Ich nahm mir einen Füllfederhalter aus einem Keramikbecher und schrieb eilig den Titel und den Autor des Buches in die nächste freie Zeile.

Kurz besah ich mir die verschiedenen Handschriften auf dem Zettel, die zum größten Teil krakelig waren. Nur die letzten zwei Einträge waren wirklich gut lesbar und ich fragte mich, ob es Cody war, der so schön schreiben konnte.

»Sie sind neu«, merkte Mr Higgins freundlich an und ich nickte.

»Brandneu, heute Morgen geliefert«, erwiderte ich spaßhaft und er lachte verhalten.

Ich gab es zwar nicht gerne zu, aber ich musste doch sagen, dass einige Männer in London anscheinend weniger stumpfsinnig waren als die bei uns auf dem Land.

Ich drückte den Stempel hinten ins Buch und reichte es ihm.

»Auf Wiedersehen«, verabschiedete er sich höflich, deutete eine Verbeugung an und verschwand mit einem Lächeln auf den Lippen.

Der Nächste wartete schon und ich sah die Schlange, die sich bereits gebildet hatte.

»Zachary Bostick«, verriet er mir seinen Namen mit Ungeduld in der Stimme, noch bevor ich fragen konnte, und ich wusste, dass ich noch schneller werden musste.

Nachdem die Bibliothek endlich wie leer gefegt war, begann ich hinter den Studenten aufzuräumen. Ich legte Bücher weg, sortierte sie auf die Wagen, nahm eins mit in die Kammer, weil bereits mehrere Seiten ausgerissen waren, und notierte den Mangel auf einem kleinen Zettel, den ich in den Buchdeckel klemmte.

Stöhnend zog ich mir eine Holzkiste heran, in die noch mehr beschädigte Bücher achtlos hineingeworfen worden waren, und besah mir eins nach dem anderen. Zu jedem schrieb ich eine kurze Notiz und etwa fünfzig Bücher später verfluchte ich mein Leben, das einen so unglücklichen Lauf genommen hatte. Mein Rücken schmerzte, meine Arme noch mehr, und meine Füße pochten, auch wenn ich sie bereits hochgelegt hatte.

Gebrochener Buchrücken, lose Seiten im hinteren Teil, schrieb ich gerade und wünschte mich zurück nach Hause auf meinen Dachboden. Dort würde mir der Rücken nicht wehtun.

Ich legte das Buch ordentlich in die Kiste zurück und rieb mir dann die Augen.

Wenn ich jetzt zu Hause wäre, würde meine Mutter mir auf die Nerven gehen, wir würden Tee trinken und sie hätte mir schon von drei jungen Männern erzählt, die infrage kommen würden und die sie bisher nicht im Blick gehabt hatte.

Ich würde mit den Augen rollen, aber meinen Füßen würde es wunderbar gehen.

Ich blinzelte, versuchte, nicht mehr an zu Hause zu denken und ließ den Blick durch die Kammer schweifen. Zu meinem Erschrecken entdeckte ich weitere Holzkisten.

Ich hörte die unverwechselbare Melodie von Big Ben und zählte eine Stunde zu meinem Tag dazu. Es war sechs Uhr am Abend und ich mit meinen Nerven am Ende.

Mein Magen war ein tiefes Loch, da ich heute eigentlich noch nichts gegessen hatte. Meine Arme waren schwer wie Blei und meinen Kopf hielt ich nur noch durch reine Willenskraft aufrecht.

Ich war am Boden. Und bereits sogar so tief gesunken, dass ich mir in den letzten Stunden gewünscht hatte, meine Mutter würde mich einfach an irgendwen verschachern, nur damit ich nicht mehr hier stehen und Ordnung schaffen musste.

Ich wusste nicht, wie lange all die Arbeit schon liegen geblieben war, aber es musste schon eine beträchtliche Zeit sein, wenn sich so viel angesammelt hatte.

Die meisten beschädigten Bücher waren nun durchgesehen, in Kisten verpackt und verschnürt. Doch es waren bisher nur die beschädigten gewesen. Es standen mindestens noch zwei Kisten Neuware herum, von denen sich bisher keiner die Mühe gemacht hatte, sie in die Kartei aufzunehmen und zu etikettieren.

Von den Schlagwörtern mal ganz abgesehen.

Ich hatte die Rückgaben im Foyer sortiert, war durch die Regale gegangen, um verirrte Bücher ausfindig zu machen, hatte sicher dreißig Studenten bei der Suche nach bestimmten Werken geholfen und meine Finger waren voller Tintenflecken.

Seufzend rieb ich mir den Rücken, zog die Tür zur Kammer hinter mir zu und schlich über den langen Gang zwischen den Regalen bis in den Lesesaal.

Hier saßen noch etliche Studenten und wälzten ihre Bücher. Ich hatte heute so viel Papier zwischen den Fingern gehabt, dass meine Hände ganz trocken waren, und trotzdem sehnte ich mich nach meinem Sessel und einfach ein paar Zeilen, die nur mir gehören würden.

Heute Vormittag hatte ich diesen Ort noch in den Himmel gelobt, war erfüllt gewesen von der Atmosphäre, die hier herrschte. Doch jetzt, nach einem ganzen Tag Arbeit, war ich nicht mehr empfänglich für derlei Magisches und fühlte mich müde und stumpf.

»Sie sind noch hier?«, sprach mich jemand erstaunt an und ich war sogar zu erschöpft, um mich zu erschrecken.

Mr Reed stand vor mir, die Augenbrauen überrascht gehoben, ein geöffnetes Buch in den Händen.

Er hatte nicht viel gesagt und doch fühlte ich mich sofort angegriffen. Es war die Art, wie er die Worte hervorbrachte, so als erwartete er, dass ich mich schon längst davongestohlen hätte.

»Natürlich. Ich war den ganzen Tag hier und habe gearbeitet«, empörte ich mich schnippisch und pfiff auf einen höflichen Ton. Dieser Mann war schließlich auch nicht höflich, warum sollte ich es dann sein?

»Sie haben eine Mittagspause von halb zwölf bis ein Uhr und können um fünf nach Hause gehen«, erläuterte er mir und ich wäre ihm in diesem Moment gern ins Gesicht gesprungen.

»Und das teilen Sie mir erst jetzt mit?!«, gab ich fassungslos von mir, als mein Ärger ein Maß erreichte, in dem ich keinen Ausdruck mehr dafür fand.

»Ich habe Sie den halben Tag nicht gesehen. Ich dachte, Sie hätten schon aufgegeben«, behauptete Mr Reed ruhig und als würde er gar nicht bemerken, wie aufgelöst ich war.

»Ich war in der Kammer und habe beschädigte Bücher sortiert. Die sich übrigens ganz schön angesammelt haben und die Sie gerne an den Buchmacher schicken dürfen«, zischte ich und wusste, dass mein Gesicht bereits dunkelrot und heiß sein musste von der Wut, die ich auf diesen Mann hatte.

Zum Glück war mein Korsett nicht besonders eng geschnürt, sonst hätte ich jetzt sicher angefangen, nach Atem zu ringen.

»Was?«, gab Mr Reed leicht lachend von sich. »Und mehr haben Sie in all der Zeit nicht geschafft?«

Er machte sich über mich lustig, ich konnte es sehen, fühlen, wahrscheinlich sogar riechen und war den Tränen nahe, die ich nur durch äußerste Bemühung zurückhielt.

Und eins wurde mir in diesem Moment überdeutlich. Ich hasste diesen Mann aus vollem Herzen.

5

Das Fünfte oder das, in dem ich blieb.

Es war genau sieben Uhr neunundzwanzig und ich stand vor der geschlossenen Tür der Royal University Library. Der Morgen war kalt, noch kälter als gestern, und ich hatte mir einen wärmeren Mantel angezogen. Meine Finger waren eisig, obwohl ich Handschuhe trug, und ich holte zittrig Luft.

Wenn man mich gefragt hätte, was mich dazu bewogen hatte, heute Morgen wieder hierherzukommen, ich hätte keine Antwort gehabt.

Mein Onkel war nicht zu Hause gewesen, als mir Mr Dolls, der Butler, die Tür geöffnet hatte. Tante Lillian sagte mir, dass er wohl erst morgen Abend wieder da sein würde und ich schimpfte ihn innerlich einen Feigling, weil er sich so der Auseinandersetzung mit meinem noch frisch entfachten Zorn entzog.

Meine Beine zitterten, als mich meine Tante zum Abendessen nötigte und ich verschlang ganz undamenhaft eine ganze Lammkeule, fünf große Kartoffeln und zwei Schokoladenpudding mit Schlagsahne.

Sie fragte mich, wie es mir in der Bibliothek ergangen war, und ich hatte nichts darauf erwidert.

Unruhig hatte ich mich die halbe Nacht herumgewälzt und die andere Hälfte schlecht geträumt, nur um schließlich um sechs in der Früh hellwach im Bett zu sitzen und mich zu fragen, was ich nun tun sollte.

Wollte ich mir das heute wirklich noch einmal antun?

Ich konnte einfach im Bett bleiben, sagen, dass das alles nichts für mich war und wieder in mein Provinznest zurückkehren. Ich würde einfach alles hinschmeißen und Mr Reed würde weiterhin schlecht von mir denken. Doch was gab ich schon auf die Meinung eines unhöflichen Mannes, der Spaß daran hatte, andere Menschen mit Arbeit zu überfordern, um dabei zuzusehen, wie sie unter der Last zusammenbrachen.

Außerdem würde es zu Hause niemand wissen. Meine Eltern hatten Stillschweigen darüber bewahrt, dass ich vorhatte zu arbeiten, und niemand würde mich je wieder darauf ansprechen.

Außer meiner Mutter vielleicht.

Das klang in meinem Kopf alles fantastisch und doch hatten sich meine Beine aus dem Bett bewegt. Ich hatte mich gewaschen und angezogen und war noch vor Tante Lillian im Esszimmer eingetroffen, um ein schnelles Frühstück zu mir zu nehmen.

Meine Tante hatte mich gefragt, ob ich mir sicher wäre; ich hatte nur schmal gelächelt und nach meinem dickeren Mantel verlangt.

Und jetzt stand ich hier, frierend, unentschlossen und wartete darauf, dass die Türen sich öffneten.

Ich war nur wenigen Menschen begegnet und fühlte mich in dem Vorurteil bestätigt, dass das Studentenleben immer erst nach neun Uhr am Morgen begann.

Eine graue Gestalt kam durch den dünnen Nebel. Mit großen Schritten, den Kragen hochgeschlagen und einen dicken Schal um den Hals, kam Mr Reed durch den morgendlichen Dunst auf mich zu, die Augen auf den Boden gerichtet, die Gedanken ganz weit weg.

Er bog auf den Weg zur Bibliothek ein und kramte in seiner Manteltasche nach einem Schlüsselbund, bevor er den Blick hob und wie angewurzelt stehen blieb.

»Guten Morgen, Mr Reed«, sagte ich aus dem Zwang heraus, höflich zu sein, und verkniff mir, von einem Bein auf das andere zu treten, um mich warm zu halten. Ich wollte schließlich nicht wie ein zappeliges Kind aussehen.

Meine Wut gegenüber diesem Mann war inzwischen verraucht und obwohl ich ihn immer noch nicht besser leiden konnte, fiel es mir schwer, ihn so inbrünstig zu hassen wie noch einen Tag zuvor.

»Miss Crumb«, kam es überrascht aus seinem Mund, als wäre ich heute Nacht von fliegenden Piraten verschleppt worden und durch ein Wunder wieder hier vor die Tür der Bibliothek geraten. »Sie sind hier«, fügte er hinzu und ich entschied, es zu handhaben wie bei meiner Mutter und mich absichtlich unwissend zu stellen.

»Es ist sieben Uhr dreißig. Wo sollte ich sonst sein?«, gab ich also zurück und behielt meinen neutralen Gesichtsausdruck bei.

Mr Reed nickte und setzte sich wieder in Bewegung. Während die Schlüssel beim Aufschließen gegeneinanderklirrten, lag sein Blick prüfend auf mir und ich bemühte mich, ihn nicht anzusehen und richtete meinen Blick stattdessen möglichst gelangweilt auf die Tür.

»Sie sind einer von sechs, die am nächsten Tag wiedergekommen sind«, meinte er plötzlich und ich wandte ihm meinen Blick zu.

Ich hob nur unbeeindruckt die Augenbrauen, auch wenn ich gern laut geschnaubt hätte. Es wunderte mich gar nicht, dass sie nicht wiederkamen, wenn sie von ihm so behandelt wurden wie ich. »Von wie vielen insgesamt?«, fragte ich und die Tür schwang auf.

»Fünfundzwanzig«, antwortete Mr Reed mir und machte eine Geste mit der Hand, die mir bedeutete, als Erste ins warme Innere des Gebäudes zu treten.

Ich raffte meine Röcke und stieg die kleine Stufe hinauf ins Foyer. Das war die erste höfliche Geste gewesen, die Mr Reed mir gegenüber gezeigt hatte, und es überraschte mich, da ich ihm allgemeine Höflichkeit bereits abgesprochen hatte.

Gerne hätte ich zu ihm gesagt, dass es mich nicht wunderte, dass die neunzehn anderen nicht wiedergekommen waren, doch da war Mr Reed auch schon an mir vorbei und lief mit großen Schritten auf die Treppe zu, die seinem Büro am nächsten war.

»Kommen Sie, Miss Crumb. Keine Müdigkeit vortäuschen!«, rief er mir zu und es hörte sich seltsam an, wie der Klang seiner Stimme durch den runden Lesesaal hallte. Es kam dem Entweihen einer Kirche gleich, in einer Bibliothek die Stimme zu heben, ungeachtet dessen, dass außer uns niemand hier war.

Ich blinzelte, nahm mir vor, in Zukunft schneller mit meinen Antworten zu sein und ging trotz Aufforderung nur so zügig, wie es sich für eine Dame gehörte.

Ich stieg die Treppen hinauf, kam an Mr Reeds Bürotür vorbei, hinter der ein Geräusch ertönte, als wäre etwas Schweres zu Boden gefallen. Ein lautes Fluchen folgte und ich machte mich eilig daran, meinen Mantel im Nebenraum abzulegen.

Gerade kam ich wieder heraus, da stand Mr Reed auch schon vor mir. Er trug einen dunkelbraunen Anzug und eine hellere Weste zu einem beigefarbenen Hemd. Es stand ihm gut und betonte die dunkle Farbe seiner Augen.

»Hier«, sagte er und hielt mir einen kleinen Seidenbeutel hin. »Zwei Schilling bekommt der Zeitungsjunge und keinen Penny mehr. Lassen Sie sich nicht von ihm abziehen«, wies er mich an und ich nahm den Beutel entgegen. Er war schwer und ich schob ihn mir in die Rocktasche, aus der ich im gleichen Zug Notizblock und Bleistift herauszog.

2 Schilling, schrieb ich hinter den Punkt mit den Zeitungen auf meiner Liste und lief dabei Mr Reed hinterher, der zurück zur Treppe ging.

»Mr Reed, eine Frage«, sprach ich ihn an, gerade als er die ersten paar Stufen genommen hatte. Er machte auf dem Absatz kehrt und sah mich durchdringend an.

Es war ein komisches Gefühl, auf ihn herabzusehen, obwohl er es scheinbar gar nicht bemerkte.

Ein ungeduldiges Zucken seiner Augenbrauen war die einzige Aufforderung, die ich bekam.

»Wo befindet sich das Archiv und wie finde ich dort den Platz, an den die alten Zeitungen gehören?«, wollte ich wissen und Mr Reeds Gesicht bewegte sich kaum.

»Das waren aber zwei Fragen«, gab er altklug von sich und ich kniff die Lippen zusammen. Meine Laune, die ich bisher recht neutral gehalten hatte, begann sich zu verschlechtern.

»Mein Fehler«, gab ich also zu und zwang mich, die Mundwinkel zu heben, um meine Gefühle zu verbergen.

Mr Reed nickte nur, wandte sich wieder von mir ab und nahm die restlichen Stufen. »Im Westflügel gibt es weiter hinten einen Durchgang, der zu einer Treppe führt«, erklärte er und wies nachlässig nach rechts durch die hohen Türen. »Nehmen Sie sich einfach ein bisschen Zeit und sehen sich dort unten um. Sie scheinen ja sowieso für alles ein bisschen länger zu brauchen«, spottete er über mich, ohne sich noch mal zu mir umzudrehen, verschwand unter dem Rundgang und so auch aus meinem Blickfeld. Ich stand immer noch am oberen Ende der Treppe und ballte meine Fäuste so fest, dass ich in einer Hand den Notizblock zerquetschte.

Das war jetzt mehr als nur bloße Unhöflichkeit. Das war eine Beleidigung gewesen und ich wäre diesem Mann nur zu gern hinterhergerannt und hätte ihm irgendwas an den Kopf geworfen. Worte möglicherweise. Aber am liebsten ein Buch oder einen großen Stein.

Doch ich zwang mich stattdessen tief durchzuatmen, strich die Seiten meines Blocks wieder glatt und stieg, den Kopf würdevoll nach oben gereckt, die Stufen nach unten.

Mr Reed stand nahe der Treppe an einem Regal, fuhr mit dem Zeigefinger über die Buchrücken und zog dann eins heraus. Er klemmte es sich unter den Arm und suchte ein weiteres.

Ich blieb nicht stehen, um ihn zu beobachten, ich hatte meine Arbeit zu erledigen. Und nur, weil ich noch nicht so routiniert war und einen Hang zur Gründlichkeit hatte, brauchte dieser hochnäsige Mensch sich gar nicht anmaßen, sich über mich lustig zu machen.

Ich lief zu dem Ständer mit den Zeitungen, nahm alle heraus, die täglich erschienen, und stemmte mich gegen den Schraubverschluss der hölzernen Einspannungen. Sie waren so fest zugedreht, dass mir schon nach dem dritten die Finger schmerzten, doch ich blieb dran, versuchte es mir nicht anmerken zu lassen und stapelte die Zeitungen neben mir auf einem Hocker, der an der Wand gestanden hatte.

Nachdem ich fast fertig war, kam ein Junge in die Bibliothek geschlurft. Er war vielleicht gerade mal zehn, hatte eine viel zu große Jacke an und die Mütze auf seinem Kopf rutschte ihm ständig in die Augen. Unter dem Arm trug er einen Stapel Zeitungen und lief damit schnurstracks auf den Tresen zu. Mit einem dumpfen Geräusch landete das bedruckte Papier auf der Tischplatte. Ich ging ihm entgegen und als er sich die Mütze vom Kopf gezogen hatte, blickten seine Augen in meine Richtung. Rote Haare standen unordentlich von seinem Kopf ab, seine Wangen waren von der Kälte gerötet und Millionen kleiner Sommersprossen zierten sein Gesicht.

»Guten Morgen«, grüßte ich leise und zog den seidenen Beutel aus meiner Rocktasche.

»Morgen«, nuschelte der Junge und musterte mich unverhohlen von oben bis unten. »Sie sind aber 'ne schicke Maus«, sagte er mit dem Ton eines Seemanns in der Stimme und zwinkerte mir selbstgefällig mit einem Auge zu.

Ich hielt die Luft an.

Gut, dass meine Wut auf Mr Reed noch ganz frisch war und ich gegenüber einem ungewaschenen, übermütigen Straßenburschen keinerlei Scheu hatte, diese Wut auch zu zeigen.

»Erstens ist mein Name Miss Crumb!«, kam es so scharf aus meinem Mund geschossen, dass dem Jungen dabei das Grinsen auf der Stelle verging. »Zweitens wirst du in Zukunft weder unhöflich noch unverschämt sein. Solltest du also jemals wieder auf die dumme Idee kommen, mich nach einem Nagetier zu benennen, werde ich dich an einem Ohr hier rauszerren und dafür Sorge tragen, dass sich ein anderer Junge mit besseren Umgangsformen für deine Arbeit findet.«

Sein Gesicht hatte jegliche Farbe verloren und seine Augen, die mir gerade noch so unverblümt entgegengestarrt hatten, senkten sich auf seine schäbigen Schuhspitzen.

»Hast du mich verstanden?«, forderte ich ihn auf, mich zu bestätigen, und stellte mit Befriedigung fest, wie er nervös seine Mütze zwischen den Fingern knetete.

»Ja, Ma'am«, kam es kleinlaut aus seinem Mund und ich atmete einmal tief durch, ehe ich den Seidenbeutel öffnete und zwei Schilling herausnahm.

»Mr Reed sagte, du bekommst zwei Schilling«, eröffnete ich ihm und er nickte zaghaft. Ich hielt ihm die Münzen hin, er nahm sie zögerlich entgegen und versenkte sie in seiner Jackentasche.

»Danke, Ma'am«, nuschelte er und räusperte sich dann. Sein Blick huschte umher, weil er nicht wusste, wohin er schauen sollte, und dann holte er tief Luft. »Darf ich jetzt gehen?«, wollte er wissen und ich war von mir selbst beeindruckt.

Ich hatte nie viel mit Kindern zu tun gehabt. Seit ich selbst keins mehr war, waren sie mir uninteressant und strapazierten lediglich meine Nerven.

Daher hätte ich auch nie von mir gedacht, dass ich dazu fähig war, einem von ihnen Respekt einzuflößen.

Meine Mutter hatte meine dunklen Röcke oft als Kluft einer Gouvernante geschimpft. Vielleicht hatte sie damit gar nicht so unrecht.

»Ja, nachdem du dich verbeugt und mir einen *Guten Tag* gewünscht hast, wie es sich in Gegenwart einer Dame gehört«, forderte ich und fragte mich, ob es nicht langsam zu viel des Guten war. Doch wahrscheinlich würde er es sonst nirgendwo anders zu hören bekommen und ein paar gute Umgangsformen zu besitzen, hatte noch niemandem geschadet.

Der Junge folgte meinen Anweisungen, verbeugte sich so ungelenk, als würde er es das erste Mal tun, wünschte leise einen *Guten Tag* und rannte dann so schnell davon, dass seine Schritte unangenehm laut durch das ganze Foyer hallten.

Jetzt ging es mir besser. Ich hatte meinem Ärger Luft gemacht, fühlte mich befreit und hatte auch meine Schlagfertigkeit wiedergefunden. Nun musste ich diesen Zustand nur beibehalten.

Beschwingt nahm ich die Zeitungen vom Tresen und versuchte darauf zu achten, die Manschetten meiner cremefarbenen Bluse nicht mit Druckerschwärze zu versauen.

»Tja«, machte eine tiefe Stimme hinter mir und ich schaffte es, nicht zusammenzuzucken, obwohl mein Herz einen gewaltigen Satz machte. »Bei Ihnen möchte ich kein Schüler sein, Miss Crumb«, meinte Mr Reed fast tadelnd und ich drehte mich mit einem Mal zu ihm um.

Ich sah nicht sonderlich elegant aus mit dem Stapel Papier auf dem Arm, aber wenigstens fiel mir sofort etwas ein, was ich ihm antworten konnte.

»Vielleicht hätten Ihre Manieren das aber nötig«, gab ich schroff zurück, strafte ihn mit einem kurzen, strengen Blick, machte einen höflichen Knicks und ließ ihn dann mit den Büchern zurück, die er auf dem Tresen abgelegt hatte.

Ihm schien so schnell wohl nichts Passendes eingefallen zu sein, denn er sah mir nur überrascht hinterher und ich machte mich nun gut gelaunt daran, die neuen Zeitungen in die Holzverspannungen einzufädeln.

Jetzt fühlte ich mich voller Tatendrang, stellte die Zeitungen in den Ständer zurück und schnappte mir die alten, um einen Blick ins Archiv zu werfen.

Es tat gut, Kontra zu geben, den Ärger nicht immer runterzuschlucken und ich fühlte mich beinahe euphorisch.

Jedoch schwand meine Hochstimmung sehr schnell wieder, als ich die steinernen Treppenstufen nach unten ins Archiv stieg. Ich trug eine Laterne bei mir, die ich oben an einem Haken gefunden hatte, und trotzdem wurde das Licht scheinbar von den Wänden verschluckt und verwandelte alles in düstere, tanzende Schatten.

Die Treppe endete so abrupt, dass ich in Erwartung weiterer Stufen beinahe hingefallen wäre. Es war ein ekliges Gefühl, mit vor Schreck rasendem Herzen im Halbdunkel zu stehen und kein anderes Geräusch zu hören als den eigenen Atem.

Ich räusperte mich, richtete mich auf und hielt die Laterne in die Luft. Vor mir führte ein Türbogen in ein weites Gewölbe und ich schlich vorwärts, die alten Zeitungen an meine Brust gepresst, in der beständigen Hoffnung, hier unten niemandem zu begegnen. Denn eine Person, die aus den Schatten auftauchte, würde mein Herz nicht verkraften.

Ein gespenstischer Luftzug bewegte meinen Rock, streichelte meine Wange und ich quietschte erschrocken auf, obwohl gar nichts geschehen war. Ich verspürte den Drang, mich zu bekreuzigen, um das Böse abzuwehren, obgleich ich eine Frau der Wissenschaft war und an böse Geister überhaupt nicht glaubte. Leider hatte ich die Hände voll und zwang mich selbst, weiter in den stockfinsteren Raum zu treten.

Sei nicht so ein Angsthase, ermahnte ich mich und traute mich doch nicht, einen Mucks zu machen.

Ich versuchte die Laterne weiter vor mich zu halten, um besser sehen zu können, als das Licht sich plötzlich in einem glatten Gegenstand brach und für einen winzigen Moment ein riesiger Raum voller Schränke erschien, der gleich wieder im Nichts versank, als ich mit der Hand zurückzuckte.

Was war denn das gewesen?

Langsam streckte ich die Laterne wieder nach vorne. Neben mir an der Wand stand ein Tischchen mit einem Spiegel, ähnlich einer

Frisierkommode, in dessen Mitte eine Laterne stand. Ich nahm sie herunter und stellte stattdessen meine eigene dorthin. Sofort erhellte sich das gesamte Gewölbe in schummrigem Licht.

Gegenüber meiner Laterne war ein zweiter Spiegel an der Wand, der das Licht wiedergab, und diesem gegenüber wieder einer mit demselben Effekt. Es führte sich fort bis in den hintersten Winkel des Archivs. Von Spiegel zu Spiegel, erleuchtet von nur einer einzigen Laterne.

Ich war fasziniert und schockiert gleichermaßen, und leider tröstete mich diese außergewöhnliche Entdeckung nicht über das Unwohlsein hinweg, das ich in diesen Gemäuern verspürte.

Ein leichter Zug lag in der Luft, die so trocken war, dass mir das Schlucken nach wenigen Augenblicken schon schwerfiel.

Ich ließ die Laterne auf dem Tischchen und wagte mich langsam weiter in den Raum. Die Schränke standen in langen Gängen, Rücken an Rücken und sie alle waren mit metallenen Schildern beschriftet.

Der Schrank für die Zeitungen war weit vorne. Als ich diesen öffnete, fand ich mehrere Kisten, für jedes Zeitungshaus eine. Ich beeilte mich, die richtigen Kisten für meine im Stapel befindlichen Papiere zu finden und schloss den Schrank wieder.

Furchtsam schreckte ich zusammen, als ich im Augenwinkel eine Bewegung wahrnahm, wich zurück und stieß mit dem Rücken gegen einen der Schränke, in dem es laut schepperte. Mein Herz schlug so heftig gegen meine Rippen, dass es wehtat. Es dauerte aber nur einen Moment, bis ich erkannte, dass ich mich vor meinem eigenen Spiegelbild erschreckt hatte, das geisterhaft in einer Vitrine schimmerte.

Ich musste hier raus. Und zwar schnell. Mit eiligen Schritten lief ich in den Gang zurück und zu meiner Laterne, die mir den Weg zur Treppe erleuchtete. Ungelenk nahm ich sie von ihrem Platz auf dem Tischchen und sofort stürzte sich hinter mir wieder alles in Dunkelheit.

Eine fiese Gänsehaut zog sich über meinen ganzen Körper, ich rannte so schnell mein Rock es zuließ die Treppenstufen wieder nach oben und versuchte, nicht an die Schatten zu denken, die von unten nach mir zu greifen schienen.

Viel zu hastig schob ich die Tür am oberen Ende der Treppe hinter mir zu und lehnte mich mit dem Rücken dagegen, um wieder zu Atem zu kommen. Dieses Archiv war der wahrhaftig gruseligste Ort, an dem ich je gewesen war, und ich wollte mir gar nicht vorstellen, dass ich zukünftig jeden Tag da runtermusste.

Ich atmete tief ein, löste meine verkrampften Finger um den Laternengriff und blies schlussendlich sogar die Kerze darin aus. Die Vormittagssonne schien durch die hohen Fenster auf den steinernen Boden und vertrieb die Gänsehaut von meinen Armen.

Meine Bluse war voller Druckerschwärze. Na wunderbar.

Stunden saß ich daran, die Kisten mit den Neuerscheinungen auszupacken und für jedes Buch eine Eintragung im Register zu erstellen, die Titel, Autor, Thema, Erscheinungsdatum, Herkunft und Nachbestellungsinformationen beinhaltete.

Als Big Ben elf Uhr schlug, fühlte ich mich bereits erschlagen und sah mich doch einer Unzahl Bücher gegenüber, die ich noch nicht mal ausgepackt hatte.

Was hatten denn die vierundzwanzig vor mir gemacht? Nur herumgesessen und Däumchen gedreht? Es konnte doch nicht sein, dass so viel liegen bleiben konnte und sich niemand darum kümmerte.

Meine Finger waren voller Tinte, meine Ärmel bedeckt mit dunklen Flecken, die sich nicht hatten rausklopfen lassen, und eine Haarsträhne klebte mir verschwitzt im Nacken. Mein Rücken tat weh und ich beschloss, später weiterzumachen und erst einmal die Rückgabe vorzusortieren.

Am Tresen fand ich Oscar, allein. Nachdem ich mich vorsichtig erkundigt hatte, erfuhr ich, dass Cody morgen wieder da sei und dass sie nur montags und freitags zu zweit waren.

Dankend lächelte ich ihm zu, worauf er die Augen verlegen zu Boden schlug, und um ihn nicht weiter in Verlegenheit zu bringen, begann ich ohne ein weiteres Wort das Sortieren der Bücher. Ich war schneller als gestern und als der große Ansturm vor der Mittagspause begann, war ich bereits fertig. Wahrscheinlich war es aber auch der Tatsache geschuldet, dass sich seit gestern nicht so viel angesammelt hatte.

Ich half Oscar beim Verleihen der Bücher, fragte nach Namen, schrieb Buchtitel auf und dann hörte ich plötzlich einen Namen, der mir so bekannt vorkam, als sei es mein eigener.

»Henry Crumb«, sagte der Mann vor mir, den ich erst ansah, als er mir sein Buch reichte, und mir entfuhr ein leicht hysterisches Quieken.

»Henry!«, rief ich viel zu laut und wäre meinem Bruder am liebsten um den Hals gefallen. Doch wir waren in der Öffentlichkeit, ich hatte zu arbeiten und ein Tresen stand zwischen uns.

»Wann hast du Pause?«, wollte er schnell wissen und ich schaffte es kaum, meinen Blick von ihm abzuwenden, um in der Schublade C nach seinem Namen zu suchen.

»Halb zwölf«, informierte ich ihn und Henry lachte.

»Also vor fünf Minuten«, gab er zurück und mein Blick fuhr herum zu der Uhr, die schräg über uns wie in einem Bahnhof von der Decke hing.

»Oh, ja«, stellte ich fest und Oscar hinter mir schnaubte.

»Schreiben Sie das Buch auf und gehen Sie. Ich schaff das hier«, sagte er mürrisch und doch war sein Unterton nicht abfällig.

Ich zog Henrys Karte heraus, notierte das Buch und schob sie wieder zurück.

»Danke«, flüsterte ich Oscar zu und ich könnte schwören, einen Hauch Rosa auf seinen Wangen schimmern gesehen zu haben.

Eilig lief ich nach oben, um meinen Mantel zu holen, und hakte mich dann bei Henry unter, der mir den Arm anbot.

»Tante Lillian hat mir geschrieben, dass du da bist. Es ist so verrückt. Ich dachte, sie hätte sich verschrieben, als ich gelesen habe, dass du in der Bibliothek arbeiten sollst«, eröffnete Henry mir, während wir die Stufe nach draußen überwanden und den gepflasterten Weg entlangschlenderten.

Seit Henry hier in London Rechtswissenschaft studierte, hatte ich ihn nur noch zu den Feiertagen und zu Mutters Geburtstag zu Gesicht bekommen. Und da er auch immer viel zu tun hatte, waren seine Briefe mit der Zeit immer kürzer geworden.

Ich betrachtete ihn von der Seite und stellte überrascht einige Veränderungen an ihm fest. Er trug sein dunkelblondes Haar nun etwas länger, seine Koteletten waren verschwunden und der Schnauzer, den ich schon immer für albern gehalten hatte, auch.

»Sagen wir, ich wusste nicht, worauf ich mich einlasse, als Onkel Alfred und Vater mich überredet haben. Aber Mutter hat mir damit gedroht, mich mit dem langweiligen Mr Michels zu verloben, wenn ich nicht bald von meinem Dachboden komme«, witzelte ich, obwohl es nicht einmal zur Hälfte als Witz gemeint war. Henry lachte und doch war sein Blick ernst geblieben.

»Mr Michels, wirklich?«, wollte er skeptisch wissen und hob die Augenbrauen. »Der popelt in der Nase, wenn er sich unbeobachtet fühlt«, bestätigte Henry mich und nun musste ich wirklich lachen. »Hast du Hunger?«, wollte er von mir wissen und ich nickte eifrig. Denn ich hatte wirklich einen Bärenhunger.

Henry führte mich in die Cafeteria der Universität, die im letzten Jahrhundert eine Orangerie gewesen war. Da das Wetter draußen grau war, wurde der Saal durch warmes Laternenlicht erhellt und schuf so trotz der Größe eine heimelige Atmosphäre. Der Geruch von gebackenen Kartoffeln hing in der Luft und mir lief das Wasser bereits im Mund zusammen, noch bevor wir uns ein deftiges Mittagessen, Tee und zwei Stück Kuchen besorgen konnten.

»Und? Wie machst du dich bisher so als Bibliothekarsassistentin?«, erkundigte sich Henry süffisant, als wir uns an einen der unendlich vielen Tische setzten, und ich seufzte laut. Doch wenigstens machte es mir nichts aus, ihm gegenüber ehrlich zu sein.

Henry verstand mich. Er hatte mich schon immer verstanden und ich wandte mich schon seit wir Kinder waren in allen Problemen vorrangig an ihn. Er war ein verständiger, fröhlicher und sanftmütiger Mensch, der mich immer ernst genommen hatte und auf den ich mich voll und ganz verlassen konnte. So wie er sich auf mich.

»Ich glaube, nicht so gut. Es ist unglaublich viel zu tun und ich komme zu langsam voran. Hunderte Bücher liegen herum und keiner hat sich um sie gekümmert. Alles ist so groß, dass mir die Füße wehtun, wenn ich einmal hin und her gelaufen bin. Und zu allem anderen bin ich noch gar nicht gekommen«, gestand ich.

»Dann mach doch einfach langsam. Es ist dein zweiter Tag, Ani. Du setzt dich zu sehr unter Druck«, riet Henry mir und ich sackte in mich zusammen, so gut das mit Korsett eben möglich war.

»Du hast leicht reden. Du hast ja auch nicht den Teufel im Nacken, der nur darauf wartet, dass du versagst, damit er sich über dich lustig machen kann«, schimpfte ich, nahm meine Gabel zur Hand und begann zu essen. Essen war gut, Essen beruhigte mich.

»Du meinst Mr Reed?«, lachte Henry und ich sah ihm an, dass er sich zusammenreißen musste, um nicht noch lauter zu lachen.

»Natürlich, wen sonst?«, blaffte ich und pickte mir ein Stück Truthahn aus dem Krautsalat. »Er ist dreist und vorlaut und von Höflichkeit hat er auch noch nie etwas gehört. Er behandelt mich, als ob ich sowieso gleich versagen würde und ich es nicht wert wäre, dass er überhaupt das Wort an mich richtet«, schimpfte ich leise weiter und Henry versteckte sein Lachen hinter seiner Hand.

»Du lässt kein gutes Haar an ihm, was?«, meinte er und ich zuckte mit den Schultern.

»Warum auch? Soweit ich gehört habe, kann niemand ihn ausstehen.« Es schüttelte mich innerlich, wenn ich an ihn dachte, wie er auf mich herabsah und so tat, als ob ich nur nett herumsitzen würde, anstatt zu arbeiten.

»Ich mag ihn«, sagte Henry plötzlich und mir fiel vor Schreck die Kartoffel von der Gabel. Ich sah ihm in die blauen Augen, um sicherzugehen, dass er mich auch nicht auf den Arm nahm, und konnte darauf einfach nichts erwidern.

»Schau mich nicht so an, Ani. Er ist keine Höllenkreatur«, fuhr er fort und ich hätte ihm gerne widersprochen, wäre meine Stimme wieder bei mir gewesen. »Er macht es dir nicht aus Bosheit so schwer, sondern um dir die Gelegenheit zu geben, es allein zu schaffen, ohne Hilfe, wie ein erwachsener Mensch.«

»Sag das nicht so, als ob ich noch ein Kind wäre«, grummelte ich.

»Dann benimm dich auch nicht wie eins!«, warf er mir an den Kopf und stellte seinen Tee wieder ab. »Hör auf zu meckern, tu, was du kannst und alles andere wird sich schon fügen. Wenn du dich provozieren lässt, ist das nur ein Zeichen dafür, dass du dich nicht beherrschen kannst. Und dann wirst du auch weiter wie ein Kind behandelt werden.«

Mühsam schluckte ich gegen den Kloß an, der sich in meinem Hals bildete und mir signalisierte, dass ich mir eigentlich bewusst war, dass Henry recht hatte. Ich musste aufhören, wild um mich zu schlagen, und anfangen, die Dinge zu tun, weil ich es wollte und nicht, um Mr Reed oder meiner Mutter eins auszuwischen.

Aber das war leichter gesagt als getan.

Zumindest hatte Henry mir die Augen geöffnet und mir endlich einen guten Grund gegeben, zu bleiben. Und zwar um meinetwillen und nicht, um jemand anderem etwas zu beweisen.

»Ani.« Sein Blick wurde versöhnlicher. »Du schaffst das.«

Ich nickte, schob meinen Teller zur Seite, von dem ich nur ein paar Bissen gegessen hatte, und machte mich über das Stück Kuchen her. Schließlich war ich erwachsen. Erwachsene durften auch entscheiden, den Kuchen zuerst zu essen.

»Außerdem geratet ihr beide euch nur so sehr in die Hörner, weil ihr euch ziemlich ähnlich seid«, behauptete Henry plötzlich und ich verschluckte mich.

»Bitte was?!«, zischte ich scharf und konnte nur knapp verhindern, dass mir der Kuchen wieder aus dem Mund fiel. »Ganz bestimmt nicht. Hast du nicht gehört, wie ich sagte, er sei dreist und vorlaut und ohne eine Spur von Höflichkeit?«, empörte ich mich, nachdem ich geschluckt hatte, und in Henrys Augen kehrte das Lächeln zurück. Anstatt zu antworten, hob er nur vielsagend eine Augenbraue.

»Ich bin nicht dreist und vorlaut«, wiederholte ich. Henry begann stumm zu essen, womit er mich nur noch mehr verhöhnte.

»Da sagt Mutter aber was anderes«, erwiderte er und ich hörte die nur schwer zu versteckende Belustigung in seiner Stimme, die mich ärgerte.

Denn er hatte schon wieder recht. Mutter beschwerte sich ständig darüber, dass ich im richtigen Moment nicht den Mund hielt und immer alles besser wusste.

»Aber ich bin höflich«, versuchte ich es irgendwie noch zu retten. Henry nickte.

»Na ja. Du meinst, du versteckst deine Unhöflichkeit besser als er«, kommentierte er amüsiert und ich starrte ihn erbost nieder. Das von meinem eigenen Bruder zu hören, traf mich härter, als ich gedacht hätte, und ich wusste nicht, ob ich es verkraften konnte, ihm in diesem Punkt ebenfalls recht zu geben.

6

Das Sechste oder das, in dem ich eine Gleichgesinnte fand.

Ich stand neben einem leise knisternden Kamin. In der einen Hand hielt ich ein Glas mit Sodawasser, in der anderen ein kleines Sandwich mit Pastete und starrte genervt in einen großen Salon voller Menschen, die ich nicht kannte.

Eigentlich wollte ich überhaupt nicht hier sein und die versprochene Musik blieb bisher auch aus.

Nachdem mich Henry wieder zurück zur Bibliothek gebracht und mich zum Abschied einmal so fest an sich gedrückt hatte, dass ich kaum noch Luft bekam, war ich wieder in meiner Kammer verschwunden, um dort weiterzumachen, wo ich zuvor aufgehört hatte.

Obwohl sich nicht wirklich etwas an meiner Situation änderte, fühlte es sich nach unserem Gespräch zumindest besser an, hier zu sitzen und zu arbeiten.

Ich strich mit den Fingerspitzen über den lederbezogenen Einband eines dicken Buches, das ich aus Seidenpapier ausgewickelt hatte. Die frische Druckertinte stieg mir in die Nase, ich sah den Staub in der Luft tanzen, der von den geschnittenen Seiten herrührte, und genoss die Sonnenstrahlen, die durchs Fenster hereinschienen und der ganzen Situation eine nostalgische Note verliehen. Es machte mich langsam, wenn ich die Bücher genoss und nicht einfach abarbeitete, aber das war mir in diesem Moment nicht wichtig.

Ich nahm mir Henrys Worte zu Herzen und ging es langsam an. Es war mein zweiter Tag und ich wollte an diesem Abend und allen folgenden nicht wieder so abgekämpft nach Hause taumeln, wie ich es gestern getan hatte. Man hatte mich hierher gebracht in der Annahme, in einer Bibliothek zu arbeiten und nicht, die Sklavin für einen verrückten Bibliothekar zu sein. Ich wollte nicht auf seine Meinung angewiesen sein. Ich würde tun, was ich konnte, mich nicht länger aus der Ruhe bringen lassen und schließlich dadurch beweisen, dass ich eine vollwertige Erwachsene war.

Was sollte er auch machen, außer mich weiter mit arroganten Blicken und gemeinen Kommentaren zu bedenken. Rauswerfen konnte er mich nicht. Zumindest nicht innerhalb des nächsten Monats, dafür hatte Onkel Alfred gesorgt.

Trotz allem bewältigte ich in den nächsten Stunden weit mehr, als ich mir anfangs zugetraut hatte. Bevor ich ging, sortierte ich die Bücher so, dass sie einer Ordnung folgten und ich morgen weniger zu suchen hatte. Dann schraubte ich das Tintenfass zu, klopfte mir den Staub aus dem dunklen Stoff meines Rockes und verließ die Kammer aufgeräumter, als ich sie anfangs vorgefunden hatte.

Mr Reed fand ich im großen, runden Lesesaal vor. Er redete leise mit einem Mann, der noch Mantel und Hut trug und der sich nach wenigen Augeblicken auch schon wieder verabschiedete. Ich nahm die Gelegenheit wahr, mich bei dem Bibliothekar noch einmal zu zeigen, damit er wusste, dass ich pünktlich gehen würde und nicht schon vorher abgehauen war.

»Miss Crumb«, sagte er, als er mich auf sich zukommen sah. Er wirkte nicht gerade erfreut. Seine Augenbrauen waren düster zusammengezogen, die Stirn voller bösartiger Falten. Und auch wenn ich sah, dass er sich um einen neutralen Gesichtsausdruck bemühte, gelang ihm das kaum.

»Mr Reed«, erwiderte ich und fragte mich unwillkürlich, was ich wohl angestellt hatte, da schnaubte er plötzlich, nahm die Brille ab und rieb sich mit zwei Fingern die Nasenwurzel.

»Verzeihen Sie meine Aufgebrachtheit. Der Gentleman gerade hat meine Nerven strapaziert«, gab er ganz offen zu und setzte sich die Brille wieder auf. »Wie kann ich Ihnen helfen?«, erkundigte er sich mit einem Seufzen und zwang sich sogar zu einem schmalen Lächeln.

Ich wusste nicht, was ich davon halten sollte, dass er auf einmal anfing, mir eine gewisse Art von Entgegenkommen zu zeigen. War das eine Finte, um mich erneut zu beleidigen, oder hatte er sich wirklich besonnen und begann tatsächlich, mehr Höflichkeit an den Tag zu legen?

Ich schätzte nicht, dass ich es gewesen war, die diese Veränderung hervorgerufen hatte, indem ich ihn seiner schlechten Manieren wegen rügte. Vielleicht lag es ja an dem Gentleman, der soeben gegangen war und der Mr Reed so viele Nerven gekostet hatte, dass ich dagegen lediglich das kleinere Übel zu sein schien.

»Ich wollte Ihnen nur mitteilen, dass ich jetzt gehe«, sagte ich leise und mit so sanfter Stimme, wie ich imstande war. Ich wusste nicht warum, aber aus irgendeinem Grund wollte ich ihn jetzt nicht noch mehr provozieren.

Mr Reed sah mich überrascht an und sein Kopf drehte sich der Uhr im Foyer zu.

Mein Blick folgte dem seinen. Es war bereits zwölf Minuten nach fünf.

»Oh, schon so spät. Gut, ähm … gut«, meinte er etwas fahrig und tastete seine Jackentaschen ab, als würde er nach etwas suchen, nur um die Hände nach einem kurzen Kopfschütteln wieder sinken zu lassen.

Dieser Mann mit Mantel und Hut musste ihn wirklich äußerst aufgewühlt haben, dass er jetzt so kopflos war.

»Noch eine Bitte«, brachte ich seine Aufmerksamkeit wieder auf mich zurück und er sah mich durch die Brillengläser an, die seine Augen ein wenig größer erscheinen ließen, als sie wirklich waren. »Morgen müssen Sie mir Ihre *Suchmaschine* zeigen. Denn ich bin leider ratlos, wozu Schlagwörter gut sein sollen«, legte ich ihm vor und er nickte.

»Morgen?«, wiederholte er, als ob es ihm immer noch völlig unsinnig vorkam, dass ich wirklich vorhatte, morgen wiederzukommen.

»Ja, morgen«, bestätigte ich und machte einen leichten Knicks. »Guten Abend.«

»Guten Abend, Miss Crumb«, wünschte er auch mir, die Verwirrung auf die Stirn geschrieben, und ich ging mit einem Lächeln. Denn diesmal hatte ich gewonnen.

Zu Hause angekommen, hatte ich eine ganz bestimmte Vorstellung davon gehabt, wie ich meinen Abend verbringen würde. Und zwar in meinem Sessel mit einem Buch.

Mein Kopf sehnte sich nach Zerstreuung, meine Seele nach einer guten Geschichte und mein Körper nach den ausgeleierten Sitzfedern meines Sessels, den Tante Lillian sogar im Salon duldete.

Doch meine Tante hatte bereits andere Pläne gemacht. Sie servierte mir einen späten Tee und etwas Gebäck, nur um mir dann ganz schwärmerisch von einer kleinen Soiree zu erzählen, zu der sie heute früh ganz kurzfristig eingeladen worden war, weil sie eine alte Freundin in der Stadt getroffen hatte. »Sie wusste nicht einmal, dass ich hier wohne. Ist das zu fassen? So lange hatten wir uns schon nicht mehr gesehen«, erzählte sie mit einem Lachen in der Stimme und einem glückseligen Blick. »Du wirst doch mitkommen, Ani, oder?«, meinte sie dann plötzlich und ich verschluckte mich beinahe an meinem Tee. Ein Husten unterdrückend, räusperte ich mich, um meine Überraschung zu überspielen.

»Ich denke nicht, dass es für mich nach diesem langen Tag ratsam ist, noch unter Leute zu gehen.«

»Papperlapapp«, machte meine Tante mit einer wegwerfenden Handbewegung. »Das wird eine ganz kleine Veranstaltung. Nur ein wenig Essen, herumsitzen und Klaviermusik lauschen«, versuchte sie mich zu locken und sah mich dabei flehend an. »Bitte, Ani. Alfred hat sich noch einen Tag entschuldigen lassen, weil seine Geschäfte länger dauern, und ich will da auf keinen Fall allein aufschlagen«, bettelte sie und ich seufzte im Stillen.

Meiner Mutter hätte ich diesen Gefallen wahrscheinlich nicht getan. Aber bei Tante Lillian wurde ich schnell weich. Erstens, weil sie den flehenden Blick ausgezeichnet beherrschte, zweitens, weil ich mich ihr gegenüber schuldig fühlte, da ich in ihrem Haus wohnen durfte, und drittens, weil ich Klaviermusik wirklich sehr liebte.

Mein eigenes Spiel war mittelmäßig bis dürftig, wahrscheinlich, weil ich mehr über Klaviere gelesen hatte, als sie zu spielen, aber es gab für mich nichts Angenehmeres, als einem guten Stück zu lauschen, während ich in der Welt eines Buches versank.

Vielleicht hatte meine Tante ja auch recht und der Kreis an Leuten wäre so klein, dass man gemeinsam am Kamin saß, sich ein wenig austauschte, einen afternoon tea trank, während eine der Damen ihre Künste an den Tasten mit uns teilte. Und ich konnte dabei ein bisschen lesen. Was machte es schon, ob ich hier oder dort las.

»Na gut«, gab ich mich also geschlagen und das Gesicht meiner Tante hellte sich augenblicklich auf.

»Danke, Ani!«, rief sie freudestrahlend, während sie sich von ihrem Stuhl erhob, und grinste dann schelmisch. »Ich habe dir sogar schon ein Kleid rausgelegt«, teilte sie mir mit und eilte dann aus dem Zimmer.

Zwei Stunden später konnte ich kaum glauben, wie ich mich nur so hatte austricksen lassen können. Der große Raum war voller Leute, viel mehr als eine kleine oder auch nur eine mittlere Abendgesellschaft. Bei uns auf dem Land kam eine so große Anzahl Menschen nur zu einem Ball zusammen.

Aber wahrscheinlich war das mal wieder ein Unterschied zwischen hier und dort. Hier galt dies als ›kleine Abendgesellschaft‹ und ich wünschte mich weit, weit weg.

Gemeinsam hatten wir den Raum betreten, dessen Fülle an lauten Gesprächen mich beinahe erschlagen hatte, und nicht einmal fünf Minuten später stellte Tante Lillian mir auch schon ihre liebe, alte Freundin Mrs Glenwood vor, mit der sie dann nach zwei, drei gewechselten Sätzen in der Menge verschwand.

Und so stand ich nun hier, allein, zwischen einer Unzahl fremder Menschen und nahm mir ein Glas Sodawasser, damit ich etwas hatte, woran ich mich festhalten konnte.

Ich schlängelte mich mit dem hellgrünen Ungetüm, das ich trug, zwischen den herumstehenden Menschen hindurch und suchte mir einen ruhigen Platz am Kamin, wo mir der Sessel, den ich in Aussicht gehabt hatte, in just diesem Moment von einer älteren Dame mit grauer Hochsteckfrisur und violettem Seidenkleid weggeschnappt wurde.

Es war zum Schreien und meine Nerven waren die Tage nicht gerade in so guter Verfassung, als dass ich es mir nicht auch hätte gönnen können, diesen Abend zu meiner eigenen Verfügung zu haben.

Wo war die Übeltäterin eigentlich, die mir dies zumutete? Aber ich konnte Tante Lillian nirgends entdecken. Beleidigt schnaubend nahm ich mir ein Sandwich von einem Teller, der unweit von mir auf einem Tisch stand.

Zum Glück hatte meine Tante mich nicht so eng geschnürt, wie Mary-Ann es immer tat, und ich würde wenigstens ein paar davon essen können, ehe mir der Platz ausging.

»Oh, wo haben Sie denn den Sekt her?«, sprach mich plötzlich eine flötende Stimme von der Seite an.

Überrascht drehte ich den Kopf und sah in das schwammige Gesicht eines leicht untersetzten Mannes, der zu meinem Erschrecken kaum älter sein konnte als fünfundzwanzig. Das dunkelblonde Haar ging jedoch bereits zurück und entblößte höchst unvorteilhaft seine hohe Stirn, die ihn wie einen Eierkopf aussehen ließ. Unvermittelt musste ich an *Alice' Abenteuer im Wunderland* denken.

»Es ist Sodawasser«, korrigierte ich ihn, lächelte höflich und hätte mich nur zu gern in Luft aufgelöst.

»Sodawasser?!«, entgegnete der Mann schockiert und riss seine kleinen Augen auf. Dann neigte er seinen Kopf verschwörerisch zu meinem, was mir mehr als unangenehm war, da ich nicht einmal genug Platz hatte, um ihm auszuweichen, ohne dass die Rüsche meines Rockes in Gefahr stand, am Kamin Feuer zu fangen. »Ich hörte letztens doch tatsächlich, dass Soda eine Säure sein soll«, sagte er mit solcher Empörung, als wäre es eine Zumutung, Menschen so etwas Schreckliches überhaupt anzubieten.

Innerlich verdrehte ich die Augen. Dieser Mann, der sich mir bislang nicht einmal vorgestellt hatte, schien sich wohl für außerordentlich intelligent zu halten, machte auf mich jedoch eher den Eindruck, ungelehrt und theatralisch veranlagt zu sein.

»Es ist eine alkalische Lösung«, verbesserte ich ihn daher und hörte sofort die Stimme meiner Mutter in meinem Kopf, wie sie mich anwies, nicht immer jeden zu belehren.

Der Mann sah mich an, als wären mir plötzlich Fühler auf dem Kopf gewachsen. Er hatte mich nicht verstanden.

»Eine Lauge«, klärte ich ihn daher auf und schob ihn behutsam und wie zufällig ein Stück von mir weg, damit zwischen uns wieder ein Abstand geschaffen wurde, der mir Luft zum Atmen ließ. Denn leider zählte zu der unglaublichen Anzahl hervorstechender Eigenschaften meines ungebetenen Gesprächspartners, die mir unwillkommen waren, auch, zu unsensibel zu sein, um zu merken, wenn er eine Dame bedrängte.

Er jedoch nickte mit einem falschen Lächeln, das mir wohl symbolisieren sollte, dass er genau wusste, wovon ich sprach, obwohl er dumm wie ein Stück Holz war. »Wollen Sie nicht lieber dieses gefährliche Zeug wegstellen und ich hole Ihnen einen Punsch? Zufällig kenne ich die Herrin des Hauses persönlich und ihr Punsch ist wirklich außerordentlich vorzüglich«, sagte er so stolz, als hätte er den Punsch mit seinen eigenen Händen zusammengerührt. Ich klammerte mich nur fester an mein Glas.

»Das ist überaus nett«, presste ich zwischen zusammengebissenen Zähnen hervor. »Aber nein danke. Ich habe nicht das Privileg, morgen lange ausschlafen zu können.«

»Ach, nein?«, rief der Herr überrascht und ich hätte mich gerne selbst geohrfeigt, weil ich ihm doch tatsächlich Stoff für Unterhaltung bot, wo ich ihn doch so dringend loswerden wollte. »Was hat eine junge, hübsche Dame wie Sie denn am frühen Morgen zu tun?«, wollte er natürlich sofort wissen und ich entschied, die Taktik zu ändern.

Mit unterschwelliger Ablehnung wurde ich ihn nicht los, da er zu geistlos war, diese zu bemerken. Also würde ich es mit schonungsloser Ehrlichkeit versuchen.

Bei Mr Reed klappte das schließlich auch. Man musste sich nur seinen Verschleiß von vierundzwanzig Assistenten in vier Monaten ansehen.

»Ich arbeite.« Jetzt war es raus. Ich war eine Frau, die arbeitete!

Die Augen des Mannes weiteten sich sichtlich verblüfft. »Das … oh. Aber Miss …«, stammelte er und es schien ihm keine Erwiderung einzufallen.

Ich hoffte darauf, ihn so sehr in Verlegenheit gebracht zu haben, dass er sich verabschieden und weiterziehen würde. Aber ich hatte die Hartnäckigkeit der Männer unterschätzt, die nicht mit gottgegebener Schönheit und Eleganz gesegnet waren. Er holte tief Luft, fing sich wieder und setzte ein kleines schweinsgleiches Lächeln auf. »Wie unhöflich von mir. Ich habe mich noch gar nicht vorgestellt. Mein Name ist …«, begann er mit gefasster Stimme und ich wünschte mir sehnlichst, gerettet zu werden. Natürlich war ich eine selbstständige junge Frau, mit Witz und guter, manchmal messerscharfer Rhetorik, aber gegen Dreistigkeit war ich immer noch machtlos.

Mr Reed hatte mich anfangs damit überrumpelt und auch der Herr vor mir zerrte so sehr an meinen Nerven, dass mir vor lauter schwirrenden Gedanken nichts einfallen wollte, um ihn auf die Schnelle loszuwerden.

»Nicht von Belang, da ich diese junge Dame jetzt entführen werde.« Der Mann mit dem Eierkopf wurde jäh unterbrochen, ehe er sich vorstellen konnte, und ein schlanker Arm schob sich unter meinem durch.

»Oh«, machte der Herr überrascht und ich war es nicht minder, als ich den Kopf zu meinem Retter hob.

Es war eine Frau, unwesentlich älter als ich. Ihr Haar war dunkelbraun, ihre Haut blass und sie überragte mich etwa um einen halben Kopf, obwohl ich schon zu den größeren Damen zählte. Auffällig war ihre spindeldürre Figur, das Gesicht oval, die Nase spitz wie bei einer Maus. Ihre Augen sahen belustigt zu dem Herrn, den sie gerade vor den Kopf gestoßen hatte, und ein freches Lächeln lag auf ihren schmalen Lippen.

Sie zog mich rasch mit sich, sodass mein Sodawasser beinahe überschwappte, und der Herr kam uns noch zwei Schritte hinterher.

»Darf ich die Damen begleiten«, redete er gegen den Lärmpegel des Raumes an und die junge Frau an meiner Seite schwang wie betrunken den Kopf herum.

»Großer Gott, nein!«, rief sie schockiert und verdrehte belustigt die Augen in meine Richtung, während wir davonstolzierten.

Ich wehrte mich nicht und sie brachte mich in einen angrenzenden Raum, in dem sich weniger Leute aufhielten, weil ein Fenster geöffnet worden war und die winterliche Luft hereinströmte.

»Viel besser, findest du nicht auch?« Ihre eisblauen Augen trafen mich wie ein Eimer kaltes Wasser.

Sie ergatterte für uns zwei dunkelrot gepolsterte Stühle. Erleichtert setzte ich mich und streckte meine Füße unauffällig aus, was man wegen des Reifrocks sowieso nicht sehen konnte. Ich hatte heute wahrlich genug gestanden.

»Das war wirklich …«, begann ich einen Satz und wurde von der Frau neben mir unterbrochen, die mich mit verschmitztem Grinsen musterte.

»Unglaublich? Fantastisch? Atemberaubend?«, gab sie mir eine Reihe an Adjektiven vor und ihre Selbstsicherheit brachte mich zum Lachen.

»Scheußlich, wollte ich eigentlich sagen«, stellte ich klar und die junge Frau lächelte mich so zuckersüß an, als ob ich ihr ein Kompliment gemacht hätte.

»Ooooh«, machte sie. »Gern geschehen.«

Und ich musste wieder lachen. Obwohl sie unhöflich, unanständig und fies war, gab es da doch etwas hinter der boshaften Fassade, was mich ansprach und sie liebenswert machte.

Meine Mutter würde sie hassen. Und das gab mir noch mehr Anlass, diese Dame zu mögen.

»Elisa Hemmilton. Stets zu Diensten, wenn eine Jungfrau in Not von einem fetten, glatzköpfigen Junggesellen umworben wird«, eröffnete sie mir und ich hielt mir erschrocken den Mund zu, als ob ich es selbst gesagt hätte.

»Schau nicht so schockiert, Herzchen. Sie alle denken es. Ich bin nur die Einzige, die es ausspricht«, warf sie mir vor und ich nickte. Denn auch meine Gedanken waren zweifelsohne in diese Richtung gegangen.

»Animant Crumb«, stellte ich mich also vor, um nicht darauf eingehen zu müssen, und Elisa Hemmilton griff freudig nach der Hand, die kein Glas hielt, um sie zu schütteln. Mein Sandwich musste ich bei unserer Flucht irgendwo verloren haben.

»Was für ein außergewöhnlicher Name. Ich bin begeistert«, gestand sie mir und trieb mir damit doch wirklich die Röte ins Gesicht. Sie ließ meine Hand wieder los und strich sich sehr unelegant eine Haarsträhne hinters Ohr. »Ich muss gestehen, ich habe dich nicht ganz uneigennützig vor Mr Schweinegesicht gerettet«, erzählte sie mir und ich blinzelte überrascht, weil ich mir nicht vorstellen konnte, was sie wohl von mir wollte. »Ich stand nahe bei dir, als du sagtest, dass du arbeiten würdest. Und das war mit Abstand das Interessanteste, was jemand an diesem Abend, bei diesem Haufen lackaffiger reicher Schnösel hätte sagen können«, endete sie und ich musste aufpassen, dass ich jetzt nicht wegen ihrer derben Ausdrucksweise errötete.

»Danke«, kam es aus meinem Mund, und es klang gefasster, als ich mich fühlte.

»Arbeitest du, um dir deinen Lebensunterhalt zu verdienen?«, fragte Elisa Hemmilton mich aus und ich hob skeptisch die Augenbrauen.

»Nein«, gestand ich ihr und obwohl ich erwartete, dass sie enttäuscht sein würde, schien das Leuchten ihrer eisblauen Augen nur stärker zu werden.

»Dein Vater besitzt also Vermögen.« Es war eine Feststellung, keine Frage. Und in mir wurde die Vermutung laut, dass es sich bei Elisa nicht so verhielt. Ihr Vater hatte wahrscheinlich kein Vermögen. Fragte sich jetzt nur, wie sie es dann geschafft hatte, auf diese Soiree eingeladen worden zu sein.

»Und welchen Grund hast du dann, um zu arbeiten?«, wollte sie wissen und ich spürte, dass dies der Drehpunkt in dieser Unterhaltung war, das Geheimnis, das sich Elisa Hemmilton vorgenommen hatte zu lüften.

»Damit meine Mutter mich nicht verheiratet«, sagte ich, ohne vorher darüber nachgedacht zu haben, und Elisas Augen wurden beinahe doppelt so groß, bevor sie schallend zu lachen begann.

Einige Gentlemen und drei Ladys sahen sich pikiert nach uns um und ich war nur froh, dass mich hier niemand kannte.

»Ich hab es gewusst. Wir sind uns ähnlich«, meinte Elisa und strich sich mit spitzen Fingern eine Lachträne aus dem Augenwinkel.

»Du arbeitest auch?«, erkundigte ich mich und benutzte ebenso wie sie eine vertrautere Art der Ansprache, die sie mir zwar nicht angeboten hatte, aber selbstverständlich zu nehmen schien.

»Nein«, antwortete sie und grinste. »Ich studiere.«

Das überraschte mich sehr. Ich war noch keiner studierenden Frau begegnet, aber wahrscheinlich musste sie genau so selbstbewusst sein, wie Elisa es war.

Die Universität für Frauen war erst wenige Jahre alt und kämpfte immer noch um die vollständige staatliche Anerkennung. Ihre Mittel waren begrenzt, die Studienfächer von dürftiger Anzahl und allein der Ruf, der einer studierenden Frau anhaftete, hätte schon dafür gereicht, um mich abzuschrecken.

»Das ist jetzt wirklich unglaublich«, entfuhr es mir und ich empfand Bewunderung für sie und ihren Mut.

»Nicht wirklich«, winkte Elisa ab und tat so, als sei es nichts Besonderes. Doch das winzige Lächeln in ihren Mundwinkeln verriet sie. »Die

Universität ist klein und wenn ich einmal fertig bin, ist nicht einmal sicher, ob ich einen echten Abschluss bekomme.«

»Warum tust du es dann?«, war es nun an mir zu fragen und Elisa lachte heiter.

»Aus dem gleichen Grund wie du. Um nicht die Frau des Fischhändlersohns zu werden«, gab sie zurück und ich fühlte mich in meiner Vermutung bestätigt, dass ihre Eltern wohl kein großes Vermögen hatten. Meine Mutter würde mich nie mit einem Fischhändlersohn verheiraten. Zumindest nicht, solange sie die Wahl hatte oder ich ihn ihr nicht als Liebe meines Lebens vorstellte.

Ich lächelte und Elisa war redefreudig genug, mir mehr zu erzählen, ohne dass ich so impertinent sein musste, zu fragen.

»Ich habe das große Glück, eine Gönnerin zu haben, die mir das Studium finanziell ermöglicht«, erzählte sie und ich nickte. »Doch leider besteht sie darauf, dass ich sie auf diese spießigen Veranstaltungen begleite. Ich tu es, aber ich hasse es. Vor allem diesen Schmuck.« Sie zupfte leicht an dem kleinen Hut, den man ihr an der Hochsteckfrisur befestigt hatte, und schnippte gegen die langen, bunt gefärbten Federn. »Was soll das darstellen? Bin ich ein Papagei?«, fragte sie gespielt schockiert und wir fingen beide gleichzeitig zu lachen an, weil es einfach absurd klang.

»Ich weiß es nicht. Ich weigere mich, so etwas zu tragen. Wenn meine Tante mich nicht überredet hätte, wäre ich gar nicht hier«, erzählte ich freimütiger, als ich es von mir gewohnt war, aber Elisa schien es nichts auszumachen.

Sie grinste und beugte sich interessiert zu mir vor. »Und was würdest du jetzt tun, wenn du die Wahl hättest?«, wollte sie wissen und ich brauchte nicht lange zu überlegen.

»Ich würde in meinem Sessel sitzen und lesen«, sagte ich.

»So eine bist du also: eine Stubenhockerin«, gab sie zurück und obwohl es direkt war, empfand ich es nicht als Beleidigung.

»Und was würdest du machen?«, wollte ich daher wissen und sie legte sich den Zeigefinger auf die Lippen, um kurz darüber nachzudenken.

»Hm. Wahrscheinlich würde ich in einem Pub sitzen und mir von meinen Cousins erzählen lassen, wie undamenhaft ich doch bin und ich so niemals einen Ehemann bekomme«, erzählte sie.

»So eine bist du also: eine Saufnase«, kommentierte ich mit einem versteckten Lächeln und Elisa kicherte.

»Touché«, gab sie zu und machte ein albernes Gesicht. »Ich glaube, ich hab' mich spontan in dich verliebt, Animant«, sagte sie mit einem charmanten Augenaufschlag, den sie selbst nicht wirklich ernst nahm, und plötzlich war ich froh, nicht allein zu Hause geblieben zu sein.

7

Das Siebte oder das, in dem ich in die Welt der Maschine eintauchte.

Als ich an diesem Morgen vor der Bibliothek stand, wunderte sich Mr Reed nicht mehr darüber. Und wenn doch, verbarg er es zumindest besser als am Morgen zuvor. Er grüßte undeutlich, sah mir nicht ins Gesicht und schien auch so sehr schlecht gelaunt zu sein.

Aber das war mir heute gleichgültig, da ich nicht besonders viel geschlafen hatte und schon seit dem Aufwachen von leichten Kopfschmerzen geplagt wurde. Ich konnte es in diesem Moment nicht gebrauchen, von Mr Reed irgendeinen Kommentar darüber zu hören.

Still folgte ich ihm die Treppen auf den Rundgang hinauf und sah ihn ohne ein weiteres Wort in seinem Büro verschwinden, dessen Tür er mit mehr Nachdruck schloss, als nötig gewesen wäre.

Ich legte meinen Mantel in dem kleinen Räumchen nebenan ab, fragte mich, was wohl vorgefallen war und ob es etwas mit dem Gentleman von gestern zu tun haben konnte. War er womöglich deshalb immer noch so verstimmt?

Ich begann mit den Zeitungen im Foyer, holte sie aus den Verspannungen, immer die Angst vor dem finsteren Archiv in der Magengrube. Doch diesmal wusste ich ja, was mich dort unten erwartete. Es würde also viel schneller gehen. Hoffte ich zumindest.

Der Junge mit der Zeitung war nicht mehr so verschreckt wie gestern, hielt aber Abstand und blieb übertrieben höflich. Ich gab ihm zwei Schilling und er verriet mir, dass sein Name Phillip Tams war.

Kurz spielte ich mit dem Gedanken, ihm noch mehr Geld zu geben, damit er für mich ins Archiv runterging. Doch das wäre ein zu großes Eingeständnis meiner Schwäche gewesen und so ließ ich Phillip wieder ziehen, machte meine Arbeit und stellte mich meinen Ängsten.

Jedenfalls redete ich mir das ein, denn meine Furcht vor diesem schummrigen Ort mit dem immerwährenden Luftzug, der nach meinem Nacken griff und mich immer wieder vor jedem Schatten zusammenzucken ließ, wurde nicht weniger.

Wieder rannte ich die Treppen nach oben und blieb mit klopfendem Herzen zwischen den Bücherregalen im Seitentrakt der Bibliothek stehen, an dessen Wand sich der Abgang zum Archiv befand.

Einunddreißig Tage in einem Monat, weniger zwei Tage, die bereits vergangen waren, weniger die vier Sonntage, die ich nicht arbeiten musste, ergab fünfundzwanzig mal hinunter ins grausige Archiv, rechnete ich im Kopf und bekam eine unangenehme Gänsehaut. Noch fünfundzwanzigmal musste ich in dort runter, und das kam mir im Moment wie eine viel zu große Anzahl vor.

Ich war froh, Cody zu begegnen, als ich zurück in den Lesesaal kam. Besser, als sich nach dem Schreck völlig allein in den großen Räumen aufzuhalten. Er sah mich erst verängstigt an, zog sich dann aber eilig die Mütze vom Kopf und verbeugte sich leicht zum Gruß. Immer noch, ohne ein Wort gesprochen zu haben.

Eigentlich hatte ich ihn noch nie sprechen hören.

»Guten Morgen, Cody«, erwiderte ich seine Verbeugung verbal und half ihm anschließend, die Bücher, die im Lesesaal auf den Tischen liegen geblieben waren, zusammenzusammeln und thematisch zu ordnen, damit er sie anschließend wegräumen konnte.

Ich verzog mich in meine Kammer, als die ersten Studenten ins Foyer getingelt kamen und mich mit großen Augen wie eine Zirkusattraktion beglotzten.

»Sie ist die neue Bibliothekarsassistentin«, hörte ich jemanden zu seinem Kollegen flüstern, strich mir flüchtig die Bluse zurecht und suchte das Weite.

Es gab noch einen ganzen Stapel neuer Bücher ohne Etiketten, die darauf warteten, dass ich mich ihrer annahm.

Gegen halb zehn klopfte es an meiner Tür, was mich überraschte. Es hatte mich noch niemand in der Kammer aufgesucht.

»Herein«, rief ich gepresst, während ich mich gegen den Hebel des Gerätes stemmte, das die metallenen Etiketten auf die Buchrücken nietete.

»Miss Crumb«, sprach mich Mr Reed an und ich erkannte ihn nur an der Stimme, weil ich gerade keine Möglichkeit hatte, hinzusehen.

Drei schnelle Schritte erklangen dumpf auf dem getäfelten Boden und dann griff ein Arm über meine Schulter hinweg. Eine kräftige Hand umschloss den Hebel, drückte mit und das Gerät schnappte ein.

Ich hatte kaum etwas tun müssen. Mr Reed hatte den Mechanismus, für den ich mein ganzes Körpergewicht einsetzen musste, mit nur einem Arm betätigt.

Den Atem anhaltend, ließ ich sofort den Griff los und drehte erschrocken den Kopf zu dem Mann, der dicht an meinem Rücken stand. Seine Augen waren ebenholzbraun.

Erst als er meinen verschreckten Gesichtsausdruck sah, schien Mr Reed bewusst zu werden, wie heikel die Situation war, die er geschaffen hatte, und er trat augenblicklich von mir zurück.

»Entschuldigen Sie, Miss Crumb«, sagte er schnell, als fühlte er sich gezwungen, es zu sagen, und fing sich dann wieder. Er holte kurz Luft. »Kommen Sie, der Mechaniker ist da«, teilte er mir mit, wandte sich um und war schon fast wieder aus der Tür raus, noch bevor ich reagieren konnte.

In mir sträubte sich alles bei seinen Worten und doch überwand ich mich selbst und folgte ihm. Wieso musste er mich so herumkommandieren, als hätte ich keinen eigenen Willen? *›Hätten Sie die Güte, mich zu begleiten?‹, ›Würde es Ihnen passen, Ihre Arbeit für einen Moment ruhen zu lassen und mir zu folgen?‹* Wie schwer konnte es denn sein, so etwas zu sagen? War es ihm so unmöglich, höflich zu sein?

Mein Herz schlug schon wieder viel zu schnell. Von dem vorherigen Schreck und vor Wut. Dieser Bibliothekar schaffte es immer wieder, mich mit nur einem Satz so zu verärgern, dass ich ihm am liebsten mit einem Schürhaken eins überziehen wollte. Und ich war für gewöhnlich kein gewalttätiger Mensch.

Ich folgte Mr Reed zurück in den Lesesaal und die Treppe nach oben auf den Rundgang und war sogar zu erbost, um zu fragen, wofür eine Bibliothek einen Mechaniker benötigte und warum ich ihn treffen sollte.

Natürlich wäre ich selbst darauf gekommen, wenn ich mir bewusst gemacht hätte, dass Mr Reed am Anfang erwähnt hatte, dass es sich bei der Suchmaschine um eine wirkliche Maschine handelte. Aber meine Gedanken waren zu sehr damit beschäftigt, dem Bibliothekar wüste Beschimpfungen an den Kopf zu werfen, als dass ich eine klare Schlussfolgerung hätte ziehen können.

Erst als wir den kleinen Raum betraten, in dem ich meinen Mantel abgelegt hatte, öffnete sich auf einen Schlag mein Blick für andere Dinge, als ich durch die zweite Tür auf der anderen Seite sah, hinter der sich ein Wald aus Zahnrädern auftat.

Es klapperte weiter hinten, Metall traf auf Metall und dann fluchte jemand leise.

»Mr Lennox!«, rief Mr Reed durch die Tür und verschwand hinter einem wagenradgroßen Zahnrad, durch das man auf einige Riemen, eine riesenhafte Metallfeder und mehrere Kurbeln sehen konnte. Kupfer, Stahl und Messing glänzten um die Wette im Licht, das durch die schmalen Fenster an der einen Seite fiel, und ich war für einen Moment wie erstarrt.

»Jamie?«, hörte ich Mr Reed lauter werden und es schepperte weiter hinten.

»Ich bin hier«, ertönte eine Stimme aus der Maschine und dann sah ich kohlenschwarzes Haar zwischen einem Pendel und einer seltsamen Metallkonstruktion hindurchblitzen. »Die Übersetzungsstange zwischen M und L war nur im Lager verrutscht. Da muss sich 'ne Schraube gelockert haben«, erklärte die Stimme und dann sah ich ihn. Er kam zwischen den Teilen hervorgeklettert, hangelte sich an einer Stange, die über ihm hing, über eine Ansammlung von Zahnrädern und kam dann keine zwei Meter von mir entfernt mit seinen schweren Stiefeln auf dem Boden auf. Er war etwa so groß wie ich, vielleicht ein bisschen größer, das Gesicht und die lederne Weste ölverschmiert, die schwarze Hose verstaubt, einen breiten Werkzeuggürtel an der Hüfte. Er hatte breite Schultern, die schwarzen Haare zu einem Zopf im Nacken gebunden und einen markanten Dreitagebart. Sein Alter ließ sich durch all das schwarze Öl schwer bestimmen, aber er konnte kaum viel älter als ich sein.

»Mr Ree…«, begann er und blinzelte dann überrascht. »Oh, Miss. Äh, entschuldigen Sie mich«, stammelte er, machte ein verlegenes Gesicht und verschwand ebenfalls hinter dem riesigen Zahnrad. »Mr Reed?«, rief er und ich schnappte nach Luft.

Was war das nur für eine riesenhafte Maschine und warum baute man so etwas in einer Bibliothek? Neugierig setzte ich einen Schritt vor den anderen, erreichte den Türrahmen und dann war ich auf einmal mittendrin. Ich hielt meinen Rock zusammen, um nirgendwo hängen zu bleiben, schritt durch die schmalen Gänge zwischen den Teilen, las die Schilder und Markierungen, die mir nicht viel sagten, und konnte mich nicht sattsehen. Es roch nach Schmieröl und Metall, nach Hitze und Kraft, und obwohl ich nicht sehr viel Praktisches über Maschinen wusste, beeindruckte mich dieses Werk über alle Maßen.

»Da sind Sie ja. Sie können doch nicht einfach so hier herumspazieren!«, fuhr Mr Reed mich an und mir fiel auf, dass ich ganz vergessen hatte, wütend auf ihn zu sein. Selbst seine schroffen Worte konnten meine Begeisterung in diesem Moment nicht mindern.

»Es ist unglaublich«, brachte ich heraus und drehte mich einmal um meine eigene Achse, um die gesamte Pracht des Werkes zu erfassen. »Was macht sie?«, wollte ich wissen und Mr Reeds bittere Miene schmolz direkt vor meinen Augen dahin.

»Sie findet Bücher«, erklärte er milde und leider konnte ich nicht begreifen, was es bedeuten sollte. »Ich zeig's Ihnen«, bot er etwas zu eifrig an und ein Lächeln versteckte sich in seinem Mundwinkel.

Ich folgte Mr Reed aus dem Zahnrädergewirr heraus, ein Weg, den ich allein nur schwer wiedergefunden hätte, und durchquerte den kleinen Raum, der die Maschine von dem Rundgang trennte.

Mr Reed lief ein paar Meter an der Wand entlang und wandte sich dann einem Verschlag zu, der zuvor meiner Aufmerksamkeit völlig entgangen war, da er die gleiche Holztäfelung wie der Rest der Wand aufwies. Der Bibliothekar zog einen Schlüsselbund hervor und schloss damit den Verschlag auf. Mit etwas Mühe stemmte er sich gegen die breiten Türen und schob sie zur Seite.

Vor mir erschien ein Podest, auf dem eine Schreibmaschinentastatur befestigt war. Dahinter war eine Reihe Plättchen angebracht und darüber ein paar metallene Schienen, die aus der Wand ragten.

»Nehmen wir an, Sie suchen ein Buch. Eines über Physik oder Gesellschaftsrecht«, begann Mr Reed seine Erklärung und zum ersten Mal an diesem Tag sah er mich wirklich an.

Und obwohl er immer noch der steife, geringschätzende Bibliothekar war, wirkte er nicht mehr ganz so unzugänglich wie zuvor. Diese Maschine begeisterte ihn und ich hörte ihm gespannt zu.

»Sie schreiben ein Wort mit den Tasten, das das Buch, welches Sie suchen, beschreibt und die Maschine sucht für Sie alle Bücher raus, die zuvor mit diesem Wort verbunden wurden«, führte er weiter aus und ich konnte nicht glauben, was er mir da erzählte. Das war wirklich spektakulär.

Ich starrte ihn zuerst nur fassungslos an, schaffte es aber schließlich, meinen Mund wieder zu schließen und fuhr mir dann mit der Zungenspitze über die Unterlippe, um sie etwas anzufeuchten, bevor ich sprach.

»Dürfte … ich das ausprobieren?«, fragte ich für meine Verhältnisse recht schüchtern und auf Mr Reeds Gesicht erschien ein Lächeln. Ein echtes, eines, das mich überraschte und gleichermaßen verwirrte.

»Aber natürlich, Miss Crumb«, gab er mir die Erlaubnis und wandte sich dann den Tasten zu. »Mr Lennox?«, rief er durch eine der Öffnungen, durch die die Schienen nach vorne führten und durch die man einen Blick auf die sich dahinter befindende Maschine werfen konnte.

»Bin gleich so weit!«, antwortete die Stimme des jungen Mannes aus den Tiefen des Raumes, gefolgt von einem lauten Knirschen. »Repariert und aufgezogen, Sir! Aber geben Sie mir einen Moment, damit ich hier wieder rauskomme, bevor Sie die Lady anwerfen.« Scheppern und polternde Schritte folgten, und dann tauchte der junge Mann mit dem ölverschmierten Gesicht auch schon in der Tür auf.

Mr Reed machte eine auffordernde Geste mit der Hand und ich riss meinen Blick von dem Mechaniker los, der mich ebenfalls anlächelte.

Zögerlich trat ich an das Podest, dachte einen Moment nach und legte dann meine Finger auf die Tasten. Sie ließen sich erstaunlich leicht drücken und jeder Buchstabe, den ich auswählte, erschien auf den Plättchen dahinter. Mit einem leisen Klackern kamen ein T, ein H, ein E und ein R zum Vorschein. *Thermodynamik* schrieb ich es aus und holte tief Luft, in der Erwartung, dass sofort etwas geschehen musste. Doch es passierte gar nichts.

»Habe ich was falsch gemacht?«, wollte ich wissen und der Mechaniker neben mir lachte. Er zog einen Lappen aus der Hosentasche und wischte sich das Gesicht sauber.

»Sie müssen nur bestätigen«, wies Mr Reed mich drauf hin und zeigte auf einen kleinen Hebel neben den Tasten.

Vorsichtig griff ich danach, zog ihn nach vorne und sofort begann die Maschine zu schnurren wie eine Katze, die gekrault werden wollte.

Zahnräder setzten sich in Bewegung, Federn spannten sich, Riemen drehten sich. Und ich konnte nicht anders, als mich vorzubeugen und durch die Öffnung in der Wand zu starren, wie ein Kind, das sich an der Fensterscheibe eines Süßwarengeschäftes die Nase platt drückte. Es war wie das erste Mal in die Sterne zu sehen, und ich hätte gerne laut gelacht wegen des überschäumenden Gefühls in meiner Brust.

Und dann kam etwas auf mich zu. Erschrocken wich ich zurück und drei schmale Holzkarten schossen aus der Öffnung hervor, stießen ans Ende der Schiene und blieben schwankend stehen. Diese Karten hatte ich auch in meiner Kammer gesehen. Die beiden Löcher am oberen Teil waren also die Aufhängung für diese Schiene.

Doch am erstaunlichsten war, dass all diese Karten die Titel von Büchern wiedergaben, in denen es um Thermodynamik ging. *Die Thermodynamik chemischer Vorgänge* von Helmholtz, *Thermochemische Untersuchungen* von Hermann Heinrich Hess und ein Lehrbuch der physikalischen Chemie.

»Umwerfend«, konnte ich nur sagen und Mr Reeds Lächeln verharrte auf seinen Lippen. Er sah recht ansehnlich aus, wenn er lächelte.

Doch dann verschwand es plötzlich, er straffte die Schultern, bekam wieder sein ernstes, verkniffenes Gesicht und räusperte sich dann dezent, während er eine silberne Taschenuhr hervorholte. »Gut. Nachdem Sie nun wissen, was es ist, überlasse ich Sie Mr Lennox«, klärte er mich auf, während er auf die Uhr spähte und sich dabei schon fast wieder abgewandt hatte. »Er hat dieses Monster gebaut und er wird Ihnen auch erklären, wie Sie in Zukunft die Karteikarten in die Schienen einhängen können.« Er nahm seine Brille von ihrem Platz an seiner Weste und setzte sie sich auf die Nase. »Aber passen Sie auf die vierte Stufe auf. Die ist locker«, sagte er, ließ die Uhr wieder in der Tasche verschwinden und ging.

Verwundert sah ich ihm nach, wie er in seinem Büro verschwand, und wusste nicht, was ich davon zu halten hatte. Wer war dieser Mann? Ein verklemmter, verstaubter Bibliothekar oder ein fortschrittsliebender Visionär? Und wie ließen sich diese zwei Seiten, die er mir bisher gezeigt hatte, in einer Person vereinbaren?

Wirklich kompliziert.

8

Das Achte oder das, in dem ich eine tollkühne Tat plante.

Es war nicht so einfach zu verstehen, wie die Karteikarten in die Maschine sortiert wurden, sodass sie auch korrekt wieder abgerufen werden konnten. Hinzu kam, dass Jamie Lennox zwar ein gesprächiger Bursche, aber ein miserabler Lehrer war. Und als ich das System endlich begriff, hatte ich unfreiwillig ebenfalls erfahren, dass Mr Lennox' Familie aus Nordengland stammte, sie allesamt Uhrmacher waren, sein Vater die Maschine entworfen hatte und dass seine Mutter diese Arbeit mit den großen Teilen gar nicht schätzte.

Er war höflich und nett und aus irgendeinem Grund mochte ich ihn, ganz gleich, dass er viel zu viel redete. Er war nicht dumm, auch wenn er sich nicht so gewählt ausdrückte wie die feine Gesellschaft, und ich beantwortete ihm sogar seine Fragen zu meiner Person und wie es dazu gekommen war, dass ich jetzt hier arbeitete, obwohl es für gewöhnlich nicht meine Art war, fremden Männern so was auf die Nase zu binden. Er brachte mich dreimal zum Lachen und gegen Ende konnte ich mich des Eindrucks nicht mehr erwehren, dass er versuchte, mich mit seinem Charme für sich zu gewinnen.

Der Klang von Big Ben ließ ihn nach einer vergangenen Stunde jedoch zusammenschrecken, er entschuldigte sich eilig und packte sein Werkzeug zusammen.

»Sagen Sie Mr Reed, wenn er zurück ist, dass ich mich nächste Woche um die Stufe kümmere. Ich muss jetzt los«, teilte er mir mit und ich runzelte die Stirn.

»Wenn Mr Reed wieder zurück ist? Wo ist er denn hin?«, fragte ich nach und Mr Lennox zuckte nur mit den Schultern.

»Was weiß ich. Ich weiß nur, dass er jeden Mittwoch gegen Mittag spurlos verschwindet«, behauptete er.

Ich sah ihm hinterher, wie er die Stufen nach unten lief, Cody grüßte und dann durch den Haupteingang verschwand.

Mich ließ die Aussage nicht los, Mr Reed würde einfach verschwinden, und ich ging die paar Schritte bis zu seinem Büro, um dort unauffällig an der Tür zu lauschen. Schon der erste Eindruck war, dass sich niemand darin befand und nach einigen Sekunden wurde es mir bestätigt. Ich hatte genug Erfahrung im Lauschen, dass ich sehr schnell wusste, ob ein Raum verlassen war oder nicht.

Also ging ich den Rundgang entlang, sortierte ein paar Bücher, die mir gerade ins Auge sprangen, und hielt Ausschau. Er war weder im Lesesaal noch im Foyer. Ich stieg die Treppen nach unten und sah kurz in den Seitenflügeln nach. Doch Mr Reed blieb verschwunden.

Der einzige Ort, an dem ich nicht nachsah, war das Archiv. Falls er dort war, befand sich das außerhalb meines Interessenbereiches, denn ich würde nicht nach ihm suchen gehen.

Schlendernd ging ich zurück in meine Kammer, nietete Metallplättchen auf Buchrücken, bis mir vor Anstrengung die Arme zitterten, und ging dann zurück ins Foyer, um die Rückgaben zu sortieren.

Ein Blick auf die Uhr erinnerte mich daran, dass ich vergessen hatte, meine Mittagspause zu machen und ich ärgerte mich ein wenig über mich selbst.

»Cody, darf ich Ihnen eine Frage stellen?«, sprach ich den Jungen an, der gerade zurückkam, um den nächsten Schwung Bücher bei mir abzuholen.

Er sah verstohlen auf seine Hände und nickte zaghaft. Ich war mir nicht sicher, ob er mir antworten würde, schließlich hatte er bisher in meiner Gegenwart keinen Ton rausgebracht.

Da ich ihn nicht in eine für ihn unangenehme Lage bringen wollte, entschied ich mich, meine Fragen so zu formulieren, dass er sie mit einer Kopfbewegung beantworten konnte.

»Verschwindet Mr Reed jeden Mittwochmittag?«, erkundigte ich mich und Cody nickte. Schon mal ein kleiner Erfolg für meine Taktik.

»Kommt er denn wieder?«, fragte ich weiter und Cody schüttelte den Kopf.

Das war wirklich äußerst seltsam. Mr Reed ging zu Mittag und nahm sich den Nachmittag einfach frei? Das war schon wieder etwas, das zu seinem Wesen überhaupt nicht zu passen schien. Ich schätzte ihn als einen Mann ein, der eher länger blieb, als früher zu gehen, und er hatte mir bereits selbst gesagt, dass er seine Arbeit sehr ernst nahm.

Was gab es also, das wichtiger war als seine geliebte Bibliothek?

»Wissen Sie denn, wo er hingeht?«, erkundigte ich mich und Cody schüttelte wieder den Kopf, während er Bücher von dem Ständer vor mir auf einen Bücherwagen umlud.

Einerseits irritierte es mich, dass ich nun allein und ohne Aufsicht von Mr Reed in diesen Räumen war, andererseits ließ es mich in einer gewissen Weise aufatmen. Sein unsichtbarer Blick, der immer schwer auf mir gelastet hatte, war verschwunden und ich fühlte mich weit weniger beobachtet, auch wenn mir die skeptischen Blicke der Studenten immer noch überallhin folgten.

Eine arbeitende Frau war keinem von ihnen geheuer und oft flüsterten sie über mich. Doch solche Anfeindungen war ich gewöhnt. Zu Hause in unserem Städtchen sahen mich die meisten so an, Männer wie Frauen, und sie tuschelten über das seltsame Mädchen, das sich immer hinter seinen Büchern versteckte.

Sollten sie doch reden. Was wussten sie schon?

Ich ging und holte mir einen Tee und ein Stück Plundergebäck in der Cafeteria. Da Mr Reed ja nicht da war, hatte ich auch kein schlechtes Gewissen, einfach außerhalb meiner Pausenzeiten zu verschwinden, schließlich hatte ich meine Mittagspause heute ausgelassen.

Während ich meine Tasse über den Hof und den unebenen Weg bis zur Bibliothek balancierte und stark darauf achten musste, mir dabei nicht den Handrücken zu verbrennen, dachte ich darüber nach, wie ich es anstellen könnte, mir meinen Tee künftig in der Bibliothek zuzubereiten, denn die gegenwärtige Methode war doch reichlich unzweckmäßig.

Als ich in dem Zimmerchen angekommen war, durch das man in das Innenleben der Maschine gelangte, setzte ich mich dort an den

Tisch und packte mein Plundergebäck aus. Es war nicht im Geringsten gemütlich hier drinnen und ich nahm mir vor, die ganze hintere Wand von dem Gerümpel zu befreien, sobald ich Zeit dafür fand.

Meine Gedanken sprangen weiter und wieder zurück zu dem Bibliothekar. *Was tat er gerade wohl?,* stellte sich mir die Frage und ich sinnierte darüber, während ich einen Schluck Tee trank. Jetzt war er kalt.

Der Donnerstag begann wie der Tag davor. Ich war wieder ein paar Minuten vor Mr Reed an der Bibliothek und sein morgendlicher Gruß fiel erneut ein wenig freundlicher aus als am Tag zuvor. Ich sortierte die Zeitung, bezahlte Phillip Tams, brachte den Gang ins Archiv mit dem gleichen Schreck in den Gliedern hinter mich und verschwand dann in meiner Kammer, um die Karteikarten für die Maschine zu bedrucken.

Ich hatte gerade mal die Hälfte der neuen Bücher aus den Kisten geholt, in den Katalog aufgenommen, beschriftet, genietet und die Schlagwörter überflogen, aber es fühlte sich trotzdem nach unglaublich viel an, was ich in den vergangenen drei Tagen geschafft hatte. Zwar konnte ich mir nicht vorstellen, dass Mr Reed jemals stolz auf mich sein würde, aber ich war es und ich würde mir das sicher nicht nehmen lassen.

Höchstpersönlich lud ich die neuen Bücher auf einen Wagen und brachte sie an die Stellen, an denen sie in Zukunft stehen würden.

»Entschuldigen Sie, Miss, Sie haben hier nichts verloren«, hörte ich plötzlich ein paar Regalreihen vor mir Oscars Stimme, die ein wenig zu laut klang für die Stille, die in der Bibliothek vorherrschte.

»Ich muss nur ganz schnell was nachschlagen«, antwortete ihm eine weibliche Stimme, deren kratziger Nachhall mir sofort bekannt vorkam.

»Nein, Miss. Diese Bibliothek ist ausschließlich den Studenten der Royal University und ihren Gönnern vorbehalten. Sie …«, redete Oscar auf sie ein und wurde unterbrochen.

»Die alle männlich sind! Schon verstanden. Aber ich pfeif drauf!«, warf die Frau ihm an den Kopf und nun war ich mir sicher.

Es war Elisa Hemmilton.

Ich legte das Buch, das ich gerade einsortieren wollte, wieder zurück auf den Wagen und ging mit schnellen Schritten in ihre Richtung.

»Miss, geben Sie das Buch her!«, fauchte Oscar recht ungehalten und ich sah, wie er sich an das eine Ende eines dicken Wälzers klammerte. Elisa kam in mein Blickfeld, das Gesicht angestrengt verzogen, die Finger um den ledernen Einband geschlossen, an dem sie verzweifelt zog.

Ich stellte mich neben die Streithähne, die so komisch wirkten, dass man eigentlich über sie hätte lachen müssen. Elisa war einen halben Kopf größer als Oscar, doch er war sicher doppelt so breit wie ihre schmale Statur. Ihre Münder waren wutverzerrt und sie wirkten wie Karikaturen ihrer selbst.

Geräuschvoll räusperte ich mich.

Sie zuckten beide so erschrocken zusammen, als hätte ich sie geohrfeigt. Oscars Hände rutschen vom Buch ab. Elisa taumelte einen Schritt zurück.

»Geben Sie mir das Buch«, sagte ich streng und streckte fordernd die Hand danach aus. Elisa sah mich erst überrascht an, während ich ihren Blick erwiderte, als wäre sie eine Fremde, und dann musterte sie mich misstrauisch mit zusammengekniffenen Augen. Das Buch reichte sie mir widerstandslos.

Es war schwer und ich konnte mir den Titel nicht ansehen, da ich keinen aus den Augen verlieren wollte, um nicht an Autorität einzubüßen.

»Miss Crumb«, begann Oscar zu einer Erklärung anzusetzen, doch ich schnitt ihm das Wort ab.

»Ich kümmere mich darum«, gab ich mit fester Stimme zurück. »Danke, Oscar. Sie können jetzt gehen.« Mein Gesicht regte sich keinen Millimeter aus seiner erhabenen Starre.

Oscar sah mich mit großen Augen an, während ihm die Röte ins Gesicht schoss, nickte schließlich und nahm Reißaus.

Ich wartete ab, bis seine Schritte weit genug weg waren, und ließ das Lächeln auf meine Lippen gleiten, das dort schon die ganze Zeit über lauerte.

»Was machst du denn hier?«, wollte ich wissen und Elisa atmete erleichtert auf.

»Verdammt, hast du mir einen Schreck eingejagt«, flüsterte sie und wedelte sich mit einem dunkelroten Handschuh Luft zu. »Dasselbe könnte ich dich fragen. Warum in Teufels Namen hört dieser engstirnige Laufbursche auf dich?«

»Ich arbeite hier«, gestand ich und reichte ihr das Buch zurück. Es war ein Manifest über die Bürgerrechte der Rassen in Amerika. »Ich bin die neue Bibliothekarsassistentin.«

Es schien beinahe, als müssten Elisa jeden Moment die Augen aus dem Kopf fallen, so schockiert starrte sie mich an.

»Ach du meine Güte«, entfuhr es ihr und ich beschloss, dass es für uns wahrscheinlich besser wäre, uns an einem Ort zu unterhalten, an dem uns nicht jeder sehen konnte.

»Komm mit«, bedeutete ich ihr, ging ans Ende des Regals und sah den Gang nach unten. Es war niemand auf dem langen Flur und die Studenten im Lesesaal, die uns möglicherweise hätten sehen können, waren vertieft in ihre Lektüren.

Wir überquerten den Flur und ich öffnete Elisa die Tür zu der Kammer, in der es immer noch viel zu viel zu tun gab.

»Das ist doch unvorstellbar!«, platzte es aus Elisa heraus, sobald ich die Tür hinter uns geschlossen hatte. Amüsiert schüttelte ich den Kopf über ihr überschwängliches Gemüt. »Wenn ich das mal gewusst hätte! Unvorstellbar!«, wiederholte sie sich und begann, hin und her zu laufen.

»Du hast nicht gefragt«, erwiderte ich nüchtern und sie hielt kurz inne, legte das Buch ab und schritt dann weiter.

»Du hast absolut recht. Ich dachte, es wäre nicht so wichtig, und nun stellt sich heraus, dass du an der Quelle sitzt. Es war arrogant von mir, nicht nachzufragen. Ich hätte mir erspart, mir die Strümpfe an den Rosenbüschen kaputtzureißen, als ich zum Fenster eingestiegen bin«, faselte sie und ich bedachte sie mit einem zweifelnden Blick. Sie hatte einen Hang zur Übertreibung und sicher auch einen zur Theatralik.

»Elisa, wieso steigst du in eine Bibliothek ein?«, stoppte ich ihren unsinnigen Redefluss und sie sah mich erstaunt an.

»Weil ich die Bücher brauche!«, sagte sie, als sei es selbstverständlich. »Unsere Bibliothek ist ein Witz gegen diese hier. Wir haben Hunderte Bücher über Haushaltsführung und Kunst. Aber Rechtswesen, Politik, Philosophie sind immer verliehen, weil es so wenige sind, oder sie fehlen gänzlich«, beschwerte Elisa sich und ich setzte mich auf einen Stuhl. Ich zog noch einen heran, den ich schräg neben mir postierte in der Hoffnung, Elisa würde ihren Lauf aufgeben und sich zu mir setzen.

Doch sie schien zu aufgebracht zu sein, um dieser stillen Aufforderung nachkommen zu wollen. »Sie werfen uns das Wissen häppchenweise hin, als ob wir zu dumm wären, mehr zu begreifen. Ich könnte mir die Haare raufen, aber dann würde meine Gönnerin mich wieder rügen, dass ich rumliefe wie eine Hübschlerin.«

Es war nicht zum Lachen und trotzdem konnte ich es mir nicht verkneifen. Diese originelle Art, mit der sie Wichtiges und Unwichtiges in einem Satz vereinte, war es, die sie in diesem Moment so witzig machte.

»Ach, lach doch nicht, Animant«, warf sie mir vor und hatte selbst schon das Lachen halb in der Stimme.

»Es tut mir leid«, versuchte ich mich zu entschuldigen und riss mich etwas zusammen. »Du bist also hier eingebrochen, um ein Buch zu lesen«, hielt ich fest und konnte ein Lächeln nicht unterdrücken. Ich war verrückt nach Büchern und trotzdem wäre mir nicht im Traum eingefallen, dafür durch das Fenster eines Gebäudes zu steigen, in das mir der Einlass verwehrt wurde.

Endlich ließ Elisa sich auf den Stuhl fallen, den ich ihr zurechtgeschoben hatte, und seufzte laut. Das Hin-und-her-Gelaufe hatte mich auch sehr irritiert.

»Ja, das bin ich«, gestand sie und sah sehnsüchtig zu dem Wälzer, der auf der Tischkante lag. »Ich wollte ein paar kleine Absätze lesen, obwohl ich eigentlich das ganze Buch brauchen könnte. Und dann hat mich dieser Kerl dabei erwischt«, schimpfte sie und obwohl sie sich gefasst gab, konnte ich sehen, wie verzweifelt sie hinter der ruhigen Fassade war. Es musste auch wirklich frustrierend sein, nicht das lesen zu können, was man wollte oder brauchte.

Und in mir entstand der Wunsch, ihr zu helfen. Es war so ungerecht, dass man ihr den Zutritt verwehrte, dass ich es einfach nicht zulassen konnte.

»Ich verleih es dir«, sagte ich und Elisas Blick schoss in meine Richtung.

»Das darfst du nicht«, erwiderte sie harsch und doch mit Hoffnung in den Augen.

»Na und. Wer soll es schon erfahren? Ich gebe es dir für eine Woche und dann gibst du es mir zurück«, schlug ich vor und Elisa blieb nicht lange bei ihrer Widerrede.

»Und was, wenn sie merken, dass es fehlt?«, fragte sie und ich zuckte mit den Schultern. Nichts leichter als das.

»Ich schreib es als entliehen auf eine Karte, dann wird es niemand suchen«, erklärte ich ihr, doch sie schien noch nicht ganz überzeugt.

»Und unter welchem Namen willst du es verbuchen?«, wollte sie wissen und streckte sich bereits nach dem Buch aus, um es wieder an sich zu nehmen.

»Du kannst dir ja einen ausdenken«, schlug ich vor und fragte mich, ob meine Tollkühnheit, die mir in diesem Moment ein Hochgefühl bescherte, mich nicht zu Fall bringen würde.

9

Das Neunte oder das, in dem die Willkür Bücher zerstörte.

Edward Teach hatten wir auf Elisas Verleihkarte geschrieben und ich fühlte mich noch den ganzen Tag kribbelig und durchtrieben wie ein Pirat.

Ich konnte mich nicht erinnern, jemals etwas so Verbotenes getan zu haben wie das hier, und mein Herz schlug mir bis zum Hals, wenn ich Mr Reed über den Weg lief, in der Angst, er könnte mir meinen Frevel im Gesicht ansehen.

Doch wie sehr ich auch darüber nachdachte, aus welcher Perspektive ich es betrachtete, ich bereute meine Tat nicht und ich wusste, dass ich es wieder tun würde. Es war einfach ungerecht, einer Frau die Bildung zu verwehren, die ein Mann auch bekam. Ganz gleich, was die Gesellschaft auch vorschreiben mochte, die doch wieder nur von der Meinung der Männer geprägt war.

Ich räumte meine restlichen Bücher in die Regale, brachte Mr Reed seine Post an die Bürotür und kümmerte mich um allgemeine Ordnung. Zu Mittag aß ich mit Elisa, die mich an der Cafeteria abpasste und mir ein Stück Kuchen spendierte. Sie war überschwänglich und unendlich glücklich, und ich konnte sie gerade noch davon abhalten, mir die ganze Schokoladentorte zu kaufen.

Als wir die Cafeteria verließen, hatte ein leichter Nieselregen eingesetzt und wir verabschiedeten uns schnell, da keine von uns beiden einen Schirm bei sich trug.

Ich fühlte mich gut in Elisas Gegenwart und hoffte, ich würde sie noch öfter treffen.

Es war selten für mich, dass ich mich mit jemandem anfreundete. Aber die Menschen in London waren einfach anders als die zu Hause.

Als Big Ben um fünf läutete, legte ich meine Arbeit nieder und verabschiedete mich bei Mr Reed und Oscar, wobei Letzterer mir mit missmutigem Blick hinterhersah. Offensichtlich machte es ihm zu schaffen, dass ich es mir herausgenommen hatte, über seine Tätigkeit zu bestimmen und er vor mir gekuscht hatte. Diese Tatsache störte mich jedoch nicht allzu sehr.

Ich rannte im Regen nach Hause und wurde von einem stürmischen Onkel Alfred begrüßt, dessen Geschäfte ihn bis heute Vormittag von zu Hause ferngehalten hatten. Tante Lillian war selig, ihren Mann wiederzuhaben, und die beiden scherzten den ganzen Abend, während ich *Jackson Throug's Reise nach Indien* beendete und mir danach Onkel Alfreds Reisebericht anhörte. Er vermied es, mich nach meiner Arbeit zu fragen und ich erwähnte es ebenso wenig, damit er sich in seinem schlechten Gewissen noch ein wenig suhlen konnte.

Ich ging früh zu Bett und lauschte dem stärker werdenden Regen. Er hörte sich anders an als zu Hause, hielt mich wach und meine Gedanken begannen zu kreisen.

Obwohl gerade einmal eine halbe Woche vergangen war, fühlte ich mich sehr viel besser als zu Anfang. Ich hatte es wirklich geschafft, mich einzuarbeiten, und ich war auch nicht mehr so schrecklich langsam. Seit ich dank Henry nicht mehr versuchte, dem Bibliothekar zu imponieren, indem ich alles so schnell wie möglich erledigte, machten mir viele Dinge sogar Spaß. Neue Bücher auszupacken oder zu sehen, wie unterschiedlich die Gebiete waren, zu denen sich die Studenten Bücher ausliehen. Mir gefiel die ruhige Atmosphäre, wie das Licht durch die Glaskuppel schien und das leise Surren der Zahnräder, die sich in der Suchmaschine bewegten, das seit gestern wieder durch den Lesesaal spukte.

Nur das Archiv blieb weiterhin mein Schrecken und ich bekam eine gruselige Gänsehaut, wenn ich nur daran dachte.

Es dauerte nicht lange, bis meine Gedanken abdrifteten und zu Träumen wurden. Bis der Regen zum Meer wurde, mein Bett zu einem

Boot und der Geruch der erloschenen Kerze zu den Gewürzen Indiens verschmolz.

Es regnete unermüdlich weiter und mein Onkel versuchte mich am Morgen davon zu überzeugen, die Kutsche zu nehmen, um bis zur Bibliothek vorzufahren. Doch es kam mir äußerst albern vor, für diese kurze Strecke die Pferde anzuspannen. Also ließ ich mir nur einen Schirm bringen, versicherte zum wiederholten Male, dass ich es auch alleine schaffte, und machte mich auf den Weg.

Der Regen war nicht wirklich stark, die wiederkehrenden Windböen gestalteten meinen Weg jedoch recht abenteuerlich.

Ich brauchte etwa doppelt so lange, bekam nasse Strümpfe, verlor beinahe meinen Hut und schimpfte leise, als mir der Wind den Schirm so nach hinten bog, dass er dabei kaputtging.

Da ich später dran war als die Tage zuvor, hatte Mr Reed die Bibliothek schon vor mir erreicht und die Tür bereits aufgeschlossen.

Erleichtert schob ich das schwere Holz auf und trat die paar Stufen ins Foyer. Achtlos ließ ich den zerstörten Schirm neben der Tür liegen und schüttelte erst einmal die Regentropfen ab.

So ungern ich es auch zugab, vielleicht hatte mein Onkel mit der Kutsche doch recht gehabt.

Ich wischte mir den Regen aus dem Gesicht und nahm eine Stimme wahr, die laut vor sich hin fluchte. Mr Reed schien wohl schlecht gelaunt zu sein. Noch schlechter als sonst.

Seufzend nahm ich meinen Hut ab und richtete mit schnellen Bewegungen meine Haare, während ich durchs Foyer auf den Lesesaal zulief. Ich hatte ihn gerade betreten, da traf mich ein unerwarteter Windstoß und dicke Regentropfen, die vor mir auf den Boden klatschten. Wie angewurzelt blieb ich stehen, erschrocken und ungläubig. Dann hob ich den Kopf und starrte fassungslos zur Glaskuppel hinauf, in deren hinteren Seite ein mannsgroßes Loch klaffte.

Das war doch nicht möglich! Wann war das passiert?

Und dann traf mich die volle Erkenntnis wie ein Schlag. Es regnete in die Bibliothek hinein! Panik erfasste mich.

»Bei Gott, die Bücher!«, entfuhr es mir lauter als beabsichtigt und ich raffte die Röcke, während ich ganz undamenhaft auf die Treppe zurannte, die mir am nächsten war.

»Miss Crumb. Welch ein Glück!«, rief Mr Reed erleichtert, als er am oberen Treppenabsatz auftauchte. Er trug noch seinen Mantel, der karierte Schal hing schief um seinen Hals, als hätte er begonnen ihn abzunehmen und war dabei gestört worden. Sein dunkles Haar war triefend nass und klebte an seinem Kopf. »Ich dachte schon, Sie lassen mich gerade heute im Stich«, meinte er und fuhr sich nervös durch die Haare, die danach tropfend in alle Richtungen abstanden.

»Was ist denn hier passiert?«, wollte ich wissen, erblickte jedoch im selben Augenblick auf dem Rundgang einen nassen Überseekoffer, der zweifelsohne der Übeltäter sein musste. Alles war übersät mit Glassplittern, mehrere Holzdielen waren gebrochen, dem Geländer fehlte ein ganzes Stück und von oben regnete es plätschernd in die großen Pfützen, die sich bereits gebildet hatten.

Aus dem Regal dahinter quoll aufgedunsenes Papier aus ledernen Einbänden, der nasskalte Geruch von alter Tinte hing in der Luft und mir setzte das Herz aus bei dem Anblick der zerstörten Bücher. Ein harter Klumpen bildete sich in meiner Brust und ich musste mich zusammenreißen, damit ich nicht anfing zu weinen, was sehr unprofessionell gewesen wäre.

Eine Hand legte sich auf meine verkrampfte Schulter und ich war noch zu schockiert von der Situation, um überhaupt darauf zu regieren.

»Ruhig atmen. Wir kriegen das hin«, sagte Mr Reed mit weicher Stimme, die ich so wenig erwartet hätte, dass sie mich aus meiner Starre riss.

Erschrocken sah ich zu ihm auf in seine müden Augen, unter denen sich dunkle Ringe zeigten, und versuchte mich zusammenzureißen, langsamer zu atmen, meinen Puls zu beruhigen.

Er hatte recht. Wir würden das wieder hinkriegen und Panik würde mir da gar nicht weiterhelfen. Eins nach dem anderen.

Mr Reed nahm die Hand wieder weg und hinterließ eine kalte Stelle. »Ich werde gehen und jemanden holen, der aufs Dach steigt und die kaputten Scheiben abdeckt. Sie werden anfangen, die Bücher aus den Regalen auf die andere Seite des Raumes zu schaffen«, ordnete er an, während er sich den Schal band. »Ich werde nicht lange weg sein. Lassen Sie keine Studenten rein, außer sie bieten ihre Hilfe an.«

Ich nickte und versuchte mich an einem Lächeln, was kläglich misslang. Ich war nass, ich fror und der weiter hereinströmende Regen hatte sicher an die hundert Bücher zerstört. Ich war schockiert und außer mir, wollte mir nicht mal vorstellen, wie viel Arbeit auf uns warten würde.

»Miss Crumb«, hörte ich meinen Namen und richtete meinen Blick, der zurück zu dem Chaos aus Glas, Papiermatsch und Holzsplittern gewandert war, wieder auf Mr Reed.

Seine Augen blickten aufmerksam, seine Haltung war abwartend und seine Hände zuckten, als könnte er sich nicht entscheiden, ob er mich nun berühren wollte oder nicht. »Ich brauche Sie jetzt«, redete er sanft auf mich ein und ich nickte wieder.

Er brauchte mich. Obwohl ich nur eine Frau war, die er hin und her gescheucht hatte. Er brauchte mich jetzt und hier, und ich würde tun, was ich konnte, um zu helfen.

»Ja, Mr Reed«, brachte ich brüchig hervor und straffte die Schultern.

Seine Mundwinkel zuckten, sein Blick ruhte noch einen Moment auf mir, dann seufzte er und wandte sich der Treppe zu. Seine Schritte verhallten im Saal und erst das Zuschlagen der Tür erlöste mich aus meiner Untätigkeit.

Ich machte mir selbst Mut, versuchte mich damit zu beruhigen, dass meine Arbeit wichtig war, und setzte mir meinen Hut wieder auf den Kopf. Eilig holte ich mir einen leeren Bücherwagen, trat dann in den Regen und zog das erste Buch aus dem Regal. Mit einem Schnalzen löste ich es von seinen Nachbarn und als ich den Deckel ein wenig zusammendrückte, floss ein Schwall dunkelblauen Wassers heraus.

Mein Herz blutete. Dieses Buch würde wohl niemand mehr retten können.

Der Schaden begrenzte sich auf einen Teil der medizinischen Abteilung, von G bis M und auch nur auf die Bücher oben auf dem Rundgang. Die Bücher darunter hatten lediglich ein paar Spritzer abbekommen, die dunkle Flecken auf die ledernden Einbände machten. Ich hatte bereits drei Regalbretter leer geräumt und zur Seite geschafft, da kam Mr Reed wieder zurück. Er schien noch nasser zu sein als vorher und ordnete an, den Kamin im Aufenthaltsräumchen anzufeuern, von dem ich nicht mal gewusst hatte, dass er existierte. Ich ging, um ihn zu suchen und fand ihn hinter einigen Kisten, die ich mir längst vorgenommen hatte wegzuräumen.

Der Kamin war klein, eher ein Ofen und ich zog einen Korb mit Holz unter einem Stapel vergilbter Zeitungen hervor. Zum ersten Mal schien es mir ein Vorteil zu sein, vom Land zu stammen, denn ein Feuer zu machen war für mich tägliche Routine gewesen.

Ich brauchte nicht lange, um ein paar dünne Hölzer zu stapeln, dickere Holzscheite darüber zu lagern und den Rest mit Spänen zu stopfen. Im Korb fand ich ein paar Zündhölzer und benutzte die Zeitung, um das Feuer zu entfachen. Als die Wärme zunahm und nicht nur meine Hände, sondern auch mein Gesicht und den Rest meines Körpers erreichte, seufzte ich wohlig und gab mir ein paar Sekunden, in denen ich einfach nur vor dem Feuer hockte, ehe ich die Klappe schloss und wieder auf die Galerie hinauseilte.

Mr Reed schob mir einen Wagen mit Büchern hin und ich stellte erleichtert fest, dass sie nicht ganz so ramponiert waren wie die, die ich bisher aus den Regalen geholt hatte. »In den Raum zum Trocknen!«, befahl er mir und wischte sich das nasse Haar aus den Augen.

»Verflucht«, hörte ich Oscar, als er mit Cody im Schlepptau auf den Rundgang hochkam.

»Einen Wagen holen und Bücher aus der Gefahrenzone bringen!«, wandte sich Mr Reed an die Jungen und genau in diesem Moment hörte es ganz plötzlich auf zu regnen. Alle Blicke wanderten nach oben, wo gerade mehrere Männer ein großes Wachstuch über die Scheiben spannten.

»Neuer Plan, Jungs. Geht rüber ins Personalgebäude und lasst euch von Mrs Christy Tücher zum Aufwischen geben«, erklärte Mr Reed und die beiden verschwanden wortlos wieder die Treppe nach unten.

Mr Reeds Blick wanderte zu mir und er lächelte. Es war der surrealste Moment, den ich mir hätte ausdenken können. Er stand in seiner Bibliothek, von oben bis unten durchnässt, in jeder Hand ein völlig ruiniertes Buch und doch konnte er sich darüber freuen, dass kein Wasser mehr in seine heiligen Hallen tropfte.

»Wie geht es mit dem Feuer voran?«, erkundigte er sich bei mir, legte die zwei Bücher auf einen Stapel mit anderen tropfnassen Schriftstücken, die rettungslos verloren waren, und kam auf mich zu.

Er versuchte es sich nicht anmerken zu lassen, aber ich konnte sehen, dass er fror.

»Es brennt«, informierte ich ihn und er hob überrascht eine Augenbraue. Er hatte wohl nicht erwartet, dass mir so etwas leicht von der Hand ging. »Ich komme vom Land, Mr Reed«, klärte ich ihn daher auf und er nickte nur. »Sie sollten sich eine Weile davorsetzen und die Bücher trocknen, solange ich hier draußen weitermache«, bot ich ihm an und wartete seine Antwort gar nicht erst ab. Ich schob ihm den Wagen hin, den er mir gerade zugewiesen hatte, raffte meine Röcke, um über eine Pfütze zu balancieren, und begann dann, Papierfetzen vom Boden aufzuklauben.

Hinter mir hörte ich die Räder des Wagens rattern und lächelte heimlich darüber, dass er auf mich gehört hatte.

Es dauerte sicher noch eine weitere Stunde, bis alles trocken gewischt und sauber gekehrt war. Ein paar der Studenten, die an diesem Vormittag in der Bibliothek aufgetaucht waren, halfen mit, die Scherben und Splitter nach draußen zu schaffen und die Metallschilder von den kaputten Büchern abzutrennen.

Hundertdreiundzwanzig Bücher waren dem Regen zum Opfer gefallen. Dazu kamen noch etliche, von denen wir dachten, sie doch noch retten zu können. Es war einfach nur ärgerlich und jedes Metallplättchen, das in die kleine Kiste wanderte, war wie ein Stich in meinem Herzen.

Wir würden all diese Bücher neu beschaffen müssen. Ein Glück, dass es über alle Werke so detaillierte Aufzeichnungen gab. Resigniert seufzte ich in mich hinein, denn es würde ganz sicher meine Aufgabe sein, all die Anschriften zusammensuchen zu müssen und mit den Daten der Bücher zu notieren.

Ich rieb mir gerade die Hände warm und wollte im Lesesaal an einem der Tische damit beginnen, die Plättchen alphabetisch nach Autoren zu ordnen, da stellte jemand eine Tasse Tee vor mir ab.

Mein Blick folgte der schmalen Hand, die mir so bekannt war, bis zu ihrem Besitzer. Henry zog sich den Stuhl neben mir heraus.

»Ich hab gehört, was passiert ist«, sagte er und ich lächelte ihn traurig an.

»Danke für den Tee«, antwortete ich ihm nur und nahm die heiße Tasse zwischen meine klammen Finger.

»Ich hab eine ganze Kanne dabei«, gab er zurück und ich lachte. Henry war wirklich ein sehr fürsorglicher Mensch. Genau wie meine Mutter. Nur dass sie es viel zu oft damit übertrieb.

»Wir sollten Mr Reed eine Tasse nach oben bringen«, meinte ich schnell und erhob mich schon von meinem Stuhl.

»Hört, hört. Für Mr Reed«, spottete mein Bruder spaßhaft und zauberte eine zweite Tasse aus seiner Manteltasche. »Er hat seinen Thron als Höllenkreatur dann wohl hinter sich gelassen, hm?«, ärgerte er mich und ich sah ihn missbilligend an.

»Wenn er einen gerade nicht herumscheucht wie einen Leibsklaven. Ja, dann vielleicht«, gestand ich ein und nahm die Tasse entgegen, die Henry daraufhin aus einer chinesischen Kanne mit Tee füllte.

»Ich bin stolz auf dich«, sagte Henry und lächelte das Lächeln eines großen Bruders.

Ich wusste nicht genau, wie das für ihn nun wirklich zusammengehörte, aber ich beließ es dabei und freute mich, keine Rüge von ihm zu bekommen.

Die Tasse balancierend, betrat ich das kleine Zimmerchen, in dem Mr Reed gerade einen Holzscheit im Ofen nachlegte.

»Mein Bruder ist unten und hat Tee mitgebracht«, informierte ich ihn und stellte die Tasse auf einen freien Platz zwischen die Bücher. Mr Reed hatte sie auf dem Tisch ausgebreitet, die Buchdeckel geöffnet, sodass das wellige Papier in der warmen Luft des Raumes trocknen konnte.

»Danke«, antwortete der Bibliothekar und erhob sich von dem Ofen. Seine Kleidung war nicht mehr so nass wie zuvor, sein dunkles Haar stand nun jedoch struppig vom Kopf ab. Ich verkniff mir ein Lächeln, denn sein schon beinahe unordentliches Erscheinungsbild ergab einen sehr viel sympathischeren Mann als den reservierten, starren Beamten, den er sonst mimte.

»Ihr Bruder?«, erkundigte Mr Reed sich und nahm die Tasse zur Hand. »Henry Crumb?«

»Ja«, bestätigte ich und es war ein seltsames Gefühl, dass die beiden sich kannten.

»Guter Student, Ihr Bruder«, antwortete er mir wie beiläufig und trank einen Schluck Tee, den er sichtlich genoss. Dann seufzte er und wandte sich mir zu. »So, am besten sollten Sie sich die beschädigten Bücher vornehmen und mir eine Liste der Anschriften der Herausgeber heraussuchen«, erklärte er mir und ich straffte die Schultern.

»Ich habe bereits damit begonnen«, gab ich zurück und drehte mich der Tür zu. Mr Reed wandte sich ebenfalls von mir ab, um sich wieder den Büchern zu widmen, doch ich konnte noch das Lächeln sehen, das sich heimlich auf seine Lippen gelegt hatte. Und für einen kleinen Moment war ich wirklich stolz auf mich.

Schon nach den ersten fünfzehn Büchern, die ich in den Akten nachschlug, stellte ich fest, dass mir alle Unterlagen der letzten zweieinhalb Jahre fehlten. Ich hatte keine Ahnung, wo ich sie suchen musste und auch nach mehrfachem Nachblättern fand ich keinen Hinweis darauf, dass man sie woanders untergebracht hätte oder sie entfernt worden wären.

Als ich Mr Reed darauf ansprach, erklärte er mir lediglich, dass er die Informationen in seinem Büro hätte und sie mir bringen würde, sobald er mit den Officers von der Metropolitan Police gesprochen hätte. Sie waren vor ein paar Minuten bei uns eingetroffen, um sich der Sache mit dem Überseekoffer anzunehmen. Sie äußerten eine Theorie über vorsätzliche Sachbeschädigung, einen Anschlag möglicherweise. Doch Mr Reed vertrat die Ansicht, dass es sich um einen Unfall handelte und einmal mehr ein Gepäckstück auf der Reise mit einem Luftschiff verloren gegangen war. Man versprach, darüber Erkundigungen einzuholen und eine Dreiviertelstunde später kam Mr Reed mit einigen losen Zetteln zu mir.

Es waren ein paar der Seiten, die ich gesucht hatte, aber längst nicht alle.

Ich erledigte, was ich mit dem wenigen, was mir zur Verfügung stand, schaffen konnte und verpasste mal wieder meine Mittagspause. Neben dem Aktenwälzen hatten sich nämlich noch viele andere Arbeiten angestaut, die mich auf Trab hielten. Die Zeitungen und der Archivgang zum Beispiel.

Die Liste in meinen Händen wurde immer länger und zum Ende hin fehlten mir nur noch acht Bücher, die sich nicht in den Akten finden ließen.

Ich suchte nach Mr Reed, um ihn danach zu fragen, doch er war unauffindbar. Ein älterer Herr mit Schiebermütze und nasser Hose sprach mich an und erkundigte sich wegen der neuen Fenster, die nun eingesetzt werden mussten. Ich vertröstete ihn damit, dass ich diesbezüglich keine Auskünfte geben konnte und suchte weiter nach dem Bibliothekar.

Erst Oscar gab mir einen Hinweis, dass Mr Reed so wie mittwochs auch am Freitag für gewöhnlich ab dem Mittag spurlos verschwand.

Obwohl ich an diesem Tag bislang recht gut auf diesen Mann zu sprechen gewesen war, grollte in mir nun die Wut wieder auf. Wie konnte er an einem solch chaotischen Tag einfach verschwinden? Ihm musste doch klar sein, dass es viel zu tun und eine Menge zu entscheiden gab, und dass ich weder die Erfahrung noch die Befugnis hatte, all das allein zu bewerkstelligen.

Die Zeit schritt trotzdem voran, noch drei weitere Menschen fragten mich nach wichtigen Entscheidungen, und als Big Ben endlich fünf Uhr schlug, war ich völlig entnervt, wütend und hatte immer noch die acht Bücher, die mir auf meiner Liste fehlten. Es ärgerte mich, das nicht abschließen zu können, und ich beschloss, mir die Unterlagen auf eigene Faust zu besorgen.

So schwer konnte es ja nicht sein, ein paar Akten aus einem Büro zu holen.

Ich wartete, bis Oscar und Cody um sechs gingen und sich mit ihnen auch die Türen der Bibliothek für heute schlossen. Ich hatte genug zu tun, um die zusätzliche Zeit zu füllen, und schlich mich anschließend nach oben. Gerne hätte ich behauptet, dass ich ein schlechtes Gewissen hatte, in das Büro meines Vorgesetzten einzubrechen, doch dem war nicht so. Jahrelanges Lauschen an Türen hatte mein Gewissen abgestumpft.

Halb erwartete ich, die Tür verschlossen vorzufinden, aber sie war es nicht und so schob ich sie langsam in den Raum hinein.

Ich hatte viele Vorstellungen in meinem Kopf, wie der Raum dahinter aussehen mochte. Und doch stand ich wie gelähmt im Türrahmen, als sich Mr Reeds privates Reich vor mir auftat.

Damit hatte ich bei Weitem nicht gerechnet.

Der Raum war ein einziges Schlachtfeld. Bücher und Papiere bedeckten jeden freien Platz. Der Schreibtisch war zwischen den Stapeln darauf und drum herum kaum zu erkennen.

Die Fenster waren mit Vorhängen verdunkelt, die schief auf der Stange hingen, und aus jedem Schrank quoll das Chaos in den Raum hinein.

Ich holte tief Luft und schmeckte den Staub darin. Die Akten zu finden, die ich benötigte, würde sich wohl schwieriger gestalten, als ich angenommen hatte.

10

Das Zehnte oder das, in dem ich die Fronten klärte.

Ich war so müde wie noch niemals zuvor in meinem jungen Leben, das früher nur mit Müßiggang und dem Lesen im Bett angefüllt gewesen war. Alle Verantwortung und Terminpflicht hatte ich von mir ferngehalten und jetzt wusste ich auch wieso.

Lange nach Mitternacht wankte ich im Licht einer Laterne nach Hause und schlief auf dem Weg einzig aus dem Grund nicht ein, weil der permanente Nieselregen mir das Gesicht kühlte. Ich war selbst zu müde, um mich vor der Dunkelheit zu fürchten.

Das Haus meines Onkels sah bei Nacht genauso aus wie die Häuser rechts und links und starrte mir aus grauen Fenstern entgegen.

Mr Dolls machte mir auf, nachdem ich leise den Türklopfer betätigt hatte und betete, dass noch jemand um diese Uhrzeit wach war, um mich zu hören. Er war ordentlich bekleidet und hellwach, was mir den Schluss offenlegte, dass er wohl auf mich gewartet hatte. Der Butler beäugte mich besorgt, sagte aber nichts dazu, dass ich erst mitten in der Nacht nach Hause kam.

»Erzählen Sie es meinem Onkel und meiner Tante nicht«, bat ich ihn und er nickte, den gütigen Ausdruck unverändert auf seinem bereits mit Falten durchzogenen Gesicht.

»Wünschen Sie noch etwas zu essen, Miss?«, erkundigte er sich leise und nahm mir die Laterne ab, die im mit Kerzen erleuchteten Flur nicht mehr vonnöten war.

»Ich wünsche nur zu schlafen. Danke«, antwortete ich ihm schwach und spürte, wie meine Zunge langsam schwer wurde. Mühsam schleppte ich mich die Treppen hinauf in mein Zimmer, schälte mich aus meinen Kleidern und ließ alles achtlos zu Boden fallen. Es war mir egal, dass es keine Ordnung hatte und dass die Regennässe nun Gelegenheit bekam, Stockflecken auf dem Stoff zu hinterlassen. Ich hatte die letzten Stunden genug Ordnung geschaffen, um noch lange von dem Gefühl zu zehren.

Doch als mein Kopf schließlich auf dem Kissen lag, wollte er einfach nicht zur Ruhe kommen. Immer wieder kreisten Gedanken über die Dinge darin, die noch zu tun waren. Und die ich schon getan hatte.

Ich hatte jedes Dokument, jeden Brief, jedes Buch, jede Mappe, jedes Schriftstück, jede Notiz sortiert, auf Stapel verteilt und in Akten geordnet. Dabei waren Dokumente aus den letzten zwei Jahren zum Vorschein gekommen und ich wollte mir gar nicht vorstellen, wann dieses Chaos seinen Ursprung gehabt hatte.

Wie konnte Mr Reed nur so arbeiten?

Ich war getrieben gewesen von der Vorstellung, dass sich die Unordnung ausbreiten könnte, und da ich nun mal damit begonnen hatte, musste ich es auch zu Ende bringen.

Als ich die Bibliothek verließ, war Mr Reeds Büro ein Zimmer von vorbildlichem Charakter. Er hätte darin Gäste empfangen können, so ordentlich war es.

Auf der Tischplatte, die nun wieder frei war, um daran zu arbeiten, lag die Liste der zu ersetzenden Bücher mit den dazugehörigen Adressen, in Gruppen sortiert und alphabetisch geordnet.

Vielleicht mochte man mir einen gewissen Perfektionismus anhängen, doch dafür würde ich niemals so ein Durcheinander an meinem Arbeitsplatz dulden.

Es dauerte lange, bis ich schließlich einschlief und ich verbrachte eine sehr kurze, traumlose Nacht, in der ich immer wieder von dem Regen auf dem Dach geweckt wurde.

Nach gerade einmal dreieinhalb Stunden Schlaf klopfte es an meiner Tür und ich wusste, dass es Zeit war, wieder aufzustehen. Mein Kopf war erstaunlich leicht, dafür, dass ich kaum geschlafen hatte, aber mir war schmerzlich bewusst, dass dieses seltsame Gefühl wohl kaum lange anhalten konnte und ich heute Nachmittag vor Müdigkeit einknicken würde.

Ich zog mich an, kämmte mir das wirre Haar und steckte es zu einem einfachen Knoten zusammen. Zu mehr war ich nicht imstande.

Mein Onkel und meine Tante setzten sich zu mir an den Frühstückstisch und ich zwang mir einen Toast mit Butter rein, damit sie nicht merkten, dass etwas nicht stimmte.

Tante Lillian war jedoch viel zu aufmerksam, als dass sie mir das einfach so durchgehen ließ, und ihre hellen Augen fixierten mich, während sie selbst an ihrem Tee nippte.

»Animant, kann ich dich fragen, wo du gestern Abend gewesen bist?«, fragte sie ganz vorsichtig und Onkel Alfred legte seine Zeitung zur Seite.

»Ich war in der Bibliothek«, gab ich ohne Umschweife zurück und rührte mir einen Schluck Milch in meinen Tee.

»In der Bibliothek? Lässt dich dieser Bibliothekar etwa bis in die Nacht schuften?!«, empörte sich Onkel Alfred aufbrausend und ich hätte gerne mit den Augen gerollt. Doch Tante Lillian hatte mich im Blick und ich wollte sie nicht kränken.

»Nein, Onkel Alfred. Ich war freiwillig dort«, beschwichtigte ich ihn schnell und sah ihn nun über den Tisch hinweg an. In seinen Augen stand die Wut geschrieben, seine buschigen Augenbrauen verdunkelten sein ganzes Gesicht. »Ein Überseekoffer ist durch die Glaskuppel gebrochen und der Regen hat einen Teil der medizinischen Abteilung zerstört. Ich konnte nicht weg«, erklärte ich und unterschlug, dass Mr Reed sehr wohl hatte weggehen können. Er hatte mich mit dem ganzen Schlamassel allein gelassen und dann war ich in das Chaos in seinem Büro gestürzt wie Alice in den Kaninchenbau. Nur dass mich hinter all dem Papier nicht das Wunderland erwartet hatte, sondern nur noch mehr Papier.

»Das ist ja schrecklich!«, rief Tante Lillian schockiert. »Hast du das gewusst, Alfred?«, wandte sie sich an ihren Mann, der recht ratlos dreinblickte. Er hatte es also noch nicht mitbekommen.

»Ich nehme an, dass ich es wohl nachher erfahren hätte«, brummte er in seinen Bart und ich nickte nur. »So, Ani, da du ja heute nur bis

Mittag arbeitest, schlage ich vor, ich hole dich um halb eins mit der Kusche ab, dann können wir zusammen essen«, wechselte Onkel Alfred geschickt das Thema, um nicht weiter darauf eingehen zu müssen, dass an seiner Universität Dinge vor sich gingen, von denen er nichts wusste.

Ich sah ihn nur mit großen Augen an. Mir war nicht bekannt gewesen, dass ich heute nur bis Mittag arbeiten musste. Schon wieder etwas, das Mr Reed vergessen hatte, mir mitzuteilen.

Onkel Alfred räusperte sich und erwähnte, dass wir ja anschließend zum Luftschiffplatz fahren könnten, an dem Mr Boyle um halb zwei landen würde. Da ich noch nie ein Luftschiff von Nahem gesehen hatte, wäre es eine gute Gelegenheit, zwei Fliegen mit einer Klappe zu schlagen. Er lächelte Tante Lillian verschwörerisch zu, als ich zusagte, und ich rollte nun doch heimlich mit den Augen.

Die beiden sahen Mr Boyle und mich wahrscheinlich schon als so gut wie verlobt an, nur weil wir uns einmal nett unterhalten hatten. Das war mehr als albern. Ich hatte in der vergangenen Woche nicht öfter als zweimal an diesen Herrn gedacht und keiner dieser Gedanken war schwärmerischer Natur gewesen. Mein Herz war nicht so schnell ins Wanken zu bringen und ich zweifelte schon seit Längerem daran, dass ich überhaupt dazu fähig war, mich wahrlich zu verlieben.

Auf dem Weg zur Bibliothek ging ich die Aufgaben durch, die ich heute erledigen musste. Die Zeitungen hatte ich vernachlässigt und auch in meiner Kammer gab es noch so einiges zu tun. Außerdem vermutete ich, dass es am heutigen Tage mehr Studenten in die Bibliothek ziehen würde als sonst. Erstens, weil heute Samstag war und somit ein vorlesungsfreier Tag. Zweitens, weil viele von ihnen gestern nicht die Gelegenheit gehabt hatten, in der Bibliothek zu lernen. Und drittens, weil alle Menschen neugierig waren und sicher eine Menge Studenten nur aus einem Vorwand heraus ein Buch entleihen würden, um das Chaos zu sehen, das der Überseekoffer angerichtet hatte.

Ein Grund mehr, warum ich mich freuen sollte, heute schon am Mittag wegzukommen.

Es hatte aufgehört zu regnen, Nebelfetzen zogen durch den Park und kalt unter meinen Rock. Ich war mal wieder vor Mr Reed an der Tür der Bibliothek und als ich seine Gestalt durch den leichten Nebel auf mich zukommen sah, kam er mir beinahe schon vertraut vor. Jedes Mal, wenn mein Blick auf ihn fiel, machte sich in meinem Innern ein beklemmendes Gefühl breit, eine explosive Mischung aus Einschüchterung und Wut.

Doch heute früh war die Wut stärker als der Rest meiner Empfindungen. Denn gestern Nacht war mir eine Erkenntnis gekommen und die befähigte mich neuerdings, nicht mehr vor diesem Mann kuschen zu müssen.

»Guten Morgen, Mr Reed«, grüßte ich ihn recht neutral und er sah mich an.

»Guten Morgen, Miss Crumb«, gab er den Gruß zurück und kramte in seiner Manteltasche nach dem Schlüssel.

Innerlich brodelte ich. »Mr Reed, ist es richtig, dass ich an einem Samstag schon am Mittag gehen kann?«, hakte ich sofort nach und Mr Reed öffnete die Tür.

»Das ist richtig«, antwortete er mir, als handelte es sich um eine Selbstverständlichkeit, in die ich schon längst eingeweiht sein müsste.

»Und warum, Mr Reed, haben Sie dann nicht die Güte, mir dies auch mitzuteilen? Hätte mein Onkel es nicht heute morgen erwähnt, hätte ich es nicht gewusst«, redete ich auf ihn ein, während wir die Bibliothek betraten und er sich noch auf dem Weg in den Lesesaal den Mantel auszog und ihn über eine Stuhllehne warf.

Er schnaubte und drehte sich mir zu, während er sich seine Krawatte richtete. »Miss Crumb«, seufzte er, als ob ich ein kleines Kind wäre, doch diesmal würde ich mir das nicht gefallen lassen.

»Sparen Sie sich das«, fiel ich ihm ins Wort und starrte ihn finster an. »Gestehen Sie sich lieber ein, dass Sie nicht unfehlbar sind. Es ist nicht mein Verfehlen, wenn ich solche Dinge nicht weiß, sondern Ihres«, platzte es förmlich aus mir heraus und obwohl ich mich nicht hatte zurückhalten können, fürchtete ich gleichzeitig, dass meine Worte zu scharf gewesen waren für den Anfang dieser Unterhaltung.

Mr Reed sah mich verwundert an. »Sie haben wohl schlecht geschlafen«, kommentierte er nur, drehte sich dann auf dem Absatz um, nahm seinen Mantel in der gleichen Bewegung wieder auf und marschierte auf die Treppen zu.

»Ich habe sogar äußerst schlecht geschlafen, aber das ist sicher nicht der Grund für meine Aufgebrachtheit«, nahm ich den Gesprächsfaden wieder auf, den Mr Reed so plump hatte fallen lassen, und raffte meine Röcke, um ihm die Stufen nach oben zu folgen.

»Es ist also meine Schuld, dass Sie mit Ihrer Arbeit nicht zufrieden sind?«, drehte er mir das Wort im Munde um und ich schnaufte wütend, als ich hinter ihm herhastete.

»Das habe ich nicht gesagt«, verteidigte ich mich.

»Ich halte Sie hier nicht fest. Sie können jederzeit gehen und Ihrem Onkel schöne Grüße von mir ausrichten«, meinte er recht bissig, während er nach der Klinke seiner Bürotür griff.

»Das hätten Sie wohl gerne!«, fauchte ich und seine Augen richteten sich fest auf mich.

»Ja, das hätte ich gerne!«, zischte er zurück und riss seine Tür auf, um in dem Raum dahinter der Unterhaltung zu entfliehen. Doch der Schritt, den Mr Reed in das Zimmer setzen wollte, wurde ein kleines Stolpern und er klammerte sich mit schockiertem Gesichtsausdruck an seinem Türrahmen fest.

Ich hätte ihm gerne an den Kopf geworfen, dass er gestern noch behauptet hatte, er würde mich hier brauchen, schürzte jedoch lediglich die Lippen, denn er hätte mir sicher nicht zugehört.

»Bei Gott, was ist das?!«, stieß er hervor und seine Augen wurden so weit, dass es mir ungesund vorkam.

»Ihr Büro, Mr Reed. Und zwar so, wie es aussehen müsste, damit man darin effektiv arbeiten kann!«, erwiderte ich erzürnt und verschränkte die Arme vor der Brust. Es war mir egal, wie trotzig ich dabei aussah, denn ich hatte meinen Schlaf geopfert, um dem Chaos Herr zu werden.

»Waren Sie das etwa?«, fuhr Mr Reed mich an und die Wut erreichte seine Augen. Aber jetzt konnte er mich nicht mehr einschüchtern. Ich kannte seine Schwächen.

»Natürlich war ich das! Aber es hätte nicht meine Aufgabe sein sollen, sondern Ihre!«, antwortete ich ihm im gleichen Ton und Mr Reeds Finger krampften sich um das Holz des Türrahmens, bis die Fingerknöchel weiß hervortraten.

»Das ist mein Büro, Miss Crumb. Sie haben darin überhaupt nichts verloren«, platzte ihm der Kragen und seine Stimme wurde deutlich lauter.

»Das sagen Sie. Aber ich habe versucht, meine Arbeit zu machen. Sie haben es nicht einmal geschafft, mir die nötigen Unterlagen bereitzustellen. Wären Sie hier gewesen, hätte ich Sie ja gefragt. Aber Sie hatten es ja für wichtig erachtet, einfach so zu verschwinden«, keifte ich zurück, löste meine Hände aus ihrer Verschränkung und zeigte anklagend mit dem Finger auf den Bibliothekar.

»Ich habe Termine wahrgenommen«, verteidigte er sich zu meiner Überraschung und ich erahnte einen wunden Punkt, den ich sogleich in Angriff nahm.

»Sie haben mich in der Stunde der Not hier allein gelassen, an einem Tag wie gestern. Sie hätten mir wenigstens Bescheid geben können, Sie Unmensch!«, warf ich ihm an den Kopf und die Wut trieb mir die Tränen in die Augen.

»Das gibt Ihnen noch lange nicht das Recht, in mein Büro einzubrechen und all meine Ablagen zu durchwühlen«, versuchte er dagegenzuhalten, aber seine Abwehr schwankte. Die Tränen in meinen Augen machten ihn weich. Ich wischte sie weg, wollte ihm ebenbürtig gegenüberstehen und nicht wie jemand, den man zu bemitleiden hatte.

»Ablagen? Dass ich nicht lache«, rief ich und langsam wurde mir zu heiß in meinem dicken Mantel. Die Hitze des Streites drückte mir auf die Brust und ich begann an meinen Knöpfen zu fingern, ohne Mr Reed aus den Augen zu lassen. »Wenn Sie mir jetzt erzählen wollen, dass es in der Unordnung ein System gab, dann werde ich Sie einen Lügner nennen, Mr Reed!«

»Sie haben doch keine Ahnung!«, wies er meinen Vorwurf von sich.

»Doch, die habe ich, ob es Ihnen passt oder nicht. Sie scheuchen mich, Sie sehen auf mich herab, schon seit ich diese Bibliothek betreten habe. Sie schätzen mich gering und schimpfen mich eine langsame und unfähige Person. Sie machen mich klein, um sich groß zu fühlen, dabei sind Sie keinen Deut besser als ich!«, begann ich meine Schimpftirade und holte nicht lang genug Luft, als dass Mr Reed mich hätte unterbrechen können. »Sie leben eine Unordnung, die Ihnen über den Kopf wächst. Sie sind zu unorganisiert, um Ihre Arbeit in den Griff zu bekommen und wälzen Ihren Ärger auf mich ab. Wissen Sie, ich dachte, Sie wollten mich schikanieren, indem Sie mir so viele Informationen vorenthalten, aber ich habe mich geirrt. Jetzt weiß ich, dass Sie es nur vergessen haben, weil in Ihrem Kopf genauso viel Unordnung herrscht wie in Ihrem Büro!« Ich holte tief Atem, zog mir mit einem Rück den Mantel von den Schultern und ließ Mr Reed einfach stehen, während ich an ihm vorbei zum kleinen Räumchen nebenan ging.

»Miss Crumb«, begann Mr Reed und seine Stimme war dunkel vor Wut.

Doch ich ließ ihn nicht sprechen. Nicht jetzt. Das hier war mein Moment und ich würde ihn mir bewahren. »Wagen Sie es ja nicht, mich je wieder zu kritisieren, wenn Sie davor nicht verdammt noch mal dafür gesorgt haben, dass Sie perfekt sind!«, fauchte ich wie eine teuflische Straßenkatze in ihrem achten Leben und schenkte ihm einen so niederschmetternden Blick, dass Mr Reed die Erwiderung im Hals stecken blieb und er ohne ein weiteres Wort langsam, wie im Rückzug, in seinem Büro verschwand.

Ich hängte meinen Mantel an seinen Haken, atmete so lange ein, bis meine Lunge nichts mehr aufnehmen konnte, und ließ die Luft langsam wieder entweichen.

Meine Hände zitterten, mein Kopf fühlte sich ganz leer an und all die Wut, die ich seit meinem ersten Arbeitstag mit mir herumgetragen hatte, war wie durch Zauberhand verschwunden. Ich hatte sie herausgeschrien und ich wusste, dass es nun in Zukunft in dieser Bibliothek anders für mich laufen würde. Die größere Veränderung würde aber wohl Mr Reed bevorstehen. Das konnte ich ihm versprechen!

11

Das Elfte oder das, in dem mein Herz hüpfte.

Meine Zeit rannte davon und füllte sich mit dem Sortieren von Büchern, dem lästigen Gang ins Archiv und einer Menge Buchrückgaben.

Als mein Onkel sich plötzlich neben mir räusperte und ich beim Einräumen der Bücher beinahe drei Geschichtswälzer fallen ließ, war ich völlig überrascht, dass es bereits Mittag sein sollte. Doch ein Blick auf die Uhr im Foyer bestätigte die Richtigkeit seiner Anwesenheit und ich ging meinen Mantel holen.

Für einen Moment blieb ich vor Mr Reeds Tür stehen, fragte mich, ob ich einfach gehen und ihn in seinem Büro weiter schmollen lassen sollte.

Denn das tat er. Seit unserem Streit hatte er die Tür seines Raumes nicht geöffnet und ich hatte keinen Mucks mehr von ihm gehört.

Ich seufzte in mich hinein. Wenn ich jetzt ging, ohne ihn noch einmal zu sprechen, würde sich die Situation zwischen uns sicher über den freien Tag hinweg verschlimmern; und am Montag wieder hier zu erscheinen, würde mich große Überwindung kosten.

Zaghaft klopfte ich gegen die Tür. Ein leises Geräusch in einem so stillen Gebäude und doch schien es im Raum dahinter gänzlich zu verschwinden.

Ich hörte das leise Rascheln von Papier, das Knarren von Holz, auf dem das Gewicht verlagert wurde, und ein erschöpftes Seufzen. »Herein«, rief Mr Reed und ich öffnete die Tür einen Spaltbreit.

Das Büro sah noch fast so aus, wie ich es gestern verlassen hatte. Die Bücher in den Regalen, die Akten in den Schränken, die Vorhänge geöffnet. Nur auf dem Schreibtisch sah ich die Ansätze des Chaos wieder, welches ich gestern beseitigt hatte.

Mr Reed saß auf seinem Stuhl, einen Stapel Briefpapiere, ein geöffnetes Tintenfass, Briefumschläge und die Liste mit den zerstörten Büchern vor sich, die er wohl gerade abarbeitete.

Er schrieb also an all diese Adressen? Fünfundachtzig Adressen, fünfundachtzig Briefe.

»Miss Crumb?«, sprach Mr Reed mich an, als ich nicht reagierte und nur starr im Türrahmen stand.

Ich blinzelte. »Sie schreiben all diese Briefe persönlich?«, erkundigte ich mich schockiert, obwohl ich mich eigentlich nur hatte verabschieden wollen.

»Ja«, antwortete er mir knapp und hielt sich noch reservierter, als er es sonst tat. Es war der Streit, der zwischen uns stand und den ich begonnen hatte. Also war es auch an mir, ihn wieder zu beenden.

»Ich könnte Ihnen dabei helfen«, bot ich an und Mr Reeds Blick richtete sich auf mein Gesicht. Er nahm die Brille von der Nase, musterte meine Gesichtszüge, versuchte wohl die Bedeutung dahinter zu finden.

Aber es gab keine, außer dass ich meine Hilfe anbot.

Mr Reed kniff die Lippen zusammen, entspannte sie wieder, senkte den Blick auf die Briefe vor ihm. »Das ist zuvorkommend, Miss Crumb. Aber ich kenne viele dieser Männer schon seit Jahren. Sie wären beleidigt, wenn ich ihnen nicht persönlich schreiben würde.«

Ich nickte, entsann mich, weshalb ich ursprünglich an der Tür geklopft hatte, und ein Lächeln legte sich auf meine Lippen. Ich wusste nicht genau warum, aber irgendwas an dieser Situation gab mir ein gutes Gefühl.

»Na gut. Dann gehe ich jetzt. Ich wollte Ihnen nur einen guten Tag wünschen«, teilte ich dem Bibliothekar mit und er nickte.

»Guten Tag, Miss Crumb«, antwortete er mir mit ruhiger Stimme und ich wandte mich zum Gehen. »Miss Crumb!«, hielt mich Mr Reed jedoch zurück, während er seinen Stuhl zurückschob und eilig aufstand.

Ich drehte ihm den Kopf zu und hob fragend die Augenbrauen.

»Kommen Sie am Montag wieder?«, erkundigte er sich und ich war überrascht, dass ich ihm anscheinend Grund gegeben hatte, das zu bezweifeln.

»Ja, Mr Reed«, bestätigte ich ihm also und zog dann sachte die Tür hinter mir zu.

Eilig stieg ich die Treppe hinunter und schloss zu meinem Onkel auf, der im Foyer auf mich wartete. Er bot mir den Arm an und ich hakte mich unter, als es mir plötzlich aufging. Der Grund für mein gutes Gefühl, das mich gerade zum Lächeln gebracht hatte. Mr Reed war höflich gewesen! Zum ersten Mal hatte er sowohl in seiner Wortwahl als auch in seinem Ton und der Haltung eine außerordentliche Höflichkeit an den Tag gelegt und es fühlte sich gut an, in seinen Augen endlich die Wertschätzung zu bekommen, die ich mir erhofft hatte.

Ich war es wert, höflich behandelt zu werden.

Es war nicht viel, aber es schien mir in diesem Moment das Beste, was in der vergangenen Woche passiert war.

Wir aßen nicht in der Cafeteria, sondern in einem kleinen Restaurant in der Nähe des Campus. Es war edel eingerichtet und das Essen gut genug, dass ich ein zweites Dessert bestellte.

Mein Onkel neckte mich, indem er mich verfressen nannte, und wir gingen um Viertel nach eins, um mit der Kutsche zum Flugplatz zu fahren.

Aus einem unverständlichen Grund war ich ein wenig aufgeregt, konnte jedoch nicht genau sagen, ob es an den Luftschiffen lag, die ich gleich sehen würde, oder vielleicht an Mr Boyles Rückkehr.

Wir erreichten den Flugplatz und die Kutsche hielt am Straßenrand. Onkel Alfred öffnete die Tür, stieg aus und bot mir die Hand, damit ich auf der Trittstufe nicht ins Wanken geriet.

Ich fühlte mich kribbelig und ein wenig unsicher, konnte es gleichzeitig aber kaum erwarten, das Gebäude vor uns zu betreten. Es war hoch und prachtvoll gebaut, hatte steinerne Bögen, riesige Fenster und eine so wunderschön verzierte Uhr in der Mitte der Front, dass sie schon beinahe die des Big Ben übertraf.

Geschäftig wie in einem Bahnhof trieben die Menschenmassen hinein und hinaus, und ich blieb dicht bei meinem Onkel, um nicht zwischen all den Leuten, Gepäckstücken und Kofferwagen verloren zu gehen.

Ohne Zögern ging Onkel Alfred auf das Gebäude zu und ich folgte ihm.

Auch wenn mich der prachtvolle Bau faszinierte und die allgemeine Unruhe der Menschen mich in eine Aufbruchsstimmung versetzte, wurde ich in meiner Betrachtung doch immer wieder gestört, wenn sich jemand viel zu dicht an mir vorbeiquetschte. Raschelnde Röcke, hektisches Stimmengewirr, Hunderte Schuhe, die ihre Schritte hallen ließen, stickiger Atem fremder Menschen, eine Schulter, die mich anrempelte, ein Koffer, dem ich nur knapp ausweichen konnte.

Obwohl ich mir vorgenommen hatte, die Hektik der Stadt mehr zu lieben als die Eintönigkeit des Landes, kam ich nicht umhin, mich zunehmend beklemmt und atemlos zu fühlen, während sich die Menschenmassen immer enger um uns schlossen, je weiter wir in die Halle kamen.

Ich drängte mich näher an meinen Onkel, hielt den Kopf hoch und versuchte mich auf meine eigenen Schritte zu konzentrieren.

Es konnte nicht mehr weit sein. Vor uns öffnete sich der Blick auf einen gigantischen Platz, der durch die hohen Fenster zu sehen war. Und als mein Blick auf das riesenhafte Luftschiff fiel, das gerade zur Landung ansetzte, vergaß ich augenblicklich alles andere um mich herum. Als hielte die Welt den Atem an, verschwand das Gedränge um mich, die Stimmen, das Getrappel und die Hektik.

Ein Ballon, groß wie ein Häuserblock, lang gezogen wie ein Rugby-Ball, gefüllt mit Gas und heißer Luft. Die Gondel darunter wirkte winzig, obwohl sie mit Sicherheit einer Unzahl von Menschen Platz bot. Kunstvoll geschnitztes Holz wie die Schiffe der alten Zeiten, als hätte Captain Nemo seine Nautilus zum Fliegen gebracht. Es war wie der wahrhaftige Blick in einen Roman, als hätten Buchstaben Gestalt angenommen.

Unfassbar und überwältigend, und ich konnte nicht aufhören, das Luftschiff anzustarren. Selbst dann nicht, als es bereits gelandet war und die Menschen aus der Gondel strömten. Arbeiter spannten Taue, kletterten an schmalen Leitern den gebogenen Ballon nach oben. Passagiere verließen den Platz und betraten das Gebäude, andere liefen nach draußen und bestiegen die Gondel zu einer neuen Reise, die mir so fantastisch vorkam, dass ich nur zu gern mit ihnen gegangen wäre.

»Welche Ehre, Miss Crumb«, ertönte plötzlich von der Seite und ich erschreckte mich so sehr, dass ein leises Quietschen über meine Lippen kam.

Mein Herz pochte wie wild von dem Schreck, als ich mich Mr Boyle zuwandte, der sich unbemerkt neben mich gestellt hatte.

Ich stand ganz vorne an einem metallenen Geländer, die Hände um die kalte Stange gelegt, ohne mich erinnern zu können, herangetreten zu sein.

»Verzeihen Sie. Ich wollte Sie nicht so erschrecken«, entschuldigte sich Mr Boyle sogleich und in seinen Mundwinkeln lauerte ein Lächeln. Er sah noch genauso gut aus, wie ich ihn in Erinnerung hatte.

»Sie ist eine Träumerin, unsere Ani«, lachte mein Onkel und ich fühlte mich unwohl, wenn er so über mich sprach.

»Haben Sie sich die Luftschiffe angesehen? Wie finden Sie sie?«, fragte mich Mr Boyle, ohne auf den Kommentar meines Onkels einzugehen, wofür ich ihm dankbar war.

»Wirklich, wirklich faszinierend«, gab ich zu und lächelte, weil ich nicht anders konnte. »Sie sind so viel größer, als ich sie mir vorgestellt hatte.«

Mr Boyle lächelte zurück, ein freundliches, ansprechendes Lächeln und schon wie bei unserer ersten Begegnung empfand ich sofort eine gewisse Vertrautheit zwischen uns.

»Sagen Sie, wie viele Leute passen in so ein Gefährt? Wie sehen die Gondeln von innen aus? Oh, wie ist es, damit zu fliegen? Spürt man, wie die Erdanziehungskraft nachlässt, wenn man in die Höhe aufsteigt?«, quollen die Worte aus meinem Mund und ich schämte mich ein klein wenig für meine Neugierde, die ich sonst nur vor Henry, meinem Vater oder meinem Onkel so deutlich zeigte.

Doch Mr Boyle sollte es ja nicht anders von mir kennen, schließlich hatte ich ihn vor einer Woche bei unserer ersten Begegnung ebenfalls mit Fragen überhäuft.

Mr Boyle nahm mir meine Neugierde auch keineswegs übel und lachte auf eine wärmende Art über meinen Redefluss.

»Ich werde versuchen, eine Frage nach der anderen zu beantworten, Miss Crumb«, stellte er mir in Aussicht und ich spürte die Anspannung meiner Neugierde im Bauch.

»Aber nicht hier, meine Lieben«, ging mein Onkel zügig dazwischen und zeigte auf den Haupteingang, durch den wir die Halle betreten hatten. »Geht schon mal nach draußen. Ich werde mich um dein Gepäck kümmern.«

»Aber das ist doch nicht nötig, Alfred«, erklärte Mr Boyle sofort und Onkel Alfred winkte gleich ab.

»Meine Nichte brennt auf Antworten. Ich tue nicht nur dir einen Gefallen, wenn ich euch beide allein lasse«, warf er ein, grinste und machte sich mit einem Augenzwinkern in die entgegengesetzte Richtung davon.

»Na dann«, meinte Mr Boyle und schien sich kurz erinnern zu müssen, wie meine erste Frage lautete. »Also, die Gondeln fassen bis zu dreißig Personen. Sicher könnten es aber mehr sein, wenn es allein um den Platz ginge. Doch ich weiß nicht genau, ob da nicht auch Gewicht eine Rolle spielt«, begann er zu erzählen und wir bewegten uns langsam auf den Ausgang zu.

Die Menge wurde wieder dichter und ich war gezwungen, mich näher an Mr Boyle zu halten, als es üblich war. Ich hätte mich gerne untergehakt, um mich in dem Gedränge nicht so verloren zu fühlen, brachte es aber nicht über mich, es von mir aus zu tun, wenn er mir seinen Arm nicht angeboten hatte.

»Die Gondeln sehen immer unterschiedlich aus. Dieses Mal war die ganze Inneneinrichtung ein reines Kunstwerk. Ich bin aber auch schon mit wesentlich einfacheren Gefährten geflogen«, berichtete er weiter.

Ein Mann rempelte mich so unglücklich an, dass ich zur Seite gestoßen wurde. Mir entfuhr ein Schreckenslaut, meine Schulter schmerzte und einen Moment später fand ich mich in Mr Boyles Armen wieder, der mich etwas erschrocken ansah. Seine Honigaugen blickten auf mich herab und meine Finger klammerten sich an seine Arme.

Erst als er mich wieder aufrichtete und ich festen Stand unter meinen Füßen hatte, merkte ich, dass ich den Atem angehalten hatte und schnappte eilig nach Luft.

»Ent… entschuldigen Sie, Mr Boyle«, stammelte ich und brauchte einen Moment, bis ich es fertigbrachte, meine Hände von seinen Armen zu lösen. Die Menschen drängelten sich weiter um uns herum und Mr Boyle hatte mich noch nicht losgelassen. Er nahm behutsam meine Hand und legte sich meinen Arm um den seinen, sodass ich fest an seiner Seite stand, den Arm untergehakt.

»Schon gut, Miss Crumb, ich fange Sie mit Vergnügen jederzeit wieder auf«, gestand er mir mit einem frechen Lächeln, und ob ich es nun wollte oder nicht, hüpfte mir in diesem Moment das Herz. Ein komisches Gefühl breitete sich in meinem Bauch aus und ich schob es auf den Schreck.

Flüchtig sah ich mich um, doch der Mann, der mich angerempelt hatte, war längst in der Menschenmasse verschwunden.

Mr Boyle bahnte uns einen Weg bis zum Ausgang und dort öffneten sich die Massen an Menschen sogleich und ließen uns hinaus in die Freiheit.

Jetzt wusste ich wenigstens, dass ich große Menschenmengen keineswegs schätzte. Und dass es sich gut anfühlte, einen Retter mit bernsteinfarbenen Augen an meiner Seite zu haben.

12

Das Zwölfte oder das, in dem ich etwas über das Fliegen lernte.

Die Soiree bei den Kents hatte ich eigentlich völlig vergessen, bis Mr Boyle mich daran erinnerte und mich fragte, ob er mich heute Abend dort sehen würde. Er lächelte und sein Blick hielt den meinen fest.

Ich sagte ihm zu, ohne weiter darüber nachzudenken, und eine Art Vorfreude erfasste mich. Sie machte mich nervös und zwang meine Mundwinkel dazu, ein ständiges Lächeln beizubehalten. Und zusätzlich vertrieb sie auch die Müdigkeit, die ich schon längst hätte spüren müssen.

Wir fuhren mit der Kutsche zurück zur Universität, bei der Onkel Alfred und Mr Boyle wieder in ihr Büro mussten, um sich über die Ergebnisse von Mr Boyles Geschäftsreise auszutauschen und die nächsten Schritte einzuleiten.

Ich wusste nicht, worum es ging und mein Kopf schien zu verwirrt zu sein, um sich dafür zu interessieren, was sehr untypisch für mich war.

Der Kutscher brachte mich nach Hause, wo ich erleichtert einem freien Nachmittag entgegensah. Doch Tante Lillian ergriff die Gelegenheit beim Schopfe, mich in die Stadt zu zerren, um mir ein neues Kleid zu kaufen. Natürlich würde es bis heute Abend nicht fertig werden, aber sie stellte mir einen Ball am nächsten Samstag in Aussicht.

Obwohl ich für gewöhnlich nichts für Bälle übrig hatte, beschlich mich auch dieses Mal das seltsame Gefühl von Freude, die von der Vorstellung herrührte, Mr Boyle dort zu begegnen.

Ich durfte mir den Stoff und den Schnitt des Kleides selbst aussuchen. Tante Lillian stand mir beratend zur Seite und entschied, zu meiner Erleichterung, nichts über meinen Kopf hinweg, wie es meine Mutter gerne tat.

Danach tranken wir Tee in einer lieblich eingerichteten Konditorei, aßen dazu ein kleines Stück Kürbiskuchen und ich überredete meine Tante zu einem kurzen Besuch in einer Buchhandlung, bevor wir wieder nach Hause gingen, um uns dort für den Abend fertig zu machen.

Wir halfen uns gegenseitig beim Anziehen. Ein himmelblaues Kleid für meine Tante, ein sonnengelbes für mich. Sie machte sich die Haare und setzte anschließend mich auf den Hocker vor ihrem Frisiertischchen.

Ich sah mir selbst in die Augen, während Tante Lillian mir die Haare kämmte und anschließend zu flechten begann. Ganz bewusst blickte ich in das helle Blaugrau meiner Iris, betrachtete die geröteten Wangen und fragte mich unwillkürlich, ob ich Mr Boyle wohl gefallen würde.

Das brachte mich allerdings zum Stutzen. Mr Boyle? Natürlich hätte es mir viel früher auffallen sollen, schließlich war ich immer eine analytische Person gewesen. Aber in diesem speziellen Fall waren mir meine eigenen Gefühle so fremd, dass ich sie so schnell nicht hatte einordnen können.

Ich war doch tatsächlich im Begriff, einer Schwärmerei zu verfallen. Für Mr Boyle. Ich war überrascht von mir selbst.

Bisher hatten meine einzigen Schwärmereien nur Büchern oder auch mal den Mandelplätzchen meiner Großtante gegolten, jedoch noch nie einem Mann.

Wie sollte ich damit nur umgehen? Musste ich etwas dagegen unternehmen? Oder konnte ich mir die Freiheit lassen, dem nachzugehen? Und was hatte es für Konsequenzen?

Kurz überlegte ich, mich damit an Tante Lillian zu wenden. Sie hatte schließlich Erfahrung mit den Herzensdingen. Doch ich fürchtete, sie würde es dann Onkel Alfred erzählen, dieser meinem Vater und wenn mein Vater es wüsste, dann wäre ich auch vor meiner Mutter nicht mehr sicher.

Also besser nicht.

Onkel Alfred kam zeitig nach Hause und machte sich mit der Hilfe seiner Frau ausgehfertig, während ich unten im Salon in meinem dunkelgrünen Sessel saß und eines meiner neu erworbenen Bücher las, in dem es um das Zeitgeschehen der stetig wachsenden Kolonien in Afrika ging.

Ich war in letzter Zeit viel zu wenig zum Lesen gekommen und genoss die Minuten, die ich reglos dasaß, während mein Blick über die schwarze Schrift huschte und die Wörter in meinem Kopf Sätze bildeten, die ihren Sinn in meinem Gedächtnis hinterließen. Das waren Momente, in denen ich ausnahmslos ich war, in denen mir alle anderen egal wurden und ich der Welt um mich herum entfloh.

»Animant«, riss mich die Stimme meiner Tante aus der Stille des Moments und ich hob den Kopf, um sie anzusehen. »Kommst du?«, erkundigte sie sich und schlüpfte mit ihren schlanken Fingern in die hellen Handschuhe.

Beinahe hätte ich gefragt wohin, als mir mein feines gelbes Kleid ins Auge fiel und mit einem Schlag mein Herz zu rasen begann.

Obwohl ich mitten in einem Absatz gewesen war, klappte ich das Buch zu, legte es auf ein Beistelltischchen und erhob mich mit raschelnden Röcken.

Onkel Alfred kam die Treppen heruntergepoltert und sah ungewohnt edel aus, was mich zum Staunen brachte. Die Kutsche fuhr vor und wir gingen nach draußen.

Die Fahrt dauerte etwa eine Viertelstunde und ich rutschte die ganze Zeit über ungeduldig auf meiner Bank hin und her, bis wir endlich das Haus der Kents erreichten, das prachtvoll erleuchtet die ganze Straße in goldenen Schimmer tauchte.

Onkel Alfred reichte uns die Hand zum Aussteigen und wir betraten das Gebäude, in dem es wohlig warm war. Man nahm uns die Mäntel ab und mein Onkel stellte mich den Kents vor, einem älteren Ehepaar mit gütigem Lächeln und freundlichen Augen. Sie hießen uns willkommen, Mrs Kent machte mir Komplimente zu meinem hübschen Gesicht und merkte im gleichen Atemzug an, dass ihr Enkelsohn ebenfalls noch nicht vergeben sei.

Ich musste mich bemühen mitzulachen, als meine Tante zu kichern begann, machte dann aber schnell einen leichten Knicks und floh ins anliegende Zimmer.

Diese Soiree war im Gegensatz zur letzten, auf die Tante Lillian mich mitgenommen hatte, wirklich eine kleinere Gesellschaft. Es waren etwa zwanzig Leute anwesend, die meisten zu meinem Glück verheiratet.

Es gab zwei junge Frauen in meinem Alter oder jünger. Die eine war nicht mit Schönheit gesegnet, was ihr reichlich besticktes Kleid zu ihrem Leidwesen nicht auszugleichen vermochte.

Und die andere, Miss Walker, zeigte jedem, ob er nun wollte oder nicht, ihren viel zu groß geratenen Verlobungsring, den ihr heiß geliebter Herold ihr letzte Woche angesteckt hatte und welcher heute leider nicht anwesend sein konnte.

Ich musste nicht einmal mit ihr reden, um das in Erfahrung zu bringen, sie sprach so laut, dass ich es auch so mitbekam.

Mr Boyle war noch nicht hier, was mich ein klein wenig enttäuschte. Aber ich bewahrte Haltung und versuchte, nicht unangenehm aufzufallen.

Ich nahm mir zum Zeitvertreib ein Glas Punsch, von dem man mir versicherte, dass er nicht stark sei, da die Kents dem Alkohol nicht sehr zugetan waren. Etwas verloren stellte ich mich wieder neben den Kamin. Der Platz in jedem Raum, an dem ich mich am wenigsten verloren fühlte. Natürlich hätte ich mich auch zu einer der kleinen Grüppchen gesellen und mit Nichtigkeiten um mich werfen können, doch das war mir schon immer zuwider gewesen.

Ein junger Mann fing meinen umherschweifenden Blick auf, löste sich aus dem Gespräch, bei dem er nur dabeigestanden hatte, und kam geradewegs auf mich zu.

Er war schlank, gut gekleidet und obwohl seine Stirn sehr hoch war, entstellte es sein feines Gesicht nicht.

»Miss Crumb, nicht wahr?«, sprach er mich an und lehnte sich neben mich an den Kamin.

»Richtig«, bestätigte ich. »Und mit wem habe ich das Vergnügen?«, gab ich zurück und war mir noch nicht so sicher, ob dies hier wirklich ein Vergnügen werden würde.

»William Kent«, stellte er sich vor und mir war gleich klar, dass dies der besagte ledige Enkelsohn sein musste. »Die Gastgeber sind meine Großeltern«, fügte er noch hinzu, als würde es sich anhand seines Namens nicht ohnehin erraten lassen, und ich trank einen Schluck

Punsch, um mich selbst daran zu erinnern, nicht mit den Augen zu rollen.

Der Punsch war wirklich mild, was ich vorhin noch begrüßt hatte und jetzt bedauerte.

»Sie sind zu Besuch bei Ihrem Onkel? Sind Sie schon lange hier in London?«, begann er das Gespräch und ich bemerkte, dass er sich darum bemühte, die Hände still zu halten. Er war nervös.

»Seit einer Woche«, erzählte ich und ließ die Entscheidung bei ihm, ob das nun lang war oder nicht.

»Oh, und haben Sie sich schon alles zeigen lassen?«, wollte Mr Kent wissen, fröhlich und trotzdem immer darauf bedacht, meine Reaktion nicht zu verpassen. »London ist wirklich eine großartige Stadt, nicht wahr?«

Natürlich ging Mr Kent davon aus, dass ich in meinem Leben nichts anderes zu tun hatte, als mir die Sehenswürdigkeiten Londons anzusehen. Wahrscheinlich hätte er damit auch bei jedem anderen Mädchen richtiggelegen, nur bei mir eben nicht.

»Da muss ich Sie enttäuschen, Mr Kent. Dafür hatte ich bisher keine Zeit«, gestand ich also und Mr Kent sah mich überrascht an. Er wusste im ersten Moment nicht, was er sagen sollte, weil es so gar nicht die Antwort zu sein schien, die er erwartet hatte. Wahrscheinlich hatte er sich das ganze Gespräch schon vorher zurechtgelegt und war nun aus dem Konzept gebracht.

»Womit haben Sie denn Ihre Zeit verbracht?«, fragte er und das Lächeln auf seinen Lippen wirkte unsicher.

Ich hatte keine Gewissheit darüber, welche Reaktion ich bekommen würde, wenn ich ihm die Wahrheit sagte, und wusste gleichzeitig, dass ich es drauf ankommen lassen würde.

»Ich habe einen Job angetreten. Ich verbringe meine Zeit mit arbeiten«, eröffnete ich ihm also und betrachtete seinen Gesichtsausdruck, der für einen Moment aus der Fassung geriet. Seine Augen starrten mich entsetzt an, sein Mund blieb offen stehen.

»Wissen Ihre Eltern darüber Bescheid?«, erkundigte er sich schockiert und ich hielt die Luft an, weil ich mich nicht entscheiden konnte, ob ich darüber lachen sollte oder mich zutiefst beleidigt fühlte.

»Es war die Idee meines Vaters«, erklärte ich so neutral, wie ich nur konnte, und hörte doch selbst die Angespanntheit in meiner Stimme. Ohne mich dafür zu entscheiden, hatte die Beleidigung die Oberhand gewonnen, auch wenn ich wusste, dass ich diese Antwort wohl selbst provoziert hatte.

»William, nicht jeder ist der Meinung, dass Frauen nichts zur Gesellschaft beizutragen haben, als Kinder zu gebären und schweigsam zu lächeln«, warf plötzlich eine Stimme ein und ich drehte sofort den Kopf in die Richtung. Mein Bauch reagierte schneller als mein Verstand. Denn es begann darin angenehm zu kribbeln, noch bevor ich bewusst die Stimme mit ihrem Ursprung zusammenbrachte.

»Mr Boyle«, begrüßte ich ihn und erkannte mich kaum wieder, so überschwänglich klang ich. Wie ein liebestolles Dummchen. Und ich erschreckte mich vor mir selbst.

»So etwas habe ich niemals behauptet, Winston«, empörte sich Mr Kent und seine Miene verfinsterte sich.

Es war offensichtlich, dass die beiden sich näher kannten und den bissigen Kommentaren nach zu urteilen, hatten sie kein sehr gutes Verhältnis zueinander.

»Ach, nein? Vielleicht solltest du dann davon Abstand nehmen, Miss Crumb so rüde zu beleidigen«, gab Mr Boyle von sich und ich sah zwischen den beiden Männern hin und her, wie sie sich gegenüberstanden und still mit Blicken duellierten.

Mr Boyle gewann, als Mr Kent sich auf die Unterlippe biss und kurz die Augen schloss. Er öffnete sie wieder und straffte die Schultern, während er mir das Gesicht zuwandte. »Entschuldigen Sie, Miss Crumb. Ich habe die falschen Worte gewählt, um mich Ihnen gegenüber angemessen auszudrücken«, begann er seine Entschuldigung überaus förmlich und ich nickte ihm zu. »Ich wollte lediglich anmerken, wie ungewöhnlich es doch ist, dass eine junge Frau Ihres Standes sich einer solchen Tätigkeit widmet.«

»Und damit haben Sie gar nicht unrecht«, kam ich ihm entgegen, damit er wusste, dass ich ihm verzieh. Denn das tat man als weltoffene, erwachsene Person, die ich mir einbildete zu sein. Schon allein, weil Mr Boyle neben uns stand. »Ich hätte vor zwei Wochen auch noch nicht gedacht, dass ich plötzlich in London sein und meine Tage mit dem Sortieren von Büchern füllen würde.«

Mr Kent nickte, lächelte und dann verzog sich sein Gesicht, als hätte er plötzlich Zahnschmerzen bekommen. »Es tut mir leid, Miss Crumb. Aber ich kann das einfach nicht verstehen. Wieso gehen Sie einer Arbeit nach, wenn Sie doch die Möglichkeit haben, so viel angenehmere Dinge zu tun?«, wollte er wissen und ich fragte mich genau dasselbe.

Ich hätte zu Hause bleiben und Bücher lesen können. Und trotzdem war ich nun hier und würde am Montag wieder zurück in die Bibliothek gehen, um mich selbst zu ermüden.

Was trieb mich an? Was machte mir diese Arbeit so wichtig?

Denn wichtig war sie mir. Zuerst war es ein Fluchtgedanke gewesen, der mich nach London getrieben hatte, dann hatte mich mein Stolz hier gehalten. Doch jetzt, nachdem ich es abgelegt hatte, ausschließlich auf Mr Reeds Meinung angewiesen zu sein, wusste ich nicht mehr, warum ich das alles tat.

»Auch Frauen streben danach, ihrem Leben Sinn zu geben, William«, sagte Mr Boyle, weil ich wohl ein wenig zu lange mit meiner Antwort gezögert hatte. »Ich halte Miss Crumb für einen ehrgeizigen und überaus neugierigen Menschen. Und der Forscherdrang nach Neuem lässt sich nun mal schwer aufhalten«, führte er aus und ich sah ihn mit großen Augen an.

Ehrgeiz und Neugierde hatte er gesagt, und obwohl wir beide uns erst so kurz kannten, erfasste er meine Situation besser als ich.

»Mr Boyle hat recht«, bestätigte ich also und das Lächeln auf meinen Lippen ließ sich mal wieder nicht aufhalten. Mein Bauch kribbelte heftiger und mein Herz schlug schneller, obwohl für beides kein handfester Grund vorlag.

»Ja, so wie immer«, presste Mr Kent hervor und er klang recht bitter dabei.

Seine Reaktion überraschte mich und ich sah ihn fragend an.

Mr Kent schnaubte, schluckte schwer und hielt seinen Blick starr auf Mr Boyle gerichtet. »Das ist eine Sache zwischen Winston Boyle und mir, Miss Crumb. Ich will Sie nicht weiter damit belasten. Entschuldigen Sie mich«, äußerte er knapp, verbeugte sich steif und entfernte sich.

Das war wirklich irritierend gewesen und sofort verspürte ich das Bedürfnis, die Umstände möglichst detailliert in Erfahrung zu bringen.

Mein Blick wanderte zurück zu Mr Boyle, dem diese Situation sichtlich unangenehm schien. Er sah meinen Blick und räusperte sich verhalten. »Verzeihen Sie, Miss Crumb, das muss Ihnen sehr abschreckend vorkommen«, setzte er zu einer Entschuldigung an und ich unterbrach ihn sofort, indem ich ihm eine Hand auf den Arm legte. Meine Fingerspitzen zuckten leicht.

»Mr Boyle, wie Sie selbst bereits erkannt haben, lasse ich mich nicht so schnell abschrecken. Denn ich bin neugierig«, eröffnete ich und grinste ihn dabei an.

Mr Boyle schien erleichtert und trat einen Schritt zu mir, sodass wir nahe beieinander am Kamin standen, wie zwei Vertraute, die sich gegenseitig Geheimnisse zuflüstern.

»William Kent ist gelinde gesagt ziemlich wütend auf mich, weil ich letztes Jahr die Verlobung zu seiner Schwester gelöst habe«, gestand Mr Boyle mir und ich zuckte innerlich zusammen. Mein Blick folgte dem seinen und landete bei dem armen, unscheinbaren Mädchen mit dem blassen Gesicht, von dem ich vorhin schon gedacht hatte, dass die Schönheit nicht sehr dankbar mit ihr gewesen war. Mr Boyle war verlobt gewesen? Mit ihr?

Mr Boyle musste meine Überraschung erahnen, denn er begann sofort mit seiner Erklärung. »Es war eine Verbindung, die unsere Eltern schon in unseren frühen Kindertagen beschlossen hatten. Es war immer ihr Ziel gewesen, unsere Familien zu vereinen, und da ich keine Geschwister habe und die Kents nur ein Mädchen, war es schon beschlossene Sache, als Vanessa geboren wurde.« Seine Stimme war ruhig und erklärend, und ich entspannte mich innerlich etwas.

»Und was hat Sie dazu veranlasst, dem Wunsch Ihrer Eltern nicht zu entsprechen?«, erkundigte ich mich beinahe im Flüsterton und mein Herz klopfte noch viel lauter in meiner Brust.

Mr Boyle lächelte und seine Lippen bekamen einen so angenehmen Schwung, dass meine Augen für einen Moment daran hängen blieben. »Vanessa ist ein nettes Mädchen und ich will sie auf keinen Fall schlechtreden«, sagte er und senkte sein Gesicht noch näher zu meinem herab, damit niemand außer mir seine Worte hören konnte. »Aber ich bevorzuge es, wenn eine Frau mir ebenbürtig ist und nicht durch veraltete Ansichten in den Erziehungsmethoden ihrer Eltern zu einem stummen Püppchen ohne Meinung geformt wurde.«

Eine Gänsehaut breitete sich auf meinen Armen aus, als ich begriff, was er mir damit sagen wollte. Ich atmete tief ein, hielt die Luft an und sah Mr Boyle dann in die Augen, in denen honiggold der Widerschein des Kaminfeuers tanzte.

»Aber ich schlage vor, dass wir beide uns jetzt vielleicht einem leichteren Gesprächsthema zuwenden, damit ich nicht noch mehr ins Schwitzen gerate«, witzelte Mr Boyle, unterbrach unseren Blickkontakt allerdings nicht.

»Wenn es Ihnen hilft«, gab ich in scherzendem Ton zurück, als wäre wirklich er derjenige, der hier gerade aus der Fassung geriet und nicht ich.

»Durchaus, Miss Crumb. Schließlich schulde ich Ihnen noch einen Bericht über meine Luftschiffreise«, meinte er und wies mit der Hand auf ein schmales Sofa, damit wir uns setzten.

Ich nahm ganz damenhaft meinen Rock zwischen zwei Finger und hob den Saum minimal vom Boden ab, damit ich zu der Sitzgelegenheit schreiten konnte. Meine Füße fühlten sich an, als würden sie wie der Saum meines Kleides in der Luft schweben und ich setzte mich mit weichen Knien auf das kleine Sofa.

Mr Boyle platzierte sich neben mich, eine interessante Mischung aus Hemmung und Selbstsicherheit im Blick, und begann mir vom Fliegen zu berichten, was ich durch unzählige Fragen unterbrach.

Irgendwann begann Miss Walker auf dem schmalen Flügel zu spielen, Tante Lillian gab zwei sehr schöne Gesangsstücke zum Besten und ich fühlte mich so wohl, dass ich nicht einmal an meine Bücher dachte.

Mr Boyle erzählte, hörte zu und lachte sogar über meine ironischen Bemerkungen. Und auch wenn ich es gern auf den Punsch geschoben hätte, wusste ich, dass mir nicht nur deswegen so warm im Bauch war.

13

Das Dreizehnte oder das, in dem mein altes Leben mich einholte.

Meine Finger glitten über den neuen ledernen Einband. Ich lächelte und schob das letzte Buch an seinen neuen Platz im Regal. Tief atmete ich durch und fühlte mich gut.

Es war geschafft; obwohl ich geglaubt hatte, niemals damit fertig zu werden, hatte ich gerade mal eine Woche gebraucht, alle Bücherkisten, die in der Kammer herumstanden, auszupacken, in die Kartei aufzunehmen und zu etikettieren.

Die Kammer war nun aufgeräumt und ich hatte sie meinem System entsprechend neu strukturiert.

Ich gönnte mir einen Moment der Ruhe, trat an das Geländer des Rundgangs und ließ den Blick über den Lesesaal schweifen.

Gerade fühlte ich mich wunderbar, beschwingt und voller guter Gedanken. Es war Montagmittag und gleich würde meine Pause beginnen.

Der Sonntag war so schnell vergangen, dass er mir ganz unwirklich vorkam.

Die Soiree am Samstagabend hatte sich dem Ende zugeneigt und Mr Boyle hatte mich gefragt, ob ich gewillt wäre, den Sonntag mit ihm zu verbringen, damit wir einen Ausflug in die Herbstwälder nahe London unternehmen konnten. Ich hatte ihm jedoch nicht zusagen können, da ein Sonntag ohne Kirchgang für mich nicht vorstellbar war. Mein Vater war sehr streng in dieser Hinsicht. Sonntags in die Kirche zu gehen, stand für ihn über allem und obwohl ich seine Strenge oft als Last empfunden hatte, kam ich doch nicht aus meiner Gewohnheit heraus. Ein Sonntag ohne Messe wäre wie Rhabarberkuchen ohne Sahne. Ich hätte immer das Gefühl gehabt, etwas würde fehlen.

Doch Mr Boyle hatte sich nicht entmutigen lassen, war von Tante Lillian zum Mittagessen nach der Kirche eingeladen worden und bot mir an, statt des Ausflugs eine kleine Rundfahrt durch London zu unternehmen.

Mr Reed kam aus seinem Büro, die Nase in einem Buch, und ging in meine Richtung. Ich blieb, wo ich war und schmunzelte darüber, da ich ihm durchaus zutraute, an mir vorbeizulaufen und mich nicht einmal zu bemerken.

Er hatte mich heute Morgen so schlecht gelaunt begrüßt wie eh und je und es hatte mir überhaupt nichts ausgemacht. Sollte er doch schlechte Laune haben, mich würde das überhaupt nicht stören. Ich war zufrieden mit mir, meiner Arbeit und mit dem vergangenen Wochenende.

Der Kirchgang war nicht weiter bemerkenswert gewesen. Ich hatte mit Tante Lillian eine nette kleine Kirche in der Nähe besucht. Onkel Alfred hatte sich nach dem langen Abend auf der Soiree nicht dazu aufraffen können, uns zu begleiten, und ich entschied für mich, das meinem Vater gegenüber wohl niemals zu erwähnen.

Ich war ein wenig unruhig gewesen, hatte kaum auf das geachtet, was der Priester vorne sagte, und auf der Rückfahrt war mir so warm in meinem Wintermantel, dass ich mir die Handschuhe von den verschwitzen Händen ziehen musste und sie an die kalten Scheiben der Kutsche drückte.

Das Essen wartete bereits auf uns, zusammen mit Mr Boyle, der wie versprochen erschienen war.

Wir hatten uns gut unterhalten, während ich vor Nervosität beinahe noch eine dritte Portion gegessen hätte, nur um irgendetwas zu tun und Mr Boyle nicht ständig gedankenverloren anzustarren.

Er war wahrlich ein schöner Mann und auch seine offene Art war mir sehr angenehm.

Tante Lillian hatte uns warm angelächelt und hinterhergewunken, als wir zu unserem Ausflug in die Kutsche gestiegen waren. Und obwohl ich mich hätte wunderbar verträumt fühlen müssen, bekam ich bei dem lieblichen Blick in ihren Augen ein schlechtes Gewissen. Als ob sie Hoffnungen für mich hegte, die ich nicht erfüllen konnte.

Doch ich verdrängte die Gedanken, ließ mich von Mr Boyle durch London führen, diskutierte über die Vor- und Nachteile moderner Architektur und wir besahen uns die riesige Baustelle in der Nähe des Towers of London, an der laut Mr Boyle eine Brücke entstehen sollte, die einmal einen Weg über die Themse darstellen würde und trotzdem weiterhin eine reibungslose Schifffahrt garantieren konnte. Selbst die dampfbetriebene Straßenbahn ließ er mich ausprobieren und wir fuhren damit eine Station weit, was mir einen schlimmen Hustenanfall bescherte.

Es war faszinierend und aufregend, und am Ende des Tages lieferte mich Mr Boyle wieder wohlbehalten zu Hause ab. Er hatte mich angelächelt und mir süße Träume gewünscht. Und schon wieder hatte mich dieses eigenartige Gefühl eines schlechten Gewissens befallen. Gezwungen hatte ich mich ebenfalls um ein Lächeln bemüht und war im Haus verschwunden.

Ich konnte mir immer noch keinen Reim darauf machen, woher dieses Gefühl kam, das mich ganz leicht biss, wenn ich mir Gedanken über Mr Boyle machte. Doch am wahrscheinlichsten war, dass ich einfach ein wenig Angst hatte. Schließlich war Mr Boyle der erste Mann, für den ich ein gewisses Interesse zeigte, und all die Gefühle, die dazugehörten, waren mir noch so fremd, dass ich sie so schnell nicht einordnen konnte. Aber ich war zuversichtlich, dass sich das sicher bald geben würde, und versuchte mich nur auf die positiven Aspekte des gestrigen Tages zu konzentrieren.

»Haben Sie nichts mehr zu tun, Miss Crumb?«, sprach mich eine tiefe Stimme an und ich blinzelte mich aus meinen Gedanken. Ich stand immer noch am Geländer des Rundgangs, die Hände auf dem glatten Holz, das sich unter meinen Fingern erwärmt hatte, und starrte blicklos in den Lesesaal.

»Ich …«, begann ich, ohne eine tatsächliche Erwiderung im Sinn zu haben, und wandte meinen Blick Mr Reed zu, der neben mir stehen geblieben war und scheinbar mit den Augen zu finden suchte, was meine Aufmerksamkeit auf sich gezogen hatte.

»Doch, Mr Reed«, gab ich zu, als ich wieder ganz bei mir war, und hoffte, er würde nicht bemerken, dass ich lediglich vor mich hin geträumt hatte. »Ich werde gleich in die Pause gehen und mich danach um die Rückgaben kümmern«, versicherte ich ihm und lächelte fein.

»Oh, das passt gut«, sagte Mr Reed und klang voller Tatendrang. »Keine fünf Minuten von der Cafeteria entfernt befindet sich das Postamt. Wären Sie so freundlich, die Briefe dort aufzugeben, die ich bisher geschrieben habe?«, erkundigte er sich förmlich und ich betrachtete ihn misstrauisch.

Ich konnte diesem Frieden nicht so recht trauen. Die Höflichkeit, um die sich Mr Reed seit unserer Auseinandersetzung bemühte, war mir zu plötzlich gekommen und ich fragte mich, was wohl dahinterstecken mochte. Denn Menschen änderten sich nicht von heute auf morgen. Schon gar nicht welche, die einem kritische Blicke zuwarfen, wenn sie glaubten, man bemerke es nicht.

»Aber sicher, Mr Reed«, erklärte ich mich dennoch bereit.

»Sagen Sie dem Postbeamten einfach, Sie sind Angestellte der Bibliothek, dann wird er das Porto der Universität in Rechnung stellen«, meinte er und da drang plötzlich ein Geräusch an mein Ohr, das hier ganz und gar nicht hingehörte.

Erschrocken fuhr ich zusammen, als ich die Stimme erkannte, die von unten zu uns hochgetragen wurde, und mein Blick richtete sich sofort auf den hohen Durchgang, der vom Foyer in den Lesesaal führte.

Ich erkannte ihren Mantel und auch die viel zu große Feder am Hut. *Oh nein!,* dachte ich nur noch, wich vom Geländer zurück und so weit nach hinten, bis mein Rücken an die Bücherregale stieß.

»Miss Crumb?«, sprach Mr Reed mich fragend an und seine Augen verengten sich irritiert, während er mir dabei zusah, wie ich mit verkniffenem Mund dastand, nach unten starrte und vor Schreck die Luft angehalten hatte.

Auch ihm waren die Stimmen aufgefallen, die für die Bibliothek viel zu laut erschienen und zudem noch weiblich waren. Er trat näher ans Geländer und sah nach unten.

»Kennen Sie diese Frauen?«, erkundigte er sich bei mir und ich wurde mir bewusst, wie albern ich mich verhielt.

Ich holte wieder Luft, verdrängte das Schockgefühl aus meiner Brust und straffte die Schultern, während die Stimme näher kam und genau in dem Moment das obere Ende einer Treppe erreichte, als ich einen Schritt vom Regal weg in die Mitte des Rundganges trat.

»Animant«, rief meine Mutter freudestrahlend, als sie mich erblickte, löste sich von der Seite meiner Tante und kam schnellen Schrittes auf mich zugeeilt.

»Verzeihen Sie. Es ist meine Mutter«, teilte ich Mr Reed mit, der immer noch neben mir stand und die Frau mit der lauten Stimme missbilligend betrachtete.

Nach dieser Aussage wandte er jedoch den Blick auf mich und hob überrascht die Augenbrauen.

Ich löste mich von seiner Seite und ging meiner Mutter entgegen. »Bitte, Mutter. Es ist eine Bibliothek«, flüsterte ich ihr zu, doch sie achtete nicht darauf, schlang ihre Arme um mich und zog mein Gesicht in ihren flauschigen Kaschmirschal.

»Oh Animant, ich hab dich so vermisst. Keinen einzigen Tag mehr hätte ich es ohne meine Ani ausgehalten«, verkündete sie immer noch viel zu laut und ich wäre am liebsten vor Scham im Boden versunken.

Ich wollte mir gar nicht vorstellen, was Mr Reed jetzt von mir denken musste. Wenn ich ihn richtig einschätzte, dann lachte er gerade über mich. Vielleicht nicht hörbar und auch nicht offensichtlich, aber in seinem bösartigen Kopf lachte er ganz sicher laut und schadenfroh.

»Mutter«, fuhr ich etwas energischer auf und sie schob mich mit verdutztem Gesicht von sich.

»Lillian sagte, du hättest jetzt Pause«, meinte sie irritiert und es klang, als hielte sie dies für einen ausreichenden Grund, um hier so laut zu sprechen.

»Ich schon, die Bibliothek aber nicht!«, ermahnte ich meine Mutter scharf und sie rollte geziert mit den Augen. Als hätten wir für einen Moment die Rollen getauscht. Innerlich seufzte ich und riss mich zusammen. Ich löste mich aus ihrem Griff und sah zu meiner Tante, die langsam auf uns zukam. »Ich nehme an, ihr wollt mich zum Mittagessen ausführen«, fragte ich sie und Tante Lillian nickte lächelnd, während sie sich bei meiner Mutter unterhakte. »Dann schlage ich vor, ihr wartet draußen auf mich. Ich erledige schnell noch etwas und hole dann meinen Mantel«, erklärte ich eilig in der Hoffnung, noch ein paar Minuten nur für mich zu haben. Zu meinem Erstaunen waren die beiden Frauen tatsächlich damit einverstanden.

»Hier ist die Atmosphäre auch wirklich sehr erdrückend, Animant. Wie hältst du es hier nur den ganzen Tag aus?«, fragte mich meine Mutter verwundert und sah sich beklommen um. Ihr Blick fiel auf das Geländerstück, das der Überseekoffer zertrümmert hatte, und ihre Augen wurden groß. »Oh, was ist denn da passiert?«, rief sie wieder viel zu laut und ich schob sie schnell in Richtung der Treppe zurück.

»Ich komme gleich nach«, versprach ich eindringlich und war sehr dankbar, als Tante Lillian sie am Arm mit sich nach unten führte.

Als sie die untersten Stufen nahmen und leise schwatzend auf den Ausgang zusteuerten, schaffte ich es, tief durchzuatmen und mir mit den Händen über das Gesicht zu reiben.

Damit hatte ich nun wirklich überhaupt nicht gerechnet. Ich war doch ursprünglich nur nach London gekommen, um meiner Mutter zu entfliehen, und dabei war mir keine Sekunde der Gedanken gekommen, sie könnte mir hierher folgen.

Es war eine Katastrophe, ein Desaster, ein Trauerspiel. Meine ruhigen Abende mit einem Buch und meinen eigenen stillen Gedanken würden sich nun mit jeglicher Unterhaltung füllen, die London einem zur Verfügung stellte. Soirees, Konzerte, Teegesellschaften, Bälle, Theater und wenn der schlimmste Fall eintreten sollte, sogar die Oper. Meine Mutter würde alles sehen wollen und mich dazu zwingen, sie zu begleiten. Aufgetakelt, gelangweilt und als meine ständigen Begleiter ihre Kommentare in meinem Ohr, die sich allesamt nur um die jungen Herrschaften der Londoner Gesellschaft drehen würden.

Mein Leben, das gerade angefangen hatte, sich wirklich gut anzufühlen, stürzte augenblicklich in bodenlose Schwärze und ich atmete noch einmal tief durch, ehe ich mich in Bewegung setzte.

Ich versuchte mich zusammenzureißen und die Situation nicht zu sehr zu dramatisieren. Schließlich war ich erwachsen, ich würde das hinbekommen.

Mit bedachten Schritten ging ich in Mr Reeds Richtung, welcher immer noch an dem Platz stand, an dem ich ihn verlassen hatte, und mir mit einem Schmunzeln im Mundwinkel entgegensah.

Dieser verdammte Mistkerl! Er amüsierte sich über mich und mein Leid. Wut brandete einmal mehr durch meinen Kopf und ich schenkte ihm einen bitterbösen Blick, ehe er den Mund aufmachen konnte, um die Situation, die sich gerade ergeben hatte, zu kommentieren.

»Die Briefe, Mr Reed«, erinnerte ich ihn und er nickte nur mit einem viel zu vergnügten Grinsen, während er sich umwandte und an meiner Seite bis zu seinem Büro lief.

Er öffnete die Tür und ich schlüpfte mit ihm durch den Türrahmen, obwohl er mich nicht hereingebeten hatte.

Sein Schreibtisch sah bereits wieder verheerend aus und ich seufzte laut. »Wie können Sie nur so arbeiten?«, kam es tadelnd aus meinem Mund. Ich zog ohne viel darüber nachzudenken die ersten Schriftstücke aus dem Chaos an Papieren, die sich angehäuft hatten, und schob sie zu einem geordneten Stapel zusammen.

Es waren Briefe, eine Rechnung und ein paar Seiten für die Ablage. Ich schüttelte den Kopf. So würde das nie etwas werden.

»Miss Crumb«, sprach Mr Reed mich an und obwohl ich erwartet hätte, dass er ebenfalls wütend mit mir werden würde, weil ich schon wieder in seinen Unterlagen wühlte, klang seine Stimme außerordentlich mild. Zu mild für meinen Geschmack, und ich drehte ihm mit misstrauischem Blick den Kopf zu.

Mr Reed stand noch an der Tür, die er hinter uns geschlossen hatte, die eine Hand an ein Regal gelehnt, mit der anderen fuhr er sich zerstreut durch die Haare. »Wie kann ich Sie davon abhalten, meine Sachen aufzuräumen?«, fragte er mich resigniert und sah mich direkt an. Wenigstens war der Hohn aus seinem Gesicht verschwunden.

»Solange Sie es nicht selbst tun, überhaupt nicht!«, erwiderte ich streng und ließ keinen Raum für Diskussion. Mein Blick bohrte sich in seinen und er hielt ihm stand. »Ich bin Ihre Assistentin, Mr Reed. Ich bin also dafür da, Ihnen die Arbeit zu erleichtern. Und wenn ich das nur kann, indem ich Ihnen hinterherräume, dann werde ich das tun«, klärte ich ihn sachlich auf und hätte im selben Moment schwören können, dass ein Lächeln über seine Lippen huschte.

»Na gut«, gab er nach, kam die wenigen Schritte auf mich zu und nahm mir die Papiere aus der Hand, die ich immer noch hielt, um sie gegen einen Stapel Briefe auszutauschen. »Aber nicht, bevor Sie Ihre Mittagspause mit Ihrer liebreizenden Mutter verbracht haben«, sagte er und obwohl er sich um einen neutralen Ton bemühte, hörte ich den Sarkasmus klar heraus.

Ich schnaubte verächtlich. Er hatte mich erwischt. »Sie sind ein ganz garstiger Mann, Mr Reed«, warf ich ihm ernst vor, ohne darüber nachzudenken, was im Nachhinein betrachtet vielleicht ratsam gewesen wäre.

Mr Reed begann lediglich zu lachen und ein Grübchen bildete sich in seiner linken Wange. Dieser seltsame Mann. Zuerst war er der Griesgram in Person und dann lachte er mich aus. »Möglicherweise. Und jetzt verschwinden Sie!«, rief er, trat an die Tür und öffnete sie für mich mit einer kleinen Verbeugung wie ein Ehrenmann, nur um mich noch mehr zu verspotten.

Erhobenen Hauptes schritt ich an ihm vorbei und musste mich arg zusammenreißen, ihm beim Verlassen des Büros nicht die Zunge herauszustrecken.

Eilig holte ich meinen Mantel und steckte die Briefe ein. Ich verabschiedete mich am Tresen von Oscar und Cody, die mit den Rückgaben der Studenten beschäftigt waren, die alle ebenfalls in die Mittagspause verschwinden wollten, und lief dann hinaus in den kalten Herbsttag.

Es war bewölkt und der kalte Wind hatte wieder aufgefrischt. Mutter und Tante Lillian standen nicht weit entfernt im Windschatten einer großen Platane und winkten mir zu, als sie mich aus der Bibliothek kommen sahen.

»Da bist du ja endlich. Man lässt seine Mutter doch nicht in der Kälte warten«, tadelte mich meine Mutter sofort, jedoch ohne das breite Lächeln zu verlieren, das sie auf dem Gesicht hatte und das sie wirklich glücklich aussehen ließ. Doch ihr Glück würde meinen Untergang bedeuten. Zielstrebig nahm sie meinen Arm, damit ich mich bei ihr unterhakte, und bekam wieder diesen verschwörerischen Blick, den sie immer hatte, wenn es um junge, gut aussehende ledige Männer ging. Ich bekam eine Gänsehaut auf den Armen, obwohl meine Hände bis zu den Ellenbogen in warmen Lederhandschuhen steckten und die Reaktion gewiss nichts mit der Kälte zu tun hatte.

»Aber jetzt erzähl mir, Animant«, forderte sie mich auf und Tante Lillian neben mir kicherte wie ein junges Mädchen. »Wer ist also dieser Mr Boyle, von dem meine Schwägerin sich weigert zu berichten«, verlangte Mutter zu erfahren und mir sackte der Magen nach unten.

Sie wusste von Mr Boyle. Mein Leben war zu Ende.

14

Das Vierzehnte oder das, in dem Henry mit mir ein Geheimnis teilte.

Noch an keinem Tag zuvor hatte ich mir das Ende meiner Mittagspause so herbeigesehnt wie an dem heutigen.

Meine Mutter hatte mich bis aufs Kleinste über Mr Boyle ausgefragt und die Tatsache, dass meine Tante ihr ohne mein Einverständnis keine Details hatte verraten wollen, machte sie nur noch neugieriger.

Sie hatte mich nach seinem Aussehen gefragt, seinen Vorlieben, seinem Werdegang und noch viele andere Dinge, die ich größtenteils überhaupt nicht beantworten konnte, da wir uns noch nicht lange genug kannten, um über solche Details geredet zu haben.

»Bist du in ihn verliebt, Ani?«, war jedoch die schwerwiegendste Frage von allen gewesen, bei der die Augen meiner Mutter geleuchtet hatten wie die Sommersonne und ich einen ganz trockenen Hals bekam, den auch der Tee vor mir nicht hatte beheben können.

Ich hatte die Frage meiner Mutter nicht beantwortet, nicht einmal mir selbst, und ich war unsicher, ob es wirklich richtig gewesen wäre, ihr darauf ein *Ja* zu geben.

Schließlich wusste ich es nicht. Ich war zuvor nie verliebt gewesen und ich hatte keine Ahnung, ob das, was ich fühlte, wirklich Verliebtheit war. Woran entschied sich das, wenn ich doch keinen Vergleich anstellen konnte?

Ich ging zurück in die Bibliothek und verbrachte die Stunden bis zu meinem Feierabend mit dem Sortieren von Mr Reeds Dokumenten und dem Entrümpeln des Raumes, durch den man in die Suchmaschine gelangte und der offensichtlich für Personal wie mich gedacht war. Ich sah alle Kisten durch, die größtenteils mit vergilbten Klatschblättern, Verpackungswolle und allerlei sonstigem Müll gefüllt waren. Ich fand dazwischen eine kleine, nicht mehr funktionierende Taschenuhr, sechs Bücher, drei davon mit dem metallenen Etikett der Bibliothek, drei ohne und zwei Konservendosen mit gebackenen Bohnen. Ich entdeckte noch zwei Stühle, einer davon mit nur noch drei Beinen, ein Schränkchen mit Geschirr und noch einen ganzen Stapel Brennholz für den kleinen Ofen.

Als ich einen Wasserkessel zwischen den verstaubten Tassen erspähte, vergaß ich bei der Freude darüber beinahe meinen inneren Ärger über meine Mutter.

Aber nur beinahe.

Mein Abend verlief ganz genau so, wie ich es befürchtet hatte. Mutter hatte Tante Lillian aufgewiegelt und beide waren entschlossen, keine Ruhe zu geben, ehe ich einwilligte, sie auf ein kleines Konzert zu begleiten. Ich hatte keine Wahl, ließ mich von meiner Mutter herrichten und entkam nur knapp ihrem Anspruch einer engeren Schnürung für mein Korsett, einzig durch die Bemerkung, dass wir Mr Boyle heute Abend nicht begegnen würden. Mir gegenüber hatte er nämlich erwähnt, so viel arbeiten zu müssen, dass er mich erst wieder am Mittwoch sehen könne.

Das Konzert wurde von einem mittelmäßigen Streichensemble bestritten, die Stücke waren uneinheitlich gewählt und die Stühle so weich gepolstert, dass ich Rückenschmerzen bekam.

Mein einziger Lichtblick war die Anwesenheit von Elisa Hemmilton, die sich in der Pause zu mir gesellte und mir ohne viele Worte ein Glas Punsch in die Hand drückte, der stärker war, als ich es mir hätte erlauben sollen.

»Deine Mutter ist also den ganzen Weg nach London gekommen, weil sie dich vermisst hat?«, erkundigte sich Elisa skeptisch und hob amüsiert die Augenbrauen.

»Zumindest behauptet sie das. Ich glaube aber eher, dass ihr langweilig geworden ist und sie deshalb beschlossen hat, mir das Leben auch weiterhin zur Qual zu machen«, entgegnete ich genervt und genoss es, mich einer Freundin auf diese Art anvertrauen zu können. »Sie wird mir keine freie Minute mehr gönnen und nun hat sie auch noch meine Tante auf ihrer Seite«, schimpfte ich weiter und Elisa lachte nur leise.

»Vielleicht solltest du die Gelegenheit wahrnehmen und deinen eigenen Willen durchsetzen«, schlug sie vor und nippte an ihrem Punsch.

»Das wäre keine gute Idee. Meine Mutter wäre verletzt, meine Tante würde Partei für sie ergreifen und mein Onkel würde betonen, wie großzügig es von ihm ist, mich bei sich wohnen zu lassen«, entkräftete ich ihren Vorschlag und trank einen großen Schluck aus meinem eigenen Glas, was nicht sehr elegant, aber durchaus notwendig war. Der Alkohol brannte mir im Hals, doch ich verzog nur kurz das Gesicht und warf dann einen verstohlenen Blick zu der kleinen Gruppe, in der Mutter und Tante Lillian standen und sich mit Mrs Glenwood unterhielten, die alte Freundin meiner Tante, auf deren Soiree ich vor einer Woche Elisa kennengelernt hatte.

»Dann, meine Liebe, solltest du entweder eine Möglichkeit finden, deine Mutter zu ertragen, oder dir eine neue Bleibe suchen«, meinte Elisa und sah mich belustigt an, ein verstecktes Grinsen im linken Mundwinkel.

Ich seufzte nur und leerte daraufhin mein Glas in einem Zug. »Ich brauche noch mehr«, schnaubte ich und Elisa kicherte.

»Du kannst dir nicht vorstellen, wie sehr ich dich verehre«, lachte sie und ihre eisblauen Augen glitzerten im Licht des Kronleuchters, der von der Decke hing. Sie nahm mir das Glas ab und verschwand mit einem strahlenden Lächeln in Richtung eines Tisches, an dem die Veranstalter des Konzertes noch mehr Punschgläser hergerichtet hatten.

Ich trank noch zwei, hörte mir Elisas Beschwerden über die Mode der heutigen Zeit an und ließ mir von ihr nach dem Konzert einen Zettel mit den Buchtiteln geben, die sie fürs Studium benötigte und ich für sie entleihen wollte.

Meine Laune am Dienstagmorgen war nicht gerade die beste. Zum einen lag das an den drei Gläsern Punsch, die mir jetzt auf den Schädel drückten zum anderen aber an meiner Mutter, die schon immer ein Frühaufsteher gewesen war und von dem Zeitpunkt, als ich die Treppen zum Frühstück nach unten kam, bis ich das Haus verließ, in einem fort auf mich einredete. Wie wundervoll der Abend gestern gewesen war, wie vornehm die Menschen in London doch gekleidet waren, wie nett man sich unterhalten konnte und dass wir am heutigen Abend auf jeden Fall wieder ausgehen sollten.

Ich hatte meine Mutter schon lange nicht mehr so unternehmungsfreudig gesehen. Das Landleben bot nur wenige Anlässe, zu denen man sich schick anziehen konnte, und auch die Menschen, die man auf solchen Veranstaltungen traf, waren auf eine kleine Anzahl von Familien begrenzt.

Meine Mutter plante bereits unsere Garderobe für den heutigen Abend und auch Tante Lillian schien ganz selig zu sein, endlich eine Gesellschaft zu haben, die genauso gerne ausging wie sie.

Ich erwähnte, dass ich es in Erwägung zog, nicht mitzukommen, was auch immer sie vorhatten, und sie kicherten, als hätte ich einen Witz gemacht. Mutter sagte, ich würde mich nicht darum drücken können und Tante Lillian schimpfte mich spielerisch einen Miesepeter, weil ich im Gegensatz zu meiner Mutter in der vergangenen Woche nicht einmal von alleine den Vorschlag gemacht hätte, auszugehen.

»So ist sie nun mal. Man muss sie zu ihrem Glück zwingen«, sagte Mutter zu Tante Lillian und machte mich ganz wütend. Wie konnte man zu solch einer frühen Stunde auch schon so ausgelassen sein?!

Ich aß schweigend meinen Toast mit gebackenen Bohnen und drei herzhafte Muffins, obgleich mir im Magen von meinem übermäßigen Punschgenuss am gestrigen Abend noch ganz flau war. Doch Essen beruhigte mich und ich floh aus dem Haus, noch bevor es Zeit für mich war.

Es war einfach nicht auszuhalten. Eine drängende, unverständige Mutter zu haben, war mir ja schon unwillkommen gewesen. Doch jetzt, wo sie in überschwänglichem Tatendrang meine komplette freie Zeit verplante, kam es mir schier unzumutbar vor.

Ich würde ernsthaft in Erwägung ziehen müssen, über Elisas Vorschlag nachzudenken, mir eine neue Bleibe zu suchen und bei meinem Onkel auszuziehen.

Mein Magen zog sich bei diesem Vorhaben ungut zusammen und ich bereute es, den dritten Muffin gegessen zu haben.

Mr Reed war natürlich noch nicht da, als ich die Bibliothek erreichte, da ich viel zu zeitig aufgebrochen war.

Elisa hatte mir angeboten, mich bei sich aufzunehmen. Aber eigentlich konnten wir uns beide nicht vorstellen, dass ihre Gönnerin damit einverstanden wäre. Und außer ihr kannte ich in London leider nur noch drei Menschen, Mr Boyle, Mr Reed und Henry.

Die beiden Ersteren würde ich mit diesem Problem ganz sicher nicht belasten. Also blieb mir nur noch Henry, und ich nahm mir vor, ihm eine Notiz zuzusenden, damit wir uns bald treffen konnten.

Ich hörte seine Schritte, bevor ich Mr Reed um die Ecke kommen sah. Meine Nase war bereits ganz taub vor Kälte.

Er grüßte wie gewohnt mit grummelnder Stimme und heute teilte auch ich seine Laune.

»Mr Reed, eine Frage«, sprach ich ihn dennoch an, als wir die Treppen auf den Rundgang hochstiegen. Er wandte mir nachlässig den Kopf zu und gab mir damit Bestätigung genug, um weiterzusprechen. »Ich möchte eine Notiz an meinen Bruder schicken. Wo gebe ich eine solche auf?«, fragte ich ihn und er drehte mir nun doch das Gesicht zu.

»Wohnt er in einem der Studentenzimmer?«, erkundigte er sich und ich nickte, während ich mir die Handschuhe von den Händen zog. »Dann geben Sie sie am besten dem kleinen Zeitungsburschen. Er soll sie auf seinem Weg nach Hause im Wohnheim abgeben. Das wäre wahrscheinlich die schnellste Methode«, riet er mir und griff nach der Klinke seiner Bürotür. Er öffnete sie, ging jedoch nicht hinein. Seine Augenbrauen zogen sich zusammen und er betrachtete mich musternd, während ich seinem Blick auswich. Mein Kopf pochte und ich hoffte inständig, dies würde seinem prüfenden Blick entgehen.

»Ist alles in Ordnung, Miss Crumb?«, fragte er mich auf einmal und ich seufzte innerlich. Es war ein denkbar schlechter Moment, um plötzlich Einfühlungsvermögen zu entwickeln, denn ich wollte ganz sicher nicht mit ihm darüber sprechen.

»Gewiss, Mr Reed«, antwortete ich, setzte einen neutralen Gesichtsausdruck auf und erwiderte seinen Blick, um den Anschein von Normalität zu wahren.

Mr Reed nickte nur. »Na gut«, sagte er nach einem Schweigemoment. »Dann an die Arbeit.« Er verschwand in seinem Büro und ich rieb mir erst einmal das kalte Gesicht.

Ich war froh, dass Mr Reed nicht weiter nachfragte, obwohl es so offensichtlich gewesen war, dass ich log.

Den kleinen Aufenthaltsraum zu betreten und alle Gegenstände ordentlich in den Regalen zu sehen, erwärmte mir ein wenig das Herz und ich nahm mir vor, eine oder zwei Teesorten zu kaufen, damit ich an einem Morgen wie diesem etwas Warmes zwischen den Fingern halten konnte.

Als Erstes jedoch schrieb ich die Notiz an meinen Bruder, damit er mich besuchte und ich mit ihm über Mutter und ihren Wahnsinn reden konnte. Ich steckte sie in die Tasche meines Rockes und begab mich zu den Zeitungen ins Foyer, um mit meiner täglichen Routine zu beginnen.

Phillip Tams war spät dran und ich hatte meinen Gang ins Archiv bereits hinter mich gebracht. Heute, wo mein Verstand nicht ganz wach war, schien es mir noch gruseliger dort unten zu sein als an den Tagen zuvor. Die kalten Finger der Dunkelheit verfolgten mich sogar bis ins Foyer, da der Himmel mit dicken Wolken verhangen war und die Sonne auch künftig immer später aufgehen würde.

Als der rothaarige Junge jedoch mit dem dicken Stapel Zeitungen die Bibliothek betrat, wurde das klamme Gefühl ein wenig besser und ich wischte mir die von Druckerschwärze besudelten Hände an meinem dunkeln Rock ab.

»Guten Morgen, Miss Crumb«, begrüßte er mich mit leicht schleifender Stimme, die seine Worte undeutlich klingen ließ.

»Guten Morgen, Phillip«, gab ich zurück und holte zwei Schilling aus meiner Rocktasche. »Hier«, sagte ich und streckte ihm das Geld hin, das er mit einem breiten Grinsen entgegennahm. »Phillip, wärst du so nett, einen Botengang für mich zu erledigen?«, fragte ich ihn ganz direkt und er blinzelte mich neugierig an.

»Klar, wohin geht's?«, wollte er gleich wissen und zog recht unelegant die Nase hoch.

»Zum Wohnheim der Studenten. Du kannst dort eine Notiz für mich abgeben«, erklärte ich schnell und reichte ihm das fein säuberlich gefaltete Stück Papier.

Er nahm es entgegen, bewegte die Nase hin und her, was seine Sommersprossen tanzen ließ, und hob dann eine Ecke des Papiers, um die Schrift darunter zu entziffern.

»Nicht lesen«, ermahnte ich ihn streng und er schob sich den Zettel verschämt in die Jackentasche.

»Ist das für Ihren Liebsten?«, frage er dreist und ich hob eine Augenbraue.

»Für meinen Bruder«, antwortete ich ihm dennoch. Der Bursche grinste breit.

»Weil Sie keinen Liebsten haben?«, wollte er wissen und nun wurde es mir doch zu bunt.

»Was interessiert dich das? Bin ich nicht ein bisschen zu alt für dich?«, drehte ich den Spieß um und das Grinsen verschwand augenblicklich aus seinem kindlichen Gesicht.

Er zog eine übertriebene Schnute und seine viel zu hellen Augenbrauen drückten eine kleine Falte zwischen seine Augen. »Ja vielleicht«, grummelte er mit vollem Ernst und schlug dann die Augen nieder. »Aber Sie sind so schön«, kam es aus seinem Mund und seine blassen Wangen erröteten so sehr, dass ihm die Hitze sogar bis in die Stirn stieg.

Mir selbst blieb nichts mehr zu sagen, seine Worte hatten mir die Sprache verschlagen und ich wusste nicht, ob ich diesen Satz nun schmeichelhaft oder albern finden sollte.

»Danke, Phillip«, bemühte ich mich zu sagen, als die Stille ein wenig zu lang anhielt, und Phillip Tams neigte schnell den Kopf, bevor er sich die Mütze wieder über die roten Ohren zog und Reißaus nahm.

Ich kümmerte mich um die zurückgegebenen Bücher und sortierte sie schon einmal vor, bis Oscar eintraf und mir beim Einräumen half. Ich war gerade darin versunken, im Kopf das Alphabet rückwärts durchzugehen, um den richtigen Platz für das Buch in meinen Händen zu finden, da sprach mich jemand von hinten an.

»Ani«, sagte eine vertraute Stimme und ich hob überrascht den Kopf.

»Henry!«, rief ich überrascht und bemühte mich sofort um einen leiseren Ton. »Hast du meine Notiz schon bekommen?«, fragte ich ihn irritiert und konnte mir nicht vorstellen, dass sie in so kurzer Zeit zu ihm gelangt war.

»Nein, aber du musst mir einen Gefallen tun, liebste Schwester«, bat er mich und an seinem schmeichlerischen Tonfall erkannte ich, dass er mich bitten würde, für ihn zu lügen. So klang er immer, wenn er etwas ausgefressen hatte und ich für ihn bürgen musste.

Ich seufzte laut und gab ihm mit einem Kopfnicken zu verstehen, dass er mir folgen sollte. Wir gingen in die Kammer und ich schloss die Tür hinter uns. »Was soll ich für dich tun, Henry?«

Mein Bruder fuhr sich fahrig mit den Fingern durch die dunkelblonden Haare. Er schien aufgelöst zu sein, war unruhig und die Nervosität trieb ihm rote Flecken ins Gesicht.

»Mutter ist in der Stadt«, eröffnete er mir.

»Das weiß ich«, seufzte ich laut. Und wie ich das wusste.

»Sie hat mich vorhin besucht. In meinem Studentenzimmer. Unangekündigt. Ich wusste nicht mal, dass sie hier ist!«, erzählte mein Bruder weiter und schien ganz aufgewühlt über diesen Vorfall.

»Seit gestern Mittag«, informierte ich ihn. »Was ist das Problem? Hattest du keine Hosen an?«, witzelte ich, nur um die nervenaufreibende Spannung aus dem Raum zu nehmen, obwohl mir nicht unbedingt danach war. Doch es half nicht, denn Henry konnte sichtlich überhaupt nicht darüber lachen.

»Eine Brosche, etwa so groß wie dein Handteller, mit einem Kranich als Symbol und kleinen blauen Steinen besetzt«, platzte es plötzlich aus ihm raus. »Du musst sagen, dass es deine wäre. Bitte, Ani! Ich weiß, dass Mutter mir nicht geglaubt hat. Sie wird dich danach fragen und dann musst du ihr sagen, dass es deine ist!«, sprach er eindringlich auf mich ein und kam dabei ein paar Schritte auf mich zu.

»Das ist alles?«, erkundigte ich mich überrascht und blickte in seine gehetzten Augen. »Es geht um eine Brosche?«

»Ja«, bestätigte Henry mir und griff nach meinen Händen. »Tust du's?«, wollte er hoffnungsvoll wissen und ich lächelte über diese herzliche Geste. Wenn er meine Hände nahm, dann fühlte es sich wieder so an, als wären wir Kinder, die zusammenlebten, sich ein Zimmer teilten und gemeinsam Unsinn ausheckten, der Mutter in den Wahnsinn trieb.

Es klang alles ein bisschen lächerlich. Ich hatte mit dem Schlimmsten gerechnet bei dem Theater, das er hier veranstaltete, und dabei ging es nur um eine Brosche. Eine einzelne Brosche, die meine Mutter offensichtlich als die einer Frau identifiziert und von der Henry dann behauptet hatte, es wäre meine.

Die Neugierde klopfte an die Tür und ließ sich selbst herein. Und damit hob sich unwillkürlich auch meine Laune, von der ich geglaubt hatte, sie würde sich heute gar nicht mehr bessern.

»Natürlich«, willigte ich ein und drückte seine Finger, die sich klamm um meine geschlossen hatten.

Es fiel ihm ein Stein vom Herzen, das Lächeln kehrte auf seine Lippen zurück und er atmete auf. »Danke, Ani. Du rettest mich. Mal wieder«, gestand er mir und ich lächelte zurück. Jedoch nicht, ohne den Hinterhalt bereits aufgestellt zu haben.

»Unter einer Bedingung«, kam es zwischen meinen Lippen hervor und Henry kniff krampfhaft die Augen zusammen, als würde sich dieser Satz auflösen, wenn er mich dabei nur nicht ansah.

»Oh Animant. Tu das nicht«, bat er mich, während er mir seine Hände entzog.

»Du sagst mir, wem die Brosche tatsächlich gehört und warum Mutter das nicht wissen darf, und ich behaupte im Gegenzug, dass es meine wäre«, stellte ich meine Bedingungen mit einem beinahe schon hinterhältigen Schmunzeln.

Henry schnaubte verächtlich. »Du bist genauso neugierig wie sie!«

Ich schob mir einen Stuhl zurecht, der hinter mir am Tisch stand. »Irgendwas müssen wir ja gemeinsam haben«, konterte ich und setzte mich geziert.

Mein Bruder betrachtete mich missmutig von der Seite, atmete ein paar Mal ein und aus und gab sich dann schließlich geschlagen. »Du darfst es auf keinen Fall irgendjemandem erzählen. Schon gar nicht Vater oder Mutter. Ist das klar?«

»Einverstanden«, sagte ich und Henry setzte sich mir gegenüber. Er rieb sich die Augen mit den Handballen und schnaubte laut.

»Ich habe eine Verlobte«, kam es ganz leise aus seinem Mund und mein Herz begann vor Schreck zu rasen.

»Du bist verlobt?!«, rief ich viel lauter, als es ihm lieb war, und er nahm sofort die Hände von den Augen, um sie mir auf den Mund zu pressen.

»Bist du verrückt, Ani?! Schrei doch nicht so rum!«

Ich musste das erst einmal verdauen. Mein eigener Bruder war verlobt und hatte es keinem gesagt. Nicht einmal mir. Ich fühlte mich gekränkt und auch ein wenig verraten.

»Wieso hältst du so etwas geheim?«, fragte ich ihn und er schien den Schmerz in meinem Gesicht zu sehen, denn er schluckte hart und wandte den Blick ab, damit er nicht in meine anklagend blickenden Augen sehen musste.

»Das ist nicht so einfach«, schnaubte er und ich versuchte mich zu beruhigen, Verständnis für etwas aufzubringen, das ich nicht wusste, und mich daran zu klammern, dass mein Bruder sicher gute Gründe dafür hatte, es mir erst jetzt zu sagen.

»Ist sie verheiratet?«, wollte ich wissen, weil es das Erste war, was mir in den Sinn kam. Henry sah mich verschreckt an.

»Nein!«, stritt er sofort ab, als wäre es völlig unsinnig, und schluckte dann seine Hemmungen herunter. »Sie ist Jüdin«, gab er zu und ich hielt die Luft an.

Eine Jüdin? Wie war er denn an so ein Mädchen geraten?

Juden hatten keinen sehr guten Stand in der Gesellschaft. Sie galten als Abschaum, als minderwertig und fanatisch. Ich hatte nie den Eindruck gehabt, dass diese Menschen anders wären als alle anderen auch, doch leider stand ich mit meiner Meinung ziemlich allein da.

»Vater wird dich umbringen«, stöhnte ich auf, als ich die angehaltene Luft, die meine Lungen fast zum Platzen gebracht hätte, zusammen mit den Worten ausatmete.

»Ich weiß.« Henry legte das Gesicht in die Hände. Er tat mir leid. So etwas würde ich unserem zutiefst anglikanischen Vater auch nicht erzählen wollen.

Doch Henry fasste sich wieder, schüttelte sich die Sorgen aus dem Kopf und sah mich ernst an. »Wieso hast du mir eine Notiz geschickt?«, wollte er wissen und es wunderte mich, dass er sich überhaupt daran erinnerte.

Ich winkte ab. »Ach Henry, meine Probleme sind im Vergleich zu deinen beinahe lächerlich«, antwortete ich ihm.

»Sagst du es mir trotzdem?«, erkundigte er sich.

»Mutter treibt mich in den Wahnsinn«, begann ich und ein Lächeln erschien in Henrys Gesicht.

»Das kann ich mir vorstellen.« Sein Lächeln tat mir gut. So sah er wieder aus wie mein großer Bruder, der für mich da war und meine Gedanken klärte, wenn ich mich darin verrannt hatte.

»Ich glaube nicht, dass ich es noch lange mit ihr im Haus von Onkel Alfred aushalte. Entweder muss sie gehen oder ich. Und da sie mir in Aussicht gestellt hat, auf jeden Fall zu bleiben, bis mein Monat hier zu Ende geht, muss das wohl ich sein«, verkündete ich meinen Entschluss und Henry sah mich überrascht an.

»Du willst ausziehen?«, fragte er skeptisch und ich nickte verbissen.

»Hast du einen besseren Vorschlag?«, wollte ich wissen und hoffte auf eine positive Antwort. Doch sein Blick wurde nachdenklich, resignierend.

»Und wo willst du hin?«

»Ich hatte gehofft, du könntest mir in diesem Punkt eine Hilfe sein«, gab ich ihm zu verstehen und faltete die Hände in meinem Schoß.

Er atmete tief durch, wischte sich die Handflächen an seiner Hose ab, setzte sich auf seinem Stuhl zurecht. »Tja, verdienst du genug Geld für eine Wohnung?«

»Das weiß ich gar nicht«, sagte ich kleinlaut und hoffte inständig, nicht ohne Lösungsvorschlag wieder aus diesem Zimmer zu gehen.

»Und was ist mit dem Personalzimmer?«, wollte Henry wissen, ein wenig Hoffnung in der Stimme, und ich horchte auf.

»Ein Personalzimmer?«, erkundigte ich mich.

»Ja. Ein Bekannter von mir hat dort gewohnt, als er sich an diesem Job versucht hat. Drei Tage hat er es durchgehalten und ist dann zu seiner Familie nach Wales zurückgezogen«, erzählte mein Bruder. »Es ist ein kleines Zimmer im Personalgebäude, das für den Bibliothekarsassistenten bereitgestellt wird. Du müsstest dich dafür wohl an Mr Reed wenden, um in Erfahrung zu bringen, ob das eine Option für dich sein könnte.«

Eine Welle der Erleichterung überkam mich, ich erhob mich von meinem Stuhl und schlang Henry meine Arme um den Hals.

»Danke«, flüsterte ich an sein Ohr und er lachte leise.

Ich hätte nie für möglich gehalten, dass es eine so schnelle Lösung geben könnte. Ich würde für drei Wochen in ein kleines Zimmer ziehen und mir so die Möglichkeit geben, ein wenig mehr Abstand zu meiner Mutter zu gewinnen. Es war einfach und praktisch und gefiel mir außerordentlich gut.

Ich würde mich nur dazu überwinden müssen, Mr Reed darauf anzusprechen und das machte mir mehr Bauchschmerzen, als Toast mit Bohnen und drei Muffins es tun konnten.

15

Das Fünfzehnte oder das, in dem mir ein überaus peinliches Missgeschick passierte.

Ich entlieh die Bücher für Elisa und reichte sie ihr durch das Fenster meiner Kammer. Wir konnten nicht viel reden, da sie zurück zu ihren Vorlesungen musste, aber sie versicherte mir, dass wir uns bald wiedersehen würden und dann mehr Zeit für Gespräche hätten. Ich verabschiedete sie eilig und schloss das Fenster, bevor uns jemand bemerken konnte.

Die Euphorie, die ich schon beim ersten Mal verspürt hatte, ergriff mich wieder, jedoch in sehr abgeschwächter Form und verflüchtigte sich auch gleich komplett, nachdem ich Mr Reed über den Weg lief, in dem Wissen, ihn noch auf das Zimmer ansprechen zu wollen.

Ich bekam allerdings den Mund nicht auf, ging ihm ein wenig aus dem Weg und sortierte seine Post, ehe ich sie ihm im Büro auf seinen Tisch legte.

Der Mittag kam und ich versuchte nicht daran zu denken, dass meine Mutter meine Pause wieder für sich beanspruchen würde. Ich holte meinen Mantel und eilte nach draußen, kurz vor der eigentlichen Zeit, damit ich sie draußen abfangen konnte und sie mich nicht wieder vor Mr Reed demütigte.

Wie Henry es mir vorhersagte, erkundigte sie sich tatsächlich nach der Brosche, die sie bei ihm gesehen hatte. Ich tat überrascht und gab erleichtert an, sie verloren geglaubt zu haben.

Mutter schien zufrieden und ich schluckte den Kloß hinunter, der sich in meinem Hals bildete, wenn ich an Henry und seine Lage dachte.

Er hatte mich schwören lassen, es unseren Eltern und auch sonst niemanden zu sagen, und mir im Gegenzug versprochen, dass ich seine liebste Rachel schon sehr bald kennenlernen dürfte. Er vertraute mir und ich würde sein Vertrauen nicht missbrauchen.

Ich ließ die Gespräche zwischen Mutter und Tante Lillian über die richtige Garderobe für den Herbst, den Ball am nächsten Samstag und das perfekte Wetter für eine Hochzeit einfach an mir abperlen und trank stumm einen Tee, der meinem leicht schmerzenden Kopf entgegenwirkte und mich wieder ein wenig wacher machte. Die Ruhelosigkeit in meinem Inneren jedoch vermochte auch der Tee nicht zu vertreiben.

»Was hältst du davon, Ani?«, fragte meine Mutter und ich hatte absolut nicht zugehört, war im Rauschen der vielen Stimmen im Saal und dem Wind vor den Fenstern abgetaucht und hatte mir gewünscht, ein Buch bei mir zu haben.

»Wie bitte?«, erkundigte ich mich also höflich und Mutter zog missbilligend die Augenbrauen zusammen.

»Dein Kleid, Ani. Für den Ball am Samstag«, weihte sie mich in das Thema ein und ich umklammerte meine Teetasse fester.

Der Ball. Mir wurde ganz anders zumute.

Ich hatte am letzten Samstag noch geglaubt, mich auf diese Veranstaltung zu freuen, hatte mir ausgemalt, wie angenehm meine Gespräche mit Mr Boyle sein würden und wie einfach es sein könnte, einmal nicht daran zu denken, jeden Mann beim ersten Kontakt abzuschrecken, nur damit meine Mutter ja nicht auf die Idee kam, mich mit ihm zu verkuppeln.

Doch nun war sie wieder da, die Frau mit den guten Absichten. Die perfekte Mutter, um die sich andere vernachlässigte Töchter reißen würden. Aber natürlich hatte diese engagierte Dame ein undankbares, störrisches Kind, das sich lieber mit staubigen Büchern auseinandersetzte als mit Batiststoffen und den feinen Kniffen des weiblichen Flirtens.

Nun würde der bevorstehende Ball eine von vielen Torturen werden, die ich gezwungen war, auf mich zu nehmen.

»Ich habe mit Tante Lillian beim Schneider bereits ein Kleid in Auftrag gegeben«, informierte ich sie, obwohl ich mir nicht vorstellen konnte, dass meine Tante nicht bereits mit ihr darüber geredet hatte.

Die beiden verstanden sich wirklich außerordentlich gut. Sie teilten die Liebe zum Detail und eine ausgeprägte Unternehmungslust, welche sie zu perfekten Freundinnen machte.

»Aber Kind, in Hellbraun wirst du doch keinen Eindruck auf deinen liebsten Boyle machen. Wir dachten an Rot mit goldenen Bordüren und heller Spitze«, begann meine Mutter zu schwärmen und sich auszumalen, wie ich einer Königin gleich durch einen Ballsaal schwebte.

Kurz schloss ich die Augen, um mich zu sammeln, fühlte mich zerschlagen und wütend zugleich und konnte nicht fassen, dass sie mir nicht einmal erlaubte, in dieser Sache ebenfalls eine eigene Meinung zu haben.

»Nein«, sagte ich hart und so bestimmt, wie ich es meiner Mutter gegenüber nur selten wagte. »Ich möchte Hellbraun tragen. Und ich verbitte mir, Mr Boyle meinen Liebsten zu nennen«, meinte ich ernst. Mutter blinzelte mich überrascht an.

Ich hatte in meinem Leben nur bei wenigen Gelegenheiten so direkt meine Meinung kundgetan und konnte nun in den Augen meiner Mutter sehen, dass ich sie damit verletzt hatte.

»Animant«, sprach sie meinen Namen aus, als wäre ich ein störrisches Kind, das einfach nicht begreifen wollte, was gut für sie war. »Du brauchst deine Gefühle nicht leugnen. Lillian hat mir erzählt, wie ihr beide euch angesehen habt, und ich bin so entzückt davon. Sei nicht so dumm, dir diese Chance zu verbauen, nur weil du dem albernen Drang erlegen bist, mich mit allen Mitteln zu ärgern«, warf sie mir vor und ich schnappte empört nach Luft.

Sie hatte mal wieder alles missverstanden. Meine Gefühle für Mr Boyle, die sie in ihrem Sehnen nach einer guten Verbindung zu sehr romantisierte, und auch den Grund für meinen Widerspruch.

»Ich versichere dir, dass dies nicht der Fall ist, Mutter. Nur weil ich einem Mann zugetan bin, bedeutet das doch nicht gleich, dass er die Liebe meines Lebens sein muss«, versuchte ich mich an einer Erklärung, doch sehr zu meinem Ärger schnitt sie mir sofort wieder das Wort ab.

»Aber natürlich, du musst es nur wahrhaben wollen. Als dein Vater und ich uns kennenlernten, da sahen wir uns in die Augen und wussten, dass wir füreinander bestimmt waren. Wie kannst du solche Gefühle verleugnen?«, schimpfte sie leise auf mich ein und mir wurde es zu viel.

Ich war nicht sie, ich konnte nicht einem Mann in die Augen sehen, wie schön diese Augen auch sein mochten, und gleich wissen, dass es die wahre Liebe war. Ich wusste gar nichts, fühlte mich elend und überrannt und zweifelte an allem, was ich in dieser Hinsicht bereits zu wissen geglaubt hatte.

Energisch schüttelte ich den Kopf. So ging das nicht weiter. Diese Frau durfte mir nicht den Verstand verdrehen, sodass ich nicht mehr wusste, was ich glauben sollte. Denn wenn ich mich selbst verlor, dann würde ich anfangen zu glauben, was sie mir sagte, und das hätte zur Folge, dass ich in kürzester Zeit mit einem Mann wie Mr Boyle vor dem Traualtar stand und mir selbst einredete, das Richtige zu tun.

»Ich ziehe aus«, kamen die Worte aus meinem Mund. Meine Mutter stockte mitten im Satz, den sie gerade zu meiner Tante gesagt hatte, und starrte mich schockiert an.

»Was soll das bedeuten, Animant?«, fragte mich Tante Lillian.

Ich schluckte gegen meinen trockenen Hals an und straffte die Schultern. »Ich danke dir und Onkel Alfred von Herzen, dass ihr mich so großzügig aufgenommen habt, aber ich werde Ende der Woche das Personalzimmer beziehen«, teilte ich Tante Lillian mit, die zu überrascht war, um etwas zu erwidern.

»Sei nicht albern, Ani. Das ist doch nicht zweckdienlich. Wem versuchst du hier etwas zu beweisen?«, redete meine Mutter auf mich ein und wedelte mit ihren kleinen Händen geziert in der Luft herum. Ich stellte meine Teetasse mit mehr Nachdruck auf der feinen Untertasse ab, als nötig gewesen wäre.

»Niemandem, Mutter! Ich bin erwachsen. Ich treffe meine eigenen Entscheidungen«, behauptete ich kalt und erhob mich von meinem Stuhl, der mit einem kratzenden Geräusch über den Boden scharrte, als ich ihn nach hinten schob. »Und ich werde definitiv kein rotes Kleid tragen«, fügte ich noch hinzu, knickste leicht zum Abschied und ließ die Damen einfach an ihrem Tisch in der Cafeteria zurück.

Im Gehen zog ich meinen Mantel über und verließ das Gebäude mit einer solchen Wut, dass ich am liebsten laut geschrien hätte.

Schnellen Schrittes ging ich zurück in die Bibliothek, fühlte mich sicherer in den dicken Mauern des alten Gebäudes und in der Stille zwischen den Büchern. Doch meine Wut verschwand nicht, als ich meinen Mantel abgelegt hatte, ich lief hinunter in meine Kammer, um ungesehen meinem Ärger Luft zu machen. Als sich die Tür hinter mir schloss, gab ich einen kläglichen Laut von mir, der als geflüsterter Schrei fungierte. Wild schlug ich mit meinen Fäusten in die Luft und konnte mich nur knapp davon abhalten, nicht auch noch mit den Füßen auf den Boden zu stampfen wie ein kleines Kind. So rasend, wie ich jetzt war, konnte mich nur meine eigene Mutter machen. Ich war so wütend, dass meine Hände sich wünschten, etwas zu zerschlagen, also presste ich sie fest gegen die Brust, um nicht wirklich etwas kaputt zu machen.

Mein Herz schlug wie wild, pochte heftig gegen meine Handflächen und ich atmete zittrig ein und wieder aus.

Ich hatte ihr eröffnet, dass ich ausziehen würde. Einfach so und ohne vorherige Absprache mit Mr Reed. Es war riskant und dumm gewesen und ich hoffte inständig, keinen Rückzieher machen zu müssen, falls mir die Option, das Personalzimmer zu beziehen, aus irgendeinem Grund verwehrt blieb.

Fest kniff ich die Augenlider zu und zwang mich selbst dazu, mich zusammenzureißen. Nun widmete ich mich wieder der Arbeit, denn ich konnte schließlich nicht ewig hier herumstehen und mich von Wut vergiften lassen.

Ich musste meine Professionalität wahren.

Doch ich war noch nicht bereit, wieder Menschen zu begegnen und ihnen vorzuspielen, dass alles in bester Ordnung ablief. Allerdings hatte ich mich um so gut wie alles gekümmert, was in der Kammer zu tun gewesen wäre.

Bis auf eins. Mein Blick blieb an den Karteikarten hängen, die für die Suchmaschine bestimmt waren. Ich hatte sie für alle neuen Bücher bereits gestanzt, war aber noch nicht mutig genug gewesen, mich wieder in die Maschine zu begeben, um sie einzuhängen.

Mit einem Schnauben löste ich mich aus meiner erzwungenen Starre, zerrte eine leere Kiste aus einer Ecke und verstaute alle Kärtchen darin. Mit gesenktem Blick huschte ich aus meiner Kammer, den Gang entlang in den Lesesaal und mit schnellen Schritten hinauf auf den Rundgang.

Ich sah Mr Reed von Weitem, versuchte ihn aber nicht anzusehen. Bei seinem Anblick zog sich mein Magen zusammen, weil ich nun gezwungen war, ihn schnellstens auf das Zimmer anzusprechen, und gleichzeitig schürte dieses schlechte Gefühl die Wut auf meine Mutter.

Eilig verschwand ich im kleinen Aufenthaltsraum und atmete erst einmal durch. Meine Lungen drückten unangenehm gegen mein Korsett und ich bekam nur schlecht Luft. Die ganze Aufregung, das schnelle Laufen und der Ärger in meinem Bauch machten mich atemlos und ich musste mich kurz setzen, bis mir nicht mehr so schwindelig war.

Danach nahm ich mir die Kiste zur Hand und sortierte die Kärtchen alphabetisch nach dem wichtigsten Schlagwort, so wie Mr Lennox, der Mechaniker, es mir erklärt hatte. Es lenkte mich kurzzeitig von meinem Ärger ab.

Ich hob mir die Kiste unter den Arm und griff nach der Klinke. Mit Schwung öffnete ich die Tür in die Maschinerie und versuchte, mich von all den klackernden Zahnrädern und drehenden Elementen nicht einschüchtern zu lassen.

Ich war stark, ich war mutig, redete ich mir in Gedanken gut zu und verdrängte das seltsame Gefühl, in die Welt eines anderen einzudringen. Wie ein Fremdkörper tauchte ich in das metallisch glänzende Gewirr ein, hielt meinen Rock bei mir und schob mich bis zu der Stelle, von der Stufen nach oben führten. Hier hatte Mr Lennox mich vor nicht ganz einer Woche in das System eingeführt und ich hoffte, mich noch an alles zu erinnern.

Der Einfachheit halber stellte ich die Kiste auf den Boden, zog meinen Notizblock aus meiner Rocktasche und überflog die Anmerkungen, die ich mir zu diesem Thema gemacht hatte. Es schien kompliziert, doch ich glaubte daran, dass es in Wahrheit nicht allzu schwer sein konnte. Ich war schließlich nicht auf den Kopf gefallen. Ich konnte das. Egal, was meine Mutter über mich dachte. Auch wenn sie mich für ein trotziges Kind hielt, das nicht wusste, was es wollte.

Zielstrebig stieg ich die erste Stufe nach oben. Das Metallgitter klapperte laut unter meinen Absätzen.

Ich würde ihr schon zeigen, dass ich selbst wusste, wie man glücklich war. Dass mein Weg, das Leben zu gehen, auch zu einem guten Ergebnis führen würde.

Wutschnaubend überwand ich noch eine Stufe und dann eine dritte. Störrisch stampfte ich auf und genoss das laute Geräusch meiner Wut unter den Füßen.

Das Metall gab plötzlich unter mir nach. Der Schock zuckte schmerzhaft durch meinen Körper, als meine Füße den Halt verloren und ich nach unten sackte. Reflexartig griff ich nach allem, was ich fassen konnte, erwischte ein Rohr mit den Fingern, klammerte mich daran, hörte das Reißen von Stoff und schaffte es irgendwie, mit meinen Füßen einen schmalen Halt zu finden.

Unter mir krachte die Metallstufe nach unten, knallte auf eine sich drehende Stange und wurde von ihr zur Seite geschleudert.

Mir lief es eiskalt über den Rücken, ich wagte es nicht, nach unten zu sehen in die Zahnräder, die sich stetig weiterdrehten. Das Herz klopfte mir in den Ohren, mein Blut rauschte durch meine Adern, mein Atem ging schnappend.

Wie konnte mir so was nur passieren? Ich hatte nicht aufgepasst, erinnerte mich erst jetzt daran, dass Mr Reed mich auf die lockere Stufe hingewiesen hatte.

Mein Ärger hatte mich blind gemacht und nun musste ich die Konsequenzen tragen.

Ich sah hoch zu dem Rohr, gegen das ich mich stützte, um nicht nach vorne in die Maschine zu fallen. Es war aus Messing und ich konnte auf die Schnelle weder feststellen, welchem Zweck es diente, noch ob es mein Gewicht auf Dauer halten konnte.

Bei meinen Füßen gestaltete es sich noch schwieriger, da mein Rock mir die Sicht nahm, doch ich konnte spüren, wie schmal die Schiene war, auf der meine Füße balancierten, und wie sie in Schwingung geriet, wenn ich mich zu schnell bewegte.

Angestrengt blinzelte ich und versuchte mich zu konzentrieren, ich würde nicht ewig die Kraft haben, mich hier zu halten.

Und sollte ich fallen, würde das keine angenehme Erfahrung werden. Mindestens einen Knochen würde ich mir brechen, wenn nicht mehrere.

»Oh nein, oh nein«, flüsterte ich mit piepsiger Stimme und kämpfte die Panik in mir herunter.

Ich blickte mich noch einmal um, sah die Stufen neben mir, wusste, dass ich nur einen großen Schritt machen musste, um mich selbst in Sicherheit zu bringen. Wahrscheinlich würde es sogar noch einfacher werden, als ich es mir ausmalte. Ich biss mir auf die Unterlippe, als diese zu zittern begann.

Das Rohr fester umklammernd, schluckte ich schwer, nahm den ersten Fuß vorsichtig von der Schiene, um den Schritt zu wagen, und kam nicht weiter.

»Oh nein«, rief ich etwas lauter, als mir bewusst wurde, dass ich feststeckte. Eilig brachte ich meinen Fuß zurück auf die Schiene, die ich mühsam ertastete, und drehte anschließend meinen Kopf so weit es mir in dieser Position möglich war.

»Verflucht, das darf doch nicht wahr sein!«, rief ich protestierend und hätte einfach nur in Tränen ausbrechen können.

Mein Reifrock hatte sich beim Sturz an irgendwas verfangen und stand nun hinten nach oben wie ein geöffnetes Kinderwagenhimmelchen, der Rock war an der Seite aufgerissen. Es sah skandalös aus und hinderte mich zusätzlich daran, mich auch nur fünf Zentimeter zur Seite zur bewegen. Es gab nur zwei Richtungen für mich: nach oben oder nach unten.

Es war zum Verzweifeln.

»Miss Crumb«, hörte ich plötzlich Mr Reeds Stimme und schnappte erschrocken nach Luft. »Sind Sie hier drin? Ich habe ein Krachen gehört. Miss Crumb?«

»Ich bin hier«, rief ich erstickt und erkannte meine Stimme selbst kaum. Ich kniff meine Augen fest zu, damit sich keine Tränen bildeten, und spürte, wie meine Hände immer schwitziger wurden.

»Ist alles in Ordnung?«, wollte Mr Reed sofort wissen und klang alarmiert. Er hatte gleich gehört, dass irgendetwas nicht stimmte. Seine Schritte dröhnten laut in meinen Ohren und mein Herz sprang mir beinahe aus der Brust.

Wenn er um die Ecke kam und mich so sah, würde ich auf der Stelle vor Scham sterben.

»Kommen Sie nicht näher!«, kreischte ich ein wenig zu hysterisch und griff mit der einen Hand fester, um nicht den Halt zu verlieren.

Die Schritte stoppten und ich konnte einen kleinen Schluchzer nicht unterdrücken.

Wieso war ich nur in so eine schreckliche Lage geraten? Was hatte ich angestellt, um das zu verdienen?

»Miss Crumb«, hörte ich meinen Namen zum wiederholten Male und es fiel mir trotzdem schwer, darauf zu achten. »Was ist passiert? Geht es Ihnen nicht gut?«, wollte Mr Reed wissen, während meine Arme unter meinem Gewicht langsam zu schmerzen begannen. Wieso war ich auch so ein Schwächling? Das war die Strafe dafür, dass ich mein Leben lang herumgesessen hatte, ohne mich körperlich zu ertüchtigen, wie meine Mutter es mir geraten hatte.

Oh, meine arme Mutter. Sie würde sich furchtbare Vorwürfe machen, sollte mir etwas zustoßen. Egal, wie unverständig sie manchmal war, sie würde an meinem Krankenbett sitzen, Tag und Nacht. Und ich wünschte, sie wäre jetzt hier, um mir mit ihrer eigenwilligen Art, die Dinge zu sehen, die Kraft zu geben, mich selbst durchzusetzen.

»Die Stufe ist eingebrochen«, brachte ich stockend heraus und spürte, wie meine Nase zu laufen begann, ohne dass ich es verhindern konnte. Ich schniefte.

»Sind Sie verletzt?«, rief Mr Reed und nun klang auch er gehetzt.

Ich sammelte mich, löste meine Zunge vom trockenen Gaumen. »Ich … ich hänge fest«, gestand ich ihm und versuchte irgendwie, eine meiner Hände von dem Rohr zu lösen, um meinen Rock zu befreien. Doch es war unmöglich, wenn ich nicht riskieren wollte, mit der anderen Hand abzurutschen.

»Ich komme zu Ihnen und helfe«, meinte Mr Reed mit bestimmter Stimme. Meine Ohren klingelten von all dem Blut, das mir durch die Adern strömte.

»Nein«, antwortete ich panisch und schnappte dann nach Luft.

»Miss Crumb«, entgegnete Mr Reed genervt, aber ich ließ ihn nicht weitersprechen.

»Sie dürfen mich so nicht sehen!«, quietschte ich und meine Arme begannen vor Anstrengung zu zittern. Es war das Blödeste und gleichzeitig Peinlichste, was mir in meinem Leben passiert war und ich schämte mich in Grund und Boden.

Ich wusste nicht, was schlimmer war, gebrochene Knochen oder die Schande, dass ein Mann meine Strümpfe sehen würde. Ich wusste nicht genau, wie viel mein Unterrock preisgab, aber ich war mir sicher, dass man sogar bis zu den Spitzensäumen meiner Leibwäsche blicken konnte. »Mein Rock, mei… mein Rock«, stammelte ich und Tränen quollen aus meinen Augen. »Ich kann nicht … ich«, begann ich zu heulen und wünschte, ich wäre woanders, zurück auf dem Land, auf einer langweiligen Abendveranstaltung mit geistlosen Leuten, nur nicht hier.

Mr Reed seufzte laut. Ich hörte es, obwohl mein Herzschlag lauter schien als die Maschine. »In Ordnung, Miss Crumb, ich werde zu Ihnen kommen und Ihnen da raushelfen und ich schwöre bei meinem Leben, weder genau hinzusehen noch jemals wieder ein Wort über diese Begebenheit zu verlieren«, sprach er auf mich ein und ich zog schniefend die Nase hoch, so wie es Phillip Tams am Morgen gemacht hatte.

»Ich kann nicht«, wiederholte ich und meine Beine begannen ebenfalls weich zu werden. Ich würde abstürzen, ganz sicher, und niemand konnte es verhindern.

»Animant«, sprach Mr Reed mich streng beim Vornamen an und ich zuckte erschrocken zusammen. »Schließen Sie die Augen, ich komme Sie jetzt holen«, warnte er mich vor und ich ergab mich meinem Schicksal. Ich konnte es sowieso nicht zu verhindern.

Ich kniff die Augenlider zusammen, spürte, wie mir Tränen über die Nasenspitze tropften, und dann hörte ich das Klappern der Metallstufen neben mir.

Jemand zog an meinem Rock, das Geräusch von reißendem Stoff zerschnitt kreischend die Luft und dann schlossen sich starke Hände um meine Taille.

Sofort spürte ich die Entlastung meiner Gliedmaßen, als Mr Reed mich nach oben zog und schließlich auf seine Arme hob. Ich zitterte am ganzen Leib wie ein entlaubter Baum im Sturm und meine schmerzenden Finger schafften es nicht einmal mehr, sich an meinen Retter zu klammern.

Er stieg die Stufen wieder nach unten, ließ mich aber nicht los, sondern verließ mit mir auf dem Arm die Mechanik der Suchmaschine.

Erst als er mich behutsam auf einem Stuhl im Aufenthaltsraum absetzte, wagte ich es, die Augen zu öffnen. Das Erste, was ich sah, waren meine Handflächen, die sattrot leuchteten, als ob sie in Flammen stehen würden, und genauso fühlten sie sich auch an. Ich war erschöpft, mein

Kopf schmerzte, meine Arme und Beine waren ganz taub. Ein Blick auf meinen Rock bestätigte mir, dass er an der rechten Seite bis zum Knie hoch aufgerissen war und die Rüschen meines Reifrocks hervorspähten. Wenigstens waren meine Beine nun wieder bedeckt. Ich zog abermals die Nase hoch, ehe ich auf die Idee kam, sie mir zu putzen. Doch bevor ich anfangen konnte, in meinen Taschen nach einem Tuch zu suchen, hielt mir Mr Reed bereits eins hin. Es war dunkelblau kariert und ich nahm es ihm zögernd aus den Fingern. Ich traute mich nicht, ihm ins Gesicht zu sehen, so sehr schämte ich mich für das, was sich gerade zugetragen hatte. Geräuschvoll schnäuzte ich die Nase und wischte mir dann die Tränenspuren von den Wangen. Ich musste furchtbar aussehen, völlig aufgelöst und meine Haare waren sicher eine Katastrophe. Und meine Würde hatte einen gewaltigen Knacks bekommen.

»Möchten Sie etwas trinken?«, erkundigte sich Mr Reed und nun hob ich doch den Kopf. Sein Blick lag auf mir, besorgt und so offenherzig, wie ich es noch nie von ihm gesehen hatte.

»Ja bitte«, krächzte ich leise und räusperte mich, um das drückende Gefühl im Hals loszuwerden.

Mr Reed nickte und atmete schnaufend aus. »Ich bin gleich wieder da«, versicherte er mir und verließ das Zimmer.

Ich blieb allein mit meinem viel zu schnellen Herzklopfen und der erleichternden Gewissheit, noch einmal davongekommen zu sein. Obwohl ich mich völlig zerschlagen fühlte, ging es mir gut, meine Knochen waren nicht gebrochen und bis auf die brennenden Handflächen und ein leichtes Ziehen in den Muskeln würde von meinem Missgeschick nichts zurückbleiben.

Ich versuchte, nicht daran zu denken, welche Aussicht Mr Reed auf meine Strümpfe gehabt hatte und fühlte doch, wie mir die Hitze in die Wangen stieg. Obgleich ich in meiner misslichen Lage nicht besonders aufmerksam gewesen war, konnte ich mich doch daran erinnern, dass er mir geschworen hatte, diesen Vorfall nie wieder zu erwähnen. Und darauf musste ich einfach vertrauen. Verlegen zog ich die Unterlippe zwischen die Zähne und wartete.

Mr Reed kam mit einem Glas Wasser zurück und reichte es mir. Die Wasseroberfläche zitterte in meinen schwachen Händen, ich trank ein paar Schlucke und versuchte mich zu sammeln.

»Ich kann Ihnen leider keinen Tee anbieten«, entschuldigte Mr Reed sich und sah sich suchend um. »Ich hätte einen Likör in meiner untersten Schublade«, bot er an und ich musste tatsächlich lächeln.

»Nein, keinen Alkohol«, lehnte ich ab und fand die Vorstellung abstrus, mich jetzt auch noch mit Alkohol zu belasten. »Und ich habe ihn in den Schrank hinter der Tür geräumt«, erwähnte ich und Mr Reed fing tatsächlich zu prusten an.

Es schien verkehrt, in einer solchen Situation zu lachen, doch ich war so am Ende meiner Kräfte, dass es mich mitriss und ich ebenfalls leise zu kichern begann. Welch ein nervenaufreibender Tag.

»Sie sollten für heute besser nach Hause gehen, Miss Crumb. Ruhen Sie sich aus«, meinte Mr Reed schließlich und auf einen Schlag fiel mir meine Mutter wieder ein. Was ich zu ihr gesagt hatte, bevor ich sie am Mittag verließ. Mein Lächeln fiel in sich zusammen, wurde ganz bitter auf meiner Zunge.

»Ich kann nicht nach Hause«, widersprach ich, nachdem ich verstohlen einen Schluck Wasser genommen hatte. Mr Reed sah mich fragend an. »Ich hatte Streit mit meiner Mutter. Ich sagte ihr, ich würde mir eine neue Bleibe suchen«, erzählte ich ihm und in jedem anderen Moment hätte ich sicher Hemmungen gehabt, ihm solch ein persönliches Geständnis zu offenbaren. Doch jetzt, nach allem, was in den letzten Minuten passiert war, war es mir einfach nicht mehr so wichtig, meine strenge Fassade aufrechtzuerhalten.

»Und wo werden Sie hingehen?«, wollte er von mir wissen und ich seufzte. Jetzt musste ich ihn fragen.

»Mein Bruder meinte, es gäbe ein Zimmer im Personalgebäude und ich wollte Sie fragen …«, begann ich und brauchte einen Atemzug, um den Mut für das Ende des Satzes zu sammeln. Doch Mr Reed hatte mich bereits verstanden.

»Sind Sie sich da sicher, Miss Crumb? Es ist ein wirklich kleines Zimmer und gewiss nicht so komfortabel, wie Sie es gewohnt sind«, gab er mir zu verstehen. Ich nickte trotzdem.

»Und wenn es eine Besenkammer wäre, ich wäre bereit, darin zu wohnen«, erklärte ich ernst und blickte Mr Reed direkt ins Gesicht, damit er die Entschlossenheit in meinem Blick sehen konnte. Auch wenn ich mir vorhin in der Maschine noch gewünscht hatte, ein Leben in nervtötender Langeweile zu verbringen, wusste ich jetzt, wo mein Kopf wieder frei war, dass es mit mir immer noch so stand wie vor dem Unglück. Ich wollte raus und es würde sicherlich sowohl mir als auch meiner Mutter guttun, einen gewissen Anstand zu wahren, damit wir uns nicht zu sehr aneinander reiben konnten.

Mr Reed seufzte und fuhr sich mit den Händen durch die zerzausten Haare. »Na gut, wie Sie wünschen. Wann wollen Sie einziehen?«

»Morgen«, sagte ich gleich und er schüttelte den Kopf.

»Morgen habe ich Verpflichtungen«, erwiderte er und ich erinnerte mich. Morgen war Mittwoch und er würde gegen Mittag wieder spurlos verschwinden. »Aber Sie können sich morgen Abend das Zimmer ansehen, wenn es Ihnen recht ist, und dann Donnerstag einziehen. Wenn Sie es wirklich so eilig haben.«

»Ich habe es eilig«, bestätigte ich ihm und trank das Glas leer. Ich fühlte mich schon viel besser und die Neugierde erwachte unerwartet in meinem Hinterkopf. »Welcher Art von Verpflichtungen gehen Sie denn nach, Mr Reed?«, fragte ich ihn so unauffällig wie möglich und versuchte, einen unschuldigen Blick aufzusetzen.

Mr Reed sah mich an, betrachtete für einen Moment mein Gesicht und kniff dann fast misstrauisch die Augen zusammen. »Sie sind zu neugierig«, warf er mir vor und hatte natürlich recht.

Obwohl ich versucht war, noch ein wenig weiterzubohren, besann ich mich auf meine Manieren und hielt den Mund.

Mr Reed verlagerte sein Gewicht von einem Bein aufs andere, wurde unruhig und begann, eine silberne Taschenuhr in seiner rechten Hand hin und her zu wenden. Ich verstand, dass ich ihn freigeben musste, damit er sich wieder seiner Arbeit zuwenden konnte.

»Mr Reed«, sprach ich ihn also an und er richtete seine Aufmerksamkeit wieder auf mich. »Ich danke Ihnen.« Mir fiel auf, dass ich mich bisher überhaupt nicht bedankt hatte für den Dienst, den er mir erwiesen hatte. »Sie haben mich gerettet.«

Mr Reed wich meinem Blick aus, wusste nicht, wohin er sehen sollte, betrachtete kurz seine Uhr und räusperte sich. »Ich … ich werde wieder an die Arbeit gehen«, überging er meinen Dank ganz einfach und ich fragte mich, ob er es aus Verlegenheit tat. »Bleiben Sie einfach hier und gehen Sie nach Hause, wenn Sie sich dazu durchringen können«, bot er mir an, tat jedoch betont gleichgültig, ließ die Uhr in seine Westentasche gleiten und verließ mich dann.

Allein blieb ich in der Stille des Raums zurück, nur das leise Surren der Maschine im Hintergrund. Ich malte mir aus, wie es wohl sein würde, allein zu wohnen, solange ich darauf wartete, dass meine zittrigen Beine wieder in der Lage waren, mein Gewicht zu tragen.

16

Das Sechzehnte oder das, in dem ich Mr Reed verteidigte.

Um nicht nach Hause gehen zu müssen, schlenderte ich durch die Gassen um das Universitätsgelände herum, bis ich fand, was ich suchte: einen Schneider, ein Teegeschäft und einen Buchladen.

Ich ließ mir von dem alten Schneider mit schnellen Stichen den Riss im Rock flicken, damit es nicht so schlimm auffiel, und kaufte im *Twining's Tea Shop* ein halbes Pfund *English Breakfast.* Stunden brachte ich damit zu, alle Regale des kleinen, staubigen Buchladens zu durchsuchen und mich in sämtliche Bücher reinzulesen, was meiner Seele ungemein guttat. Ich erwarb drei Romane, eine Abhandlung über die angeblichen Auswirkungen von Krieg auf die menschliche Psyche und zwei kleine Hefte über die Verteidigung des jüdischen Glaubens.

Ich dachte dabei an Henry und wusste, dass ich ihm auf meine Art helfen würde, indem ich viel las und im kleinen Sinne Aufklärung betrieb.

Als ich mich gegen fünf Uhr in das Haus meines Onkels schlich, fühlte ich mich müde und ängstlich und wünsche inständig, dass Mutter nicht zu Hause war.

Zu meinem Glück informierte mich Mr Dolls, der Butler, darüber, dass die zwei Mrs Crumb das Haus verlassen hatten, um ihren Tee auswärts einzunehmen.

Jedoch sagte er mir nicht, dass Onkel Alfred zugegen war und ich lief beinahe in ihn rein, als ich den Salon betrat.

»Animant. Du bist schon hier?«, erkundigte er sich und warf noch mal einen Blick auf die Standuhr im Flur. Er machte einen Schritt beiseite und ließ mich in den Salon eintreten.

Ich hatte ein schlechtes Gefühl im Bauch, denn ich wusste nicht, ob Mutter und Tante Lillian ihm erzählt hatten, was ich heute Mittag so unverschämt verkündet hatte. Doch ich wollte auf keinen Fall, dass mein Onkel wütend auf mich war. Nicht er, der für die ganze Sache keine Verantwortung trug und den ich damit möglicherweise trotzdem verletzen würde.

»Animant, dürfte ich etwas mit dir besprechen?«, fragte mein Onkel, als ich an ihm vorbeiging, und mein Magen begann zu rumoren.

Er wusste es also.

Ich nickte nur zaghaft, fühlte mich schuldig und angespannt und setzte mich auf eines der kleinen Sofas. Nervös kaute ich auf meiner Unterlippe, während mein Onkel den Knopf seines Jacketts öffnete und sich mir gegenüber niederließ.

»Lillian sagte mir, du hättest die Absicht geäußert, mein Haus zu verlassen, um ins Personalgebäude einzuziehen«, kam er gleich zur Sprache. Ich fühlte mich wieder so zittrig wie in dem Moment, in dem Mr Reed mich aus der Maschine gerettet hatte. Mein Kopf schmerzte, meine Beine und Arme waren weich wie Pudding und Onkel Alfreds bohrender Blick lag auf mir wie bleierne Gewichte.

»Das ist richtig«, flüsterte ich beinahe.

»Darf ich auch den Grund erfahren?«, wollte mein Onkel wissen und ich bemerkte die Anspannung in seiner Stimme, den Hauch von Verärgerung.

Ich sah ihm nicht in die Augen, seufzte, wusste nicht, wie ich es sagen sollte. »Ich ertrage meine Mutter nicht«, begann ich und Onkel Alfred schnaubte zustimmend, was mir die Ermutigung gab, weiterzusprechen. »Sie strengt mich an und versucht, meinem Leben andere Prioritäten zu geben. Wenn ich diesen Monat erfolgreich hinter mich bringen will, dann kann ich mich nicht durch ihre ständige Anwesenheit von meiner Arbeit ablenken lassen.« Ich hob den Blick, traute mich endlich, meinen Onkel anzusehen. Er nickte. »Ich will dich wirklich nicht kränken, es liegt nicht an dir oder Tante Lillian, aber …«

»Ich verstehe schon«, unterbrach Onkel Alfred mich und lehnte sich leicht nach vorne, während sein Gesicht einen nachdenklichen Ausdruck annahm. »Ani, ich habe dich bisher nie danach gefragt, aber …« Er machte eine winzige Pause, sah mich forschend aus seinen von dichten Augenbrauen überschatteten Augen an. »Arbeitest du gerne? Macht es dich zufrieden, in der Bibliothek deine Stunden zu verbringen?«

Ein Knoten, der mir auf die Brust gedrückt hatte, löste sich und ich konnte wieder freier atmen, weil Onkel Alfred das Thema gewechselt hatte. Außerdem behauptete er, mich zu verstehen und das erleichterte mich wirklich ungemein.

»Ja«, sagte ich schlicht und es war die Wahrheit. Ein Lächeln schlich über meine Lippen und es tat wahrlich gut, sich wenigstens einer Sache sicher zu sein.

Ich arbeitete wirklich gerne in der Bibliothek. Es gefiel mir, zu wissen, was zu tun war, dass ich es in einer angemessenen Zeit bewältigte und damit auch etwas bewirkte. Ich stellte anderen Menschen Bücher zur Verfügung, half ihnen, sie zu finden und gefiel mir selbst dabei, wie ich mit strengem Blick geschäftig durch die Gänge huschte.

Selbst Mr Reed, den ich für die schlimmste Plage der Menschheit gehalten hatte, war mir sympathischer geworden. Was vielleicht weniger an seinem Verhalten lag, sondern an der Tatsache, dass ich ihn besser einzuschätzen wusste. Seine Gemeinheiten waren nicht immer als so gemein zu interpretieren, wie ich es zu Anfang getan hatte, und seit dem Tag, an dem ich ihm all seine Fehler an den Kopf geworfen hatte, begann er auch ein gewisses Maß an Höflichkeit an den Tag zu legen.

Mein Lächeln übertrug sich, brachte Onkel Alfred ebenfalls dazu, die Mundwinkel nach oben zu ziehen. »Deine Mutter keifte hier herum, und obwohl es mich zuerst wirklich schockiert hat, dass du uns verlässt, war ihre größte Sorge, dass du dich weigerst, ein rotes Kleid zu tragen«, erzählte mir mein Onkel und ich lachte auf. Das klang wirklich sehr nach meiner Mutter.

Ich wurde wieder ernst, sah Onkel Alfred in die Augen und seufzte. »Ich wollte dich wirklich nicht verletzen«, sagte ich und Onkel Alfred lehnte sich nach hinten in die malvefarbenen Kissen.

»Ach, keine Sorgen, Ani«, erwiderte er und winkte ab. »Ich verstehe es jetzt.« Dann wurde auch sein Blick auf einen Schlag wieder dunkel wie die Nacht. »Aber sollte dieser Bibliothekar dir irgendwie auch nur …«, begann er plötzlich zu schimpfen und ich unterbrach ihn, bevor er sich in seinem Ärger auslassen konnte.

»Onkel, auch wenn ich anfangs selbst daran gezweifelt habe, kann ich dir versichern, dass Mr Reed ein anständiger Mann ist«, erklärte ich und hätte es selbst nicht für möglich gehalten, dass ich so etwas jemals sagen würde.

Doch es stimmte. Schon allein, weil er mich heute vor einem wirklich missgünstigen Unglück bewahrt hatte und trotzdem die Größe besaß, mich damit nicht aufzuziehen.

Onkel Alfred schnaubte laut, schlug die Beine übereinander, setzte den Fuß aber gleich wieder ab und erhob sich.

»Wie du meinst, Kind«, grummelte er, als weigerte er sich, meinen Worten Glauben zu schenken. »Aber falls irgendetwas sein sollte, kommst du zu mir!«

»Ja, Onkel«, bestätigte ich ihm, damit er beruhigt war. Er raufte sich den Bart, während er das Zimmer verließ.

Meine Mutter und Tante Lillian kamen kurz nach dem Abendessen nach Hause, um sich schnell umzuziehen und dann keine zwei Querstraßen von hier eine Lesung zu besuchen. Ich war schon auf meinem Zimmer, als sie kamen, und Mutter bemühte sich nicht die Treppen nach oben, um nach mir zu sehen. Tante Lillian sagte mir, sie sei gekränkt und beleidigt und würde sich wohl noch eine Weile in diesem Gefühl suhlen. Ich schüttelte nur den Kopf und war froh, ihr heute nicht mehr gegenübertreten zu müssen.

Nachdem ich mich bettfertig gemacht hatte und entspannt in den Texten über den jüdischen Glauben blätterte, ging ich gedanklich den morgigen Tag durch.

Es war ein Mittwoch und Mr Reed würde gegen Mittag verschwinden, während ich von Mr Boyle zum Mittagessen eingeladen wurde. Vor Schreck fielen mir die Manuskripte aus der Hand und rutschten von der Decke auf den Boden.

Das hatte ich vollkommen verdrängt. Mr Boyle hatte am Sonntag unzählige Male beteuert, dass er leider wenig Zeit haben würde in dieser Woche, aber dass er mich ganz sicher am Mittwoch zum Essen einladen wollte. Ich hatte mich darauf gefreut und mir überlegt, über was wir uns unterhalten sollten.

Doch seit meine Mutter in der Stadt aufgetaucht war, hatten einzig Fluchtgedanken meinen Kopf beansprucht und ich konnte mich glücklich schätzen, dass mir das Essen mit Mr Boyle heute wieder eingefallen war und nicht erst am nächsten Tag oder womöglich gar nicht. Er wäre in der Bibliothek aufgetaucht und ich wäre völlig überrumpelt gewesen. Das wäre überaus peinlich für mich und wahrscheinlich verletzend für Mr Boyle geworden.

Mühsam klaubte ich die Papiere vom Boden. Jetzt hatte ich sicher keine Ruhe mehr in meinem Kopf, um zu lesen. Ich löschte die Lampe auf meinem Nachttisch und bemühte mich, gleichmäßig zu atmen. Mein Herzklopfen wurde wieder langsamer, bis ich schließlich einschlief.

Es war ein wenig befremdlich, Mr Reed am nächsten Morgen zu begegnen. Mir trieb es die Röte ins Gesicht, wenn ich an den Vorfall vom gestrigen Tag dachte. Doch wie versprochen erwähnte er es nicht und gab sich so mürrisch wie gewohnt.

Gerade zeigte die Uhr halb neun, als die Tür der Bibliothek geöffnet wurde und eine Frau mit einem so ausgefallenen Hut das Foyer betrat, dass ich meinen Blick für einen Moment nicht abwenden konnte.

Ich hatte gerade Bücher sortiert und Cody war unterwegs, um sie in die Regale zurückzubringen. Er hatte noch immer kein Wort mit mir gesprochen und schien erleichtert, dass ich das auch nicht von ihm verlangte.

Die Dame nahm ihren Hut nicht ab, als sie durch den Bogen in den Lesesaal trat, was mich darauf schließen ließ, dass er wohl größtenteils ihrer Zierde diente und weniger dem Schutz vor dem schluderigen Wetter, das draußen schon seit dem Morgen herrschte.

Wir konnten von Glück sagen, dass gestern Nachmittag das neue Fenster in die Kuppel eingesetzt worden war. Es würde nicht mehr lange dauern und man würde auch innerhalb der Bibliothek nichts mehr von dem Vorfall mit dem Überseekoffer erahnen.

Ich sah der Frau hinterher, sah, wie Cody sich unter der Treppe versteckte, um ihr nicht zu begegnen, und wie sie elegant die Stufen nach oben trippelte, während ihr viel zu ausladender *Cul de Paris*, der sich über ihrer Turnüre auftürmte, hin und her schwang wie ein Schiff bei Sturm.

Ich trat vom Tresen hinüber zu den Bögen und beobachtete sie aus dem Schatten einer Säule heraus.

Sie hielt direkt auf Mr Reeds Büro zu und ich hob fragend eine Augenbraue. Was wollte sie wohl von ihm?

Sie klopfte an, wartete geziert und klopfte abermals. Im Büro tat sich nichts und ich erinnerte mich vage, Mr Reed vor ein paar Minuten noch durch den Lesesaal laufen gesehen zu haben. Doch wohin war er danach verschwunden?

Die Frau klopfte ein drittes Mal, schaute sich verstohlen um und rüttelte dann an der Türklinke. Die Tür war verschlossen, was mir ungewöhnlich vorkam. Ich hatte Mr Reeds Bürotür noch nie verschlossen vorgefunden.

Nach etwa zehn Minuten, die sie vor Mr Reeds Bürotür hin und her flanierte, sich die Titel auf einigen Buchrücken durchlas und einen großen Bogen um die Konsole der Suchmaschine machte, gab die Dame schließlich auf. Sie klopfte noch ein letztes Mal, drehte sich dann schwungvoll um und kam die Stufen wieder nach unten.

Cody hatte sich irgendwo weiter hinten in die Schatten verzogen und selbst ich sah ihn nicht mehr.

Jedoch fielen andere Augen dafür auf mich. Die Dame war nicht einmal die Hälfte der Treppe hinuntergetrippelt, da richtete sich ihr Blick auf meine Wenigkeit. Sie besah mich mit einer Mischung aus Misstrauen und Neugierde und kam direkt auf mich zu.

Ich behielt meinen neutralen Gesichtsausdruck bei und machte keine Anstalten, mich von meinem Platz an der Säule zu entfernen, obwohl meine Instinkte schrien, ich solle mich sofort aus dem Staub machen.

»Guten Tag«, sprach sie mich mit weicher Stimme an, als sie mir nahe genug war, sodass ich ihr Flüstern hören konnte.

Sie war jünger, als ich gedacht hatte, vielleicht Ende zwanzig, und hatte ein schönes, ebenmäßiges Gesicht. Ihre Augen waren von einem durchdringenden Blaugrün, mit dem sie mich kokett fixierte.

»Guten Tag«, gab ich recht trocken zurück und trat einen Schritt auf sie zu, damit sie wusste, dass ich mich von ihr nicht einschüchtern lassen würde.

Obwohl ich es als gemein empfand, drängte sich mir spontan ein Vergleich für diese Frau auf. *Alexandre Dumas'* Mylady.

»Ist es Frauen nicht untersagt, in dieser Bibliothek zu lesen?«, erkundigte sie sich fast schon schnöselig und ihr Lächeln war ebenso falsch wie ihre aufgesetzte Höflichkeit.

»Ist es«, bestätigte ich ihre Anmerkung und gab mich für einen Moment der Vorstellung hin, wie es ihr erginge, wenn ich die Situation nicht von mir aus aufklärte und sie gezwungen war, neugierig zu fragen. Doch meine gute Erziehung drängte mich dazu, so etwas nicht ernsthaft in Erwägung zu ziehen. »Aber ich lese auch nicht. Ich arbeite hier«, erklärte ich also und fragte mich gleichzeitig, ob es irgendjemanden stören würde, wenn ich in diesem Gebäude ein Buch las.

Ich bezweifelte es, ich schien vielmehr die erste Frau zu sein, die in diesen Hallen legitim Bücher in die Hand nehmen und aufschlagen durfte.

Die andere Frau riss die Augen auf und ihr geschminkter Mund zog sich zu einem winzigen O zusammen. »Ach, ist das so?«, fragte sie nach, als glaubte sie von mir, ich würde sie anlügen. Jetzt verstand ich, warum Cody sich in den Schatten herumdrückte.

Diese Frau war einfach nur unausstehlich. Ich mochte sie nicht, und das nur nach den wenigen Sätzen, die wir bisher gewechselt hatten.

Sie war eingebildet, blasiert und wirkte zudem auch noch nicht besonders intelligent.

»Ja, Mrs«, gab ich zurück und riss mich zusammen, um nicht das Gesicht zu verziehen.

Dies gelang ihr augenscheinlich weniger gut, denn ihre Nase zog sich fast schon angeekelt kraus. »Miss«, korrigierte sie mich scharf. »Miss Brandon-Welderson!«

»Verzeihen Sie«, entschuldigte ich mich ohne Eile und ein verstecktes Lächeln umspielte meine Lippen, weil ich die Dame scheinbar beleidigt hatte, ohne es überhaupt vorher geplant zu haben. »Sie haben nicht die Höflichkeit besessen, sich vorzustellen, also müssen Sie mir dieses Missgeschick entschuldigen«, sagte ich mit einer gewissen Offenheit in der Stimme, die sie dazu zwang, meiner Bitte nach Vergebung nachzugehen.

»Aber natürlich, Miss …« sagte sie gleich, versteckte ihren Ärger jedoch nur schlecht, denn ich konnte deutlich sehen, wie sich ihr Kiefer anspannte und sie mir einen auffordernden Blick zuwarf.

»Crumb«, gab ich ihr meinen Namen und sie straffte unauffällig die Schultern. Sie reckte den Kopf hoch und versuchte den Eindruck zu erwecken, sie wäre größer als ich, was durch ihren ausladenden Hut zusätzlich unterstützt wurde.

Doch sie konnte machen, was sie wollte, ich war nun mal nicht klein und sie würde mich nie überragen.

»Und welche Funktion haben Sie inne, Miss Crumb?«, fragte sie mich direkt. Ihre Augen schweiften kurz ab, als sich neben uns einer der Studenten erhob, uns missmutig ansah und sich ein weiteres Buch aus der Rechtsabteilung holte. Wahrscheinlich hielt sie immer noch nach Mr Reed Ausschau.

Und so langsam glaubte ich daran, dass Mr Reed mit Absicht nicht in seinem Büro war und die Tür sogar nur wegen dieser Dame abgeschossen hatte.

»Ich bin Bibliothekarsassistentin«, erzählte ich ihr recht widerwillig und überlegte mir, wie ich ihr am besten sagte, dass ich jetzt noch zu arbeiten hätte und daher nicht weiter mit ihr plaudern konnte.

Doch der Blick, mit dem sie mich festhielt, war so ungut, dass ich es für schlauer hielt, sie nicht noch mehr zu verärgern. Schließlich wusste ich nichts über sie und damit war ich definitiv im Nachteil.

»Oh, also die Assistentin von Mr Reed«, präzisierte sie für mich und sah mich mit einem undefinierbaren Gesichtsausdruck an.

»Ja, Miss Brandon-Welderson«, gab ich zurück und hoffte inständig, dass ich mir ihren Namen richtig gemerkt hatte.

»Und wo ist Mr Reed?« forderte sie mich auf preiszugeben und klang dabei so fordernd, als ob ich ihn persönlich vor ihr verstecken würde.

Vielleicht interpretierte ich aber auch zu viel in ihre Sätze hinein, weil ich eine starke Abneigung zu ihr verspürte und mir der Vergleich zur doppelzüngigen *Mylady* nicht aus dem Kopf wollte.

»Das weiß ich nicht. Mr Reed ist nicht daran gebunden, mich über seinen Aufenthaltsort zu informieren«, erklärte ich höflich und Miss Brandon-Welderson schnaubte wie eine Stute.

»Er versteckt sich sicher, dieser Hund. Es gibt außerordentlich wichtige Dinge zu besprechen und er verkriecht sich in nutzlosen Spielereien wie seiner Maschine.« Sie spuckte mir das Wort Maschine regelrecht vor die Füße und ich fühlte mich gekränkt durch ihren unfreundlichen Ausbruch.

Natürlich war Mr Reed ein zerstreuter Mann, aber ihn als Hund zu bezeichnen und seine Suchmaschine als nutzlos zu beschimpfen, versetzte mir einen Stich in die Brust.

Vielleicht nicht zuletzt, weil meine Mutter für mich auch immer dieses Wort benutzt hatte, wenn ich mal wieder nicht aus meinem Zimmer gekommen war, weil ein Buch mich zu sehr fesselte. Unnütz, das Strafwort meiner Kindheit.

»Mr Reeds Streben nach Fortschritt ist nicht nutzlos«, setzte ich entgegen und konnte nicht verhindern, dass man mir die Gereiztheit ansah.

»Technischer Firlefanz ist kein Fortschritt, Miss Crumb«, fuhr sie mir über den Mund und starrte mich mit ihren grünen Giftaugen nieder. »Wenn Frauen an dieser Universität lernen oder wenigstens den Bestand der Bibliothek nutzen könnten, das wäre Fortschritt!«, warf sie mir lauter an den Kopf, als es sich für eine Bibliothek gehörte, hob dann pikiert die Nase in die Luft und trippelte davon, ohne sich zu verabschieden.

Obwohl ich innerlich schon wieder über all ihre Unverschämtheit vor Wut kochte, kam ich nicht umhin, ihr ein klein wenig recht zu geben.

Wenn Frauen offiziell hier studieren und lesen dürften, wäre das durchaus ein Fortschritt, den ich von Herzen begrüßen würde.

Mr Boyle holte mich pünktlich um halb zwölf am Tresen in der Bibliothek ab. Ich lächelte ihm zu, als ich ihn sah, und half Cody noch schnell, die letzten Bücher zu entleihen, damit auch die Studenten in die Mittagspause gehen konnten.

Mr Boyle hielt mir den Arm hin, damit ich mich unterhaken konnte und ich tat es nur zu gern. Es war ein beschwingendes Gefühl, ihn wiederzusehen und es tat mir gut nach all den ernsten Gesprächen der letzten Zeit.

Wir schlenderten den nassen Weg vor der Bibliothek in Richtung Stadt entlang. Der Regen hatte aufgehört, doch der mit düsteren Wolken bedeckte Herbsthimmel versprach keine Besserung des Wetters.

Mr Boyle erkundigte sich nach meinen vergangenen Tagen und ich berichtete ihm, dass meine Arbeit gewöhnlich und meine Mutter nervtötend gewesen waren.

Ich erzählte ihm nicht von meinem Missgeschick am letzten Tag. Nichts läge mir ferner, als Mr Boyle in eine solche Peinlichkeit einzuweihen.

Wir gingen nicht weit, nur bis zu einem kleinen Restaurant mit dunkelblau gepolsterten Stühlen und Zierdeckchen auf den Tischen. Es war gemütlich und strahlte eine angenehme Atmosphäre aus. Das Mädchen, das uns bediente, zündete sogar eine Kerze auf unserem Tisch an und ich freute mich auf das Essen und einen warmen Tee.

»Und dann kam sie auf die Idee, dass ich ein rotes Kleid auf dem Ball am Samstag tragen solle. Skandalös, als wolle sie mich der Welt zur Schau stellen«, berichtete ich gerade und Mr Boyle lachte. Ich lachte mit, da diese Begebenheit zwischen mir und meiner Mutter bereits so lang zurücklag, dass der Ärger darüber verflogen war.

»Ich könnte mir aber durchaus vorstellen, dass Ihnen Rot sehr gut stehen würde, Miss Crumb«, sagte Mr Boyle und ein leichtes Prickeln machte sich in meiner Brust breit, als ich in seine honigfarbenen Augen sah.

Wahrscheinlich war es so etwas wie Verliebtheit. Das leichte Hochgefühl, die Einfachheit der Gespräche, die guten Gefühle und die Wärme in meinem Körper.

Und obwohl es mir neu und aufregend vorkam, fragte ich mich dennoch, ob das schon alles war. In einem Gedichtband hatte ich von brennenden Feuern und Sehnsüchten gelesen, die einem schier das Herz zerrissen. Doch was ich spürte, war kein lodernder Brand, sondern nur ein kleines gemütliches Kaminfeuer.

Ich dachte an meine Mutter, die mich beschworen hatte, ich müsse mir meine Gefühle endlich eingestehen. Und ich erinnerte mich auch an die Worte meiner Tante, die mir gesagt hatte, dass es manchmal nicht ausreiche, nur über die Liebe zu lesen.

Bedeutete das, dass ich bereits verliebt war und nur zu große Erwartungen gehegt hatte? Oder war es möglich, dass ich einfach zu verbohrt war, zu störrisch und zu frei denkend, als dass ich dazu fähig wäre, wahre Liebe zu empfinden?

Vielleicht würde ich mich irgendwann wirklich damit zufriedengeben müssen, eben nur diese leichte Wärme und das angenehme Kribbeln zu spüren. Oder ich schlug mir das Ganze wieder aus dem Kopf und würde beschließen, dass mein Leben ohne einen Mann schon immer viel leichter gewesen war.

»Das ist überaus freundlich von Ihnen. Aber ich ziehe es trotzdem vor, lieber ungesehen zu bleiben als von allen verlacht«, sagte ich ohne den Augenkontakt abzubrechen und lächelte Mr Boyle trotz meiner wirrer Gedanken zu. Denn meine Entscheidungen würde ich nicht jetzt treffen. Jetzt würde ich genießen, dass ich hier war und mich gut fühlte.

Das Mädchen brachte unseren Tee. Der Dampf des heißen Wassers verschwamm im Licht der Kerze.

»Was gäbe es denn für einen Grund, über Sie zu lachen?«, fragte Mr Boyle ungläubig nach und das Grinsen auf seinem Mund hatte einen ganz leichten Zug, den man schon fast für frech halten konnte.

»Oh, so einiges«, begann ich und legte meine kalten Finger um die Tasse. »Ich kann zum Beispiel nicht besonders gut tanzen. Ich wäre das Gespött der Leute«, witzelte ich.

»Das kann ich mir nicht vorstellen. Wenn der Mann gut führt, dann ist es einer Frau doch beinahe unmöglich, schlecht zu tanzen«, warf er ein und ich hatte sofort eine Erwiderung parat, von der ich aber zögerte, sie auszusprechen.

Ich sah ihm in die schelmischen Augen, das verwegene Haar, die leicht zu spitzen Eckzähne, die sein Lächeln nur perfekter machten, und entschloss mich, es zu wagen.

»Können Sie denn gut führen, Mr Boyle?«, fragte ich, ohne mein eigenes Lächeln zu verlieren, und betrat mit diesem Satz ein Neuland. Die Kunst des weiblichen Flirts. Ich hatte heimlich *Casanova* und *Gefährliche Liebschaften* gelesen, hatte einige Male meine Mutter darüber reden gehört und doch nie die Gelegenheit gehabt, es selbst anzuwenden. Bis jetzt zumindest.

»Durchaus, Miss Crumb«, antwortete er mir. Mein Bauch kribbelte nervös. »Sie haben also nichts zu befürchten.«

Ich lächelte und hatte nicht den blassesten Schimmer, was ich darauf zu erwidern hatte. Flirten nannte man ebenfalls ›das Spiel mit dem Feuer‹ und auch dieses Mal wurde mir nicht einmal warm dabei. Diese Art von Spiel war vielleicht nichts für mich. Genauso wie die Liebe.

Ich zerdachte einfach alles so lange, bis es mir zwischen den Fingern zerfiel und nur noch die nüchternen Aspekte übrig blieben.

Zivilisiert trank ich einen Schluck Tee und stellte dann eine Frage nach Mr Boyles letzten Tagen.

Er schien leicht irritiert, ging aber darauf ein und berichtete mir von langweiligem Papierkram, dem Rechtsfall eines ehemaligen Kommilitonen, der ihn um Rat gefragt hatte, und meinem Onkel, der sich seit Montag in jedem Satz, der nichts mit der Arbeit zu tun hatte, negativ über meine Mutter aussprach und wie sehr Tante Lillian sich von ihr mitziehen ließ.

Ich war also nicht die Einzige, die ein Problem mit meiner Mutter hatte, und das erleichterte mich, da ich mir jetzt sicher sein konnte, dass Onkel Alfred mich wirklich verstanden hatte, als ich ihm sagte, ich müsse ausziehen.

»Dabei ist meine Mutter kein schrecklicher Mensch. Sie hat nur eine sehr unangenehme Art, ihre Entschlossenheit kundzutun, für alle das Beste zu wollen«, klärte ich Mr Boyle auf, damit er sie nicht für ein Monster hielt. Sie war eine liebevolle Frau, die leider regelmäßig über ihr Ziel hinausschoss.

»Wie lange gedenkt sie denn zu bleiben?«, wollte Mr Boyle wissen.

»Noch mindestens zwei oder drei Wochen«, erzählte ich und sah aus dem Augenwinkel, dass das Mädchen mit unserer Vorspeise kam. Mein Magen knurrte leise, was vom Korsett zum Glück gedämpft wurde.

»Puh«, machte Mr Boyle. »Ich habe nicht einmal einen Rat, wie Sie die Zeit überstehen könnten, da meine Mutter eine stille und sehr zurückgezogene Person ist.«

»Oh, machen Sie sich keine Gedanken über mich. Ich habe dieses Problem bereits gelöst«, versuchte ich ihn zu beruhigen, während ich die Serviette zur Hand nahm und auf meinem Schoß ausbreitete.

»Ach, und was gedenken Sie zu tun?«, erkundigte er sich überrascht und wollte sich gerade näher zu mir beugen, als ein Teller mit heißer Suppe vor ihm auf dem Tisch abgestellt wurde.

Es roch himmlisch und ich musste mich zusammenreißen, erst ein stilles Gebet zu sprechen, bevor ich den Löffel zur Hand nahm und die Suppe kostete. Sie war wirklich vorzüglich, mit Kartoffeln, Gemüse und einem großen Stück Butter.

»Ich ziehe aus«, eröffnete ich und ein Lächeln kehrte in mein Gesicht zurück, weil es mich stolz machte, diesen Schritt gewagt zu haben. »Ich habe mich mit meinem Bruder Henry unterhalten und er hat mir geraten, Mr Reed nach dem Personalzimmer zu fragen, das ich morgen beziehen werde.«

Obwohl Mr Boyle seinen Löffel bereits in die Suppe getaucht hatte, blieb seine Hand auf halbem Weg in der Luft stehen und er sah mich mit offenem Mund entgeistert an. »Sie wollen ins Personalgebäude ziehen? In das Zimmer des Bibliothekarsassistenten?«, frage er mich so bestürzt, dass ich über seine Entrüstung einen kleinen Schreck bekam. Es klang nach einem Tadel und ich sträubte mich dagegen.

»Jawohl!«, bestätigte ich ihm und hielt den Blickkontakt.

»Das … also … Miss Crumb. Verzeihen Sie, aber ich denke nicht, dass das eine gute Idee ist«, entgegnete Mr Boyle anfangs holprig, doch das Ende des Satzes klang dafür umso entschlossener.

»Es ist bereits beschlossene Sache, Mr Boyle«, blieb ich hart und klang ein wenig zu unwirsch. »Aber Sie dürfen mir Ihre Bedenken gerne auf sachliche Art darlegen«, fügte ich also, wenn auch widerwillig, hinzu und bemühte mich, mein leicht erhitztes Gemüt nicht nach außen zu tragen, um die Höflichkeit zu wahren. Ich versuchte mich normal zu verhalten, aß einen Löffel Suppe, nahm mir ein Stück Brot und wartete auf Mr Boyles Argumente.

»Haben Sie das Zimmer denn schon gesehen?«, fragte er mich herausfordernd und ich ärgerte mich, dass er es sagte, als wäre er sich sicher, dass ich meine Meinung ändern würde, wenn ich es denn gesehen hätte.

»Nein«, gab ich zähneknirschend zu. »Aber ich werde es heute Abend besichtigen.«

»Gut«, sagte Mr Boyle, sein ernster Blick ruhte immer noch auf mir. Er hatte seine Suppe noch nicht wieder angerührt. »Dann machen Sie sich darauf gefasst, dass dieses Zimmer nicht nur klein und unkomfortabel sein wird, sondern auch, dass Sie für Ihre Toilette in das ungeheizte Treppenhaus rausmüssen, um das Badezimmer am Ende des Flures zu benutzen«, begann Mr Boyle und seine Stimme war alles andere als gelassen. Er war gereizt, besorgt und aus der Fassung. »Und das nicht einmal alleine«, machte er weiter und ich hörte ihm erstaunt zu. Diese Seite an dem sonst so charmanten und ausgeglichenen Mr Boyle war mir neu. Und das machte sie interessant.

»Sie werden dieses Bad mit der Person teilen, zu deren Wohnung das Zimmer gehört, welches Sie vorhaben zu beziehen. Und zwar mit dem Sonderling Mr Reed«, warf er mir vor die Füße und ich blinzelte, zweimal.

Das war mir allerdings nicht bekannt gewesen. Dass es nicht sehr komfortabel war, hatte Mr Reed ja bereits angedeutet. Doch dass ich bei ihm einziehen würde, nicht.

»Mit Mr Reed. Wie soll ich mir das vorstellen? Ist das Zimmer innerhalb seiner Räumlichkeiten?«, wollte ich nun doch wissen und es bestürzte mich, dass Mr Reed mir das nicht mitgeteilt hatte. Doch eigentlich sollte es mich nicht wundern, dass er mal wieder vergessen hatte, die wichtigen Details zu erwähnen.

»Ja und Nein«, antwortete mir Mr Boyle uneindeutig und schien ganz offensichtlich erleichtert, dass ich die Sache nun genauso ernst betrachtete wie er. »Es ist ein Zimmer, das zu seinen Räumen gehört und auch zu diesen durch eine Tür verbunden ist. Jedoch besitzt es einen eigenen Zugang vom Treppenhaus aus. Was unwesentlich ist, wenn man betrachtet, was für ein Mensch dieser Bibliothekar ist.«

Ich brauchte einen Moment, um all die neuen Informationen zu überdenken und diese zu bewerten. Doch eine andere Sache nahm als Erstes meine Aufmerksamkeit ein und ich runzelte die Stirn. »Entschuldigen Sie, aber was meinen Sie damit, wenn Sie sagen, was für ein Mensch dieser Bibliothekar ist?«, erkundigte ich mich entrüstet und nun senkte auch ich den Löffel.

Mr Boyle schnaubte leise und schob unwillig die Augenbrauen zusammen. »Miss Crumb, Sie müssen ihn doch kennengelernt haben. Er ist ein durchweg seltsamer Geselle mit verschrobenen Manieren und fragwürdiger Moral. Es wäre doch fahrlässig, als junge Frau neben einem solchen Mann einzuziehen«, erklärte er sich und ich war einen Moment sprachlos.

Natürlich hatte er recht, dass Mr Reed sowohl seltsam war als auch wenig Höflichkeit an den Tag legte. Doch niemals würde ich ihm fehlende Moral nachsagen oder ihm zutrauen, eine solche Situation auszunutzen. Ich war von ihm aus der Maschine gerettet worden und er hatte dabei außerordentliche Ehrenhaftigkeit an den Tag gelegt.

»Ja, ich habe ihn kennengelernt, Mr Boyle. Und genau wie meinem Onkel, werde ich auch Ihnen versichern, dass Mr Reed durchaus dazu fähig ist, sich wie ein Gentleman zu verhalten«, verteidigte ich meinen Vorgesetzten und stutzte selbst. Ich hatte in der letzten Zeit schon öfter Fürsprache für Mr Reed gehalten, um die schlechte Meinung anderer von ihm zu korrigieren.

Doch was machte mich plötzlich zu seinem Verfechter? Schließlich hatte ich doch eigentlich auch keine sehr gute Meinung von ihm gehabt. Das dachte ich zumindest.

Mr Boyle schien nicht überzeugt zu sein und sein Blick wurde sogar noch finsterer.

Es war eine Katastrophe. So hatte ich mir mein Mittagessen mit ihm nicht vorgestellt. Ich hatte an entspannte Unterhaltungen gedacht, ein wenig Kribbeln im Bauch und interessante Gesprächsthemen. Keine angestrengten Wortwechsel, eine ständige Abwehrhaltung und Verteidigung meiner Standpunkte.

Und wir waren erst bei der Vorspeise.

Ich beschloss, dass ich das zu ändern hatte und zwar sofort. Ich legte den Löffel in die Suppe, faltete meine Hände vor der Brust und atmete tief durch. Dann konzentrierte ich mich, sammelte Kraft und gute Gedanken und ließ die Anspannung aus meinem Gesicht fallen.

»Mr Boyle«, sprach ich ihn nun an und gab meiner Stimme einen weichen, versöhnlichen Ton, den meine Mutter so oft benutzte, wenn sie meinen Vater dazu bringen wollte, einen Termin abzusagen, damit sie gemeinsam spazieren gehen konnten. »Hören Sie, ich weiß Ihre

Sorge zu schätzen«, erklärte ich. »Aber ich bin eine erwachsene Frau, die ihre Entscheidungen selbst treffen kann. Ich werde mir das Zimmer heute Abend ansehen und dann gründlich darüber nachdenken. Wären Sie dann beruhigter?«, wollte ich von ihm wissen und hoffte auf ein positives Ergebnis.

Mr Boyle seufzte laut und gab seinen Widerstand auf. Er ließ seine Schultern sinken, nickte bedacht und fuhr sich mit einer Hand über die Augen. »Natürlich, Miss Crumb, Sie haben recht. Ich mische mich in Dinge ein, die überhaupt nicht meine Sache sind. Ich …«, begann er zu stammeln und ein schüchternes Lächeln erschien in seinem Mundwinkel. »Ich … Miss Crumb, Ihr Wohl liegt mir einfach am Herzen«, brachte er schließlich heraus und ich spürte, wie die Wärme langsam in meinen Bauch zurückkehrte.

Es war zum einen die Erleichterung, dass wir dieses Wortgefecht endlich beigelegt hatten, und zum anderen, dass der schöne, einnehmende Glanz wieder in seine Augen getreten war.

»Gut. Reden wir über etwas anderes, bevor ich mich mit meinen Worten noch mehr lächerlich mache«, schlug Mr Boyle schelmisch vor und brachte mich dadurch zum Lachen.

17

Das Siebzehnte oder das, in dem ich zu einer guten Tat gezwungen wurde.

Mit gemischten Gefühlen kehrte ich in die Bibliothek zurück. Ich schwankte zwischen einem beachtlichen Glücksgefühl und der Befürchtung, meine Schwärmerei möglicherweise nicht ernst genug zu nehmen. Es war zum Haare raufen. Ich wusste einfach nicht, wie ich im Bezug auf Mr Boyle denken und fühlen sollte. Er verwirrte mich und das machte es mir schwer, logisch darüber nachzudenken.

Doch es störte sowieso niemanden, dass ich ein wenig zerstreut meiner Arbeit nachging und oft genug einen Gang betrat und vergaß, was ich dort gewollt hatte. Mr Reed war schließlich nicht im Haus. Er war mal wieder irgendwo unterwegs und ging seinen wichtigen ›Verpflichtungen‹ nach.

Was auch immer es wirklich war, ich vermutete schon länger ein dunkles Geheimnis dahinter. Seine Verschwiegenheit über dieses Thema war sehr verdächtig und die Unzahl an Romanen, die ich gelesen hatte, machte meine Fantasie nicht nüchterner. Ich dachte sofort an eine heimliche Geliebte, uneheliche Kinder, Spionage am Königshof oder verschworene Bruderschaften, die verborgen ihren dunklen Machenschaften nachgingen.

Natürlich war es auch möglich, dass er einfach nur einen Buchclub besuchte, doch das wäre nicht aufregend genug gewesen, als dass ich meinen Kopf mit solchem Geplänkel füllen würde. Außerdem sagte mir meine Logik, dass es wichtiger sein musste als etwas so Gewöhnliches, weil er dafür schließlich seine Arbeit ruhen ließ.

Stattdessen redete ich mir ein, dass ich nur Geduld brauchen würde, um diesem Geheimnis auf die Schliche zu kommen. Schließlich würde ich demnächst ja bei Mr Reed wohnen.

Irritiert schüttelte ich den Kopf. Allein der Gedanke daran verwirrte mich nur noch mehr, da ich mir einfach nicht vorstellen konnte, dass das, was Mr Boyle gesagt hatte, wirklich zutraf. Ich hielt Mr Reed nicht für ehrlos und auch nicht für einen Mann, der eine junge, ledige Frau bei sich wohnen ließ und damit ihren Ruf gefährdete.

Wie zerstreut er auch sein musste, das hätte er wenigstens erwähnen können. Es wäre zumindest wichtig genug, um sich daran zu erinnern.

Um sechs, hatten wir ausgemacht, würde ich das Zimmer besichtigen. Und wenn es wirklich stimmte, was Mr Boyle mir berichtet hatte, dann würde ich wieder am Anfang meines Problems stehen. Denn bei Mr Reed würde ich ganz sicher nicht wohnen wollen.

Der Stoff einer steifen Jacke raschelte hinter mir und ich drehte flüchtig den Kopf, um zu sehen, wer sich in meine Regalreihe schlich. Es war Cody, den Kopf eingezogen, die Hände ringend und sein Gesichtsausdruck sah dringlich aus.

»Ist was passiert?«, wollte ich wissen und wusste sofort, dass etwas nicht stimmte.

Cody nickte nur und ich fluchte innerlich, dass er nicht einfach mit der Sprache rausrückte, sondern sich umdrehte und mir vorauseilte.

Ich legte das Buch zur Seite, das ich gerade hatte einsortieren wollen, und folgte ihm mit schnellen Schritten, die auf dem polierten Marmorboden leise nachklangen.

Cody lief zurück in den Lesesaal, der heute Nachmittag erstaunlich leer war, und blieb dann so unvermittelt stehen, dass ich beinahe in ihn hineingelaufen wäre. Sein Blick wandte sich nach oben und er zeigte mit ausgestrecktem Arm hinauf zum Rundgang.

Gerade wollte ich ihn unwirsch auffordern, mir doch einfach zu sagen, was los war, da entdeckte ich ihn. Einen kleinen, schmutzigen Jungen, der sämtliche Bücher der medizinischen Abteilung aus den Regalen zog und einfach auf dem Boden ausbreitete.

Der Schreck ließ mich die Augen aufreißen, mein Puls beschleunigte sich und pumpte empörten Ärger durch meinen Körper.

»Ich kümmere mich darum«, schnaubte ich nur leise und setzte mich wieder in Bewegung. Der Kleine konnte sich auf was gefasst machen. Ich raffte meine Röcke, um die Stufen hinaufzueilen, und als der Junge mich kommen hörte, riss er den Kopf rum und ließ verschreckt das Buch fallen, das er gerade aus dem Regal gezogen hatte. Es knallte polternd auf die Holzdielen des Bodens und versetzte mir einen Stich ins Herz, als ich sah, wie es zur Seite kippte, eine Delle im Buchrücken, und so wieder zuschlug, dass sämtliche Seiten Eselsohren bekamen.

»Was genau glaubst du, was du da tust?«, fauchte ich ihn so scharf an, dass er erschrocken zurückwich und dabei mit seinen dreckverkrusteten Stiefeln auf ein Anatomiebuch trat.

Am liebsten hätte ich aufgeschrien, doch ich wollte auf keinen Fall Aufmerksamkeit auf uns ziehen und so begnügte ich mich damit, drei Schritte nach vorn zu machen und das Buch vom Boden hochzureißen. Während ich mich aufrichtete, trafen sich unsere Blicke. Mein giftiger und sein ängstlicher, und zu meinem Erschrecken stellte ich fest, dass dieser Junge viel jünger sein musste, als ich zuvor angenommen hatte. Vielleicht sechs oder sieben Jahre alt, die Wangen so dreckig, dass man nur mit Mühe erkennen konnte, wie blass er darunter war.

Meine Wut verrauchte im selben Augenblick und ich seufzte laut. Ich wischte die Erdklumpen von dem Buch in meinen Händen, war erleichtert, dass keine Flecken auf dem Leder blieben und schob es zurück an seinen Platz im Regal.

Der Junge blieb stocksteif stehen, starrte mich an und ich beschloss, erst einmal wieder zur Ruhe zu kommen, bevor ich ihn des Hauses verwies.

Ich bückte mich nach dem nächsten Buch, jenes, das beschädigt worden war. Um dieses stand es nicht besonders gut. Das Leder hatte einen langen Riss abbekommen, da es durch den Wasserschaden am vergangenen Samstag brüchig geworden war, und die Delle hatte Schäden an der Bindung verursacht. Ich glättete vorsichtig die ersten paar Seiten, wischte über einen kleinen Handabdruck, der sich nicht entfernen ließ, und legte es dann auf einem nahe gelegenen Bücherwagen ab, um es später zur Reparatur schicken zu lassen.

Im Augenwinkel sah ich, wie der Junge sich bewegte. Er ging gerade in die Hocke und streckte seine rußige Hand nach einer *Abhandlungs-*

sammlung über die operative Entfernung einzelner Organteile aus, da wandte ich ihm meinen Blick zu. »Finger weg«, fuhr ich ihn an und er nahm die Hand sofort wieder zurück, seine übergroßen Augen auf mich gerichtet.

»Aber ich müsste …«, fing er leise an und ich schnitt ihm das Wort ab.

»Nein, du musst nicht«, erwiderte ich und nahm das Buch vom Boden. »Du hast hier nichts zu suchen. Geh nach Hause!«

»Aber«, erklang seine Kinderstimme gefährlich zitternd. »Aber, Ma'am, ich muss doch eine Medizin finden«, erklärte er und ich hob ungläubig die Augenbrauen. Da war ihm wohl ein Irrtum unterlaufen.

»Eine Medizin? Das hier ist keine Apotheke, mein Junge, sondern eine Bibliothek. Und diese Bücher handeln auch nicht von Kräuterheilkunde«, erklärte ich ihm sachlich und klemmte mir noch ein weiteres Buch unter den Arm.

»Und in welchem steht was über Medizin?«, wollte er wissen und seine Augenbrauen zogen sich verzweifelt zusammen. Seine Unterlippe begann zu zittern und ich wünschte mir inständig, er würde sich bitte zusammenreißen.

»In keinem«, sagte ich schroffer, als ich wollte und wusste nicht, was ich am besten sagen sollte, um ihm begreiflich zu machen, dass das hier medizinische Fachliteratur war und keine Rezeptbücher.

Seine Lippen zitterten noch stärker, das ganze Kind begann zu bibbern und dann brach es aus ihm heraus. »Aber meine Granny wird sonst sterben!«, begann er zu flennen und viel zu große Tränen quollen aus seinen Augen.

Ich stand da wie erstarrt, wusste nicht, was ich jetzt tun sollte und fühlte mich äußerst nutzlos.

Meine Mutter hatte immer gesagt, dass die Fürsorge für Kinder jeder Frau ins Herz gepflanzt war. Doch an mir war das scheinbar vorbeigegangen, denn meine größte Sorge galt nicht dem weinenden Kind, sondern den Studenten im Lesesaal, die durch den Lärm möglicherweise in ihren Studien gestört wurden. Natürlich tat er mir leid. Aber wie drückte ich mein Mitleid am besten aus?

Ich schloss die Hände zu Fäusten und öffnete sie wieder, streckte die Finger nach dem Jungen aus und war mir dann doch nicht sicher, ob es das Richtige war, das fremde Kind anzufassen. »Äm, hör mal, kannst du nicht …«, sagte ich zaghaft und das Heulen wurde durch lautes Hicksen unterbrochen. »Bitte hör auf zu weinen«, versuchte ich es noch einmal und als auch das nichts brachte, ließ ich es sein, die Fürsorge in meinem Inneren zu suchen, und konzentrierte mich auf die Dinge, die ich konnte. Logische Zusammenhänge erfassen zum Beispiel.

Der Junge war in die Bibliothek gekommen, um etwas über Medikamente zu lesen, damit er seiner todkranken Großmutter helfen konnte. Manche der Fakten wusste ich zwar nicht, aber ich konnte annehmen, dass es sich so verhalten musste.

Ich würde ihn also nur dazu bringen, mit dem Weinen aufzuhören, wenn ich ihm in Aussicht stellte, dass sein Problem gelöst werden konnte.

»Na gut«, sagte ich lauter, damit ich sein Heulen übertönte. »Ich werde dir helfen und ich werde alles in meiner Macht Stehende tun, damit deine Granny nicht stirbt. Aber bitte, hör auf zu heulen!«

Der Junge starrte mich an und hielt die Luft an. Erleichtert atmete ich aus. Das Erste war geschafft.

»Sie helfen meiner Granny? Mit Medizin?«, wollte der Junge schniefend von mir wissen und ich nickte, während mir bewusst wurde, was ich mir da aufgehalst hatte.

»Komm mit«, wies ich ihn an und lief den Rundgang entlang bis zum Aufenthaltsraum, in den ich ihn gehen ließ und hinter uns die Tür schloss.

Er sah sich unschlüssig im Raum um, während seine Nase ungehindert lief.

»Setz dich«, bat ich ihn. Er trat schüchtern zu einem der Stühle.

Gestern erst hatte ich auf diesem Stuhl gesessen, ebenfalls verheult, und Mr Reed hatte mir ein Taschentuch gereicht. Leider hatte ich keines und das von Mr Reed war im Haus meiner Tante, damit ich es waschen und ihm zurückgeben konnte.

Doch den Jungen schien es auch gar nicht zu stören. Er rieb sich nur die geröteten Augen mit seinem Jackenärmel und ließ die Beine baumeln.

»Wie ist dein Name?«, fragte ich ihn und er lächelte ein wenig.

»Timothy«, gab er zurück und ich zwang mich, ebenfalls zu lächeln.

»Gut, Timothy. An was genau ist deine Granny denn erkrankt?«, erkundigte ich mich und hoffte, der Junge wüsste wenigstens das.

»Sie hustet ganz schlimm«, meinte er. »Sie sagt, ihr tut alles weh und dass es zu Ende geht«, führte er weiter aus und Tränen sammelten sich wieder in seinen Augen.

Eilig sah ich mich um, ob ich etwas fand, das seine Aufmerksamkeit erregen konnte, damit er nicht wieder zu heulen begann, und entdeckte einen Tuchzipfel, der sich in einer Schränkchentür eingeklemmt hatte. Ich beugte mich schnell herunter und zog das Tuch, das eigentlich ein Putzlappen war, aus dem Schrank. Leider hatte ich nichts Besseres zur Hand und sauberer als das Gesicht des Jungen war der Lappen allemal.

»Hier, für deine Nase«, unterbrach ich seinen emotionalen Umschwung und war überrascht, dass es tatsächlich funktionierte.

Er nahm den Lappen und schnäuzte sich. »Danke, Miss«, flüsterte er. Ich fühlte mich in seiner Gegenwart immer schlechter und nichtsnutziger.

»Crumb«, gab ich zurück. »Miss Crumb.« Und dann kam ich aufs Thema zurück. »Hustet deine Granny auch Blut?«, fragte ich gleich nach dem offensichtlichsten Anzeichen von Schwindsucht, der Junge schüttelte vehement den Kopf.

»Meine Granny hat nicht die Motten!«, empörte er sich und trotz des ärgerlichen Tons blieb das Wort *Granny* in seiner Aussprache etwas unendlich Liebevolles. Dieser Junge liebte seine Großmutter wirklich über alles.

»Na gut«, machte ich schon wieder und überlegte mir, was wohl noch wahrscheinlich war. »Eine Lungenentzündung? Die Grippe?«, mutmaßte ich weiter und Timothy zuckte nur mit den Schultern. Ich wusste nicht, ob es ratsam war, einen Arzt zu rufen, denn ich stellte es mir schwierig vor, meinem Vater oder gar meinem Onkel zu erklären, warum ich das Honorar für einen Arzt bezahlen musste, ohne selbst krank zu sein. Hätte ich bereits eine solche Summe eigenen Geldes zur Verfügung gehabt, wäre es denkbar gewesen. Doch so würde ich es erst einmal anders versuchen.

»Ich mache dir einen Vorschlag. Ich arbeite noch bis um fünf Uhr. Dann stehst du vor dem Eingang der Bibliothek und wir werden zusammen zu einer Apotheke gehen. Dort kaufen wir eine Medizin. Einverstanden?«, wollte ich von ihm wissen und er nickte.

»Ja! Ja, Miss Crumb«, rief er begeistert und ein Strahlen trat auf sein Gesicht. Sein Grinsen entblößte die fehlenden Schneidezähne, die für sein Alter so typisch waren, und ich seufzte in mich hinein.

Ich verbrachte die Stunden bis um fünf Uhr recht arbeitsam und schaffte mehr als vor dem Vorfall mit dem weinenden Kind. Mein Kopf hatte aufgehört, sich über Mr Boyle und meine Gefühle Gedanken zu machen und sich den Problemen eines Jungen zugewandt, denen ich mich sehr viel sachlicher widmen konnte.

Ich räumte die Bücher auf dem Rundgang wieder ins Regal, versah das beschädigte Buch mit einer Notiz und öffnete sogar Mr Reeds Post, die er seit Tagen nicht angerührt hatte. Es waren einige unwichtige Briefwechsel über verschiedene literarische Themen, zwei äußerst wichtige Anfragen, die noch in dieser Woche beantwortet werden mussten, und ein Schreiben vom Dekan der Royal University of London, in dem er Mr Reed dazu aufforderte, seinem Drängen endlich nachzugeben und sich auf dem Universitätsball am Ende der Woche blicken zu lassen. Letzteres ließ mich schmunzeln, denn ich konnte mir beim besten Willen nicht vorstellen, wie Mr Reed sich auf einem Ball machen würde.

Ich sortierte die Briefe nach Dringlichkeit, räumte seinen Schreibtisch auf, heftete Akten ab und platzierte die Schreiben dann in Sichtweite.

Fünf Uhr kam schneller als erwartet und ich hatte ein mulmiges Gefühl im Magen, als ich meinen Mantel anzog, nach unten ging und mich von Cody verabschiedete.

Ich wusste nicht, ob es richtig war, was ich hier tat, zweifelte an der Aufrichtigkeit der Menschen und war eingenommen von meinen Vorurteilen gegenüber der ärmeren Gesellschaftsschichten. Was, wenn der Junge nur ein Köder war, der mir das Geld aus der Tasche zog, oder mich gar in eine Falle locken würde, wenn ich meinen Weg gleich mit ihm ging?

Zusätzlich spürte ich auch den Zeitdruck in meinem Hinterkopf. Eine Stunde hatte ich, bis ich wieder zurück auf dem Universitätsgelände zu sein hatte, damit ich im Personalgebäude das Zimmer besichtigen konnte.

Doch als ich den kleinen Jungen zitternd in der Kälte entdeckte, wie er mit großen, hoffnungsvoll blickenden Augen auf mich wartete, schlug ich meine Bedenken in den Wind und trat auf ihn zu. »Guguguten Abend, Missss Crumb«, flüsterte er bibbernd und nun passierte es doch. Mein Herz erweichte und ich seufzte über mich selbst.

Ich griff mir an den Hals, wickelte mich aus meinem dicken Wollschal und reichte ihn dem Jungen, der nicht mehr als eine dünne Stoffjacke trug, von der ich mir nicht vorstellen konnte, dass sie ihn tatsächlich wärmte.

»Hier, sonst wirst du auch noch krank«, sagte ich zu ihm und schlang den Schal um seinen Hals, bevor er sich dagegen wehren konnte. Er versank geradezu in dem dicken Strick und ich fühlte mich gleich ein wenig erleichterter. »Und jetzt komm. Ich habe wenig Zeit«, wies ich ihn an und hörte die Strenge in meiner Stimme, mit der ich mich selbst davon zu überzeugen versuchte, meine Gedanken auch weiterhin sachlich zu halten.

Ich lief voraus und Timothy folgte mir eilig. Wir verließen wortlos den Campus und steuerten auf das kleine Stadtzentrum zu, in dem ich gestern auch den Schneider und den Buchladen gefunden hatte. Heute war es allerdings noch kälter als gestern, wenige Leute waren unterwegs und der Nebel tauchte alles in düsteres Licht. Ich schlug den Kragen meines Mantels nach oben, damit mein Hals nicht so schutzlos war, und wandte mich dann an den Jungen, der neben mir herlief und versuchte, mit mir Schritt zu halten. Er hatte seine Hände in dem Schal vergraben und ich sah, wie er sich immer wieder die weiche Wolle durch die Finger gleiten ließ, als wäre sie etwas Wundersames.

»Wie bist du auf die Idee gekommen, in der Bibliothek nach medizinischen Büchern zu suchen?«, fragte ich ihn, einfach nur, um irgendetwas zu sagen, da der Nebel immer dichter wurde und ich mich nicht besonders wohlfühlte, nur in Begleitung eines Kindes durch die dreckigen Straßen von London zu spazieren.

»Wir können keinen Arzt bezahlen«, antwortete mir Timothy und ich nickte. »Also dachte ich, ich lese selber etwas über Medizin und dann mach ich sie selber und dann helfe ich meiner Granny«, führte er seinen doch sehr einfachen Plan aus und ich hob zweifelnd die Augenbrauen.

»Kannst du überhaupt lesen?«, wollte ich wissen und Timothys Blick wurde wütend.

»Natürlich. Ich geh doch zur Schule!«, murrte er. Ich war wirklich überrascht. Eine Schule zu besuchen, war nämlich ebenfalls sehr teuer. Eher hatte ich damit gerechnet, dass er mir sagen würde, er hätte es von einem Verwandten gelernt.

»Ach, wirklich?«, sagte ich daher nur und wusste nicht, ob ich ihm glauben wollte. Doch da kam das Ladenschild der Apotheke in Sichtweite und ich vergaß, was ich noch hatte hinzufügen wollen.

»Da ist es«, informierte ich den Jungen und seine Schritte beschleunigten sich. »Aber benimm dich. Nicht zappeln und nur reden, wenn du gefragt wirst«, wies ich ihn an und er nickte hastig, wobei sein Gesicht halb in dem dicken Schal verschwand.

Wir betraten die Apotheke und ein älterer Herr kam von hinten an den Tresen seines Geschäftes. »Guten Abend. Sie wünschen?«, sprach er mich höflich an und erblickte dann den dreckigen Jungen, der sich hinter mir durch die Tür schlich.

»Er gehört zu mir«, versicherte ich dem Apotheker sofort, der einen Gesichtsausdruck angenommen hatte, als wolle er das Kind auf der Stelle mit einem Besen aus seinem Geschäft jagen.

Der Apotheker riss seinen Blick also wieder von Timothy los und ein professionelles Lächeln kehrte auf sein altes Gesicht zurück. »Sie wünschen, Miss?«, fragte er erneut und stützte die Hände auf seinem Tresen ab.

»Medikamente für eine ältere Frau. Sie hustet stark und klagt über Gliederschmerzen«, erklärte ich, was ich wusste, und der Apotheker sah von mir runter zu Timothy und dann wieder zu mir.

»Sie kaufen es für ihn«, stellte der Mann fest und nickte mit dem Kinn in Timothys Richtung.

»Für meine Granny!«, platzte es aus dem Jungen heraus und ich warf ihm einen scharfen Blick zu, der ihn sofort verstummen ließ.

Der Apotheker schnaubte laut und räusperte sich dann. »Hustet deine Großmutter Blut oder Schleim?«, erkundigte er sich und es überraschte mich, dass er sich doch tatsächlich selbst an den Jungen wandte.

Timothy dachte kurz nach. »Schleim«, sagte er schließlich.

»Welche Farbe hat er?«, fragte der Mann weiter und Timothys Antwort kam nun schneller.

»Gelb«, erzählte er und der Apotheker nickte.

»Lungenentzündung«, murmelte der alte Mann und sah dann wieder mich an. »Sie bezahlen?«, wollte er von mir wissen und ich bejahte. Er lächelte mich an, drehte sich um und öffnete ein paar Schubladen. Heraus kam ein Beutel voll Heilkräuter, um damit zu inhalieren, ein Mittel gegen die Schmerzen und eine Salbe für die Brust. Er riet, viel abgekochtes Wasser zu trinken und reichhaltige Mahlzeiten zu sich zu nehmen. Ich bezahlte die Medikamente, die sehr teuer waren, und ich vermutete, dass er absichtlich einen höheren Preis von mir verlangt hatte, da er mich für eine überreiche Wohltäterin hielt oder dergleichen.

Ich ärgerte mich über den Apotheker, versuchte es dem Jungen aber nicht zu zeigen und kaufte ihm beim Gemüsehändler an der Ecke in meinem Trotz noch einen Sack Kartoffeln, einen kleinen Kürbis, einen Bund Karotten und sechs Äpfel. Der Junge sah überladen aus und ich fürchtete, ich habe es in meinem Ärger übertrieben, doch er war so glücklich, dass er sich sicher hundert Mal bei mir bedankte und mir zu allem Überfluss auch noch seine dünnen Arme um die Mitte schlang.

Mit den Fingerspitzen drückte ich ihn von mir weg, verzichtete darauf, den Schal zurückzunehmen und wünschte ihm einen guten Nachhauseweg. Er trottete davon, einen Beutel voller Gemüse auf dem kleinen Rücken, und ich sah ihm nach, bis er im Nebel verschwunden war.

Ich blinzelte und fragte mich, ob ich ihn wohl jemals wiedersehen und erfahren würde, was aus ihm und seiner Granny geworden war.

Doch als eine Turmuhr in der Nähe Viertel vor sechs schlug, schreckte ich zusammen, löste mich aus meinen Gedanken und eilte den Weg zurück zur Universität.

Gestalten huschten immer mal wieder geisterhaft im dichten Nebel an mir vorbei und die Sonne war bereits untergegangen, als ich die vertrauten gepflasterten Wege des Campusgeländes betrat.

Als ich Big Ben sechs Uhr schlagen hörte, beschleunigte ich meine Schritte und ärgerte mich, dass ich zu spät dran war. Ich mochte es nicht, zu spät zu kommen, das war unhöflich.

Auf Mr Reed traf ich im Eingangsbereich des Personalgebäudes, wo er sich gerade mit einem Herrn mittleren Alters unterhielt.

»Guten Abend, Miss Crumb«, rief er, als er mich sah, und ich trat schwer atmend zu den beiden Herren.

»Guten Abend, Mr Reed«, gab ich zurück und wurde mir bewusst, dass er anscheinend nicht die geringste Ahnung hatte, dass ich bereits zu spät war.

Auch der andere Herr grüßte und betrachtete mich mit dem zurückhaltenden Blick eines Angestellten.

»Miss Crumb, darf ich vorstellen, das ist Mr Christy, der Hausmeister dieses Gebäudes und Ansprechpartner für allerlei Beschwerden und anstehende Reparaturen«, klärte Mr Reed mich auf und schien in recht beschwingter Stimmung zu sein, was mich durchaus verwunderte, da sich meine bisher eher gedrückt hielt.

Ich musste erst einmal wieder zu Atem kommen, mich auf die neue Situation einstellen und aus meinem Kopf verbannen, dass ich gerade noch mit einem dreckigen Jungen durch neblige Straßen gezogen war.

Es fühlte sich wie zwei verschiedene Welten an, die so unvermittelt aufeinandergefolgt waren, als wäre man mitten im Lesen aus einem guten Buch gerissen worden.

»Seine Frau ist die Haushälterin und Köchin. Wenn Sie wirklich in Erwägung ziehen, hier einzuziehen, steht Ihnen die Wahl offen, Ihr Essen um sieben Uhr in Ihrem Zimmer zu sich zu nehmen oder sich gesellig zu zeigen und sich dort drüben im Speisezimmer einzufinden«, erzählte er weiter, zeigte auf eine Tür zu unserer Linken und sein Redefluss erinnerte mich an meinen ersten Tag in der Bibliothek, an dem ich noch jedes seiner Worte mitgeschrieben hatte.

»Einen schönen Abend, Mr Christy«, wandte sich Mr Reed kurz an den Hausmeister, der sich an den Schirm seiner Schiebermütze tippte und sich dann abwandte, um durch besagte Tür zu verschwinden.

»Folgen Sie mir, Miss Crumb«, lud der Bibliothekar mich ein, ging über die knarrenden Dielen zur Treppe rechts von uns und begann, zwei Stufen auf einmal nehmend den Aufstieg.

Ich atmete noch einmal tief durch und folgte ihm. Es waren immer acht Stufen je Treppenabsatz und immer zwei Treppenabsätze zu einem Stockwerk. Das Gebäude hatte drei Stockwerke und so stieg ich achtundvierzig Stufen nach oben, bis ich Mr Reed eingeholt hatte, der auf dem obersten Treppenabsatz auf mich wartete. Er sah recht ungeduldig aus und ich war dankbar, dass er sich keinen Kommentar über meine schlechte Kondition leistete.

Ich kam oben an, schwitzte vor Anstrengung und hielt mich erst einmal am Geländer fest, bis ich meinem Kreislauf wieder trauen konnte. Hier oben waren mehrere Lampen entzündet und auch der Rest des Treppenhauses war mir sehr hell und warm vorgekommen. Der Flur war schmal und nicht besonders lang. Drei Türen führten davon ab.

»Hier ist es«, informierte mich Mr Reed und zog einen Schlüsselbund aus seinem Jackett. Er suchte eine Weile nach einem der Schlüssel, steckte ihn ins Schloss der mittleren Tür und drehte ihn rasselnd herum.

Ich wusste nicht, was ich erwartete, hatte in der letzten Stunde vergessen, mir Gedanken darum zu machen und hätte gerne die Luft angehalten, als die Tür nach innen aufschwang. Doch mir fehlte der Atem dafür und so blinzelte ich nur viel zu oft, weil mein Herzschlag sich vor Aufregung beschleunigte.

Ich ließ das Geländer los und trat näher heran, während Mr Reed eine der Lampen von der Wand nahm und sie mir reichte.

Er gab mir den Vortritt und ich betrat das kleine Zimmer, dass sich von dem Licht der Lampe beinahe völlig ausleuchten ließ.

Er hatte nicht zu viel versprochen. Es war wirklich klein und nicht im Geringsten das, was ich von zu Hause gewohnt war, doch es gefiel mir auf eine seltsam vertraute Art und meine innere Ruhe kehrte langsam wieder zu mir zurück.

Die Wände waren mit heller, leicht gemusterter Tapete verkleidet, die Möbel, ein Tisch, ein Stuhl, ein Bett und zwei Regale, waren aus dunklem Holz und auf den Dielen unter meinen Füßen lag kein Teppich. Dafür stand hinten in der Ecke neben dem kleinen Fenster ein schwarzer Ofen, ähnlich wie der im Aufenthaltsräumchen der Bibliothek. Er war zumindest groß genug, um das Zimmer zu heizen und einen Tee darauf zu kochen. Ich hatte kleine Räume und nahe Wände schon immer als heimelig empfunden und obwohl meine Zimmer zuweilen doppelt so groß gewesen waren, fühlte es sich nicht beengt an.

Ich hängte die Laterne an einen Haken neben der Tür und betrachtete alles ganz genau. Die alten Möbel, die von vielen Vorbewohnern abgenutzt aussahen und doch einen gewissen Charme hatten. Vereinzelt standen Bücher auf den Regalbrettern und als ich ein paar Schritte weiter ins Zimmer trat, maß ich mit den Augen den Platz zwischen dem zweiten Regal und dem kleinen Ofen ab. Ich lächelte, als mir bewusst wurde, dass es genug sein würde, um meinen dunkelgrünen Sessel hier hinstellen zu können.

Langsam drehte ich mich wieder um, begutachtete das schmale Bett, an das ich mich wahrscheinlich am ehesten gewöhnen musste, und wandte mich dann zu Mr Reed, der in der Tür stand, die Schulter an den Türrahmen gelehnt, und mich abwartend betrachtete.

Ich wusste nicht wieso, aber es war mir unangenehm, dass er mir dabei zusah, wie ich hier stand und mich umschaute. Gefasst überging ich seinen Blick, tat so, als wäre es mir nicht aufgefallen, und entdeckte eine zweite Tür.

Sie war unscheinbar, da sie ebenfalls tapeziert worden war, doch mir versetzte diese Entdeckung einen Stich in die Brust.

Ich räusperte mich unauffällig, legte einen neutralen Ton in meine Stimme und sah zu Mr Reed.

»Wohin führt diese Tür?«, fragte ich ihn und er senkte nun doch den Blick, den er zuvor so standhaft gehalten hatte. Er presste die Lippen aufeinander und der gelassene Ausdruck verschwand aus seinem Gesicht.

»In die Wohnung nebenan«, sagte er undefiniert und ich spürte, dass es ihm unangenehm war, diese Frage zu beantworten. Doch ich wurde es nicht dabei belassen.

»Und wer wohnt dort?«, erkundigte ich mich weiter und sah den Bibliothekar herausfordernd an.

»Ich«, antwortete er mir schlicht und hob seinen Blick, als erwartete er, dass ich im nächsten Moment vor Schreck in Ohnmacht fallen würde.

Was ich nicht tat, da ich es ja bereits wusste. Mr Boyle hatte also recht gehabt und nun stand ich da. In einem Zimmer, das mir gefiel, jedoch zu der Wohnung eines Mannes gehörte.

Aber so schnell gab ich nicht auf.

»Lässt sich die Tür abschließen?«, wollte ich wissen und Mr Reed hob überrascht die Augenbrauen.

»Sie ist immer abgeschlossen«, versicherte er mir ernst und ich begann, nachdenklich auf meiner Unterlippe zu kauen, während ich mir die Tür besah, die in den hellen Farben der Wand unterging.

Ich dachte bei mir, wenn diese Tür wirklich immer abgeschlossen war, dann wäre es doch kein Unterschied zu einer normalen Wand.

»Wer hat einen Schlüssel?«, war meine letzte, entscheidende Frage und ich schaute zurück zu Mr Reed, der sich vom Türrahmen abgestoßen hatte und nun wieder gerade dastand.

»Wenn Sie hier einziehen, dann nur Sie, Miss Crumb«, sagte er mir genau das, was ich zu hören gehofft hatte und ein Lächeln trat auf meine Lippen.

»Na dann«, meinte ich und nun war ich diejenige mit der beschwingten Stimmung. Ich ging auf den Ausgang zu und Mr Reed machte ein paar Schritte rückwärts, um mir Platz zu machen. »Dann werde ich morgen einziehen.«

18

Das Achtzehnte oder das, in dem ich unerwartet ein Kompliment bekam.

Am Abend teilte meine Tante mir mit, dass Onkel Alfred mit ihr geredet hatte und sie nun auch damit einverstanden war, dass ich sie morgen verlassen würde. Sie bat mich allerdings, mich mindestens zwei Mal in der Woche mit ihr und meiner Mutter zum Mittag zu verabreden und am kommenden Samstag zum Essen vorbeizukommen, um mich im Anschluss für den Ball am Abend von ihr frisieren zu lassen.

Ich sagte ihr zu und erklärte, dass es sowieso meine Absicht gewesen war, den Samstag im Haus meines Onkels zu verbringen und dann gemeinsam mit ihnen zum Festsaal zu fahren.

Meine Tante freute sich überschwänglich darüber, erwähnte aber auch, dass meine Mutter mir immer noch nicht verziehen habe.

Ich zuckte nur mit den Schultern. Damit konnte ich leben. Ich wusste, dass sie sich wieder einkriegen würde. Schließlich war sie meine Mutter und sie liebte mich.

Der Donnerstag kam und meine innere Unruhe nahm zu. Obwohl ich vom Verstand her eigentlich wusste, dass ich dazu fähig war, allein zu wohnen, wollten meine Gefühle es nicht so wirklich wahrhaben und ich war von einer Beklemmung befallen, die sich nicht so leicht abschütteln ließ. Ähnlich wie Lampenfieber, das wohl erst vorbeigehen würde, wenn ich es getan hatte.

Ich ging zur Arbeit, begrüßte einen recht unausgeschlafenen Mr Reed, der das »Guten Morgen« in seinen dicken Schal grummelte, und auch wenn ich diese Geste noch vor einer Woche für überaus unhöflich gehalten hatte, brachte sie mich jetzt zum Grinsen. Ich schüttelte den Kopf über diesen Mann, der nach außen eine besondere Art von Verschrobenheit an den Tag legte und innerlich doch nur ein Mann wie jeder andere war.

Zumal man ihn objektiv betrachtet sogar als sehr gut aussehend bezeichnen konnte. Wenn er weniger gestresst wäre, sein Lächeln auch mal zur Schau tragen und ein klein bisschen charmanter mit jemandem umgehen würde, hätte es mich nicht gewundert, wenn die jungen Mädchen ihm scharenweise hinterhergelaufen wären.

Doch ich glaubte nicht daran, dass er überhaupt dazu fähig war, charmanter zu sein, und auch nicht, dass er diese Entwicklung der Dinge begrüßen würde.

Ich begann wie jeden Morgen mit den Zeitungen und summte leise Kinderlieder vor mich hin, um mich selbst von meiner Angst abzulenken, als ich die Stufen ins Archiv runterging.

Danach tauchte Phillip Tams auf. Die Nase rot, die Mütze zu groß und einen Stapel Zeitungen auf dem Arm.

Als ich den Beutel mit dem Geld aus meiner Tasche zog und ihm zwei Schilling reichte, überkam mich ein kleiner zufriedener Moment von Alltag. Ich hatte mich eingelebt und fühlte mich wohl hier. Und es vertrieb das nervöse Kribbeln aus meinen Fingern, das mir einzureden versuchte, dass ich es alleine nicht schaffen würde, mein Leben zu regeln.

Doch ich war immer noch hier, in dieser Bibliothek. Ich hatte mich durchgebissen, mich angestrengt und es verschaffte mir eine wilde Genugtuung, etwas geleistet zu haben. Aus mir selbst heraus.

Und seltsamerweise hatte ich das Mr Reed zu verdanken. Er hatte mich gescheucht und mich dazu getrieben, alles allein zu bewältigen. Anfangs hatte ich es gehasst, doch jetzt machte es mich stolz.

Ich erinnerte mich daran, dass Henry mir genau das anfangs schon mitgeteilt hatte und sich seine Worte jetzt tatsächlich bewahrheiteten.

Leise klopfte ich an Mr Reeds Bürotür und wartete auf ein Herein, das auch prompt folgte.

Mr Reed wälzte einen prallgefüllten Hefter mit Aufzeichnungen und hob nicht mal den Blick, als ich auf ihn zukam. Sein Gesichtsausdruck war konzentriert, seine dunklen Augenbrauen zusammengezogen, die Brille auf seiner Nase nach unten gerutscht.

»Ihre Post«, teilte ich ihm mit und hielt ihm einen Stapel Briefe hin, den mir gerade ein Bote überreicht hatte.

Er streckte die Hand danach aus, ohne hinzusehen und legte die Briefe dann unbeachtet irgendwo auf einem Stapel mit Papieren ab, um weiter in seinem Hefter zu blättern.

Ich seufzte und nahm die Briefe wieder vom Tisch. Es war mir einfach unmöglich, diesen Mann zu verstehen, der es nicht für nötig hielt, einen Überblick über seine Unterlagen zu behalten. Ich lehnte mich mit der Hüfte an den massiven Schreibtisch und begann, die Umschläge durchzusehen.

Es war gewöhnlicher Schriftverkehr, ein Schreiben, das wesentlich dicker war als die anderen, und ein sehr edel wirkender Umschlag aus teurem Papier mit einem silbernen Siegel auf der Rückseite.

Thomas Reed stand in geschwungenen Buchstaben auf dem schweren Papier. *Einladung zum Festball des Universitätsrates.* Es war seine Einladung zu dem Ball am Samstag, die ihn meines Erachtens viel zu spät erreichte.

Thomas, ließ ich mir den Namen in Gedanken auf der Zunge zergehen und wusste selbst nicht, warum es mir so besonders vorkam, Mr Reeds Vornamen zu kennen.

Es war, als wäre er ganz plötzlich von einem unnahbaren Vorgesetzten zu einem normalen Menschen geworden, nur weil ich diesen Namen nun kannte.

Wieder fragte ich mich, wie Mr Reed sich auf einem Ball wohl machen würde. Ob er dieser strenge, unhöfliche Widerling war oder der begeisterte Visionär, der mit glänzenden Augen über Bücher und Maschinen sprach. Oder aber ein ganz anderer Mr Reed, einer, den ich bisher noch nicht kennengelernt hatte.

Doch wer er auch war, im Moment war er ein unordentlicher Bibliothekar, der in seinem Chaos thronte und mich unverständig dastehen ließ, weil er es nicht für nötig hielt, trotz persönlicher Bitte seines Dekans, sich zu einer Universitätsveranstaltung zu bequemen.

Ich nahm entschlossen den Umschlag zwischen den anderen heraus und legte ihn Mr Reed direkt vor die Nase, mitten auf den Abschnitt, den er gerade las.

»Sie sollten da hingehen«, sagte ich und Mr Reed schob den Brief nur genervt zur Seite, um seine Zeile wiederzufinden.

»Ich halte nichts von Veranstaltungen dieser Art«, informierte er mich und schob sich die Brille wieder an der Nase hoch. Er achtete kaum auf mich, runzelte die Stirn und blätterte in seinen Unterlagen wieder nach hinten, auf der Suche nach etwas Bestimmten.

Doch ich ließ mich nicht so leicht abschütteln. Dort draußen warteten nur unsortierte Bücher auf mich und bisher hatte Mr Reed mich auch noch nicht weggeschickt. »Ich auch nicht«, gab ich zu und zuckte mit den Schultern. »Und doch werde ich dort sein, weil meine Mutter mich dazu nötigt«, behauptete ich und freute mich noch weniger darauf.

Mr Reed fand die Seite, die er gebraucht hatte, und schrieb sich einige Notizen aus den Zeilen auf einen eselsohrigen Schmierzettel. »Meine Mutter hat aber glücklicherweise keine Macht mehr über mich«, teilte er mir ungerührt mit und es amüsierte mich, dass er trotz seiner konzentrierten Haltung ein Gespräch mit mir zu führen schien.

Mit spitzen Fingern griff ich nach einer Seite, die ich am gestrigen Abend an dieser Ecke seines Schreibtisches abgelegt hatte, und zog sie unter anderen Dokumenten heraus, die Mr Reed einfach darübergestapelt hatte.

»Sie vielleicht nicht. Aber er schon«, eröffnete ich ihm und ließ den Brief vom Dekan der Royal University of London wie auch schon die Einladung zuvor in sein Sichtfeld fallen.

Mr Reed stockte in seiner eifrigen Recherche und starrte einen Moment auf das Papier, von dem ich mir fast sicher war, dass er es noch nicht gelesen hatte, obwohl ich es ihm so offensichtlich hingelegt hatte.

Sein Blick flog über die Zeilen und er schnaubte. »Jetzt lesen Sie auch schon meine Post?«, war das Einzige, was er feststellte, und schob auch diesen Brief einfach zur Seite.

»Wenn Sie es nicht tun«, erwiderte ich recht patzig. Mr Reed schüttelte den Kopf über mich, während er in seinem Hefter wieder nach vorn blätterte.

»Irgendwann werden Sie bei Ihren neugierigen Schnüffeleien mal auf etwas stoßen, von dem Sie sich wünschen werden, es besser nicht gesehen zu haben«, prophezeite er mir grummelnd und nun musste ich plötzlich grinsen, denn das hatte man mir tatsächlich schon öfter gesagt.

»Möglicherweise«, gab ich zu, legte die anderen Briefe wieder hin und stieß mich vom Tischrand ab, um wieder ganz auf meinen Füßen zu stehen. Diese Drohung war so lächerlich, dass ich mich darüber nur lustig machen konnte. »Und dann werde ich auch ganz brav nach Hause rennen und in mein Kissen heulen«, fügte ich mit gespieltem Ernst hinzu und Mr Reed stoppte mitten in dem Wort, das er sich gerade notierte.

Er zog die Augenbrauen überrascht nach oben und zum ersten Mal, seit ich den Raum betreten hatte, hob sich sein Blick über den Brillenrand und er sah mich direkt an. Seine Augen waren dunkelbraun wie Kastanien. »Der Sarkasmus steht Ihnen«, meinte er und das leichte Schmunzeln in seinem Mundwinkel verriet mir, dass es sich bei dieser Aussage um ein Kompliment handelte.

»Danke«, gab ich verblüfft zurück und erinnerte mich schnell selbst daran, warum ich eigentlich hergekommen war. »Und lesen Sie Ihre Post!«, ermahnte ich ihn, zeigte auf den Stapel und verließ das Büro wieder, während er mir vieldeutig hinterhersah.

19

Das Neunzehnte oder das, in dem Selbstständigkeit schwieriger war als erwartet.

Elisa drehte sich einmal um sich selbst und zuckte dann mit den Schultern. »Ist doch groß genug«, war ihre Meinung zu meinem neuen Zimmer, als Henry gerade durch die offene Tür hereinkam und meinen Truhenkoffer neben dem Bett abstellte.

»Mit Verlaub, Miss Hemmilton, aber groß ist es nicht«, widersprach er ihr, stützte sich mit den Armen auf meiner Truhe ab und sah sich ebenfalls im Raum um. Er hatte seine Jacke ausgezogen und die Ärmel seines Hemdes nach oben gekrempelt wie ein Arbeiter.

Elisa blinzelte ihn kokett an. »Ich sagte auch nicht *groß*, Mr Crumb, sondern nur *groß genug*«, verbesserte sie ihn mit einem frechen Grinsen und Henry schüttelte schmunzelnd den Kopf.

Die beiden hatten sich bereit erklärt, mir bei meinem Umzug behilflich zu sein und ich war erstaunt zu sehen, wie gut sie sich miteinander verstanden. Doch Henry war eigentlich ein so umgänglicher Mensch, dass es mich nicht hätte wundern dürfen.

»Zum Glück hast du deine Bücher nicht alle dabei«, wandte sich Henry spaßhaft an mich, während ich das Kleid, das ich gerade aus einem Koffer zog, in den Wandverschlag hängte.

»Dann müsste ich wohl auf dem Flur schlafen«, kommentierte ich lachend und Elisa lachte mit mir.

»Wo stell ich sie hin?«, fragte mich Henry und zeigte auf die Koffertruhe.

»Vor die Tür«, gab ich zurück und zeigte auf den unscheinbaren Eingang zu Mr Reeds Wohnung. Henry nickte, ging in die Knie und hob das schwere Teil wieder an, damit es nicht den Holzboden zerkratzte.

»Und diese Tür führt wirklich in die Wohnung des Bibliothekars?«, erkundigte sich Elisa, zog sich die Gepäcktasche heran, die ich zuvor auf dem kleinen Schreibtisch abgestellt hatte, öffnete sie und begann, die wenigen Bücher, die ich hier in London bereits zusammengesammelt hatte, ins Regal gegenüber zu stellen.

»Ja, aber sie ist abgeschlossen«, versicherte ich ihr, obwohl ich die leise Ahnung hatte, dass sie nicht die gleichen Sorgen hegte wie andere Menschen. Mit den Händen strich ich den Wollstoff meiner Röcke glatt und holte dann das nächste Kleidungsstück hervor.

»Aber du hast einen Schlüssel«, meinte sie und sah mich über die Schulter hinweg verwegen an.

Genau wie ich es erwartet hatte. »Wieder ja, und doch ändert es nichts, da ich diese Tür nicht öffnen und die dahinterliegende Wohnung niemals betreten werde!«, sagte ich in ermahnendem Ton und Elisa lachte wieder wie ein ungezogenes Kind.

»Das ist ja so langweilig«, rief sie gespielt theatralisch und amüsierte sich köstlich über Henrys skeptischen Gesichtsausdruck, ehe sie sich wieder meinen Büchern widmete, von denen sie immer erst den Titel las, bevor sie es zu den anderen ins Regal stellte.

Henry berührte mich am Arm. »Ist alles oben?«, erkundigte er sich und ich sah mich schnell um. Zwei Kleidertruhen, drei Gepäcktaschen, ein Sessel. Es schien alles da zu sein.

»Ja«, bestätigte ich und Henry nickte.

»Dann werde ich jetzt gehen. Ich habe noch eine Verabredung«, informierte er mich und ich sah, wie seine Wangen flüchtig zu glühen begannen. Er würde sich mit Rachel treffen, so viel stand fest.

»Danke für deine Hilfe«, sagte ich und umarmte ihn kurz. Er drückte mich ebenfalls, rollte sich dann die Ärmel seines Hemdes wieder herunter und zog Jacke und Mantel darüber. »Und Ani«, sprach er mich noch an und ich hob den Blick von den Blusen in meinem Koffer. »Bleib langweilig«, bat er mich. Ich lächelte über seine völlig unbegründete Sorge.

»Natürlich. Du kennst mich«, versicherte ich ihm, er lächelte zurück und trat dann an die Tür.

»Und auf Wiedersehen, Miss Hemmilton«, verabschiedete er sich von Elisa, diese knickste als Antwort sogar galant in seine Richtung.

»Das Vergnügen war ganz meinerseits«, antwortete sie ihm lachend und Henry setzte sich seinen Zylinder auf den Kopf.

Er schloss die Tür hinter sich und ließ uns alleine.

Elisa hielt in ihrer Tätigkeit inne, wartete, bis sie Henrys schnelle Schritte auf der Treppe hörte, und drehte sich dann zu mir. »Dein Bruder ist wirklich ein toller Mann«, schwärmte sie und legte sich dabei eine Hand auf die Brust.

»Und er hat sein Herz bereits einer anderen geschenkt«, fügte ich hinzu, damit sie sich den Gedanken gleich aus dem Kopf schlug, und blieb mit meiner Aussage doch unbestimmt genug, dass ich keinen inneren Konflikt wegen Henrys Geheimnis bekam.

»Oh, wie bedauerlich«, äußerte Elisa mürrisch und klang trotzdem nicht wirklich enttäuscht oder so, als hätte sie sich Hoffnungen gemacht. Sie sagte einfach nur, was sie dachte, ungeschont und der Etikette zum Trotz.

Sie zog die beiden Manuskripte über den jüdischen Glauben aus der Tasche, betrachtete sie kurz mit hochgezogener Augenbraue und stellte sie dann unkommentiert zu den anderen Büchern aufs Regalbrett. »Glaubst du, du wirst ihm nun öfter begegnen?«, fragte sie mich, als ich nach einem Stapel heller Blusen griff.

»Henry?«, erkundigte ich mich verwirrt und Elisa schüttelte den Kopf.

»Nein, Mr Reed«, gab sie mir zu verstehen und ich zuckte mit den Schultern.

»Das weiß ich nicht. Doch ich vermute eher nicht.« Wie sollte man auch einem Mann begegnen, der schon auf seinem Arbeitsplatz kaum aus seinem Büro oder mit der Nase aus seinen Büchern kam. Und ich war nicht besser.

»Zu schade«, seufzte Elisa und ich sah sie überrascht an.

»Wieso das denn?«

»Ach, weißt du«, begann sie und das verspielte Glitzern tauchte wieder in ihren Augen auf. »Ich hab schon so viel über ihn gehört und bin ihm doch nie begegnet«, erzählte sie und lehnte sich mit dem Hintern gegen meinen Schreibtisch. »Meine Gönnerin hasst ihn wie die Pest und schimpft so schlimm über ihn, dass ich mir sicher bin, dass sie bereits über beide Ohren in ihn verliebt ist!«

Das überraschte mich wirklich. »Deine Gönnerin und Mr Reed kennen sich?«, erkundigte ich mich und Elisas Lippen lächelten dieses verschmitzte Grinsen, das deutlich machte, wie wenig ernst sie die Welt nahm.

»Flüchtig. Sie arbeitet im Rechtswesen meiner Universität und die beiden haben gelegentlich miteinander zu tun«, erklärte sie und wedelte mit ihrer schmalen Hand herum.

»Ich kann mir nicht vorstellen, wie man sich in Mr Reed verlieben könnte«, rief ich schon beinahe bestürzt und hängte das letzte Kleidungsstück in den Verschlag in der Wand, der schon jetzt viel zu voll aussah. Die andere Truhe würde ich wohl nur öffnen, wenn ich eines der Kleider daraus auch wirklich benötigte.

»Sag das nicht zu laut«, ermahnte mich Elisa kichernd. »Er kann sicher an der Tür lauschen.«

Ich schreckte bei diesem Gedanken so zusammen, dass ich ebenfalls zu kichern begann und wir beide lachten mädchenhaft.

Es tat gut zu lachen, denn ich fühlte mich sehr befangen, seitdem ich aus dem Haus meines Onkels getreten war und meine Mutter mich an sich gedrückt hatte wie zu einem Abschied. Ich hatte ihr versichert, dass wir uns sehr häufig sehen würden und sie hatte sich selbst damit beruhigt, dass wir sowieso nur noch zwei Wochen bleiben würden und dann nach Hause zurückkehrten.

Daran wollte ich gerade überhaupt nicht denken.

Elisa lieh sich von mir *Jackson Throug's Reise nach Indien* und ging, als die Dunkelheit langsam schwarz wurde. Obwohl ich Bedenken über die vorangeschrittene Stunde äußerte, winkte sie nur ab und versicherte mir, dass sie schon zu ganz anderen Uhrzeiten in der Stadt unterwegs gewesen war. In London City könnte einem nichts passieren, behauptete sie. Schließlich war das hier nicht Whitechapel.

Als sie weg war, spürte ich erst, wie sehr sie mein neues Zimmer mit Leben gefüllt hatte, und obgleich ich meine Zeit immer gerne allein auf dem Dachboden verbracht hatte, fühlte ich mich nun doch ein wenig bedrückt.

Jetzt war ich wirklich allein.

Ich legte ein Holzscheit in meinem Ofen nach und ging dann über den Flur ins Badezimmer am Ende des Ganges, um mir einen Kessel mit Wasser zu füllen.

Das Badezimmer war ebenfalls klein, aber ausreichend. Zu dem mit blauen Blumenkacheln gefliesten Raum gehörte ein breites Waschbecken, ein an den Rändern bereits angelaufener Spiegel, ein Wasserklosett und eine Messingwanne mit Löwenfüßen, die sich sogar schon mit fließend heißem Wasser befüllen ließ. Natürlich besaßen wir so was zu Hause schon lange, doch ich hatte es nicht unbedingt in einem Personalgebäude erwartet.

Es musste wohl daran liegen, dass wir in London waren. Hier war man der Zeit oft einen Schritt voraus und ich konnte das nur begrüßen.

Ich kochte mir einen Tee, setzte mich in meinen Sessel, der in perfekter Entfernung zum Ofen stand, und zog aus dem Regal neben mir das Buch über die Kolonien in Afrika heraus, das ich mir von meinem Onkel geliehen hatte.

Ich suchte die Seite, an der ich das letzte Mal aufgehört hatte, und begann zu lesen. Doch obwohl ich wusste, dass mich niemand dabei stören würde, schaffte ich es nicht so recht, in der Erzählung unterzugehen.

Das Holz im Ofen knackte, als es vom Feuer langsam verzehrt wurde, der Wind draußen ließ die Scheiben gelegentlich leise klirren und als es auf der anderen Seite der Wand leicht rumpelte, schreckte ich sogar zusammen.

Mr Reed war also nach Hause gekommen. Wir würden uns möglicherweise in diesem Gebäude nie über den Weg laufen und doch wusste ich nun solche Dinge von ihm. Welch ein seltsamer Gedanke. Ich würde wissen, wann er ging und wann er kam. Vielleicht sogar, wann er Besuch hatte.

Auch wenn ich ein wenig daran zweifelte, dass dieser Mann überhaupt Besuch bekam. Schließlich gab er sich nicht besonders gesellig und wenn ich von seinem Büro auf seine Wohnung schließen konnte, dann würde man in solch einem absoluten Chaos sicher auch keine Gäste empfangen.

Ich versuchte, nicht mehr auf die Geräusche auf der anderen Seite der Wand zu achten, las noch ein Kapitel und entschloss mich dann, schlafen zu gehen.

Das restliche, jetzt nur noch leicht warme Wasser aus meinem Kessel benutzte ich, um mich zu waschen und zog mich dann um. Es fühlte sich alles sehr seltsam an, nicht wie zu Hause und als ob die nahen Wände einen beobachteten. Das Zimmer wirkte zwar recht gemütlich mit all meinen Sachen darin, doch mit dem Herzen war ich noch nicht ganz angekommen und es kostete mich eine gewisse Überwindung, mich in das schmale Bett zu legen und schlussendlich auch die Lampe zu löschen.

Die Dunkelheit senkte sich über mich und das befremdliche Gefühl nahm zu. Allein das Knistern des Feuers im Inneren des kleinen Ofens war ein vertrautes Geräusch und ich versuchte zu ignorieren, dass mein Bettzeug nicht so roch, wie ich es gewohnt war.

Ich brauchte eine gefühlte Ewigkeit, um einzuschlafen, was nicht zuletzt daran lag, dass Mr Reed scheinbar überhaupt nicht zu Bett ging und immer wieder durch seine Wohnung spazierte, wobei der Dielenboden knarzte.

Als mein Wecker klingelte, war ich unausgeschlafen, hatte Kopfschmerzen und mein Rücken fühlte sich an, als hätte ich die ganze Nacht auf dem Boden gelegen. Ich stellte das nervtötend klingelnde Gerät ab und fragte mich ernsthaft, warum um alles in der Welt ich auf die Idee gekommen war, das Haus meines Onkels zu verlassen, um mir die Nacht auf diese Weise um die Ohren zu schlagen.

Nur das Knurren meines Magens trieb mich aus dem Bett und ich schlug schwer seufzend die warmen Decken auf. Meine Füße berührten den kalten Holzboden und mein Körper wurde von einer äußerst unangenehmen Gänsehaut überzogen.

Ganz dringend würde ich mir entweder Pantoffeln oder einen Teppich besorgen müssen. So viel stand fest.

Ich zog warme Strümpfe über, nahm mir ein Handtuch aus dem Verschlag und öffnete meine Tür einen Spaltbreit. Draußen im Flur war es noch viel kälter als erwartet und endlich wusste ich, wofür gewöhnliche Menschen einen Morgenmantel benötigten. Nicht jeder konnte sich den Luxus leisten, das gesamte Haus zu heizen.

Da niemand auf dem Gang war, huschte ich zitternd ins Badezimmer und unterzog mich einer Katzenwäsche. Das Wasser war so heiß, dass man sich beinahe verbrannte, während der Rest meines Körpers so sehr fror, dass ich nicht wusste, was mehr wehtat, das Wasser oder die Kälte.

Zurück in meinem Zimmer fühlte ich mich so schrecklich, dass ich mich erst einmal wieder ins Bett legte, um mich aufzuwärmen.

So hatte ich mir das alles nicht vorgestellt und ich drückte frustriert mein Gesicht ins Kissen. Ich wollte mich unabhängig, frei und stark fühlen. Und nicht ernüchtert, entkräftet und verfroren.

Doch vielleicht würde es bald besser werden, redete ich mir selbst gut zu. Meine ersten Tage in der Bibliothek waren auch alles andere als erfreulich gewesen und jetzt fühlte ich mich dort sehr wohl.

Das gab mir Kraft, meinen Kopf wieder vom Kissen zu lösen, und ich schwang ein weiteres Mal meine Füße aus dem warmen Bett. Schnell zog ich mich an, kämmte mir die Haare und steckte sie auf einfache Weise am Hinterkopf hoch. Für komplizierte Frisuren fehlte mir die Lust und ich ergänzte meine schlichte Aufmachung durch die Perlohrringe meiner Tante, die sie mir mit einem warmen Lächeln mitgegeben hatte.

Ich vermisste sie und ihren Frohsinn am Morgen. Und wenn ich ganz ehrlich war, vermisste ich auch meine Mutter, die mich immer antrieb, das Beste aus mir herauszuholen. Heute hatte ich das sicher nicht getan und gab mich mit einem mittelmäßigen Ergebnis zufrieden. Meine Mutter wäre nicht zufrieden gewesen und das zauberte nun doch ein Lächeln auf meine Lippen.

Zuletzt zog ich mir noch Schuhe an, wickelte mich in meinen Mantel und begann dann meinen Treppenabstieg, hinunter in den Speisesaal.

Es war weniger ein Saal als ein gemütlicher Raum, der an ein altes Wirtshaus erinnerte und einen großen gekachelten Ofen besaß, der das Zimmer auf eine sehr angenehme Temperatur geheizt hatte.

Ich zog mir den Mantel wieder aus und hängte ihn an einen Haken an der Wand, ehe ich von Mrs Christy entdeckt wurde.

Am gestrigen Tag hatte ich sie nur flüchtig gesehen und ihr einen guten Tag gewünscht, nachdem wir uns auf die Schnelle miteinander bekannt gemacht hatten. Sie war eine kleine, leicht untersetzte Frau mit weichen Gesichtszügen und der Güte einer Großmutter in den Augen.

»Miss Crumb, Sie sind früh auf«, empfing Mrs Christy mich und wies mir einen Platz auf der Bank nahe dem Ofen, damit ich mich setzte.

»Ich brauche viel Zeit zum Frühstücken«, antwortete ich als Erklärung und Mrs Christy lachte heiter.

»Wie erfreulich«, gab sie beschwingt zurück und zählte mir all die Köstlichkeiten auf, die sie an diesem Morgen schon zubereitet hatte und aus denen ich einfach wählen konnte.

Als nur kurze Zeit später ein prall gefüllter Teller vor mir stand, konnte ich mich nicht entscheiden, ob ich zuerst das Aprikosenkompott, das Ei, den Speck, das frisch gebackene Brot oder doch lieber das Porridge versuchen sollte.

Ich begann mit dem Kompott und wusste, dass mein Tag gerettet war. Das Essen war köstlich und Mrs Christy ein Geschenk des Himmels, das sich meiner armseligen Erscheinung erbarmte. Die gute Frau stellte mir noch eine große Tasse Tee und ein Kännchen Milch an den Platz und ich wäre ihr gern überglücklich um den Hals gefallen. Doch leider fehlte mir dafür immer noch die Kraft.

»Sie gefallen mir, Miss Crumb«, sagte Mrs Christy, als ich den halben Teller bereits geleert hatte und gespannt zu ihr hochsah. »Sie haben einen gesunden Appetit«, erklärte sie und Fältchen bildeten sich um ihre Augen. »Nicht so wie Mr Reed. Wenn ich ihm nicht ab und zu etwas nach oben bringen würde, dann wäre der Mann sicher schon verhungert«, beschwerte sie sich und begrüßte dann einen Herrn, der gerade den Speisesaal betrat und der mir von ihr als Mr Hainz vorgestellt wurde.

Mr Hainz war wissenschaftlicher Gehilfe einer der Professoren der Royal University, der recht wortkarg schien und nur einen schwarzen Kaffee trank, wie es für den Pöbel üblich war.

Als ich fertig gegessen hatte, mein Magen sich angenehm spannte und ich Mrs Christy für das Essen dankte, kamen noch drei andere Herren zum Frühstück in den Saal. Ich verabschiedete mich schnell, nahm meinen Mantel und ersparte mir so, mir am Morgen schon so viele Namen merken zu müssen.

Die Luft draußen war eisig, doch der Kachelofen hatte mich so gut aufgeheizt, dass die Kälte auf dem Gesicht richtig wohltuend war.

Ich hatte es nicht eilig, da ich zu früh aufgebrochen war, und nahm mir einen Moment, um den Weg vor dem Gebäude und den Teil des Universitätsparks im Licht der langsam aufgehenden Sonne zu betrachten. Es war nicht die schönste Ecke des Campus, aber als die Sonne warm orange vom wolkenlosen Himmel strahlte, wirkte es wie der beste Ort, an dem man sein konnte.

Das Wetter in London war wirklich unberechenbar. Ständig verhangen und neblig, regnerisch und stürmisch, und dann gab es noch diese seltenen Momente, an denen die Sonne durchbrach und die Stadt zur schönsten der Welt machte.

»Guten Morgen, Miss Crumb«, begrüßte mich eine Stimme und ich schaffte es, den Schreck in meinem Innern zu verstecken.

»Guten Morgen, Mr Reed«, grüßte ich zurück und drehte ihm das Gesicht zu. Er trat neben mich, während er sich die Handschuhe überzog und sich den Schal zurechtrückte, und ich betrachtete ihn im morgendlichen Sonnenschein.

Er sah müde aus, was mich jetzt nicht mehr wunderte, da ich wusste, dass er kaum schlief und auch nicht frühstückte. Und doch hatten seine Züge eine unerwartete Kraft an sich.

In meinen Gedanken verglich ich ihn mit den Großen der Geschichte, von denen ich schon so viel gelesen hatte. Den Feldherren, Erfindern und Visionären aus den Büchern, die auch diesen Blick gehabt haben mussten.

Zumindest stellte ich mir das so vor.

Menschen, die trotz Anstrengung immer nach vorn gesehen hatten. Die zwar nicht wussten, was ihr Leben ihnen bringen würde, aber dennoch zu allem bereit waren.

Ich beschloss, mir ein Beispiel daran zu nehmen. Auch ich durfte mich nicht unterkriegen lassen, der vergangenen Nacht zum Trotz. Denn auch ich würde standhaft bleiben, um meinen Weg zu gehen.

20

Das Zwanzigste oder das, in dem ich der Vorfreude erlag.

Der Freitagvormittag verging wie im Flug und auch wenn meine Mutter mir immer noch nicht ganz vergeben hatte, war das Mittagessen mit ihr und meiner Tante nicht unangenehm.

Ich berichtete ihnen von meiner neuen Wohnlage. Meine Mutter konnte zwar gelegentlich ihren schockierten Gesichtsausdruck nicht verbergen, doch es schmeichelte ihr, als ich beichtete, dass ich es bei ihr immer leichter hatte und dies keine Situation war, der ich auf Dauer ausgesetzt bleiben wollte.

Nur das unglaublich gute Frühstück ließ ich unerwähnt, um der heiteren Stimmung meiner Mutter keinen Dämpfer zu verpassen. Sie versicherte mir großzügig, dass auch solche Erfahrungen zum Leben gehörten, obwohl ich genau wusste, dass, wenn es nach ihr gegangen wäre, wir alle noch gelangweilt in unserem Landstädtchen säßen. Doch ich sagte auch das nicht, lächelte nur und ließ mir von ihr die Hände tätscheln.

Am Nachmittag war Mr Reed wieder verschwunden und ich platzte mittlerweile beinahe vor Neugierde. Es musste einfach einen Weg geben, wie ich herausfinden konnte, wohin er ging. Oder etwa nicht?

Ihm nachschleichen konnte ich schlecht. Aber vielleicht würde sich jemand anderes finden, der ihm unauffälliger zu folgen vermochte als ich.

Etwa gegen drei Uhr hatte ich nichts mehr zu tun. Es gab keine Bücher zu sortieren, nichts zu etikettieren und auch keine anderen

Dinge, die durchgesehen werden mussten. Mr Reeds Büro war wieder in tadellosem Zustand, seine Briefe geöffnet und vorsortiert nach der Wichtigkeit, in der sie zu bearbeiten waren. Die Einladung für den Ball hatte ich auf seinem Schreibtisch aufgestellt, sodass er sie immer sehen würde, wenn er nach seinem Füllfederhalter griff.

Ich streifte gelangweilt durch die verschiedenen Buchabteilungen, ging sogar in die Ecken, in denen sich nie jemand aufhielt, und stellte immer mal wieder ein Buch an seinen richtigen Platz, falls mir ein unpassendes ins Auge fiel.

Ohne Mr Reed hatte ich nichts Neues zu tun und ich war überrascht, dass es diesen Zustand wirklich geben konnte. Zu Beginn hatte ich geglaubt, die Arbeit würde nie enden und jetzt stand ich hier und alles war getan.

Meine Finger schlossen sich um ein eher neueres Buchexemplar und zogen es heraus, weil ein Geschichtsband nichts zwischen politischen Diskussionen zu suchen hatte.

Kurdisch-Osmanische Kriege war der Titel dieses Werkes und ich hob interessiert eine Augenbraue. Über das osmanische Reich hatte ich bisher wirklich noch nicht viel gelesen. Und schließlich wartete im Moment ja nichts auf mich.

Es gab viele kleine Studiertischchen oben auf dem Rundgang, die nie genutzt wurden, weil die Tischfläche für den gewöhnlichen Studenten einfach zu klein geraten war. Doch die dazugehörigen Sessel waren äußerst bequem und ich setzte mich so, dass ich zwar nicht von jedem gesehen wurde, aber einen guten Blick durch die Torbögen auf das Foyer hatte, falls Cody mich für irgendetwas brauchen sollte.

Ich legte das Buch auf dem Tisch ab, setzte mich in den Sessel und ein kribbeliges Gefühl von Vorfreude erfasste mich. Das hatte ich schon lange nicht mehr gespürt. Es war die Erwartung an ein Buch, das zu dick war, um es am Stück zu lesen, über ein Thema, in dem ich fast gar nicht bewandert war. Ich schlug die erste Seite auf.

Erst als ein Schatten auf mich fiel, schreckte ich aus der Auseinandersetzung zwischen den Osmanen und den Safawiden wieder hervor. Ich fühlte mich schwummrig, mein Rücken tat weh und ich hatte keine Ahnung, wie viel Zeit vergangen war.

Cody stand vor mir, presste die Lippen aufeinander und zeigte nach unten.

Ich hob den Kopf und brauchte einen Moment, um zu begreifen, was er mir sagen wollte. Unten im Foyer stand meine Mutter. Sie war zum Glück still, aber erfreut sah sie nicht aus. Mein zweiter Blick galt der Uhr und als hätte ich mich verbrannt, fuhr ich schockiert von meinem Sessel hoch.

Es war bereits halb sechs. Ich hätte vor einer halben Stunde Schluss gehabt und meine Tante und meine Mutter hatten auf mich beim Schneider gewartet.

»Danke, Cody«, wandte ich mich schnell an den jungen Mann, der immer noch an meinem Tisch stand und etwas verwirrt aussah. »Ich hab die Zeit vergessen«, klärte ich ihn auf und lächelte, damit er wusste, dass alles in Ordnung war.

»Lassen Sie das bitte für mich liegen«, wies ich ihn an, während ich aus meiner Nische kam, und deutete flüchtig auf das Geschichtsbuch. »Ich werde jetzt gehen und ich wünsche Ihnen einen guten Abend«, verabschiedete ich mich eilig und sah noch, wie Cody lächelnd den Kopf über mich schüttelte.

Ich fragte mich, ob er eigentlich mit anderen Leuten sprach. War er gänzlich stumm oder lag es an mir?

Ich lief in den kleinen Aufenthaltsraum, schlüpfte eilig in meinen Mantel und kam die Treppen heruntergeeilt, ehe ich auch nur einen Knopf geschlossen hatte.

»Es tut mir schrecklich leid«, entschuldigte ich mich sofort und meine Mutter blickte mich finster an.

»Wir haben die Kleider ohne dich abgeholt«, entgegnete sie streng, während sie mich musterte. Dann nahm sie mir den Hut aus der Hand und setzte ihn auf meinen Kopf. »Schließ deinen Mantel, wir müssen los!«, befahl sie mir und ich tat wie geheißen, während wir zum Ausgang liefen. »Worum hat es sich gehandelt?«, fragte sie mich, als wir die zwei Stufen runter auf den Weg traten.

»Wie bitte?«, hakte ich nach, weil ich nicht wusste, worauf sie hinauswollte und an ihrem gelassenen Tonfall auch nicht festmachen konnte, ob sie immer noch über mich verärgert war.

»In dem Buch, Animant. Du hast uns doch sicher nicht wegen der Arbeit versetzt. Ich kenne dich; wenn du heillos die Zeit vergisst, dann nur wegen eines Buches!«, eröffnete sie mir.

»Osmanische Kriege«, gab ich zur Antwort. Sie schnaubte nur. Doch auf ihren Lippen konnte ich ein Lächeln ausmachen.

»Wie kannst du so etwas nur lesen? Ist das nicht staubtrockene Lektüre?«, rief sie in übertriebenem Ton und hakte sich bei mir unter.

Ich lachte und es überraschte mich, dass ich mich heute in der Gegenwart meiner Mutter so wohlfühlte.

Dass ich die Nacht woanders verbracht hatte, war ein Umbruch gewesen. Das Ende einer Ära und der Auftakt zu einer neuen. Und obwohl ich nicht gewusst hatte, dass ich es für wichtig halten könnte, hoffte ich, dass meine Mutter und ich in Zukunft eine bessere Beziehung pflegen würden, als wir sie bisher gehabt hatten.

Vielleicht hatte ich gehen müssen, um mir das einzugestehen. Denn jetzt war ich nicht mehr gezwungen, ihrer Rede zu gehorchen. Ich war frei von dem Zwang, ihre Ideen von mir zu weisen, und konnte jetzt damit beginnen, ihr zuzuhören.

Das Kleid meiner Tante war wirklich traumhaft schön und auch das meiner Mutter, dass sie sich auf die Schnelle hatte anfertigen lassen, stand diesem wirklich nur eine Winzigkeit nach.

Meins jedoch übertraf sie beide und selbst meine Mutter war entzückt darüber, wie gut ein schlichtes Hellbraun sich bei Kerzenschein doch machen konnte.

»Du wirst schimmern wie goldenes Geschmeide«, schwärmte sie verzückt. Und dann kam ihr eine Idee. »Wir könnten ihr Perlen in die Haare stecken«, schlug sie Tante Lillian vor und diese ließ sich prompt von der Hochstimmung mitreißen.

»Oder kleine goldene Sterne«, ergänzte sie gleich und die beiden kicherten wie junge Dinger.

Ich würde sie gewähren lassen. Denn die Vorfreude in meinem Bauch war um ein Vielfaches stärker als die, die ich bei dem Geschichtsbuch empfunden hatte, und ich wusste, dass ich mich noch nie so sehr auf einen Abend gefreut hatte wie auf den morgigen.

Pomp und große Festivitäten hatte ich noch nie als erstrebenswert erachtet. Ich hatte Bücher der Gesellschaft von Menschen immer vorgezogen. Aber heute Abend in Anbetracht des Kleides, das ich morgen tragen würde, malte ich mir aus, wie ich neben Mr Boyle stand. Er würde lachen und mich mit seinen honigfarbenen Augen betrachten, ein edles Glas Sekt in der Hand, und das Licht eines wunderschönen Kronleuchters, der Hunderte kleine Funkeln auf meinen Rock zauberte.

Vergessen war das osmanische Reich und die Bibliothek und all die Unannehmlichkeiten der letzten Nacht.

Morgen würde ich mir gestatten zu träumen.

Die Nacht von Freitag auf Samstag war wesentlich besser als die erste. Meine Gedanken waren so beschäftigt mit dem Ball, dass ich die Befremdlichkeit der Umgebung kaum wahrnahm. Auch von Mr Reed hörte ich nichts, las noch einen meiner Romane fertig und ging dann früh zu Bett, um das Schlafdefizit der letzten Nacht ein wenig auszugleichen.

Am nächsten Morgen fühlte ich mich zwar wieder steif und verfroren, aber die Aussicht auf ein gutes Frühstück heiterte mich auf.

Mrs Christy begrüßte mich herzlich und schob mir den Tee an den Platz, noch bevor ich mich setzen konnte, beinahe so, als hätte sie bereits auf mich gewartet.

Ich informierte sie darüber, dass ich am Sonntagmorgen nicht im Haus sein würde, da ich nach dem Ball die Nacht im Hause meines Onkels verbrachte, und Mrs Christy wünschte mir einen bezaubernden Abend.

Und den erhoffte ich mir ebenfalls.

Ich traf Mr Reed, als ich aus dem Speisesaal trat. Er kam gerade die Stufen nach unten und schloss noch die letzten Knöpfe seines Mantels. Dann zog er den Schal zurecht und schob die Enden unter das Revers. Ich wollte ihn gerade begrüßen, da hob er den Blick und ich stockte. Irgendetwas war anders als sonst.

»Guten Morgen, Miss Crumb«, kam Mr Reed mir zuvor und ich musste zweimal hinsehen, ehe ich festmachen konnte, was mich an seiner Erscheinung so sehr irritierte.

Erstaunlicherweise sah er nicht müde aus. Seine Augen hatten nicht die starken, dunklen Schatten darunter und auch sein Haar war ordentlich gekämmt. Die gerade Haltung, die eine seiner Eigenarten war, unterstützte die Stattlichkeit seines Auftretens. Es war wirklich bemerkenswert, was solche Kleinigkeiten ausmachen konnten.

»Guten Morgen, Mr Reed«, erwiderte ich immer noch überrascht, doch seine Aufmerksamkeit gehörte schon längst nicht mehr mir. Er zupfte noch einmal an seinem Schal, schob mit der anderen Hand die schwere Eingangstür auf und trat raus auf die morgendliche Straße, ehe ich überhaupt zurückgegrüßt hatte. Ich schloss zu ihm auf und wir gingen gemeinsam den Weg bis zur Bibliothek. Wir sprachen nicht, und auch wenn mir das sonst natürlich vorgekommen war, fühlte es sich heute ein wenig bedrückend an.

Es schien heute noch weitere Veränderungen gegeben zu haben als nur Mr Reeds gepflegtes Auftreten, doch ich kam nicht dahinter.

In der Bibliothek ging ich erst einmal meinen morgendlichen Aufgaben nach und wurde dann von Mr Reed beauftragt, etwa zwei Dutzend Bücher zu den verschiedensten Themen zusammenzutragen, wobei mir die Suchmaschine sehr hilfreich sein würde, zu der ich aber seit meinem überaus peinlichen Missgeschick einen gewissen Abstand gehalten hatte.

Schon währenddessen brachte ein Bote eine große Holzkiste, die, wie ich feststellte, voller neuer Bücher war. Alles Exemplare, die beim Überseekoffer-Dilemma zu Schaden gekommen waren und die wir neu bestellen mussten.

Über Langeweile ließ sich heute also nicht klagen und das war auch gut so, denn heute hätte mich auch kein Geschichtsbuch von meinen aufgeregten Überlegungen zum abendlichen Ball abgelenkt. Nur Mr Reeds befehlender Ton und sein Bestreben, jede Sekunde meines Arbeitstages produktiv zu füllen, ließen mich am Boden der Tatsachen bleiben. Ich wusste nicht, ob ich ihm dafür dankbar sein sollte oder mich ärgern musste, meinen Schwärmereien nicht nachhängen zu können.

Ungeduldig zählte ich die Minuten bis halb zwölf; als es endlich so weit war, ließ ich auf die Sekunde alles stehen und liegen und lief, um meinen Mantel zu holen.

»Guten Tag, Mr Reed«, verabschiedete ich ihn im Vorbeigehen und lächelte viel zu überschwänglich. Mr Reed schob kritisch seine Brille auf der Nase hoch. »Ich sehe Sie heute Abend auf dem Ball«, behauptete ich frei heraus, um ihn noch einmal an seine Verpflichtungen zu erinnern, und sah noch, wie er lediglich skeptisch die Augenbrauen hob. Ich ließ ihm keine Zeit zu antworten, nahm bereits die ersten Stufen nach unten und eilte dann durch den Lesesaal hinaus ins Foyer.

»Guten Tag, Miss Crumb«, rief Oscar mir hinterher und ich lachte ihm nur zu, öffnete die Tür der Bibliothek und wurde von einem starken Wind begrüßt.

Bemüht, meinen Hut festzuhalten, damit er nicht davongeweht wurde, kicherte ich in mich hinein, obwohl ich überhaupt keinen Grund dazu hatte.

Ich spürte, dass heute Abend ein besonderer Abend sein würde. Ein Abend, an dem sich ein ganzes Leben verändern konnte.

Und ich war bereit dafür.

21

Das Einundzwanzigste oder das, in dem die Lichter erstrahlten

Mein Bauch kribbelte vor Aufregung, als ich die Hand eines Bediensteten erfasste, der mir aus der Kutsche half. Und obwohl ich vorgehabt hatte, dem frierenden Mann ein leises Dankeschön auszusprechen, zerfiel es in meinem Kopf, als ich den Blick hob und die prachtvolle Fassade des Gebäudes sah.

Mir blieb der Mund offen stehen vor Staunen und ich hätte mir nie träumen lassen, dass ein Ort so märchenhaft erscheinen könnte.

Eine breite spanische Steintreppe führte hinauf zu dem Säulengang, hinter dem sich ein prachtvolles hölzernes Tor verbarg. Die hohen Fenster an der Seite des Gebäudes waren hell erleuchtet. Alles wirkte noch viel wundersamer, da es an diesem Nachmittag angefangen hatte zu schneien.

Der Weg war mit kleinen Laternen erleuchtet, die den Frost zum Glitzern brachten und mein Herz begann, noch schneller zu schlagen.

»Komm, Animant, sonst frieren wir uns noch die Nasen ab«, rief meine Mutter mir zu, die schon den halben Weg die Treppen hinauf war, und holte mich damit wieder in die Wirklichkeit zurück. Ich atmete tief die eiskalte Luft ein und versuchte ein klein wenig von dem Gefühl zu bewahren, ehe ich mich in Bewegung setzte und zu meiner Mutter aufschloss.

Auch der Säulengang war mit wunderschön geschwungenen Kerzenleuchtern erhellt und jedes einzelne Licht zauberte Sternenstaub auf den Stoff meines Kleides.

Ich hatte nicht gedacht, dass ich eine romantische Ader besaß, aber gerade jetzt quoll sie aus mir heraus, ließ mich lächeln wie einen Engel und mich fühlen wie eine Prinzessin.

Das Tor wurde geöffnet, als man uns kommen sah, und Musik wehte aus dem Saal heraus wie ein warmer Luftzug, hüllte mich ein und trug uns ins Innere des Gebäudes.

Selbst der Vorraum war schön gestaltet, mit Blumengestecken, einem dicken roten Teppich und dem allgegenwärtigen Kerzenlicht.

Während sich Onkel Alfred an den Mann am Eingang zum Saal wandte, kamen zwei Bedienstete in weißen Roben auf uns zu und nahmen galant unsere Mäntel entgegen. Sie wechselten ein paar schnelle Worte und dann wurde uns Einlass gewährt.

Wenn mich die Fassade des Gebäudes schon fasziniert hatte, dann machte mich der Ballsaal wirklich sprachlos. Ich hielt die Luft an, betrachtete alles mit großen Augen und war mir sicher, am edelsten Ort zu sein, den ich je betreten hatte.

Der Saal war hell und warm. Die Wände und der Boden aus weißem Marmor, Stuck und goldene Verzierungen. Hohe Fenster säumten beide Seiten und von der Decke hingen mehrere Kristallkronleuchter, die den Saal erstrahlen ließen.

»Mr Alfred Crumb. In Begleitung meiner Gattin Lillian, meiner Schwägerin, Mrs Charlotte Crumb, und ihrer Tochter, Miss Animant«, stellte uns Onkel Alfred beim Zeremonienmeister vor, der hinter der Tür wartete und alle Gäste in Empfang nahm. Tante Lillian, Mutter und ich knicksten vor dem klapperdürren Herrn mit barockartiger Lockenperücke und schritten dann weiter in den Saal.

Ein Streichorchester spielte leise im Hintergrund und die vielen Menschen, die bereits anwesend waren, standen in kleinen Grüppchen und unterhielten sich.

Ich hob den Kopf und hielt sofort Ausschau nach Elisa, die mit ihrer Gönnerin zugegen war. Und nach Mr Boyle, der mir durch meinen Onkel mitteilen ließ, dass er sich freue, mich heute endlich wiederzusehen und gewillt war, sich meinen ersten Tanz zu reservieren.

Mit flirrendem Magen und trockenem Mund war die Aufregung kaum auszuhalten.

Mein Onkel trat neben mich, grüßte zwei Herren, die an uns vorbeikamen, und wandte sich dann an mich.

»Deine Mutter und Lillian suchen sich eine Sitzgelegenheit. Möchtest du mich zum Büfett begleiten?«, fragte er und ich konnte das Grinsen hinter seinem dichten Bart sehen.

»Aber natürlich, Onkel«, gab ich freundlich zurück und hakte mich bei ihm unter, als er mir den Arm reichte.

»Ich wusste, dass ich auf deinen Appetit zählen kann. Wenn ich allein dort auftauche, mache ich mich nur wieder zum Gespött der Belegschaft«, erzählte er und ich lachte.

Ich war also sein Alibi, damit er nicht als verfressen verlacht wurde. Doch es war mir eigentlich ganz recht. Ich musste mich auf andere Sachen konzentrieren. Essen beruhigte mich immer und es reizte mich auch, die reichlich gedeckten Tafeln zu bewundern, die kunstvoll am Kopf des Saales aufgestellt waren.

Menschen liefen bereits daran vorbei, nahmen sich Früchte und zartes Blätterteiggebäck, und als ich mir die erste Traube in den Mund schob, ging es mir gleich besser.

Onkel Alfred wurde von einem älteren Herrn angesprochen, dem er mich förmlich vorstellte. Ich lächelte, knickste elegant, ließ meine jugendliche Schönheit bewundern und wurde dann aus dem Gespräch ausgeschlossen, als sie anfingen, über geschäftliche Dinge zu reden.

Ich nahm mir die Zeit, die ganze Umgebung weiter auf mich wirken zu lassen. Früher hatte ich Bälle und allerhand Gesellschaften als Qual empfunden. Doch seit ich in London war, auf interessante Menschen mit offenem Geist traf und nicht mehr den Druck auf mir spürte, den meine Mutter mir gemacht hatte, konnte ich mich recht gut damit arrangieren.

»Ich wusste, dass ich dich am Büfett finde«, wurde ich angesprochen und schüttelte grinsend den Kopf, als ich mich zu Elisa umdrehte, die sich gerade wenig graziös ein ganzes Blätterteigtäschchen auf einmal in den Mund schob.

Ihr Kleid war nachtblau, mit schwarzer Spitze besetzt. Edel, ohne aufzufallen. Die aufwendig gesteckten Haare betonten ihre hohen Wangenknochen und verliehen ihr ein überaus elegantes Aussehen.

»Du siehst wunderschön aus«, sagte ich ihr ganz ehrlich und sie rollte nur mit den Augen. Doch ich konnte sehen, wie sich ihre Wangen leicht rot verfärbten und sie sich aus Verlegenheit noch ein zweites Gebäckstück in den Mund schob.

»Ich hatte noch nie ein so teures Kleid an«, gestand sie mir und ich lächelte ihr aufmunternd zu.

»Außerdem werde ich nie so schön sein wie du«, murmelte sie und pflückte eine Erdbeere von einem Obstgebilde.

Ich lachte nur. Es war einfach zu komisch, wie wir hier zusammenstanden, uns gegenseitig Komplimente machten und doch beide nicht damit umgehen konnten. Auch Elisa begann zu lachen und ich nahm ihre Hand, die sie mir freundschaftlich drückte.

Eine Freundin zu haben, war wirklich schön. Sich gemeinsam über die schönen Dinge zu freuen, machte mehr Spaß als allein.

»Miss Hemmilton, hier sind Sie«, sagte eine Frauenstimme, die mir vage bekannt vorkam, und ich hob den Kopf.

Die Frau im roséfarbenen Kleid sah zuerst Elisa und dann mich an, und ich konnte mich gerade noch zusammenreißen, um nicht verschreckt zusammenzuzucken.

Es war Miss Brandon-Welderson, diese anstrengende Person, die mir letzten Mittwoch in der Bibliothek einen Nerv gekostet hatte. Sie stand da, mit erhobenen Haupt, einer riesigen Haarauftürmung auf dem Kopf, die nicht mal zur Hälfte aus ihrem eigenen Haar bestehen konnte, und versuchte angestrengt, mit Elisa und mir auf Augenhöhe zu gelangen, indem sie den Hals noch länger machte. Ihr Kleid war skandalös eng geschnürt und der fließende Rock streckte sie optisch noch zusätzlich.

»Oh, Miss Brandon-Welderson. Darf ich Ihnen vorstellen? Das ist meine liebe Freundin Animant Crumb«, stellte Elisa uns eilig vor und ich konnte sofort sehen, wie unangenehm es ihr war, dass wir beide aufeinandertrafen. Wieso, würde ich sie wohl später fragen müssen. »Animant, das ist meine großzügige Gönnerin Miss Franzin Brandon-Welderson.« Elisas Lächeln sah gekünstelt aus, was gänzlich unnatürlich für ihr sonst so offenherziges Wesen schien. Sie war in meinen Augen immer jemand gewesen, der sich gab, wie er war, ohne sich über die Meinung anderer Gedanken zu machen. Doch vor ihrer Gönnerin schien sie doch eine gewisse Verpflichtung zu spüren, ihre scharfe Zunge zu zügeln.

Ich konnte sie auch irgendwie verstehen. Wenn es für mich nötig wäre, mich vor einer reichen Frau im besten Licht zu präsentieren, damit sie mir das Leben ermöglichte, das ich erstrebte, hätte ich es sicher nicht anders gemacht.

Und doch wünschte ich mir, dass es eine andere Person wäre. Nicht sie, die mir so lächerlich erschien und die ich nun um Elisas Wohl wenigstens vordergründig ernst zu nehmen hatte. Was wäre ich auch für ein Mensch, wenn ich ihr mit schlechtem Betragen in den Rücken fallen würde, nachdem sie mich als ihre *liebe Freundin* bezeichnet hatte.

»Wir hatten das Vergnügen bereits«, sagte ich mit der Lieblichkeit einer jungen Dame, wie meine Mutter es sich von mir so oft bei den Männern gewünscht hatte. »Guten Abend, Miss Brandon-Welderson. Sie sehen reizend aus«, brachte ich mit einem leichten Lächeln heraus und war selbst schockiert über die Kaltblütigkeit, mit der ich ihr schmeichelte, ohne es zu meinen.

Miss Brandon-Welderson blinzelte überrascht und schien wohl kaum glauben zu können, dass ich ihr so eine Herzlichkeit entgegenbrachte, obwohl unsere letzte Begegnung doch eher angespannter Natur gewesen war. »Miss Crumb, ich erinnere mich«, erwiderte sie und klang leicht verunsichert. »Sie sind in der Bibliothek der Royal University beschäftigt, nicht wahr?«, fragte sie nach, auch wenn ich ihr ansah, dass sie es ganz genau wusste.

»Das ist richtig«, bestätigte ich allerdings, ohne mit der Wimper zu zucken, und bemerkte dann Elisas Blick, die mich fast ungläubig anstarrte. Mir lagen so viele beißende Kommentare auf der Zunge, viele kleine Spitzfindigkeiten, die diese Frau beleidigen könnten, ohne dass sie es mir hinterher vorwerfen könnte. Aber ich schwieg, lächelte weiterhin und klimperte mit den Wimpern.

»Dann können Sie mir doch sicher Auskunft darüber geben, ob wir Mr Reed heute Abend hier erwarten dürfen. Seit Wochen versuche ich ihn in einer dringenden Angelegenheit zu sprechen und finde ihn nie dort vor, wo er angeblich sein sollte«, ereiferte sie sich, gegen Ende wurde ihre Stimme immer schärfer. Sie ärgerte sich wirklich über Mr Reed, und doch schwang da noch eine gewisse Bitterkeit mit, die mir bei unserer letzten Begegnung entgangen war. Ich erinnerte mich, dass Elisa zu mir gesagt hatte, sie sei davon überzeugt, dass ihre Gönnerin so sehr über Mr Reed schimpfte, dass sie schon in ihn verliebt sein müsste. Und jetzt, wo ich es mit eigenen Ohren zu hören bekam, konnte ich mir vorstellen, dass sie damit durchaus recht haben könnte.

»Ich muss Sie leider wieder enttäuschen. Ich habe Mr Reed mehrere Male darauf hingewiesen, dass seine Anwesenheit an einer Veranstaltung der Universität sicher erwünscht ist. Doch er ist ein ausgemachter Sturkopf und hat sich geweigert, mir mitzuteilen, wie er sich letztendlich entschieden hat«, erklärte ich ihr blumig und lächelte entschuldigend.

»Das sieht ihm ähnlich«, murmelte sie nur, spitzte pikiert die Lippen und ließ den Blick schweifen. Sie hob überrascht die Augenbrauen und ihre Mundwinkel zuckten, als sie wohl jemanden in der Menge entdeckte.

»Oh, da ist Professor Buttons. Entschuldigt mich«, warf sie uns nur schnell hin, machte sich nicht einmal die Mühe, uns noch eines weiteren Blickes zu würdigen und trippelte eilig davon.

Ich atmete nur erleichtert auf und begann mich langsam zu entspannen, soweit das in meinem engen Korsett denn möglich war.

Ich wandte mich Elisa zu, die mich immer noch erstaunt beäugte, und seufzte laut. »Jetzt brauch ich erst einmal was zu trinken, um mir all die Schleimereien von der Zunge zu spülen«, sagte ich zu ihr und Elisa lächelte erleichtert.

»Oh Ani, zum Glück! Ich hatte schon fast an deinem Verstand gezweifelt!«, rief sie lauter, als vielleicht gut war, und ich musste lachen. Ich war wohl sehr überzeugend gewesen.

»Keine Sorge. Ich bin ganz bei mir. Doch ich bin schockiert! Miss Brandon-Welderson?! Wie kann es sein, dass du dich unter ihre Knechtschaft begibst?«, erkundigte ich mich, hakte mich einfach bei Elisa unter und zog sie mit mir, den langen Tisch mit den schön verzierten Gläsern entgegen.

»Oh, das ist eine lange Geschichte voller Armut, Verzweiflung, gebrochenem Stolz und einer Flasche voll Rum. Sie ist nun mal reich und ich darf nicht wählerisch sein«, erklärte sie und bestätigte damit meine eigene Vermutung. Ich beneidete Elisa nicht darum. Sie hatte es in ihrem Leben sicher nicht leicht gehabt und ihre Chancen genutzt, egal, wie lächerlich ihre Gönnerin auch sein mochte.

»Aber du erstaunst mich immer wieder aufs Neue«, kam sie wieder auf das eigentliche Thema zurück. »Wüsste ich nicht, dass du mit dem gleichen Freisinn denkst wie ich, ich hätte jedes Wort aus deinem Mund geglaubt. Was für eine Darbietung!«

Ich winkte ab und nahm zwei schmale Gläser. Das eine drückte ich Elisa in die Hand, von dem anderen trank ich selbst einen Schluck. »Übertreib nicht. Ich habe das nur für dich gemacht, damit meine Gemeinheiten nicht auf dich zurückfallen. Fühl dich geschmeichelt, ich wäre an all den Unwahrheiten fast erstickt!«, behauptete ich, obwohl es natürlich nicht im Entferntesten so schlimm gewesen war, aber Elisa verstand und lachte über meine Albernheiten.

»Ich danke dir und muss mir wirklich ein Beispiel an dir nehmen. Mir ist vollkommen bewusst, welche Anstrengung meine Gönnerin für Geist und Seele sein kann. Manchmal, wenn ich nicht anders kann, als etwas Gemeines zu sagen, täuschte ich einen Hustenanfall vor, damit ich mich eilig aus ihrer Gegenwart entschuldigen kann«, gestand sie mir mit einem spitzbübischen Grinsen und ich musste mir verkneifen, laut zu lachen.

»Das erklärt auch, warum du deine Abende in Pubs verbringst«, warf ich ein und Elisa verdrehte wieder die Augen.

»Alles ist besser, als mit ihr im Salon vor dem Kamin zu sitzen und sich die Predigten von Newman anhören zu müssen«, stimmte sie mir zu und wedelte so mit dem Glas, dass es schwappte und sie beinahe ihr Kleid gefährdet hätte. »Oh Gott, sie bringt mich um, wenn ich Flecken in den Stoff mache«, zischte Elisa und schob sich die Falten ihres Rockes zurecht, um zu prüfen, ob auch wirklich nichts daneben gegangen war.

»Halt das Glas mit beiden Händen. Dann kannst du nichts verschütten und siehst dabei noch lieblich elegant aus«, riet ich ihr mit einem leichten Spott in der Stimme und wir mussten erneut lachen. Denn lieblich elegant waren wir beide eigentlich nicht besonders.

Ich trank noch einen Schluck aus meinem Glas. Die Flüssigkeit darin war klar, schmeckte leicht süßlich und hinterließ ein angenehmes Prickeln auf der Zunge.

Und dann fiel mein Blick auf ein Paar Honigaugen, die zu mir herübersahen, und ob ich wollte oder nicht, schlich sich ein weiches Lächeln auf meine Lippen und mein Herz begann schneller zu klopfen.

Elisa fing verwirrt meinen Blick auf und drehte sich dann, um zu sehen, wen ich entdeckt hatte. Es war sehr eindeutig, da der Blickkontakt zwischen mir und Mr Boyle immer noch nicht abgerissen war und auch er mir verschwörerisch zulächelte.

»Oh Animant, gibt es da etwas, was du mir bisher dezent verschwiegen hast?«, fragte Elisa mich mit einem wissenden Zug um den Mund und ich senkte den Blick, als mein Bauch leicht zu flattern anfing.

»Sein Name ist Winston Boyle und er arbeitet für meinen Onkel«, antwortete ich ihr, ohne auf ihre Anspielung einzugehen. Elisa schürzte die Lippen.

»Und?«, versuchte sie mich zum Weitersprechen zu bewegen.

Ich musste gestehen, dass ich nicht erwartet hatte, mich so gut zu fühlen, nur durch einen einzigen Blick in Mr Boyles Augen. Und dabei hatten wir noch nicht einmal miteinander gesprochen. Es war faszinierend, wie mein Körper reagierte, wie mir flau wurde und ich sogleich zu ihm hinüberlaufen wollte, um ihn zu begrüßen.

»Er ist recht nett«, erzählte ich nur, und Elisa schnaubte ungläubig.

»Recht nett? Du müsstest dich mal sehen. Als hätten sich deine Augen in Sterne verwandelt. Er hat es dir angetan, Ani! Wie auch immer du das versuchst zu leugnen, es ist offensichtlich, dass du was für ihn übrig hast«, erklärte Elisa amüsiert und nahm tatsächlich ihr Glas in beide Hände.

»Na gut«, ließ ich mich erweichen und stellte vergnügt fest, dass Mr Boyle sich in Bewegung setzte und auf uns zustrebte. »Er ist freundlich, gut aussehend, intelligent und ich fühle mich durchaus zu ihm hingezogen«, gab ich zu und klang dabei sehr gefasst, obwohl meine Hände langsam nervös wurden und ich froh war, mich an mein Glas klammern zu können.

Elisas Blick wurde kritisch und sie bekam einen ungläubigen Zug um den Mund. »Hast du vor, ihn zu ehelichen?«, fragte sie mich und versuchte, ihrer Frage einen Hauch von Unwichtigkeit zu geben. Doch sie meinte es ernst und auf eine seltsame Art schien sie sich vor der Antwort zu fürchten.

Ich musste selbst erst mal darüber nachdenken, ehe ich ihr antworten konnte. Natürlich wusste ich, dass Schwärmereien zu Verliebtheit, Verliebtheit zu Verlobungen und Verlobungen zur Ehe führten, doch so wirklich bewusst gemacht hatte ich es mir noch nicht. Und der Gedanke an Ehe erschreckte mich für einen kurzen Augenblick genau so, wie ich es in Elisas Gesicht lesen konnte.

Dass ich Mr Boyle mochte, stand wohl fest. Doch ihn zu heiraten, konnte ich mir in diesem Moment noch überhaupt nicht vorstellen. Ich, in einer Ehe, das kleine Frauchen eines Anwalts, das seinen Hausstand führte, ihn umsorgte und allgemeine gesellschaftliche Pflichten erfüllte.

Vielleicht war ich ein wenig verliebt, aber dafür reichte meine Verliebtheit bei Weitem nicht aus.

Ich legte ihr die Hand auf den Arm und versuchte mich an einem Lächeln. »Nein, Elisa. So leicht lässt sich mein steinernes Herz nicht erweichen, dass ich mich ohne reichliche Überlegung in solch ein Vorhaben stürze«, sagte ich ehrlich und Elisa schien aufzuatmen.

Ihr Lächeln kehrte zurück und auch der Schalk in ihren Augen. »Dann überlass ich dich deinem Verehrer. Und wir sehen uns später«, flüsterte sie mir schnell zu, grinste frech und wandte sich prompt ab.

»Guten Abend, Miss Crumb«, erklang die warme Stimme von Mr Boyle auch schon direkt neben mir, ich hob den Blick und auch wenn mich die Vorstellung, ihn zu heiraten, gerade noch so sehr erschreckt hatte, wusste ich doch, dass er, falls es dazu kommen sollte, zumindest nicht die schlechteste Wahl wäre.

22

Das Zweiundzwanzigste oder das, in dem die Lichter schmolzen

Wir applaudierten dem Vorsitzenden des Universitätsausschusses für seine Eröffnungsrede und ich wurde ganz aufgeregt, als die Musiker sich bereit machten, für uns den ersten Tanz zu spielen.

Da unsere hochgeschätzte Majestät, die Königin Victoria, sich nicht in der Verfassung gesehen hatte, der Einladung der Universität zu folgen und diesen Ball mit ihrer Anwesenheit zu beehren, war der Eröffnungstanz frei für alle. Ich fühlte mich schon fast dreist, als Mr Boyle mir lächelnd den Arm bot, ich mich unterhakte und wir gemeinsam als Erste auf die Tanzfläche schritten. Etwa ein Dutzend anderer Paare stellten sich zu unserer Rechten und Linken auf und ich schluckte nervös. Ich war nie eine gute Tänzerin gewesen, was ganz offensichtlich an fehlender Übung lag. Ich hatte nach meiner Einführung in die Gesellschaft aus mangelndem Interesse aufs Tanzen verzichtet und die jungen Männer hatten irgendwann aufgegeben, mich aufzufordern.

Die ersten Töne der Melodie wurden gespielt und ich war zu aufgeregt, um mich daran zu erinnern, wie die Schritte zu diesem Tanz gingen. Zu meinem Glück begannen die Paare neben uns mit den Figuren, drehten sich umeinander, stellten sich auf ihren Platz zurück und ich musste nur nachahmen, was ich gerade gesehen hatte.

Mr Boyle und ich kamen aufeinander zu. Er grinste mich an, ich selbst musste mich auf meine Füße konzentrieren und konnte diese Geste nicht erwidern. Seine Hand streifte meine, mein Herz klopfte noch schneller und dann standen wir uns auch schon wieder gegenüber.

Ich musste ehrlich zugeben, dass es vielleicht besser gewesen wäre, wenn ich mich nicht gleich in die erste Tanzrunde gestürzt hätte, doch Mr Boyles warme Augen hatten mich schlichtweg vergessen lassen, was für eine schlechte Tänzerin ich doch war.

Aber was machte das schon? Mr Boyle gab mir für alles ein Zeichen, damit ich meine Einsätze nicht verpasste, lotste mich durch die Figuren, brachte mich sogar dazu, zu lachen.

Mein Reifrock schwang um meine Beine, der Stoff des Kleides schimmerte im Kerzenlicht und es war erstaunlich leicht, sich an Mr Boyles Seite zu amüsieren.

Wir schafften den Eröffnungstanz, die Quadrille und einen der moderneren Kontratänze, ohne dass ich jemandem auf die Füße trat oder das Paar neben uns behinderte. Selbst der Partnerwechsel über Kreuz gelang uns, da der Mann in dunkelblauem Frack, der dazu meine Hand nahm, ein sehr energischer Tänzer war und mich unsanft an meinen Platz schubste.

Trotzdem war ich froh, als die Tanzrunde beendet war und wir die Tanzfläche verließen, während wir den Musikern applaudierten.

»Überstanden«, seufzte ich leise und Mr Boyle lachte.

»Dabei haben Sie sich so gut gemacht«, behauptete er und ich sah ihn skeptisch an.

»Ich stelle ganz kühn die Vermutung an, dass dieser Kommentar dazu diente, mir zu schmeicheln und nicht, um die Wahrheit kundzutun«, spottete ich über mich selbst und brachte Mr Boyle dadurch zum Lachen. Seine Augen wurden dabei schmal und er neigte mir den Kopf eine Winzigkeit zu.

»Möglicherweise ist meine Sicht der Dinge auch nicht besonders objektiv, da ich der Meinung bin, dass Sie in jeder Lebenslage wunderschön sind«, sagte er und der Scherz, den ich mir bereits ausgedacht hatte, blieb mir im Hals stecken.

»Danke«, brachte ich mühevoll heraus, um nicht unhöflich zu sein, und spürte, wie meine Wangen sich langsam erhitzten. Ich wusste nicht, was ich sonst tun sollte.

Mr Boyle jedoch überging den peinlichen Moment geschickt, bot mir den Arm, damit ich mich unterhaken konnte, und wir schritten langsam die Länge des Ballsaals ab.

»Gibt es auf dem Land auch Bälle dieser Art?«, fragte er mich mit leichter Stimme und ich war sehr froh darüber, dass er mir die Möglichkeit gab, meine übliche Fassung wiederzuerlangen.

»Bälle ja, aber die Art ist eine andere«, ging ich darauf ein und lächelte ihm dankbar zu. »Es gibt weder so große Säle noch eine solche Anzahl an Gästen. Sie sind nicht besonders edel, die Musiker oft nur mittelmäßig und mit viel Glück findet sich eine Gesellschaft, mit der es sich auch zu reden lohnt«, führte ich aus. Mr Boyle hob überrascht die Augenbrauen.

»Das klingt nach überaus enttäuschenden Erfahrungen.«

»Nein, Mr Boyle, Enttäuschung kann man nur empfinden, wenn man zu hohe Erwartungen hat. Und das Landleben hat mir diese Erwartungen nie geschenkt.« Denn es war dort einfach schon immer langweilig gewesen, wie hätte ich mehr Spannung auf einem Ball erwarten sollen?

»Nicht einmal Bälle aus Büchern?«, erkundigte sich Mr Boyle interessiert und ich fand es wirklich überaus reizend von ihm, dass er das Thema auf Bücher brachte, obwohl wir doch über einen so ausladenden Ball flanierten.

Ich schmunzelte und drückte seinen Arm, allein nur deshalb, weil es so einfach war, in seiner Nähe zu sein und ich mir dabei so selbstvergessen vorkam. »Es gibt nur selten Bälle in den Büchern, die ich für gewöhnlich lese und noch niemand hat es geschafft, mir die Wirklichkeit so gut wiederzugeben, wie es meine Sinne gerade tun«, erklärte ich und begriff dann erst, was ich da eigentlich gesagt hatte. Ich hatte zugegeben, dass die Realität besser war als fiktive Schauplätze und es überraschte mich selbst.

Ich war immer der Meinung gewesen, Menschen könnten mich nie so gut unterhalten wie ein gutes Buch. Und jetzt musste ich mich fragen, ob es daran lag, dass die Menschen in meiner Umgebung jetzt andere waren oder ob ich mich auch verändert hatte.

Oder vielleicht ein bisschen von beidem.

Mein Herz hatte sich mittlerweile wieder beruhigt und ich schaffte es, mich den Eindrücken um mich herum wieder zu öffnen.

Die nächste Tanzrunde hatte begonnen und Paare wirbelten zur Musik umeinander herum, das Büfett wurde neu aufgefüllt, irgendwo erhaschte ich einen kurzen Blick auf meine Mutter, die herzhaft lachte, und die Welt fühlte sich seltsamerweise an, als wäre sie nach langer Zeit wieder ins Gleichgewicht geraten. Wie das glückliche Ende einer Erzählung, das einen mit einem zufriedenen Gefühl zurückließ.

»Das ist schön zu hören«, antwortete mir Mr Boyle und stellte mir eine weitere Frage. Die Stimmung war harmonisch, obwohl ich so etwas von einem förmlichen Ball nie gedacht hätte.

Nur mein Hals war ein wenig trocken. Ich räusperte mich und Mr Boyle verlangsamte augenblicklich den Schritt.

»Soll ich Ihnen etwas zu trinken holen?«, erkundigte er sich sofort und bewies dadurch besonderes Feingefühl.

»Oh ja, das ist wirklich sehr aufmerksam von Ihnen«, erwiderte ich und Mr Boyle führte mich zu einer marmornen Säule, um sich dort vorsichtig von meiner Seite zu lösen. Er lächelte ein charmantes Lächeln und neigte ganz leicht den Kopf.

»Ich bin gleich wieder für Sie da«, versicherte er mir und machte sich auf zu den Tischen mit den Getränken an der anderen Seite des Saals.

Ich sah ihm nach, bewunderte seinen leichten Schritt, seinen Edelmut und die Höflichkeit, die er allen anderen Gästen entgegenbrachte.

Eine warme Hand legte sich so unerwartet auf meine Schulter, dass mir ein unterdrückter Schrei entfuhr, der jedoch im Klang der Streicher unterging. Erschrocken wirbelte ich herum und stand Mr Reed gegenüber.

»Tut mir wirklich leid, Sie erschreckt zu haben, aber ich benötige kurz Ihre Fachkenntnisse«, eröffnete er mir ohne Begrüßung, ohne aufmerksamen Blick und ohne sich darüber Gedanken zu machen, dass es die Möglichkeit gab, dass ich ihm nicht einfach blind hinterherlaufen würde.

Doch das scherte ihn wohl sehr wenig, denn er nickte nur in die Richtung, in die er mich zu entführen gedachte, und war auch schon wieder dorthin unterwegs, noch bevor ich überhaupt die Chance gehabt hätte, die Situation richtig einzuordnen.

»Sie sind einfach unmöglich«, zischte ich, schüttelte ungehalten den Kopf und hätte nur zu gerne meinem Trotz nachgegeben. Doch meine Neugierde machte es mir schwer, da ich bisher auch noch nicht erlebt hatte, dass ein Mann wie Mr Reed meine *Fachkenntnisse* benötigte.

Ich schloss zu ihm auf und er wandte mir den Blick zu, ohne langsamer zu werden.

»Sie sind verstimmt«, stellte er trocken fest und ich verdrehte die Augen über diesen Mann, der so wenig Höflichkeit in sich hatte. In dieser Hinsicht war er einfach das absolute Gegenteil vom galanten Mr Boyle.

»Sie hätten gerne gehabt, dass ich erst Ihre Schönheit und die Ausstattung Ihres Kleides gepriesen hätte«, behauptete Mr Reed auf seine ruppige Art, ohne dass ich geantwortet hatte, und ich kniff säuerlich die Lippen zusammen.

»Nein, Mr Reed. Ich bin nicht eitel«, klärte ich leicht pikiert seinen Irrtum auf. »Mir hätte ein einfaches *Guten Abend* völlig ausgereicht.«

Mr Reed blieb so abrupt stehen, dass ich beinahe in ihn hineingelaufen wäre und sein Blick wandte sich mir zu.

Es war ungewohnt, ihn so fein angezogen zu sehen. Er trug einen edlen schwarzen Anzug, die Weste in dunklem Blau gehalten, das weiße Hemd dezent, aber überaus passend. Das Haar war nach hinten gekämmt, sein Blick nicht durch die Lesebrille verfälscht und seine Haltung gerade, was ihn in seinem heutigen Aufzug weniger steif, sondern eher aristokratisch erscheinen ließ.

»Verzeihen Sie«, sagte er zu mir und sein Gesicht war ernst. »Sie haben vollkommen recht. Guten Abend, Miss Crumb.«

Ich war so stutzig, dass es mir schwerfiel zu glauben, was ich gerade gehört hatte. »Guten Abend, Mr Reed«, antwortete ich jedoch und er nickte verhalten.

»Darf ich Sie dann jetzt bitte entführen, um einem Herrn die Fragen zu beantworten, für die ich über zu wenig Informationen verfüge?«, fiel Mr Reed sofort wieder in seinen leicht genervten Tonfall zurück und ich seufzte bescheiden.

»Um was für einen Herrn handelt es sich denn?«, erkundigte ich mich, um ihm so mein Einverständnis zu zeigen.

»Er ist Professor für praktische Medizin an unserer Universität und hat eine Frage zu einem der Bücher, die bei dem Überseekoffer-Vorfall zu Schaden gekommen sind«, erklärte Mr Reed vage und ich war fast enttäuscht über die Banalität des Themas.

Wir gingen wenige Schritte auf einen älteren Herrn mit noch vollem grauen Haar zu, der seine Daumen recht unpassend in die Taschen seines Jacketts eingehakt hatte.

»Da sind Sie ja, Mr Reed!«, sagte er scharf und dann fiel sein Blick auf mich. Seine Gesichtszüge entglitten ihm und er starrte mich so schockiert an, als hätte ich die Ohren einer Katze auf dem Kopf. Ich versuchte die unguten Gefühle zu unterdrücken, die sofort in mir hochkamen, und nett zu lächeln, so wie ich es bei Miss Brandon-Welderson schon getan hatte.

»Professor Serway, darf ich vorstellen, meine Bibliotheksassistentin Miss Crumb«, machte Mr Reed mich eilig bekannt und ich knickste sogar leicht. »Sie wird Ihre Fragen umfassend beantworten können«, warf er noch hinterher und ich hoffte inständig, dass dies der Wahrheit entsprach.

Professor Serway räusperte sich, wandte sich mir fast widerwillig zu und blinzelte mich aus kleinen Augen an.

»Ich hatte bereits Mr Reed gefragt, doch dieser gab an, in der letzten Zeit so beschäftigt gewesen zu sein, dass er sich nicht sicher sein könnte«, begann Professor Serway und ich wartete geduldig auf mehr Informationen, während ich es mir verkniff, mich nach Mr Boyle umzusehen. Ich hatte einfach meinen Platz an der Säule verlassen, ohne einen Gedanken an ihn zu verschwenden, und nun hätte ich gerne gewusst, ob er mich finden würde, wenn er zurückkam.

»In dem Leseplan meiner aktuellen Vorlesung befindet sich das Buch *Moderne Diagnostik* von Albert J. Miller. Doch viele meiner Studenten behaupteten, dieses Werk wäre einem Wasserschaden zum Opfer gefallen«, begann er auszuführen, und obwohl es noch keine wirkliche Frage gewesen war, konnte ich mir doch denken, was das Problem war.

Ich erinnerte mich sogar daran, die Unterlagen zu diesem Buch herausgesucht zu haben und dass dem Urheber eine Adresse in Amerika beigelegen hatte.

»Das ist korrekt. Wir hatten einen unglücklichen Vorfall, bei dem ein Überseekoffer durch die Glaskuppel der Bibliothek brach und der Regen einen Teil der medizinischen Abteilung zerstört hat. Darunter auch das Werk, auf das Sie verwiesen haben«, erklärte ich höflich und Professor Serway runzelte die auch so schon recht faltige Stirn.

»Sind Sie sich da sicher?«, hakte er mürrisch nach und ich nickte.

»Ja, Professor«, antwortete ich kühl und wusste, dass dieser Mann definitiv zu den Menschen gehörte, wegen deren Anwesenheit ich Gesellschaften aller Art gemieden hatte.

»Und wird es bald wieder verfügbar sein?«, wollte er wissen. Ich spürte, wie sich meine Wangen verspannten, als ich versuchte zu lächeln.

Wir hatten erst heute Vormittag eine ganze Kiste voll neuer Exemplare erhalten, aber dieses war nicht dabei gewesen.

»Mr Reed hat es bereits bestellt, doch der Brief muss erst einmal über den Ozean. Bis das Buch uns wieder erreicht, würde es mich sehr wundern, wenn es weniger als sechs Wochen wären«, führte ich aus und fing einen anerkennenden Blick von Mr Reed auf, der offensichtlich zufrieden mit der Ausführlichkeit meiner Antworten war.

Und ich hatte gedacht, diesen Abend ausschließlich mit meinem eigenen Vergnügen zu verbringen und ganz und gar nicht mit Gedanken an meine Arbeit.

»Das ist überaus ärgerlich!«, schimpfte der Professor leise und verkniff wütend den Mund. Ihm war dieses Anliegen offensichtlich wichtiger, als ich für möglich gehalten hätte.

Mein Kopf begann schneller zu arbeiten, kramte nach Informationen, die ich irgendwo tief vergraben hatte und nur abrufen musste.

»Ich glaube mich an zwei Bücher erinnern zu können, die ein ähnliches Thema behandeln«, warf ich ein und Professor Serway kniff skeptisch die Augenbrauen zusammen. Doch ich ließ mich nicht irritieren, erinnerte mich an Titel und Autor und dass ich eines der beiden bei dem Freund meines Vaters gelesen hatte, als wir vor drei Jahren auf seinem Landsitz zu Gast gewesen waren. Er war Arzt und hatte sich selbst für die zeitaktuelle Sammlung von medizinischen Werken gerühmt.

»Das eine ist der dritte Band einer Sammlung von medizinischer Fachliteratur mit dem Titel *Körper und Geist,* und das andere nennt sich *Angewandte Diagnoseverfahren.* Vielleicht finden sie in den Büchern ja eine Alternative zu ihrem fehlenden Werk«, bot ich mein Wissen an und der Professor schüttelte vehement den Kopf.

»*Körper und Geist* ist nicht ausreichend und von dem anderen habe ich noch nie gehört«, empörte er sich ungehalten. Angestrengt riss ich mich zusammen, um mich nicht angegriffen zu fühlen. Schließlich versuchte ich nur zu helfen.

»Es ist von Adram Sirasch«, setzte ich erneut an, damit er wenigstens die Möglichkeit hätte, es sich einmal anzusehen, doch dem Professor schienen vor Schreck fast die Augen aus dem Kopf zu fallen.

»Einem Muselmann?!«, rief er viel zu laut und ich zog erschrocken den Kopf ein.

»Einem Perser!« korrigierte ich energisch, weil ich nicht der Meinung war, dass die Religion Einfluss auf Wissen und Intelligenz in medizinischen Fragen hatte. So anglikanisch ich auch erzogen worden war, an gewissen Punkten musste ich der Toleranz einen Platz einräumen.

»Was Miss Crumb sagen will«, versuchte sich Mr Reed einzuschalten und wurde rüde unterbrochen.

»Ich weiß genau, was Miss Crumb sagen will und es ist eine Frechheit, mir solch einen Vorschlag zu unterbreiten. So ein Buch auf meiner Leseliste würde meine gesamte Autorität in der wissenschaftlichen Welt infrage stellen. Ich war geneigt, sie als Ausnahme zu betrachten, aber jetzt weiß ich, dass ich durchaus im Recht bin, Frauen als keine vollwertigen Menschen zu betrachten. Und Sie, Mr Reed, würden gut daran tun, diesen Ballast schnellstmöglich wieder loszuwerden!«, polterte er drauflos und ich konnte nichts tun, als ihn fassungslos anzustarren und zu versuchen, die Worte nicht an mich heranzulassen.

Ich hatte nie viel darauf gegeben, was die Leute über mich sagten, aber eine so offene Beleidigung traf mich trotzdem härter als erwartet.

»Professor!«, sprach Mr Reed ihn streng an.

Es war mir unangenehm, hier zu stehen, ich fühlte mich vor den Kopf gestoßen und bekam in meinem Korsett zu wenig Luft, um richtig zu atmen.

»Entschuldigen Sie mich«, flüsterte ich, und ohne zu kontrollieren, ob ich gehört worden war, drehte ich mich einfach zum Gehen und lief beinahe in Mr Boyle rein.

»Miss Crumb«, sprach er mich an und sah mir dann ins Gesicht. »Ist alles in Ordnung mit Ihnen? Ist etwas vorgefallen?«, erkundigte er sich sofort besorgt und reichte mir seinen Arm, damit ich mich an ihm abstützen konnte.

Sein Gesicht zu sehen, seinen weichen Blick und die Wertschätzung in seinen Augen machten mir die Situation gleich ein wenig erträglicher und ich versuchte, meine Gedanken auf ihn zu lenken.

Schließlich waren es nur die Worte eines alten kauzigen Professors gewesen. Ich schätzte diesen Mann nicht und seine Beleidigungen hatten eigentlich keinerlei Bedeutung für mich.

»Nicht der Rede wert«, behauptete ich also, legte mir die Hand auf den Bauch und versuchte ruhiger zu atmen.

»Möchten Sie sich setzen?«, erkundigte er sich und ich schüttelte den Kopf. Ich musste einfach nur für einen Moment aus diesem Saal raus, nicht umgeben sein von den Stimmen Hunderter Leute und der Musik und dem schweren Geruch von Parfüm.

»Entschuldigen Sie mich, Mr Boyle. Aber ich muss ein wenig frische Luft schnappen«, sagte ich zu ihm und er nickte sofort.

»Natürlich. Darf ich Sie begleiten?«, fragte er mich hilfsbereit und ich lächelte unwillkürlich.

»Sehr gerne«, erwiderte ich und ließ mich von ihm wegführen. Wir durchquerten den Ballsaal, um an die Fensterfront zu gelangen und Mr Boyle öffnete eine gläserne Tür, die auf einen schmalen, steinernen Balkon führte. Er ließ mir den Vortritt und ich schritt hinaus in die eiskalte Nacht. Es war im Gebäude so warm gewesen, dass die kalte Luft sich wohltuend auf der Haut anfühlte und mir eine angenehme Gänsehaut über die nackten Arme strich.

Die Stimmung hier draußen war eine ganz andere. Die Stimmen verstummten, die Musik wurde leiser und still rieselten winzige Schneeflocken auf die durch Laternen erleuchtete Parkanlage.

Alle schlechten Gefühle zerschmolzen in meinem Innern, wurden vergessen und abgelöst durch gleichmütige Zufriedenheit.

»Es ist wirklich eine wunderschöne Nacht«, schwärmte ich aus einem Impuls heraus und betrachtete das Schimmern des Schnees im spärlichen Licht. Es war wie verzaubert.

»Nicht nur die Nacht«, sagte Mr Boyle leise und ich hob sofort erstaunt die Augen. Ich wandte mich ihm zu und sah seinen Blick, der schwer und bedeutungsvoll auf mir lag. Und ich verstand, dass er mich gemeint hatte.

Meine Euphorie versickerte so schnell, wie sie gerade aufgekommen war und ein Kloß bildete sich in meinem Hals. Ich wusste keine Erwiderung auf seine Worte.

Doch Mr Boyle kam mir noch einen Schritt näher und dann noch einen, und seine Hände legten sich unerwartet auf meine Taille. Ich war im ersten Moment so überrumpelt, dass ich kaum darauf reagieren konnte.

»Animant, ich verehre Sie«, raunte er mir zu und das Gold in seinen Augen würde flüssig.

Mir wurde es plötzlich zu viel. Zuerst Mr Reeds seltsames Auftauchen, dann die Beleidigungen eines verstockten Professors und jetzt auch noch Mr Boyle, der mir viel zu nahe kam. Seine Hände berührten mich, obwohl ich es nicht für angebracht hielt, und ich versuchte nach hinten auszuweichen. Doch der Balkon war zu schmal und mein Kleid zu ausladend.

»Bitte lassen Sie mich los«, bat ich ihn in recht freundlichem Ton und Mr Boyle lächelte mir auf seine charmante Art zu.

»Niemals. Ich bin gewillt, Sie mein Leben lang festzuhalten«, erwiderte er und schien in seiner romantischen Auffassung der Situation nicht bemerkt zu haben, dass ich es durchaus wörtlich gemeint hatte.

Sein Griff war mir unangenehm, warf Fluchtgedanken in mir auf, ließ meinen Puls unruhig rasen und ich legte ihm die Hände auf die Brust, um ihn von mir wegzuschieben.

»Mr Boyle!«, wurde ich energischer. »Halten Sie Abstand!«, wies ich ihn noch einmal darauf hin, mit dem Ergebnis, dass sich seine Hände auf meinen Rücken schoben. Ich versuchte mich aus seiner Umarmung zu winden, es ihm so schwer wie möglich zu machen, doch er war stark und ich in meiner Beweglichkeit gehindert durch mein einengendes Kleid.

»Sie müssten sich nicht zieren, Animant. Meine Gefühle für Sie sind aufrichtig und Sie haben keinen Grund, sich vor mir zu schämen.« Seine Stimme war samtweich, sein Blick intensiv, seine Lippen den meinen entgegenkommend.

Wäre ich in ihn verliebt gewesen, hätte dies der perfekte Moment sein können. Der Schnee, das seichte Licht, die gedämpfte Musik. Eine romantische Szene, wie man sie sonst nur in Romanen fand und die schlussendlich von einem Antrag gekrönt wurde.

Doch ich war offensichtlich nicht in ihn verliebt, denn meine Lage gefiel mir ganz und gar nicht. Mr Boyle war mir zu aufdringlich und meine Schwärmerei, die an diesem Abend bisher sehr präsent gewesen war, starb augenblicklich.

Das konnte ja auch nicht wahr sein. Wie war ich nur in diese Situation geraten? Gerade war ich noch beleidigt worden und nun bekam ich ein Liebesgeständnis zu hören.

Mr Boyle schien fest davon überzeugt, dass meine Abwehrversuche nur ein Zeichen falscher Bescheidenheit waren und so langsam wandelte sich die Frustration über seine Verständnislosigkeit zu Wut.

»Mr Boyle!«, fuhr ich ihn an, doch er zog mich in diesem Moment mit einem Ruck an sich heran.

Oh nein, das war überhaupt nicht gut!

»Nein!«, rief ich fast verzweifelt, als er sein Gesicht zu meinem senkte und er mich unweigerlich küssen würde, wenn nicht irgendetwas geschah, was ihn aufhielt.

»Lassen Sie sie los«, poltere eine tiefe Stimme mit einer solchen Kraft, dass es mich nicht gewundert hätte, wenn der Boden dadurch in Vibration geraten wäre. Mein Blick schoss augenblicklich hoch und ich war noch nie so dankbar gewesen, Mr Reed zu sehen, obwohl ich gerade noch wütend auf ihn gewesen war.

Mr Boyle war vor Schreck zusammengezuckt und sein Griff um meine Mitte lockerte sich, sodass ich Abstand zwischen uns bringen konnte.

»Das ist nicht Ihre Angelegenheit!«, zischte er ungehalten und sein Gesicht verzog sich ärgerlich. »Sie stören!«

Mr Reeds Miene war verkniffen, doch seine Augen zeigten eine Feindseligkeit, die man sogar in dem matten Licht auf dem Balkon erkennen konnte. Ich war überrascht, erfreut und erleichtert, dass Mr Reed gekommen war, um uns hier draußen zu stören.

»Vielleicht«, meinte dieser unbeeindruckt und ließ Mr Boyle keinen Moment aus den Augen. »Aber ich habe das Recht, die Dame zum Tanzen aufzufordern.«

Ich starrte ihn mit großen Augen an.

»Wie bitte?!«, entfuhr es Mr Boyle schroff und ich hätte dasselbe sagen können. Ich drückte mich ans Balkongeländer hinter mir, um aus Mr Boyles Reichweite zu gelangen, und schob mich dann langsam daran entlang.

Um hier wegzukommen, würde ich sogar mit Mr Reed tanzen.

23

Das Dreiundzwanzigste oder das, in dem die Lichter tanzten.

Ich schob mich an Mr Boyle vorbei, dem ich ganz kurz den Blick zuwandte und es sofort bereute. In seinen Augen stand Verletztheit und Enttäuschung.

Er hatte mir gerade seine Liebe gestanden, womöglich sogar vorgehabt, mir jetzt und hier einen Antrag zu machen und ich wies ihn sehr unhöflich zurück, indem ich vor ihm floh.

Natürlich war es nicht die feinste Art von ihm gewesen, mich damit so zu überrumpeln, doch dem Schock in seinem Gesicht nach zu urteilen, war er wirklich der Überzeugung gewesen, ich würde seine Liebe erwidern.

Ich senkte den Blick, fühlte mich unbehaglich und trat zu Mr Reed, der mir den Arm anbot. Verstohlen nahm ich ihn an, versuchte nicht zurückzusehen und ließ mich von ihm in den warmen Saal führen.

Mr Boyles leidender Blick drückte auf mein Gewissen und nicht einmal die überwältigende Pracht des Saales konnte mich ganz daraus befreien.

Er folgte uns zum Glück nicht und ich klammerte mich fast ein wenig zu sehr an Mr Reeds Arm. Er äußerte sich dazu aber nicht.

Eine Tanzrunde war gerade noch im Gange und wir würden warten müssen, bis die nächste begann, um uns unter die Tanzenden zu mischen. Und ich war froh über die kurze Verschnaufpause.

Mr Reed führte mich am Rande der Tanzfläche entlang und blieb dann an einer der Säulen stehen. Mir war es eigentlich egal, wohin wir gingen. Ich wollte nur meinen schlechten Gefühlen entfliehen.

»Was hatten Sie denn dort draußen auf dem Balkon zu suchen?«, fragte ich den Bibliothekar, um mich selbst ein wenig abzulenken und richtete meine Aufmerksamkeit auf ihn.

Ich sah zu ihm auf, betrachtete sein kantiges Gesicht, seine gerade Nase, das dunkle Haar, den verschlossenen Gesichtsausdruck, der nicht erahnen ließ, womit sich seine Gedanken wohl beschäftigten.

»Sie, Miss Crumb«, sagte er jedoch nach kurzer Verzögerung und wandte mir ebenfalls den Kopf zu. Das erklärte jedenfalls, warum er gerade zu diesem Zeitpunkt, an diesem Balkon aufgetaucht war. »Sie waren nach dem Vorfall mit Professor Serway so schnell verschwunden und ich wollte sehen, wie es Ihnen geht«, führte Mr Reed aus. Ich blinzelte überrascht. Damit hatte ich nicht gerechnet.

»Das ist … überaus nett, Mr Reed«, gestand ich ihm und auch mir ein und versuchte, die Anwandlung von Fürsorge in meinem Kopf mit dem Rest seines Charakters zu vereinen.

Mr Reed richtete seinen Blick wieder auf die Tanzenden vor uns. »Der Professor hat sich ja nicht gerade mit Ruhm bekleckert, während Sie ihm ihrerseits zuvor mit so außerordentlicher Professionalität begegnet sind«, erklärte er und vermied es, mich anzusehen. »Und ich habe Sie schließlich erst in diese unangenehme Lage gebracht.«

Ich runzelte ungläubig die Stirn. Machte er sich etwa Vorwürfe wegen der dreisten Worte eines alten, verstockten Mannes? Und war das ein Kompliment an mich gewesen? Beides schwer vorstellbar.

Ich ließ vorsichtig seinen Arm los. »Ich verzeihe Ihnen«, erwiderte ich langsam, weil ich nicht wusste, ob seine Entschuldigung wirklich ernst zu nehmen war oder ob er einen Scherz mit mir machte. »Denn Sie haben mich ebenso gerade aus einer unangenehmen Lage gerettet«, fügte ich hinzu und nun regte sich doch etwas in Mr Reeds Gesicht.

Er zog eine Augenbraue hoch, genervt oder belustigt, war schwer zu deuten.

»Das passiert, wenn man mit den Gefühlen anderer Leute spielt«, warf er ungeniert ein und senkte seinen dunklen Blick wieder auf mich.

Ich fühlte mich atemlos, spürte einen Druck auf meiner Brust und wusste, dass es nur wieder das schlechte Gewissen war, das ich nicht hatte abschütteln können.

»Ich habe nicht mit ihm gespielt!«, empörte ich mich und versuchte es gleichermaßen Mr Reed klarzumachen wie mir selbst auch. Denn es war wirklich kein Spiel gewesen. Ich hatte mich Mr Boyle nicht in der Absicht zugewandt, dem armen Kerl so plump das Herz zu brechen. Wirklich nicht.

Doch Mr Reed sah mich nur überrascht an. »Sie lieben ihn also?«, schlussfolgerte er aus meinen Worten, war skeptisch und ich wusste, dass er es keinen Moment selbst glaubte.

Es war eine seltsame Situation, gerade mit Mr Reed darüber zu reden. Doch er schien mir auch der einzige Mensch zu sein, der meine Situation objektiv zu betrachten vermochte. Hätte ich mich an Elisa oder meine Tante gewandt, hätte das Gespräch sicher nicht so distanziert ausgesehen. Und an die Meinung meiner Mutter wollte ich nicht einmal denken.

»Ich dachte zumindest, ich wäre in ihn verliebt«, beichtete ich also und seufzte in mich hinein. Zeitweise hatte ich wirklich daran geglaubt, dass meine Schwärmerei zu mehr geworden war. Ich hatte die Gefühle zwar immer als lauwarm empfunden, doch in so manchen Momenten wäre ich der Verführung erlegen, es als genug zu erachten.

Doch jetzt stand ich hier mit schwerem Kopf und fragte mich, wo überhaupt all diese Gefühle hergekommen waren. Denn nun waren sie nur noch ein müder Nachhall in meiner Erinnerung.

»Sie dachten?«, wiederholte Mr Reed und klang für meinen Geschmack ein wenig zu amüsiert.

Ich schenkte ihm einen bösen Blick und seine Mundwinkel zuckten verräterisch.

»Miss Crumb, mit Verlaub, wenn Sie es dachten und nicht fühlten, dann war es per Definition keine Verliebtheit«, offenbarte er mir und ich schnaubte. Ich fühlte mich beschämt, von ihm so geschulmeistert zu werden, und schaffte es daher nur, mit Schroffheit zu antworten.

»Woher wollen Sie das denn wissen?«, spottete ich ungehalten, ohne groß darüber nachzudenken, und hielt plötzlich erstaunt inne.

Mr Reeds sonst so distanzierter Blick schmolz unter meinen Worten und seine Augen bekamen einen Ausdruck von Unzufriedenheit und einem kleinen Funken Enttäuschung.

»Sie mögen mich für einen unsensiblen, mürrischen Sonderling halten, Miss Crumb. Aber mein Herz ist nicht aus Stein und ich bin durchaus in der Lage, mich zu verlieben«, sagte er streng und obwohl seine Worte im Ton doch recht sachlich vorgetragen worden waren, schoss mir eine Gänsehaut über den Körper und stellte mir sämtliche Härchen auf.

»Verzeihen Sie. Es war unbedacht von mir, so etwas zu behaupten«, gab ich leise zurück, senkte den Kopf. Mein Herz schlug mir bei so viel Offenheit bis zum Hals.

Schon der zweite Mann an diesem Abend, den ich durch Unüberlegtheit vor den Kopf gestoßen hatte. Wenn auch in zwei ganz unterschiedlichen Richtungen.

Glücklicherweise endete genau in diesem Moment die Tanzrunde. Das Orchester legte eine kurze Pause ein und die Tanzpaare tauschten sich durch andere aus. Mr Reed bot mir wieder seinen Arm, ich hakte mich unter und wir schritten in die Mitte der Tanzfläche.

»Miss Crumb, ich muss Sie jetzt leider darüber in Kenntnis setzen, dass ich ein absolut unzulänglicher Tänzer bin«, erklärte er mir, als er sich mir gegenüberstellte, und ich war überaus erleichtert, dass er das erwähnte.

Er brach dadurch das unangenehme Schweigen, das ich nicht gewagt hatte zu füllen, nachdem ich so unsensibel gewesen war, und außerdem erlöste es mich davon, einem gewissen Standart zu genügen, da meine Fertigkeiten im tänzerischen Bereich ja ebenfalls nur recht dürftig waren.

»Dann sind wir ja schon zu zweit«, setzte ich daher dagegen und obwohl es nur so dahergesagt war, verzogen sich Mr Reeds Lippen zu einem Grinsen.

»Was habe ich mir nur dabei gedacht, Sie zum Tanzen aufzufordern?«, lachte Mr Reed auf und es überraschte mich durchaus, dass er in so einer Situation zu lachen begann. Ich hatte ihn noch nie lachen sehen und es war ungewohnt offen und sogar überaus ansteckend.

»Ich bin selbst schuld. Ich habe eingewilligt«, gab ich daher spaßhaft zurück und versuchte mich aus meiner verspannten Haltung zu lösen, als die Musik einsetzte. Ich knickste leicht zum Beginn des Tanzes, während Mr Reed sich vor mir verbeugte.

Der Tanz war zu unserem Glück nur ein recht langsamer Française, der sich schon irgendwie bewältigen lassen würde. Wir gingen aufeinander zu, voneinander weg und ich stieß aus Versehen gegen die Dame rechts neben mir. Mir stieg die Röte ins Gesicht, Mr Reed lachte nur, versuchte es sich nicht einmal zu verkneifen.

Er nahm es mit Humor, dass er nicht wusste wohin mit der älteren Frau, die schräg auf ihn zugelaufen kam; dass seine Drehungen aussahen, als balancierte er dabei einen Stapel Bücher und dass wir beide den anderen ständig im Weg standen. Es war unfassbar, aber er tanzte noch schlechter als ich. Als er mir auch noch auf den Fuß trat und ich dabei beinahe umfiel, war es selbst um meine Ernsthaftigkeit geschehen und ich konnte nicht anders als zu lachen.

»Sie sind der schlechteste Tänzer, der mir jemals untergekommen ist«, warf ich ihm vor, als sich unsere Wege in einer Quartettaufstellung trafen.

»Ich hatte Sie gewarnt«, erwiderte er nur belustigt und ich konnte nicht fassen, wie unglaublich verquer sich dieser Abend entwickelte. Vorhin hatte ich mich noch darauf gefreut, angenehme Stunden mit Mr Boyle und seinen Honigaugen zu verbringen, und jetzt tanzte ich eine groteske Scharade mit einem Bibliothekar.

»Sie sollten dringend Unterricht nehmen, oder ich rate Ihnen ab, jemals wieder eine Dame zum Tanz aufzufordern«, sagte ich zu ihm und schubste ihn in die Richtung, in die er zu gehen hatte.

Ich selbst war wahrlich kein Maßstab an tänzerischem Können, aber ich war wenigstens in der Lage, mir die Figuren von meinen Mitmenschen abzuschauen.

Mr Reed hingegen war das Chaos in Person und wie es sich gehörte, störte ihn das nicht einmal.

»Für gewöhnlich tue ich das auch nicht«, gab er zurück, als wir wieder zueinanderkamen und gemeinsam vier Schritte vor und dann zurück trippelten. »Aber extreme Situationen erfordern extreme Maßnahmen, Miss Crumb. Und um Sie aus Ihrer eigenen Unsensibilität gegenüber der Gefühle von Männern zu retten, musste ich wohl in Kauf nehmen, mich öffentlich zu blamieren«, raunte er mir zu und ich sah ihn zweifelnd an.

Ich überhörte gekonnt den Vorwurf in seiner Aussage und besann mich auf meine heitere Stimmung, mit der ich nach der Sache auf dem Balkon nicht mehr gerechnet hatte.

»Sie gehen also auf einen Ball, aber tanzen nie?«, stellte ich die Frage und wusste, dass er sie mir genauso hätte stellen können. Ich war auch immer auf Bälle gegangen, ohne je zu tanzen. Doch im Gegensatz zu mir hatte er die Wahl, ob er ging oder nicht. Ich war von meiner Mutter gezwungen worden.

Unsere Wege trennten sich wieder, noch bevor er mir antworten konnte, und ich musste darauf warten, dass er eine einfache Drehung mit der Dame tanzte, die ich zuvor angerempelt hatte. Sie schenkte Mr Reed einen abschätzigen Blick, als er sie losließ, obwohl er sie noch eine Runde hätte führen müssen, und sah mich noch finsterer an, als ich mit ihr den Platz tauschte und mit ihrem Herrn die gleiche Bewegung wiederholte. Er war ein ausgezeichneter Tänzer und ich kam wohlbehalten in der nächsten Figur an.

»Ich gehe sonst nicht auf Bälle«, informierte mich Mr Reed, als ich wieder nah genug war. Ich duckte mich etwas umständlich unter seinem Arm hindurch, den er nicht hoch genug gehalten hatte. »Sinnlose Zurschaustellung von Reichtum, gezwungenen Manieren und dem allgemeinen Drang, sich selbst zu präsentieren, um die bestmögliche Partie zu machen«, fügte er verächtlich hinzu, als ich neben ihm auftauchte und verwundert feststellen musste, dass ich auf der falschen Seite rausgekommen war.

Als das uns beiden aufging, begannen wir zu kichern wie Schulkinder nach einem Streich und ernteten böse Blicke von allen Seiten.

Das Lied verklang, die Menschen um uns herum klatschten dem Orchester zu und wir reihten uns mit anderen Paaren zum leichtesten Kontratanz der Saison ein. Gott meinte es wohl gut mit uns, denn die meiste Zeit würden wir nur auf unserem Platz stehen und den vorbeiziehenden Paaren Platz machen, damit sie einmal um uns herumlaufen konnten.

»Ich besuche Bälle nur, wenn ich dort geschäftlich zu tun habe, oder wenn meine Assistentin mich auf recht nervtötende Art und Weise dazu drängt«, erklärte Mr Reed und ich verdrehte die Augen über seinen so offensichtlichen Seitenhieb.

»Lassen Sie sich was Besseres einfallen, als mir die Schuld zu geben«, erwiderte ich und sah, wie ganz weit weg, am anderen Ende der Aufstellung, das erste Tanzpaar mit der Schrittfolge begann. Wenn wir wirklich Glück hatten, würden wir bis zum Ende des Musikstückes nicht einmal an die Reihe kommen.

Mr Reed lachte über mich und ich wunderte mich wahrlich über seine gelöste Stimmung. So war er sonst nicht, ganz und gar nicht, obwohl ich zugeben musste, dass es ihm stand.

Er wirkte zufriedener und auch ein Stück weit glücklicher als in seiner strengen Angespanntheit. Seine Augen lachten mit, zogen winzige Falten in die Augenwinkel. Sein Gesicht wirkte heiterer, jünger und ich fragte mich, wie alt Mr Reed wohl war.

Der Spur der Verwüstung nach zu urteilen, die sich im Ablagesystem der Bibliothek finden ließ, war er etwa seit drei Jahren im Amt, was an sich nicht viel aussagte. Sein Kleidungsstil und die Selbstsicherheit, die sich in seiner Persönlichkeit zeigte, ließ mich auf Ende zwanzig, Anfang dreißig schätzen. Jedoch nicht viel älter als Mitte dreißig, da sein Haar keinerlei graue Stellen aufwies und sich auch noch keine Falten auf seiner Stirn gebildet hatten.

»Und was ist Ihre Ausrede für fehlende tänzerische Begabung?«, fragte er mich direkt, riss mich aus meinen Überlegungen und sah mir dabei in die Augen.

Es war ein seltsames Gefühl, so betrachtet zu werden, denn Mr Reed und ich hatten wahrscheinlich zu keinem Zeitpunkt zuvor jemals so offen miteinander über Belanglosigkeiten geredet.

Ich lächelte ironisch über seine Frage. »Ich bin ungeschickt, was mein Missgeschick in der Suchmaschine nur bewiesen hat«, begann ich und wurde gleich unterbrochen.

»Und ich würde Ihnen durchaus zustimmen«, sagte er schnell und sah mich ernst an. »Wenn ich nicht geschworen hätte, über diesen Vorfall nie wieder ein Wort zu verlieren.«

Ich nickte. Also musste mein zweiter Punkt herhalten. Die Offenbarung über meine wahre Person. »Ich war in meinem Leben schon auf vielen Bällen und habe auf den wenigsten davon getanzt, weil ich meine Stunden absaß, indem ich hinter einem Vorhang die Nase in ein Buch steckte«, gab ich also zu und spürte, wie mir die Röte ins Gesicht stieg. Die Wahrheit beschämte mich, wenn ich sie nicht in viele Schichten aus hochwertiger Rhetorik, zynischem Witz und einem Quäntchen Arroganz verpackte. Und doch tat es gut, sie auszusprechen.

»Ich würde gerne sagen, dass mich das überrascht. Aber das tut es nicht«, meinte Mr Reed trocken und dann wurde unser Blickkontakt abgebrochen, da das tanzende Paar sich zwischen uns stellte und ihre Runde um uns drehte.

Darauf folgten in kurzen Abständen weitere Paare und unser Gespräch fand keinen Anschluss mehr. Das Lied endete geschwungen und wir hatten uns kaum von der Stelle gerührt.

Ich wollte gerade erleichtert aufatmen, da zeigte der Zeremonienmeister schon den nächsten Tanz an. Mir blieb beinahe das Herz stehen.

Vorhin hatte ich noch geglaubt wir wären verschont geblieben, doch dafür schlug das Schicksal nun doppelt so hart zu.

Mein Blick schoss zu dem Bibliothekar hoch, der sich neben mich gestellt hatte, und ich trat einen eiligen Schritt zurück.

»Es tut mir leid, Mr Reed. Aber diesen Tanz bin ich nicht imstande zu tanzen«, wich ich ihm hastig aus, bevor er etwas sagen konnte, und zog meine Hände zurück, als er danach greifen wollte.

Mr Reed schnaubte und sah mich mit dem genervten Gesichtsausdruck an, den ich so gut von ihm kannte und der mir schon fast das Gefühl von Vertrautheit vermittelte. »Miss Crumb. Der Walzer ist der einzige Tanz, den ich überhaupt beherrsche«, erwiderte er streng, ergriff meine Hände trotz meiner Gegenwehr und zog mich in die Tanzhaltung, die mir so fremd erschien, weil ich sie bisher zwar gesehen, aber noch nie eingenommen hatte.

Wir standen viel enger beieinander, als man stehen sollte. Mein Kopf stürzte sich in Ängste, Chaos und Unsicherheiten. Meine Hände fanden ihren Platz nicht, meine Füße hatten nicht den blassesten Schimmer, was sie gleich tun mussten, und als sich Mr Reeds Hand auf meinen Rücken schob, wurde mir doch wahrhaftig schwindelig.

Ich überlegte mir einen Moment, einfach von der Tanzfläche zu fliehen. Doch das wäre noch beschämender gewesen und gleichzeitig eine Beleidigung für Mr Reed, den ich ja eigentlich in diese Lage gebracht hatte.

»Sie werden das schaffen, Animant. Sie sind schlau und ich bin stur«, sagte er zu mir und ich hatte nicht genug Konzentration übrig, um ihm überhaupt zuzuhören.

Seine Hand nahm meine fester, mein Herz sprang mir beinahe aus der Brust und dann setzte auch schon die Musik ein.

Mr Reed machte den ersten Schritt, schob mich dabei nach hinten und ich war gezwungen, ihm zu folgen. »Rück, Seit, zu. Vor, Seit, zu…«, summte er mir im Dreivierteltakt ins Ohr und ich bemühte mich, seinen Anweisungen Folge zu leisten.

Erstaunlicherweise dauerte es nur wenige Takte, bis ich es raushatte. Schließlich gehörten keine komplizierten Bewegungen dazu, keine elend langen Schrittabfolgen, die man sich zu merken hatte, wie in all den Kontratänzen. Nur ein paar Schritte und es ergab sich ein ganzer Tanz.

Das hier war die neue Art von Tanz und mir wurde gleich offensichtlich, warum er noch vor ein paar Jahren für einen solchen Skandal in der gehobenen Gesellschaft gesorgt hatte, obwohl das gewöhnliche Volk eher weniger Probleme damit zu haben schien. Es waren die Bewegungen zweier Personen, die zu einer wurden. Ich fühlte mich furchtbar unsicher bei dem Gedanken daran.

Mr Reed führte mich mit einer gewissen Strenge, die mich nicht aus dem Schritt ausbrechen ließ, und ich merkte erst als es wehtat, dass ich mir dabei vor Nervosität auf die Unterlippe biss.

»Wir werden uns jetzt drehen«, warnte Mr Reed mich gerade noch vor, da führten uns seine Schritte schon in die Drehbewegung.

Mein Kleid schwang, meine Füße berührten kaum den Boden und mein Kopf wurde plötzlich ganz leicht.

»Sie machen das gut«, lobte er mich und ich konnte die Belustigung in seiner dunklen Stimme hören.

Ich wollte ihm etwas Sarkastisches antworten, meine Verlegenheit hinter einer Maske aus gut gewählten Worten verstecken. Doch ich schaffte es nicht. Ich konnte gar nichts außer Mr Reeds Führung zu folgen und als dann plötzlich die Musik endete, die Leute zu klatschen begannen und Mr Reed mich plötzlich wieder losließ, platzte eine Blase und entließ mich zurück in die Wirklichkeit des Saals.

Ich taumelte zur Seite, weil mein Gleichgewicht sich noch nicht wieder gefunden hatte, doch Mr Reed reagierte sofort. Er griff nach meinem Arm, hielt mich aufrecht, lächelte auf verschwörerische Art auf mich herab und ich ertappte mich dabei, es zu genießen.

24

Das Vierundzwanzigste oder das, in dem meine Mutter mich nicht verstand.

Hellwach lag ich im Bett und starrte an die finstere Decke. Das Haus meines Onkels war still und ich war froh, diese Nacht nicht in meinem Zimmer im Personalgebäude verbringen zu müssen.

Nur eine Tür von Mr Reed entfernt.

Meine Gedanken ließen sich einfach nicht abstellen und immer wieder kamen sie auf Mr Reed und diesen Walzer zurück.

Danach hatte der Bibliothekar mich in die Obhut meiner Freundin Elisa entlassen und war nach einem »Guten Abend« zwischen den Menschen verschwunden.

Elisa hatte mich mit riesigen Augen angestarrt und mich die ganze Geschichte bis ins Detail erzählen lassen. Das war mühsam, tat aber gut, weil es mir half zu reflektieren.

Der Abend verlief sich, indem wir beide das Büfett plünderten, uns über die Aufmachungen anderer Leute amüsierten und ich meine Mutter gegen Ende davon überzeugen musste, nicht nach Mr Boyle zu suchen, um ihn für morgen zum Mittagessen einzuladen. Das wäre wirklich unangenehm geworden.

Entgegenkommenderweise war er nicht mehr auffindbar und mein Gewissen verpasste mir wieder einen Stich.

Es hielt allerdings nicht lange an, da meine Gedanken in einer Schleife durch meinen Kopf trieben, sich wiederholten, immer wieder zu Mr Reed zurückkamen. Wie er gelacht hatte, sein offener Blick, die Vertrautheit seiner Züge, wie sich meine Hand in seiner angefühlt hatte, seine Finger auf meinem Rücken.

Ich schalt mich für ein solches Verhalten. Wie töricht konnte man sein, von einer falschen Schwärmerei in eine andere zu stolpern? Das würde ich ganz sicher nicht zulassen. Diesmal nicht! Schließlich war ich ein intelligenter Mensch, ich sollte dazu in der Lage sein, meine Fehler nicht zu wiederholen.

Störrisch drehte ich mich auf die Seite, wünschte mir, mein Kopf wäre nicht so voll und die Planung für den morgigen Tag nicht so leer. Denn unter diesen Umständen war eine erfolgreiche Ablenkung schier unmöglich.

Als ich am Morgen geweckt wurde, hatte ich den Eindruck, kaum ein Auge zugetan zu haben. Regen prasselte unermüdlich gegen die Fenster und von meinem Winterwunderland war nicht das kleinste Glitzerfünkchen übrig geblieben.

Nicht einmal in meinem Kopf.

Ich riss mich zusammen, schleppte mich aus dem Bett und machte mich für meinen sonntäglichen Besuch in der Kirche fertig.

Außer mir bemühte sich an diesem Morgen niemand darum. Selbst meine Mutter schlummerte seelenruhig weiter und ich wünschte mir ein klein wenig, dass mein Vater jetzt hier wäre und das ganze Haus aus den Träumen trieb, um mich zu begleiten.

Pflichtbewusst ließ ich mir von Mr Dolls die Pferde vor die Kutsche spannen, wickelte mich in meinen dicken Mantel und lieh mir Mutters Schal, da ich mir selbst immer noch keinen neuen besorgt hatte.

Der Regen fiel in Strömen und ich versuchte mich daran zu erinnern, ob dies gestern bei unserer Heimkehr auch schon der Fall gewesen war. Vage erinnerte ich mich an das Trommeln auf dem Kutschendach und dass meine Mutter mich ermahnt hatte, mit dem Stoff meines Kleides achtzugeben.

Es hatte also schon geregnet. Mein Kopf war einfach nur zu verwirrt, um all die Sinneseindrücke richtig zu ordnen.

Während der Messe nickte ich dreimal auf meiner Bank ein, obwohl diese wirklich unbequem war und die Predigt recht fesselnd zu sein schien.

Doch diese Art von Routine gab mir trotz allem die Sicherheit, immer noch ich selbst zu sein. Nichts hatte sich verändert, alles war beim Alten. Ich war Animant Crumb, die Tochter meines Vaters, brave Anglikanerin, hart arbeitende Bibliothekarsassistentin, das Mädchen mit dem logischen Kopf und dem verschlossenen Herzen. Und ich fühlte mich gut so, wie ich war.

Nach der Kirche ließ ich mich zurück zum Haus meines Onkels fahren. Ich war zu erschöpft, um in mein kleines Zimmer zurückzukehren, mir selbst Feuer zu machen und dann meinen Gedanken zu erliegen.

Mutter und Tante Lillian saßen lachend im Salon, als Mr Dolls mir die Tür öffnete und mir den Mantel wieder abnahm. Er war ein stiller, zuvorkommender Mann und ich dankte ihm leise, obwohl ich wusste, dass das nur Teil seiner Arbeit war.

Er nickte mir leicht zu und verschwand wieder in den Hintergrund.

»Ani, setz dich zu uns!«, rief meine Mutter mir zu, als ich noch nicht einmal ganz durch die Tür war, und winkte mich aufgeregt zu sich. »Ich muss dir einfach sagen, wie erfreut ich war, als ich dich gestern mit dem entzückenden Mr Boyle habe tanzen sehen. Es war allerliebst«, begann sie sofort und ich wünschte mir, auf dem Absatz kehrtzumachen und diesem Gespräch zu entfliehen. Doch ich würde mich dem ohnehin bald stellen müssen und so ergab ich mich meinem Schicksal und ließ mich neben meiner Tante auf dem hellen Sofa nieder.

»Mutter, bitte«, versuchte ich sie zu bremsen, sehr zu meinem Bedauern schien diese jedoch noch lange nicht fertig.

»Ihr saht einfach zauberhaft aus, wie füreinander geschaffen«, schwärmte sie weiter und ich erinnerte mich. Es hatte mir Vergnügen bereitet, mit ihm zu tanzen. Es war angenehm und erhebend gewesen, und dann war alles falsch gelaufen. Der Balkon, das Liebesgeständnis und meine Ablehnung. Mir sträubte sich alles.

»Es ist, als wäre …«, setzte sie mit verträumtem Blick wieder an, aber ich unterbrach sie, weil ich es nicht ertragen konnte, wie sie in ihrem Kopf bereits die Hochzeitsglocken hörte und sich die Ausstattung für mein Kleid erdachte.

»Ich habe ihn abgewiesen«, sagte ich knapp und sah zu, wie meiner Mutter das versonnene Lächeln aus dem Gesicht fiel.

»Was? Wirklich? Hat er dir einen Antrag gemacht?«, rief meine Tante neben mir und griff nach meinem Arm, sodass ich verschreckt zusammenzuckte.

Meine Mutter konnte mich nur mit offenem Mund anstarren.

Mir tat der Kopf weh und ich wünschte mir einen Tee, doch ich seufzte nur und brachte meine Gedanken in eine Bahn, die auch zusammenhängende Sätze produzierte. »Er hat mir keinen Antrag gemacht. Aber er hätte es sicher, wenn er mehr Zeit gehabt hätte«, gestand ich ihnen und auch mir selbst ein. Denn so wäre es sicher gewesen, wäre er mir nicht so schnell nahe gekommen und hätte Mr Reed mich nicht aus dieser misslichen Lage gerettet.

Und da waren meine Gedanken wieder bei Mr Reed und ich hätte gerne mein Gesicht einfach in meinen Händen vergraben. Wieso war mein Kopf nur so voller unnützer Gedanken?

»Oh nein, Ani, was hast du getan?«, flüsterte meine Mutter schockiert und dann sah ich, wie ihr das Blut in die Wangen und auf die Stirn stieg. Sie war wütend und das war mehr als offensichtlich. »Er war perfekt! Der perfekte Mann! Charmant, gut aussehend, geistreich. Er war dir gewachsen und du hast es auch gespürt, ich weiß es!«, fuhr sie mich erbost an und ich presste die Lippen aufeinander, bemühte mich, nichts dazu zu sagen.

»Wie kannst du nur so etwas Scheußliches tun, Animant?«, keifte sie weiter und erhob sich plötzlich von dem Sessel. Ich zuckte erschrocken zusammen. »Du wirst jetzt einen Brief an ihn schreiben. Du wirst erklären, dass es ein Fehler war, ihn abzuweisen, und dann wirst du ihn hierher zum Essen einladen!«, fuhr sie fort und schien vor mir immer größer und düsterer zu werden.

Doch das war ein Schritt zu weit gewesen. Ich schnappte schockiert nach Luft, konnte nicht fassen, was sie gerade von mir verlangte, und erhob mich ebenfalls von meinem Platz. Ich hatte es bisher nie für wichtig erachtet, doch in diesem Moment tat es mir gut, größer zu sein als sie.

»Das werde ich nicht, Mutter. Ich empfinde nichts für Mr Boyle und ich werde ganz sicher nicht länger so tun, als wäre es anders!«, erwiderte ich streng und ballte die Hände zu Fäusten. Mein schlechtes Gewissen verpasste mir abermals einen Hieb und ich wünschte, es würde damit aufhören. Aber es war nun mal eine Tatsache. Ich hatte Mr Boyle in mich verliebt gemacht, ob nun wissentlich oder unwissentlich, und ich hatte ihn dann ohne Erklärung stehen lassen. Ich hatte geglaubt, mich für ihn erwärmen zu können, und war doch nur meinen eigenen Spinnereien erlegen. Und der arme Mr Boyle würde nun die Kosten dafür tragen müssen.

Mutters Nase fing an zu zucken und ich erwartete, dass sie gleich weiterschimpfen würde. Doch es kam ganz anders. Nun fingen auch ihre Schultern zu beben an und Tränen stiegen ihr in die Augen. Sie begann zu weinen und ich stand da, als hätte man mich in Wachs gegossen.

Meine Tante trat vorsichtig auf sie zu, legte ihr fürsorglich einen Arm um die Schultern und führte sie zurück zu dem Sessel. »Sch, sch …«, machte sie und redete leise auf Mutter ein, während diese verzweifelte Tränen vergoss, die in diesem Fall weder theatralisch noch in irgendeiner anderen Art aufgesetzt wirkten. Sie war wahrhaftig bestürzt und verletzt.

Ich fühlte mich schrecklich, wusste nicht, was ich tun sollte, konnte mich nicht bewegen und spürte nur aufs Neue, wie unfähig ich war, mit tiefen Emotionen umzugehen.

Mein Herz musste aus Stein sein, denn ich empfand einfach gar nichts. Der Schmerz meiner Mutter war für mich einfach nicht nachvollziehbar und das Einzige, was ich jetzt noch tun konnte, war, den Salon zu verlassen, mir drei Bücher aus Onkel Alfreds Arbeitszimmer zu stibitzen und mich in meinem Gästezimmer zurückzuziehen.

Hastig schlug ich die erste Seite auf, ohne mir den Titel überhaupt angesehen zu haben, und begann zu lesen, um nicht länger über das Leben nachdenken zu müssen. Ich wollte nicht an meine Mutter denken, nicht an Mr Boyle und schon gar nicht an Mr Reed.

Angestrengt kämpfte ich mich durch zwei der drei Bücher und ließ mich dann mit Kopfschmerzen auf mein Bett sinken. Ich war müde und erschöpft und der juristischen Sprache überdrüssig, mit der ich mich die letzten Stunden beschäftigt hatte.

Ich wagte es kaum, wieder nach unten zu gehen. Doch mein Magen knurrte fürchterlich und ich wünschte mir sehnlichst einen Tee.

Meiner Schätzung nach musste es schon später Nachmittag sein. Ich hatte keine Uhr und die dunklen Regenwolken ließen mich nicht erahnen, wie weit der Tag bereits fortgeschritten war.

Es regnete immer noch und ich starrte eine Weile aus dem Fenster, sah die Tropfen gegen das Glas trommeln, wie sie daran hinabflossen, und ließ zu, dass ich an meine Mutter dachte.

Ich hatte sie enttäuscht, das war mir bewusst. Sie hatte Hoffnungen in Mr Boyle gesetzt und ich hatte sie zunichte gemacht.

Doch war es nicht mein Leben, um das es hier ging? Warum konnten wir beide uns in diesem Punkt einfach nicht einig werden?

Seufzend riss ich mich selbst aus meiner Trägheit und beschloss, mich der Sache noch einmal zu stellen, um mehr Klarheit zu erlangen. Ich verließ mein Zimmer und lief hinunter ins Erdgeschoss.

Ich fand meine Tante im Speisezimmer vor einer Tasse Tee und sie wies mich mit müder Stimme an, mich zu setzen. Langsam ging ich zu ihr, versuchte an ihrem Gesicht abzulesen, in welcher Verfassung sie war und konnte es doch nicht wirklich feststellen.

»Wie geht es meiner Mutter?«, fragte ich sie zögerlich und setzte mich auf den Stuhl ihr gegenüber.

»Sie wird es überleben«, antwortete sie mir knapp und läutete nach Mr Dolls, damit er mir ebenfalls einen Tee brachte. Es war kurz nach fünf.

»Ihre Nerven sind am Ende und sie kann dich nicht verstehen. Und ich habe auch nicht geschafft, es ihr in ihrem jetzigen Zustand verständlich zu machen«, informierte mich meine Tante, strich sich erschöpft über die Stirn, während ich demütig meinen Blick auf meine Hände senkte.

»Du verstehst mich also?«, erkundigte ich mich leise, weil ihre Aussage diesen Rückschluss zuließ.

Sie wog den Kopf hin und her, ich sah es aus den Augenwinkeln, und dann nahm sie einen Schluck Tee. »Ich verstehe, dass du nicht heiraten willst, nur weil es deiner Mutter gefallen würde. Allerdings kann ich nicht verstehen, wie du es geschafft hast, dich nicht in Mr Boyle zu verlieben, obwohl wir anderen ihm alle zutiefst erlegen sind«, erläuterte mir Tante Lillian und ich seufzte laut.

Mr Dolls brachte meinen Tee und ich dankte ihm still mit den Augen, als er mir ein kleines Tablett mit Sandwiches danebenstellte. Das war wirklich nötig gewesen.

»Vielleicht kann ich mich überhaupt nicht verlieben«, murmelte ich, während ich mir ein Sandwich nahm und sofort hineinbiss.

»Das ist Unsinn, Animant!«, erwiderte meine Tante beinahe schon ärgerlich und ich sah sie an. Sie hatte ihren zarten Ellenbogen auf den Tisch aufgestützt und ihre für gewöhnlich so glatte Stirn lag in Falten. Sie sah älter aus als sonst, müder. »Ich war bereits sechsundzwanzig, als ich deinen Onkel kennenlernte. Meine Familie hatte mich schon längst abgeschrieben und mich als alte Jungfer bezeichnet. Ich habe immer geglaubt, der Mann für mich existiere einfach nicht«, erzählte sie.

Das hatte ich nicht gewusst. Und ich hätte auch nicht geahnt, dass meine Tante demnach älter war, als ich vermutete.

»Und dann traf ich Alfred und es war wie ein Sturm in meiner Seele. Ich war so verliebt, dass ich ihn auf der Stelle mein ganzes Herz schenkte, und da wusste ich, was Liebe wirklich bedeutet«, sprach sie weiter. Ich lauschte ihren Worten, ohne zu wissen, wohin sie führen würden. Doch ihr Blick hielt mich fest, als wenn das, was jetzt kam, wirklich wichtig war. »Animant. Du bist nicht mittellos und auch nicht verzweifelt. Bitte lass dich niemals darauf ein, einen Mann zu heiraten, wenn du nicht mindestens so empfindest, wie ich es für deinen Onkel tue. Denn sonst, meine Liebe, werde ich dir gewaltig den Kopf waschen müssen!«, drohte sie mir und eine angenehme Wärme begann sich in meiner Brust auszubreiten.

Das waren Worte gewesen, von denen ich mir schon lange gewünscht hatte, dass sie jemand zu mir sagen würde. Ich lächelte, fühlte mich verstanden, hoffte sogar, dass mich irgendwann selbst dieser Sturm in der Seele treffen würde und ich daraufhin mein Herz verschenkte.

»Danke«, flüsterte ich und Tante Lillian erwiderte mein Lächeln.

»Mach dir keine Sorgen um deine Mutter. Sie wird darüber hinwegkommen«, behauptete sie und machte eine wegwerfende Handbewegung. »Vielleicht gehst du bald nach Hause und lässt sie noch ein paar Tage für sich allein schmollen. Ich lasse dir eine Nachricht zukommen, wenn wir uns wieder zum Mittagessen sehen können.«

Ich nickte, trank meinen Tee und aß alle Sandwiches bis auf den letzten Krümel auf.

25

Das Fünfundzwanzigste oder das, in dem ich nicht essen konnte.

Ich trank aus, umarmte Tante Lillian und ließ mir dann von Mr Dolls die Kutsche ordern, damit sie mich trockenen Fußes zurück zum Personalgebäude brachte.

Der Regen hatte nicht nachgelassen, war sogar noch stärker geworden und es war so dunkel draußen, als wäre die Nacht bereits hereingebrochen.

Zurück in meinem kleinen, kalten Zimmer, ordnete ich ein paar Sachen, machte Feuer und ging dann zum Abendessen hinunter in den Speisesaal. Mein Hunger war gewaltig und ich verschlang eine solche Unmenge an Pfannkuchen, dass Mrs Christy nicht nachkam, sie in der großen Pfanne auszubacken.

Sie lachte aber nur darüber, stellte mir selbst gemachtes Apfelkompott dazu und ich schleppte mich anschließend mit dem zufriedenen Gefühl eines vollen Bauches hinauf in mein nun mollig warmes Zimmer.

Ich war so erschöpft, dass ich kaum noch eine Zeile lesen konnte, machte mich stattdessen bettfertig und schlief dann auf der Stelle ein.

Zu meinem Glück war mein Schlaf traumlos und ruhig, obwohl vor meinem Fenster ein Sturm tobte. Ich schlief sogar so fest, dass mich erst ein lautes Klopfen aus dem Schlaf schrecken ließ.

Schlaftrunken wie ich war, begriff ich kaum, wo es herkam oder was es bedeutete. Da hörte ich schon Mrs Christy.

»Miss Crumb. Ist bei Ihnen alles in Ordnung?«, rief ihre mütterliche Stimme durch die Tür und ich setzte mich mühsam auf. Ich rieb mir die Augen, versuchte mein Gleichgewicht zu finden, klarer zu denken und wankte mit nackten Füßen über den kalten Boden.

Wie in Trance drehte ich den Schlüssel in der Tür und öffnete sie.

»Aber natürlich. Wie kommen Sie darauf, dass es nicht so sein könnte?«, fragte ich mit leiser Stimme und sah ihr verschlafen in das runde Gesicht.

»Nun ja, Miss. Sie sind nicht beim Frühstück gewesen und da dachte ich …«, begann sie zögerlich und musterte mich verstohlen, wie ich im Nachthemd vor ihr stand.

Moment, hatte sie Frühstück gesagt?

Ich bekam einen Schreck, mein Kopf fuhr herum und erhaschte einen Blick auf die Zeiger des Weckers. Der nicht geklingelt hatte!

Es war bereits Viertel nach sieben und mein Herz hüpfte mir beinahe aus der Brust. Mein Kopf war augenblicklich hellwach.

»Oh nein. Ich hab verschlafen!«, rief ich ungehalten und fuhr mit den Fingern durch mein vom Schlaf wirres Haar. So etwas war mir noch nie passiert! Ich musste vergessen haben, den Wecker zu stellen.

»Entschuldigen Sie mich«, sagte ich schnell zu Mrs Christy und sie nickte nur mit einem Schmunzeln auf den Lippen, bevor sie die Tür wieder zuzog und mich in meiner Panik allein ließ.

Eilig ging ich, um mich zu waschen und anzuziehen, klemmte mir zweimal die Fingerspitzen in den Häkchen meines Korsetts ein und brauchte mehrere Anläufe, ehe es mir gelang, meine Bluse richtig zu knöpfen.

Ich war kopflos und planlos zugleich, riss mit dem Kamm an meinen Haaren, steckte sie nur notdürftig zusammen und schlüpfte sofort in meinen Mantel.

Es war nun leider keine Zeit mehr für ein Frühstück und ich eilte die Stufen hinunter in der Hoffnung, dass mich mein gestriges üppiges Abendessen vor einem knurrenden Magen bewahren würde. Ich musste es ja schließlich nur bis zum Mittagessen schaffen. Doch als mir Mrs Christy an der Tür begegnete und mir ein in Stoff eingewickeltes Bündel in die Hand drückte, wäre ich ihr sicher um den Hals gefallen, wenn ich es nicht so eilig gehabt hätte.

»Sie sind ein Engel!«, rief ich ihr noch zu und sie winkte mir nur lachend hinterher.

Ich rannte den Weg bis zur Bibliothek durch den leichten Nieselregen, der dem Sturm gefolgt war, und trat völlig außer Atem, erhitzt und mit vom Regen durchnässten Haaren genau sechs Minuten zu spät durch die Tür ins Foyer.

Im Laufen knöpfte ich den Mantel auf, hastete durch den Lesesaal und die Treppe hinauf auf den Rundgang. Prompt verhedderte ich mich in meinem Ärmel, schaffte es nur mühsam heraus, ohne mir dabei einen Knopf abzureißen, und wäre beinahe in den Mann hineingelaufen, der direkt neben mir aus der Tür trat.

Mr Reed stand vor mir, in seinem braunen Anzug, die Brille auf der Nase, seinen finsteren Blick auf mich gerichtet. Mein Herz, das durch das Rennen schon so hart gegen meine Brust pochte, begann zu stolpern bei seinem Anblick, wurde noch schneller und nahm mir den ohnehin schon flachen Atem.

»Sie sind zu spät«, knurrte er missmutig, schob sich die Brille von der Nasenspitze nach oben und wandte sich einfach von mir ab.

Mir war ganz übel. Mein Kreislauf machte mir Probleme und ich stützte mich mit der Hand am Türrahmen zu Mr Reeds Büro ab, durch die er ohne mich noch eines Blickes zu würdigen verschwunden war.

»Entschuldigen Sie«, gab ich kleinlaut von mir und holte zittrig Luft, um meine brennenden Lungen damit zu füllen. »Ich …«, begann ich, um ihm zu erklären, wie es dazu kommen konnte, da unterbrach er mich auch schon rüde.

»Es interessiert mich nicht. Machen Sie einfach Ihre Arbeit!«, schnauzte er mich an, während er ein paar Unterlagen von seinem Schreibtisch zur Hand nahm. Ich spürte ein Stechen in meiner Brust, schob es auf meine schlechte körperliche Verfassung und wusste eigentlich, dass Mr Reeds verärgerte Worte die Ursache waren.

»Ja, Mr Reed«, brachte ich betreten heraus, verschluckte mich beinahe an meinen eigenen Worten und flüchtete in den kleinen Aufenthaltsraum nebenan.

Dort setzte ich mich erst einmal, hängte meinen Mantel an die Stuhllehne neben mir und atmete einfach so lange weiter, bis meine Lunge nicht mehr wehtat und nur ein dumpfer Kopfschmerz übrig blieb.

Ich versuchte Mr Reeds Verhalten zu verstehen und schaffte es nicht. Waren wir nicht noch vorgestern auf einem Ball gewesen und hatten getanzt? War er nicht freundlich und scharfsinnig und sogar lustig gewesen?

Ich schüttelte den Kopf über mich selbst. Was hatte ich auch erwartet? Dass er weiterhin so blieb? Dass er mir ab sofort mit einem Lächeln begegnen und mir den Hof machen würde? Sicher nicht.

Er war mein Vorgesetzter und ich seine Assistentin. Das war alles und wenn man es genau nahm, hatte er sich gerade so benommen wie schon immer: unhöflich und ungehobelt.

Und wahrscheinlich war das auch gut so. Ich hatte bereits gespürt, wie eine Schwärmerei meine Gedanken füllte, die so unsinnig wie unangebracht gewesen wäre.

Mr Reed und ich? Nie und nimmer.

Der Dämpfer war notwendig, um mich wieder in die Spur zu bringen. Alles war in Ordnung. Ich war in Ordnung. Die Schwere auf meiner Seele irrte sich einfach nur.

Ich kümmerte mich um die Zeitungen, bezahlte den verschnupften Phillip Tams und machte dann meinen so verhassten Gang ins Archiv, vor dem ich mich noch genauso fürchtete wie am ersten Tag.

Danach setzte ich mich in die Kammer, versorgte die Bücher, die am Samstag angekommen waren, und erstellte Anhänge an bereits bestehende Einträge. Ich verschanzte mich hinter Unterlagen, nur um Mr Reed so schnell nicht wieder über den Weg zu laufen, und wusste selbst nicht, warum ich mich bei dem Gedanken an ihn so elend fühlte.

Ich sortierte die zu den Büchern gehörigen Metallplättchen aus einer Schachtel heraus, in die ich sie gelegt hatte, und trat dann an das Nietengerät. Schnaubend griff ich den Hebel, nachdem ich das Buch eingespannt hatte. Das würde mich wieder eine Menge Kraft kosten.

Ich sammelte mich, stemmte mich dann gegen den Hebel, benutze mein Körpergewicht, um ihn nach unten zu bewegen, und seufzte erleichtert, als das Gerät mit einem Schnacken einrastete.

Das Erste war geschafft und meine Arme taten jetzt schon weh.

Obwohl ich es versuchte zu verhindern, erinnerte ich mich doch daran, wie Mr Reed damals in die Kammer gekommen war. Er hatte nur einen Arm gebraucht, um den Hebel zu bewegen, und ich fragte mich immer noch, wie das sein konnte. Woher hatte ein Mann, der sein Leben damit verbrachte, an einem Schreibtisch zu sitzen und Bücher zu wälzen, so viel Muskelkraft? Auch als er mich aus der Maschine gezogen hatte, schien es ihm nicht schwergefallen zu sein, mich hochzuheben. Und ich war nicht gerade die Leichteste. Für eine Frau besaß ich eine recht große Statur und das allein hätte schon ausgereicht. Doch mein Hang zu gutem Essen tat das Übrige dazu.

Versonnen fuhr ich mir mit den Händen über den Bauch und spürte die Leere meines Magens unter dem Korsett. Ich hatte doch tatsächlich vergessen, das Frühstück zu mir zu nehmen, das Mrs Christy mir mitgegeben hatte.

Aber erstaunlicherweise fühlte ich mich gerade nicht nach Essen. Mein Kopf war aus irgendeinem Grund immer noch so verwirrt wie gestern schon, obwohl ich doch vorhin den besten Beweis vorgezeigt bekommen hatte, meinen entarteten Gefühlen den Laufpass zu geben. Und trotzdem stand ich hier und fühlte mich schrecklich.

Das machte mich wütend. Das Leben könnte so einfach sein, aber mein eigener Verstand weigerte sich, dies zu akzeptieren.

Ich schob den Hebel wieder nach oben, löste das Buch aus der Verspannung und griff nach dem nächsten. So würde mir meine Wut wenigstens zugutekommen.

Gerade war ich bei dem neunten, da erinnerte mich die Melodie von Big Ben daran, dass es bereits elf Uhr war und Oscar und Cody jetzt bald auf meine Mithilfe am Tresen im Foyer angewiesen wären. Meine aufflackernde Wut war bereits verraucht und mir schmerzten die Arme.

Doch Appetit hatte ich immer noch keinen.

Ich wischte mir die staubigen Hände an einem Tuch ab und richtete mir dann die Haare, denen ich heute früh so wenig Zeit gewidmet hatte. Auch ohne Spiegel schaffte ich es, mir das blonde Haar zu einem Zopf zu flechten und ihn mir am Hinterkopf zu einem Knoten zusammenzustecken. Er war nicht sehr kunstvoll und auch nicht besonders fein. Aber es würde reichen, um mich sehen zu lassen.

Eiligen Schrittes lief ich ins Foyer, immer die leise Angst im Hinterkopf, wieder unerwartet auf Mr Reed zu stoßen und mit rüden Worten beschimpft zu werden. Was für eine alberne Angst, sagte mir mein Verstand und doch ließ es sich nicht abstellen.

Vor dem Tresen stapelten sich die Bücher, die zurückgegeben wurden, und ich begann zügig, sie auf verschiedene Wagen zu verteilen, nachdem ich Cody und Oscar auf die Schnelle begrüßt hatte. Sie waren selbst damit beschäftigt die Unzahl an Studenten am Verleih abzufertigen, die an diesem Vormittag die Bibliothek bevölkerten und einen gewissen Lärmpegel mit sich brachten, den diese Hallen nicht gewohnt waren.

»Was ist denn hier los?«, erkundigte ich mich leise, als Oscar einmal nah genug in meine Richtung trat.

»Der erste Abgabetermin für Hausarbeiten steht an. Da ist hier immer eine Woche lang die Hölle los«, informierte er mich schnell und zog dann die Karte aus der Schublade, die er gesucht hatte.

Ich nickte nur und ließ ihn weitermachen.

Mir fiel auf, wie wenige Blicke noch an mir hängen blieben. Die meisten der Studenten hatten mich in den vergangenen zwei Wochen bereits in der Bibliothek gesehen und sich vielleicht sogar an meinen Anblick gewöhnt. Ich war keine Attraktion mehr und das war durchaus beruhigend.

Ich war gerade fertig mit meinen Sortierarbeiten und schob den ersten Wagen hinüber in die Rechtswissenschaftsabteilung, da spürte ich einen Blick auf mir. Ich ignorierte das Gefühl, stellte den Wagen unter der Treppe ab, damit er nicht im Weg stand, und versuchte im Schatten des Rundgangs den Titel des Buches zu erkennen, das ich vom Wagen nahm, um es zurück an seinen Platz zu stellen.

Überraschenderweise räusperte sich jemand neben mir und ich drehte irritiert den Kopf. Mir blieb beinahe das Herz stehen, als ich Mr Boyle erkannte.

Er stand direkt neben mir, seinen Hut in den nervösen Fingern, den weichen Blick auf mich gerichtet.

»Guten Tag, Miss Crumb«, grüßte er mit warmer Stimme und das Einzige, an was ich denken konnte, war Flucht. Ich wollte weg, dieses Gespräch nicht führen und wusste doch nicht wie.

»Mr Boyle«, presste ich heraus und klammerte mich an das Buch, das ich gerade zur Hand genommen hatte. Ich konnte nichts sagen, spürte einen Druck auf meiner Kehle, der es mir schwer machte zu schlucken.

»Ich bin hier, um mich zu entschuldigen«, behauptete er und ich blinzelte verwirrt. Es war ein seltsamer Gedanke, dass er sich zu entschuldigen hatte, obwohl ich in meiner Zurückweisung seiner Gefühle so unhöflich gewesen war. Was hatte ich verpasst?

Er schluckte nervös, kaute auf seiner Unterlippe und senkte betreten den Blick. »Ich … ich habe erkannt, dass ich am Samstag ein wenig zu forsch gewesen bin. Ich habe Sie erschreckt und es ist nur verständlich, dass Sie als anständiges Mädchen die Flucht ergriffen haben«, brachte er mühsam zusammen.

Ich wusste immer noch nichts zu sagen, doch er war auch noch nicht fertig.

»Daher bin ich gekommen, um Ihnen meine Entschuldigung auszusprechen. Persönlich. Ich … denn … ich wollte Sie zu einem Essen einladen. Falls Sie mir vergeben«, endete er leise und streckte mir seine Hand hin, in der Aufforderung, sie zu ergreifen.

Mein Magen krampfte sich zusammen, denn Mr Boyle stand hier vor mir und hatte zu meinem Schrecken nicht begriffen, dass meine Flucht am Samstag eine Abweisung gewesen war. Er war immer noch davon überzeugt, dass uns beide mehr verband, und brachte mich in die Bredouille, es ihm nun sagen zu müssen.

Ich wäre am liebsten ohnmächtig geworden, nur damit ich hier rauskam. Doch so instabil war mein Kreislauf leider nicht und ich war gezwungen, mich der neuen Situation zu stellen.

Ich klammerte mich weiter an das Buch und dachte an meine Mutter. Wie einfach es wäre, sie glücklich zu machen, indem ich Mr Boyles Hand ergriff und alles vergessen wäre.

Doch damit würde ich mich selbst hintergehen und ins Unglück stürzen. Und Mr Boyle gleich mit. »Ich kann nicht«, brachte ich heraus und in Mr Boyles goldenen Augen zeichnete sich immer stärker die Reue ab.

»Es tut mir wirklich leid. Ich war euphorisch. Der Ball hat …«, setzte er eine weitere Entschuldigung an und ich unterbrach ihn.

»Nein, Mr Boyle. Ich verzeihe Ihnen«, machte ich schnell klar und erlöste ihn von seiner inneren Qual, nur um ihm eine noch schlimmere zuzufügen. »Ich kann nur nicht mit Ihnen essen, weil ich Ihnen nicht weiter den Eindruck vermitteln möchte, dass meine Gefühle für Sie stärker wären als die zu einem Freund«, sagte ich und klang dabei gefasster, als ich mich fühlte. Es war schrecklich, einem anderen Menschen so etwas ins Gesicht zu sagen.

Ich hatte von Damen gelesen, begehrten Damen, die Hunderte abgewiesen hatten. Es stellte sich dar, als wäre es ein Spaß, als ob sie sich dadurch ihrer Schönheit und Grazie nur noch bewusster wurden und sich gestärkt fühlten.

Doch so war es nicht. Ich fühlte mich furchtbar, wie eine gemeine Schlange, wie eine giftige Hexe.

Mr Boyle hatte die Luft angehalten und ich senkte den Blick auf meine Finger, die sich weiter um den ledernen Einband des Buches klammerten.

»Sie weisen mich ab?«, entfuhr es Mr Boyle schockiert, lauter als gewöhnlich und viel zu laut für eine Bibliothek. Ich sah aus den Augenwinkeln, wie er wankte und sich mit der Hand an der Treppe neben ihm abstützte. Er schüttelte den Kopf und lachte bitter auf, als könne er nicht glauben, dass ich das gerade wirklich gesagt hatte.

Um uns herum wurde es plötzlich stiller und das brachte meinen Magen zum Rumoren, mein Gesicht vor Scham zum Erröten. Ich schaute nicht hin, wollte gar nicht sehen, wie uns nun bestimmt alle anstarrten.

»Ich …«, brachte ich zaghaft heraus, doch Mr Boyle hörte mir gar nicht zu.

»Bin ich Ihnen nicht gut genug?«, platzte es aus ihm heraus und ich hörte den Schmerz in seiner Stimme.

Das hatte ich nicht gewollt. Das alles nicht. Und ich wollte auch nicht, dass er sich deshalb minderwertig fühlte. Denn das war er gewiss nicht. Er war ein toller und charmanter Mann, höflich, galant und gut aussehend.

Ich liebte ihn nur einfach nicht.

»Darum geht es doch überhaupt nicht«, versuchte ich ihm verständlich zu machen.

»Doch, Animant, darum geht es«, konterte Mr Boyle sofort und seine Stimme hallte durch den Lesesaal. Die Welt um uns herum hielt den Atem an.

Es fühlte sich falsch an, dass er mich mit dem Vornamen angesprochen hatte.

»Bitte sprechen Sie leiser«, bat ich ihn und wollte im Boden versinken. Nun wusste alle Welt, dass ich einen Mann abgewiesen hatte. Eine

Information zu viel, die ich nicht vorgehabt hatte mit der Londoner Studentenschaft zu teilen.

»Ich spreche so laut, wie ich es für passend halte in Anbetracht dessen, dass Sie mir gerade das Herz aus der Brust reißen!«, erboste er sich.

Mir wollte absolut nichts einfallen, was mich jetzt aus dieser Lage befreien könnte. Aber vielleicht musste das auch sein, als Strafe für mich und meinen Frevel an einem verliebten Mann.

Ich zuckte zusammen, als plötzlich über mir jemand die Treppen herunterpolterte und Mr Reed um die Ecke fegte wie eine leibhaftige Höllenkreatur.

Sein Gesicht war verkrampft und unfreundlich, und trotzdem begann mein Herz zu rasen, weil er schon wieder gekommen war und mich rettete.

Oder wahrscheinlich eher, um die Ruhe in seiner Bibliothek wiederherzustellen, rief ich mich selbst zu klarem Verstand. Aber mir war gerade jeder Grund recht.

»Mr Boyle«, sagte der Bibliothekar, als er sich uns näherte, und auch Mr Boyles Gesicht verzog sich zu einer unwilligen Grimasse.

»Sie schon wieder!«, fuhr der Anwalt ihn an und Mr Reed zuckte nicht einmal mit der Wimper.

»Ja, ganz zufällig ich. Und ich bin hier, um Sie zu bitten, das Gebäude zu verlassen«, antwortete Mr Reed so mürrisch wie eh und je.

»Miss Crumb und ich führen gerade eine Unterhaltung«, behauptete Mr Boyle. Ich versteifte mich, denn sollte er vorschlagen, ihn hinauszubegleiten, könnte ich nicht ablehnen. Das würde ich nicht über mich bringen.

»Mr Boyle«, erwiderte Mr Reed mit einem genervten Seufzen in der Stimme. »Dies hier ist wahrhaftig nicht der Ort dafür und Miss Crumb hat zu arbeiten. Wenn Sie sie weiterhin darin behindern, werde ich mich gezwungen sehen, Sie hinauszuwerfen.« Sein Ton wurde immer schärfer, die Haltung bedrohlicher und der finstere Blick trug das seine bei, da seine Augen schon wieder von dunklen Ringen gesäumt waren.

Mr Boyle schnaubte. »Ich werde gehen«, gab er nach und ich hätte beinahe erleichtert aufgeatmet. »Aber nur, um Miss Crumb keinen

Ärger zu machen. Nicht weil ich mir von dem Sohn eines Metzgers etwas sagen ließe!«, zischte er, drehte sich ruckartig wieder zu mir und ich erstarrte erneut. Er sah mich an, Traurigkeit und Enttäuschung in den Augen, und für einen Moment glaubte ich, er würde noch einmal das Wort an mich richten.

Doch er tat es nicht. Er neigte nur knapp den Kopf zum Abschied, ich knickste leicht wie im Automatismus und dann rauschte Mr Boyle auch schon davon.

Die Studenten, die herumstanden und uns begafft hatten, wandten sich peinlich berührt wieder ab, versuchten bloß niemanden anzusehen und machten sogar Platz, sodass Mr Boyle ungehindert den schnellsten Weg hinaus nehmen konnte.

Jetzt erlaubte ich es mir aufzuatmen. Er war gegangen, diese schreckliche Auseinandersetzung war vorbei. Vorerst zumindest.

Mr Reed trat auf mich zu, streckte die Hand aus und nahm mir recht grob das Buch aus der Hand, das ich immer noch an meine Brust presste.

Ich sah zu ihm auf, sah seinen feindseligen Blick, mit dem er weiterhin in die Richtung starrte, in die Mr Boyle verschwunden war, und ich wurde den Eindruck nicht los, dass sich Mr Reed durch Mr Boyles Worte wirklich gekränkt fühlte.

Er rührte sich nicht, die Leute in der Bibliothek wandten sich wieder ihren Aufgaben zu und auch ich blieb, wo ich war. Neben Mr Reed, im Schatten der Treppe, und niemand sagte ein Wort.

Meine Gedanken spielten die letzten paar Minuten noch einmal ab. Mr Boyles Enttäuschung, seine Wut, meine Unfähigkeit, die Situation zu lösen, und Mr Reed, der mich daraus befreit hatte. Mein Herz schlug immer noch viel zu schnell und ich schob mich noch eine Winzigkeit zu dem Bibliothekar, um ihm nur ein bisschen näher zu sein. Wie dumm das auch war.

»Sie sind der Sohn eines Metzgers?«, erkundigte ich mich leise und war über mich selbst erstaunt, dass aus den wirren Gedanken in meinem Kopf gerade diese Frage ihren Weg über meine Lippen fand. Doch jetzt, wo die Frage gestellt war, wurde sie erst zu einem konkreten Gedanken. Ich wusste bisher eigentlich fast nichts über Mr Reed und trotzdem hatte ich nicht damit gerechnet, dass er aus der Arbeiterschicht stammte. So wie er auf die Leute herabsah, hatte ich ihn für den verschrobenen Sprössling reicher Eltern gehalten.

Aber ein Metzger?

Er wandte mir nur zögerlich den Blick zu und sah mich müde an, blieb trotz meiner Nähe einfach neben mir stehen. »Ja«, sagte er recht reserviert.

Ob ich es wollte oder nicht, aber meine Neugierde war geweckt. Und meine Gedanken sehnten sich nach dieser leichten Ablenkung, genauso wie nach Mr Reeds Erzählungen.

Ich wollte, dass er mit mir sprach. Am Samstag auf dem Ball hatte er es getan und es war erfrischend gewesen. Doch heute hatte er noch kaum ein Wort gesagt und alles, was aus seinem Mund kam, war schroff und unfreundlich.

»Wie kommt es, dass Sie zu einem Bibliothekar geworden sind?«, wollte ich weiter wissen, die nächste Frage brannte mir bereits auf der Zunge. Ich spürte den Drang in mir, ihn so lange auszufragen, bis er mir endlich antwortete. »Haben Sie sich schon immer für Bücher interessiert? Wollten Sie nicht den Beruf Ihres Vaters ergreifen?«, kam es aus meinem Mund und Mr Reeds Blick wurde kein bisschen freundlicher. Im Gegenteil. Mir zog sich der Magen zusammen.

»Fragen Sie nicht so viel«, fuhr er mir über den Mund und richtete seine Augen auf den Titel des Buches, das er mir abgenommen hatte. »Nicht jeder hat die Ehre, einem reichen Elternhaus zu entstammen«, meinte er scharf und ich verstand sofort, dass es das gewesen war, was ihn an Mr Boyles Vorwurf gekränkt hatte.

Mr Reed setzte sich ungelenk die Brille auf die Nase, wandte sich von mir ab und trat ans Regal neben sich, um das Buch an seinen Platz zu stellen.

Ich nahm das nächste vom Wagen, drehte es kurz in den Händen und reichte es dann an ihn weiter. Er nahm es kommentarlos entgegen und sortierte es ins Regal ein.

Das war für gewöhnlich nicht sein Aufgabenbereich, aber es wunderte mich nicht, dass er es tat. Es beruhigte, Bücher an ihren Platz zu räumen. Mich genauso wie ihn und ich griff nach dem nächsten.

Doch diesmal ließ ich nicht los, als er es mir abnehmen wollte, und sein Blick richtete sich fragend auf mich.

Ich holte tief Luft, sammelte meinen Mut und machte den Mund auf. »Ich bin nicht so welterfahren wie manch anderer, Mr Reed«, sagte ich zu ihm und stellte fest, dass unsere Fingerspitzen sich auf dem Buchrücken berührten. »Aber wenn ich etwas weiß, dann ist es, dass Ehre und Reichtum nicht zwangsläufig Hand in Hand gehen.«

Mr Reed antwortete mir nicht und ich verlangte auch keine Antwort. Ich zog die Hand zurück und überließ ihm das Buch. Ein Kribbeln zog sich von meinen Fingern bis zum Ellenbogen hoch.

Ich reichte Mr Reed still die Bücher und er schob sie an ihren Platz im Regal. Er fand die Stellen sehr viel schneller, als ich es tat, fast als kannte er sie auswendig. Nur selten wandte er mir das Gesicht zu und doch fiel mir immer stärker auf, wie müde und zerschlagen er aussah.

Als er tief aus der Lunge heraus hustete, die Tatsache aber gleichzeitig zu vertuschen versuchte, machte sich eine Gewissheit in mir breit.

»Mr Reed, sind Sie krank?«, erkundigte ich mich sehr direkt. Der Bibliothekar zog nur mürrisch die Augenbrauen zusammen.

»Eine Erkältung hat noch niemanden umgebracht«, grummelte er und warf mir einen Blick über seine Brillengläser hinweg zu. Seine Augen waren glasig. Er war definitiv krank.

Und das erklärte für mich so einiges. Seine noch viel wortkargere Art, seine schlechte Laune und die wütenden Blicke. Es lag nicht daran, dass er mich plötzlich hasste, er fühle sich einfach nur nicht gut.

Mir ging das Herz auf bei diesem Gedanken und ich unterdrückte diese Regungen augenblicklich mit vernünftigen Überlegungen. Denn ein Kranker sollte nicht arbeiten, schon gar nicht, wenn er dadurch seine Angestellten schlecht behandelte.

Ich machte Mr Reed nicht darauf aufmerksam, dass schon sehr viele Menschen an einer Erkältung gestorben waren, trat ganz forsch auf ihn zu und legte dem überraschten Mann eine Hand auf die Stirn. Sie war glühend heiß und ich spürte, dass er zitterte.

Er zuckte vor der Berührung meiner Hand zurück, nahm sich mit einem Schnauben die Brille von der Nase und rieb sich die müden Augen.

Sofort machte ich mir Sorgen um ihn. »Sie haben die Grippe. Sie gehören ins Bett«, redete ich auf ihn ein, woraufhin er nur vehement den Kopf schüttelte.

»Miss Crumb. Es gibt hier genug zu tun. Ich kann meine Zeit doch nicht damit vergeuden …«, begann er abzuwehren und diesmal unterbrach ich ihn.

»Doch, das können Sie. Sie haben schon den ganzen Morgen miese Laune und ich kann mir nicht vorstellen, dass Sie in diesem Zustand schon viel geleistet haben«, sagte ich recht nüchtern und war froh, meine innere Ruhe wieder zu spüren.

»Es gibt Briefe zu beantworten«, murmelte er und ich hob skeptisch eine Augenbraue. Ich hatte es bisher noch nicht erlebt, dass er es für nötig gehalten hatte, seine Post rechtzeitig zu bearbeiten.

»Die Herrschaften, die seit Wochen auf eine Antwort warten, lassen sich sicher noch ein paar Tage vertrösten«, gab ich zurück.

»Ich werde … ich …«, stammelte Mr Reed, fasste sich dann an den Kopf und bedeckte die Augen mit seiner Hand. »Verdammt, es kann doch nicht sein, dass ich es nicht mal schaffe, mit Ihnen über so etwas Banales zu diskutieren«, grollte er in sich hinein und ich musste mir ein Lächeln verkneifen, denn ich konnte spüren, dass ich bereits gewonnen hatte.

Er würde auf mich hören und nach Hause gehen, und ich konnte guten Gewissens meine Arbeit verrichten, ohne den Drang zu verspüren, mich vor Mr Reeds schlechter Laune verstecken zu müssen.

»Gehen Sie nach Hause, Mr Reed. Legen Sie sich ins Bett und lassen Sie sich von Mrs Christy eine Hühnersuppe machen«, sagte ich zu ihm, was nicht als Vorschlag gedacht war. Es war ein Befehl und er wusste das. Er sah mich erst leicht misstrauisch an mit seinen dunklen Augen, die mich zu durchbohren schienen und mein verräterisches Herz schneller klopfen ließen. Doch dann schlug er die Augen nieder, beinahe ergeben, und verschränkte die Arme vor der Brust.

»Na gut«, gab er nach und runzelte die Stirn. »Sie vertreten mich, Sie kümmern sich um Recht und Ordnung, und Sie versprechen mir hoch und heilig, in meinem Büro nichts anzurühren!«, ratterte er runter. Nun brach mein Lächeln doch an die Oberfläche und legte sich auf meine Lippen.

»Natürlich, Mr Reed«, versprach ich und er schüttelte den Kopf über mich, betrachtete mich noch einmal missmutig und wandte sich dann ab.

»Sie müssen bis sechs Uhr bleiben«, hörte ich ihn sagen, als er schon um die Ecke gegangen war und die Treppen nach oben stieg.

Ich hatte es mir zwar bereits gedacht, wunderte mich dennoch, dass Mr Reed mir dies seinerseits so explizit mitteilte. Und das, obwohl er krank war.

»Werde ich, Mr Reed«, rief ich ihm hinterher und erntete dafür böse Blicke von ein paar Studenten, die im Lesesaal von ihren Büchern aufsahen.

26

Das Sechsundzwanzigste oder das, in dem ich mich sorgte.

Oscar hatte nicht übertrieben, als er sagte, hier würde die Hölle los sein. Ich verbrachte fast meinen gesamten Nachmittag mit dem Zurückbringen von Büchern und füllte die restliche Zeit damit, von den Studenten falsch zurückgestellte Exemplare an den richtigen Ort zu bringen.

Doch es war nicht zu schaffen. Das Chaos breitete sich immer weiter aus und dabei verzichtete ich sogar auf meine Mittagspause. Ich hätte sowieso kaum etwas heruntergebracht.

Zwischendurch hatte ich mir ein paar Krumen von dem Brot in den Mund geschoben, das Mrs Christy mir mitgegeben hatte, doch zu mehr war keine Zeit.

Als sich die Bibliothek gegen halb sechs langsam leerte, atmete ich erleichtert auf, legte das Gesetzbuch, das ich gerade aus dem Regal für Philosophie herausgezogen hatte, einfach auf den nächsten Bücherwagen und lief in den Lesesaal, um das Material zusammenzuräumen, das die Lernenden achtlos auf den Tischen hatten liegen lassen.

Cody und Oscar halfen mir dabei und Oscar versicherte mir, dass sie zu zweit morgen wiederkommen würden, um mich zu unterstützen, bis Mr Reed sich von seiner Grippe erholt hatte.

Ich dankte ihnen, verabschiedete sie und räumte noch bis halb sieben Bücher zusammen.

Gegen Ende unterdrückte ich den Drang, noch einmal an allen Regalen vorbeizugehen, um mögliche falsch sortierte Bände zu finden.

Denn das hätte sicher Stunden gedauert und ich war auch so schon viel zu erledigt.

Wenigstens hatte mich all die Aufregung von meinen Gedanken abgelenkt. Das war wirklich ein Segen an dieser Arbeit: Man konnte lästige Gedankengänge für einige Zeit in den Hintergrund drängen und dadurch den Kopf frei kriegen.

Jetzt hatte ich Klarheit über den armen Mr Boyle, all die verzwickten Situationen, meine enttäuschte Mutter und auch über meine wirren Gefühlsregungen Mr Reed gegenüber.

Mr Boyle würde einfach nur Zeit und Abstand brauchen, in denen ich nichts tun konnte, als ihm aus dem Weg zu gehen.

Meine Mutter brauchte ebenfalls Zeit. Jedoch beschloss ich, mich mit ihr noch einmal zusammenzusetzen. Ein nüchternes Gespräch zwischen uns war fällig, in dem ich ihr erklären würde, wie ich all ihren Vorstellungen gegenüberstand. Ich hatte mich immer gegen sie gewehrt, aber noch nie von meiner Seite aus das klärende Gespräch mit ihr gesucht.

Die Auseinandersetzung mit Mr Boyle vor ein paar Stunden hatte mich gelehrt, dass ein offenes Wort oft weniger Probleme hervorrief, als die Dinge einfach laufen zu lassen und darauf zu hoffen, dass am Ende das beste Ergebnis herauskam.

Und was Mr Reed betraf, konnte das alles nur die Nachwirkung eines gefühlsaufreibenden Tanzballs sein. Er hatte mich aus einer verzwickten Situation befreit und mich danach nett unterhalten, was in meinem Kopf eine verständliche Reaktion von Zugewandtheit hervorrief.

Doch diesem Gefühl war nicht zu trauen. Empfindungen solcher Art waren Schall und Rauch und würden genauso schnell wieder verschwinden wie die, die ich Mr Boyle entgegengebracht hatte.

Ich nahm mir also vor, nicht länger darüber nachzudenken und machte mich auf den Weg nach Hause.

Der Regen war wieder stärker geworden und ich war wirklich froh, als ich durch die Eingangstür des Personalgebäudes huschte und mich die Wärme des Hauses willkommen hieß.

Der Geruch von gebratenem Fleisch wehte mir aus der Küche nebenan entgegen und obwohl ich hätte hungrig sein mussten, spürte ich nur wenig Lust, etwas zu essen.

Seufzend schloss ich die Tür hinter mir. Vielleicht wurde ich ja auch krank. Schließlich hatte ich mich nie zuvor über fehlenden Appetit beklagen können.

Ich schüttelte mir die Regentropfen vom Mantel und wandte mich zur Treppe, um direkt in mein Zimmer zu verschwinden. Doch genau in dem Moment ging die Tür zum Speisesaal auf und Mrs Christy trat in den Flur. Sie trug einen Korb mit Holzscheiten in den Händen und sah mich überrascht an.

»Miss Crumb, guten Abend«, begrüßte sie mich und ich lächelte ihr zu.

»Guten Abend, Mrs Christy«, erwiderte ich und stand ein wenig unschlüssig am Fuße der Treppe.

»Haben Sie nicht vor, zu Abend zu essen?«

Ich spürte, wie ein Seufzer in mir aufstieg, den ich schnell unterdrückte, stattdessen weiterlächelte und dankend ablehnte.

»Mein Tag war sehr geschäftig. Ich werde mich wohl besser zurückziehen«, gab ich als Begründung an und Mrs Christy zog die Stirn kraus.

»Oh, Miss Crumb. Sie werden mir doch nicht auch noch krank?«, meinte sie sofort mit Besorgnis in den Augen. »Mr Reed hat sich auch geweigert zu essen, was nicht weiter ungewöhnlich ist. Doch er hat die Tür nicht einmal für einen Tee geöffnet«, schnaubte sie und ich spürte, wie mir die Sorge unerwartet in den Nacken sprang.

»Hat er Ihnen denn geantwortet? Sind Sie sich sicher, dass ihm nichts zugestoßen ist? Er hatte starkes Fieber, als ich ihm sagte, er solle nach Hause gehen«, erkundigte ich mich ein wenig zu hastig und Mrs Christy zog ein recht hilfloses Gesicht.

»Miss Crumb, Sie müssen verstehen, Mr Reed ist ein mürrischer Mensch. Ich würde mir nie anmaßen, seine Wohnung ohne Erlaubnis zu betreten«, versuchte sie mir verständlich zu machen und ich nickte.

Sie hatte wohl Angst vor ihm.

Doch wenn sie nicht bei ihm gewesen war, dann hatte Mr Reed am heutigen Tag sicher nicht viel mehr gegessen als ich und das war für einen Kranken nicht gerade das Beste.

Das machte mich bedrückt und angespannt. Ich schob es darauf, dass ich Mr Reeds Genesung nur herbeiwünschte, um der Last der Verantwortung wieder zu entfliehen und meinen gewohnten Alltag zu bestreiten. Denn das Chaos in der Bibliothek war an diesem Tag von ganz allein hervorgebrochen und ich war ihm nicht gewachsen gewesen.

»Geben Sie mir die Krankenverpflegung. Ich werde es noch einmal versuchen«, bot ich ihr fast ein wenig schroff an und Mrs Christy nickte eifrig.

»Sie sind ein so gutes Kind«, behauptete sie und ich glaubte nicht, dass sie wirklich recht damit hatte. Schließlich tat ich das hier nicht aus Herzensgüte.

Sie stellte den Korb auf dem Boden ab und eilte durch eine Tür in die Küche. Es dauerte kaum fünf Minuten, da kam sie mit einem Tablett wieder. Darauf war eine Schüssel mit dicker Suppe, ein paar einfache Sandwiches, eine Kanne Tee und zwei Tassen. Was mich verwunderte. Erwartete sie, dass Mr Reed und ich gemeinsam Tee tranken? Kaum vorstellbar.

»Viel Glück«, wünschte Mrs Christy, überreichte mir das Tablett und verschwand anschließend mit einem scheuen Lächeln in der Küche.

Sie schien erleichtert zu sein, nicht mehr an Mr Reeds Tür klopfen zu müssen, und ich fragte mich, wie er diese arme Frau wohl bisher behandelt hatte, dass sie so von ihm eingeschüchtert war.

Ich begann den Aufstieg des Treppenhauses, der mir immer noch Mühe machte, und brauchte meine ganze verbliebene Konzentration, nichts von dem zu verschütten, was ich auf dem Tablett balancierte.

Ich stellte es auf dem Schränkchen im Flur ab, schloss meine Tür auf, entledigte mich meines Mantels und trat dann wieder nach draußen, um an Mr Reeds Tür zu klopfen.

Es blieb still. Ich klopfte wieder, wartete, fragte mich, wie die Wohnung hinter dieser Tür wohl aussehen mochte und verlagerte mein Gewicht von einem Fuß auf den anderen.

Aber es tat sich immer noch nichts.

Mr Reed war doch nicht etwa ausgegangen, oder? Kaum vorstellbar.

Ich klopfte ein drittes Mal, nun etwas lauter und ein wenig energischer, hörte jedoch immer noch nichts.

Mrs Christy hatte recht gehabt. Es war zwecklos, hier zu stehen und sich ignoriert zu fühlen.

Ich ließ das Tablett einfach auf dem Schränkchen im Flur und ging zurück in mein Zimmer.

Die Tür fiel hinter mir ins Schloss und ich ließ mich erst einmal in meinen Sessel sinken. Zerschlagen von all der Arbeit, seufzte ich. Die Auseinandersetzung mit Mr Boyle kam mir plötzlich unendlich weit entfernt vor. Als seien seitdem bereits Wochen vergangen.

Jedoch der Moment, in dem sich Mr Reeds und meine Fingerspitzen am Rücken eines Buches berührt hatten, war mir so lebendig vor Augen wie zu dem Zeitpunkt, an dem es passiert war.

Mr Reed war sehr mürrisch gewesen und doch war alles vergeben und vergessen in dem Augenblick, in dem ich festgestellt hatte, dass ihn ein Fieber plagte.

Sicher war er danach nach Hause gewankt, hatte sich in sein Bett gelegt und öffnete nun nicht, weil er tief und fest schlief.

Hoffte ich. Schließlich wusste ich nicht, wie einsichtig Mr Reed wirklich gegenüber seiner Erkrankung war. Möglicherweise war er auch auf die Idee gekommen, noch zu Hause ein wenig zu arbeiten, hatte sich selbst überschätzt, war kollabiert oder hatte sich bei einem Kreislaufverlust den Kopf aufgeschlagen.

Ich erhob mich von meinem Sessel und versuchte diese Gedanken zu verbannen, doch es drängte sich mir immer wieder das Bild eines am Boden liegenden Mannes auf, der allein in seiner Wohnung verblutete, weil sich seine Haushälterin nicht durch die Tür traute.

Hitze stieg in mir auf und der Drang, mich zu vergewissern, dass es dem Bibliothekar auch wirklich gut ging.

Ruhelos schritt ich durch mein Zimmer, hielt mich selbst zurück, nahm ein Buch aus dem Regal, schlug es auf, las keinen Satz und stellte es wieder zurück.

Es war zwecklos, denn der Drang blieb.

Selbst wenn es nicht so schlimm um ihn stand und er tatsächlich nur in seinem Bett lag, wer kümmerte sich um ihn? Saß er es dann allein aus, mit schmerzenden Gliedern, schwerem Kopf, zu schwach, um die Tür zu öffnen?

Ich sagte zu mir, es wäre nicht mein Problem. Ich sprach es sogar laut aus, um mich davon zu überzeugen, aber es funktionierte nicht.

Es dauerte nicht einmal mehr fünf Minuten, da riss ich meine Tür auf, lief hinaus in den Flur und klopfte wieder gegen Mr Reeds Tür, so fest, dass mir die Knöchel wehtaten. Immer noch keine Antwort. Ich legte das Ohr gegen das kalte Holz, lauschte mit all der Findigkeit, die ich mir im Laufe der Jahre angeeignet hatte, hörte jedoch keinen Mucks.

Mein Verstand behauptete, dass all meine Ängste nur das Produkt meiner eigenen, überdrehten Fantasie waren. Aber mein Herz wollte sich davon nicht überzeugen lassen und wummerte immer heftiger in meiner Brust.

»Mr Reed!« rief ich, fühlte mich atemlos, ein wenig zu hysterisch und rief dann noch einmal seinen Namen.

Probeweise drückte ich die Türklinke, nur um zu sehen, ob die Tür auch wirklich abgeschlossen war, und bekam sie natürlich nicht auf.

Ich rang meine Hände, versuchte durch meine wirren Gefühle hindurch nachzudenken, die mir den Kopf vernebelten, und erkannte dann, dass ich die Lösung bereits in meiner Hand hatte. Nur der Entschluss, es durchzuziehen, fehlte mir bisher.

Ich legte den Kopf in den Nacken, spürte meine verspannte Nackenmuskulatur, schloss für einen Moment die Augen und zog mir die Unterlippe zwischen die Zähne.

Noch wehrte ich mich dagegen und wusste zugleich, dass ich es sowieso tun würde. Also wieso damit warten?

Ich lief zurück in mein Zimmer, schloss die Tür hinter mir und ging zu einem meiner Regale. Die Schatulle mit geschnitztem Deckel stand dort und ich öffnete den Verschluss, von dem ich geglaubt hatte, ihn erst wieder zu betätigen, sollte ich aus diesem Zimmer ausziehen. Mit spitzen Fingern nahm ich den Schlüssel heraus und mein Blick wanderte zu der Tür. Diese eine Tür, die ich geschworen hatte, niemals aufzuschließen. Von der ich meinem Bruder und auch meiner Freundin Elisa versichert hatte, sie nicht zu brauchen.

Und doch trat ich jetzt davor, schob mit aller Kraft meine Kleidertruhe hinüber zum Bett und steckte den schweren Schlüssel in das schmale Schlüsselloch.

Der Riegel quietschte, als ich ihn bewegte, und während ich die Hand auf die Türklinke legte, hatte ich ein ganz mulmiges Gefühl im Bauch.

Ich drückte das kalte Metall nach unten, hielt die Luft an und zog die Tür zu mir.

Direkt im Türrahmen vor meinen Füßen stand ein Stapel Bücher. Ich wusste nicht, was ich erwartet hatte, aber das überraschte mich aus einem mir unerfindlichen Grund. Es war wie eine Barriere, die mich abhalten wollte, diese Wohnung zu betreten und doch gleichzeitig ein Gruß aus meiner ganz eigenen Welt. Schließlich waren es Bücher.

Ich schob den Stapel vorsichtig beiseite und horchte in die Stille. Nichts war zu hören, bis auf meinen aufgeregten Herzschlag.

Langsam betrat ich einen kleinen holzgetäfelten Flur. Rechts von mir war die Haustür, links führte eine Tür in das angrenzende Zimmer. Sie war nur angelehnt. Der Flur war schmal und an der Wand waren einige Haken angebracht, an denen verschiedene Jacken, ein Mantel, Schal und Hut hingen.

Ich atmete tief durch, schmeckte den Staub in der Luft und musste mich regelrecht überwinden, mich weiter in die Wohnung zu wagen.

»Mr Reed?«, rief ich zaghaft und meine Stimme klang dünn und belegt. »Mr Reed?«, versuchte ich es noch einmal und es gelang nicht wesentlich besser als zuvor.

Meine Hand legte sich auf das glatte Holz der Tür und schob sie langsam auf. Es war immer noch gespenstisch still, die Dielen knarrten unter meinen Füßen und obwohl ich es vorhin schon versucht hatte zu verdrängen, hatte ich Angst, einen toten Mann vorzufinden.

Vielleicht hätte ich den ein oder anderen Roman einfach nicht lesen sollen. Das hätte mir sicher auch meinen täglichen Gang ins Archiv um einiges erleichtert.

»Mr Reed. Ich bin's, Animant Crumb«, versuchte ich auf mich aufmerksam zu machen. Schließlich war es ja auch gut möglich, dass der Bibliothekar quietschfidel irgendwo in seinem Sessel saß und mich gleich wütend anfahren würde, was ich bitte schön in seiner Wohnung zu suchen hatte. Doch das wäre mir hundertmal lieber, als ihn blutüberströmt auf dem Boden vorzufinden.

Es war unglaublich kalt hier drin. Ich verschränkte die Arme vor der Brust und versuchte nicht zu sehr zu zittern, als mir die Kälte langsam über die Haut strich.

»Sie haben nicht aufgemacht, da … da hab ich mir Sorgen gemacht«, gestand ich und schluckte gegen den Kloß in meinem Hals an.

Ich schob die Tür noch weiter auf und betrat einen dunklen, kalten Raum. Der Ofen war aus, die Gaslampen nicht entzündet und nur hinter mir aus dem Flur kam ein leichter Schein, der noch von meinem Zimmer bis hierher drang.

Der Raum vor mir war wohl der Wohnbereich. Es standen ein Sessel und ein kleines Sofa um einen niedrigen Holztisch, alles sehr dunkel und wenig verspielt. Auf dem Tisch lagen Bücher verstreut.

Der Teppich auf dem Boden war ausgetreten, dämpfte aber meine Schritte, als ich weiterging.

Das Zimmer zog sich um die Ecke, öffnete sich einem Arbeitsbereich und mir stockte beinahe ehrfürchtig der Atem, als ich meinen Blick schweifen ließ. Obwohl es so dunkel war, konnte ich die Unzahl an Büchern erkennen, die sich an den Wänden in Regalen durch den ganzen hinteren Teil des Zimmers zogen, bis hoch unter die Decke.

Ich wusste, dass ich ohne Erlaubnis in der Wohnung meines Vorgesetzten stand, von dem ich befürchtete, ihm könnte vielleicht etwas zugestoßen sein, und doch konnte ich meine Augen nicht losreißen und meine Seele nicht daran hindern, mir dieses Zimmer nur für mich zu wünschen.

Wenn ich einmal ein Haus oder eine Wohnung beziehen sollte, ob nun verheiratet oder nicht, bei allem, was mir heilig war, ich würde auch so ein Zimmer haben.

Ein gedämpftes Husten ließ mich zusammenschrecken und riss mich aus meiner Bewunderung. Mein Herz begann wieder zu rasen und das Gefühl, beobachtet zu werden, kroch mir über die Kopfhaut. Ich sah mich hektisch um, blinzelte nervös und entdeckte eine Tür neben mir zwischen den Regalen. Sie war offen, wie ein klaffendes schwarzes Loch, und ich starrte verängstigt in die Dunkelheit.

Ich zwang mich, ruhig zu atmen, einen klaren Kopf wiederzuerlangen und beschloss nach ein paar quälenden, reglosen Minuten, erst einmal Licht zu machen. Was nützte es denn, hier im Dunkeln zu stehen und sich vor jedem Schatten zu fürchten?

Ich nahm die Lampe, die mir am nächsten war. Sie stand am Arbeitstisch, Zündhölzer lagen direkt daneben und ich entzündete sie mit einer entschlossenen Bewegung aus dem Handgelenk.

Das warme Licht der Flamme hellte den Raum auf und gab mir gleich ein ganz anderes Gefühl.

Man konnte nun die Titel auf den Buchrücken lesen, die Teeflecken auf dem Tisch sehen, an denen eine Tasse runde Kreise auf das Holz gezeichnet hatte. Leicht fuhr ich einen der Kreise mit der Fingerspitze nach und sagte mir selbst, dass es keine Geister gab. Ich nahm die Lampe zur Hand, hob das schwere Messingding vom Tisch und drehte mich, um endlich Licht ins Dunkel zu bringen. Der Schein der Leuchte reichte durch die finstere Türöffnung und fiel dort auf ein großes Bett. Ein paar Schritte ging ich darauf zu, sah, wie sich die Decke bewegte, hörte noch ein Husten und dann erblickte ich endlich sein Gesicht.

Mr Reed lag in seinem Bett, die Federdecke bis ans Kinn hochgezogen. Seine Haut war fahl, seine Stirn mit Schweiß bedeckt und seine Lippen gerötet vom Fieber.

Er sah fürchterlich aus und doch fiel mir ein großer Stein vom Herzen. Er war am Leben, er lag in seinem Bett und nichts deutete darauf hin, dass er die Tür mit Absicht nicht geöffnet hatte. Es ging ihm augenscheinlich nicht gut und es war tatsächlich niemand hier, der sich um ihn kümmern würde.

»Mr Reed«, sprach ich ihn leise an, trat noch näher an sein Bett und stellte die Lampe auf dem Nachttisch ab. Er keuchte nur, öffnete die Augen aber nicht und drehte seinen Kopf stattdessen auf dem verschwitzen Kissen. Das Licht der Lampe zeichnete ihm noch stärkere Schatten unter die Augen und das Mitleid weichte mein Inneres auf.

Selbst wenn ich gewollte hätte, ich würde nicht wieder gehen können. Ich musste mich einfach um ihn kümmern, und das nicht wegen der unangebrachten Schwärmerei, die ich immer noch mit mir herumschleppte, egal, wie sehr ich es auch leugnete, sondern weil es mir moralisch überaus verwerflich vorgekommen wäre, ihn in so einem Zustand sich selbst zu überlassen, wo ich doch schon mal hier war. Und weil ich mir Sorgen machte.

Ich seufzte, ließ die Lampe stehen und ging zurück zum Schreibtisch, um die Zündhölzer zu holen. Eifrig lief ich einmal durchs Wohnzimmer, entfachte jede zweite Lampe und fühlte mich sofort sehr viel wohler. Die Wohnung des Bibliothekars war klein und bescheiden, aber durchaus ausreichend. Mir gefielen kleine Räume sowieso besser.

Ich verließ die Wohnung durch die Vordertür, um das Tablett aus dem Treppenhaus zu holen, balancierte es durch den kleinen Flur und stellte es schlussendlich auf dem Wohnzimmertisch ab. Produktivität lenkte mich wunderbar von meinen Gedanken ab und meine Gefühle, die mehr Sorge offenbarten, wurden zurückgedrängt.

Der Tee war nur noch lauwarm und ich beschloss, ein Feuer zu machen. Schließlich war es eisig kalt hier drin und das förderte nicht gerade die Gesundheit. Weder meine noch die von Mr Reed.

Mit geübten Handgriffen stopfte ich den kleinen Ofen mit dem Holz, das ich in einem Korb in der Ecke fand, heizte ihn ein und ließ die Ofenklappe dann offen, damit so viel Wärme wie möglich den Raum erfüllte. Die Kanne stellte ich auf die Platte darüber und verließ die Wohnung noch einmal.

Diesmal ins Badezimmer, um eine Schüssel und einen Lappen zu holen. Ich füllte die Schüssel mit kühlem Wasser und dann war ich auch schon wieder an Mr Reeds Bett. Bedacht tunkte ich den Lappen ins Wasser, zögerte kurz und tupfte dann vorsichtig die Schweißperlen von der Stirn des Bibliothekars.

Dann stand ich eine kleine Weile einfach nur da. Unschlüssig, was als Nächstes zu tun war.

Ich erinnerte mich daran, wie ich das letzte Mal so krank gewesen war. Es war zwar schon eine lange Zeit her, aber ich konnte noch vor meinem inneren Auge sehen, wie meine Mutter an meinem Bett gesessen, meine Hand gehalten und mir vorgesungen hatte. Sie hatte sich damals um mich gekümmert, mir den Tee gebracht, mich genötigt zu essen und mich sogar mit neuen Büchern versorgt.

Es war ein großer Teil ihres Wesens und obwohl ich oft glaubte, dass wir beide doch grundverschieden waren, trat in diesem Moment deutlich die Ähnlichkeit zwischen uns hervor. Auch ich stand hier am Bett eines Kranken und verspürte das Bedürfnis, mich um ihn zu kümmern.

Ich holte mir aus dem Arbeitszimmer einen Stuhl, den ich ans Bett stellte, legte ein wenig Holz im Ofen nach, schloss die Klappe und nahm den dampfenden Tee von der Ofenplatte.

Der Raum hatte sich merklich aufgewärmt. Nicht mehr lange und er hätte sogar eine angenehme Temperatur.

Mit dem Tablett kehrte ich ins Schlafzimmer zurück, stellte es auf den Nachttisch neben die Lampe und setzte mich auf den Stuhl.

Jetzt war ich doch froh, dass Mrs Christy mir zwei Tassen mitgegeben hatte. Ich goss mir Tee ein und hielt die Tasse zwischen den Fingern, während ich ganz dreist dasaß und Mr Reed im Schlaf betrachtete.

Bisher hatte ich mir selten die Zeit genommen, ihn wirklich zu mustern. Doch seit dem Walzer auf dem Ball, seit meine Seele mir vorgaukelte, mein Herz könnte für ihn schlagen, erschien er mir in einem ganz neuen Licht.

Seine Gesichtszüge waren auch im Schlaf noch streng. Die Wimpern lagen dunkel auf seinen Wangen, die Augenbrauen waren zusammengezogen durch die Anstrengungen des Fiebers. Seine Nase war gerade, hatte eine leichte Biegung zu einer Adlernase, jedoch nicht so stark, dass es wirklich aufgefallen wäre. Seine Wangen und sein Kinn waren nicht so glatt rasiert, wie ich es sonst von ihm gewohnt war und sein dunkles Haar war zerzaust und nass verklebt. Und trotzdem empfand ich ihn in diesem Moment als ausgesprochen attraktiv.

Ich nahm einen Schluck aus meiner Tasse, der nicht unbedingt sehr wohlschmeckend war, da es sich wohl um einen starken Kräutersud handelte, stellte die Tasse zur Seite und griff noch einmal nach dem Lappen, um ihn Mr Reed auf die Stirn zu legen. Ich versuchte dabei seine Haut nicht zu berühren und spürte doch das kribbelige Gefühl von Aufregung in meinem Bauch.

Der Schreck zuckte mir bis in die Fußspitzen, als seine Augenlider zu flackern begannen. Fluchtgedanken wurden in mir laut, aber es war bereits zu spät. Mr Reed öffnete die Augen, bevor ich mich überhaupt hatte von der Stelle rühren können, und sein Blick fiel sofort auf mich.

Er zuckte ein wenig erschrocken zusammen, hustete dann jedoch wieder und bemerkte dabei den Lappen auf seiner Stirn.

Ich war nervös, fühlte mich unsicher und wusste nicht, was mich nun erwartete. Doch ich war entschlossen zu bleiben und die Erfahrung hatte bisher gezeigt, dass mein Dickkopf größer sein konnte als seiner, wenn ich nur genügend Willenskraft aufbrachte.

Ich griff nach der Teekanne und füllte die zweite Tasse, nur um etwas zu tun zu haben und meinen Fingern nicht die Gelegenheit zu geben, in irgendeiner Art zu zittern.

»Sie sollten nicht hier sein«, erklang Mr Reeds Stimme. Sie war tief und rau vom Schlaf und der Erkältung. Augenblicklich breitete sich eine feine Gänsehaut auf meinem Rücken aus.

»Seien Sie still und trinken Sie das!«, sagte ich streng, um meine Gefühlswallungen zu überspielen, und hielt ihm die Tasse hin.

»Ich meine es ernst, Animant. Sie sollten nicht allein in der Wohnung eines Mannes sein«, betonte er noch einmal und machte keinerlei Anstalten, mir die Tasse abzunehmen.

Er hatte mich beim Vornamen genannt. Ich schluckte gegen den Kloß in meinem Hals an und obwohl es ungewohnt war, fühlte es sich überhaupt nicht falsch an. Nicht wie bei Mr Boyle.

»Wie sind Sie überhaupt hier reingekommen?«, fragte er jedoch, ohne auf meine Reaktion zu warten, und begann sich langsam ein wenig aufzurichten. Er trug ein einfaches Leinenhemd, das nur nachlässig zugeknöpft war.

Ich riss meinen Blick von ihm los und richtete ihn auf die dunkle Oberfläche des Tees in meinen Händen.

»Durch die Tür«, antwortete ich leise, was wenig eindeutig war, doch Mr Reed nickte und ein Ausdruck des Verstehens erschien auf seinem Gesicht.

»Natürlich«, murmelte er. Ich nutzte den Moment, in dem er seinen Gedanken nachging, um ihm die Tasse zu reichen, die er mir in einer unbewussten Bewegung abnahm.

Erst als er sie hielt, fiel es ihm auf und seine Augenbrauen schoben sich missmutig zusammen.

»Trinken Sie«, wies ich ihn noch einmal an und diesmal tat er es.

Er setzte sie an die Lippen, trank den ganzen Inhalt der Tasse auf einmal und gab sie mir dann mit einem angewiderten Gesichtsausdruck zurück. »Uäh, was ist das für ein Gebräu?«, wollte er wissen und ich musste mir ein Lächeln verkneifen. Seine Haare standen in alle Richtungen ab, sein Gesicht war zwar noch bleich, aber der verzogene Mund ließ ihn sehr lebendig wirken.

»Ich weiß es nicht. Es war Mrs Christy. Sie hat Ihnen auch ein paar Sandwiches und eine Suppe gemacht«, erzählte ich und wandte mich an das Tablett neben mir, um seine Tasse noch einmal zu füllen.

»Ich habe keinen Hunger. Und für Sie wäre es besser, wenn Sie jetzt gehen würden«, hielt er dagegen. Ich atmete tief durch, um mir selbst Mut zuzusprechen und war entschlossen, nicht klein beizugeben.

»Ich werde nicht gehen, ehe Sie etwas gegessen haben«, stellte ich meine Bedingung, schob entschlossen mein Kinn nach vorne und kniff die Lippen zusammen.

Mr Reed schloss für einen Moment die Augen und schnaubte in sich hinein. »Sie sind der sturste Dickkopf, der mir je auf die Nerven gegangen ist«, knurrte er und auch wenn seine Worte sehr rüde klangen, bedeutete es doch, dass ich bereits so gut wie gewonnen hatte. Wieder einmal.

»Ich nehme das jetzt einfach mal als Kompliment«, erwiderte ich schlagfertiger, als ich mir gerade zugetraut hätte und Mr Reed richtete den Blick wieder auf mich.

Das Licht der Lampe ließ seine Augen in weichem Schokoladenbraun erscheinen, im Mundwinkel versteckte sich ein Schmunzeln und er schüttelte leicht den Kopf über mich. Ich schaffte es nicht wegzusehen und meine ganze mühsam aufgebaute Selbstsicherheit fiel einfach in sich zusammen bei dem Blick, den er mir schenkte. Mein Puls ging viel zu schnell, Blut rauschte durch meine Ohren, mein Magen flirrte, mein Herz stand in Flammen.

Und von einem Moment auf den anderen wusste ich, wie es sich anfühlte, verliebt zu sein.

27

Das Siebenundzwanzigste oder das, in dem wir Tee tranken.

Mr Reed schaffte etwa die Hälfte der Suppe und biss sogar noch zweimal in ein Sandwich, ehe er langsam in den Schlaf wegdämmerte.

Ich ließ ihn gewähren, war beinahe erleichtert, meine strenge Maske nicht mehr aufrechterhalten zu müssen, und legte ihm wieder den kühlen Lappen auf die Stirn. Dann erhob ich mich lautlos, holte Mr Reed ein Buch, das ich ihm ans Bett legte, und löschte die Lampen. Um die Wärme noch eine Weile zu halten, schürte ich das Feuer im Ofen und verließ die Wohnung schließlich wieder durch die verbotene Tür.

Langsam zog ich sie hinter mir zu, drehte den Schlüssel im Schloss und ließ ihn stecken.

Ich atmete ein und wieder aus und fragte mich zum hundertsten Mal, wie das nur hatte passieren können. Mein Herz schlug zu schnell, meine Knie waren weich und ich lehnte meinen Kopf gegen das Holz der Tür.

Ausgerechnet Mr Reed. Wie unsinnig.

Er war mürrisch, unhöflich, hatte einen Hang zu gemeinen Kommentaren und Schadenfreude und war durch und durch ein verschrobener Sonderling. Er war unordentlich, unorganisiert und gänzlich das Gegenteil von dem, was ich mir vorgestellt hatte.

Und doch war es nicht mehr zu leugnen. Ich spürte das Kribbeln in meinem Bauch, das mich nicht essen ließ, und mein Kopf konnte nicht mehr aufhören, mir seine Augen in Erinnerung zu rufen. Seine belustigten Blicke, sein verstecktes Lächeln, die Art, wie er mich über den Brillenrand hinweg musterte.

Er, wie er mir zu Hilfe eilte, um mich aus der Maschine zu retten, wie er peinlich berührt zu Boden sah, als ich ihm dankte. Wie er mich bereits zum wiederholten Male aus einer unangenehmen Situation mit Mr Boyle befreit hatte.

Am besten gefiel mir jedoch, wie er klatschnass zwischen zerstörten Büchern stand, die Haare tropfend und wirr und doch dieses Lächeln auf den Lippen, weil es aufgehört hatte, in die Bibliothek zu regnen.

Ich wich ruckartig von der Tür zurück, schluckte, drehte mich einmal um mich selbst und ließ mich schlussendlich auf mein Bett sinken.

Es war eine Katastrophe! Das hätte niemals passieren dürfen.

Ich hatte zwischendurch wirklich geglaubt, mein Herz wäre aus Stein, sodass ich mich niemals verlieben konnte. Und jetzt das!

Meine Mutter durfte es nicht erfahren. Niemals!

Der Dienstag verlief noch stressiger als der Tag zuvor, was ich begrüßte, da ich dadurch hoffte, meinen schweren Kopf auf die Arbeit zu konzentrieren. Aber ich versagte kläglich.

Wo ich sonst hatte effektiv arbeiten können, schweiften meine Gedanken nun ständig ab. Unruhig, beinahe kopflos hatte ich weder gefrühstückt noch ein richtiges Mittagessen zu mir genommen.

Ständig fragte ich mich, wie es Mr Reed ging, was er wohl gerade tat, ob er Mrs Christy hörte, wenn sie an seine Tür klopfte. Würde er etwas zu sich nehmen, hatte er noch Fieber, dachte er vielleicht auch manchmal an mich?

Es war unsinnig und ablenkend, wider jeder Logik, aber ich konnte es einfach nicht abstellen.

Ich schaffte es nicht, dem Chaos Herr zu werden und blieb deshalb fast zwei Stunden länger, um wenigstens ein bisschen hinterherzukommen. Wenn Mr Reed morgen wieder auf den Beinen sein sollte, wollte ich auf keinen Fall, dass er mich für unfähig hielt.

Ich seufzte in mich hinein, schloss die Tür der Bibliothek hinter mir und trottete im Nieselregen nach Hause.

Nebel lag über London, hüllte es in eine kalte, feuchte Decke und obwohl ich nicht wusste, woher der Gedanke plötzlich kam, dachte ich an den jungen Timothy und seine Grandma.

Ob sie wohl überlebt hatte? Wie es dem Jungen jetzt ging?

Ich hatte ihn nur an diesem einen Nachmittag getroffen, war für wenige Stunden Teil seines Lebens gewesen und dann wieder gegangen. Und doch hatte es einen Eindruck bei mir hinterlassen und ich hätte gerne gewusst, ob meine erzwungene gute Tat denn auch wirklich geholfen hatte.

Im Personalgebäude setzte ich mich erst einmal in den Speisesaal und ließ mir von Mrs Christy einen Tee servieren. Sie sah mich ein wenig mitleidig an, stellte mir Sandwiches und einen süßen Pudding dazu und ich zwang mich zu essen, damit ich ihr keinen weiteren Grund zur Sorge gab.

Ich rührte unmotiviert im Pudding herum, da kam sie aus der Küche zurück und nahm routiniert die geleerte Tasse mit.

»Mrs Christy?«, hielt ich sie zurück, ehe sie wieder verschwinden konnte, und sie lächelte mich an. »Können Sie mir Auskunft über Mr Reeds Befinden geben? Hat er Sie heute reingelassen?«, wollte ich wissen und schaffte es trotz großer Bemühung nicht, mein Interesse aus meiner Stimmlage zu verbannen.

»Hat er, Miss. Aber gegessen hat er nicht wirklich«, informierte sie mich freundlich und glücklicherweise schien sie meine Frage nicht neugierig zu machen. Für sie war ich wahrscheinlich nur eine nette Angestellte. Nicht das verkorkste Mädchen, das in ihren Vorgesetzten verliebt war.

»Er war sehr blass, aber es ging ihm schon gut genug, um über den Tee zu schimpfen«, empörte sie sich und zerknautschte Falten zeigten sich in ihrem rundlichen Gesicht.

Ich lachte leise, schob mir noch zwei Löffel voll Pudding in den Mund und ließ mich dann entschuldigen.

Doch diesmal war es Mrs Christy, die mich aufhielt. »Miss Crumb«, sagte sie und sah mich verschämt an. »Wären Sie vielleicht wieder so freundlich, Mr Reeds Tablett mit nach oben zu nehmen?«, wollte sie schüchtern wissen und ich nickte.

Wenn ich ehrlich war, freute ich mich sogar, dass sie mich darum bat. Damit gab sie mir einen legitimen Grund, um an Mr Reeds Tür zu klopfen.

Ich ließ mir das Tablett geben und machte meinen Aufstieg die Treppen nach oben, die heute viel weniger zu sein schienen als sonst. Ich entledigte mich eiligst meines Mantels, kontrollierte meine Frisur und meine Garderobe im Spiegel und ging dann wieder hinaus auf den Flur, um an Mr Reeds Tür zu klopfen.

Ich war nervös, hoffte, er würde mir aufmachen und fürchtete es gleichzeitig.

Und dann war da noch die Frage, ob er mich überhaupt hereinbitten würde. Schließlich war er krank und brauchte seine Ruhe. Andererseits war er schon den ganzen Tag allein und sehnte sich möglicherweise nach einem Gespräch, ein wenig Gesellschaft, jemandem, der ihn zwang, seine Suppe zu essen.

Aber vielleicht auch nicht und ich würde mich nur lächerlich machen, wie ich hier stand und an Mr Reeds Tür klopfte wie ein treudoofes Dummerchen mit herausgeputztem Haar.

Ich hätte noch ewig darüber nachdenken können, meine Überlegungen hin und her wälzen, doch ich wurde darin gestört, als sich die Tür vor mir öffnete und mir das Herz vor Schreck nach unten sackte.

»Miss Crumb«, sagte Mr Reed, die Haare zerzaust, die Augen verschlafen und seine Stimme rau vom Husten.

Ich war ihm schon so oft begegnet, täglich eigentlich, und trotzdem schien ich vergessen zu haben, wie attraktiv dieser Mann war.

Oder ich hatte es bisher nicht gesehen. Und auch nicht gefühlt.

Doch jetzt stand ich hier und in meinem Bauch flatterte es so sehr, dass mir die Worte abhandenkamen.

»Ist alles in Ordnung?«, fragte mich Mr Reed und ich musste mich ganz stark darauf konzentrieren, nicht zu erröten. Das wäre nämlich die Krönung meines so überaus peinlichen Auftrittes.

Ich riss mich zusammen, versuchte mich krampfhaft daran zu erinnern, warum ich hier war und wurde von dem Geruch von Hühnersuppe gerettet.

»Ich bringe Ihnen etwas zu essen von Mrs Christy«, brachte ich zusammen und vermied es, Mr Reed ins Gesicht zu schauen. Ich musste mich ganz normal verhalten, aufhören, meinen unnützen Gedanken nachzujagen, sonst würde er sofort merken, dass etwas mit mir nicht stimmte.

Und das Letzte, was ich wollte, war, mich so vor Mr Reed zu blamieren. Was er wohl denken würde, wenn er wüsste, dass ich für ihn schwärmte, mein Herz lauter zu klopfen begann, wenn ich an ihn dachte. Er würde über mich lachen oder wütend werden. Oder am schlimmsten: Er würde mich entlassen und mir nie wieder begegnen wollen.

Ich atmete also tief durch, während ich mich zu dem Tablett drehte und es anhob.

Mr Reed nickte nur abwesend, nahm es mir ab und blieb einfach in der Tür stehen.

»Und jetzt?«, wollte er wissen und sah ein wenig verwirrt auf mich herunter. Vielleicht weil ich immer noch hier stand. Vielleicht aber auch, weil ich meinen erwartungsvollen Blick nur sehr schwer unterdrücken konnte.

»Jetzt könnten Sie mich hereinbitten«, sagte ich kühn, in der Bemühung, so zu sein wie immer, und war mir ganz und gar nicht sicher, ob ich so etwas normalerweise wirklich gesagt hätte.

Mr Reed hob spöttisch eine Augenbraue. »Damit Sie mich zwingen, das alles zu essen! Das wäre ja wie ein Schuss ins eigene Bein«, behauptete er und obwohl ich an seinem Tonfall hörte, dass er es nicht wirklich ernst meinte, bekam ich doch einen Stich ins Herz.

»Ganz wie Sie wollen«, erwiderte ich recht kühl und verschränkte die Arme vor der Brust. »Dann werden Sie aber wohl auch auf meine Gesellschaft verzichten müssen«, warf ich hinterher, nur um auch etwas entgegengebracht zu haben, und wandte mich ein Stück ab, um mich zu meinem Zimmer zu begeben.

Ich konnte nicht leugnen, dass ich enttäuscht war. Natürlich war es unwahrscheinlich gewesen, wirklich den Abend mit Mr Reed zu verbringen, aber die Hoffnung starb ja bekanntlich zuletzt.

»Miss Crumb?«, hielt mich Mr Reed zurück und ich drehte ihm den Kopf zu. Aus seinen Augen war der Spott verschwunden. »Ich hatte einen sehr langweiligen Tag«, gestand er zähneknirschend und ich konnte mir ein Grinsen nicht verkneifen. Dieser Mann war wirklich nicht einfach.

»Vielleicht sollte ich Ihnen Bericht erstatten über die heutigen Vorkommnisse in der Bibliothek«, stellte ich ihm in Aussicht und er nickte tatsächlich. Mein Puls beschleunigte sich.

»Das wäre sicher schlau. Schließlich bin ich der Bibliothekar«, gab Mr Reed zurück, trat einen Schritt zur Seite und machte mir so Platz in dem schmalen Flur, was einer stillen Einladung gleichkam.

Mir wurde augenblicklich heiß und kalt gleichzeitig. Ich zögerte nicht, trat durch die Tür und schob mich an dem Mann vorbei, der diese ungewohnten Empfindungen in mir auslöste, denen ich nicht wirklich gewachsen war.

Die Lampen brannten vereinzelt im Wohnzimmer, doch der Kamin war schon wieder erloschen und es lag eine ungemütliche Kälte in der Wohnung.

»Wieso machen Sie denn kein Feuer? Sie werden noch umkommen in der Kälte!«, rief ich sofort empört und trat direkt auf den Ofen zu. Es war wirklich unverantwortlich, bei solch einem Zustand auch noch in kalten Zimmern zu hausen.

Das machte mich wütend vor Sorge und ich warf einen Blick über die Schulter zu Mr Reed, der das Tablett auf dem Tisch zwischen dem Sofa und dem Sessel abstellte.

Er ließ sich sichtlich erschöpft in den Sessel fallen und schloss die Augen. Mr Reed sah wirklich nicht gesund aus. Besser als gestern, aber immer noch nicht wieder auf der Höhe.

»Ich hab's versucht, Miss Crumb, aber ich habe mich nicht in der Verfassung befunden, es auszuführen«, antwortete er mir matt und ich bereute, die Wut in mir so schnell zugelassen zu haben.

Ich erwiderte nichts darauf, öffnete den Ofen und schob die Asche durch die Schlitze in den Behälter darunter. Es dauerte nicht lange, bis ich das Holz verschiedener Dicke geschichtet und entzündet hatte und dann die Ofenklappe wieder schloss.

»Sie können das wirklich gut«, murmelte Mr Reed, den Blick auf mich gerichtet, doch mit den Gedanken ganz woanders.

Ich wischte mir die Hände an einem Tuch ab, das am Holzkorb hing, erhob mich aus der Hocke und strich mir den Rock zurecht.

»Und Sie sollten wieder ins Bett gehen«, meinte ich und bekam sofort ein schwaches Kopfschütteln zur Antwort.

»Dann sitzen Sie nur wieder daneben und ich fühle mich wie ein alter Mann«, erklärte er und rieb die kalten Hände aneinander. Sein Hausmantel schien aus Wolle zu sein, doch die Kälte des Raumes hielt auch er wohl nicht gänzlich ab. »Es ist für uns beide besser, im Wohnzimmer zu sein. Für mich wegen meines Stolzes und für Sie wegen Ihrer Ehre.«

Ich wusste, was er meinte und konnte mich dem Vorschlag fügen.

Es wäre meinem Ruf nicht zuträglich, wenn man wüsste, dass ich das Schlafzimmer eines Mannes betreten hatte, der nicht der meine war. Natürlich hatte ich es getan, um einen Kranken zu pflegen, aber wen würden die Gründe schon interessieren, wenn diese Information erst einmal die Runde gemacht hatte.

Ich kannte die Lästermäuler vom Landadel, die gelangweilten alten Damen, die übermütigen jungen Frauen. Und vor dem männlichen Geschlecht machte diese Tratschsucht auch nicht halt. Man würde die Sache so lange erzählen, bis sie nichts mehr mit der Wirklichkeit gemein hatte, und das Einzige, was bleiben würde, wäre die Tatsache, dass ich mit Mr Reed in seinem Schlafzimmer gewesen war.

Ich hielt mich zwar weder für wichtig noch für bekannt genug, dass man wirklich viel über mich reden würde, doch es würde schon genügen, es meinem Onkel anzutragen und schon wäre alles dahin. Meine Mutter würde das Herz endgültig entzweibrechen und mein Vater würde durch den Verlust meiner Ehre sicher vor Schreck einfach tot umfallen.

Ich setzte mich auf das Sofa, in angebrachtem Abstand zu Mr Reed, nahm die Kanne vom Tablett und goss ihm in eine Tasse ein. Es waren schon wieder zwei.

Er nahm die Tasse, roch an dem Gebräu aus Kräutern und kräuselte die Nase, was ihn wie einen Jungen erscheinen ließ. Dadurch, dass sich sein Mund verzog, bildete sich auf seiner linken Wange ein Grübchen.

»Runter damit«, forderte ich ihn auf und versteckte meine Nervosität hinter Strenge, wie ich es gestern Abend bereits getan hatte. So wusste ich wenigstens, wie ich mich verhalten konnte, ohne mich fahrig und unsicher zu fühlen.

Mr Reed setzte die Tasse an die Lippen und leerte sie in einem Zug, als würde er Bier aus einem Humpen in sich hineinkippen.

Sicher hatte Mr Reed schon einmal Bier getrunken. Ich hatte bisher selten Kontakt dazu gehabt, da Bier als das Getränk der arbeitenden

Klasse galt und es sich nicht schickte, bei meinem gesellschaftlichen Stand so etwas zu trinken.

Mir kam wieder in den Sinn, dass Mr Reeds Vater Metzger gewesen war und ich versuchte mir vorzustellen, wie sein Alltag damals ausgesehen hatte. Mr Reed als schmutziger Junge, der die Schweine über den Hof trieb, Brot mit Wurst und Bier zum Frühstück.

Ich konnte es in meinem Kopf sehen, doch das Bild ließ sich nicht mit dem Mann vereinbaren, der hier vor mir saß. Die kantigen Züge seines Gesichtes, die zu hager waren, um in den Augen der Welt als auffallend schön zu gelten. Seine Augen waren tief und dunkel und begierig nach Wissen. Seine Finger waren lang, wie für das Blättern von Seiten gemacht, doch bei genauerem Hinsehen waren die Handflächen groß wie die eines Arbeiters. Und ich wusste auch, dass er stärker war, als man ihm zutraute.

Doch wenn man es genau nahm, kannte ich diesen Mann eigentlich kaum.

Er stellte die Tasse auf das Tablett und ich füllte sie zu seinem Missfallen ein zweites Mal.

»Tun Sie mir einen Gefallen?«, fragte mich Mr Reed und zerstörte so die Stille, die den Raum zwischen uns gewahrt hatte. Er starrte angeekelt auf die Tasse, die ich ihm schon wieder hinhielt. Ich witterte die Gelegenheit, meiner Neugierde ein wenig Linderung zu verschaffen.

»Kommt ganz drauf an«, erwiderte ich und wusste nicht, wie es sein konnte, dass ich äußerlich so ruhig blieb, obwohl in meinem Inneren alles durcheinanderfiel.

»Bitte machen Sie mir einen richtigen Tee. Ich möchte das nicht trinken«, bat er mich fast flehend, den Blick aus dunklen Augen an mich geheftet. Was er wohl sah, wenn er mich betrachtete?

Ich stellte die Tasse weg, hielt den Gesichtsausdruck neutral, nutzte die Gelegenheit, Mr Reed nicht anzusehen, und sammelte meine Gedanken für die praktischen Seiten meines Geistes.

Tee hatte ich in meinem Zimmer und Mr Reed ganz sicher auch welchen hier in der Wohnung. Doch so einfach musste ich es ihm ja nicht machen.

»Wie lange sind Sie schon Bibliothekar, Mr Reed?«, erkundigte ich mich und es bildete sich eine steile Falte zwischen seinen Augenbrauen.

»Was hat das mit dem Tee zu tun?«, wollte er sofort wissen und ich versuchte gefasst zu bleiben, während ich ihm wieder ins Gesicht sah.

»Nichts«, gestand ich und zuckte mit der rechten Schulter. »Aber Sie können mir meine Fragen beantworten und Tee dafür bekommen. Oder Sie lassen es und ich werde Sie zwingen, das hier zu trinken«, sagte ich recht nüchtern, nahm die Tasse wieder zur Hand, die ich gerade eben auf das Tablett gestellt hatte, und hielt sie ihm herausfordernd unter die Nase.

Mr Reed starrte mich einen Moment fassungslos an und holte dann tief Luft. »Und da sagen Sie, ich wäre garstig«, empörte er sich mit diesem mürrischen Gesichtsausdruck, den ich an ihm schon so oft gesehen hatte, und sank ein wenig in seinem Sessel zusammen. »Ich bin krank. Seien Sie nachsichtig«, maulte er wie ein kleines Kind und ich schaffte es nur um Haaresbreite, nicht zu lachen.

»So etwas habe ich nie gesagt«, erwiderte ich stattdessen abwehrend und Mr Reed hob vielsagend die Augenbrauen.

»Doch, das haben Sie. Ich erinnere mich genau«, behauptete er, hielt seine Abwehr noch einen Moment aufrecht und seufzte dann laut. »Drei Jahre.«

»Wie bitte«, fragte ich nach, weil mein Kopf immer noch damit beschäftigt war, sich daran zu erinnern, wann ich Mr Reed jemals als garstig betitelt hätte.

»Ich bin seit etwa drei Jahren Bibliothekar«, wiederholte er und ich nickte.

»Natürlich, das hätte ich wissen können.«

»Ach ja. Und woher?« wollte er recht erstaunt wissen und sah mir hinterher, als ich mich vom Sofa erhob.

»Die Spur der Verwüstung verrät Sie«, behauptete ich mit einem Lächeln und meinte damit die Unterlagen der Bibliothek, die bis vor drei Jahren tadellos geführt worden waren, dann etwa ein halbes Jahr schlampig ergänzt und schließlich äußerst lückenhaft wurden.

Ich verließ die Wohnung, um meinen Kessel zu holen und ihn im Badezimmer mit Wasser zu füllen. Die Tür hatte ich nur angelehnt, um Mr Reed nicht dazu zu nötigen, sich mehr zu bewegen, als ihm guttat.

Tee hatte ich in meinem Zimmer und eine Kanne auch.

Als ich den Kessel auf die Ofenplatte stellte, hatte ich schon die zweite Frage auf den Lippen und Aufregung in meinem Bauch.

»Was haben Sie gemacht, bevor Sie Bibliothekar geworden sind?«, wollte ich wissen und sah zu Mr Reed, der sich nicht aus dem Sessel bewegt hatte.

»Sie haben ernsthaft vor, mich auszufragen?«, stellte er eine Gegenfrage und ich zuckte mit den Schultern.

Ich wusste nicht genau, wie ernsthaft ich es vorhatte. Ich nutzte die sich mir bietende Gelegenheit, doch ihn dazu zwingen wollte ich eigentlich auch nicht.

»Nur ein wenig«, sagte ich daher und machte ein unschuldiges Gesicht.

Mr Reed stützte sein Kinn in die Hand und verdeckte so seinen Mund mit den Fingern, damit ich das Lächeln nicht sah, das sich gerade darauf legte. Seine Augen verrieten ihn jedoch auch so.

Ich öffnete die Verpackung des Earl Grey, den ich mitgebracht hatte, und atmete den Geruch von Bergamotte ein.

Ein Gefühl von Ruhe überkam mich. Vielleicht lag es an dem so bekannten Geruch des Tees oder am Feuer im Ofen, das den Raum heizte. Oder aber an Mr Reed. Warum, konnte ich mir nicht erklären.

»Ich hatte Ihren Job. Ebenfalls drei Jahre lang«, sagte Mr Reed plötzlich und ich brauchte einen Moment, bis ich begriff, dass er tatsächlich meine Frage beantwortet hatte.

»Sie waren Bibliothekarsassistent?«, rief ich überrascht und Mr Reed nickte nur. Ich stoppte darin, Tee in das Sieb der kleinen Teekanne zu füllen und versuchte in meinem Kopf die Zeiten zusammenzurechnen. Gemeinsam mit einem Studium musste das alles etwa zehn Jahre in Anspruch genommen haben.

Ich sah zu Mr Reed, musterte ihn, fragte mich nicht zum ersten Mal, wie alt dieser Mann eigentlich war und nahm dann den Kessel vom Ofen, als er leise zu pfeifen begann.

Mr Reed beugte sich langsam nach vorn und nahm ein Buch auf, das vor ihm auf dem Tisch lag. Seine Bewegungen waren müde, seine Haltung kraftlos und obwohl er sich bemühte, einen normalen Eindruck zu machen, sah man ihm deutlich an, wie krank er war.

Ich goss den Tee auf und kam mit der Kanne zurück zu dem Sofa, auf dem ich wieder Platz nahm.

»Wie alt sind Sie, Mr Reed?«, sprach ich aus, was mich beschäftigte, weil sich diese Frage vielleicht nie wieder so leicht und unverfänglich würde stellen lassen.

Um ihm mal wieder nicht in die Augen sehen zu müssen, nahm ich die Kanne und goss etwas von dem Tee in die zweite Tasse auf dem Tablett. Meine Hände zitterten leicht.

»Ich bin siebenundzwanzig. Und Sie?« Mr Reed klappte das Buch zu, legte es auf seinem Bein ab und ließ sich von mir die Tasse reichen.

Ein Teil meines Kopfes zog bereits zehn Jahre ab und wunderte sich darüber, dass er tatsächlich mit siebzehn angefangen haben musste zu studieren. Doch der andere, größere Teil meiner Konzentration legte sich auf die Frage, die Mr Reed mir gestellt hatte.

»Ich bin neunzehn«, sagte ich und zum ersten Mal in meinem Leben schämte ich mich für mein Alter. Einerseits, weil ich schon so alt war und doch nichts vorzuweisen hatte so wie er, der in diesem Alter schon mitten im Studium gewesen war. Und anderseits, weil ich noch so jung war und mir trotzdem anmaßte zu glauben, ein lohnenswerter Gesprächspartner zu sein.

Acht Jahre trennten uns, was in der Gesellschaft unserer Zeit als schwindend gering galt, wenn nicht sogar ideal für eine Verbindung. Hier und jetzt fühlte es sich jedoch an, als würden uns Welten trennen.

Mr Reed hob wieder eine Augenbraue, fragend, herausfordernd, doch er äußerte sich nicht dazu. Ich wünschte mir, er würde etwas sagen, nur damit ich keine Ungewissheit über seine Gedanken hatte.

Die Stille hielt an. Mr Reed setzte die Tasse an die Lippen, schloss die Augen und genoss diesen ersten Schluck sichtlich. Als hätte er sich den ganzen Tag nach nichts anderem gesehnt.

Ich versuchte ihn nicht zu offensichtlich zu beobachten und suchte mit den Augen etwas, mit dem ich meine Gedanken ablenken konnte.

Mein Blick fiel auf das Buch, das immer noch auf Mr Reeds Bein lag. Es war ein schmaler Gedichtband von einem mir unbekannten Autor.

»Sie lesen Gedichte?«, erkundigte ich mich leise, weil ich es nicht aushielt, einfach nichts zu sagen. Ich konnte mir gut vorstellen, dass wir beide zwei Menschen waren, die mit der Stille des anderen zufrieden sein konnten. Doch jetzt gerade war ich zu unsicher, um die innere Gefasstheit zu besitzen, die dafür nötig war.

»Sie nicht?«, antwortete Mr Reed, stellte die Teetasse zur Seite, um das Buch wieder zur Hand zu nehmen.

»Nicht wirklich. Ich bevorzuge Sachbücher«, gestand ich und hoffte, dass das eine Eigenschaft war, die ihm gefallen würde. Ich wünschte mir sowieso, dass ich auch eine Person wäre, die ihm gefallen könnte. Noch nie in meinem Leben hatte ich mir über so etwas Gedanken gemacht. Was er dachte, was er wollte? Ob ich genug war oder doch alles ganz falsch machte. Vielleicht gefiel ihm meine strebsame Art, vielleicht machte mich das für ihn aber auch genau zur falschen Frau, weil er sich zu seiner nüchternen Haltung eine verträumte Seele wünschte.

Oder ich hatte mir selbst schon von Anfang an alles zunichte gemacht, weil ich es gewagt hatte, ihm die Stirn zu bieten, in die Privatsphäre seines Büros und seines Briefverkehrs einzudringen und ihn sogar altklug zurechtgewiesen hatte.

Wer konnte schon erraten, was ein Mann wie Thomas Reed denken mochte?

»Ich mag es«, eröffnete er mir und mir viel sofort der freundliche Ton in seiner Stimme auf. Es war nur eine kleine Veränderung, aber sie machte aus dem Verhör, das wir geführt hatten, eine Unterhaltung.

»Wieso?«, fand ich den Mut zu fragen und wusste nicht wohin mit meinen Fingern.

Mr Reed zog die Stirn kraus, sah nachdenklich in den Raum. »Lyrik hat etwas an sich«, begann er recht undefiniert und schnaubte dann in sich hinein. »Vielleicht aber auch nur, weil ich einfach unfähig bin, selbst welche hervorzubringen«, meinte er dann schlicht und legte das Buch zurück auf den Tisch. Er blieb wieder still, holte sich die Tasse vom Tablett und trank schweigend seinen Tee, während ich die Sekunden verstreichen fühlte.

Dann blinzelte er plötzlich und richtete sich mit einem Ruck in seinem Sessel auf. »Meine Güte, wie unhöflich von mir«, murmelte er mehr, als dass er es wirklich sagte, und schickte sich an, sich zu erheben.

»Wo wollen Sie hin?«, rief ich alarmiert und erhob mich ebenfalls. Was war ihm denn jetzt wieder eingefallen?

»Ich möchte Ihnen eine Tasse holen«, erklärte Mr Reed mit müder Stimme und ich spürte ein warmes Gefühl in meinem Bauch aufsteigen. Das war wohl bisher die höflichste Geste, die er mir gegenüber gezeigt hatte.

»Setzen Sie sich«, stoppte ich ihn trotzdem sofort, streckte die Hände aus und zwang ihn durch diese Geste, wieder in den Sessel zu sinken. »Ich hole mir meine Tasse selbst. Sie können erneut versuchen, höflich zu sein, wenn Sie wieder gesund sind«, sagte ich mit wenig Ernst und einem Tupfer Ironie und schaffte es nicht, das Lächeln zu unterdrücken, welches verursacht durch das Kribbeln in meinem Bauch auf meinen Lippen aufging.

Es war fast schon grotesk, wie wenig Entgegenkommen dieser Mann zeigen musste, damit meine Gedanken sich nur um ihn drehten.

»Ich kann durchaus höflich sein, wenn ich das will!«, verteidigte Mr Reed sich sofort, dem meine Spitze nicht entgangen war, und schürzte auf seine mürrische Art die Lippen.

»Dann wollen Sie wohl meistens nicht genug«, kam es einfach aus mir heraus, weil es meiner Art entsprach und weil ich meine eigenen Gedanken nicht gut genug unter Kontrolle hatte. Schnell wandte ich mich zu der Glasvitrine, in der ich glaubte Tassen gesehen zu haben, trat darauf zu und öffnete sie.

»Wahrscheinlich«, stimmte Mr Reed mir zu, trank seinen Tee und lächelte in sich hinein.

28

Das Achtundzwanzigste oder das, in dem ich es anging, Geheimnisse zu lüften.

Wie am Abend zuvor, zwang ich Mr Reed auch dieses Mal, wenigstens ein bisschen zu essen und verabschiedete mich dann zu einer angemessenen Uhrzeit, um ins Bett zu gehen.

Er bedankte sich bei mir für den Tee und erklärte, dass er vorhätte, am nächsten Tag wieder zur Arbeit zu erscheinen.

Ich redete es ihm erfolgreich aus, doch er teilte mir mit, dass seine Verpflichtungen am Nachmittag sich nicht würden aufschieben lassen.

Und da waren sie wieder. Diese mysteriösen Verpflichtungen am Mittwoch- und Freitagnachmittag, die mir bisher ein Rätsel geblieben waren.

Es wurmte mich, dass dies ein so wichtiger Teil in Mr Reeds Leben zu sein schien, dass er sogar bereit war, es nicht einmal in seinem Zustand ausfallen zu lassen, und ich keinen Schimmer hatte, was es war.

Ich machte mich fertig und ging zu Bett. Der Schlaf ließ allerdings auf sich warten. Genervt wälzte ich mich von links nach rechts und dachte an Mr Reeds eigenartige Weise, freundlich und distanziert zugleich zu sein. Er war nicht besonders redselig und es war schwierig, Dinge aus ihm herauszubekommen.

Ich wusste immer noch nur sehr wenig über ihn, was ich als vertretbar erachtete, da ich ihn für einen guten Menschen hielt. Zumindest glaubte ich, den in ihm sehen zu können, wenn man hinter die Fassade seiner mürrischen Anwandlungen und der Neigung zu Unhöflichkeiten blickte.

Nur diese geheimnisvollen Verpflichtungen waren mir wie ein Dorn im Auge, ein Stein auf der Brust.

Was, wenn er wirklich ein Spion war oder einem Kult angehörte, der böse Riten vollführte? Das würde zumindest erklären, warum er so wenig schlief.

Doch viel schlimmer kam mir der Gedanke vor, dass er eine Geliebte hatte. Warum auch immer diese Tatsache ein Geheimnis sein musste, es wäre schrecklich für mich zu wissen, wenn er eine andere liebte.

Allerdings war es noch viel schlimmer, es nicht zu wissen.

Vielleicht würde mich das Wissen sogar befreien. Mein Herz würde erkennen, wie unsinnig es war, für einen Mann zu schwärmen, den man nicht haben konnte, und meiner Logik endlich wieder genug Platz einräumen, um mich richtig zu entscheiden.

Und zwar gegen eine Verliebtheit, die zu nichts führte.

Irgendwann schlief ich ein, nur um noch vor halb sechs wieder zu erwachen. Ich hatte schlecht geträumt, mein Körper fühlte sich schwer an und im ersten Moment glaubte ich, ich würde nun auch noch krank werden. Doch mich plagten weder Gliederschmerzen noch Fieber, meine Nase lief nicht und mein Hals war vollkommen in Ordnung. Lediglich ein paar Kopfschmerzen ließen sich ausmachen.

Also gab ich es auf, mich noch weiter damit herumzuquälen, dem Schlaf näherzukommen, stand auf und wusch mich im Badezimmer. Ich pflegte meine Haare, kümmerte mich um meine Nägel und meine Haut und nahm mir dann noch die Zeit, mir in Ruhe zu überlegen, was ich heute tragen wollte.

Natürlich war ich auch die Erste, die an diesem Morgen im Speisesaal erschien, und Mrs Christy warf mir einen verwunderten Blick zu, als sie mich hereinkommen sah.

Sie machte mir einen Tee und Porridge mit Pflaumenkompott und ich aß es, obwohl ich keinen Appetit hatte. Mein Kopf sagte mir, dass ich mich danach besser fühlen würde. Und es war tatsächlich so.

Ich ging schon eher zur Bibliothek, als ich gemusst hätte, stürzte mich in Arbeit, räumte ein paar Ablagen zusammen, die in Mr Reeds Büro herumlagen, obwohl er mir das Versprechen abgenommen hatte, nicht schon wieder aufzuräumen. Aber ich räumte ja nicht wirklich auf, redete ich mir ein, seufzte laut und hielt in meiner Tätigkeit inne, einen Stapel Papiere in den Händen.

Diese ganze Sache machte mich einfach verrückt. Wenn ich gewusst hätte, wie Verliebtsein wirklich war, dann hätte ich mir nie gewünscht, das auch einmal zu erleben.

Ich musste nur den unbequemen Holzstuhl hinter dem Schreibtisch ansehen und schon erschien Mr Reeds mürrischer Blick vor meinem inneren Auge. Wie er mich mit genervtem Ton herumschickte und dabei ganz konzentriert irgendwelche Dokumente durchging. Wie seine Finger über die Zeilen fuhren, wenn er etwas Bestimmtes suchte. Seine skeptischen Blicke, ein verstecktes Lachen oder einen Spruch auf den Lippen, der nur dazu diente, mich aus der Fassung zu bringen.

Ich schob die Papiere sorgfältig zu einem Stapel zusammen und begann sie dann zu sortieren.

Mr Reed blieb in meinem Kopf.

Aber die Arbeit wartete und ich würde mein Möglichstes tun, um mich darauf zu konzentrieren. Ich verließ Mr Reeds Büro wieder und schloss die Tür hinter mir, als ich schon Oscar unten im Foyer hörte. Er hatte Cody dabei und ich brummte den beiden den Gang ins Archiv auf, um wenigstens einen Tag Pause vor diesem Schrecken zu haben.

Glücklicherweise kamen heute wieder genauso viele Studenten wie gestern und ich hatte wirklich eine Menge zu tun. Ich schaffte es, produktiv zu sein, mich nützlich zu fühlen und meinen Alltag zu meistern. Gerade stand ich in der Abteilung für Philosophie, als ein Räuspern meine Aufmerksamkeit für sich beanspruchte.

Ich schob das Buch, das ich schon in der Hand hatte, an seinen Platz und wandte dann den Kopf, um zu sehen, wer mich in meiner Arbeit unterbrach.

Es war Miss Brandon-Welderson und ihr spitzer Mund zeigte mir deutlich, dass sie verärgert war.

Berechnend wie ich manchmal war, legte ich ein falsches Lächeln auf, riss mich zusammen, um nicht die Augen zu verdrehen, und stieg von meiner Leiter hinunter.

»Guten Tag, Miss Brandon-Welderson«, begrüßte ich sie höflich, doch ohne die schwungvolle Freude, die ich am Ball hatte vortäuschen können. Dazu war ich gerade nicht abgebrüht genug, da mein Nervenkostüm nur sehr dünn war.

»Guten Tag, Miss Crumb«, ratterte sie schnell herunter und ihr Blick bekam etwas Stechendes, Feindseliges, als sie versuchte, mir in die Augen zu sehen. Auf ihrem Kopf thronte ein Ungetüm von einem Blumengesteck, das durch Perlen und allerlei Tand aufgeschmückt worden war und so schwer sein musste, dass Miss Brandon-Welderson Mühe hatte, den Kopf gerade zu halten, ohne zu wackeln.

»Ich suche Mr Reed. Wie so oft«, begann sie und ich hatte mir so was schon fast gedacht. »Und einmal mehr hat der eine junge Herr am Tresen kein Wort mit mir gesprochen und der andere hat mich zu Ihnen geschickt«, zeterte sie los und ich klammerte mich eisern an mein Lächeln. »Es ist eine Unverschämtheit, so behandelt zu werden und ich verlange zu wissen, wo Mr Reed sich aufhält. Ich habe den Gang zu dieser Bibliothek jetzt seit sechs Wochen jeden Mittwochvormittag unternommen und noch nicht ein einziges Mal diesen verflixten Bibliothekar angetroffen. Es ist eine Farce. Arbeitet dieser Mann überhaupt?«, zischte sie. Wie wütend sie auch sein mochte, ihr schien zumindest bewusst zu sein, dass wir uns in einer Bibliothek befanden, denn sie verzichtete darauf, in ihrem Ärger die Stimme zu erheben. »Und wagen Sie es ja nicht, mir mit falschen Ausflüchten zu kommen, Sie … Sie Person.« Empört stach sie mir mit ihrem kleinen, behandschuhten Finger gegen die Brust.

Ihre Wut hatte sich so plötzlich gegen mich gewandt, dass ich ganz überrumpelt war und es nicht schaffte, ihren Ärger zu erwidern.

Ich versuchte etwas zu sagen und die aufgebrachte Frau zu beruhigen, aber sie ließ mich nicht.

»Sie haben auf dem Ball mit Mr Reed getanzt. Ich habe Sie beide gesehen. Sie stecken doch unter einer Decke!«, machte sie verbissen weiter und da ging es mir auf.

Sie war nicht wütend auf mich, sie war eifersüchtig. Weil ich mit Mr Reed getanzt hatte.

Mein Herz begann schneller zu schlagen, als ich an den Tanz dachte und daran, dass jemand wie Miss Brandon-Welderson in unsere Gesten mehr gedeutet hatte, als vorhanden gewesen war. Denn es schuf in mir die Hoffnung, dass da vielleicht wirklich etwas gewesen war.

Das musste Miss Brandon-Welderson aber nun wahrlich nicht unbedingt wissen. »Tun wir nicht, Miss. Das versichere ich Ihnen«, sagte ich mit weicher Stimme zu ihr und fragte mich, ob ich gerade log oder mir nur selbst einredete, es zu tun. »Mr Reed hatte mich lediglich aus einer sehr verzwickten Situation gerettet, wie es sich für einen Gentleman gehört, nichts weiter«, behauptete ich und betete im Stillen, dass es nicht so war.

»Oh«, machte Miss Brandon-Welderson, kräuselte verwirrt ihre kleine Mausnase und klimperte mit ihren getuschten Wimpern. »Ich … ich dachte …« Sie holte tief Luft, versuchte sich selbst zu beruhigen und ich nutzte den Moment, sie aus der Peinlichkeit zu retten, den begonnenen Satz beenden zu müssen.

»Schon vergessen«, behauptete ich und mein Lächeln wurde eine Spur echter. Jedoch nicht, weil ich mich ihr zugetan fühlte, sondern weil ich mich über sie amüsierte.

Es war nicht nett und sicher auch nicht höflich, aber sie musste das ja auch niemals erfahren.

»Doch ich muss Ihnen leider mitteilen, dass Mr Reed heute nicht zugegen ist«, fuhr ich fort und Miss Brandon-Weldersons Gesicht verfinsterte sich sofort wieder.

»Und warum das, wenn ich fragen darf?!«

»Er ist verhindert«, hielt ich es vage, weil ich instinktiv versuchte, ihr den wahren Grund nicht zu verraten. Wieso, wusste ich nicht genau. Vielleicht, weil ich fürchtete, sie würde ihn dann aufsuchen und das für ihn tun wollen, was ich getan hatte, obwohl ich es als Privileg ansah, die Einzige zu sein, die sich um ihn kümmerte.

»Verhindert? Sind Sie wirklich so anstandslos, ihn mit solchen unoriginellen Ausreden zu decken, während er sich versteckt, um den wichtigen Dingen des Lebens aus dem Weg zu gehen?«, warf sie mir tollkühn vor und ich riss überrascht die Augen auf, weil ich ihr derlei Unverschämtheiten nicht zugetraut hatte. Sie musste schon sehr verzweifelt sein, wenn sie mich derart angriff.

Ich musste es ihr sagen. Jetzt schon. Selbst nur, um ihr zu beweisen, wie sehr sie mir unrecht tat.

Alles in mir spannte sich an, mein Kinn wanderte von allein ein wenig nach oben und mein Blick wurde schärfer. »Mr Reed versteckt sich nicht. Er hütet seit Montagmittag das Bett und kuriert sich von einer schweren Erkältung«, posaunte ich heraus, was ich gerade noch als Geheimnis gehütet hatte. »Und wenn Sie mir nicht glauben wollen, dürfen Sie gerne Erkundigungen bei Mr Reeds Haushälterin einholen«, endete ich meine Strafpredigt und versuchte meinerseits die Fassung zu bewahren. Normalerweise hätte es mir leichtfallen sollen, über diese einfachen Vorwürfe erhaben zu sein, aber im Moment schaffte ich das einfach nicht. Nicht, wenn es um Mr Reed ging, bei dem meine Gefühle sowieso im ständigen Tumult waren.

Miss Brandon-Weldersons Züge entglitten ihr und Entsetzen legte sich auf ihr Gesicht. »Mein Gott, der arme Mann!«, rief sie ein klein wenig zu laut, aber wir standen weit genug vom Lesesaal entfernt, dass es nicht weiter schlimm war. »Hat er Fieber? Wird er sich erholen? War ein Arzt bei ihm?«, wollte sie mit schnellen Worten von mir wissen und die Sorge war deutlich aus ihrer Stimme herauszuhören.

Wenn ich noch einen Beweis gebraucht hätte, um Miss Brandon-Weldersons Gefühle für Mr Reed zu belegen, dann wäre er hiermit erbracht gewesen.

Diese Frau war wohl nicht fähig, ihre Empfindungen jeglicher Form zu verstecken, denn ihr Gesicht war zu lesen wie ein offenes Buch.

Und hässlich war sie auch nicht. Wenn man über die Defizite ihres aufdringlichen Charakters hinwegsah, dann war sie eine noch annehmbar junge, hübsche Frau. Sie war reich, vielleicht sogar gebildeter, als ich in unseren wenigen Unterhaltungen herausgehört hatte, und möglicherweise war sie sogar auf eine besondere Art liebenswert, wenn man ihre stachelige Schale erst einmal geknackt hatte.

Wenn man es genau nahm, waren wir jetzt sogar Rivalinnen. Zwei Frauen mit schwierigem Charakter, die um die Gunst eines Mannes kämpften, der auf ihre Zuneigung sicher nicht im Geringsten angewiesen war.

Ich schaute Miss Brandon-Welderson an, wusste, dass sie bei Mr Reed trotz allem wenig Chancen hatte, und sah in ihr gleichzeitig mich.

»Mrs Christy kümmert sich um ihn. Er wird wohl schon bald wieder wohlauf sein«, versicherte ich ihr tonlos und fühlte mich schrecklich. Ich hoffte inständig, ich würde diese Dame bald los sein, erklärte, dass ich noch zu arbeiten hatte, und schaffte es tatsächlich, sie auf diese Weise zum Gehen zu bewegen.

Von diesem Moment an verging die Zeit nur noch schleichend. Immerzu dachte ich an Mr Reed und Miss Brandon-Welderson. Wie unmöglich mir diese Verbindung auch erschien. Der Vergleich zu mir selbst hatte sich in meinem Kopf festgesetzt.

Ich war auch nicht gerade einfach. Gewiss konnte ich auch nett und charmant sein, mich von meiner besten Seite zeigen und freundlich lächeln. Aber in mir drin war ich kein besonders liebenswürdiger Mensch. Ich war logisch veranlagt, behielt gerne die Kontrolle über die Situation und sah auf Menschen herab, die nicht mit so viel Intelligenz gesegnet waren wie ich. Ich war streng, ich hatte einen Hang zum Perfektionismus, mit dem ich anderen regelmäßig auf die Nerven ging, und jetzt, in diesem Moment war ich sicher auch zu selbstkritisch. Aber wenn man einmal damit angefangen hatte, seine schlechten Seiten zu betrachten, dann fiel es schwer, sich wieder den guten zuzuwenden.

Dazu kamen auch noch meine anderen Unsicherheiten bezüglich Mr Reeds heimlichen Aktivitäten. Wenn sich herausstellte, dass es etwas Schreckliches war, dann müsste ich diese Verliebtheit sowieso aufgeben.

Doch ging das so einfach? Ich hatte noch nie etwas darüber gelesen, wie man sich auf einfache Art eines Herzensleidens entledigte, und bezweifelte auch, dass es so eine Methode überhaupt geben konnte.

Gegen Mittag war ich bereits so deprimiert, dass ich mir vornahm, mir in der Cafeteria etwas zu essen zu holen.

Da meine Freundin wenig Zeit erübrigen konnte, ich im Streit mit meiner Mutter stand und meinen Verehrer erfolgreich vergrault hatte, blieb mir nichts anderes übrig, als mir das Buch zu schnappen, das ich gerade in meiner Manteltasche trug, und allein zu essen. Ich bestellte mir ein recht üppiges Mahl, obwohl mir immer noch jeglicher Appetit fehlte, und aß doch beinahe alles auf, einfach weil ich es gewohnt war, in Stresssituationen zu essen.

Bei den letzten fünfzig Seiten meines Sachbuches und dem zweiten Stück Kuchen traf ich eine Entscheidung zu meinem aktuellen Problem. Ich würde herausfinden, was das für ein Geheimnis um Mr Reed war. Und erst, wenn ich das wusste, würde ich weiter über diese ganze Sache nachdenken.

Selbst wenn ich ihm dafür persönlich folgen musste!

Doch der Wink des Schicksals erreichte mich, als ich von der Cafeteria einen kleinen Umweg durch den Park nahm und dabei an einer Unzahl kleiner Bäckereien und Feinkostläden vorbeikam. Das Wetter war heute, wie man es sich im Spätherbst nur erträumen konnte. Die Sonne schien golden auf die Dächer von London und ein starker Wind tanzte mit den braungrauen Blättern.

Ich erkannte ihn schon von Weitem an seiner viel zu großen Jacke, den dreckigen Stiefeln und den feuerroten Haaren, die aus seinem Schal hervorlugten.

Es war Phillip Tams und er drückte sich seine gerötete Nase an einem der Schaufenster platt, in dem es Zuckerkuchen aller Art zu sehen gab.

Obwohl ich ihm erst heute Morgen die Zeitung abgenommen und ihm dafür zwei Schilling gegeben hatte, ging mir erst jetzt auf, dass ich ihn sicher gut für meine Zwecke einspannen konnte. Er wäre wahrscheinlich auch viel unauffälliger, wenn er Mr Reed folgte, als ich es je sein könnte.

»Guten Tag, Phillip«, begrüßte ich ihn und er schreckte aus seinen Zuckerträumereien auf. Ich stellte mich neben ihn vor das Schaufenster, mit dem gebührenden Abstand zum Glas, und betrachtete die Auslage.

»Guten Tag, Miss Crumb«, grüßte er zurück und ich erinnerte mich an den ersten Tag, an dem wir uns begegnet waren. Er hatte mich schnodderig eine Maus genannt und ich hatte ihn dafür zurechtgewiesen. Seitdem hatte er sich nie wieder so benommen, dass ich ihn in irgendeiner Art hatte rügen müssen.

Phillip trat einen Schritt vom Schaufenster zurück, versuchte meinen Abstand ebenfalls einzuhalten und ich folgte seinem Blick auf ein weißes Cremetörtchen, das er sich bei seinen bescheidenen Lebensumständen wahrscheinlich niemals würde leisten können.

»Phillip, hättest du die Zeit, einen Auftrag von mir entgegenzunehmen?«, fragte ich ihn frei heraus und sah auf ihn herab.

Er erwiderte meinen Blick fragend und rieb sich mit den Fingern die Nase. »Eine Notiz für Ihren Bruder?«, wollte er wissen und ich schüttelte lächelnd den Kopf.

»Nein, diesmal nicht. Es ist ein wenig heikler«, gestand ich und Phillip zog seine blasse Stirn kraus. »Ist dir bekannt, dass Mr Reed jeden Mittwoch und jeden Freitag besonderen Verpflichtungen nachgeht?«, wollte ich wissen und Phillip zuckte mit den Schultern, was in seiner großen Jacke sehr lustig aussah.

»Nee. Was sind denn das für Verpflichtungen?«, fragte er mich und sein Blick huschte immer wieder zu dem Kuchen, dessen Zuckerguss im Sonnenlicht schimmerte.

»Das gilt es herauszufinden«, eröffnete ich und die Augen des Jungen richteten sich erschrocken wieder auf mich.

»Sie wollen, dass ich Mr Reed hinterherspioniere?«, rief er schockiert und mein Entschluss geriet für einen kleinen Moment ins Wanken.

»Ja«, sagte ich jedoch mit Bestimmtheit, weil ich wusste, dass ich ja doch keine andere Wahl hatte. Phillip Tams' Gesicht blieb zweifelnd, also schuf ich für den Jungen einen Anreiz, den er nicht so schnell würde zurückweisen können. »Und ich werde dich mit einem der Cremetörtchen dort bezahlen. Wir werden in diese Bäckerei gehen, uns an einen Tisch setzen und ich werde dir das kaufen, was du dir aussuchst«, bot ich ihm an und die Augen des Jungen wurden rund wie Wagenräder.

»Wenn er mich erwischt, dann wird er mich feuern«, flüsterte Phillip, ich konnte ihm jedoch ansehen, wie ihm das Wasser im Mund zusammenlief. Ich hatte wahrlich zielsicher eine seiner Schwächen getroffen und dabei hatte ich nicht einmal wirklich danach suchen müssen.

»Du kannst natürlich auch ablehnen«, behauptete ich gespielt großzügig und musste mir eingestehen, dass ich gerade ein wenig zu viel Spaß an der Sache hatte. »Aber schau!«, rief ich mit Begeisterung in der Stimme und zeigte mit dem Finger auf einen Kuchen, der weiter hinten in der Auslage stand. »Es gibt ihn sogar mit Schokoladenglasur«, ereiferte ich mich und Phillips Gesicht verfinsterte sich zunehmend.

»Sie sind eine ganz böse Frau, Miss Crumb«, grummelte er in seinen Schal und ich grinste ihn an. Denn er hatte keine Chance und ich hatte, was ich wollte.

29

Das Neunundzwanzigste oder das, in dem wir frühstückten

Ich löffelte mein Porridge aus und blätterte dann eine Seite in dem Reisebericht über die Arktis um, den ich gestern begonnen hatte. Gerade griff ich nach Messer und Gabel, um mich dem Toast und den gebackenen Bohnen zuzuwenden, da stellte jemand eine zweite Tasse mir gegenüber ab.

Ich hob den Blick von meinem Frühstück und erstarrte, während mein Herz zu rasen begann, als ich Mr Reed sah, wie er sich mir gegenüber den Stuhl rauszog und sich setzte.

»Guten Morgen, Miss Crumb«, sagte er in seiner mürrisch müden Art und ich musste mich regelrecht dazu zwingen, den Schreck zu überwinden und den Gruß zu erwidern.

»Guten Morgen, Mr Reed«, kam es aus meinem Mund, mit nur einem kleinen Holperer, den man leicht überhören konnte. Doch nach diesem unerwarteten Auftauchen konnte ich nicht verhindern, dass mir das Blut in die Wangen schoss und ich senkte den Blick verlegen auf mein Buch, von dem mir natürlich jetzt kein Wort mehr in Erinnerung blieb.

»Oh, Mr Reed!«, rief da glücklicherweise Mrs Christy und lenkte meine Aufmerksamkeit auf andere Dinge. »Sind Sie etwa zum Frühstücken hier?«, erkundigte sich die Haushälterin mit großen Augen und kam näher zu uns, während sie sich die Hände an ihrer Schürze abwischte.

»Das bin ich, Mrs Christy«, bestätigte Mr Reed ihr und sie legte sich lachend die Hand auf die Brust.

»Dass ich das noch erleben darf!«, lachte sie mit Erstaunen und auch ich musste lächeln über Mrs Christys übertriebenes Schauspiel.

Mr Reed lachte nicht. Doch ich konnte das Schmunzeln in seinen Mundwinkeln entdecken, das er so gut zu verbergen wusste und das man nur sah, wenn man es suchte. »Bringen Sie mir einfach das, was Miss Crumb auch hat«, meinte er nur recht tonlos und Mrs Christy lachte schon wieder.

»Ich glaube kaum, dass Sie dazu fähig sind, auch nur ansatzweise die Mengen zu verschlingen, die Miss Crumb zu sich nimmt«, spaßte sie vergnügt und mir blieb das Lachen im Hals stecken.

Sie hatte sich sicher nicht so viel dabei gedacht, aber ich fühlte mich durch ihre Aussage peinlich berührt.

Mr Reed hätte nicht unbedingt wissen müssen, dass ich viel aß. Das ziemte sich nicht für eine Dame und ließ mich wie eine Bauernmagd dastehen.

»Sie essen also gerne?«, fragte mich Mr Reed, eine Augenbraue hochgezogen. Seine Finger griffen nach der Teetasse.

Ich spürte, wie meine Wangen noch heftiger erröteten und wünschte, er würde mir nicht solche Fragen stellen. Unsicher zog ich meine Unterlippe zwischen die Zähne, sah all das Essen auf meinem Teller, das ich wahrhaftig vorgehabt hatte zu mir zu nehmen, und wusste, dass lügen zwecklos war.

»Ich … ähm … ja«, stammelte ich also und schielte zu Mr Reed hinüber, der mal wieder seinen Kopf in die Hand stützte, damit ich nicht sah, wie er grinste, obwohl seine Augen ihn ja doch verrieten.

Dann räusperte er sich dezent, wechselte die Tasse von einer Hand in die andere und trank einen Schluck. »Das ist sicher gut. Ich habe essen immer als Zeitverschwendung erachtet«, gestand er mir. Was ich nun mit dieser Information anfangen sollte, wollte sich mir einfach nicht erschließen.

Sowieso kam mir die ganze Situation sehr bizarr vor, als läge ich in Wirklichkeit noch in meinem Bett und träumte mir das alles nur zusammen.

Mr Reed und ich frühstückten gemeinsam. Absonderlicher konnte es kaum werden. Und dazu bemühte sich der Mann auch noch um so etwas wie eine Unterhaltung. Das Thema war schlecht gewählt, aber sein Tonfall hatte durchaus etwas Unbeschwertes.

»Deshalb sind Sie auch mager und neigen zu starken Erkältungen«, erwiderte ich und war dabei nicht feinfühliger, als er es gewesen war.

»Auch wieder wahr«, bestätigte mir Mr Reed. Es überraschte mich, dass ihm meine doch recht direkte Kritik nicht naheging. Mr Reed konnte augenscheinlich nicht nur gut austeilen, sondern auch einstecken.

Wenn ihn dieser Satz überhaupt getroffen hatte. Seine direkte Art zeichnete ihn für mich oft als unhöflich aus. Aber vielleicht sah er das alles ganz anders als ich. Und wo ich Unhöflichkeiten hörte, war es für ihn nur eine einfache Aussage gewesen.

Mrs Christy brachte einen Teller und eine Schale mit Porridge, genau das, was auch ich gehabt hatte, und Mr Reed machte große Augen. »Das ist wirklich viel«, meinte er und ich seufzte in mich hinein, während meine Wangen gar nicht mehr aufhören wollten zu glühen.

Wir beendeten gemeinsam das Essen, schlüpften in unsere Mäntel und verließen das Personalgebäude, ohne viele Worte zu wechseln. Ich wusste nichts zu sagen und Mr Reed schien in Gedanken versunken oder war einfach noch nicht wieder ganz auf dem Damm, was sich in Mattheit niederschlug.

Das Wetter war bei Weitem nicht mehr so schön wie gestern, und der Wind, der noch vor einem Tag so angenehm an den Kleidern gezogen hatte, war heute wieder eiskalt und schneidend.

Mr Reed ließ sich von mir den Schlüssel geben, kurz bevor wir die Tür zur Bibliothek erreichten, und schloss selbst auf, so wie es immer gewesen war.

Wir traten ins Foyer, das noch recht düster vor uns lag. Alles war wie immer und doch war alles anders. Wir waren zusammen hier, Mr Reed und ich, allein mit einer unzähligen Menge Bücher. Dieser Moment, in dem wir auf den Lesesaal zustrebten, war so gewöhnlich wie die vergangenen zwei Wochen. Doch ich fühlte mich dabei so anders, so fremd und verbunden gleichermaßen. Als würde ich die Welt plötzlich aus einem anderen Winkel betrachten, einem, in dem die Bücher in den Hintergrund rückten und Mr Reed an Bedeutung gewann.

Ich zog mir den dicken, flauschigen Kaschmirschal vom Hals, den ich gestern noch erstanden hatte, als ich mir den frühen Abend vertrieben hatte, und erschrak, als Mr Reed nicht einfach vor mir die Treppenstufen auf den Rundgang hinauflief, sondern am Treppenabsatz stehen blieb und mir mit einem fast schon gelangweilten Nicken den Vortritt ließ.

Es war eine winzige Geste und bei jedem anderen Mann zu erwarten gewesen. Doch es war Mr Reed und er hatte noch nie auf solche Kleinigkeiten geachtet. Mein Herz begann schneller zu schlagen, mein Magen flatterte leicht und ich lächelte, damit er wusste, dass ich seine Bemühung um Höflichkeit durchaus zu schätzen wusste.

Ich stieg die Stufen nach oben, Mr Reed hinter mir, und verschwand dann zielstrebig im Aufenthaltsräumchen, um mich zu beruhigen.

Dies war ein sehr denkwürdiger Morgen voller seltsamer Überraschungen, die ich nicht zu deuten wusste, und es beunruhigte mich im gleichen Maße, wie es mich glücklich machte.

Es gab viel zu tun und ich verließ sehr viel beschwingter den kleinen Raum, als ich es in den letzten Tagen getan hatte.

Mr Reed hatte die Tür zu seinem Büro nicht geschlossen und streunte von einem Ende des Raums zum anderen, sammelte Dokumente zusammen und schob sich mit konzentriertem Ausdruck seine Brille auf die Nase.

»Haben Sie in meiner Abwesenheit aufgeräumt, Miss Crumb?«, wollte er von mir wissen, ohne dass er mich ansah. Ich konnte einen deutlichen Vorwurf heraushören, doch seine Worte waren nicht wirklich ernst gemeint.

»Vielleicht ein kleines bisschen«, gestand ich also, wurde mit einem mürrischen Blick über dem Rand seiner Brille bedacht und bekam davon weiche Knie.

Mr Reed wühlte weiter in seinen Unterlagen, die langen Finger gruben sich durch Papierstapel, in seinem Eifer begann er auf seiner Unterlippe zu kauen und ich hätte noch ewig in der Tür stehen können, um ihm dabei zuzusehen.

Er gefiel mir wirklich gut. Sein kantiges Gesicht, das trotz einer gewissen Hagerkeit starke männliche Züge hatte. Seine schmalen, dunklen Augen, die aufmerksam über Zeilen huschten. Seine Schultern, die breiter waren, als man auf den ersten Blick wahrnahm, da seine Kleidung es kaschierte.

»Miss Crumb.« Es klang wie eine Mischung aus höflicher Aufforderung und abgeschwächter Drohung. Ich starrte ihn grundlos an und er hatte es bemerkt.

Schnell blinzelnd trat ich hastig einen Schritt zurück und hoffte inständig, mich noch nicht vollkommen verraten zu haben. »Entschuldigen Sie«, murmelte ich nur leise, zog mich zurück und eilte dann mit Schmetterlingen im Bauch die Stufen hinunter in den Lesesaal.

Da heute Donnerstag war, erwartete ich Oscar, der heute seinen Dienst antreten würde. Doch er war noch nicht da und so widmete ich mich meinen alltäglichen Aufgaben. Ich öffnete die Manschetten meiner Bluse und krempelte die Ärmel hoch, ehe ich mich daranmachte, die Zeitungen von gestern aus den Verspannungen zu holen. In den letzten Wochen hatte ich dazugelernt und das war die effektivste Methode, sich die Bluse nicht mit Druckerschwärze einzusauen.

Ich griff nach der ersten Zeitung und wie ein Blitz fiel mir Phillip Tams wieder ein, den ich gestern Mittag erst mit einer Schokoladentorte bestochen hatte, Mr Reed für mich zu bespitzeln. Wie hatte ich so etwas einfach vergessen können.

Mir wurde augenblicklich flau im Bauch und ich wusste genau, zu welchem Zeitpunkt mir diese durchaus wichtige Begebenheit entfallen war. Es war der Moment gewesen, in dem sich Mr Reed zu mir an den Frühstückstisch gesetzt hatte.

Wenn Phillip ihm also gestern wirklich gefolgt war, dann würde ich in nur wenigen Minuten erfahren, was Mr Reeds Geheimnis war. Und wenn nicht, dann wäre ich doch sehr viel näher dran als bisher. Mir wurde schwindelig, mulmig, heiß und kalt, und ich war mir auf einmal nicht mehr so sicher, ob das alles wirklich eine gute Idee gewesen war. Was, wenn ich Schreckliches erfahren würde? Etwas, das ich nicht hören wollte, so wie Mr Reed es mir einmal prophezeit hatte. Dass meine Neugierde mich zu weit trieb und ich mich mit Dingen befasste, die ich später bereuen würde, erfahren zu haben.

War es zu spät, jetzt noch einen Rückzieher zu machen?

Ich musste eine ganze Weile reglos dagestanden haben, denn als mir Oscar einen »Guten Morgen« wünschte und mich so aus meinen

Gedanken aufscheuchte, hatte ich die Zeitung immer noch in den Händen und nicht einmal damit begonnen, den Schraubverschluss zu öffnen.

Höflich grüßte ich zurück, zu sehr in meinen Ängsten gefangen, um mich ihm richtig zuzuwenden, schnaubte in mich hinein und drehte dann energisch die Verspannung auf. Ich befreite alle Zeitungen, stapelte sie und wartete dann.

Natürlich hatte ich auch noch anderes zu tun. Doch wenn ich es jetzt nicht hinter mich brachte, würde ich für nichts anderes Konzentration aufbringen können.

Ein paar Mal sah ich mich verstohlen nach Mr Reed um, der immer noch in seinem Büro verweilte, und ich konnte nur hoffen, dass er dort auch bleiben würde.

Nach einer halben Ewigkeit, die laut der großen Uhr im Foyer nur acht Minuten gedauert hatte, öffnete sich endlich die Tür und ein roter Schopf schob sich hinter einem großen Stapel Papier in die Hallen der Bibliothek. Viel zu voreilig lief ich ihm entgegen, nahm Phillip sogar den Zeitungsstapel ab und legte ihn selbst auf den Tresen, neben den meinen.

»Guten Morgen, Miss Crumb«, erging der Junge sich in Höflichkeiten, die mir in diesem Moment unglaublich überflüssig erschienen. Ich streckte ihm die zwei Schilling hin, die er sich mit seinem Zeitungsdienst jeden Tag verdiente.

»Guten Morgen, Phillip«, brachte ich sehr gepresst hervor, während der Junge das Geld einsteckte, sich verlegen am Kopf kratzte und sich nach allen Seiten umsah, ebenso wie ich es zuvor auch getan hatte. Wenn uns wirklich jemand beobachten sollte, würde er gleich merken, dass wir etwas ausheckten, so auffällig, wie wir dabei waren. Eigentlich war ich eine bessere Schauspielerin, doch im Moment machte mir meine eigene Aufregung alles kaputt.

Phillip ließ seine Hand in die Jackentasche gleiten und zog ein Stück Zeitung hervor, das er mir reichte. Ich nahm es entgegen, runzelte fragend die Stirn und faltete es vorsichtig auseinander.

»Ich bin ihm gefolgt, bis zu dieser Adresse. Da ist er im Haus verschwunden und erst drei Stunden später wieder rausgekommen«, erklärte Phillip mir leise und ich konnte in der krakeligen Schrift, die über den gedruckten Zeitungsartikel geschrieben war, eine Adresse herauslesen.

Ich spürte Enttäuschung in mir hochkriechen, gepaart mit Erleichterung, die sich etwa genauso stark in mir ausbreitete.

»Reicht das für Kuchen?«, wollte Phillip hoffnungsvoll wissen und knete seine Finger, während seine Wagen sich langsam rot verfärbten. »Ich hab mich nämlich nicht getraut, näher ranzugehen.«

Ich nickte. Er hatte sich Mühe gegeben und seinen Job riskiert. »Natürlich reicht das«, gestand ich ihm deshalb ein und lächelte leicht, um ihn zu beruhigen. »Wie wäre es nächsten Montag? Am Mittag?«, schlug ich ihm gleich vor und er nickte hastig.

»Ja, ich hab Zeit. Ich hab immer Zeit«, plapperte er und ich musste lachen über seine Übereifrigkeit, die das Thema Kuchen in ihm auszulösen schien.

»Dann ist es abgemacht. Danke, Phillip«, machte ich es fest und reichte dem Jungen die Hand, die er jedoch nur zögernd ergriff und ganz leicht drückte. Mir fiel auf, dass seine Hände schon recht groß waren für sein junges Alter. Sogar größer als meine. Sicher würde er einmal ein stattlicher Mann werden. So in zehn Jahren.

Er verbeugte sich ungelenk, wünschte mir einen guten Tag und verschwand dann mit leichten Hüpfern im Gang, die seinen Übermut zur Schau stellten.

Ich lächelte über ihn, spürte es aber nur halbherzig, weil mir das Stück Zeitungspapier in meinen Fingern wie eine schwere Last auf dem Herzen lag.

Jetzt war es an mir, herauszufinden, was sich bei dieser Adresse befand, und ich war mir gerade nicht sicher, ob ich diesem Hinweis wirklich noch nachgehen wollte.

Ich schob den Zettel in die Tasche meines blau karierten Rockes, riss mich zusammen und brachte mich schnellstens auf andere Gedanken, indem ich den gefürchteten Gang ins Archiv antrat.

Im Laufe des Vormittags trafen drei Kisten vom Buchbinder ein, der die beschädigten Bücher allesamt repariert hatte. Ich ließ mir die Kisten in die Kammer tragen, öffnete sie und fand obenauf eine Notiz an mich. Der Buchbinder, Mr Clockwood, bedankte sich für die detaillierte

Auflistung der Mängel und die ordentliche Verpackungsweise, die er in den letzten zwei Jahren doch sehr vermisst hatte. Und ich freute mich, dass es tatsächlich Menschen gab, die meine Arbeit schätzten, auch ohne, dass wir uns jemals persönlich begegnet waren.

Ich sortierte die Bücher an ihre Plätze zurück, brachte die Akten auf den neuesten Stand, räumte den Studenten hinterher und half dreien, ein Buch mithilfe der Maschine zu finden.

Ein junger Mann hielt mich einige Minuten in Aufmerksamkeit, um sich mit mir über die Vorteile von zwei verschiedenen Physikbüchern zu unterhalten, die ich tatsächlich beide auch gelesen hatte, und ich versuchte mich währenddessen verzweifelt an den Namen des Studenten zu erinnern, dem ich schon mehr als einmal ein Buch entliehen hatte. Doch er wollte mir einfach nicht einfallen und so wand ich mich recht schnell aus der Diskussion, um nicht unnötig in Verlegenheit zu geraten.

Als es endlich halb zwölf war, holte ich meinen Mantel und verließ die Bibliothek in das trübe Wetter, das heute über London hing. Mr Reed hatte ich seit heute früh nicht mehr gesehen, da er sich in seinem Büro verschanzt hatte und wohl vollauf damit beschäftigt war, die verpassten zweieinhalb Tage wieder aufzuholen. Ich traute mich nicht, ihn zu fragen, ob er mich zum Essen begleiten wollte, obwohl ich mit dem Gedanken gespielt hatte. Doch das Stück Zeitungspapier in meiner Tasche schien Tonnen zu wiegen und ich fühlte mich, als müsste es durch den dicken Stoff meines Rockes in die Welt scheinen, weil ein Geheimnis meine Taschen füllte.

Niedergeschlagen und aufgewühlt lief ich ein Stück, als sich von Weitem eine mir bekannte Silhouette abzeichnete.

»Ani!« rief Elisa mir fröhlich zu, winkte aufgeregt, hob den Saum ihres Kleides und rannte das Stück bis zu mir, wie es sich nur ein Straßenmädchen trauen würde. Meine Freude, sie zu sehen, war allerdings größer als meine Bedenken und erst jetzt, wo ich ihre verschlagen blickenden Augen und ihr spitzbübisches Lächeln sah, merkte ich, wie sehr ich sie in den letzten Tagen vermisst hatte.

»Ich wollte mit dir essen. Aber ich bin so spät. Ich hatte Angst, dich zu verpassen«, erklärte mir Elisa, als sie sich mir näherte, und ich war wirklich glücklich, dass wir Zeit zum Reden haben würden. Es überkam mich eine Erleichterung und der Wunsch, meine schweren Geheimnisse zu teilen, den ich bisher nicht gekannt hatte, und aus einem Impuls heraus, der mich nur selten übermannte, umarmte ich die überraschte Elisa und drückte sie ganz kurz in einer freundschaftlichen Geste.

»Essen ist eine gute Idee«, sagte ich, als ich sie wieder losließ. Sie sah verwundert lächelnd auf mich herab, aber leichte Sorge tauchte in ihren Zügen auf.

»Ist denn alles in Ordnung, Animant?«, wollte Elisa wissen und mein peinlichst bewahrtes Lächeln bröckelte.

»Ich weiß es nicht«, gab ich zu und fühlte mich erschreckend ehrlich. Nicht nur vor Elisa, sondern auch vor mir selbst.

Mein Hang zur Logik und mein Dickkopf hielten mich aufrecht, behaupteten weiterhin, alles unter Kontrolle zu haben und doch hatte ich mich Hals über Kopf in meinen Vorgesetzten verliebt, spionierte ihm dreist hinterher, um hinter seine gut gehüteten schmutzigen Geheimnisse zu kommen, war überfordert von meinen eigenen Gefühlen und wünschte mir, jemand würde mir einfach sagen, dass das, was ich gerade durchmachte, völlig normal war und es jedem hätte passieren können.

Und dieser Jemand musste Elisa sein. Ich hatte sonst eigentlich niemanden.

Meine Mutter nicht, sie würde aus einer Mücke einen Elefanten machen, mein Bruder hatte seine eigenen Probleme und Tante Lillian kümmerte sich ja gerade um meine Mutter.

Und obgleich das Ausschlussverfahren Elisa als einzige Möglichkeit übrig ließ, wäre sie mir ohnehin die Liebste gewesen.

Wir setzten uns in ein Gasthaus, das ich wahrscheinlich alleine nie betreten hätte, das aber eher Elisas Metier entsprach, und sie versicherte mir, dass das Lamm hier das beste in ganz London wäre. Der Raum war klein und verwinkelt, mit dunklen Holzbalken gestützt und mit groben, ungebleichten Leintüchern auf den Tischen.

Wir bestellten beide Lamm mit Kartoffeln und Elisas Augen leuchteten schon vor Erwartung, als die ältere Frau, die unsere Wünsche aufgeschrieben hatte, uns endlich verließ, um sie an den Koch weiterzugeben und uns einen Tee zu machen. Ich schaffte es trotz Elisas

Neugierde, erst nach ihrem Befinden zu fragen und wie sie die letzten Tage so verbracht hatte. Doch sie brachte dieses Thema schnell zum Erliegen, indem sie behauptete, nur gelernt zu haben und dass ihr Leben ansonsten nur von Langeweile geziert gewesen wäre.

Was uns schnurstracks zu mir brachte, da Elisa ausgehungert nach spannenden Neuigkeiten war. »Also, was gibt es Neues? Was ist passiert, was dich so sehr aus der Fassung bringt, dass ich von dir mit einer Umarmung begrüßt werde?«, fragte sie mich schmunzelnd und mein erster Gedanke galt Mr Reed. Er hatte mich in der letzten Zeit wirklich oft aus der Fassung gebracht und ich konnte mich nicht erinnern, wann ich seitdem einmal wirklich in mir geruht hätte.

Und auch wenn ich es schon so lange Zeit unterdrückte und jetzt alles unternahm, um es zu verhindern, gelang es mir doch nicht und meine Wangen begannen sich rötlich zu verfärben.

»Oh mein Gott!«, rief Elisa laut aus, mit einem wahren Schock im Gesicht, und erntete dafür böse Blicke von den Nachbartischen, die zur Mittagszeit alle gut besetzt waren. »Du bist verliebt?«, setzte sie gleich hinzu, diesmal zwar leiser, aber nicht weniger bestürzt.

Meine Wangen wurden dadurch nur heißer und ich musste den Blick senken, um mich nicht in Grund und Boden zu schämen. Wie war Elisa nur so schnell auf die richtige Schlussfolgerung gekommen? War es wirklich so offensichtlich?

Und hätte ich es ihr erzählt, wenn sie nicht sofort selbst darauf gekommen wäre? Wahrscheinlich nicht, nahm ich an und versuchte, meine Gedanken zu ordnen.

Eigentlich hatte ich fest vorgehabt, Elisa von Mr Reeds mysteriösen Verpflichtungen zu erzählen, und dass ich den kleinen Phillip Tams bestochen hatte, um mir die Adresse zu beschaffen. Ich hätte sie um Rat gefragt in dieser Sache und den Rest dezent verschwiegen.

Jetzt ging das wohl nicht mehr.

»Wer ist es? Doch nicht etwa dieser Mr Boyle? Hat er sich entschuldigt für den Vorfall auf dem Ball? Hat er dich um den Finger gewickelt?«, stocherte Elisa sofort drauflos und ich schüttelte den Kopf.

»Es ist nicht Mr Boyle. Obwohl er am Montag tatsächlich in der Bibliothek war und mich um Verzeihung bat«, erklärte ich und Elisa lehnte sich mir entgegen, die Augen gespannt aufgerissen.

»Und was hast du ihm gesagt?«, wollte sie von mir wissen und ich erlag ganz kurz der Hoffnung, sie damit von der Verliebtheitssache abgelenkt zu haben. Doch leider war ich intelligent genug, zu wissen, dass diese Ablenkung nur von kurzer Dauer sein würde.

»Ich habe seine Entschuldigung angenommen und musste ihm dann unglücklicherweise erklären, dass ich nicht gewillt bin, ihn wiederzusehen«, fasste ich das Streitgespräch vom letzten Montag zusammen und wunderte mich, dass es tatsächlich erst am Anfang der Woche gewesen war, obwohl es mir vorkam, als hätte sich seitdem die ganze Welt verändert.

»Er dachte wirklich, er würde dich so einfach für sich gewinnen?«, spottete Elisa und das Lächeln kehrte auf ihre schmalen Lippen zurück. »Was für ein Tölpel. Wie hat er es aufgenommen?«

»Nicht gut«, sagte ich und erinnerte mich an sein wütendes Gesicht, an den verletzten Ausdruck und seine harschen Worte. Und ich schämte mich immer noch dafür, dass es so weit gekommen war. »Er hat eine Szene gemacht.«

»In der Bibliothek?!« Elisa presste sich die Hände an die Brust. Das war wohl mit Abstand das Spannendste, was sie in dieser Woche zu hören bekam, und sie genoss es in vollen Zügen.

»Ja«, antwortete ich knapp, da die ältere Frau mit unserem Tee zurückkam, einer dunklen Brühe, in der die Teekräuter herumschwammen. »Was ist das?«, flüsterte ich Elisa angeekelt zu und wusste, dass ich davon keinen Schluck trinken würde. Denn was es auch war, Tee war es sicher nicht.

»Du bist so ein Snob«, lachte Elisa, nahm ihre Tasse und setzte sie tatsächlich an die Lippen. Ihre Worte hätten zwar eigentlich eine Beleidigung sein sollen, aber ich fühlte mich nicht angegriffen, sondern musste ihr in diesem Fall einfach recht geben. Wahrscheinlich war ich ein Snob, denn ich hatte keine Ahnung gehabt, dass Tee nur in meiner Gesellschaftsschicht auch trinkbar war.

»Wie bist du Mr Boyle eigentlich wieder losgeworden?«, kam Elisa zielsicher auf unser Gespräch.

»Mr Reed hat ihn wegen Ruhestörung rausgeworfen«, meinte ich schlicht und versuchte so neutral wie möglich zu klingen. Mein Herz begann bei dem Gedanken trotzdem schneller zu schlagen.

Elisa nickte. »Natürlich. Der Bibliothekar«, machte sie, trank noch einen Schluck von ihrem Gebräu und riss dann plötzlich die Augen auf. »Natürlich! Der Bibliothekar!«, rief sie es und damit war es raus. Sie wusste es und ich würde nichts tun können, um sie vom Gegenteil zu überzeugen, wenn ich sie nicht dreist belügen wollte.

Inständig hoffte ich, sie würde nicht wütend werden oder Enttäuschung verspüren. Auf dem Ball war sie nicht gerade davon angetan gewesen, dass ich mich so offensichtlich für Mr Boyle interessiert hatte. Ich hatte ihr versichern müssen, den Mann auf keinen Fall heiraten zu wollen, damit sie beruhigt gewesen war. Doch jetzt, wo es um Mr Reed ging, meine Gefühle mich in Höhen trieben, die ich nicht kannte und die mich in Abgründe stürzen ließen, von denen ich nicht gewusst hatte, dass sie existierten, da war ich mir nicht sicher, ob ich ihr dieses Versprechen einfach so erneut geben konnte.

Sie wurde nicht wütend. Im Gegenteil. Ihre Augen wurden schmal und verschlagen, ihr Mund verzog sich zu einem frechen Grinsen und sie kicherte in sich hinein. »Miss Brandon-Welderson wird dich hassen!«, prustete sie und betonte dabei jedes einzelne Wort. Sie hatte mich gar nicht antworten lassen, wusste einfach so, dass sie im Recht war und ich widersprach ihr auch nicht. »Wer weiß davon?«, wollte sie von mir wissen und rutschte hibbelig auf ihrem Hintern hin und her, sodass der Stoff ihres Unterrocks die ganze Zeit raschelte.

»Überhaupt niemand! Und du musst mir schwören, es niemandem zu verraten«, drängte ich sie energisch und sie hob sofort ergeben ihre Hände.

»Meine Lippen sind versiegelt«, versprach sie mir und lehnte sich auf ihrem Stuhl zurück. »Und ich hätte es eigentlich schon früher wissen müssen«, behauptete sie mit einem Kopfschütteln und ich war mehr als irritiert.

»Wie hättest du das denn wissen können?«, fragte ich provokant, weil ich ihr nicht glaubte.

»Oh Ani«, seufzte Elisa und lächelte mich verschwörerisch an. »Ich habe gesehen, wie er dich ansah, nachdem ihr diesen Walzer getanzt habt. Und glaub mir, dieser Blick hätte jedes Herz geschmolzen.«

30

Das Dreißigste oder das, in dem ich aus Wut handelte.

Ich brauchte das ganze Essen über, um Elisa davon zu überzeugen, dass meine Gefühle von Mr Reed bisher in keinster Weise erwidert worden waren.

Sie hatte nämlich bereits begonnen, sich Geschichten in ihrem Kopf zu erspinnen, die einem Groschenroman alle Ehre gemacht hätten.

Und ich musste aufpassen, es ihr nicht gleich zu tun. Gebaute Hoffungen ließen sich schwer wieder einreißen und ich wollte mir nicht anmaßen, Mr Reed Gefühle anzuhängen, von denen ich eigentlich nichts wusste.

Natürlich konnte ich mir eingestehen, dass sein Umgang mit mir sich verändert hatte. Er war höflicher und aufmerksamer geworden, er bemühte sich um Konversation und schätzte sogar meine Gesellschaft. Alles Dinge, die zu Beginn unserer Bekanntschaft nicht vorhanden gewesen waren.

Aber das alles konnten auch einfache Anzeichen von einem verbesserten Arbeitsverhältnis sein.

Elisa lachte nur über mich und meine abwehrende Haltung, und ich verschwieg ihr, dass ich in Mr Reeds Wohnung gewesen war. Sie würde nur mehr hineininterpretieren, als da gewesen war, und die ganze Sache war mir auch so schon peinlich genug.

Dabei hatte ich eher erwartet, dass sie gegen die ganze Sache wäre. Schließlich hatte sie Mr Boyle zuvor auch abgelehnt. Als ich sie allerdings danach fragte, zuckte sie nur mit den Schultern und behauptete, dass Mr Boyle auch ein ausgemachter Langeweiler gewesen sei und dass sie mich einem solchen niemals überlassen hätte.

Schlussendlich überreichte Elisa mir noch die Bücher, die sie sich geliehen hatte, bedankte sich hundertmal und wir verabschiedeten uns mit einer kurzen Umarmung, die dieses Mal von ihr ausging.

Wir gingen in verschiedene Richtungen davon und ich versuchte, nicht an Mr Reed zu denken und was Elisas Worte für mich bedeuten könnten. Es wären eh nur unnütze Gedanken, die zu nichts führten, mich wirr machten und mein Urteilsvermögen noch mehr trübten.

Und solange ich Mr Reeds Geheimnis nicht kannte, konnte sich sowieso noch alles wieder wenden.

Ich hielt ein Buch über umstrittene Präzedenzfälle und eines über Bürgerrechte in Südengland an mich gepresst und stapfte durch das unfreundliche Wetter zurück zur Bibliothek.

Nachdem ich das Gebäude betreten hatte, stellte ich mich schnell hinter den Tresen im Foyer, um Elisas Bücher von unserer gefälschten Verleihkarte zu streichen und räumte die beiden Bände zurück an ihren Platz, noch bevor ich meinen Mantel auszog.

Als ich mich wieder zum Tresen wandte, war Oscar gerade zurückgekehrt, lächelte mich freundlich an und reichte mir wortlos zwei Stapel mit Briefen.

»Oh, danke«, sagte ich, legte sie aufeinander und begann sie durchzusehen, während ich auf die Treppe zusteuerte. Es waren mehrere Schreiben von irgendwelchen Autoren, eine Notiz von einem Professor, dessen Namen ich schon häufiger auf Briefen an Mr Reed gesehen hatte, und ein formelles Schreiben vom Dekan, das ich am liebsten geöffnet hätte. Doch ich hielt mich zurück und kam zum nächsten Schriftstück.

Eine Notiz, einfach gefaltet und mit meinem Namen darauf. Überrascht hob ich die Augenbrauen und stieg die Treppe nach oben. Die Notiz war von Henry, der mich für Samstag zum Mittagessen einlud, um mit mir ein besonderes Treffen zu feiern. Ich spürte die Freude in meiner Brust, weil das wohl bedeutete, dass er vorhatte, mir seine Verlobte vorzustellen und ich konnte mir das Grinsen nicht verkneifen.

Es verging mir allerdings sofort wieder, als ich den nächsten Brief betrachtete, der hinter der Notiz hervorblitzte.

Das Papier war gebleicht und schwer und ich blieb mitten auf der Treppe stehen, als ich auch auf diesem meinen Namen las. Eilig drehte ich den Umschlag und fand nur Initialen auf der Rückseite. C.C., verschnörkelt mit einer rot kolorierten Rose.

Der Brief war von meiner Mutter!

Da arbeitete ich jetzt seit drei Wochen in dieser Bibliothek und hatte keinen einzigen Brief bekommen, und an diesem Nachmittag waren gleich zwei für mich dabei.

Verwundert schritt ich die letzten Stufen nach oben und wusste jetzt auch, warum Oscar mir die Briefe in zwei Stapeln gegeben hatte. Einer war für mich bestimmt gewesen.

Ich wagte es nicht, den Brief meiner Mutter einfach so zwischen Tür und Angel zu öffnen, steckte ihn mit der Notiz von Henry in meine Tasche und begann, die Knöpfe meines Mantels mit einer Hand zu öffnen.

Ich kam allerdings nicht bis zum Aufenthaltsräumchen, um ihn abzulegen, da ein seltsamer Anblick mich irritierte. Durch Mr Reeds geöffnete Bürotür sah ich ein blaues Band und mein Blick verfing sich in den monströsen Ausmaßen eines pompös geschmückten Obstkorbes, der auf seinem Schreibtisch stand.

Der Bibliothekar stand gegenüber an die Wand gelehnt, die Arme vor der Brust verschränkt, den Blick finster über den Rand seiner Brille auf das Ungetüm aus blauen Seidenschleifen und knallig roten Äpfeln gerichtet, als versuchte er, das Geschenk einzig mit der Kraft seiner Wut in Flammen aufgehen zu lassen.

Ich hätte mich abwenden und meinen Mantel aufhängen sollen, aber meine angeborene Neugierde trieb mich dazu, etwas zu sagen. »Was ist das?«, kam es aus meinem Mund und Mr Reeds Aufmerksamkeit wandte sich mir zu.

»Es ist ein Geschenk, das mir persönlich überbracht werden musste. Von der geschätzten Miss Franzin Brandon-Welderson, zu meiner baldigen Genesung«, spuckte er die Worte aus, als hätten sie bitter auf seiner Zunge gelegen.

Wäre ich doch weitergegangen, sagte ich zu mir und spürte sofort, wie sich ein Klumpen in meinem Magen bildete.

»Haben Sie ihr gesagt, dass ich krank bin?«, stellte Mr Reed seine Frage direkt an mich und ich zuckte vor seinem wilden Blick zurück.

Wie ich es ahnte, jetzt hatte ich mir seinen Zorn zugezogen.

Ich seufzte und trat einen Schritt ins Büro hinein. »Ich musste ihr irgendwas sagen. Die arme Frau kommt seit sechs Wochen hierher und hat Sie nicht einmal angetroffen«, versuchte ich mich zu verteidigen und konnte förmlich spüren, wie sich die Spannung im Raum langsam aufbaute.

Mr Reed war wirklich wütend über diese Tatsache und ich wusste nicht, wie ich mich dem gegenüber verhalten sollte. Ich war mir keiner Schuld bewusst, denn schließlich war es kein Geheimnis gewesen. Doch so richtig wohl hatte ich mich damit ja auch nicht gefühlt.

»Arme Frau?! Ich bitte Sie«, spottete Mr Reed und sein Blick ging zurück zu dem Obstkorb. »Sie ist eine anstrengende, laute und impertinente Person.«

Ich fühlte mich wie erstarrt und umklammerte die Briefe, während ich Mr Reed erschrocken anblickte. So hatte ich ihn noch nie über jemanden reden hören. Natürlich war er nie wirklich sorgsam mit seinen Worten umgegangen, aber derartige Beleidigungen hatte er bisher nicht von sich gegeben.

»Sie trifft mich nicht an, weil ich es tunlichst vermeide, ihr zu begegnen«, fügte Mr Reed hinzu und obwohl ich Miss Brandon-Welderson ebenfalls nicht für eine wünschenswerte Gesellschaft hielt, tat sie mir leid.

Sie war bemüht und engagiert und es war nicht besonders fair, ihr nicht einmal die Chance zu geben, ihr Anliegen vorzutragen.

»Wäre es nicht einfacher, sich anzuhören, was sie zu sagen hat, und dann wären Sie sie wieder los?«, fragte ich daher und versuchte, seine abwehrende Haltung nicht auf mich zu beziehen. Seine Wut drückte mir auf die Seele, aber früher hatte ich mich auch nicht so leicht abschrecken lassen.

Mr Reed stieß sich von der Wand ab, lief zwei Schritte auf den Schreibtisch zu, nur um wieder umzudrehen und zu seinem Platz an der Wand zurückzukehren. »Ich glaube«, sagte er dabei. »Nein, ich weiß, dass ich sie dann nicht wieder loswerde. Und sie hat mir nichts Neues zu sagen«, schnaubte er und lehnte sich wieder mit dem Rücken an.

Er war unruhig und genervt, und ich musste mich fragen, was Miss Brandon-Welderson getan hatte, dass Mr Reed so zornig von ihr sprach.

Er war öfter nicht gerade angetan von seinen Mitmenschen, doch das hatte ihn nie so ausfallend werden lassen.

»Sie will mit mir über die Öffnung dieser Bibliothek für die Frauen ihrer Studentenschaft reden«, erklärte Mr Reed, nahm die Brille ab und drückte sich Daumen und Zeigefinger an die Nasenwurzel. »Obwohl sie ganz genau wissen müsste, dass das eine Sache ist, die nicht in meinen Händen liegt.«

Deshalb war sie also hier gewesen. Sie setzte sich für Frauen wie Elisa ein. Und das ließ meine Wertschätzung für sie ein Stück steigen. Bei Mr Reed jedoch nicht.

»Aber ist es nicht lobenswert, dass sie sich für derlei Dinge einsetzt?«, versuchte ich ihn darauf aufmerksam zu machen, bekam jedoch nur ein Schnauben zur Antwort.

»Miss Crumb, seien Sie nicht so naiv und fallen auf ihre Heuchelei rein. Miss Brandon-Welderson ist nichts weiter als eine dummschwätzende Wichtigtuerin, die sich selbst als Wohltäterin aufspielt«, spottete er und mir lief eine unangenehme Gänsehaut über den Rücken, obwohl ich den Mantel immer noch nicht ausgezogen hatte. Entsetzen erfasste mich angesichts von so viel Feindseligkeit, und das bei dem Mann, den ich mittlerweile so hoch schätzte.

Ich stand bloß da, die Briefe immer noch in der Hand, und wurde von dem Gedanken an eine schnelle Flucht überfallen.

»Sie glaubt, sie wüsste ganz genau, was gut ist für die Menschen, die sie so großzügig unterstützt«, polterte Mr Reed einfach weiter, sein Eifer war erschreckend. »Sie prahlt mit ihrer Hilfsbereitschaft und ihrer Menschenliebe und hat dabei absolut keine Ahnung von der Welt da draußen. Sie ist eine reich geborene, eingebildete Schranze, die sich mit den Federn einer ehrlichen Arbeit schmückt und noch niemals einen einzigen Fuß in die Slums von London gesetzt hat.«

Es traf mich wie ein Schlag in den Magen. Er sprach zwar über Miss Brandon-Welderson, aber ich hatte mich schon einmal mit ihr verglichen und diesmal war mir dieser Gedankenansatz wieder nicht sehr weit entfernt.

So wie er sprach, könnte Mr Reed genauso auch mich meinen. Ich war reich geboren, übte einen Job aus, den ich zum Überleben nicht nötig hatte, und war noch nie in den Elendsvierteln von London gewesen. Ich kannte nur meine Welt und über den Tellerrand meines beschaulichen Lebens, zwischen gutem Essen und Büchern, hatte ich nur selten geblickt.

Daher verletzten mich die Worte des Bibliothekars im gleichen Maß, wie sie mich auch zur Weißglut brachten. Seine Verachtung machte mich so wütend, weil ich machtlos gegen seine Vorurteile war. Es ging hier um etwas, das ich nicht verstand, weil es mir offensichtlich an Hintergrundinformationen mangelte, was mich noch unzureichender erscheinen ließ. Mein Herz schlug viel zu schnell, mein Blut kochte in meinen Adern und in meinem Kopf begann sich der Druck zu stauen.

»Sie stolziert herum, als sei sie die Queen höchstpersönlich, und wirft mit altklugen Nichtigkeiten um sich, anstatt sich den wirklichen Problemen unserer Gesellschaft zu stellen«, sagte Mr Reed gerade und ich wollte mich nicht länger seiner Verachtung gegenübersehen. Es war viel zu plötzlich gekommen und tat mir zu sehr weh.

»Hören Sie auf«, stieß ich hervor, weil ich mir nicht anders zu helfen wusste. Mr Reed wandte sich mir mit erstauntem Blick zu. Sein Haar war wirr, weil er es sich in seinem Ärger gerauft hatte, und bei seinem Hemd hatte sich der oberste Knopf geöffnet.

Mein Gesichtsausdruck musste mir entglitten sein, denn Mr Reed schien sofort zu merken, dass etwas nicht so war, wie er es erwartet hätte.

»Miss Crumb, ist alles in Ordnung mit Ihnen?«, fragte er mich direkt, und auf einen Schlag war aller Hass aus seiner Stimme gewichen und durch eine Spur von Sorge ersetzt worden.

Doch ich wollte das nicht. Ich war wütend. Sollte er sich seine Sorge an den Hut stecken! »Kommen Sie mir nicht so!«, fuhr ich ihn an und es war mir egal, ob das jetzt klug war oder ich mich nur noch tiefer hineinritt. »Sie können nicht mit Beleidigungen um sich werfen und mich dann so ansehen, als würde ich Sie nicht verstehen!«, rief ich zornig und in Mr Reeds Kopf rasten die Gedanken so sichtbar, dass es sich in dem Braun seiner Augen spiegelte.

»Ich sprach nicht von Ihnen, Miss Crumb«, erklärte er in beinahe beschwichtigendem Ton, als er verstand.

»Verdammt, Mr Reed! Sie sprachen von reichen Frauen, die mit ihrem Leben nichts Besseres anfangen können, als der arbeitenden

Schicht ihre Jobs wegzunehmen«, legte ich ihm seine Worte aus und zerquetschte die Briefe in meinen Händen. »Mich jetzt noch davon auszuschließen, wäre heuchlerisch!«

»Sie wissen doch gar nicht, wovon Sie da sprechen«, blaffte er mich an und seine Stimme wurde wieder lauter, schärfer und obwohl es seltsam war, schmerzte mein Herz dabei weniger als bei den sanften Worten, die er zuvor an mich gerichtet hatte.

Doch ich hatte genug. Sollte er mich doch für dumm und unwissend halten, was machte das schon. Ich würde auch ohne seine Meinung zurechtkommen!

Ich zwang mich selbst wieder zur Ruhe, kratzte den letzten Rest Würde zusammen, den ich jetzt noch in mir spüren konnte, und ging mit steifen Schritten auf den Schreibtisch zu. »Na gut«, sagte ich und meine Stimme klang kalt und hart. »Dann werde ich jetzt besser gehen und woanders mit altklugen Nichtigkeiten um mich werfen.« Ich legte die Briefe auf die Tischkante und versuchte nicht darauf zu achten, wie sehr das Papier durch meine Wut in Mitleidenschaft gezogen worden war. Doch ich war noch nicht fertig. »Während Sie sich wieder auf Ihr arm geborenes Hinterteil setzen und mit Weisheit glänzen«, zischte ich dem Bibliothekar zu, der stocksteif dastand und mir mit verwirrtem Blick hinterhersah, als ich aus dem Raum schritt und die Tür hinter mir schloss.

Ich brauchte all meine Beherrschung, um sie nicht einfach wütend ins Schloss zu werfen, drehte mich auf dem Rundgang zum Aufenthaltsraum und ging ohne mich umzusehen darauf zu.

Ich verschwand in dem kleinen Zimmer, entledigte mich meines Mantels und versuchte die Fassung nicht zu verlieren. Wenn ich mich jetzt meinen Gefühlen hingab, dann würde ich erst schreien, bis meine Stimme versagte, und danach ganz sicher heulen, bis mein Körper tränenleer wäre. Beides konnte ich mir jetzt nicht leisten und würde mich nur noch schwächer dastehen lassen, als ich mich ohnehin schon fühlte.

Allein mein Stolz hielt mich jetzt aufrecht und ich klammerte mich an die Wut, die ich in mir trug, um den Schmerz nicht spüren zu müssen.

Ich rauschte runter in den Lesesaal und widmete mich meinen Aufgaben, von denen es zum Glück genug gab, die meine Zeit füllen würden. Wie eine Besessene sortierte ich Bücher, bekam immer wieder verstohlene Blicke von Oscar zugeworfen, der es wohl nicht wagte, mich anzusprechen, und verkroch mich schlussendlich in meiner Kammer, in der noch Teile der Lieferungen herumstanden, die ich noch nicht etikettiert hatte, da mir für alle auf einmal die Kraft fehlte.

Doch jetzt hatte ich ja wieder die Wut im Bauch, die ich an diesem Ding rauslassen konnte.

Warum war Mr Reed auch so? Warum konnte er kein freundlicher, zurückhaltender Gentleman sein, der sich seinen Teil dachte und nicht ständig mit unwirschen Worten um sich warf, auf andere herabsah und dem es egal war, wie man sich damit fühlte.

Zu meinem Verdruss hörte ich plötzlich Henry in meinem Kopf, wie er schmunzelte und mir sagte, dass ich genau den gleichen Hang hatte.

Ich ignorierte den Gedanken, wollte mich jetzt nicht damit beschäftigen und schürte immer schön weiter meine Wut, damit sie mich nicht in meine eigene Unzulänglichkeit entließ.

Ich sammelte gerade im Lesesaal ein paar Bücher zusammen, da hörte ich eine Reihe rauer Stimmen, die viel zu laut lachten, um hierher zu gehören.

Ich drehte mich um und sah durch die Rundbögen ins Foyer, von dem aus Oscar mir einen hilfesuchenden Blick zuwarf. Mein Blick wanderte weiter zur Uhr. Es war halb fünf. Nur noch eine halbe Stunde und ich wäre endlich erlöst, um mich zu Hause in meinem Selbstmitleid zu suhlen.

Ich stellte den Stapel Bücher, den ich zusammengesammelt hatte, auf einem der Bücherwagen ab und schlängelte mich zwischen den Tischen hindurch in Oscars Richtung.

Die Blicke der Studenten, die noch hier waren, folgten mir, aber ich hatte schon längst aufgehört, darauf zu achten.

Zielstrebig trat ich durch einen der Bögen und sah gleich, wer das Gelächter verursachte. Es waren etwa ein halbes Dutzend Männer in robusten Jacken, mit dreckigen Schuhen und ausgebeulten Hüten. Sie wirkten wild und ich konnte mir beim besten Willen nicht vorstellen, was sie hier zu suchen hatten. Denn zum Lesen waren diese Herren ganz sicher nicht gekommen.

Ich ließ mich jedoch nicht beirren, wurde durch meine schlechte Stimmung nur noch in meiner Entschlossenheit bestärkt und schritt hoch erhobenen Hauptes auf die Störenfriede zu.

»Meine Herren«, begrüßte ich sie mit gedämpfter Stimme, die jedoch genug Schärfe hatte, damit sie mich hören konnten. »Sie sind zu laut«, kam ich gleich auf den Punkt und die Männer verstummten sofort, nur um danach verhalten in ihre Bärte zu prusten.

»Tut mir leid, Miss«, richtete einer von ihnen das Wort an mich und nahm seinen Hut ab. Er sah ein wenig älter aus als die anderen, so etwa Mitte dreißig, doch seine Augen waren freundlich und sein Lächeln warm und echt. »Wir sind sonst nicht so«, versuchte er mir zu versichern, doch ich ließ mich nicht so leicht erweichen.

»Kann ich Ihnen denn irgendwie behilflich sein?«, wollte ich wissen und zwang mich zu einem schmalen, distanzierten Lächeln.

»Die hübsche Lady will uns wieder loswerden«, lachte einer der anderen, der eine graue Schiebermütze trug, und stützte sich bei dem Älteren mit dem Arm auf der Schulter ab. Sie beide sahen grinsend auf mich herab.

Alle waren sie erstaunlich groß und ich musste zu ihnen aufsehen, was für mich eher ungewohnt war. Normalerweise war ich mit den meisten Männern nahezu auf Augenhöhe.

»Wir sind hier, um Thomas Reed auf einen Drink mitzunehmen«, sagte der Ältere und seine Augenbrauen zuckten belustigt.

Ich zögerte, war so überrascht von dieser Aussage, dass ich nicht sofort wusste, was ich erwidern sollte. Diese Männer, die allesamt Arbeiter sein mussten, waren hier, um mit Mr Reed einen trinken zu gehen? Das war einfach so unvorstellbar, dass ich an dem Wahrheitsgehalt dieses Satzes zweifeln musste. Oder doch an dem Bild, das ich mir von Mr Reed gemacht hatte?

»Mr Reed arbeitet für gewöhnlich bis sechs oder sieben Uhr. Ich glaube kaum, dass er Zeit finden wird, sich Ihrer Unternehmung anzuschließen«, behauptete ich, obwohl ich es eigentlich ja gar nicht so genau wusste. Aber ich vertraute meiner Intuition.

»Er hat Ihnen gesagt, dass Sie das sagen sollen, oder?«, warf ein Dritter mürrisch ein, der als einziger der Männer blonde Haare hatte. Seine Nase war gerade und auffällig schmal, sein Bart war kürzer als der der anderen und mit einem roten Schimmer durchzogen.

»Wer ist das überhaupt?«, fragte jemand hinter ihnen, den ich nicht genau sehen konnte, aber ich wartete nicht ab, bis ihm jemand antwortete.

»Ich bin die Bibliothekarsassistentin«, klärte ich sie auf und bekam den Mann dann doch zu Gesicht. Er war groß wie seine Begleiter, hatte ein schmales Gesicht, sehr dunkle Haare, die ihm schon in die Stirn fielen, und obwohl er einen Bart trug, erschrak ich, als mir Mr Reeds Augen aus seinem Gesicht entgegensahen.

»Sie arbeiten hier?«, amüsierte sich der Mann mit der Schiebermütze und schürzte verschmitzt die Lippen. Die Augen der anderen musterten mich interessiert und ich spürte, wie mich langsam die Unsicherheit befiel.

»Thommy hat 'ne hübsche Assistentin. Ich bin neidisch«, meinte ein Fünfter mit recht rundlicher Gestalt und wuschelte einem sechsten, wesentlich jüngeren Burschen durchs Haar.

»Ich auch«, stimmte ihm der Mann mit Schiebermütze zu und der Ältere lachte über sie.

»Sie sind zu laut!«, zischte ich in dem Bestreben, meine eigene Fassung zu bewahren und sofort senkten alle sechs ihre Stimmen wieder.

Fünf von ihnen tuschelten wie Waschweiber, lachten immer wieder und nur der Eine rührte sich kaum, stand wie eine stille Säule zwischen den Übermütigen. Seine braunen Augen musterten mich, Augen, die mich schon so oft in ihren Bann gezogen hatten, obwohl sie sich dieses Mal im Gesicht des falschen Mannes befanden.

Ich wich einen Schritt zurück, riss meinen Blick los und war versucht, einfach wegzugehen, um diesen Augen zu entfliehen, da hörte ich schon die vertraute Stimme, die mir schon so oft zur Rettung geeilt war.

»Mein Gott, was tut ihr denn hier?«, hörte ich Mr Reed sagen und drehte mich zu ihm um. Er hatte das Gesicht mürrisch verzogen, nahm sich die Brille von der Nase und klappte genervt das Buch zu, das er in den Händen hielt.

Ich atmete erleichtert auf.

»Tu nicht so ahnungslos. Nur weil du uns nicht antwortest, heißt das nicht, dass du unsere Post nicht bekommst«, schnaubte der Älteste und stemmte seine Hände herausfordernd in die Seiten.

Sie kannten sich offensichtlich. Im ersten Moment wunderte es mich. Doch eigentlich sollte es das nicht, denn Mr Reed war ja kein Mann der Oberschicht. Er war der Spross eines Metzgers, und das hier waren vielleicht sogar tatsächlich so etwas wie seine Freunde.

Ich blinzelte und fragte mich, warum es ein so seltsamer Gedanke war, dass Mr Reed Freunde haben könnte.

»Ich habe euch gesagt, ich komme nicht mit«, schnaubte Mr Reed, klemmte sich die Brille an den Ausschnitt seiner Weste und schob die Hände provokant gelangweilt in die Hosentaschen.

Möglicherweise waren sie doch keine Freunde.

»Das hat uns deine liebreizende Assistentin auch schon gesagt«, meinte der Mann mit der Schiebermütze und zwinkerte mir frech zu, als wäre ich eine Dirne, die er auf der Straße beeindrucken wollte.

Ich zuckte nicht einmal mit der Wimper, auch wenn es mich innerlich doch erschreckte.

»Ach ja? Dann hört auf sie. Verschwindet! Ihr macht alles dreckig«, maulte Mr Reed sie an und obwohl es in meinen Ohren sehr hart und ausfallend geklungen hatte, lachten die Männer darüber, als hätte er einen Witz gemacht.

»Jetzt komm schon, du feiner Pinkel. Wir haben dich ewig nicht gesehen«, versuchte es der Älteste weiter und machte eine ausladende Handbewegung.

»Einmal im Monat war abgemacht«, warf der Dickliche ein und der Jüngste neben ihm verschränkte seine noch schmalen Arme vor der Brust.

Mr Reed blickte recht unbeeindruckt zurück.

»Ich werde Mama sagen, dass du nicht mitgekommen bist!«, schnaubte der Junge und seine Stimme hickste, wie es typisch war für Jungen in diesem Alter.

Und Mr Reed zuckte. »Du wirst Mama gar nichts sagen«, schnauzte er ihn an, nahm die Hände aus den Taschen und kam einen Schritt auf ihn zu. »Und überhaupt, seit wann darf der Kleine denn mitkommen?«

Endlich ging auch mir auf, was hier gerade los war. Meine Augen weiteten sich und ich versuchte mir die Männer noch genauer anzusehen. Und nun war die Ähnlichkeit bei jedem Einzelnen unverkennbar.

»Ich bin schon sechzehn!«, empörte sich der Junge und meine Neugierde stieg auf einmal ins Unermessliche.

»Sind Sie alle Brüder von Mr Reed?«, erkundigte ich mich und sämtliche Blicke richteten sich plötzlich auf mich. Die meisten von ihnen hatten wohl schon vergessen, dass ich da war, doch der Kerl mit der Schiebermütze grinste mich an.

»Allesamt, Miss«, bestätige er mir und ich war auf einmal ganz aufgeregt. »Und mit wem haben wir das Vergnügen?«

Er war vielleicht ein wenig direkt, doch die höflichen Floskeln hatte er seinem Bruder definitiv voraus.

»Animant Crumb«, stellte ich mich vor und das Lächeln des Mützenträgers wurde verschmitzt.

»Hey, Thommy, wenn du nicht mitkommst, dürfen wir doch sicher deine Assistentin mitnehmen«, meinte er plötzlich und meine Aufmerksamkeit wandte sich auf Mr Reed, weil ich mir nicht vorstellen konnte, was er dazu wohl sagen würde.

»Auf gar keinen Fall!«, kam es so scharf aus seinem Mund, dass er mit dem Worten hätte Papier zerschneiden können. Sein Blick war finster und seine Haltung beinahe bedrohlich. Eigentlich hatte es nichts mit der Situation zu tun, doch genau jetzt fiel mir wieder ein, dass ich ja eigentlich wütend auf ihn gewesen war.

»Warum denn nicht, dass wird sicher lustig«, meinte der Blonde und der Dickliche lachte.

»Was hält denn die Miss davon?«, fragte der Älteste und ich hatte mir noch gar nicht überlegt, wie ich denn dazu stand, da ich dieses Angebot im ersten Moment nicht für voll genommen hatte. Doch es schien durchaus ernst gemeint zu sein und ich war zu überwältigt von all den neuen Eindrücken, um sofort zu antworten.

»Sie hat überhaupt nichts davon zu halten, denn ich verbiete euch das!«, ging der Bibliothekar dazwischen und stellte sich recht demonstrativ zwischen mich und seine Brüder.

Obwohl ich gerade gewillt gewesen war, meine Wut auf ihn aufgrund dieser wirklich interessanten Ereignisse für kurze Zeit zu vergessen, flammte sie doch in diesem Moment wieder auf.

»Sie sind nicht mein Vater, Sie können mir nichts verbieten!«, widersprach ich ihm vehement und hätte ihm gerne einfach mal gegen das Schienbein getreten. Wieso war dieser Mann nur so unglaublich widerlich heute? Was bitte schön hatte ich ihm denn getan, dass er mich so sehr herabsetzte?

Ich krallte mich an meine Wut und ignorierte gekonnt das Stechen in meinem Herzen.

Mr Reed drehte sich zu mir um. Seine Augen waren dunkel und seine Miene wirkte überaus unnachgiebig.

»Sie wissen gar nicht, worauf Sie sich da einlassen. Sie können doch nicht einfach mit wildfremden Männern mitgehen!«, versuchte er mich auf seine Art zur Vernunft zu bringen, doch er hatte die Chance verwirkt, dass ich ihm zuhören wollte oder jegliche Vernunft an mich ranließ.

Denn der Trotz war in mir erwacht und würde sich nicht so leicht zurücknehmen lassen.

»Sie sind nicht wildfremd. Es sind doch Ihre Brüder! Und ich glaube kaum, dass ihre Manieren noch schlechter sein können als Ihre!«, gab ich widerspenstig zurück und reckte das Kinn, damit er deutlich sah, dass er ab jetzt bei mir auf Stein beißen würde.

Er hatte es herausgefordert und ich würde jetzt sicher nicht nachgeben, nur damit er sich hinterher selbst auf die Schulter klopfen konnte, weil er das arme, dumme Ding vor sich selbst gerettet hatte. Mir war erneut danach laut zu schreien.

»Verdammt, Sie lassen einem auch wirklich keine Wahl«, knurrte Mr Reed entnervt und schnaubte laut. »Wir treffen uns um sieben Uhr vor der Bibliothek. Und wehe, ihr seid nicht pünktlich!«, befahl er seinen Brüdern schroff und diese grinsten sich nur gegenseitig an, während Mr Reed sich nun endgültig abwandte und ohne Umwege nach oben in seinem Büro verschwand.

31

Das Einunddreißigste oder das, in dem ich zu viel fragte.

Es war zwanzig vor sieben und ich stand schon vor der Bibliothek. Natürlich war mir klar, dass ich viel zu früh war, aber ich hatte es vor Nervosität nicht mehr in meinem kleinen Zimmer ausgehalten.

Ich hatte mich umgezogen, jedoch darauf geachtet, weiterhin schlicht zu bleiben. Schließlich hatte ich keine Vorstellung davon, was mich erwarten würde, und nichts wäre peinlicher, als zu fein gekleidet zu sein.

Daher trug ich eine nachtblaue Leinenbluse zu einem dunkelrot karierten Wollrock. Es war durch Farbe und Material unauffällig, ohne schlampig zu wirken, und auch die Bluse war nicht so streng wie die, die ich sonst trug, damit man mich nicht für zu bieder hielt.

Kurz schüttelte ich den Kopf über mich und rieb mir die Hände warm. Ich hatte mir eindeutig viel zu viele Gedanken darüber gemacht, was ich anzog. Und das nur, weil ich den Abend mit Mr Reed verbringen würde. Ich versuchte mir das selbst schlechtzureden, nicht zu viel daran zu denken und überhaupt meine Wut auf den Bibliothekar aufrechtzuerhalten.

Denn wenn ich nicht strikt daran festhielt, dann müsste ich darüber nachdenken, dass wir uns gestritten hatten, dass er eine hässliche Meinung über Frauen wie mich hatte und dass er sicher niemals so für mich empfinden würde, wie ich für ihn.

Doch ich sah dem Abend mit unterdrückten Gedanken und erzwungenen positiven Gefühlen entgegen, denn Mr Reed hatte meinen Stolz angestachelt und ich war zusätzlich gewillt, aus seinen Brüdern so viele Informationen aus dem Leben des Bibliothekars zu holen, wie ich nur konnte, um meiner nagenden Neugierde endlich ein wenig Erleichterung zu verschaffen.

Etwa zehn Minuten stand ich allein im immer dichter werdenden Nebel nahe der Bibliothek, ehe ich eine Gruppe von Männern schattenhaft auf mich zukommen sah. Ich drehte mich zu ihnen, als ich sie hörte, und keinen Moment später schienen sie auch mich zu entdecken.

»Siehst du, ich hab's dir gesagt«, sagte einer und streckte dem anderen die Hand hin. Dieser griff in seine Hosentasche und zog eine Münze heraus, die er auf die fordernde Hand fallen ließ.

Skeptisch hob ich eine Augenbraue. Sie hatten wohl darum gewettet, ob ich da sein würde.

Wahrscheinlich hätte ich in jedem anderen Fall auch gegen mich gewettet. Ich war nicht der Mensch, der gerne ausging, und schon gar nicht, wenn ich nicht wusste wohin. Männer waren nie meine bevorzugte Begleitung gewesen und zu stumpfsinnigen Unterhaltungen, die nur geführt wurden, um den Alkoholkonsum zu rechtfertigen, hatte ich mich selten aufraffen können.

Doch diesmal verhielt sich alles anders. Ich hatte es zugelassen, dass mein Stolz in die ganze Sache involviert worden war, als Mr Reed mir verboten hatte, mich dieser Unternehmung anzuschließen und so konnte ich nicht mehr zurück. Mein Stolz war stark, stärker als Angst oder Bequemlichkeit, stärker als Wut oder Kummer. Ich musste Mr Reed nun beweisen, dass ich meine Pläne durchführen konnte wie ich wollte, und dass er keinen Einfluss auf mein Leben besaß. Schon gar nicht, nachdem er mich den ganzen Nachmittag nur runtergeputzt hatte.

Doch vielleicht versuchte ich mir das auch in erster Linie selbst zu beweisen.

Es war dumm und es war kindisch, und ich war mir dessen durchaus bewusst. Und trotzdem konnte ich nicht anders.

»Guten Abend, Miss«, sagte der Mann mit der Schiebermütze, die wieder auf seinem Kopf saß, und sein Grinsen ging von einem Ohr zum anderen. Er schob sich gerade die Münze in die Tasche, die er gewonnen hatte, und seine Brüder kamen ebenfalls näher.

»Guten Abend«, antwortete ich und die anderen nickten mir aufmerksam zu. Keiner sagte etwas, die meisten von ihnen schienen nervös zu sein. Nur der Eine stand wieder still da, den Blick in die Ferne gerichtet, und ich war ganz froh, dass ich seine Augen nicht sehen konnte.

Ich seufzte und beschloss die Spannung zu brechen, damit sie nicht den ganzen Abend anhielt und ich so diejenige war, die dem Treffen mit ihrem Bruder die Leichtigkeit genommen hatte.

»So, es sind noch zehn Minuten, bis Mr Reed sich bequemen wird, seine Arbeit niederzulegen. Wenn er es überhaupt pünktlich schafft. Also schlage ich vor, dass wir die Zeit nutzen, um uns bekannt zu machen«, meinte ich und bemühte mich, nicht zu formell zu klingen. Schließlich wollte ich die Spannungen nicht zusätzlich verschlimmern.

»Das ist wirklich eine gute Idee«, pflichtete mir der Mann mit der Schiebermütze bei und ich musste lächeln über den Überschwang, den er dabei zum Ausdruck brachte. »Also, ich bin Tobias Reed«, stellte er sich vor und erst da ging mir auf, dass sie ja alle den gleichen Nachnamen besaßen. Also waren sie alle ein Mr Reed. Es war faszinierend und verstörend zugleich und ich wusste jetzt schon, dass ich gezwungen sein würde, sie alle mit dem Vornamen anzusprechen, um irgendwie den Überblick zu behalten.

»Sehr erfreut«, antwortete ich ihm auf die gleiche Weise und wir reichten uns sogar die Hände, wie es eigentlich für Frauen meines Standes nicht besonders üblich war. Seine Hand war warm und der Griff fest.

»Ich bin Jonathan Reed«, mischte sich derjenige ein, den ich für den ältesten der Brüder hielt. Auch er reichte mir die Hand und so ging ich die Reihe durch.

Der etwas untersetzte Mann hieß Lucas und hatte schwitzige Finger. Der Blondschopf nannte sich Jimmy, grinste erheitert und hatte noch kältere Hände als ich. Der Jüngste war Finley, der mich ansah, als hätte er noch nie einer Frau die Hand gereicht. Und zu guter Letzt stellte mir Tobias noch den Bruder vor, der dem Bibliothekar am ähnlichsten sah.

»Das ist Ian. Aber er ist schüchtern«, witzelte Tobias und stieß Ian mit dem Ellenbogen in die Seite. Der sah ihn nur finster an und streckte mir die Hand hin, blickte mir aber nicht in die Augen.

Ich konnte nur hoffen, dass ich mir all die Namen auch merken würde. Kurz hatte ich das Bedürfnis, meinen Notizblock zu zücken und sie dem Alter nach aufzulisten. Doch normalerweise war ich ganz gut mit Namen und ich musste darauf vertrauen, dass ich auch so irgendwann einen Überblick gewinnen würde.

Mr Reed trat kurz vor sieben aus der Bibliothek und ich versuchte an meinem Vorsatz festzuhalten, ihm so wenig wie möglich Beachtung zu schenken. Mein Stolz sagte mir immer wieder, dass ich keinen Aufpasser brauchte und ich besaß auch nicht die Nerven, mich heute noch mehr von ihm anschnauzen zu lassen.

Außerdem unterdrückte ich auf diese Weise meine Gefühle, die mir in den letzten Tagen über den Kopf gewachsen waren. Die Nähe zu ihm hatte mich in meiner Verliebtheit schwelgen lassen und sie Stunde um Stunde verschlimmert. Doch jetzt, wo ich mich äußerlich wie innerlich von ihm distanzierte, bildete ich mir ein, klarer denken zu können.

Aber trotz meiner starken Vorsätze und den ganzen Barrieren, die ich heute in meinem Kopf errichtet hatte, begann mein Bauch zu flirren, als Mr Reed auf uns zukam und neben mir stehen blieb.

Er zog sich gerade den Schal enger um den Hals, blickte mehr als mürrisch in die Runde und mir fiel sofort auf, dass sich die linke Tasche seines Mantels leicht ausbeulte. Es war genau wie bei meiner und der Grund dafür war das obligatorische Buch, das ich überallhin mitnahm, wenn ich nicht Gefahr lief, dass meine Mutter mich dafür rügen konnte.

Mein Magen kribbelte noch schlimmer und ganz sicher stieg mir auch die Röte in die Wangen, was sich glücklicherweise auf die Kälte schieben ließ. Es war nur eine so winzige Kleinigkeit wie ein Buch in unseren Taschen, die eine Verbundenheit in mir schuf, die ich nur schwer definieren konnte.

»Und wohin wollen wir gehen?«, fragte Mr Reed und machte sich nicht die Mühe, auch nur einen von uns zu begrüßen. Nicht einmal mich.

»In den *Fingerhut*«, antwortete ihm Jonathan, der Älteste, und wir setzten uns langsam in Bewegung.

»Da sind wir ja eine Ewigkeit unterwegs«, erwiderte Mr Reed genervt und Jimmy legte ihm plump einen Arm um die Schultern.

»Seit wann bist du denn lauffaul? Du sitzt zu viel auf deinem Bürokratenhintern, was?«, zog er ihn auf und Mr Reed besah ihn mit einem abschätzigen Blick.

»Nicht wegen mir. Ihr jagt eine Dame durch die halbe Stadt«, konterte er und ich hob nun erstaunt den Blick. Mr Reed war vielleicht nicht besonders höflich, doch ganz übersah er mich auch nicht. Es gab immer wieder diese Momente, in denen ich der Vorstellung erlag, dass ich ihm nicht völlig gleichgültig war.

»Wie weit es auch immer sein mag, bei uns auf dem Land gehören lange Spaziergänge zur allgemeinen Beschäftigung«, teilte ich mit, noch bevor ich gefragt worden war, und konnte mich glücklich schätzen, das bequemere Paar Schuhe angezogen zu haben.

»Sie sind also gar keine Londonerin?«, erkundigte sich Lucas bei mir und schob seinen etwas breiteren Körper neben mich, sodass Mr Reed nach hinten ausweichen musste, um nicht vom Weg abzukommen. Ich sah ihm kurz nach, bemerkte zu meiner Beruhigung, dass er knapp hinter mir blieb und wandte dann meine Aufmerksamkeit Lucas zu.

»Nein, leider nicht. Ich komme aus einer sehr kleinen Stadt in der Nähe von Bath«, erklärte ich und er nickte. Sein Gesichtsausdruck sagte mir, dass er wusste, wovon ich sprach.

»Es soll warm sein dort«, meinte er und bewies damit meine Vermutung. Sein Gesicht war etwas schwammiger als das seiner Brüder, doch auch er hatte die starke Kinnlinie, die seinem Gesicht eine gewisse, wenn auch harte Attraktivität verlieh.

»Na ja, warm ist relativ. Zumindest wärmer als in London«, gab ich zurück, während wir weiter durch den Nebel schritten. »Das liegt am Golfstrom und dem Südwestwind«, fügte ich etwas altklug hinzu, weil ich nicht anders konnte, als mein Wissen mitzuteilen. Meine Mutter hätte bei meinen Worten sicherlich wieder einmal die Nase gerümpft.

Ich musste lächeln bei dem Gedanken und stellte fest, dass ich sie vermisste, obwohl ich sie erst seit vier Tagen nicht mehr gesehen hatte. Auch hatte ich heute keine Gelegenheit gehab ihren Brief zu öffnen.

»Wie kommt es dann, dass Sie jetzt in einer Londoner Bibliothek arbeiten?«, erkundigte sich Tobias, der vor uns lief und sich halb drehte.

Ich blickte leicht verschämt in die Runde, weil ich so viel Aufmerksamkeit eigentlich nicht gewohnt war, und zuckte mit den Schultern, was man unter meinem dicken Schal kaum sehen konnte. »Das ist eine lange Geschichte«, behauptete ich leise, Tobias lachte.

»Wir haben ja auch einen langen Weg vor uns«, hielt er dagegen und sein Grinsen war so charmant, dass ich mich wirklich überreden ließ.

Ich mochte charmante Männer, es war einfach so. Doch scheinbar war ich nicht dazu fähig, mich in solche zu verlieben, da mein Herz offensichtlich einen eigenbrötlerischen Griesgram bevorzugte.

»Na gut«, gab ich nach und musste das Lächeln erwidern. Tobias ließ einem gar keine andere Chance. »Zu Hause habe ich eigentlich nichts anderes getan, als zu lesen«, setzte ich an und sie alle begannen zu grinsen und den Bibliothekar, der immer noch direkt hinter mir war, mit bedeutungsschweren Blicken zu bedenken.

»So einen kennen wir auch«, behauptete Jimmy, der neben Mr Reed ging und ihn spielerisch mit dem Ellenbogen anstieß. Dieser starrte jedoch teilnahmslos in eine andere Richtung, hatte die Hände in seinen Manteltaschen und trottete vor sich hin, als würde ihn das alles nichts angehen.

Wir verließen das Parkgelände der Universität und traten hinaus in das Straßengewirr von Zentrallondon. Der Nebel blieb hinter uns zurück und die Dunkelheit senkte sich langsam über die Stadt.

»Und dann?«, ließ Tobias nicht locker, damit wir wieder auf das eigentliche Gespräch zurückkamen und ich verbannte mühsam das Bild eines jungen Mr Reed aus meinem Kopf, der in seinem Zuhause auf der Ofenbank saß und die Seiten eines Buches mit den Augen verschlang.

»Dann kam mein Onkel zu Besuch. Er ist im Personalwesen der Universität tätig und suchte händeringend nach einem Bibliothekarsassistenten«, berichtete ich und es kam mir so vor, als wäre das alles schon vor Monaten gewesen. All das, was seitdem passiert war, war eine so große Fülle an Ereignissen, dass ich es kaum fassen konnte. Ich hatte eine ganz neue Welt kennengelernt, neue Menschen, neue Werte, neue Gefühle.

»Und Sie haben sich sofort dafür gemeldet?«, fragte mich Lucas und ich schüttelte lachend den Kopf.

»Nein. Ich wollte eigentlich lieber auf meinem Dachboden bei meinen Büchern bleiben«, erzählte ich und hörte Mr Reed hinter mir schnauben. Ich drehte mich nicht zu ihm, um zu sehen, wie ich das Geräusch zu deuten hätte, bekam dafür aber ein drückendes Gefühl auf der Brust, weil ich die Befürchtung hatte, er wünschte sich insgeheim, ich wäre tatsächlich dort geblieben.

Doch ich verbannte die Gedanken wieder, sperrte sie zu den anderen schweren Gefühlen. Schließlich hatte ich vorgehabt, nicht zu viel über ihn nachzudenken.

»Aber meine Mutter ist von der Vorstellung besessen, mich schnellstmöglich zu verehelichen und ich habe die Gelegenheit zur Flucht wahrgenommen«, fuhr ich um einen leichten Tonfall bemüht fort. Die Männer lachten. Ich versuchte es auch nicht zu ernst klingen zu lassen, damit niemand auf die Idee kam, das wäre der wahre Beweggrund dafür, dass ich immer noch hier war. Denn das stimmte ja nicht. »Ich kam nach London und da bekam ich dann viele Schauergeschichten zu hören über einen strengen und missmutigen Bibliothekar, dem alle Assistenten davonlaufen, weil er schrecklich fies und gemein wäre«, erzählte ich und nutzte es aus, Mr Reed ein wenig vor seinen Brüdern bloßzustellen, weil es mir half, weiterhin die Oberhand über mein Inneres zu bewahren. Ich war immer besser darin, mich in allem zu beherrschen, wenn ich diejenige war, die am längeren Hebel saß.

»Thommy, was bist du nur für ein Monster!«, brüllte Jimmy vor Lachen und auf Tobias Gesicht entstand ein schelmischer Ausdruck.

»Laufen dir die Assistenten wirklich davon?«, wollte er von seinem Bruder wissen und Mr Reed bemühte sich um einen neutralen Gesichtsausdruck. Doch ich konnte genau sehen, dass er angefressen war, diese Frage beantworten zu müssen.

»Miss Crumb ist noch da«, versuchte er zu kontern und ich gab ein spöttisches »Pf« von mir.

»Das zählt nicht! Sie haben mich als den stursten Dickkopf bezeichnet, der Ihnen je auf die Nerven gegangen ist«, wiederholte ich seine eigenen Worte und Tobias amüsierte sich köstlich über unseren Schlagabtausch, während Mr Reed aussah, als hätte er auf etwas Bitteres gebissen.

»Arbeiten Sie denn gerne in der Bibliothek?«, kam die Frage plötzlich von weiter vorne und am Hicksen in der Stimme wusste ich, trotz der langsam alles umfassenden Dunkelheit, dass es der junge Finley gewesen sein musste.

Das Lächeln kam von ganz allein auf meine Lippen und ich fühlte eine wunderschöne Wärme in meinem Bauch. »Ja, sehr gerne«, gab ich zu und spürte ein Unbehagen darüber, dass wir eigentlich fast nur über mich sprachen. Geschickt schaffte ich es, das Gespräch auf das Leben der anderen zu lenken, ohne speziell danach zu fragen. Ich erfuhr, dass Mr Reeds Vater kein einfacher Metzger, sondern der Besitzer einer hoch angesehenen Rinderfarm außerhalb der Stadt war. Dort wurden die Rinder gezüchtet, gehalten und geschlachtet, um dann in die bestbetuchtesten Haushalte Londons geliefert zu werden. Bis auf den Sonderling unter ihnen, der Bibliothekar geworden war, arbeiteten sie alle auf der Farm, waren Arbeiter mit jeder Faser ihres Körpers.

»Thomas war schon immer anders. Er hat echt alles gemacht, nur damit man ihm was zu Lesen besorgt hat. Und wenn wir draußen zum Spielen waren, hat er sich irgendwo in den Schatten gesetzt und gelesen«, erzählte mir Jonathan und es entsprach genau dem Bild, das ich mir in meinem Kopf machte.

Jonathan lief nun neben mir, da sich der massige Lucas weiter hinten mit Mr Reed unterhielt. Auch Ian und Jimmy waren bei dem Bibliothekar, doch von hier vorne konnte ich nicht verstehen, worum es in ihrer Unterhaltung ging.

»Und wie kommt es, dass er tatsächlich nach London kam, um hier Bibliothekar zu werden?«, erkundigte ich mich recht direkt, da ich mir sicher war, dass Mr Reed auch mich nicht hören konnte, und Jonathan hob eine Augenbraue.

»Warum haben Sie nicht ihn danach gefragt?«, wollte er wissen und ich seufzte theatralisch.

»Das hab ich, aber er ist die meiste Zeit nicht sehr redselig«, gab ich zurück und bekam ein Grinsen zu sehen.

Mr Reeds Brüder unterschieden sich doch sehr von ihm. Nicht nur durch die Arbeit, sondern vor allem durch das gelassene und fröhliche Wesen, das die meisten von ihnen besaßen und das ich bei Mr Reed erst sehr selten zu Gesicht bekommen hatte. Ich wusste durch den Abend des Balls, dass er durchaus in der Lage war, sich so zu geben. Doch anscheinend hob er sich dieses Charaktermerkmal nur für besondere Anlässe auf.

»Wirklich? Als er noch jünger war, hat er die ganze Zeit nur geredet. Er war nur still, wenn man ihm ein Buch gegeben hat«, meinte Jonathan und jetzt musste ich lachen. Damit hatte ich nun wirklich nicht gerechnet.

Jonathan enttäuschte mich nicht und kannte den Hergang der Ereignisse wirklich, der Mr Reed in die Bibliothek gebracht hatte.

Wir erreichten eines der Schilder, das auf die dampfbetriebene Straßenbahn hinwies, die mich so unglaublich faszinierte, und wir blieben tatsächlich daran stehen, um auf die nächste Fahrt zu warten.

»Er durfte immer mit Vater in die Stadt fahren, wenn er Ware auslieferte, weil er von uns allen einfach am besten rechnen konnte«, erzählte Jonathan mir, während wir warteten, und ich nickte. Meine ganze Aufmerksamkeit galt gerade Jonathans Worten und ich wurde nachlässig mit dem Heben meines Rockes, um dem Unrat und dem Schmutz der Londoner Straßen zu entgehen. Doch was scherte mich schon ein schmutziger Saum, wenn ich endlich einmal mehr über den Mann erfahren konnte, für den mein Herz schlug.

Und auch jetzt klopfte es wieder einmal viel zu laut, während ich versuchte, mir alles, was Jonathan erzählte, bildlich vorzustellen.

»Es gab da eine Feier in der Nähe der Universität und da war die Hölle los bei den Vorbereitungen. Wir mussten eine Ewigkeit warten, ehe jemand wusste, wer uns das Fleisch abnehmen sollte und wer uns denn dafür bezahlen würde. Und es dauerte nicht lange, da meinte Thomas, er hätte was zu erledigen und war verschwunden«, berichtete er mir weiter und in der Ferne erklang das ratternde Geräusch von Maschinen, das langsam näher kam. Dann bog auch schon die eigentümliche Lokomotive der Straßenbahn um die Kurve und hielt auf uns zu. Ihr Inneres war hell erleuchtet und ließ mich erkennen, wie dunkel es bereits geworden war. Einige der Gaslampen in der Nähe wurden gerade entzündet und beleuchteten mit ihrem dämmrigen Schein die leicht neblige Straße.

Es war London von einer ganz anderen Seite, ein Nachtleben, das ich sonst nie zu Gesicht bekommen hätte, wenn ich immer brav zu Hause geblieben oder mit einer Kutsche zu einer Soiree gefahren wäre.

Ein London mit Schatten und unangenehmen Gerüchen, dunklen Gassen und dem Fauchen der Straßenbahn. Aber auch mit dem einzigartigen Flair von Abenteuer und Freiheit.

Die Bahn wurde langsamer, ließ kreischend die Bremsen hören und stieß seufzend einen dicken Schwall schwarzen Rauches in den Nachthimmel, als sie zum Stehen kam.

Jonathan entriegelte die Tür nicht weit von uns und ich spürte die Aufregung in meinem Bauch, als ich meinen Rock mit einer Hand anhob und mit der anderen nach einem Griff fasste, um mich die Stufen hinauf in den Waggon zu ziehen.

»Und wo ist er hingegangen?«, fragte ich Jonathan, um den Anschluss an unser Gespräch nicht zu verlieren, und stolperte beinahe über die letzte Stufe.

Jonathan streckte hilfsbereit die Hand aus, aber ich hielt mich gerade eben noch an einer Stange fest.

»Alles gut?«, erkundigte er sich und ich nickte schnell. Ein Gentleman hätte mir jetzt wohl seinen Arm angeboten, um mich zu einer der Sitzgelegenheiten zu führen, aber ein Mann, der auf einer Rinderfarm arbeitete, kam wohl nicht auf die Idee, so etwas zu tun.

Wortlos nahm ich es hin, weil ich nicht wusste, wie gängig das in seinen Gesellschaftskreisen war. Vielleicht erklärte das auch so manche Unhöflichkeit von Mr Reed.

Ich setzte mich auf eine der messingbeschlagenen Holzbänke und spürte die Aufregung einer Euphorie gleich in meinem Bauch aufsteigen, bei der Aussicht, mit dieser Bahn zu fahren. Zwar hatte ich es mit Mr Boyle bereits gewagt, eine Station mit diesem Gefährt zu bewältigen, doch seine offensichtliche Ablehnung gegen die Fortbewegungsmittel der niederen Schichten hatte meine Freude doch gewaltig getrübt.

Auch die anderen Herren stiegen in den Waggon und Mr Reed schloss schließlich die Tür hinter sich, die ein knackendes Geräusch von sich gab, als der Riegel einrastete.

Der Bibliothekar hob die Augen und für einen kleinen Moment begegneten sich unsere Blicke. Ich lächelte ihm zu, weil ich zu aufgeregt war, um es zu unterdrücken, und er schüttelte nur leicht den Kopf über mich. Er setzte sich in einiger Entfernung weiter nach hinten neben seinen jüngsten Bruder, der nicht minder fasziniert von unserem Reisegefährt zu sein schien.

Jonathan blieb neben mir stehen, sah sich einmal um, als kontrollierte er, dass auch wirklich alle da waren, und dann setzte sich die Straßenbahn knarrend und ratternd in Bewegung.

Ich sah den Mann neben mir auffordernd an, damit er mit seiner Erzählung fortfuhr und er nickte mir zu. »Wir haben Thommy sicher 'ne Stunde lang gesucht«, nahm er den Faden seines Berichts wieder auf. »Vater ist ausgerastet. Und dann haben wir ihn in der Bibliothek gefunden, hinter einem riesigen Stapel Bücher«, erzählte er und ich konnte mir vorstellen, wie Mr Reed sich damals gefühlt haben musste. Mich hatte die Bibliothek auch überwältigt, doch ich hatte in meinem Leben nie Probleme gehabt, irgendwo neues Lesematerial herzubekommen. Für ihn musste es gewesen sein, wie ein Paradies zu betreten.

»Wir mussten ihn zwingen, die Bücher liegen zu lassen und wieder mit nach Hause zu kommen. Und danach war er nie wieder wie vorher. Er hat sich nicht mehr für die Tiere und die Arbeit auf der Farm interessiert, er ist auf keine Tanzveranstaltung mehr mitgekommen und hat sich jedes Mal abgesetzt, wenn wir London auch nur nahe gekommen sind.«

Draußen vor dem Fenster zogen die Lichter Londons vorbei und ich erschrak, als sich neben mir plötzlich Tobias über meine Banklehne beugte.

»Ja, daran erinnere ich mich. Da ist doch dann dieses Mädel aufgetaucht und hat ihm angeboten, dass er sie küssen darf, wenn er auf diesen einen Ball kommt«, trug er zur Unterhaltung bei und grinste frech. »Das Gesicht, das sie gemacht hat, als er knallhart *Nein* gesagt hat, werde ich nie mehr vergessen«, lachte er und ich bekam einen harten Klumpen im Magen, obwohl diese Begebenheit Jahre zurückliegen musste.

Die Bahn ratterte über eine Unebenheit und ich musste mich an einer der kalten Metallstangen festhalten. Es war unbequem und zugig hier in der Bahn und trotzdem hätte ich dieses Erlebnis nie gegen eine Kutschfahrt eingetauscht.

»Du vergisst das nur nicht, weil du sie küssen durftest, nachdem Thommy sie abgelehnt hatte«, warf Jonathan kopfschüttelnd ein und das Grinsen in Tobias' Gesicht wurde eine Spur anzüglicher.

»Irgendwer musste sie doch trösten«, behauptete er und ich bekam langsam eine Vorstellung davon, wie es sich anfühlen musste, sechs Brüder zu haben.

Ich unterdrückte meine Neugierde darüber, ob Mr Reed schon viele Mädchen hinterhergelaufen waren und konzentrierte mich lieber auf das ursprüngliche Thema, während ich meinen Hut zurechtschob, damit er mir bei all der Rüttelei durch die Bahn nicht vom Kopf rutschte.

»Und wie kam Mr Reed nun dazu, in der Stadt zu bleiben, um Bibliothekar zu werden?«, fragte ich wieder und Jonathan kräuselte amüsiert die Nase.

»Das interessiert Sie wirklich, was?«, meinte er belustigt und ich nicke entschlossen, um meine Unsicherheit nicht zu zeigen.

»Es ist echt seltsam, dass Sie Thomas Mr Reed nennen«, warf Tobias von der Seite ein. Doch er erwartete wohl keine Antwort darauf und so richtete ich meine Aufmerksamkeit zurück auf Jonathan, damit ich endlich zu meiner Antwort kam.

»Da gab es diesen alten Bibliothekar, der ist auf ihn aufmerksam geworden und hat ihn unter seine Fittiche genommen, hat ihm ein kleines Zimmer gegeben und ihm das Studium bezahlt. Ich glaub, er hieß Hitchens«, sagte Jonathan und Tobias schüttelte den Kopf.

»Nein, Higgens«, widersprach er und setzte sich zurück auf seinen eigenen Platz hinter mir.

»Hillwich«, ertönte es von hinten und ich drehte mich erschrocken um. Es war Mr Reed gewesen, der eigentlich noch immer seine Unterhaltung mit Jimmy und Lucas führte und von dem ich geglaubt hatte, er würde uns weder hören können noch unserem eigenen Gespräch Beachtung schenken. Ich hatte gedacht, ich könnte ungeniert einfach nach allem fragen, ohne dass er es merken würde.

»Ja genau«, stimmte Jonathan zu und ihn schien es gar nicht zu irritieren, dass wir die ganze Zeit belauscht worden waren. »Das war so ein uralter Kauz, ziemlich eigenwillig. Hat in ihm einen Sohn gesehen, den er nie hatte.«

»Er ist kaum noch heimgekommen und wenn er mal da war, hat er sich ununterbrochen mit unserem Vater gestritten«, sagte Tobias und der Witz war aus seiner Stimme gewichen. Auch Jonathan machte ein ernstes Gesicht. Das hatte wohl an ihnen allen genagt. »Mama hat es fast das Herz gebrochen, als Vater ihn rausgeschmissen hat«, fügte Tobias noch hinzu und kratzte sich verlegen an der Stirn, wobei seine Schiebermütze ein Stück verrutschte.

»Aber das interessiert Sie sicher gar nicht«, warf Jonathan ein und sah Tobias scharf an, damit er das Thema wechselte.

Doch mir machte das gar nichts aus. Im Gegenteil. Endlich bekam ich einen Einblick in die Gefühle des Mannes, der seit drei Wochen ein einziges Rätsel für mich war und es half mir, so manche Eindrücke neu zu sortieren.

»Doch«, versicherte ich also. »Es macht einfach vieles verständlicher, den Dingen einen Hintergrund zu geben«, erklärte ich und die beiden Männer nickten. »Warum hat er ihn denn rausgeworfen?«, stellte ich eine Frage und fühlte mich ein bisschen schlecht, in der Sache noch weiter herumzustochern. Vielleicht sollte ich das Thema wechseln, schon allein, um die Herren nicht weiter in Verlegenheit zu bringen.

Wir ratterten um eine Kurve und ich wurde so durchgeschüttelt, dass meine Zähne schmerzhaft aufeinanderschlugen und ich beinahe von der Bank gerutscht wäre, doch die anderen waren das wohl gewohnt, denn es sah niemand überrascht aus.

»Er fühlt sich wohl verraten, weil Thommy jetzt studiert ist und sich mit Oberschichtgesindel auf schicken Partys herumtreibt«, antwortete mir Tobias etwas lauter, um das Klappern zu übertönen und obwohl das Gespräch einen so schweren Weg ging, konnte ich immer noch ein Lächeln in seinem Mundwinkel entdecken. Es war leicht verschmitzt und erinnerte mich stark an das heimliche Lächeln, das ich von Mr Reed oft zu sehen bekam.

»Dafür müsste er erst mal auf solche Veranstaltungen gehen«, sagte ich entschieden und beschloss, dass ich jetzt genug wusste. Denn ich war zwar neugierig, doch eigentlich stand es mir gar nicht zu, noch tiefer in dem Ganzen zu wühlen.

»Tut er nicht?«, wollte Tobias wissen und schien ehrlich überrascht zu sein.

Ich lachte, versuchte unbeschwert zu klingen und fragte mich zugleich, was Mr Reeds Brüder wohl glaubten, wie er hier lebte. »Zumindest nicht, dass ich wüsste. Zum offiziellen Universitätsball musste ich ihn zwingen, damit er sich dort blicken lässt«, erzählte ich und Tobias lachte ebenfalls.

»Dann hat er sich doch nicht so viel verändert«, meinte er und auch Jonathan hatte sein Lachen wiedergefunden.

Es fühlte sich gut an, Menschen fröhlich zu stimmen. Das war mir früher nie aufgefallen.

»Sicher hat er mit niemandem getanzt und nur intellektuelle Gespräche mit verstaubten Professoren geführt«, mischte sich plötzlich Jimmy ein, der sich unbemerkt zu Tobias auf die Bank geschoben hatte, den jungen Finley im Schlepptau, und sie fingen an, darüber zu feixen, wie ungesellig ihr Bruder manchmal sein konnte.

»So in etwa«, sagte ich nur, lächelte und mein Blick wanderte wie von allein zu Mr Reed, der immer noch hinter uns auf der Bank saß, Ian und Lucas bei ihm.

Auch er sah mich an, hatte sicher genau gehört, was wir sagten, und unsere Blicke trafen sich wieder.

Mein Herz begann zu rasen, mein Bauch wurde kribbelig und ein warmer Schauer zog sich meine Wirbelsäule entlang nach unten, als ich in das Dunkel seiner Augen blickte, das mir von einem Walzer erzählte, von seiner Hand auf meinem Rücken und von der Nähe unserer Körper, während wir uns über die Tanzfläche bewegt hatten.

Vielleicht war Mr Reed wirklich ein eher ungeselliger Mensch. Doch mit mir hatte er geredet, gelacht und sogar getanzt. Er hatte mich in seine Wohnung gelassen, als es ihm nicht gut ging, hatte mich als Gesellschaft geschätzt, obwohl er schon mehr als einmal betont hatte, wie nervtötend ich sein konnte.

Und auch wenn er oft rüde und unhöflich war, sich über so viele Dinge empörte und mich absichtlich wie auch unwissend beleidigte, spürte ich doch, dass da mehr sein konnte, als ich bisher für möglich gehalten hatte.

32

Das Zweiunddreißigste oder das, in dem ich einem Spaß erlag.

Ich schätzte, wir waren etwa eine Viertelstunde gefahren, als wir wieder aus der dampfbetriebenen Straßenbahn stiegen. Meine Beine waren ganz weich von all der Vibration und auch mein Magen war flau von der Fahrt.

Doch trotzdem war es ein gutes Erlebnis gewesen und ich würde jederzeit wieder in die rauchende, kreischende Maschine steigen, um mich herumfahren zu lassen.

Meine Mutter wäre empört gewesen.

Wir liefen nicht mehr weit, nur noch über einen kleinen Platz, auf dem wir einer anderen Gruppe von Männern in Zimmermannskluft begegneten, passierten eine Wasserpumpe und bogen dann in eine kleine Gasse ein.

Wenn man mich jetzt verlassen hätte und ich den Weg nach Hause allein hätte finden müssen, wäre ich heillos verloren gewesen. Ich wusste nicht einmal, in welchem Stadtteil wir uns jetzt befanden.

Wir erreichten eine recht kleine Gaststube. Warmes Licht strahlte durch die milchigen Fenster auf die Straße, die im Vergleich zu den anderen, durch die wir gelaufen waren, schon fast sauber war. *Fingerhut* stand in großen Lettern auf einem Holzschild über dem Eingang und Jonathan öffnete die schwere Tür ins Innere.

Er lächelte mich an und ließ mir den Vortritt, wie es ein Gentleman tun würde, und ich musste über diese Geste lachen, weil sie so gar nicht zu seinem rauen Äußeren passte. Der wilde Bart, der ausgebeulte Hut und die breite Statur, die man trotz der dicken Jacke gut erkennen konnte, ließ die Geste ein wenig lächerlich erscheinen.

Ich stieg die zwei Stufen hinunter in den Schankraum. Das Holz knarrte unter meinen Schuhen und viele Köpfe drehten sich in meine Richtung. Hauptsächlich Männer saßen an den Tischen, raue Männer, Arbeiter.

Es beschlich mich das Gefühl, nicht am richtigen Ort zu sein. Das hier war nicht meine Welt, und abends auszugehen nicht meine Art. Wie verhielt man sich nur souverän in einem Schankraum? Oder war es gerade falsch, souverän zu sein?

Jonathan nahm mir den Mantel ab und wir setzten uns an einen freien Tisch im hinteren Teil.

Unsicher schob ich mich mit meinem weiten Rock auf die grobe Holzbank, was sich einigermaßen schwierig gestaltete, und wunderte mich nicht, dass es Tobias und Jonathan waren, die sich zu meiner rechten und linken Seite setzten.

Mr Reed nahm sich mir schräg gegenüber einen Stuhl und ich fragte mich stirnrunzelnd, warum ich das nicht ebenso gemacht hatte, anstatt mich hier hinten auf eine so enge Bank zu zwängen, auf der die beiden Männer neben mir keinen natürlichen Abstand zu mir halten mussten. Aber jetzt war es zu spät und ich würde mich sicher nicht beschweren, nur damit er hinterher sagen konnte, ich hätte ja nicht mitzukommen brauchen.

Ich überließ es den Männern zu bestellen, während Tobias mir versprach, dass ich gleich das beste Bier Englands probieren könne. Auf meine Anmerkung hin, dass ich keine Vergleiche hätte, da ich noch nie Bier getrunken hatte, riss er die Augen erstaunt auf und behauptete, dass ich wohl noch nie wirklich gelebt hätte.

Die Stimmung war ausgelassen und das half mir ein wenig, meine aufgekommene Nervosität zu dämpfen. Mr Reed sagte nicht viel, hielt sich aus den meisten Gesprächen raus, auch wenn seine Brüder immer wieder versuchten ihn einzubinden.

Er war genau der verschlossene, mürrische Kerl, der er auch in der Bibliothek tagtäglich war, und aus irgendeinem Grund ärgerte mich das. Ich hatte ein wenig gehofft, dass er mehr aus sich herauskommen würde. Es war schließlich seine Familie.

Aber er sonderte sich absichtlich von ihnen ab und als er dann auch noch das Buch herausholte, hätte ich ihn gern laut getadelt für seine Unverschämtheit.

Doch ich ließ es, da ich genau in diesem Moment mich selbst in ihm wiedererkannte. Ich sah mich im Salon mit meinen Eltern. Die Schwestern meiner Mutter waren zu Besuch gewesen und ich hatte nichts anderes getan, als mich mit Jules Verne zu beschäftigen. Sie waren allesamt pikiert gewesen über meine abweisende Haltung und ich hatte sie in meinem Kopf nur als dumme Schwatzweiber abgetan. Ich war kein Deut besser als Mr Reed und das brachte mich zum Nachdenken.

Es von außen zu betrachten, eröffnete mir einen neuen Blickwinkel, und ich wurde wütend auf mich selbst. Denn ich wollte so gar nicht sein.

Henry hatte damals recht gehabt. Mr Reed und ich waren uns ähnlich. Mein Kopf wollte es nicht wahrhaben, aber ich war genauso unhöflich wie er und hatte mir nur eingebildet, es nicht zu sein. Zusätzlich war ich ungesellig und lehnte es ab, Veranstaltungen aller Art zu besuchen.

Erst meine Zeit in London hatte mich ein wenig verändert und vielleicht war sogar Mr Boyle eine gute Bereicherung für meine Charakterentwicklung gewesen. Auch wenn ich manchmal gerne vergessen wollte, dass es ihn gab und was ich dem armen Kerl angetan hatte, nur um mein schlechtes Gewissen loszuwerden.

Ein großes Glas wurde vor mir abgestellt und ich blinzelte mich aus meinen Gedanken. Der Inhalt war dunkel, beinahe schwarz und obenauf thronte eine dicke cremefarbene Schaumkrone.

Die anderen erhielten genau das Gleiche. Selbst Mr Reed bekam eins und dann wurden winzig kleine Gläser verteilt, in denen eine bernsteinfarbene Flüssigkeit schwappte.

»Was ist das?«, fragte ich Jonathan und sah dabei zu, wie er das kleine Glas nahm und es einfach so wie es war in seinem Bier versenkte.

»Das ist Whiskey«, eröffnete er mir und ich sah interessiert dabei zu, wie auch ein paar der anderen die Whiskeygläser in ihr Bier sinken ließen. »Wollen Sie auch?«, bot er mir an und ich schüttelte lächelnd den Kopf.

»Nein danke. Ich werde das Bier erst einmal so probieren«, meinte ich und Jonathan grinste, hob sein Glas an und nahm den ersten Schluck.

»Trinken Sie«, forderte mich Tobias auf, ich griff etwas zögerlich nach meinem Glas.

»Warum ist es so dunkel?«, wollte ich wissen und drehte es ein paarmal in der Hand. Ich hatte schon Bier gesehen, hatte sogar schon darüber gelesen. Doch ich hatte immer geglaubt, dass es heller sein müsste.

»Weil es irisches Bier ist«, kam die Erklärung von Ian, was ich wohl am wenigsten erwartet hatte. Er saß neben Mr Reed, mir direkt gegenüber, und sein Blick hatte diese besondere Weichheit, die mich ein wenig aus der Fassung brachte und der ich nicht standhalten konnte, weil sie mich so sehr an seinen Bruder erinnerte.

Doch Mr Reed selbst starrte nur in sein Buch, dessen Titel ich nicht erkennen konnte. Es war nicht besonders dick und auch nicht sehr groß, woraus ich auf Lyrik oder Belletristik schließen konnte.

»Na gut«, sagte ich nur, führte das Glas, das viel zu groß wirkte, an die Lippen, spürte das Kitzeln des Schaums an der Oberlippe und dann kam auch schon der erste Schluck. Er war sehr viel bitterer, als ich erwartet hatte, und mir verzog sich das Gesicht, ohne dass ich es verhindern konnte.

Die Männer lachten und ich trank noch einen zweiten Schluck, der nicht besser war.

»Bestes Bier überhaupt«, versicherte mir Tobias, der schon vom Lachen Tränen in den Augen hatte, und schob mir ein winziges Glas mit Whiskey hin, das ich jedoch nicht anrührte.

Obwohl ich bisher kein Bier getrunken hatte, wusste ich zumindest, dass in Whiskey sehr viel mehr Alkohol enthalten war und ich bin noch nie ein besonderer Genießer hochprozentiger Getränke gewesen.

»So, Thommy. Jetzt bist du dran mit erzählen«, behauptete Jimmy gerade und ich wurde aufmerksam. Er nahm Mr Reed ganz dreist das Buch aus der Hand, genau in dem Moment, in dem seine Aufmerksamkeit kurzzeitig wieder der Realität galt und es wirkte, als hätte Jimmy bereits Übung darin, den passenden Augenblick abzupassen.

»Ich hab nichts zu erzählen«, entgegnete Mr Reed und versuchte sich das Buch zurückzuholen, gab es aber gleich auf, als Jimmy es von ihm weghielt und es nur albern geworden wäre, sich danach zu strecken.

»Wir haben dich einen Monat nicht gesehen. Irgendwas wird ja wohl in einem Monat passiert sein«, meinte Jimmy und die anderen stimmten ihm zu.

»Nein«, sagte Mr Reed knapp. Ich stöhnte genervt auf.

»Seien Sie nicht so verschlossen. Ich weiß, dass Sie auch anders können«, tadelte ich ihn, obwohl ich mir vorgenommen hatte, dergleichen nicht zu tun. Doch ich konnte es nicht ertragen, dass er seine Familie so selten sah und dann auch noch abweisend reagierte. Vielleicht war er ja immer so. Allerdings war heute ich dabei und ich würde dafür sorgen, dass er sich mit seinen Brüdern unterhielt.

»Er ist also nicht immer mürrisch und gemein?«, witzelte Tobias neben mir.

»Nein, manchmal lacht er sogar«, gab ich zurück und hatte das Bedürfnis, Mr Reed die Zunge rauszustrecken. Dieser Mann brachte einfach meine schlechtesten Seiten zum Vorschein und stürzte meine ganze Gefühlswelt in ein gigantisches Chaos. »Aber heute hat er einen besonders schlechten Tag«, rutschte es mir heraus und ich wusste gleich, dass das eine Information zu viel gewesen war.

»Was ist denn passiert?«, wollte Tobias natürlich sofort wissen und ich wich Mr Reeds tödlichem Blick aus, indem ich von meinem Bier trank.

»Ist es das Wetter? Oder ist dir jemand auf die Nerven gegangen?«, fragte Jimmy weiter, während Mr Reed die Lippen aufeinanderpresste. Obwohl er nur ganz starr dasaß, konnte ich sehen, wie er sich innerlich wand. Natürlich hätte er mir leidtun müssen, weil ich dieses Gefühl so gut nachvollziehen konnte, wenn meine Mutter mal wieder zu neugierig war. Aber irgendwie fühlte es sich in meiner Brust doch eher nach Schadenfreude an.

Und wieder erkannte ich die Parallele zwischen mir und Mr Reed. Er hatte auch über mich gelacht, als meine Mutter mich vor ihm blamiert hatte.

Also durfte ich das doch eigentlich schon fast als Revanche werten.

»Es ist wegen 'ner Frau«, warf Lucas ein und Mr Reeds Hände zuckten verräterisch. »Es ist immer wegen 'ner Frau!«

Ich verschluckte mich sofort an dem bitteren Schluck Bier, den ich gerade im Mund hatte, und hustete verhalten in meine Hand.

»Ist es Margret?«, begann Tobias ihn auszufragen. »Oder wie hieß dieses Mädchen, das immer für ihn gebacken hat?«

»Jane Irgendwas«, warf Jimmy ein und sie alle schienen ganz interessiert an diesem Thema zu sein.

Sogar ich. Doch mir zog sich dabei der Magen zusammen und mein Herz stolperte in meiner Brust.

»Viel zu lange her. Diese Bäckerin war wunderschön. Ich kann mir nicht vorstellen, dass die sich nicht mittlerweile jemand anderes geschnappt hat«, entgegnete Jonathan und mir wurde nicht nur seltsam, sondern auch ein bisschen elend.

Ich hatte ja selbst schon vor Längerem festgestellt, dass Mr Reed sicher ein Mann war, dem die Mädchen zugetan sein könnten. Doch da mir bisher bis auf Miss Brandon-Welderson niemand anderes begegnet war, hatte ich mich törichterweise wirklich für die einzige annehmbare Partie gehalten. Dies war offensichtlich ein Fehler gewesen.

Ich setzte das Bierglas an und ließ bittere Flüssigkeit in meinen Magen schwappen, in der Hoffnung, so das flaue Gefühl wieder loszuwerden. Doch es half nichts.

»Hat sich nicht auch Montys Schwester für ihn interessiert?«, wollte Finley wissen und Mr Reeds Miene verfinsterte sich immer mehr. Auch er trank sein Bier und versuchte dabei niemanden anzusehen. Am wenigsten mich.

Ich fühlte mich schrecklich. Warum hatte ich nur diese blöde Anspielung gemacht? Die Bibel hatte vollkommen recht: Wer einem anderen eine Grube gräbt, fällt selbst hinein.

»Ja, Mary-Jane. Sie hat monatelang an ihrer Schönschrift geübt. Bekommst du immer noch Briefe von ihr?«, stichelte Tobias, der wohl am besten darin war, andere Leute auszufragen, und jetzt schien es auch Mr Reed zu viel zu werden.

»Nein, ich bekomme keine Briefe mehr«, antwortete er verbissen und sein Blick huschte zu mir, blieb aber nicht lang genug hängen, als dass ich dem hätte Bedeutung beimessen können.

»Ärgert dich das?«, versuchte Jimmy aus ihm rauszukriegen und Mr Reed schnaubte.

»Oh. Ja, ich weiß es!«, platzte es aus Tobias heraus und ich hatte schon genug. Ich wollte gar nichts mehr über noch mehr Frauen hören.

»Es ist diese aufgetakelte Kuh, die dir mal aufgelauert hat«, behauptete er und ich musste spontan an Miss Brandon-Welderson denken. Doch warum sollte er gerade sie meinen?

»Welche?«, wollte Jonathan wissen und Tobias beugte sich zu ihm rüber, sodass ich mich ein wenig eingeklemmt fühlte.

»Na, diese eine. Wir haben ihren Eltern ganz lange jeden Freitag Fleisch geliefert. Die war als Kind so 'ne schreckliche Ziege und jetzt weiß sie nicht mal mehr, dass Thommy der Junge war, den sie immer so getriezt hat«, führte Tobias aus und Jonathans Miene erhellte sich, als ihm ebenfalls einfiel, wer gemeint war.

»Franzin!«, rief er und nun war ich mir sicher. Sie redeten tatsächlich über Miss Brandon-Welderson. Und es waren ganz neue Informationen.

»Brandon-Welderson?«, entfuhr es mir, weil meine Neugierde spontan alle anderen Gefühle ausblendete, und Tobias begann wieder zu lachen.

»Sie kennen sich?«, fragte Jonathan und ich zuckte mit den Schultern.

»Na ja, *kennen* wäre übertrieben. Wir sind uns schon ein paarmal begegnet«, versuchte ich abzuschwächen und sah zu Mr Reed, der resignierend die Augen geschlossen hatte. Das Gespräch ging wohl einen Weg, mit dem er ganz und gar nicht einverstanden war. Aber seine Brüder würde er wohl nicht so leicht stoppen können.

»Sie war früher so ein Miststück«, meinte Jimmy und seine Stimme hatte eine gewisse Härte angenommen. Er teilte Mr Reeds Hass gegen diese Frau wohl und so langsam wurde mir bewusst, dass dieser Hass nicht ausschließlich darin begründet sein konnte, dass Miss Brandon-Welderson eine so aufdringliche Art hatte.

»War das die, die behauptet hat, Thommy hätte ihre Brosche gestohlen?«, mischte sich nun Lucas ein und die anderen nickten.

»Wieso hat sie das getan?«, fragte ich überrascht.

»Sie war einfach ein blasiertes Kind. Sie hat die Brosche verlegt und es dann auf Thommy geschoben, damit sie keinen Ärger bekam«, erwiderte Jonathan und ich bekam ein klareres Bild von der Sache. »Es hat sich natürlich hinterher aufgeklärt, aber da hatte schon die Runde gemacht, dass einer von Mr Reeds Söhnen ein Langfinger sei und Vater hat 'ne Menge Kunden verloren«, erläuterte er und ich schüttelte nur den Kopf. Das erklärte natürlich Mr Reeds ausgewählten Hass gegen

Miss Brandon-Welderson. Und das bedeutete gleichzeitig, dass er in seinem Wutanfall heute Nachmittag wahrscheinlich wirklich nicht von reichen, arbeitenden Frauen im Allgemeinen gesprochen hatte.

»Wegen einer so kleinen Sache?«, seufzte ich und hielt mich an meinem Glas fest. Ich hätte lieber das Buch umklammert, das ich bei mir hatte, aber es war noch in meinem Mantel und den hatte Jonathan außerhalb meiner Reichweite hingelegt.

»So ist das eben mit der Oberschicht. Die halten uns doch sowieso von vornherein alle für Diebe«, antwortete Jonathan und seine Worte klangen so harsch, dass ich zusammenzuckte.

Er brachte mich dazu, mich dafür zu schämen, genau zu diesen Leuten zu gehören. Ich glaubte zwar nicht, jemals jemanden für einen Dieb gehalten zu haben, aber vielleicht war ich dafür auch einfach nicht welterfahren genug.

Aus Verlegenheit trank ich wieder einen Schluck Bier. Die Schaumkrone war schon kleiner geworden, doch ansonsten hatte ich fast den Eindruck, dass es nicht wirklich weniger wurde.

Ich hatte den bitteren Geschmack bereits auf der Zunge, doch mit jedem neuen Versuch wurde es weniger schlimm, sodass ich jetzt bereits eine leichte Süße herausschmecken konnte und mir auch ein winziges Brennen in meiner Kehle auffiel.

»Ich finde, wir sollten ja lieber darüber reden, warum Ian die ganze Zeit versucht, das Liebesmal an seinem Hals zu verstecken«, sagte Mr Reed plötzlich und als hätte er es berechnet, sprangen seine Brüder sofort auf den Themawechsel an.

»Was?!«, rief Jimmy, erhob sich eilig von der Bank und griff sofort nach Ians Schal, den er nicht abgenommen hatte, nachdem wir die Schenke betreten hatten.

»Ist das wahr?«, rief Tobias sofort und auch die anderen bestürmten Ian, entrissen ihm den Schal in einem kleinen Kampf und entblößten tatsächlich einen rötlich blauen Fleck, der unverkennbar an der rechten Seite seines Halses prangte.

Obwohl ich in Liebesdingen absolut keine Erfahrung hatte, wusste ich doch ganz genau, wie so ein Mal zustande kam. Und nun tat mir Ian wirklich leid, wie er mit hochrotem Kopf dasaß und versuchte alles abzustreiten, während sich Mr Reed tatsächlich unbemerkt sein Buch zurückholte und zufrieden die Seite aufschlug, auf der er aufgehört hatte zu lesen.

Er hatte erfolgreich von sich abgelenkt. Und auch von mir.

Denn ich hätte mir jetzt sicher keine Schimpftirade über die höhere Gesellschaft anhören wollen.

Ich trank noch mehr Bier, hörte mir an, wie sie dem wirklich schüchternen Ian den Namen des Mädchens aus der Nase zogen, das für diese Tat verantwortlich war, und lachte sogar, als Tobias sich darüber empörte, wie es sein konnte, dass Ian ein Mädchen abbekam, an dem er sich wohl die Zähne ausgebissen hatte.

»Du wirst drüber hinwegkommen«, meinte Jonathan spaßhaft und Tobias zog eine Flappe.

Wir lachten noch eine Weile über Tobias, ließen uns von Jimmy die Geschichte erzählen, wie eins ihrer Rinder morgens im Schlafraum ihrer Eltern gestanden hatte, und irgendwann nötigte man mich dazu, alle Buchtitel aufzuzählen, die ich bereits gelesen hatte, nur damit sie der Reihe nach bei jedem Wort, in dem ein Y vorkam, ein Pinnchen voll Whiskey trinken mussten.

Auf meinen Wunsch hin wurde ich dabei ausgelassen und auch Mr Reed weigerte sich, bei einem so sinnlosen Spiel mitzumachen und verschanzte sich hinter seinen Buchseiten.

Ab und zu nippte ich an meinem Bierglas, während die anderen sicher schon ihr drittes oder viertes hatten und umso länger wir hier saßen, desto wohler fühlte ich mich.

Ich hatte ja nicht gewusst, wie lustig es sein konnte, sich einer so ungezwungenen Gesellschaft anzuschließen. Jetzt wusste ich, wieso Elisa ihre Abende gerne so verbrachte. Ich lachte so viel wie noch nie in meinem Leben und ließ all meine Sorgen hinter mir.

»Thomas, leg endlich das Buch weg«, lachte Jimmy und versuchte wieder, seinem Bruder das Ding aus den Fingern zu nehmen. Doch diesmal war Mr Reed nicht so leicht zu überlisten und er zog es rechtzeitig aus seiner Reichweite.

»Du bist so ein Spielverderber!«, beschwerte sich Jimmy und die anderen grölten zustimmend.

»Ja, Thommy. Das ist überaus unhöflich«, fügte ich ganz ungeniert hinzu, weil ich gerade so gute Laune hatte, und konnte das Kichern nicht aufhalten, das meinen Hals nach oben stieg und über meine Lippen kitzelte.

Mr Reeds Kopf drehte sich sofort in meine Richtung, als er mich so lachen hörte, kniff die Augen prüfend zusammen und ließ dann tatsächlich das Buch sinken.

Ich kicherte einfach weiter, spürte, wie der Raum ein wenig zur Seite sackte und lachte noch lauter, während ich mich ungeschickt an den Tisch klammerte, um nicht vom Rand der Erde zu fallen.

»Was war in ihrem Glas drin?«, forderte Mr Reed zu wissen und ich verstand gar nicht, warum er denn immer so streng sein musste. Ständig war er so schlecht drauf. Das war gar nicht lustig.

»Bier?«, meinte Tobias und zog frech eine Augenbraue hoch.

Ich griff nach meinem Bierglas, bekam es sogar zu fassen, obwohl es sich von mir wegzubewegen schien, nahm es hoch und versuchte einen Schluck von dem bitteren Zeug zu trinken, das mit jedem Schluck schlimmer in der Kehle brannte.

Doch plötzlich war das Glas aus meiner Hand verschwunden und ich konnte auf die Schnelle nicht feststellen wohin.

»Uah, wie viele habt ihr da reingekippt?«, hörte ich Mr Reeds ärgerliche Stimme und meine Augen fanden ihn, mir gegenüber vom Tisch. Er hatte da vorher schon gesessen, aber irgendwas schien mit meiner Wahrnehmung nicht zu stimmen.

»Ach, komm schon. Das ist ein Scherz. Wir wollen sie nur ein bisschen hochnehmen!«, amüsierte sich Tobias neben mir und ich lachte, obwohl ich nicht wusste wieso.

»Wie viele?«, wiederholte Mr Reed streng und sein Blick hätte töten können, so starr war er auf Tobias gerichtet.

»Vier«, antwortete ihm Jonathan und ich wünschte, ich würde verstehen, worum es ging. Ich mochte es gar nicht, wenn andere schlauer waren als ich.

»Vier?!«, fuhr Mr Reed sie an und sein Blick fiel wieder auf mich. Seine Augen waren dunkel und brannten vor Wut. Und ich fand ihn so unglaublich attraktiv, dass ich ihm das auch sofort gesagt hätte, wenn nicht plötzlich irgendwo Streicher zu spielen begonnen hätten. Woher kamen sie nur?

»Sie hat doch gerade mal die Hälfte getrunken«, verteidigte sich Tobias und von irgendwo legte sich mir ein Arm um die Schulter. Die Streicher verstummten.

»Das ist ein Guinness mit vier Wiskey Pinnchen! Sei froh, dass sie nur die Hälfte getrunken hat. Ihr seid doch völlig verrückt!«, schimpfte Mr Reed und seine Augenbrauen zogen sich zusammen, als würde es in seinem Kopf gewittern.

»Sie müssen mehr lachen, Thommy«, warf ich amüsiert ein und hörte, wie meine Stimme dabei leierte. »Sie sehen so gut aus, wenn Sie lachen«, behauptete ich und neben mir fingen die anderen an zu prusten.

»Wir gehen!«, befahl Mr Reed. Sein Blick war unerbittlich und duldete absolut keine Widerworte.

Moment, meinte er etwa mich? Warum mussten wir denn plötzlich los? »Nein, ich will nicht!«, maulte ich wie ein kleines Kind, obwohl ich wusste, dass ich gerade gegen seine Sturheit keine Chance hatte, und versuchte, mein Glas zu erreichen, das aber aus irgendeinem Grund viel zu weit weg stand.

»Ach, komm schon, Thomas! Sei nicht sauer. Wir wollten nur Spaß machen«, erklärte Jonathan neben mir und ich nickte, weil ich das Wort Spaß gehört hatte. Das hier war wirklich spaßig.

»Macht euren Spaß mit jemand anderem! Und jetzt lasst sie raus. Ich bring sie nach Hause«, sagte Mr Reed, dessen Stimme zum Glück nicht mehr so wütend klang wie gerade noch.

»Wie du meinst«, gab Tobias nach und ich spürte, wie er sich von mir wegbewegte. Die Bank neben mir wurde frei und Mr Reed kam um den Tisch herum auf mich zu.

»Geben Sie mir Ihre Hand, Miss Crumb«, bat er mich und streckte mir die Arme entgegen. Ich blinzelte zu ihm auf, eine wilde Mischung aus Emotionen begann in mir zu blubbern und ich reichte ihm damenhaft meine Hand.

»Wollen Sie denn mit mir tanzen?«, fragte ich ihn erheitert und schenkte ihm das charmanteste Lächeln, zu dem ich fähig war.

Mr Reeds Brüder lachten so laut, dass es eine ganze Welt hätte füllen können, während ich mich von Mr Reed auf die Füße ziehen ließ.

Mein Lächeln erstarb sofort, als sich meine Sicht plötzlich verengte, die Ränder meiner Wahrnehmung schwarz wurden und der Raum sich um mich herum zu drehen begann.

»Mein Gott, ihr seid solche Idioten!«, hörte ich Mr Reeds Stimme ganz nah bei mir schimpfen und ich spürte die Hände an meiner Taille, die mich aufrecht hielten in dem Karussell, das sich um mich herum bewegte.

»Wir sind in einem Monat wieder da«, behauptete irgendwer und ich konnte die Stimmen nicht mehr unterscheiden. Jemand half mir in den Mantel, ohne dass die Hände von meiner Taille verschwanden, und ich ließ es einfach geschehen.

»Jaja«, grummelte Mr Reed und begann, mich in eine Richtung zu schieben. Ich folgte, klammerte mich an seinen Arm und hatte Mühe, einen Fuß vor den anderen zu setzen.

»Sagt Grüße an Mama und lasst Finley nicht aus den Augen«, richtete er seine Worte noch einmal an seine Brüder und schon taumelte ich die Stufen hinauf zur schweren Holztür.

Sie knarrte laut und dann waren wir auch schon draußen. Die kalte Luft traf mich, als wäre ich gegen eine Wand gelaufen, ließ die Welt noch heftiger schwanken und dann spürte ich, wie sich mir der Magen umdrehte.

Ich würgte, fühlte mich, als würde ich fallen und suchte mit den Händen nach Halt. Meine Finger trafen auf groben Stein, ich klammerte mich daran und spürte, wie es mir hochkam. Brennend floss der Alkohol meine Speiseröhre wieder nach oben und ich übergab mich neben der Hauswand. Ich würgte wieder, spuckte noch einen Schwall auf die Straße und dann erst entkrampfte sich mein Bauch und ich konnte wieder atmen.

Mein Hals tat weh, auf meiner Zunge schmeckte ich bittere Galle und widerliche Magensäure, jeder Atemzug an der kalten Luft klärte meinen Geist ein wenig mehr.

Ich war auf einmal unendlich müde, meine Beine hielten mein Gewicht kaum und erst als ich versuchte, mich wieder aufzurichten, bemerkte ich die Hände, die mich auf den Füßen hielten.

Es war Mr Reed, der hinter mir stand, mich festhielt und mir sogar ein Taschentuch reichte, damit ich mir den Mund säubern konnte. Und als wäre mir nicht schon elend genug, musste ich mich jetzt auch noch in Grund und Boden schämen.

Mir war noch niemals etwas so Undamenhaftes passiert. Nicht einmal mein Missgeschick in der Maschine war mir so peinlich wie dies hier.

Ich hatte mich betrunken und mich dann auf einer öffentlichen Straße übergeben. Und der Mann, in den ich verliebt war, hatte mich dabei gesehen, mir sogar geholfen, damit ich in meiner Würde nicht noch tiefer sank.

Doch jetzt konnte ich ihm nicht in die Augen sehen, war beschämt und wollte nur noch nach Hause.

»Hey, du«, rief Mr Reed und aus den Schatten am Anfang der Gasse löste sich tatsächlich eine Gestalt. Sie war schmal und nicht sehr groß. Ein Junge, vielleicht zwölf oder dreizehn Jahre alt.

Mr Reed griff mit der einen Hand in seine Manteltasche, während seine andere mich weiter festhielt, zog eine Münze heraus und drückte sie dem Jungen in die Hand.

»Besorg uns eine Droschke, dann bekommst du noch einen«, bot Mr Reed dem Jungen an und dieser rannte sofort aus der Gasse hinaus auf die Straße, um nach einer Droschke Ausschau zu halten.

Zum Glück würde ich meinen Rückweg nicht in der Straßenbahn antreten müssen. Das wäre wirklich zu viel gewesen.

»Fühlen Sie sich imstande, ein Stück zu laufen?«, wandte sich Mr Reed leise an mich und ich schämte mich nur noch mehr, weil er jetzt auch noch nett zu mir war.

»Es tut mir so leid«, flüsterte ich und meine Stimme kratzte im Hals.

»Es ist nicht Ihre Schuld. Meine Brüder haben sich einen Scherz erlaubt und Sie betrunken gemacht«, erwiderte Mr Reed und jetzt war auch sein Ärger wieder herauszuhören.

Wir begannen, ganz langsam Richtung Straße zu laufen, verließen den Ort, an dem der Geruch nach Erbrochenem in der Luft hing, und ein Wind kam uns entgegen. Doch ich war noch so erhitzt, dass ich die Kälte nicht spürte.

Meine Gedanken waren zähflüssig und mein Körpergefühl entfremdet.

»Ich hätte ja nicht mitzukommen brauchen«, brachte ich mühsam heraus und versuchte mit all meiner Kraft, von allein zu stehen, damit

Mr Reed mich nicht festzuhalten brauchte. Ich schaffte es einfach nicht und kippte immer wieder an seine Seite.

Doch ich fühlte mich zu schlecht, zu beschämt, um das Verliebtheitsgefühl zu genießen, das mir dabei immer wieder durch den Körper rauschte und vom Alkohol in meinem Blut noch intensiviert wurde.

»Ja, da haben Sie allerdings recht«, sagte Mr Reed, während ich ihn heimlich betrachtete. Sein Blick ging die Straße runter und sein Gesichtsausdruck war gelassen.

Ich wusste nicht, wie er in dieser blöden Situation noch so ausgeglichen sein konnte.

Das Getrappel von Hufen drang an mein Ohr, doch ich erkannte es erst, als die Droschke schon in Sichtweite war.

Sie hielt neben uns am Straßenrand, der Junge sprang vom Kutschbock und der Kutscher grüßte, indem er den Zylinder leicht lüftete. Mr Reed drückte dem Jungen noch eine Münze in die Hand und öffnete dann den Verschlag des Kutschraums.

Ich blinzelte müde, fragte mich schon, wie ich es je die Stufen hinauf in die Droschke schaffen sollte, da legten sich Mr Reeds Hände auch schon um meine Taille und er hob mich hinauf.

Erschrocken gab ich einen quietschenden Ton von mir, klammerte mich jedoch sofort an den Türrahmen und ließ mich auf die wenig gepolsterte Bank gleiten. Mr Reed folgte als Schatten, der kurz den ganzen Türrahmen ausfüllte, und setzte sich dann dicht neben mich in den viel zu kleinen Kutschraum.

Er rief dem Kutscher noch zu, wohin er uns fahren sollte und schloss dann die Tür hinter sich.

Ich versuchte gerade zu sitzen, mich festzuhalten, damit ich von alleine aufrecht blieb, doch als Mr Reed seinen Arm um mich legte, sank mein Kopf von ganz allein an seine Schulter.

Die Droschke setzte sich in Bewegung, holperte über die groben Pflastersteine und ich stöhnte auf, als mein Magen zu rumoren begann.

»Animant?«, sprach mich Mr Reed an, aber es war zu dunkel, um sein Gesicht zu sehen.

»Ich werde nie wieder Alkohol trinken«, jammerte ich, hielt mir den Bauch, der zum Glück durch das Korsett ganz gut gestützt wurde, und wollte mir gar nicht vorstellen, was für Kopfschmerzen ich morgen früh haben würde.

»Wäre sicher besser«, kommentierte Mr Reed nur und ich seufzte in mich hinein.

Was war das nur mit uns? Im einen Moment war er nett und im nächsten wieder nicht. Was machte ich nur falsch?

Ich konnte mir ewig darüber den Kopf zerbrechen und gerade jetzt schienen alle Gedankengänge, die ich begann, nur in einer Wand aus Nebel hängen zu bleiben.

»Warum hassen Sie mich, Mr Reed?«, kamen die Worte von allein aus meinem Mund, weil meine Zunge so viel lockerer war als gewöhnlich.

»Ich hasse Sie nicht«, antwortete er mir und ich konnte nicht einschätzen, ob es der Wahrheit entsprach. Es fiel mir auch unglaublich schwer, wach zu bleiben in der Dunkelheit der Kutsche, in die alle paar Meter eine Straßenlaterne ihr dämmriges Licht warf.

»Aber Sie sagen immer so gemeine Dinge«, warf ich ihm vor und schmiegte meinen Worten zum Trotz die Wange noch enger an Mr Reeds Schulter. Morgen würde ich mich auch dafür zu Tode schämen, doch im Moment bewahrte mich meine Betrunkenheit wenigstens davor.

Sein Arm, der um mich lag, war warm, die Hand an meiner Seite fühlte sich so gut an und meine Gedanken, die langsam, aber sicher in Träume abglitten, trugen mich zurück zum Ball. »Auf dem Ball waren Sie viel netter«, murmelte ich in den Stoff von Mr Reeds Mantel und wünschte mir, wir wären wieder dort und würden tanzen. Er würde sich mit mir unterhalten und dann würden wir lachen.

»Sie haben recht.« Mr Reeds Stimme ließ mich aus dem Dämmerschlaf auffahren, in den ich abgesunken war. »Ich war netter.«

»Waren Sie da betrunken?«, fragte ich und wusste gar nicht, ob diese Frage einen Sinn ergab. Aber es war mir gerade das Naheliegendste, was ich sagen konnte.

»Nein«, antwortete er. »Ich war nicht betrunken.« Er machte eine Pause, die Droschke ratterte ein letztes Mal über einen sehr unebenen Untergrund und fuhr dann wesentlich ruhiger weiter.

Wir hatten das Arbeiterviertel hinter uns gelassen, denn die Straßen waren in der Londoner Innenstadt gleichmäßiger gepflastert und auch sehr viel heller erleuchtet.

»Ich war mir nur der Konsequenzen noch nicht bewusst«, fuhr Mr Reed fort und ich wollte gerade nachfragen, was das zu bedeuten hatte, da wandte er mir den Kopf zu, legte seine Wange an meinem Scheitel ab und ich bildete mir ein, dass sein Arm mich enger an seine Seite zog.

Doch vielleicht war es ja auch ich, die sich enger an ihn schmiegte. Wer wusste das schon so genau?

Mein Herz setzte aus, meine Haut begann zu kribbeln und ich glaubte jeden Moment ohnmächtig zu werden, wenn ich es nicht bald schaffte, meine Lungen dazu zu überreden, wieder weiterzuatmen.

Mr Reed bewegte sich kaum, sodass mir kein Zweifel blieb, dass diese Geste Absicht war, und ich holte sehr zittrig Luft.

Ich konnte nur hoffen, dass das hier wirklich passierte und ich nicht schon vor Minuten eingeschlafen war und das alles nur einem wirren Traum entsprang.

»Ich muss mich für heute Nachmittag entschuldigen«, meinte Mr Reed und seine Stimme war tiefer als sonst, rau und auch ein wenig müde.

Auf meinen Armen bildete sich eine Gänsehaut.

»Vieles davon habe ich aus Wut gesagt, ohne es zu meinen. Und es war ganz sicher nicht gegen Sie gerichtet, sondern nur gegen Miss Brandon-Welderson«, führte er weiter aus. Ich lauschte dem Klang seiner Stimme, meinem Herzen, das in der Brust wummerte, und merkte, wie mir meine Aufmerksamkeit immer weiter entglitt.

Mr Reed schnaubte und ich spürte seinen Atem auf meinem Haar. »Es liegt einfach an ihr. Ich kann nicht vergessen, wie sie mit ihrer Feigheit einfach so viel kaputt machen konnte, aus bloßer Ignoranz und Unwissenheit. Und sie jetzt zu sehen, wie sie sich aufspielt, treibt mich zur Weißglut!«, knurrte er und ich musste über seinen Tonfall lachen. Es war nur ein kleines, müdes Lachen, aber es verhinderte, dass ich einschlief.

»Aber am schlimmsten ist«, machte er weiter und hob den Kopf von meinem, um einen Blick aus dem Fenster zu werfen, »dass sie scheinbar absolut keine Ahnung hat, dass ich und dieser Junge von damals die gleiche Person sind. Wie sie dann dasteht mit ihren albernen Hüten und mit mir redet, als seien wir beide uns ähnlich. Ich halte das nicht aus. Dafür fehlt es mir einfach an Beherrschung oder Spitzfindigkeit oder dieser grandiosen Scheinheiligkeit, die Sie so perfektioniert haben«, erzählte er weiter und ich musste schon wieder lachen, weil Mr Reed es immer wieder schaffte, mir ein Kompliment zu machen und mich gleichzeitig zu beleidigen.

»Sie reden heute Abend aber viel«, stellte ich leise fest und brachte es nicht über mich, den Kopf zu heben, weil ich mich nicht von seiner Schulter entfernen wollte. Vielleicht war ich aber sowieso nicht mehr fähig dazu.

»Ich versuche nur, Sie wach zu halten«, behauptete Mr Reed und ich hörte ein Lächeln in seiner Stimme. Er hatte recht. Ich wäre schon längst eingeschlafen, wenn er nicht mit mir reden würde.

»Sehr edelmütig von Ihnen«, antwortete ich und konnte die Augen kaum offen halten.

Mr Reed seufzte laut. »Nein, Animant. Ich bin nicht edelmütig«, widersprach er und diesmal klang er sehr ernst. »Ganz sicher nicht. Ich habe nicht das Zeug zu einem Ritter. Und ich werde auch nie höflich und charmant genug sein, um Ihnen zu genügen.«

Das ist nicht wahr, dachte ich, wollte es sagen, doch ich schaffte es einfach nicht mehr. Mein Bewusstsein dämmerte endgültig dahin und das Einzige, was ich mit in meine Träume nahm, war das warme Gefühl, das sich in meinem Herzen einnistete.

33

Das Dreiunddreißigste oder das, in dem ich Mr Reeds Geheimnis aufdeckte.

Ich fühlte mich schrecklich. Alles tat mir weh, der Kopf dröhnte, mir war schlecht und mein Mund fühlte sich an wie ausgedörrt.

Noch keinen Millimeter hatte ich mich bewegt und doch wusste ich, dass ich ganz sicher nicht aufstehen wollte.

Ich lag in meinem Bett im kleinen Personalzimmer, blinzelte in das dämmrige Licht und fragte mich schon zum hundertsten Mal, wie ich wohl nach Hause gekommen war.

Jemand musste mich hergebracht haben und ich vermutete ganz stark, dass es sich bei diesem Jemand um Mr Reed handelte.

Die Vorhänge waren sorgfältig zugezogen, meine Schuhe standen an der Tür, nach meinem Mantel hielt ich jedoch vergebens Ausschau.

Stöhnend drehte ich mich auf die Seite, spürte, wie mich das Korsett einengte, das ich immer noch trug, und zuckte von dem Druck in meinem Kopf zusammen.

Meine Augen sahen nach dem Wecker, doch er war nicht da. Angestrengt versuchte ich mich zu erinnern, welcher Tag heute war und gleichzeitig ignorierte ich das heftige Ziehen in meinem Nacken, das sich als Stechen im Kopf fortsetzte.

Auf dem schmalen Nachttischchen neben meinem Bett stand ein Glas mit Wasser und ein gefalteter Zettel. Ich blinzelte, suchte noch einen Moment länger meinen Wecker, bis mir auffiel, dass auf dem Zettel mein Name stand. Vielleicht hätte es mich wundern sollen, aber dafür war ich noch nicht wach genug.

Mühsam richtete ich mich auf, spürte die Übelkeit noch stärker und bewegte mich nur millimeterweise, damit ich mich bloß nicht übergeben musste.

In meinem Kopf tauchte plötzlich eine Erinnerung auf. Ich, wie ich in der Dunkelheit an einer Mauer lehnte und meinen Mageninhalt auf die Straße erbrach.

Ich hielt die Luft an, versuchte die Bilder zu fassen zu kriegen und doch entglitten sie mir immer wieder. Ein Nebel aus Gefühlen und Gedanken trieb durch meinen Kopf und ließ sich einfach nicht durchschauen.

Wie ein Traum, der sich nach dem Aufwachen verflüchtigte.

Was hatte ich nur getan?

Ich konnte mich noch genau erinnern, dass Mr Reeds Brüder in der Bibliothek aufgetaucht waren. Unser Streit, mein Trotz und dann war ich mit einer Horde Männer zu einer Schenke aufgebrochen.

Auch erinnerte ich mich an die dampfbetriebene Straßenbahn, an das Schankhaus, an die Bank, auf der ich gesessen hatte. An die Witze von Tobias und die Erzählungen von Jonathan. Ich erinnerte mich sogar an den bitteren Geschmack von irischem Bier. Doch irgendwann dort war mir meine bewusste Wahrnehmung abhanden gekommen.

Was hatte ich mir auch dabei gedacht? Wie dumm ich doch gewesen war, allein mit so vielen Männern loszuziehen. Was alles hätte passieren können!

Doch ich hatte mich von vornherein darauf verlassen, dass Mr Reed auf mich aufpassen würde. Gestern war mir das nicht so bewusst gewesen, heute fiel es mir jedoch wie Schuppen von den Augen, dass ich, wenn er in der Nähe war, die unglaublichsten Dinge wagen würde, weil ich das Gefühl hatte, er würde immer kommen, um mich zu retten.

Wie dumm ich war, solche Annahmen überhaupt zu denken und sie auch noch zu glauben.

Ich griff nach dem Glas, sah, wie zittrig meine Hand war, und trank das Wasser, als hätte ich seit Tagen nichts zu mir genommen. Die Kühle tat meinem wunden Hals gut und auch das Schlucken fiel mir nicht mehr so schwer.

Ich atmete tief ein und aus, stellte dann das Glas zurück auf den Nachttisch, um nach dem Zettel zu greifen, der jetzt, wo ich etwas wacher war, an Reiz gewonnen hatte.

Neugierig betrachtete ich die Schrift, die mir vage bekannt vorkam, und entfaltete das Papier.

Es war nur eine Zeile, doch obwohl die Schrift weder geschwungen noch ordentlich war, ließ sie sich leicht lesen.

Ich gebe Ihnen heute frei. Schlafen Sie sich aus.
T.R.

Mein Puls beschleunigte sich, obgleich es alles andere als eine Herzensnachricht war. Allein die Tatsache, dass Mr Reed es geschrieben hatte, machte meinen Bauch ganz kribbelig und meinen Kopf ein wenig leichter.

Wie ein liebestrunkenes Landmädchen drückte ich den Brief an meine Brust, schloss die Augen und konnte fühlen, wie mein Herz überlief.

Es war nur so ein Gefühl, das aus dem Nebel in meinem Kopf auftauchte und mich glücklich machte, ohne dass es sich benennen ließ.

Langsam sackte ich in meine Kissen zurück, den Brief weiterhin an mich gedrückt, und dachte gerade noch darüber nach, ob es nicht besser wäre, mich aus dem Korsett zu befreien, da war ich schon wieder weggedämmert.

Als ich wieder erwachte, war mein Hochgefühl verschwunden. Dafür kam mir aber etwas anderes hoch. Viel zu schnell sprang ich auf die Füße, schwankte wie auf einem Schiff im Sturm und rannte barfuß aus meinem Zimmer hinüber ins Bad.

Mein Magen krampfte sich zusammen, ich würgte und erbrach mich ins Klosett. Tränen schossen mir dabei in die Augen, meine Haare hingen strähnig aus meiner zerfallenen Frisur und es fühlte sich einfach demütigend an.

Noch kurz hockte ich am Boden, bis ich mir sicher war, dass mein Mageninhalt nicht sofort wieder hochkommen würde, und stemmte mich dann mühsam hoch, um zum Waschbecken zu wanken.

Ich öffnete den Hahn fürs kalte Wasser, ließ es mir über die Hände rinnen und wusch mir dann den Mund aus. Es war widerwärtig und ich ekelte mich vor mir selbst und vor dem, was ich getan hatte. Was hatte ich denn getrunken, dass es mir jetzt so schlecht ging?

Konnte das wirklich von dem einen Glas Bier kommen, welches ich nicht einmal ausgetrunken hatte? Unwahrscheinlich.

Ich hob den Kopf, der sich so schwer anfühlte, als wäre er mit Blei gefüllt, und wagte einen Blick in den Spiegel.

Mir blickte ein Gespenst entgegen und ich schreckte vor mir selbst zurück. Meine sonst so rosige Haut war fahl, meine Augen rot unterlaufen und meine Haare waren ein schmutzig blondes Knäuel, aus dem überall Strähnen und Haarnadeln herausstanden.

Am liebsten wäre ich ins Bett gekrochen und nie wieder rausgekommen.

Mein Hals brannte, der saure Geruch hing mir in der Nase und mir kam wieder die dunkle Gasse in den Sinn, in der ich mich gestern übergeben hatte. Das musste vor der Schenke gewesen sein.

Und dann erinnerte ich mich plötzlich an die Hände, die mich gehalten hatten. Jemand war dort gewesen und hatte mir geholfen.

Ich drückte mir vor Scham die Handflächen gegen die Augen. Denn dieser Jemand war Thomas Reed gewesen. Er hatte mich festgehalten, während ich mich übergab. Er hatte alles gesehen.

Ich wollte sterben, auf der Stelle.

Das war das schrecklichste Szenario, das ich mir hätte vorstellen können. Und das musste ja nicht einmal das Schlimmste gewesen sein.

Schließlich konnte ich mich an so gut wie nichts erinnern, wer wusste schon, was danach noch alles Schreckliches passiert war. Vielleicht hatte ich mich unmöglich benommen oder etwas gesagt, was ich nie wieder zurücknehmen konnte.

Was, wenn ich ihm gestanden hatte, was ich für ihn empfand?

Ich sank auf die kalten Fliesen, nur um den festen Boden unter mir zu spüren, und zerfloss zu einer Pfütze aus Selbstmitleid und katastrophalen Vermutungen.

Denn vielleicht hatte ich meine Gefühle gar nicht offenbart, sondern nur meinen wahren Charakter, über den meine Mutter immer schimpfte und der schon so viele junge Männer in die Flucht geschlagen hatte. Vielleicht war ich hochnäsig und altklug gewesen, hatte die Reed-Brüder mit meiner barschen Art beleidigt oder irgendwen gering geschätzt.

Elisa hatte gestern recht gehabt. Ich war ein Snob, ein Kind der Oberschicht und hatte keine Ahnung von der Welt da draußen. Ich hielt mich für was Besseres, ohne es zu sein.

Und jetzt saß ich hier in einem Badezimmer, in dem sich der säuerliche Geruch von Erbrochenen verbreitete, und jammerte über mich selbst.

Mein Schädel dröhnte und ich riss mich zusammen, um nicht in Tränen auszubrechen. Ich kam mir so albern vor, und wenn Mr Reed mich jetzt sehen würde, würde ich gleich meine Koffer packen und nie wieder zurückkehren. Denn diese Schmach könnte ich nicht ertragen.

Also zog ich mich am Waschbeckenrand auf die Beine, versuchte gleichmäßiger zu atmen, redete mir ein, dass es nur an meinem körperlich miserablen Zustand lag, dass ich mich dermaßen in Gedankengänge hineinsteigerte, für die es keine logisch erfassbare Grundlage gab.

Ich seufzte, fühlte, wie meine Füße langsam erfroren und sehnte mich tatsächlich nach meiner Mutter. Ich wünschte mir, einfach zu ihr zu gehen, von ihr in den Arm genommen zu werden. Ich wünschte, sie würde mir sagen, dass schon alles gut werden würde und mir Tee und Gebäck ans Bett bringen.

Meine Mutter hatte viele Fehler, doch ihre umsorgende Art war nicht immer einer.

Müde schleppte ich mich in mein Zimmer zurück, zog mich langsam aus und suchte mir neue Kleidung raus. Notdürftig klaubte ich die Haarnadeln aus meiner zerfallenen Frisur, kämmte mir das Haar und flocht es zu einem einfachen Zopf. Für mehr fehlte mir der Antrieb.

Ich zog mir die Schuhe an, wofür ich eine Ewigkeit zu brauchen schien, und suchte anschließend nach meinem Mantel. Doch er war nicht in meinem Zimmer. Auch mein Schal war verschwunden und ich versuchte mich angestrengt daran zu erinnern, was damit geschehen war. Aber mein Kopf blieb leer und ich griff kurzerhand nach der Wolldecke, die ich auf meiner Decke liegen hatte, schlang sie mir um die Schultern und machte mich einfach auf den Weg.

Ich bemühte mich, leise und schnell zu sein, damit ich Mrs Christy nicht begegnete, und lief nach draußen in den kalten Vormittag. Zumindest nahm ich an, dass es noch vormittags war. Denn nicht nur mein Mantel, sondern auch mein Wecker war unauffindbar gewesen und es war leider zu neblig, um eine der Uhren an den Türmen der umliegenden Gebäude zu erkennen. Oder zumindest den Stand der Sonne.

Matt schlurfte ich durch den Universitätspark, zählte die Straßenlaternen und erreichte dann endlich das Tor, das mir beinahe schon das Ende meines Weges markierte.

Das Haus meines Onkels stand schmal und erhaben vor mir und es kam mir vor, als wäre viel Zeit vergangen, seit ich das letzte Mal hier gewesen war.

Ich hatte keine Nerven übrig, um mir darüber Gedanken zu machen, wie meine Tante oder erst meine Mutter auf meinen plötzlichen Besuch reagieren würden. Dafür war mein Kopf mit zu vielen anderen Dingen beschäftigt, ich fror, weil die Decke nicht dick genug war, und meine Füße taten mir weh.

Ich zog am Klingelzug und wartete. Zum Glück nicht allzu lange, da Mr Dolls ein sehr zuverlässiger Butler war.

»Gute Tag, Mr Dolls«, begrüßte ich ihn, noch bevor er mich mit der Decke über dem Kopf erkennen konnte, woraufhin er überrascht die Augenbrauen hob.

»Guten Tag, Miss Crumb«, sagte er, ließ mich ins Haus und nahm mir wie selbstverständlich die Decke ab, als wäre es etwas ganz Alltägliches. »Ihr Onkel ist nicht im Haus, aber die Damen sind im Salon«, informierte er mich pflichtbewusst und ich schenkte ihm ein müdes Lächeln. Er sah mich an, die Miene leicht besorgt, doch ich hielt mich reserviert und zeigte ihm damit, dass ich nicht das Bedürfnis hatte, über meinen gesundheitlichen Zustand zu reden.

»Wünschen Sie einen Tee?«, fragte er nur und ich nickte.

»Danke, Mr Dolls«, erwiderte ich kurz.

»Ist mir ein Vergnügen«, meinte er und es erschien tatsächlich ein Lächeln in seinem Mundwinkel. Als junger Mann musste er wirklich ausgesprochen attraktiv gewesen sein, schoss es mir durch den Kopf.

Ich wandte mich dem Salon zu, ging auf dem dicken Teppich bis zur Tür und hörte auch schon die ausgelassenen Stimmen meiner Mutter und meiner Tante. Sie waren mir so vertraut, dass es mein Herz erwärmte und ich klopfte flüchtig gegen das hell gestrichene Holz, ehe ich die Tür öffnete.

Sie saßen beide mit dem Rücken zu mir am beheizten Kamin und kicherten wie kleine Mädchen über irgendetwas, da neigte meine Tante den Kopf und bemerkte mich.

»Ani!«, lachte sie freudig und erhob sich eilig von ihrem Stuhl.

Einen winzigen Augenblick hatte ich Angst, dass meine Mutter sich nicht freuen würde, mich zu sehen. Doch diese Angst war unbegründet, denn sie war genauso schnell auf den Beinen wie meine Tante und lief sofort auf mich zu.

»Animant«, sagte auch sie meinen Namen mit einem Lachen, das auf ihrem Gesicht aber sogleich zerfiel, als ihr Blick auf mich traf. »Oh mein Kind, geht es dir nicht gut? Du siehst ja furchtbar aus!«, rief sie besorgt und schloss mich in ihre Arme. »Du bist ja ganz kalt. Komm sofort an den Kamin«, schimpfte sie mit mir, wie es nur meine Mutter tun konnte, und zog mich hinter sich her.

Was mich früher ganz sicher genervt hätte, konnte ich plötzlich genießen und ich ließ mich von ihr in einen der Sessel setzen. Sie holte mir ein großes Stricktuch, nahm Mr Dolls gleich meinen Tee ab, um ihn mir zu bringen, und behandelte mich so umsorgend, als hätten wir uns am letzten Sonntag nicht gestritten. Ich fühlte mich so kraftlos, ich hätte beinahe geweint, aber die Späße meiner Tante bewahrten mich davor und ich konnte wenigstens für eine Weile die Welt draußen vergessen.

»Und wie hast du dich zu morgen Abend entschieden?«, erkundigte sich meine Mutter gerade bei mir und ich sah sie über meine zweite Tasse Tee hinweg fragend an.

»Morgen Abend?«, wollte ich wissen und sie runzelte die Stirn.

»Hast du meinen Brief nicht erhalten?«, meinte sie überrascht und da fiel es mir erst wieder ein. Ich hatte den Brief meiner Mutter überhaupt nicht geöffnet.

Zuerst war der Streit mit Mr Reed dazwischengekommen, dann meine Wut und dann der Abend in der Schenke, der immer noch so lückenhaft war wie zuvor.

Doch mein Mantel, in dessen Tasche sich der Brief befunden hatte, war ja auch nicht mehr auffindbar und somit hätte ich es nicht einmal nachholen können.

»Schon. Ich hab nur vergessen ihn zu lesen«, gestand ich ihr also und erntete ein resigniertes Seufzen.

»Ach Kind, du arbeitest zu viel«, tadelte sie mich und ich musste darüber lächeln. Zum einen, weil ich früher nie gedacht hätte, dass das mal jemand zu mir sagen würde. Und zum andern, weil in diesem Fall mal nicht die Arbeit schuld gewesen war.

»Apropos. Warum bist du nicht bei der Arbeit?«, schien es ihr plötzlich aufzugehen und mein Lächeln sank.

Ich musste sofort an Mr Reed und die Notiz denken, die er mir hinterlassen hatte, und das warf in mir so widersprüchliche Gefühle auf, dass ich einen Knoten im Magen bekam.

»Ich habe heute frei«, sagte ich sehr einfach, weil es der Wahrheit entsprach und doch nichts verriet. Meine Mutter würde sicher vor Schreck ohnmächtig werden, wenn sie wüsste, dass ich mich gestern Abend mit sieben nicht standesgemäßen Männern in einer Arbeiterschenke betrunken hatte.

Ich konnte das ja selbst kaum glauben. Dabei war ich sonst immer die Vernünftige gewesen und mein Bruder derjenige, der sich auf Abenteuer eingelassen hatte. Ich war zu Hause geblieben bei meinen Büchern, während er sich mit den falschen Freunden rumgetrieben und Schabernack ausgeheckt hatte.

»Wie nachsichtig. Wo es dir heute doch nicht so gut geht«, meinte meine Mutter mit einem Lächeln und ich lächelte zurück.

Es war wirklich nachsichtig gewesen. Aus irgendeinem Grund hatte ich gestern zu viel getrunken und Mr Reed hatte mir deshalb freigegeben. Ich runzelte die Stirn.

Es zeugte von Nettigkeit, dass er so was machte. Aber ich hatte Mr Reed als niemandem im Sinn, der aus Herzensgüte nett war. Natürlich war er nicht der garstige Mann, für den ich ihn anfangs gehalten hatte, aber verschroben war er trotzdem.

Mich befiel das vage Gefühl, dass da noch mehr dahinterstecken könnte und dass es wohl mit gestern Abend zusammenhing. Doch was war gestern nur passiert?

Es stellte sich heraus, dass der Brief meiner Mutter ebenfalls eine Einladung gewesen war. Samstagabend veranstalteten die Winterglowes, eine befreundete Familie meiner Tante, eine Soiree und man hatte freundlich darum ersucht, ob ich nicht auch an diesem Abend anwesend sein wollte, um die junge Nichte endlich auch einmal kennenlernen zu können.

Ich sagte zu, ganz zur Freude meiner Mutter, und fühlte mich selbst auch gut dabei, weil es eine Gesellschaft war, in der ich wusste, wie ich mich zu benehmen hatte. Es fühlte sich nach Normalität an in meinem gerade so turbulenten Leben und ein wenig Langeweile würde mir zur Abwechslung mal nicht schaden.

Ich blieb zum Mittagessen und ließ mich dann noch zu einem Stück Kuchen nötigen. Meine Mutter war schockiert, als sie sah, wie wenig ich aß und meinte, ich müsse mich wohl ganz dringend ausruhen, um wieder auf die Höhe zu kommen.

Ich stimmte ihr zu, stocherte ein wenig lustlos in meinen Kuchenresten herum und dachte an Mr Reed.

Thomas Reed, der Mann, der mein Herz höherschlagen ließ. Und von dem ich keinen Schimmer hatte, was er gerade von mir dachte. Gestern hatte er sich noch über mich geärgert, weil ich wütend auf ihn gewesen war. Ich war durch meine Sturheit daran schuld, dass er seinen Brüdern nicht hatte absagen können, und schlussendlich hatte ich mich in einer dunklen Gasse übergeben.

Ich wollte sterben vor Scham. Seine Meinung über mich musste ja jetzt eine verheerende sein. Ein dummes Mädchen, das sich auf Dinge eingelassen hatte, die es nicht abschätzen konnte und daran gescheitert war.

Und trotzdem spürte ich den Drang, ihn zu sehen. Ihm gegenüberzutreten und herauszufinden, wie es zwischen uns stand. Ob ich alles kaputtgemacht hatte oder ob die Dinge doch ganz anders lagen, als ich befürchtete.

Ich ging unter dem Vorwand, mich ein wenig auszuruhen und schaffte es sogar, meine Mutter abzuwimmeln, die nicht verstand, warum ich das nicht hier im Gästezimmer tun konnte. Sie wünschte mir noch gute Besserung und versuchte mich für das Mittagessen am Samstag zu verpflichten, da fiel mir Henry wieder ein und ich sagte ihr, dass wir ein heimliches Geschwistertreffen hätten, weil wir zwei uns so selten zu Gesicht bekamen.

Meine Mutter kicherte nur, hielt das alles für sehr liebenswert und stellte auch keinerlei neugierige Fragen.

Eine Kutsche brachte mich zum Personalgebäude und ich traf dort Mrs Christy an, die meinen Mantel bei sich hatte. Sie empörte sich darüber, dass ich ohne ihn nach draußen gegangen war und überreichte ihn mir.

»Ich habe ihn für Sie gereinigt«, teilte sie mir mit. »Mr Reed brachte ihn mir heute früh und sagte, Ihnen gehe es gar nicht gut. Ich dachte schon, Sie hätten sich was eingefangen«, brachte sie ihre Sorge zum Ausdruck und ich lächelte.

Erstaunlicherweise ging es mir jetzt wirklich besser. Die Umsorgung meiner Mutter hatte mich aufgerichtet und das Essen gestärkt. Ich fühlte mich immer noch sehr matt, aber meine Lebensgeister waren wieder geweckt.

»Nein, es geht mir schon besser. Ich war heute Mittag bei meiner Mutter«, erzählte ich kurz, damit Mrs Christy besänftigt war und es tat seine Wirkung.

Mrs Christy lächelte selig und tätschelte mir den Arm. »Ach, Kind. Aber schön vorsichtig sein. Ein schwacher Magen verträgt nicht so schnell wieder alles«, fügte sie hinzu, drehte sich dann wieder zur Küchentür und ging zurück zu ihren Töpfen.

Ich brauchte einen Moment, bis ich begriff, was sie mir hatte sagen wollen, und hob dann den Mantel an, um daran zu schnüffeln. Wenn ich richtiglag, dann hatte er wohl Erbrochenes abgekriegt und Mr Reed hatte dafür gesorgt, dass er wieder sauber wurde.

Schon wieder diese ungewöhnliche Fürsorge, die ich mir nicht erklären konnte und über die ich mich nicht so recht freute, weil ich Angst hatte, dass da etwas dahintersteckte, was mir gar nicht gefallen würde. Mr Reed war nicht der fürsorgliche Typ.

Der Mantel roch nach Seife und ich war froh, dass ich keinen sauren Geruch feststellen konnte.

Langsam lief ich nach oben in mein Zimmer, machte mich kurz frisch und brach dann zur Bibliothek auf. Zwar hatte ich frei, aber die Spannungen in mir ließen nicht zu, dass ich mich in Ruhe hinsetzen und etwas lesen konnte.

Ich musste Mr Reed sehen. Ich musste einfach. Meine Kopfschmerzen machten mich weich und emotional, und ich hatte zwar keine

Ahnung, was ich mit meinem Besuch wirklich bezweckte, aber ich hoffte es zu wissen, wenn ich vor ihm stehen würde.

In der Bibliothek traf ich jedoch auf ein anderes Problem.

Es war Freitagnachmittag. Mr Reed war überhaupt nicht hier.

Das hatte ich vollkommen aus den Augen verloren. Er war bei seinen geheimnisvollen Verpflichtungen.

Ich spürte die Enttäuschung in mir und die Spannung wurde noch größer. Alles schien auseinanderzufallen und ich fühlte mich elend. Irgendwie lief gerade nichts so, wie ich es mir wünschte.

Verwirrt und ein bisschen verloren trat ich aus dem Haupteingang auf den Weg und lief ein paar Schritte durch den Park. Ich wusste nicht, was ich jetzt tun wollte.

Es waren nicht viele Menschen unterwegs, da es heute wieder einmal unausgesprochen kalt war, und man sah nur immer mal wieder eine Gestalt in dunklem Mantel über den Campus eilen.

Ich lief ein Stück, ohne ein Ziel vor Augen zu haben, kam an der Cafeteria vorbei und sah schlussendlich von Weitem die Schaufenster der kleinen Konditorei, vor der ich Phillip Tams vor ein paar Tagen getroffen hatte.

Verstohlen öffnete ich die Knöpfe meines Mantels, auch wenn so die kalte Luft in meine Kleider kriechen konnte, und schob meine Hand in die Tasche meines Rockes. Es war der gleiche, den ich gestern zur Arbeit getragen hatte, und ich zog langsam das Stück Zeitung heraus, das Phillip mir überreicht hatte.

Es bildete sich ein Kloß in meinem Hals und ich schaffte es kaum, dagegen anzuschlucken. Ich hatte die Adresse, an der sich Mr Reed gerade aufhalten würde.

Es wäre so einfach, zur Straße zu laufen, eine Droschke ranzuwinken und sich zu dieser Adresse fahren zu lassen.

Und war das nicht auch eigentlich mein Plan gewesen?

Ich schwankte zwischen meiner Vernunft und der Neugierde. Zwischen dem Wunsch, Mr Reeds Privatsphäre zu respektieren, und dem Drängen, ihn sehen zu wollen.

Es war aber auch zu blöd. Ich hatte ja absolut keine Ahnung, was mich dort erwarten würde. Und wenn es eine andere Frau wäre, dann würde mich das heute noch schlimmer treffen als sonst.

Doch war es wirklich besser, wieder nach Hause zu gehen und sich die schrecklichsten Szenarien auszudenken? Hatte ich das bisher nicht schon zur Genüge getan?

Ein Wind kam auf, blies durch die heruntergefallenen Blätter, die grau am Wegesrand lagen, und schob mich nach vorne, in Richtung der Straße. Ich ließ mich mitziehen, ging erst langsam, dann immer entschlossener und wusste, dass ich es tun würde. Jetzt würde ich losgehen und Mr Reeds Geheimnis ergründen.

Ich kam an die Straße und fand in der Nähe eines Teehauses eine unbesetzte Droschke. Der Kutscher grüßte höflich und ich reichte ihm das Stück Zeitung mit der Adresse. Er nickte, sah mich etwas zweifelnd an und stieg dann vom Bock, um mir in die Kutsche zu helfen.

Ich setzte mich auf die eisig kalte, ungepolsterte Bank, zog den Mantel ganz eng um mich und stieß den Atem aus, der sich in einer sichtbaren Wolke zeigte. Es war heute wirklich bitterkalt, sehr viel kälter als letzte Nacht noch, und auf einmal fiel mir etwas ein.

Die Droschke setzte sich gerade in Bewegung, holperte über die Pflastersteine und erzeugte in mir das verblassende Gefühl von einem Arm um meine Taille, meinem Kopf an einer starken Schulter und einem warmen Atem im Haar.

Ich blinzelte es weg wie einen Traum und war mir nicht sicher, ob das wirklich passiert war oder ob es meiner Einbildung entsprang.

Wir fuhren durch die Innenstadt, nahmen Straßen, die ich noch nie zuvor gegangen war, von Weitem konnte ich sogar die Themse erblicken.

Zum Glück hatte ich eine Droschke genommen und nicht auf eigene Faust versucht, die Adresse zu finden. Ich hätte ja nicht einmal gewusst, welche der Straßenbahnen ich besteigen müsste, um in die richtige Richtung zu gelangen.

Die Welt zog an mir vorbei, Häuser und Menschen, Hufgetrappel und Alltagsgeräusche und meine Gedanken konzentrierten sich auf das Kommende. Ich würde zu dieser Adresse gehen und danach wüsste ich mehr.

Ich erhoffte mir so viele Antworten. Es war nicht mehr nur reine Neugierde auf das, was Mr Reed denn so trieb. Ich wollte wissen, ob er noch wütend auf mich war, was in der letzten Nacht alles geschehen war und ob mein Verhalten wohl alles kaputtgemacht hatte.

Aber gleichzeitig war es auch eine Prüfung von Mr Reeds Charakter und eine Richtungsweisung für meine Gefühle. Ich könnte dann wissen, was ich weiter von diesem Mann halten wollte, mich auf die Gefühle in mir ganz einlassen oder sie ersticken, bevor sie mich zerrissen.

Die Welt hing an einem seidenen Faden und ich fuhr einem bedeutenden Moment entgegen.

Mein Kopf und meine Schultern schmerzten bei jedem zu groben Holpern des Wagens und meine Aufmerksamkeit richtete sich wieder auf die Straße. Wir hatten London City verlassen und fuhren durch einen der anderen Bezirke, in denen die Menschen nicht so wohlhabend zu sein schienen. Die Häuser waren heruntergekommen, die Scheiben der Fenster schmutzig und leere Wäscheleinen spannten sich über die Straße hinweg. Es waren auch hier nur wenige Menschen unterwegs, die der Kälte trotzten. Und ich fragte mich, wo wir nur waren.

Die Droschke hielt in einem Moment, in dem ich es am wenigsten erwartet hätte und ich drehte mich überrascht zu dem Kutscher. Er sprang von seinem Kutschbock, öffnete die Tür und reichte mir die Hand zum Aussteigen.

Ich trat auf die Straße, hörte ein schnalzendes Geräusch und spürte, wie meine Füße im Dreck versanken. Sofort hob ich meinen Rock an, doch es war bereits zu spät. Der Saum hatte schon den Boden berührt.

»Sind wir hier wirklich richtig?«, erkundigte ich mich unsicher beim Kutscher und er nickte.

»Ja, Miss. Das Haus, das Sie suchen, ist dort drüben«, antwortete er mir und zeigte mit ausgestrecktem Finger auf ein altes Gebäude auf der anderen Straßenseite. Es war höher als die umliegenden, die Fenster genauso blind und hinter einigen flackerte warmes Licht.

Der Himmel hatte sich so zugezogen, dass es schon am Nachmittag fast dunkel war und ich fröstelte im kalten Wind.

Ein Mann ging an uns vorbei, musterte mich eingehend und drehte sogar den Kopf nach mir um, als er die Straßenseite wechselte.

Ich trug die Kleider, die ich sonst zum Arbeiten in der Bibliothek anhatte. Doch obwohl ich sie für einfach gehalten hatte, stach ich hier in all dem Schlamm und der Armut hervor wie ein bunter Hund. Ich schrie gerade danach, dass ich Geld besaß und bekam es prompt ein wenig mit der Angst zu tun.

Allein auf dieser Straße, da würde ich sicher gleich überfallen werden.

Ich holte meinen Beutel hervor und drückte dem Kutscher eine Münze in die Hand. »Würden Sie wohl eine Weile hier auf mich warten?«, bat ich ihn und er hob beide Augenbrauen, als er die Münze sah.

»Natürlich, Miss. Wie Sie wünschen«, gab er zurück und ich lächelte schmal.

Mein Magen rumorte, mein Herz schlug viel zu schnell und meine Fantasie beschwor all die schrecklichen Bilder herauf, die ich mir erdacht hatte und die mir jetzt den Brustkorb zusammendrückten.

Mr Reed mit einer Bande Verschwörer. Mr Reed in einer roten Robe über einem Menschenopfer. Mr Reed in einem Schlafzimmer, in den Armen einer wunderschönen Frau, der ich nicht im Geringsten das Wasser reichen konnte.

Etwas Kaltes berührte meine Nase und schmolz, ich hatte mich immer noch nicht von der Stelle gerührt. Ich starrte immer noch über die Straße auf das Haus mit dem bröckelnden Putz und vom Himmel begannen dicke weiße Schneeflocken zu fallen.

»Miss Crumb?«, sprach mich plötzlich jemand an und ich zuckte so heftig zusammen, dass ich auf dem matschigen Boden beinahe weggerutscht wäre.

Mein Blick fuhr hektisch herum, ich entdeckte im ersten Moment niemanden und dann fühlte ich eine Berührung an meiner Hand. Wieder zuckte ich zusammen, als eisig kalte Finger meinen Handrücken streiften. Ich hatte vergessen, Handschuhe anzuziehen.

Neben mir stand ein Junge mit strubbeligem Haar, in dem sich die Schneeflocken verfingen. Er grinste mich an, doch sein Gesicht war fast vollständig von einem dicken Kaschmirschal bedeckt.

Meinem Kaschmirschal.

»Timothy!«, rief ich überrascht, als ich ihn erkannte, und konnte kaum glauben, ihn wiederzusehen. Wo war er nur hergekommen?

»Was machen Sie hier? Wollen Sie mich besuchen?«, fragte er mich und sein rosiges Gesicht ließ mich alle Ängste von gerade eben vergessen.

»Ich … ähm …«, stammelte ich völlig aus dem Konzept gebracht und riss mich dann zusammen. »Wie geht es deiner Granny?«, wollte ich wissen und hoffte inständig, betete, dass das nicht die falsche Frage gewesen war.

Doch in Timothys schmutzigem Gesicht wurde das Grinsen sogar noch breiter. »Sehr gut!«, rief er fröhlich und ich merkte, dass mir ein Stein vom Herzen fiel.

Ich lächelte und spürte ehrliche Freude darüber, dass meine damals erzwungene gute Geste wirklich etwas gebracht hatte. Vielleicht wäre auch ohne mich alles so gekommen, aber vielleicht hatte ich ein Leben gerettet und einem kleinen Jungen die Granny erhalten. Ich hätte nie gedacht, dass sich das so gut anfühlen könnte.

»Kommen Sie mit. Meine Granny will Sie sicher kennenlernen«, behauptete er, schob seine kleine Hand in meine und zog mich über die Straße, direkt auf das Haus zu, in dem Mr Reed sich befinden musste.

Mein Herz pochte lauter, während ich hinter dem Jungen herschlitterte. Das war gar nicht gut. Ich war noch nicht so weit.

Ich konnte jetzt nicht einfach Mr Reed begegnen.

Was würde er denken, mich so zu sehen? Er würde sofort wissen, dass ich ihm hinterherspioniert hatte. Er hatte dieses Geheimnis gehütet, meine Neugierde immer gerügt.

Timothy stieß die Tür auf, und ich war viel zu sehr mit einer plötzlichen Panik beschäftigt, um auf die Idee zu kommen, mich von ihm zu befreien. Stolpernd ging ich die Stufe in den Vorraum hoch, der voller Leute war, und wusste gar nicht, wo ich zuerst hinsehen sollte.

Ich musste das jetzt vorsichtig angehen, mich unauffällig verhalten, sonst würde Mr Reed sicher ungehalten reagieren und ich würde die Strafe für meine Neugierde erhalten.

»Das ist meine Granny«, sagte Timothy gerade, da sah ich ihn. Er stand direkt neben der Tür, mit dem Rücken zu mir. Ich erkannte ihn an seiner Haltung, an der Art, wie er den Kopf neigte, an dem Bügel seiner Brille, der hinterm Ohr sichtbar war. Der dunkle Braunton seiner Haare, sein Anzug, seine wunderschönen Hände, die er hinter dem Rücken verschränkt hielt.

Timothy zog an meinen Fingern und ich wandte automatisch den Kopf in seine Richtung. Vor mir stand eine ältere Frau. Ihr Gesicht war voll tiefer Falten, die Augen wässrig blau und das Haar schaute beinahe vollständig weiß unter ihrem einfachen Kopftuch hervor. Ihre gebeugte Haltung wirkte gütig und die Mundwinkel schienen einen natürlichen Schwung nach oben zu haben.

»Miss Crumb?«, hörte ich Mr Reeds Stimme in meinem Rücken und mir blieb das Herz stehen.

Oh Gott, stehe mir bei.

»Mr Reed, Mr Reed!«, rief Timothy aufgeregt und ich war so starr, dass ich mich kaum rühren konnte zwischen all den Personen. Der Junge ließ meine Hand los und hüpfte vor Mr Reed auf und ab.

Meine Augen sahen zu ihm auf, zu dem großen Mann mit dem leicht hageren Gesicht. Zu seinen braunen Augen, die Verwirrung zeigten.

»Das ist die Lady, die meine Granny gerettet hat. Sie hat für sie Medizin gekauft«, berichtete Timothy eifrig und ich musste meinen Blick senken.

Diese ganze Situation hatte mich einfach überfallen und ich hatte keine Ahnung, in was ich hier eigentlich hineingeraten war.

Doch eins war schon einmal klar. Dies hier war weder eine Verschwörung gegen die Königin noch eine geheime Bruderschaft und ganz sicher auch keine heimliche Geliebte.

Verstohlen sah ich mich um, entdeckte aber nur Kinder aller Altersstufen und ein paar Elternteile, die sie in dicke Jacken packten oder an der Hand nach draußen führten.

Was das hier auch war, es war gerade zu Ende gegangen.

»Na, eigentlich hat mich ja die Gemüsesuppe gerettet«, warf die alte Frau neben mir ein und lächelte mir zu. Ich sah zu ihr, wusste aber nicht, wie ich mich zu verhalten hatte. »Ich danke Ihnen. Das war das schönste Geschenk, das man uns je gemacht hat. Sie haben mir wirklich das Leben gerettet.« Sie griff nach meiner Hand, zog sie zu sich und drückte mir ihre runzligen Lippen auf den Handrücken. »Sie sind wirklich ein Engel«, fügte sie hinzu und Timothy strahlte mich so breit an, dass ich fürchtete, seine Mundwinkel könnten tatsächlich die Ohren erreichen.

»B … bitte schön«, stotterte ich und schaffte es, der alten Frau die Hand zu entziehen, ohne zu zurückweisend zu wirken.

Doch mit so etwas konnte ich absolut nicht umgehen. Niemand war mir in meinem ganzen Leben so dankbar gewesen, dass er meine Hand geküsst hatte.

Ich hatte aber auch noch nie jemandem das Leben gerettet.

»Auf Wiedersehen, Mr Reed«, rief jemand von der Tür und Mr Reed hob die Hand zum Abschied.

»Bis nächste Woche«, rief er zurück, während ich versuchte, mich irgendwie zu sammeln. Ich war hier in etwas reingeplatzt, in dem ich keinen Platz hatte, und all der Trubel um mich herum machte mich ganz wirr. Zu viele Eindrücke, zu wenig Kontrolle. Ich mochte keine Menschenmengen.

»Ich möchte Ihnen das zurückzahlen«, sagte die alte Frau gerade, kramte nach einem zerschlissenen Beutel und ich schüttelte nur den Kopf.

»Nein, nein. Das müssen Sie nicht. Ich brauche Ihr Geld nicht«, versuchte ich sie abzuwimmeln und wurde plötzlich von einer Hand am Arm berührt.

»Miss Crumb«, sprach Mr Reed mich an und mein Arm wurde trotz des dicken Mantels von einer Gänsehaut überzogen. Ich sah wieder zu ihm auf, versuchte zu erkennen, ob er böse mit mir war. Sein Gesicht zeigte nur eine Maske aus professioneller Neutralität, was mich das Schlimmste befürchten ließ.

»Bitte, ich möchte nicht stören«, versuchte ich mich rauszureden und trat einen Schritt zurück, stieß dabei aber gegen ein etwa zwölfjähriges Mädchen, das mich mit großen Augen anstarrte.

»Sie stören keineswegs«, entkräftete Mr Reed meine Floskel und sein Blick wurde ein wenig härter. »Ich wünsche eine Unterredung«, sagte er streng und ich wäre gern weggelaufen.

Was hatte ich mir auch dabei gedacht? Wie dumm ich doch gewesen war zu glauben, es wäre eine gute Idee, ihn zu bespitzeln. Aber es lag nun mal in meiner neugierigen Natur, so etwas zu tun. Genau wie das Lauschen oder das Öffnen fremder Post.

Und doch schämte ich mich dafür, erwischt worden zu sein. Vor allem, weil keine meiner Befürchtungen sich als wahr erwiesen hatte und ich es dadurch auch durch nichts mehr rechtfertigen konnte.

»Mr Reed«, setzte ich noch einmal an, da zog er mich schon durch die Menge der Leute und durch eine Tür ins angrenzende Zimmer.

Hier standen viele Tische, auf die man die dazugehörigen Stühle gestellt hatte. Vorn an der Wand hing eine Schiefertafel und im Kamin an der Seite glimmte das letzte Holzscheit durch.

Das hier war ein Klassenzimmer.

Und plötzlich ergab alles einen Sinn. Die ganzen Kinder draußen im Vorraum, Mr Reeds Sorgfältigkeit und sein Bestreben, diese Verpflichtung jedes Mal zur gleichen Zeit wahrzunehmen.

»Sie unterrichten Kinder?«, kam es aus meinem Mund und meine Augen fanden wieder zu Mr Reed zurück, der mir gegenüberstand. Meinen Arm hatte er losgelassen.

»Ja«, bestätigte er mir, klang dabei aber sehr ungehalten. »Aber viel wichtiger ist die Frage, was Sie hier machen«, warf er mir unwirsch an den Kopf.

Das war also das Geheimnis? All meine Sorgen und schlaflosen Stunden waren so unnötig gewesen. Ich hatte diesem Mann so schlimme Sachen zugetraut, dass es mich vor den Kopf stieß, hier zu sein und diese vergleichsweise einfache Wahrheit vor mir zu sehen.

Er ging und unterrichtete Kinder.

Jetzt schämte ich mich nur noch mehr.

»Aber warum verheimlichen Sie so etwas?«, wollte ich wissen und meine Aufmerksamkeit wurde prompt wieder auf Mr Reed gelenkt, als seine Hände erneut nach meinen Armen griffen.

Erschrocken zuckte ich zusammen, während er mich mit strengem Blick musterte. Mein Herz schlug schneller, Hitze stieg mir in die Wangen und ich traute mich kaum, den Blick zu erwidern.

»Miss Crumb«, ermahnte mich Mr Reed und ich erinnerte mich an seine Frage. Er wollte wissen, was ich hier machte.

Ich räusperte mich verhalten und wusste, dass ich jetzt nicht lügen durfte. Das würde alles nur schlimmer machen.

»Ich hab Ihnen hinterherspioniert«, gab ich leise zu und erwartete einen Wutausbruch. Er würde mich schimpfen und tadeln, und wäre damit auch noch völlig im Recht.

Doch nichts geschah. Mr Reed hob lediglich die linke Augenbraue.

»Das war mir auch schon klar«, sagte er mit einer sarkastischen Note und sein Blick wurde finsterer. »Aber warum sind Sie hier und nicht im Bett? Ich gebe Ihnen doch nicht frei, damit Sie durch halb London reisen, anstatt Ihren Kater auszukurieren!«, fuhr er mich an und ich blinzelte verwirrt.

Sein Tonfall war strafend, doch seine Worte waren es nicht.

»Machen Sie sich etwa Sorgen um mich?«, erkundigte ich mich verwundert.

»Ja, verdammt! Natürlich mache ich mir Sorgen!«, schimpfte er lautstark und ich konnte gar nicht glauben, was er da sagte.

»Aber ich bin doch selbst schuld an meiner Lage. Was kümmert es Sie, dass ich mich nicht gut fühle?«, fragte ich ihn und war viel zu erstaunt, um meinerseits auf die Heftigkeit in seinem Ton mit Wut zu reagieren.

»Was?«, meinte Mr Reed, sichtlich aus dem Konzept gebracht. Doch er schnaubte in sich hinein, nahm sich die Brille von der Nase und schüttelte verbissen den Kopf. »Sie erinnern sich nicht«, stellte er fest und der Ärger war wie verraucht.

Und ich nickte, weil er recht hatte. »An nicht viel zumindest«, gab ich zu und für einen winzigen Augenblick, glaubte ich so etwas wie Enttäuschung in Mr Reeds Augen zu lesen.

Doch dann senkte er den Blick auf seine Brille und ich war mir nicht mehr sicher.

»Es war nicht Ihre Schuld«, sagte er und ich betrachtete aufmerksam sein Gesicht, während er sprach. »Meine Brüder haben Ihnen Whiskey ins Bier gekippt, weil sie glaubten, es wäre spaßig, Sie betrunken zu machen. Und ich entschuldige mich dafür«, klärte er mich auf und klemmte sich die Brille mit einem der Bügel an die dunkelbraune Weste.

»Oh«, konnte ich nur sagen und in meinem Kopf begann es zu rattern. So war das also gewesen. Das schien auch viel logischer zu sein, als dass ich mich absichtlich betrunken hatte.

Und noch etwas ging mir auf. Wenn Mr Reed sich für seine Brüder entschuldigte, dann, weil er sich für ihre Handlungen verantwortlich hielt.

Deshalb hatte er mir freigegeben und mich ausschlafen lassen. Deswegen machte er sich jetzt Sorgen um mich. Er tat es aus Schuldgefühlen.

Ich seufzte leise, weil ich glaubte, das Geheimnis von Mr Reeds plötzlicher Fürsorge gelöst zu haben. Doch gleichzeitig verpasste es mir auch einen Stich ins Herz, der mehr wehtat, als es Kopfschmerzen jemals tun konnten.

Ich wartete geduldig, während Mr Reed seine Unterlagen zusammensammelte und ein Junge mit Schniefnase mit einem breiten Besen das Klassenzimmer und den Vorraum durchfegte. Ich sagte nichts, fühlte mich mehr als fehl am Platz und ging dann mit Mr Reed nach draußen, der hinter uns die Türen abschloss.

»Einen schönen Abend, Mr Reed«, verabschiedete sich der Junge und warf einen verstohlenen Blick auf mich.

»Dir auch, Jim«, gab Mr Reed zurück und ließ den Schlüsselbund in seiner Manteltasche verschwinden.

»Ist das Ihre Verlobte?«, fragte der Junge plötzlich und obwohl ich versuchte, mich zusammenzureißen, schoss mir augenblicklich die Röte ins Gesicht. Schon allein der Gedanke, mit Mr Reed verlobt zu sein, brachte alles in mir in Aufruhr.

»Nein, Jim. Geh nach Hause, bevor du dich noch schlimmer erkältest!«, wies Mr Reed ihn schroff an, doch der Junge lachte nur, zog sich die Mütze zurecht und rannte dann durch den Schnee, die Straße nach unten.

Mr Reed schüttelte den Kopf über ihn und sah dann in den Himmel. Die Flocken schwebten dicht und groß zu Boden, überzogen ganz langsam alles mit einer Zuckerhaube.

»Haben Sie denn eine Verlobte?«, erkundigte ich mich wie beiläufig und trat etwas unsicher auf den jetzt noch rutschigeren Boden.

»Miss Crumb, wann sollte ich denn für eine solche noch Zeit finden?«, antwortete er mir genervt und ich musste dabei ein wenig lächeln. Diesen Ton hatte er immer drauf, wenn ich seiner Meinung nach zu neugierig war. Allerdings war er vorhin nicht wütend geworden, dass ich das Geheimnis um seine anderweitigen Verpflichtungen aufgedeckt hatte. Es schien mir beinahe, als hätte er bereits damit gerechnet, dass ich so etwas tun würde.

Das kam mir zwar jetzt zugute, aber eigentlich sollte mir das nicht gefallen, dass er ein solches Bild von mir hatte.

Auf der anderen Seite der Straße stand immer noch meine Droschke. Der Kutscher lehnte neben seinem Bock und rauchte eine Zigarette.

»Ist das Ihre?«, fragte mich Mr Reed und ich nickte. »Wenigstens sind Sie nicht hierhergelaufen«, grummelte er und hielt mir seinen Arm hin. Ich war überrascht und zögerte kurz, bevor ich mich unterhakte.

Diese Geste war bei dem glitschigen Boden zwar durchaus angebracht, doch es war sehr viel mehr Nähe, als wir für gewöhnlich hatten.

Ich fühlte mich gleich sicherer auf den Füßen und wir überquerten gemeinsam die Straße.

»Ich habe vor, jetzt nach Hause zu gehen. Wie sehen Ihre Pläne aus?«, fragte er mich dabei und ich lächelte, ohne einen richtigen Grund zu haben. Einfach nur, weil Mr Reed mich etwas gefragt hatte.

»Ich würde ebenfalls nach Hause fahren«, informierte ich ihn und er hielt mich aufrecht, während wir auf der anderen Seite auf den Bürgersteig traten und ich ins Rutschen geriet. Der Kutscher warf den Zigarettenstummel in den Schneematsch der Straße und kam um die Kutsche herum, um mir die Tür zu öffnen. Mr Reed lieh mir seine helfende Hand und mein Bauch kribbelte ganz heftig, als sich unsere Handflächen berührten. Seine langen Finger schlossen sich warm um meine schmale Hand und ich stieg ein wenig langsamer die eine Stufe hinauf, nur damit ich nicht sofort wieder loszulassen brauchte.

Es waren nur unsere Hände, doch es war ein wunderschönes Gefühl, das meine Fantasie dazu anregte, mir vorzustellen, wie es wäre, von diesen Händen gehalten zu werden. Ganz nah bei ihm, mein Kopf an seiner Brust, seine Arme um mich. Wärme und Geborgenheit, weil er mich beschützte, obwohl er mir kleine Gemeinheiten sagte, um mich zu necken, und ich würde lachen.

Und da ließ er meine Hand auch schon los und meine Tagträume zerplatzten.

Der Kutscher schickte sich an, die Tür zu schließen und ich hielt ihn sofort auf.

»Warten Sie«, sagte ich zu ihm und sah rüber zu Mr Reed, der seinen Mantelkragen hochschlug und dann die Hände in seinen Taschen versenkte. »Kommen Sie nicht mit?«, rief ich dem Bibliothekar zu, der mich tatsächlich ein wenig verdutzt ansah.

»Ich fahre eigentlich immer mit der Straßenbahn«, behauptete er und ich schüttelte nur ungestüm den Kopf.

»Aber nicht bei diesem Wetter! Und vor allem nicht, wenn wir das gleiche Ziel haben. Das wäre doch albern!«, schalt ich ihn und Mr Reed seufzte sichtbar. Eine Atemwolke bildete sich in der Luft und Schneeflocken sammelten sich in seinem Haar.

»Vielleicht haben Sie recht«, gestand er ein, haderte noch kurz und zog sich dann an einem Haltegriff in den halb offenen Innenraum der Droschke.

Ich rutschte zur Seite, damit er Platz hatte, und als er sich setzte, so nah neben mir, überfiel mich das Gefühl, dass das schon einmal passiert war.

Ich schluckte, faltete die Hände im Schoß, weil ich nicht wusste wohin damit, und dann setzte sich die Kutsche auch schon in Bewegung.

»Sind wir gestern auch mit einer Droschke gefahren?«, erkundigte ich mich leise und meine Stimme ging im Klappern der Räder beinahe unter.

»Ja, sind wir«, antwortete mir Mr Reed knapp, den Blick auf die Straße gerichtet, während ich versuchte, mich zu erinnern.

Da waren verschwommene Lichter von Straßenlaternen und wieder dieses flüchtige Gefühl von einem Arm um meine Taille. Doch so wirklich fassen konnte ich es nicht.

»War ich«, begann ich und fürchtete es wäre dumm, so etwas zu fragen, »war ich denn bei Bewusstsein?«, stellte ich die Frage dennoch und auf Mr Reeds Gesicht erschien ein Schmunzeln.

»Ja, Miss Crumb. Wir haben uns sogar unterhalten«, erzählte er mir mit einer gewissen Belustigung, die wahrscheinlich daher rührte, dass er wusste, wie peinlich mir das alles sein musste.

»Und worüber?«, wollte ich wissen und nun wandte mir Mr Reed den Blick zu. Er grinste so schalkhaft wie ein Schuljunge, der meine Bücher versteckt hatte, und mein Herz schlug so stark in meiner Brust, dass es beinahe wehtat.

»Daran werden Sie sich wohl selber erinnern müssen«, feixte er und ich widerstand nicht dem Drang, ihm für diese Gemeinheit zu bestrafen. Ich hob die Faust und boxte ihn wie ein Kind gegen den Arm, woraufhin er nur zu lachen begann.

»Sie sind so scheußlich!«, schimpfte ich ihn und meinte es doch nicht ernst.

»Das sagt ja gerade die Richtige, Miss Naseweis. Ihre Neugierde war wohl größer als Ihr Anstand«, warf er mir an den Kopf und ich spürte schon wieder, wie meine Wangen anfingen zu glühen. Es kam meiner Meinung nach einem Wunder gleich, dass Mr Reed nicht völlig ausgerastet war und mich zur Schnecke gemacht hatte, als er mich in seiner Schule entdeckte. Doch dafür nutzte er jetzt jede Gelegenheit, mir die Peinlichkeit meines Handelns unter die Nase zu reiben.

Das war dann wohl auch eine Art von Strafe.

»Ich dachte ja auch, Sie würden etwas Schlimmeres verheimlichen, als dass Sie Kindern Lesen und Schreiben beibringen«, versuchte ich mich zu verteidigen und wusste, dass ich trotz allem im Unrecht war. Auch wenn es viel mehr als nur Neugierde gewesen war, hätte ich das nicht tun sollen. Doch ich wusste auch, dass ich jetzt nur so dachte, weil ich wusste, dass sein Geheimnis nichts war, was man wirklich verheimlichen musste.

»Zum Beispiel?«, erkundigte sich Mr Reed natürlich sofort und ich sank ein wenig in mich zusammen.

»Ich dachte … dass Sie«, stammelte ich und senkte die Augen, um nicht zu sehen, wie sehr er sich über mein Unwohlsein amüsierte. »vielleicht ein Verschwörer sind. Oder einer geheimen Sekte angehören. Oder so etwas«, brachte ich heraus und kam mir nur noch albern vor.

Mr Reed schüttelte ungläubig den Kopf über mich. »Sie lesen zu viele Bücher«, behauptete er und lehnte sich in der unbequemen Bank zurück. »Ich gehe vielleicht nicht sehr regelmäßig zur Kirche, aber ich bin ganz sicher Anglikaner.«

»Aber Sie waren so abweisend und geheimnistuerisch. Was hätte ich denn denken sollen? Ich dachte, es muss etwas Schreckliches sein, wenn Sie nicht damit rausrücken«, erklärte ich und rieb mir die Finger, die langsam richtig kalt wurden. Wo hatte ich nur meine Handschuhe gelassen? »Warum verheimlichen Sie so etwas überhaupt? Ist es nicht lobenswert, so eine Arbeit zu machen?«, fragte ich ihn und er seufzte laut.

»Ich will dafür aber nicht gelobt werden, Miss Crumb«, sagte er und richtete sich wieder auf. »Nur weil ich mich verantwortlich fühle, in den Missständen unserer Gesellschaft ein wenig auszuhelfen, macht es mich noch lange nicht zu einem guten Menschen. Ich will mich damit nicht brüsten und ich will auch nicht, dass andere mich für besser halten als ich bin«, grummelte er verstimmt und wandte seinen Blick wieder auf die Straße. Sein Hochgefühl war verschwunden und seine Ausgelassenheit der Strenge in seiner Haltung gewichen.

Ich sah ihn weiter an, verstand, was er meinte, konnte ihm aber nicht zustimmen.

Denn jetzt kannte ich das Geheimnis und nahm mir die Freiheit, daraus mein Urteil über seinen Charakter zu ziehen. Er war ein so viel besserer Mensch als der, für den er sich hielt. Als der, für den ich ihn lange gehalten hatte. Denn er half nicht nur armen Kindern, die sich die Schule nicht leisten konnten, er hatte auch mir schon so oft geholfen.

Er tat es immer ab, machte aus sich selbst den Bösen und hatte seine genervte Grundhaltung schon zu einer Kunstform entwickelt, aber innen, hinter all den Gemeinheiten, der schroffen Art und den unhöflichen Kommentaren, war er ein Mann mit Anstand, Mut und Herzensgüte. Er hielt seine Versprechen, eilte mir immer zu Hilfe, wenn ich ihn gebraucht hatte, und brachte mich dazu, das Beste aus mir selbst herauszuholen.

Und ich liebte ihn dafür.

Vielleicht würde seine stachelige Schale für immer so bleiben, wie sie war. Aber damit würde ich schon lernen umzugehen.

34

Das Vierunddreißigste oder das, in dem ich Rachel traf.

Am Samstagmorgen frühstückte ich allein. Sosehr ich auch gehofft hatte, dass sich ein gemeinsames Frühstück wiederholen könnte, ich wurde enttäuscht.

Ich aß nicht einmal die Hälfte von dem, was Mrs Christy mir auftischte und war ganz unruhig. Ich konnte es zu meiner Verlegenheit kaum abwarten, endlich in die Bibliothek aufzubrechen, nur um Mr Reed zu sehen.

Zwanzig nach sieben verließ ich nervös das Speisezimmer. Gerade als ich im Flur meinen Mantel zuknöpfte, kam Mr Reed die Stufen hinuntergepoltert. Er sah müde aus, wie immer, und schlang sich seinen Schal mit einer gewissen Gereiztheit um den Hals. Seine Schultern waren verspannt, seine Haare wirrer als sonst und sein Blick hatte etwas Gehetztes.

Doch ich ließ mich nicht beirren. Ich hatte ihn schon in fast jeder Stimmung erlebt und das Hochgefühl in meiner Brust bei seinem Anblick tat das seine dazu.

»Guten Morgen, Mr Reed«, sprach ich ihn an und versuchte dabei neutral zu klingen, damit er mich nicht für ein aufgescheuchtes Huhn hielt. Wer mochte schon fröhliche Menschen am Morgen?

Mr Reed hob den Blick, schien mich erst jetzt am Fuß der Treppe zu bemerken und die Falten auf seiner Stirn glätteten sich augenblicklich. »Animant«, entfuhr es ihm und dann besann er sich wieder. »Ich meine, Miss Crumb«, korrigierte er schnell, blinzelte zerstreut und verhedderte sich in seinem Schal.

Ich musste mir stark das Grinsen verkneifen und wusste nicht, was ich von dieser Reaktion halten sollte.

»Ist alles in Ordnung mit Ihnen?«, fragte ich, band mir meinerseits den Schal um und öffnete die Tür nach draußen.

Ich trat hinaus in die überwältigende Winterlandschaft, in die sich London über Nacht verwandelt hatte und die trotz des dicken Nebels im vagen Licht des Tages glitzerte.

»Nein«, grummelte Mr Reed und ich hob interessiert eine Augenbraue. Er warf mir einen schnellen Blick zu und zog die Stirn wieder kraus.

Ich fürchtete beinahe, er würde das jetzt wieder zu einem großen Geheimnis werden lassen und mich nicht in seine Gedanken einweihen, da sprach er schon weiter.

»Ich habe ein Treffen mit zwei Vorstandsmitgliedern. Sie kommen heute Vormittag in die Bibliothek und ich werde endlose, zermürbende Diskussionen führen müssen, die schlussendlich kein Ergebnis hervorbringen werden«, beschwerte er sich, während wir nebeneinander durch den Schnee stapften.

Hätte die Laternen an beiden Seiten den Weg nicht markiert, wäre es schwer geworden, ihn noch zu erkennen.

Ich versteckte mein Lächeln im Schal, damit er nicht sah, wie sehr mich sein Missfallen amüsierte, und schob mir die Hände noch tiefer in die Taschen. Zu Anfang meiner Zeit hier in London hatte ich mich noch gefragt, was das nur alles für schreckliche Menschen sein mussten, die Mr Reed so sehr ärgerten. Doch jetzt wusste ich, dass keiner davon böse war.

Mr Reed war einfach nur ein Miesepeter, ein Mann, der gerne mit seinen eigenen Sachen in Ruhe gelassen wurde und der sich durch jede Einmischung gestört fühlte. Er war einfach etwas verschroben.

»Solche geadelten Lackaffen, die für ihren Sitz im Vorstand nichts anderes geleistet haben, als ihren Nachnamen anzugeben«, schimpfte Mr Reed weiter und ich ließ ihn.

»Ich werde Ihnen Tee machen. Dann überstehen Sie das schon«, versuchte ich ihn zu beschwichtigen und der Bibliothekar schnaubte genervt.

Wir betraten die Bibliothek, als handele es sich hierbei um eine ganz normale Alltäglichkeit und machten uns an unser täglich Werk.

Es herrschte ein seltsam entspanntes Gleichgewicht zwischen uns und das versetzte mich in ein gewisses Hochgefühl.

Ich machte die Zeitungen, überstand das Archiv, räumte ein wenig auf und dann kamen auch schon die Herren, von denen Mr Reed gesprochen hatte.

Sie grüßten nicht zurück, als ich auf sie zukam, ließen sich von mir aber die Mäntel abnehmen. Insgesamt behandelten sie mich wie eine Bedienstete und plötzlich wusste ich ganz genau, warum Mr Reed keine besonders große Lust hatte, sich mit diesen zwei geleckten Gentlemen auseinanderzusetzen.

Ich ließ meine Wut jedoch nur an den Teeblättern aus, machte ein Tablett fertig und klopfte dann leise an die Bürotür des Bibliothekars. Trotz allem gab ich mich ganz zuvorkommend, machte ihnen vor, ich wäre das perfekte, gutmütige Mädchen und schenkte dem genervten Mr Reed hinter den Rücken seiner Besucher eine Grimasse, um ihn aufzuheitern. Er lachte tatsächlich darüber.

Es war ein so kindisches Verhalten und doch schämte ich mich nicht wirklich dafür. Ich musste nur selbst lachen, schloss schnell die Tür hinter mir und versuchte mich wieder meiner Arbeit zu widmen.

Ich sortierte Bücher, nahm eine Kiste aus Übersee in Empfang und versuchte zwischendurch Cody dazu zu bringen, wenigstens ein Wort zu sagen. Er floh jedoch nach ein paar Minuten in die Abteilung für Chemie und ich musste mich fragen, was meine Laune heute so besonders gut machte.

Ich fühlte mich beschwingt und sogar ein wenig verträumt, und dass, obwohl Mr Reed sich mir gegenüber nicht anders benahm als bisher.

Oder vielleicht gerade deswegen. Er hatte mich in einer sehr unangenehmen Lage gesehen, hatte mich gehalten, während ich mich auf die Straße übergeben hatte. Er hatte mich heimgebracht, ja wahrscheinlich sogar die Treppen hinaufgetragen, und doch war zwischen uns alles wie zuvor.

Oder etwa nicht? Er war noch ebenso mürrisch und eigen wie eh und je. Aber die Spannung war gewichen. Es war beinahe so, als wäre ein Knoten in meinem Inneren geplatzt und ich konnte freier atmen. Weil ich jetzt verstand, wer er war. Weil Mr Reed ein guter Mensch war und er mich nicht hasste, obwohl er schon alle meine schlechten Seiten gesehen hatte. So wie ich seine.

Der Mittag kam schnell und die Unterredung hatte immer noch kein Ende gefunden. Ich störte die Herren nicht, verabschiedete mich nur schnell von Cody und lief hinaus in den Schnee.

Es war Samstag, ich hatte heute nicht mehr zu arbeiten und würde mich gleich mit meinem Bruder zum Mittagessen treffen.

Er war in seiner Notiz sehr vage gewesen, doch ich nahm an, er würde mich abholen kommen. Ich formte ein paar Schneebälle für den Fall, dass Henry auf dumme Gedanken kommen sollte, und fühlte mich euphorisch, gleich die Frau kennenzulernen, die meinem Bruder das Herz gestohlen hatte.

Ich musste zugeben, dass ich in der letzten Zeit wenig über die beiden nachgedacht hatte, da mein Kopf und vor allem mein Herz mit ganz anderen Dingen beschäftigt waren. Die Traktate zum Judentum hatte ich dennoch gelesen und war gespannt auf das, was kommen würde.

Henry kam mit einer Verspätung von einer Viertelstunde und meine Nase war schon ganz kalt, als ich ihn endlich den Weg hinaufeilen sah. Ohne darüber nachzudenken, nahm ich einen Schneeball, wog ihn kurz in der Hand und warf ihn dann, so weit ich konnte.

Als wir Kinder gewesen waren, hatten wir den Winter geliebt. Er war meine liebste Jahreszeit und die, in der Henry und ich viel Zeit miteinander verbracht hatten. Im Sommer war er immer draußen mit seinen Freunden unterwegs gewesen, doch im Winter, wenn zu viel Schnee lag, um bis zum nächsten Haus zu gelangen, da waren immer nur wir zwei.

Henry sah den Schneeball kommen, zuckte zusammen und wich zur Seite aus, sodass der Schneeball an ihm vorbeiflog und die Person hinter ihm traf, die meiner Aufmerksamkeit zuvor entgangen war.

Ich erschrak vor meinem eigenen Übermut und wusste im ersten Moment nicht, ob ich nun darüber lachen oder mich eiligst entschuldigen sollte.

Die beiden stoppten auf dem Weg, Henrys Rücken versperrte mir die Sicht und ich hob hastig meinen Rock ein klein wenig, um zu ihnen zu eilen.

Henry half einer jungen Dame, sich den Schnee vom Mantel zu klopfen, während sie versuchte, sich die Nässe aus dem Gesicht zu wischen. Das musste Henrys heimliche Verlobte sein.

Meine Schritte wurden langsamer und eine Welle aus Mitleid und Scham überkam mich. Ich hatte die Arme direkt im Gesicht getroffen. »Oh nein, das tut mir so leid«, rief ich und verschränkte meine Finger ineinander, um damit bloß keine falsche Bewegung zu machen. Das war der schrecklichste erste Eindruck, den ich nur machen konnte. Henry würde toben vor Wut. »Ich wollte Henry treffen. Ich weiß auch nicht, was da über mich gekommen ist«, versuchte ich mich irgendwie zu rechtfertigen, die Frau blinzelte mich an.

Sie war hübsch, hatte ein rundliches Gesicht und volle, geschwungene Lippen. Ihre großen Augen sahen mich erschrocken an, während ich mir verlegen auf die Unterlippe biss.

»Schon gut, es war meine Schuld«, meinte Henry und ich erkannte zu meiner Erleichterung, dass er sich das Grinsen verkneifen musste. Er war also nicht wütend auf mich. »Ich hätte nicht zur Seite gehen dürfen. Es war ein Reflex«, erklärte er und das Grinsen kam langsam durch. »Das ist meine jüngere Schwester, Animant«, stellte er mich vor und die junge Frau sah mich schüchtern an. »Ani, das ist Rachel Cohen. Das Mädchen, das ich gedenke zu heiraten.«

»Sehr erfreut«, sagte ich, machte einen leichten Knicks, weil ich mir sonst nicht zu helfen wusste, und lächelte verlegen. Das war wirklich das schlimmste erste Treffen aller Zeiten. Was mochte sie jetzt von mir denken?

»Ebenfalls«, entgegnete Rachel leise und strich sich eine dunkle Locke aus dem Gesicht. »Ich dachte, du sagtest, deine Schwester wäre eine sehr gemäßigte Person«, sprach Rachel plötzlich Henry an und schien langsam ihre Fassung wiederzuerlangen.

So hatte mich Henry also beschrieben? Eine gemäßigte Person. War das das Bild, das ich nach außen hin abgab?

»Wenn sie nicht gerade ein wenig verrückt ist, dann ja«, erwiderte Henry gelassen und sie beide sahen mich an. Henry mit einem Schmunzeln, Rachel mit neugierigen Augen.

»Ich bin nicht verrückt!«, verteidigte ich mich sofort und wünschte, Henry würde mich nicht noch tiefer hineinreiten. »Ich bin nur … Ich war …«, stammelte ich und wusste nicht genau, was ich eigentlich sagen wollte. »Der Schnee hat mich überwältigt«, brachte ich schließlich mit einem Seufzen heraus und senkte den Blick auf meine Hände.

Und da begann Rachel plötzlich zu lachen. Sie lachte laut und hell und ihre behandschuhten Finger griffen nach meinen, um sie zu drücken.

»Es ist in Ordnung, Animant. Ich bin nicht böse«, versicherte sie mir. Zu meinem Glück schien Rachel gutmütiger als ich zu sein, denn ich wäre an ihrer Stelle jetzt bestimmt wütend gewesen. »Lasst uns doch endlich etwas essen und über fröhlichere Dinge reden«, warf sie ein, um das Thema zu wechseln, und nahm den Arm, den mein Bruder ihr anbot.

Er sagte nichts, lächelte nur und ließ den Dingen seinen Lauf.

»Henry erzählte mir, du arbeitest«, begann Rachel, als wir uns in Bewegung setzten.

Ich war erleichtert über die Ungezwungenheit, mit der sie sprach und die ihrem Gegenüber sofort ein gutes Gefühl vermittelte.

»Ja. Ich arbeite als Bibliothekarsassistentin«, bestätigte ich und wir begannen eine Unterhaltung über meine Arbeit an sich und den schweren Stand einer Frau in der arbeitenden Gesellschaft.

Rachel war offenherzig und neugierig, begegnete den Dingen mit wenigen Vorurteilen und hatte eine heitere Art, die sie sehr liebenswert machte. Natürlich offenbarte sie auch eine gewisse Naivität, schien in allem nur das Gute sehen zu wollen und zeigte sich sehr schüchtern, wenn man begann, über sie zu reden. Doch ich war zufrieden mit der Wahl meines Bruders.

Und er offenbar auch, den Blicken nach zu urteilen, mit denen die beiden sich ansahen und die mir das Herz zerdrückten.

Ich beneidete sie und fragte mich gleichzeitig, ob ich so was auch jemals haben würde.

Natürlich stand es zwischen Mr Reed und mir gerade ganz gut. Aber das hieß nur, dass wir nicht stritten und keiner wütend auf den anderen war. Das bedeutete noch lange nicht, dass er in mir etwas anderes sah als eine angenehme Gesellschaft.

Vielleicht sogar eine Freundin. Schließlich eilte er mir immer wieder zur Rettung und hatte sich sogar um mich gesorgt, als es mir nicht gut ergangen war.

Doch wie brachte ich einen Mann wie Mr Reed dazu, mehr in mir zu sehen? Wäre ich dazu überhaupt fähig, einen Mann in mich verliebt zu machen?

Bei Mr Boyle hatte ich nicht das Gefühl gehabt, es mit Absicht verschuldet zu haben. Daher wusste ich auch nicht, wie ich mich in einem solchen Fall verhalten musste.

Das Essen war gut, das Dessert noch besser und Henry erzählte, wie Rachel und er sich kennengelernt hatten. Sie waren in einem kleinen Teeladen gewesen und hatten beide gleichzeitig nach der letzten Packung Darjeeling gegriffen. Klassisch und kitschig klischeehaft hatte Henry ihr die Packung überlassen und sie dafür verpflichtet, dass er sie wiedersehen durfte.

»Es war nicht so einfach. Mein Vater ist recht streng, was das Ausgehen betrifft«, erzählte Rachel gerade und lächelte verlegen. Sie hatte nicht besonders viel gegessen, spielte immer wieder nervös an der Spitze ihres Ärmels und musterte mich ganz genau, wenn sie glaubte, ich sehe nicht hin. »Er hat immer Angst, dass mir etwas zustoßen könnte«, meinte sie und hob betreten die linke Schulter. Ihre Perlohrringe schaukelten hin und her. »Aufgrund unserer gesellschaftlichen Stellung«, fügte sie hinzu und sah erst mich, dann Henry und dann wieder mich an.

Ich riet mal, dass sie damit nicht meinte, dass ihre Familie über ein gewisses Vermögen verfügte, sondern dass sie auf ihre jüdische Abstammung anspielte.

»Ich hab es ihr gesagt«, bestätige ihr Henry auf ihren suchenden Blick und sie erstarrte beinahe auf ihrem Stuhl, die Augen auf mich gerichtet.

Ich wusste nicht was ich sagen sollte. Wie antwortete man auf einen solchen Blick?

»Ich hab eine Frage«, sagte ich und tat das Einzige, was ich wirklich konnte. Wissen wiedergeben. »Reist ihr heutzutage zum Laubhüttenfest tatsächlich immer noch den ganzen Weg nach Jerusalem?«, ließ ich das Erste raus, was mir in den Sinn kam und Rachels Augen wurden noch großer.

»Das ist deine Frage?«, wollte sie ungläubig wissen und ich nickte. Sie schien aufgewühlt zu sein und ich wollte gar nicht wissen, was sie erwartet hatte, was ich sagen würde. Das arme Mädchen musste ja schon üble Dinge gehört haben, wenn sie mich so entsetzt ansah.

»Ich habe dir gesagt, dass es ihr nicht wichtig ist, wo du herkommst«, sagte Henry fast schon lässig, nahm seine Teetasse und trank einen Schluck.

»Danke«, flüsterte Rachel und erst jetzt fiel mir auf, dass sie den Tränen nahe war. »Das bedeutet mir wirklich alles«, schniefte sie und ich sah woanders hin, wollte das liebliche Geschöpf mir gegenüber gar nicht weinen sehen und wusste nicht, wie ich darauf reagieren sollte.

Doch dafür war ja schließlich auch Henry da. Er griff nach ihrer Hand und drückte sie leicht, während sich die beiden in die Augen blickten.

Ich stocherte währenddessen in meinem Kuchen herum und schob mir etwas davon in den Mund.

»Du musst unbedingt an unserer Hochzeit dabei sein«, meinte Rachel plötzlich und ich verschluckte mich prompt an der Schokoladenglasur. Ich hustete verhalten, ehe ich darauf antworten konnte, und pures Misstrauen schoss mir durch die Adern.

»Welchen Grund sollte ich haben, nicht auf eurer Hochzeit zu sein?«, verlangte ich zu wissen und mein Blick galt allein meinem Bruder, der überall hinsah, nur nicht zu mir. Und ich wusste gleich, dass da was faul war.

»Wir haben uns überlegt, heimlich zu heiraten. Wenn wir Vater vor vollendete Tatsachen stellen, kann er nichts mehr dagegen sagen«, eröffnete mir Henry und mir klappte vor Entsetzen der Mund auf.

»Das kannst du auf keinen Fall machen!«, rief ich empört und funkelte ihn böse an. »Du würdest Mutter damit umbringen, und ich kann mir nicht vorstellen, dass Vater dann mehr geneigt wäre, eure Verbindung zu akzeptieren«, sagte ich und legte die Kuchengabel zur Seite. Wenn Henry das wirklich tun würde, dann wäre Vater nicht nur wütend, sondern auch noch in seinem Stolz gekränkt und es würde wahrscheinlich Jahre dauern, bis eine Annäherung der Familie wieder möglich war.

»Aber Ani, was sollen wir denn machen?«, wollte Henry wissen und ich schnaubte.

Mein Kopf begann zu rattern, versuchte sich zu überlegen, wie es am besten zu machen wäre und ich wusste, dass es eine Lösung für dieses Problem geben musste. Wofür hatte ich denn bitte in meinem

Leben all die Bücher gelesen, wenn mir das Wissen daraus nicht nützlich sein konnte?

Ich hatte über Religionen gelesen, über Krieg und über taktische Manöver und war doch nicht kreativ genug, um mir selbst etwas einfallen zu lassen. Aber ich musste wohl.

»Ich werde mir was ausdenken«, behauptete ich also und Henry starrte mich ungläubig an.

»Du? Und was willst du machen?«, fragte er mich und ich hörte eine leichte Gereiztheit in seiner Stimme. Das Thema nahm ihn mit und ich zweifelte nicht daran, dass er sich auch schon mehr als einmal den Kopf darüber zerbrochen hatte.

Ich war ebenfalls fest entschlossen, den beiden zu helfen.

»Ich habe dir schon immer aus der Patsche geholfen. Also hab ein wenig Vertrauen«, erwiderte ich streng und spürte den Ärger in meinem Bauch.

Henry atmete tief durch. »Du hast recht«, gestand er ein und drückte wieder Rachels Hand. Das Mädchen hatte bis dahin unsere Unterhaltung nur stumm verfolgt. »Schreib mir, wenn dir was eingefallen ist.«

35

Das Fünfunddreißigste oder das, in dem ich kaum Luft bekam.

»Animant, achte auf deinen Saum«, ermahnte mich meine Mutter. Ich verdrehte die Augen. »Roll nicht mit den Augen. Du bist kein Kind mehr«, machte sie im selben Ton weiter und ich ergriff die helfende Hand meines Onkels, um aus der Kutsche zu steigen.

Mein Korsett drückte mir unangenehm auf die Rippen und ich konnte nicht verstehen, warum meine Mutter mich immer so eng schnüren musste.

»Dann sprich mit mir auch nicht, als wäre ich eins«, gab ich zurück und schaffe es dabei, vollkommen neutral zu klingen.

Meine Mutter sah mich verdutzt an, während ich meinen Schal zurechtzog und den Rock meines Kleides richtete.

»Du bist so erwachsen geworden«, sagte sie plötzlich mit einer gewissen Ehrfurcht und jetzt war ich diejenige, die sie überrascht ansehen musste. Was ging in ihrem Kopf heute nur vor?

»Lasst uns schnell reingehen, es ist eiskalt hier draußen«, warf Tante Lillian dazwischen und wir stimmten ihr zu. Die Straße vor dem Haus war gefegt und ließ sich leicht begehen. Im spärlichen Licht der Straßenlaternen glitzerten überall um uns herum funkelnde Eiskristalle.

Fröhliche Stimmen und Musik drangen gedämpft aus dem hell erleuchteten Haus vor uns. Das Haus der Familie Winterglowe, die heute Abend eine geschlossene Gesellschaft gab, zu der ich meiner Mutter gestern zugesagt hatte.

Doch natürlich hatte ich nicht damit gerechnet, dass sie losziehen und mir dafür extra ein Kleid kaufen würde. Eines in Dunkelrot, mit goldenem Besatz. Eines, in dem man nicht atmen konnte, wenn man hineinpassen wollte.

Und um des Friedens willen, der gerade ganz zerbrechlich zwischen uns schwebte, hatte ich es ohne viel Murren angezogen.

So hatte sie mich nun doch zu einem roten Kleid überredet, gegen das ich mich vor dem Ball so gesträubt hatte. Ich konnte nur hoffen, dass mich auf dieser Soiree niemand kannte, denn sie und meine Tante hatten mich herausgeputzt wie ein Ausstellpüppchen.

Onkel Alfred bot sowohl seiner Frau als auch seiner Schwägerin den Arm, sodass er mit einer Dame an jeder Seite die Stufen zur Haustür hinaufschritt wie ein Lebemann. Und seine gute Stimmung zeigte mir, dass er sich wohl auch ein wenig so fühlte.

Ich hob meinen besticken Saum an, der schwerer war, als er sein müsste, und folgte den dreien die wenigen Stufen hinauf zur Haustür.

Wir klopften an, wurden sogleich hineingelassen und streng gekleidetes Personal nahm uns die Mäntel ab.

»Lillian, Alfred. Wie schön, euch zu sehen«, begrüßte eine Frau meinen Onkel und meine Tante, drückte Lillian kurz an sich und schenkte Alfred ein wohlwollendes Kopfnicken.

Sie war etwa im gleichen Alter wie meine Mutter, hatte goldenes, fein säuberlich gestecktes Haar und trug ein auffälliges blaues Schmuckstück um den Hals. Tante Lillian sprach sie mit Jane an und erwiderte die Wiedersehensfreude, die bei ihr jedoch ein wenig aufgesetzt wirkte.

»Dies hier sind meine Schwägerin, Mrs Charlotte Crumb, und meine Nichte, Animant«, stellte uns Onkel Alfred schnell vor und meine Mutter knickste galant, wurde aber fast gänzlich übersehen.

Jane kam direkt auf mich zu, streckte die Arme nach mir aus und lächelte mich so warmherzig an, als wären wir alte Freunde.

Mir wurde gleich unwohl zumute. Ich war mir ziemlich sicher, dieser Frau noch niemals begegnet zu sein und ihre freudige Reaktion kam mir sehr übertrieben vor.

»Wie ich mich freue, Sie kennenzulernen, Animant«, sagte sie und umarmte mich genauso, wie sie es auch bei meiner Tante getan hatte. »Mein Name ist Jane Winterglowe und ich habe schon so viel über Sie gehört«, behauptete sie. Mir war das alles zu viel. Zu viel Überschwänglichkeit, zu viel Verehrung und vor allem zu viel Körperkontakt.

»Und von wem?«, fragte ich ganz dreist, als sie mich wieder losließ, und sie lachte verhalten, als hätte ich einen Witz gemacht. Ich war irritiert.

»Von meinem Neffen natürlich. Er redet von nichts anderem mehr als von Ihnen«, erzählte sie mir mit einem verschwörerischen Lächeln und wandte dann den Kopf in Richtung des Salons, ohne meine Arme loszulassen. »William, sieh wer gekommen ist!«, rief sie und ein recht gut aussehender Herr in ihrem Alter löste sich aus einer Gruppe und kam auf uns zu. »Es ist Animant Crumb«, ereiferte sich Mrs Winterglowe, der Mann lächelte ebenfalls.

Ich hätte mich zu gern auf der Stelle umgedreht und wäre wieder gegangen. Es war eine für mich unangenehme Situation, so von allen bestaunt zu werden wie ein Zirkustier, und gleichzeitig hatte ich absolut keine Ahnung, was hier eigentlich vor sich ging. Wer war denn dieser besagte Neffe, damit ich ihm hierfür den Hals umdrehen konnte?

»Ich bin Mr Winterglowe und ich bin sehr froh, dass Sie die Einladung angenommen haben und hergekommen sind«, sagte der Mann sehr viel förmlicher als seine Frau und reichte mir die Hand wie einem Geschäftspartner.

Mrs Winterglowe entließ mich aus ihren Fängen und ich schüttelte verwirrt die große Hand meines Gegenübers.

Hilfe suchend sah ich mich nach meinem Onkel um, doch er war mit seinen zwei Damen im Salon verschwunden. Die drei hatten mich hier einfach im Stich gelassen und ich presste für einen kleinen Moment unwirsch die Lippen aufeinander.

Aber so war das mit Familie nun mal. Sie verschwanden immer, wenn man sie brauchte.

Doch da tauchte im Türrahmen ein ganz anderes Gesicht auf, mit dem ich eigentlich nicht gerechnet hatte, und ein eiskalter Schauer rieselte mir den Rücken hinunter. Es war Mr Boyle. Und er kam zielstrebig auf mich zu.

Ich entzog Mr Winterglowe meine Hand und trat erschrocken einen Schritt zurück.

»Guten Abend, Miss Crumb«, sprach er mich an, mit einem charmanten Lächeln auf den Lippen und einem Glitzern in den Augen.

Ich wusste nicht, was ich sagen sollte. Wusste nicht, wie ich mich fühlen sollte. Aber dafür erklärte sich langsam die Situation. Er musste der Neffe der Winterglowes sein, und natürlich hatte er ihnen von mir erzählt.

»Entschuldigen Sie die Aufdringlichkeit meiner Verwandtschaft. Da konnte wohl jemand nicht an sich halten«, sagte er und sein Blick wanderte von mir zu seiner Tante, die er mit einem fast schon ermahnenden Blick bedachte. Es schien ihm peinlich zu sein, dass sie so auf mich eingedrungen war, und er lud mich mit einer Geste ein, in den Salon zu kommen. Ich folgte dieser Einladung nur zu gerne, obwohl ich nicht gedacht hätte, mich in der nächsten Zeit freiwillig in Mr Boyles Gegenwart zu begeben.

Die Blicke von Mr und Mrs Winterglowe folgten uns. Ich wollte mir gar nicht ausmalen, was gerade in ihren Köpfen vorging.

Mr Boyle holte mir ein Glas mit Punsch und wir fanden uns ironischerweise erneut am Kamin wieder, wo ich ins Feuer starrte und er sich gelassen an den Sims lehnte.

Der Raum war voller Leute, die ich nicht kannte und die ich auch nicht kennenlernen wollte. Glücklicherweise war der Salon recht groß und so fühlte ich mich durch die Anzahl der Anwesenden nicht eingeengt.

»Wie geht es Ihnen, Miss Crumb?«, erkundigte er sich ganz ungezwungen. Wie konnte er neben mir stehen, freundlich lächeln und so tun, als wäre zwischen uns nichts vorgefallen?

»Ganz gut«, antwortete ich und wusste, dass ich nicht viel mehr preisgeben konnte. Was sollte ich ihm auch sagen? Dass meine letzten Tage turbulent gewesen waren, weil ich mich in meinen Vorgesetzten verliebt hatte, von seinen Brüdern betrunken gemacht worden war und mich anschließend in die lebensverändernde Problematik meines Bruders gestürzt hatte? Na, ganz sicher nicht!

»Und Ihnen?«, kam es aus meinem Mund, bevor ich mir bewusst wurde, was ich da eigentlich sagte.

Mr Boyle sah mich an, räusperte sich verhalten und trank dann einen Schluck aus seinem Glas.

Ich war wirklich der unsensibelste Mensch in ganz Südengland.

»Mir geht es auch gut«, gab er an, was mich überraschte, doch er klang aufrichtig. »Ich habe einige Tage mit mir gerungen, aber ich habe einen

Entschluss gefasst, der mich aufgerichtet hat«, offenbarte er mir, während ich mich fester an mein Punschglas klammerte, von dem ich noch keinen Schluck getrunken hatte und auch nicht vorhatte, dies zu ändern.

Zumindest in der nächsten Zeit wollte ich mich von Alkohol fernhalten.

»Ich bin in der Vergangenheit zu forsch und zu überzeugt von mir selbst gewesen. Zudem habe ich so einiges falsch eingeschätzt, was Sie mir deutlich zu verstehen gegeben haben«, erzählte er und ein Knoten bildete sich in meinem Magen. Das schlechte Gewissen kam wieder hoch und ich erinnerte mich an meine rüde Abfuhr auf dem Ball und die unschöne Auseinandersetzung, die wir vergangenen Montag in der Bibliothek gehabt hatten. Nichts, auf das ich besonders stolz war. Doch es beruhigte mich ein klein wenig, dass Mr Boyle meinen Standpunkt verstanden zu haben schien.

»Aber dieser Fehler wird mir nicht noch mal unterlaufen. Und das nächste Mal werde ich es geschickter anstellen«, machte er weiter und sah mir dabei direkt in die Augen, damit ich auch wirklich keinen Zweifel daran hatte, dass er mit dem *nächsten Mal* immer noch mich meinte und nicht ein anderes Mädchen.

Mein Puls beschleunigte sich und ich spürte, wie es mir schwerer fiel in dem zu engen Korsett zu atmen. Ich konnte es nicht glauben. Ich hatte gedacht, dass er aufgeben würde, dass er verstand, dass es mit uns nichts wurde und sich anderen Dingen zuwandte.

Doch scheinbar war der Vorgang des Entliebens nicht so einfach, wie ich angenommen hatte. Mr Boyle war noch nicht fertig mit mir. Und auch wenn seine Ernsthaftigkeit ihn ehrte, mich nicht bei der ersten Widrigkeit aufzugeben, machte es mir die Sache nur umso schwieriger.

»Mr Boyle, ich bitte Sie«, begann ich und Mr Boyle hob die Hand, um mich zu unterbrechen.

»Nichts, was Sie sagen, wird mich davon abbringen, für meine Ziele zu kämpfen. Und jetzt lassen Sie uns doch einfach den Abend genießen und nicht weiter über solche schweren Sachlichkeiten sprechen«, erwiderte er, lächelte dieses unwiderstehliche Lächeln, von dem ich mich anfangs so angezogen gefühlt hatte, und legte mir sacht eine Hand auf den Rücken, um mich zu einem freien Sofa zu manövrieren.

Ich seufzte in mich hinein und fühlte sogar ein klein wenig Wut in mir aufsteigen. Ich wusste, dass Mr Boyle es nur gut meinte, aber es störte mich, dass er sich herausnahm, dieses Thema einfach so fallen zu lassen. Ich war noch nicht fertig gewesen und das hatte er ganz genau gewusst.

Er wollte nur nicht noch einmal hören, dass ich ihn immer noch ablehnte, und ich konnte nachvollziehen, dass es ihn schmerzen würde. Doch es gefiel mir nicht, den Mund verboten zu bekommen, und es wunderte mich, dass er es tat. Mr Boyle hatte mehr als einmal betont, dass er es an einer Frau schätzte, wenn sie Freisinn besaß. Mir schien allerdings, dass er möglicherweise nicht darüber nachgedacht hatte, was diese Worte genau bedeuteten.

Ich setzte mich auf das kleine Sofa und drapierte meinen Rock so, dass Mr Boyle einen gewissen Abstand halten musste.

»Sie sehen heute wirklich wunderschön aus«, sagte er mir und dieses Kompliment machte mich nur noch unwilliger. »Sie sagten zwar, dass Sie nicht gerne Rot tragen, aber dieses Kleid schmeichelt Ihnen ungemein«, setzte er noch einen drauf und ich zwang mir ein Lächeln auf, das möglicherweise ein bisschen zu ironisch ausfiel.

»Ja, nicht wahr?«, meinte ich. »Es ist wirklich atemberaubend«, setzte ich noch hinzu und spielte damit mehr auf die Schnürung meines Korsetts an als auf das Kleid selbst. »Meine Mutter hat es mir freundlicherweise gekauft.«

Spätestens jetzt hätte ihm auffallen müssen, dass meine Worte nicht ernst zu nehmen waren, doch seine Blicke hingen zu sehr an mir, als dass er es bemerkte. Er schmachtete mich förmlich an und ich fragte mich unweigerlich, was er an mir eigentlich so anziehend fand.

In der Vergangenheit hatte ich mich in seiner Gegenwart immer nett und sogar lieblich verhalten. Ich hatte gelächelt und geflirtet, ich hatte mich ausprobiert und mich von seinem Charme mitziehen lassen. Doch eigentlich war ich nicht wirklich dieser Mensch, oder?

Ich war spitzfindig, neugierig, widersprach sehr gerne, wenn mich etwas störte, und benutzte Höflichkeit als ein Instrument, um Menschen das glauben zu lassen, was ich gerne wollte. Wenn man es genau betrachtete, war ich eine wenig liebenswerte Persönlichkeit und Mr Boyle schwärmte nur für mich, weil er so viele Teile meines Charakters noch nicht gesehen hatte.

Er fing an, mir lustige Begebenheiten aus seinen letzten Tagen zu erzählen und ich hörte ihm nur halb zu. Zu sehr beschäftigte mich die Frage, wie die Animant, die er sich in seinem Kopf vorstellte, wohl aussah. War sie mir wirklich ähnlich?

Sicher war sie netter als ich. Und fügsamer. Und mochte abendliche Veranstaltungen.

Ich nickte zu dem, was Mr Boyle sagte, stellte mein Punschglas auf ein kleines Tischchen hinter mich, um nicht in Versuchung zu geraten, es doch noch zu trinken, und wünschte mir, ich hätte ein Buch dabei.

Der Reiz war verflogen. Mr Boyle war zu einem von vielen anderen jungen Männern geworden, die zwar charmant und gut aussehend waren, aber die ich auf eine gewisse Weise durchschauen konnte.

Und ich konnte nicht einmal sagen, dass es mir lieb war, wenn wir Freunde werden würden. Denn nachdem er mir den Kampf erklärt hatte, würde es für mich immer eine Gradwanderung bedeuten, mit ihm umzugehen.

Es war so kompliziert geworden, obwohl es immer einfach zwischen uns gewesen war.

Nicht so wie bei Mr Reed. Bei ihm war von vornherein alles kompliziert und ihn zu durchschauen, war ein Ding der Unmöglichkeit, weil in seinem Geist das gleiche Chaos herrschte wie zuvor in seinem Büro. Und seinen Kopf würde ich leider nicht so einfach aufräumen können.

Er war wie ein Rätsel, das es zu entschlüsseln galt, ein Geheimnis, das ich erkunden wollte, und egal, wie lange ich dafür Zeit haben würde, ich konnte ihn doch nie ganz ergründen.

Meine Gedanken schweiften weiter ab, blieben bei Mr Reed. Ich dachte an seine dunklen Augen, den mürrischen Zug um den Mund, der ihn nicht unattraktiv machte, sondern dem Rätsel nur noch mehr Anreiz gab. Ich dachte an seine Art, einem die Dinge ehrlich ins Gesicht zu sagen und dennoch die Wahrheit für sich zu behalten.

Er machte mich wahnsinnig und ich war einfach nur verrückt nach ihm.

»Oh. Mr Graham setzt sich ans Klavier«, holte mich Mr Boyles veränderte Stimmlage in die Wirklichkeit zurück und ich folgte seinem Blick hinüber zum schwarz lackierten Flügel. »Er ist wirklich ein begnadeter Pianist. Ich bin davon überzeugt, meine Tante lädt ihn nur jedes

Mal ein, damit er für uns spielt«, witzelte er und ich lächelte, um es ihm recht zu machen. Aber eigentlich fühlte ich mich nur noch unwohl.

Und darauf wollte und konnte ich es nicht beruhen lassen. Ich musste das Thema, das Mr Boyle vorhin so einfach unterbunden hatte, noch einmal hervorholen.

Vielleicht konnte ich seine Meinung damit nicht ändern. Aber zumindest würde er meine dann kennen.

»Mr Boyle«, sprach ich mit fester Stimme und er sah mich überrascht an.

»Ja?«

Ich blickte in seine bernsteinfarbenen Augen, die mich so hoffnungsvoll ansahen, dass es mich körperlich schmerzte, jetzt weiterzusprechen.

»Sie müssen damit aufhören«, fing ich an und wich seinem Blick aus. »Sie können nicht so tun, als ob sich zwischen uns nichts zugetragen hätte.«

Die ersten Töne eines bekannten Klavierstücks erklangen und ich musste die Stimme senken, um nicht zu sehr aufzufallen. Alle Gespräche um uns herum verstummten und ich fühlte mich nur noch idiotischer als ohnehin schon.

»Wie können Sie ernsthaft daran festhalten?«, fragte ich ihn und erwartete keine Antwort.

Ich bekam aber trotzdem eine. »Wie könnte ich nicht? Was für ein Mann wäre ich, wenn meine Liebe sich so leicht beirren lassen würde«, flüsterte er mir zu und bemühte sich um einen freundlichen Ton. Doch seine Haltung hatte sich versteift, die Hände waren zu Fäusten geballt.

»Aber es würde nicht gut gehen mit uns beiden«, versuchte ich zu erklären und ärgerte mich über seine Uneinsichtigkeit.

Er schüttelte jedoch den Kopf. »Das ist Unsinn«, widersprach er mir vehement und ich konnte ihm ansehen, dass er gleich wieder versuchen würde, mich davon abzubringen, über dieses Anliegen zu reden.

Doch diesmal würde es ihm nicht gelingen.

»Ist es nicht. Sie glauben vielleicht zu wissen, was Sie wollen. Aber in Wirklichkeit ist es nicht das, was Sie von mir erwarten«, erwiderte ich streng und Mr Boyle bekam diesen versöhnlichen Zug um den Mund, den ich jetzt überhaupt nicht gebrauchen konnte.

»Wollen wir nicht einfach dem Klavier lauschen?«, wollte er wissen und in mir explodierte etwas.

»Nein, das will ich nicht!«, sagte ich viel zu laut und mit einer Heftigkeit, dass der arme Mr Graham mit seinen Fingern ins Stolpern geriet und alle Anwesenden im Raum mich anstarrten.

Ich wäre am liebsten auf der Stelle gestorben. Doch meine Wut ließ mich einfach von dem kleinen Sofa aufstehen und aus dem Raum laufen. Ich wusste selbst, wie dumm ich mich gerade aufführte, wie wenig Reife ich damit zeigte, und doch schien es mir in diesem Moment das Richtige zu sein.

Mr Boyle folgte mir hinaus in den Flur und irgendjemand schloss hinter uns die Tür zum Salon, in dem das Klavierspiel wieder Fahrt aufnahm.

»Animant«, sprach Mr Boyle mich an und ich verschränkte demonstrativ die Arme vor der Brust.

Ich wollte nicht, dass er meinen Vornamen benutzte.

»Sie glauben, Sie wünschen sich eine frei denkende Frau«, schloss ich nahtlos an das an, was ich zuvor gesagt hatte, um ihm nicht die Gelegenheit zu geben, mich mit seiner Nettigkeit einzuwickeln. »Aber wenn sich diese Frau dazu entscheidet, Sie nicht zu wollen, akzeptieren sie ihre Worte überhaupt nicht«, warf ich ihm an den Kopf und er schien mit der Situation überfordert zu sein. Was mich wenig störte, weil er mich so nicht unterbrechen konnte.

»Sie suchen ein Mädchen, das sich mit Ihnen auf Soireen amüsiert, Bälle besucht und sich an der Gesellschaft anderer Leute erfreut. Aber das bin ich nicht«, versuchte ich ihm zu erklären und er schüttelte wieder den Kopf, als ob er verhindern wollte, meine Worte an sich heranzulassen.

»Angenommen, Sie würden hartnäckig bleiben und ich irgendwann auf Ihr Umwerben hin nachgeben, würden wir heiraten und beide zu Tode unglücklich werden«, prophezeite ich ihm und er schloss gequält die Augen.

Es schmerzte mich, ihn so zu sehen. Meine Brust drückte sich zusammen, mein Bauch war gefüllt mit Steinen. Ich wollte ihm nicht so wehtun, er war immer nett zu mir gewesen. Doch ihn weiterhin in seinem Irrglauben zu lassen, würde ihn irgendwann viel mehr schmerzen, als wenn ich jetzt alles rausließ. Denn es würde mich zerfressen, jedes Mal, wenn wir uns begegneten.

»Ich würde meiner Natur folgen und mich in meinen Büchern zurückziehen und Sie würden daran zugrunde gehen, dass ich Sie niemals so lieben würde, wie Sie es verdient hätten!«, endete ich mit Nachdruck und spürte, wie der Druck in meinem Kopf zunahm. Nur noch ein paar Minuten und ich hätte wieder Kopfschmerzen.

»Wieso sind Sie so …« Mr Boyle sah mich wieder an, schluckte so deutlich, dass sein Kehlkopf hüpfte und suchte nach dem passenden Wort. »So …«

»Garstig?«, bot ich ihm an und wünschte, ich könnte mich irgendwo setzen. Das Korsett brachte mich fast um. »Weil ist so bin. So bin ich! Und ich weiß nicht, ob ich dazu fähig bin, mich zu ändern«, gab ich zu und es war fast schon traurig, so etwas sagen zu müssen.

»Vielleicht haben Sie ja recht«, erwiderte Mr Boyle tonlos, gebrochen und glaubte selbst doch keins seiner Worte.

Plötzlich wurde die Tür zum Salon aufgerissen und meine Mutter stürzte zu uns in den Flur. Oh nein, sie war wirklich die letzte Person, die ich jetzt sehen wollte.

Onkel Alfred folgte ihr auf dem Fuß und schloss die Tür leise wieder hinter ihnen.

»Was ist denn hier los?«, ereiferte sich meine Mutter aufgebracht und in ihrer Stimme schwang so was wie Angst mit.

Ich antwortete ihr nicht, versuchte sie nicht anzusehen und blickte nur zu Mr Boyle, der genauso zurückstarrte. Er schwieg ebenfalls, aber seine Augen sagten mehr als tausend Worte.

»Man hat dein Geschrei bis in den Salon gehört. Was ist denn in dich gefahren?«, verlangte meine Mutter zu wissen und ich wandte den Blick ab. Ich hatte alles gesehen, was ich wissen musste.

»Ich will nach Hause«, sagte ich nur und wusste, dass ich ein schrecklicher Mensch war. So schrecklich, dass Mr Boyle davon überzeugt war, dass jemand wie ich keine Liebe verdient hatte.

Und ich gab ihm recht.

36

Das Sechsunddreißigste oder das, in dem meine Mutter lachte.

Ich erwachte, als ich Schritte im Flur hörte und brauchte einen Moment, ehe ich wusste, wo ich war. Doch das Zimmer war mir nicht fremd und als ich die Stimme meiner Mutter erkannte, ging mir auf, dass ich im Haus meines Onkels war.

Wir waren mit der Kutsche hierhergefahren, nachdem ich verlangt hatte, die Soiree bei den Winterglowes schnellstmöglich zu verlassen.

Tante Lillian hatte sich sicher ein Dutzend Mal bei Mrs Winterglowe für unsere so zeitige Abreise entschuldigt und diese hatte nur verständnisvoll gelächelt und mir und ihrem Neffen mitleidige Blicke zugeworfen.

Ich fühlte mich elend bis ins Mark, als mein Onkel mir in die Kutsche half und ich mich auf das Polster sinken ließ.

Mutter versuchte mir Fragen zu stellen, um zu verstehen, was passiert war, doch Tante Lillian ging dazwischen und schlug vor, dass wir die ganze Sache besser morgen früh besprechen sollten.

Mutter gab sich damit zufrieden, setzte sich neben mich und hielt beruhigend meine Hand, während wir still zurück nach Hause fuhren.

Man nahm uns die Mäntel ab, ich ließ mich eilig entschuldigen und verschwand sofort nach oben in mein Gästezimmer.

Das Gefühl, etwas Schreckliches getan zu haben, verfolgte mich, drückte mir das Herz zusammen und mein Kopf fasste keine logischen Gedanken mehr. Ich zerrte mir das rote Kleid vom Leib, wobei der Stoff unter meinen groben Handgriffen nachgab und eine Naht im

Oberteil aufriss. Doch das passte nur zu gut zu meiner Stimmung und so ließ ich es am Boden liegen, entfernte das zu enge Korsett und konnte endlich wieder frei atmen.

Viel zu schnell sog ich Luft in meine Lungen, atmete, bis mein Kopf ganz schwindelig wurde, und verkroch mich dann im Bett.

Dieser Abend hatte mich mehr mitgenommen, als er sollte und ich wusste ganz genau warum. Ich hätte behaupten können, es war wegen Mr Boyle und seinem gebrochenen Herzen. Aber das wäre nur die halbe Wahrheit gewesen.

Denn in Wirklichkeit zermürbte mich der Blick, mit dem er mich zuletzt angesehen hatte. Enttäuschung war darin gewesen, Wut und Schmerz, und am schlimmsten: Verachtung. Weil er gesehen hatte, was für ein Mensch ich wirklich war.

Selbstzweifel nagten an mir und ich versteckte mich im Schutz meiner Bettdecke, bis ich endlich eingeschlafen war.

Es klopfte an der Tür und ich blinzelte mich in die Gegenwart zurück. »Ich bin wach«, rief ich mit verschlafener Stimme, setzte mich mühsam in den Kissen auf.

Ganz langsam wurde die Klinke heruntergedrückt und meine Mutter schaute durch den Spalt in der Tür.

»Guten Morgen, mein Liebling«, sagte sie mit all der Zuneigung, die nur Mütter haben konnten und schob die Tür mit der Hüfte weiter auf, um mit dem Tablett, das sie bei sich hatte, durch den Türrahmen zu kommen.

Sie stellte es auf meinem Nachttisch ab und ließ sich auf meiner Bettkante nieder.

Auf dem Tablett stand eine Kanne mit Tee, eine Tasse und ein kleiner Teller mit Shortbread.

»Wie geht es dir?«, fragte sie mich und ich richtete meinen Blick auf sie. Ihr Gesicht zeigte eine gewisse Aufmerksamkeit, so als würde sie etwas von mir erwarten.

Es kam mir auch seltsam vor, dass sie so freundlich zu mir war. Nicht dass meine Mutter nicht auch freundlich sein konnte. Doch diese besondere Zuvorkommenheit und die Sorge in ihrer Haltung hob sie sich für besondere Momente auf. Wenn ich krank war, oder als sie mir erzählen musste, dass man meinen Hund hatte erschießen müssen.

»Ich weiß es nicht. Gut? Verwirrt?«, sagte ich frei heraus und sie nickte.

»Willst du mir erzählen, was gestern passiert ist?«, erkundigte sie sich und ich konnte ihr ansehen, dass sie damit rechnete, dass ich *Nein* sagen würde.

In der Vergangenheit hatte ich meine Mutter selten in mein Leben eingeweiht. Ich sprach nicht gerne über Gefühle und die meisten Dinge fraß ich lieber in mich hinein, als sie jemandem anzuvertrauen. Zudem stellte ich in diesem Moment fest, dass ich in meiner Mutter bislang keinen würdigen Gesprächspartner gesehen hatte.

Ich hatte sie immer gering geschätzt, weil ich über so viel mehr Wissen verfügte als sie. Doch jetzt, wo ich hier saß und das Leben nicht mehr verstand, nutzte mir all mein Wissen auch nichts. Es machte mich nicht zu einem besseren Menschen und es half mir auch nicht, mich für einen zu halten.

Ich war nicht besser als sie, und sie war nicht dumm. Wenn es um Gefühle ging, war sie mir sogar mit all ihrer Erfahrung weit voraus und ich würde sicher gut daran tun, sie in dieser Situation um Rat zu fragen.

»Mr Boyle hatte mir eröffnet, dass er die Absicht hegt, weiterhin um mich zu kämpfen«, sprach ich es aus und die Augen meiner Mutter weiteten sich. Ich konnte ihr ansehen, dass sie sich stark zurückhalten musste, um nicht sofort wieder auf mich einzureden, diese Chance nicht verstreichen zu lassen. Doch sie schien sensibel genug zu sein, um zu wissen, dass sie mir die Freiheit lassen musste, meine Meinung darüber selbst zu bilden. Es war untypisch für sie und ich rechnete ihr das hoch an.

»Ich habe mich dadurch angegriffen gefühlt«, wiederholte ich, was gestern geschehen war und reflektierte es für mich selbst noch einmal. »Weil ich ihm bereits klar gesagt hatte, dass ich für ihn keine Liebe empfinde. Und er mir diese Entscheidung nicht zugestanden hat.« Ich seufzte, erinnerte mich an meine Wut und den Drang, alles klarzustellen. Gestern war ich mir sicher gewesen, dass ich richtig handelte. Heute schämte ich mich sehr für mein Verhalten.

»Ich habe mich kindisch benommen und ihn angeschrien, weil er nicht verstehen wollte, dass eine Verbindung zwischen uns nur unglücklich enden kann.« Unbewusst zog ich die Unterlippe zwischen die Zähne.

»Bist du davon überzeugt?«, wollte meine Mutter wissen und faltete ihre Hände im Schoß.

»Ja, das bin ich«, gab ich zurück und war froh, mir wenigstens dieser Tatsache bewusst zu sein. Wie auch immer ich gerade zu mir selbst stand, ich wusste sehr genau, wie ich es zu Mr Boyle tat. Ich wollte ihn nicht und das würde sich nie ändern. Und diese Entscheidung war unabhängig von den Gefühlen, die ich für Mr Reed hegte.

Meine Mutter seufzte wieder, tief und laut, und ich wusste, was sie dachte. Sie verabschiedete sich innerlich von der schönen Hochzeit, die sie bereits für Mr Boyle und mich entworfen hatte, und legte die Planungen zu all den anderen gescheiterten Verkupplungsversuchen.

»Ich muss zugeben, dass ich letzte Woche sehr enttäuscht gewesen bin. Noch nie hast du dich irgendeinem Mann so zugetan gezeigt wie Mr Boyle«, begann meine Mutter mit sachlicher Stimme.

Diese Art von Offenheit, die wir uns gerade entgegenbrachten, war neu für uns beide, und sie tat wirklich gut.

»Ich dachte, er wäre der Richtige. Der Mann, der dich glücklich machen würde«, fuhr sie fort und eine leichte Verträumtheit trat in ihre Stimme. Doch dann schüttelte sie wieder den Kopf und die Wünsche in ihr erstarben. »Nachdem ich aber die halbe Nacht mit deiner Tante vor dem Kamin saß und mir erzählen ließ, wie man sich fühlt, wenn man einem Mann begegnet und dann bemerkt, dass er nicht der Richtige ist, habe ich einiges dazugelernt«, erklärte sie zu meiner großen Überraschung. Ich saß wie erstarrt da, gespannt auf das, was folgen würde.

»Zum Beispiel, dass wir noch verschiedener sind, als ich immer gedacht hatte. Und dass ich wohl ein Mädchen war, das ihr Herz sehr schnell verschenken konnte«, meinte sie und sah leicht beschämt auf ihre Hände. »Dein Vater war der erste Mann, der mir je den Hof gemacht hat, und ich bin ihm förmlich sofort in die Arme gefallen. Versteh mich nicht falsch, ich liebe deinen Vater«, versicherte sie mir und schenkte mir ein unsicheres Lächeln. »Aber ich habe erkannt, dass ich in meinem Leben nie besonders wählerisch gewesen bin.« Sie machte eine Pause, schien nicht zu wissen, wohin mit ihren Händen und griff deshalb zu der Teekanne, um mir einzuschenken. »Nicht so wie du, mein Schatz«, fügte sie hinzu und nun musste ich seufzten.

So viel Ehrlichkeit erschlug mich beinahe und gleichzeitig fragte ich mich, warum wir dieses Gespräch nicht schon vor Jahren geführt hatten.

»Ich bin nicht wählerisch, Mutter. Ich bin einfach nur missraten«, brachte ich heraus, was mir seit gestern auf den Brustkorb drückte, und sah dabei zu, wie der dunkle Tee aus der Kanne in die Tasse floss. Ich schluckte gegen den Kloß an, der sich in meinem Hals gebildet hatte, und fluchte gleichzeitig über meine Selbstfixiertheit, hier zu sitzen und mich selbst zu bemitleiden. Wie armselig konnte man denn sein?

»Oh Ani, das ist nicht wahr!«, schimpfte meine Mutter und stellte die Kanne mit Nachdruck zurück aufs Tablett. »Du bist nicht missraten. Nur eben ein bisschen schwierig«, erklärte sie. »Zu schwierig für mich zumindest«, setzte sie hinzu, hob die Tasse an und drückte sie mir in die Hand.

Ich blinzelte überrascht und meine Mutter zuckte unfein mit den Schultern. »Aber was weiß ich schon«, meinte sie gelassen. »Ich hab in meinem Leben nicht mehr als fünf Bücher gelesen«, witzelte sie, wedelte mit den Händen in der Luft herum und schenkte mir ein albernes Grinsen.

Obwohl ich immer noch keine Klarheit über mich selbst hatte, musste ich darüber lachen und meine Mutter lachte mit mir.

37

Das Siebenunddreißigste oder das, in dem ich nichts mehr zu lesen hatte.

Ich merkte zu spät, dass es schon fast zehn Uhr war und verwarf schweren Herzens meinen Besuch in der Kirche, den ich eigentlich heute wirklich gut gebraucht hätte. Also verbrachte ich stattdessen den Vormittag mit meiner Mutter und Tante Lillian vor dem Kamin und machte mich dann nach dem Mittagessen auf.

Seufzend öffnete ich die Eingangstür des Personalgebäudes, klopfte mir den Schnee von den Schuhen und stieg mühsam die Stufen hinauf zu meinem Zimmer.

Mit der rechten Hand begann ich in meiner Manteltasche nach dem Haustürschlüssel zu kramen, während mein Blick zu Mr Reeds Tür glitt. Ich stand ihr schräg gegenüber und sie löste ganz seltsame Empfindungen in mir aus. Sie stieß mich innerlich ab, gleichermaßen zog sie mich an wie der Zugang zu einer geheimnisvollen, aber auch gefährlichen Welt.

Ob Mr Reed wohl zu Hause war?

Ich verkniff es mir zu lauschen und lief in mein Zimmer, während ich mir verbot, weiter über den Bibliothekar nachzudenken, um mir nicht noch mehr innerliche Konflikte aufzuhalsen, als ich ohnehin schon ausfocht.

Bewegungslos blieb ich auf meiner Bettkante sitzen und starrte in die Leere, wusste nichts mit mir anzufangen. Gern wollte ich einfach alle Gedanken aus meinem Kopf verbannen.

Denn ich fühlte mich gar nicht gut. Auch wenn ich es gerne vergessen hätte, musste ich schon wieder an gestern Abend denken. Ich war immer gut darin gewesen, Männer zu vergraulen, doch diesmal hatte ich den Bogen überspannt.

Es war ein Schaden dabei entstanden, der sich nicht wieder durch ein Glas Punsch und ein nettes Gespräch mit einem anderen Mädchen ausbügeln ließ.

Ich blinzelte und rieb mir fröstelnd die Arme. Schnaubend gab ich mir einen Ruck, holte mir ein warmes Tuch für meine Schultern und dicke Wollsocken für meine Füße, wobei ich meinen Wecker entdeckte. Er war seit dem Morgen, an dem ich mit den Folgen meines Rausches erwacht war, verschwunden gewesen. Irgendwer, am ehesten wohl Mr Reed, musste ihn in meinen Schrank gestellt haben. Warum, wollte mir nicht einfallen.

Es war gerade mal halb zwei und ich stellte den Wecker zurück auf meinen Nachttisch. Der ganze Nachmittag lag noch vor mir und ich würde mir überlegen müssen, was ich aus dem Tag noch machen sollte.

Wahrscheinlich würde ich sowieso lesen. Ich hatte schon länger kein Buch mehr gelesen. So etwas wäre mir in meinem Leben vor London niemals passiert. Damals hatte es ausschließlich aus Büchern bestanden. Menschen hatte ich nur flüchtig wahrgenommen und sie waren mir weitgehend egal gewesen.

Ich hatte mein Leben verträumt, so wie meine Mutter es mir immer gepredigt hatte, und es selbst nicht gemerkt, weil ich nie über meinen Tellerrand geblickt hatte. Und dabei hatte ich alle anderen immer für engstirnig gehalten.

Doch heute brauchte ich es dringend, alten Gewohnheiten nachzuhängen, mir den Ofen anzuzünden, mich mit einem Buch in meinen grünen Lesesessel zu setzen und meinen Kopf auf andere Gedanken zu bringen. Es würde mir guttun und mit etwas Abstand sähe alles sicher viel besser aus.

Ich schichtete als erstes Holz in den kleinen Ofen und überlegte mir dabei, welches Buch wohl dazu dienen würde, meine Gedanken auf bessere Wege zu bringen.

Doch ich stockte mitten in der Bewegung, das Holzscheit noch in der Hand. Schnell erhob ich mich wieder aus der Hocke und lief hinüber zu meinem Regal, in dem nur wenige Bücher standen.

Alles Bücher, die ich bereits gelesen hatte.

Es war beinahe schockierend. So oft hatte ich schon meine Witze darüber gemacht, dass dieser Fall niemals eintreten würde, und heute war es tatsächlich passiert: Mir waren die Bücher ausgegangen.

Meine Mutter hätte sicher gelacht, wenn sie jetzt hier wäre. Doch ich wusste nicht, wie ich damit umgehen sollte.

Ich legte das Holzscheit, das ich immer noch in Händen hielt, vor mich auf den Schreibtisch.

Wie konnte das nur passieren? Mir?

Ich war zu beschäftigt gewesen in der letzten Zeit. Die Arbeit, all die Ereignisse, neue Menschen, neue Geheimnisse und viel zu viele neue Gefühle. Mein Kopf hatte so viel an Mr Reed gedacht, dass ich meine *alte Liebe* aus den Augen verloren hatte.

Genervt sog ich meine Unterlippe zwischen die Zähne und dachte darüber nach, was ich jetzt für Möglichkeiten hatte. Ich könnte natürlich eines der Bücher noch einmal lesen. Doch das tat ich nicht gerne, weil ich mich dabei oft langweilte.

Alternativ fiel mir aber kein anderes Nachmittagsprogramm ein. Auf einen Spaziergang hatte keine Lust und in das Haus meines Onkels wollte ich auch nicht zurück.

Ich konnte mich also hier langweilen oder ich würde mir irgendwoher ein Buch besorgen müssen.

Da Sonntag war, konnte ich keins kaufen. Aber mir eins zu leihen, barg neue Komplikationen. Ich kannte eigentlich fast niemanden der anderen Hausbewohner und Mrs Christy schien mir keine Frau zu sein, die gerne las.

Es blieb also nur Mr Reed und mein Herz begann schneller zu schlagen, wenn ich es nur in Erwägung zog. Ich sträubte mich, zu ihm zu gehen, obwohl ich mich gleichzeitig nach ihm sehnte.

Es war so viel passiert, seit wir uns das letzte Mal gesehen hatten, obwohl seitdem gerade mal vierundzwanzig Stunden vergangen waren.

Er hatte eine Besprechung gehabt und ich hatte ihm die Zunge rausgestreckt und dabei die Augen verdreht wie ein Kind, um ihn zum Lachen zu bringen.

Doch danach hatte ich Henry und Rachel getroffen. Ein Problem, um das ich mich noch gar nicht gekümmert hatte, da die Anstrengungen meiner Mutter, mich für eine Soiree aufzuhübschen, mich ablenkten. Und dann war mir der Himmel auf den Kopf gefallen, als ich Mr Boyles Wünsche mit Füßen getreten hatte.

Dabei war ich gestern mit so guter Laune aus der Bibliothek aufgebrochen. Ich war übermütig gewesen, hatte sogar einen Schneeball geworfen und nun fühlte ich mich einfach nur erschlagen von all den schlechten Gedanken und Gefühlen, die mich heimsuchten wie böse Geister.

Wie konnte ich so Mr Reed gegenübertreten? Er war so unvorhersehbar, dass einfach alles denkbar war. Entweder er sah mich an und wusste sofort, dass etwas vorgefallen war, oder er übersah es vollkommen. Er konnte schimpfen, mich auslachen oder mich aufmuntern.

Doch egal, wie es kommen würde, ich konnte sein Gesicht sehen und seine Anwesenheit spüren. Wenigstens für einen kleinen Moment.

Und vielleicht würde es ja auch ganz einfach ablaufen. Ganz schlicht würde ich an Mr Reeds Tür klopfen, ihn um ein Buch bitten und schon wäre ich wieder in meinem Zimmer.

Ich gab mir einen Ruck, ließ alles stehen und liegen, wie es war und verließ mein kleines Heim. Ich musste es sofort tun, noch bevor ich es zu sehr zerdacht hatte.

Früher war ich nicht so gewesen. Da hatte ich mir keine Gedanken gemacht, welchen Eindruck ich wohl bei den Menschen hinterließ. Meine Ziele vor Augen, war ich vorangeschritten, die Logik an meiner Seite.

Doch Gefühle änderten alles. Sogar mich.

Mit angemessener Lautstärke klopfte ich an die dunkle Holztür und wartete. Ich zwang mich, nicht von einem Bein aufs andere zu treten und merkte erst jetzt, dass ich gar keine Schuhe trug, sondern lediglich dicke Wollsocken.

Aber es war schon zu spät. Schritte waren zu hören, das Knarren von Bodendielen und dann bewegte sich auch schon die Tür.

Mr Reed stand dahinter, hob überrascht die Augenbrauen und in seinem Mundwinkel zuckte ein Lächeln.

Ich sah zu ihm auf, hatte vergessen, wie groß er doch war und mein Bauch begann bei seinem Anblick zu kribbeln.

»Miss Crumb«, sprach er mich an. Meine Gefühle wallten auf, machten mir bewusst, dass ich diesen Mann mehr vermisst hatte, als ich mir eingestehen konnte. Und gleichzeitig spürte ich, wie blöd es doch war, ihn wegen eines Buches zu stören.

»Entschuldigen Sie die Störung«, sagte ich schnell und verschränkte die Finger ineinander. Ich bemühte mich um eine gerade Haltung, um meine Verlegenheit zu vertuschen, allerdings fiel mir auch das heute nicht so leicht wie sonst.

»Ist entschuldigt«, erwiderte Mr Reed sofort und seine Augen sahen mich so direkt an, dass ich aufpassen musste, nicht zu erröten. »Was brauchen Sie?«

»Ein Buch«, brachte ich heraus und hoffte, es klang in seinen Ohren nicht wie eine blöde Ausrede. Doch eigentlich kannte er mich gut genug, um zu wissen, dass es durchaus der Wahrheit entsprechen konnte.

»Ein Bestimmtes?«, wollte Mr Reed wissen und lehnte sich mit dem Arm an den Türrahmen. Er wirkte sehr ungezwungen und fast ein wenig zu gut gelaunt für seine sonst recht düstere Stimmung. Sein gestriger Abend musste wohl besser gewesen sein als meiner. Was er wohl gemacht hatte?

»Nein. Eigentlich nur eins, das mich beschäftigt«, gestand ich ihm und er lachte. »Oh, davon habe ich viele«, antwortete er mir, trat einen Schritt zur Seite und machte eine Geste mit der Hand, die mich einlud hereinzutreten.

Ich war im ersten Moment wie erstarrt, hatte damit aus irgendeinem Grund überhaupt nicht gerechnet. Mein Herz schlug mir bis zum Hals.

Zögerlich bewegte ich mich vorwärts, schämte mich ein wenig für meine Wollsocken und hoffte, dass es Mr Reed nicht auffallen würde.

Wir betraten sein Wohnzimmer und wieder einmal ließ mich der Anblick von so vielen Büchern in eine kleine Schwärmerei verfallen. So viel zu lesen, so viel, was ich erforschen konnte. Doch es war anders als früher. Denn jetzt schienen mir die Bücher nicht mehr das Interessanteste, was sich im Raum befand. Wie sehr ich Bücher auch mochte, den Mann, der hinter mir die Tür schloss, als ob er annahm, dass ich noch bleiben würde, mochte ich mehr.

»Kann ich mir einfach eins aussuchen?«, fragte ich und ließ meinen Blick schweifen.

»Tun Sie sich keinen Zwang an«, erwiderte Mr Reed gelassen, trat zu seinem Ofen, in dem das Feuer knackte, und stellte einen Wasserkessel auf die Heizplatte.

Ich seufzte in mich hinein, versuchte, sein freundliches Verhalten nicht seltsam zu finden und wandte mich dem Regal zu meiner Rechten zu.

Hier gab es allerlei literarische Werke, die keinerlei Sortierung zu folgen schienen. Aber etwas anderes hätte ich von dem Bibliothekar auch nicht erwartet.

Es war sowieso schon viel zu aufgeräumt, wenn ich es mit dem Zustand seines Büros verglich. Doch wahrscheinlich lag es daran, dass er dort viel mehr Zeit verbrachte als hier und dass Mrs Christys Putzkünste das Schlimmste verhinderten.

Ich überflog die Titel, versuchte mich zu konzentrieren und ließ den Zeigefinger über die ledernen Buchrücken gleiten. Ich zog eines der Bücher heraus, das zwischen den anderen ein wenig hervorstach, und blätterte mich durch die ersten Seiten, die mich spontan nicht ansprachen, also stellte ich es zurück.

Mein Blick wanderte zu Mr Reed, der immer noch am Ofen zu tun hatte und mit dem Rücken zu mir stand. Es war wirklich nett von ihm, mir seine Bücher zur Verfügung zu stellen.

Ich seufzte wieder, viel zu oft an diesem Tag, und sah zurück zum Regal.

Eigentlich hätte ich jetzt rundum glücklich sein müssen hier in Mr Reeds Wohnung, zwischen all den Büchern. Und doch lagen mir meine Sorgen wie ein Stein im Magen, der viel hartnäckiger war, als ich gern gehabt hätte.

Meine Finger begannen mit den Quasten meines Umhängetuches zu spielen und meine Augen folgten weiteren Buchtiteln. Unbeständigkeit machte nervös und Selbstzweifel waren ermüdend.

Ein Schatten fiel auf mich und ich hob den Blick zu Mr Reed, der sich neben mir ans Regal lehnte und sich selbst ein Buch herauszog. Vielleicht nur, um etwas in der Hand zu halten, denn er sah es nicht einmal an.

»Wie geht es Ihnen, Miss Crumb?«, fragte er mich.

»Gut«, behauptete ich, weil man so etwas eben sagte und weil andere es hören wollten.

Mr Reed hob ungläubig eine Augenbraue und sah mich an, als wäre ich eine Lügnerin. »Als ich Sie gestern das letzte Mal gesehen habe, waren Sie in einer durchaus besseren Verfassung«, warf er mir vor. »Also, was ist passiert?«

Meine Gedanken galten sofort Mr Boyle und dem unschönen Abend in dem Haus seiner Tante. »Mir sind die Bücher ausgegangen«, meinte ich trocken, weil es ja schließlich ebenfalls den Tatsachen entsprach, und versuchte mir nichts anmerken zu lassen. Ein Gentleman würde jetzt merken, dass ich nicht darüber reden wollte.

Doch ich hatte vergessen, dass Mr Reed kein Gentleman war.

»Und was ist wirklich passiert?«, bohrte er weiter und ich presste die Lippen aufeinander. Diese Art von Neugierde kannte ich gar nicht von ihm.

»Ich glaube nicht, dass ich mit Ihnen darüber reden möchte«, sagte ich also leise und wünschte, es wäre nicht so kompliziert. Denn am liebsten hätte ich ihm die ganze Welt anvertraut, wenn er bereit war zuzuhören.

»Doch, das möchten Sie«, brachte Mr Reed meine Gedanken zum Ausdruck und wusste, dass er recht hatte. Leicht drehte ich den Kopf, sah ihn aus den Augenwinkeln, wie er viel zu nah bei mir stand, und mein Herzschlag pochte gegen meine Rippen. Er müsste nur die Hand ausstrecken, um mich zu erreichen.

Mit einem hörbaren Seufzer überwand ich mich selbst. Schließlich wäre es nicht das erste Mal, dass wir über Mr Boyle sprachen. Schon auf dem Ball hatten wir über ihn geredet. Es war zwar seltsam gewesen, hatte mir aber sehr geholfen.

»Meine Mutter hatte mich zu einer Soiree überredet, bei der wir gestern Abend waren«, begann ich, nahm mir wahllos ein Buch aus dem Regal und drehte es in den Händen. »Es stellte sich heraus, dass die Gastgeberin Mr Boyle's Tante war.«

»Und er war natürlich auch dort«, schlussfolgerte Mr Reed und hatte sofort diesen genervten Unterton in der Stimme, den ich so gut kannte.

»Wir hatten eine recht unschöne Auseinandersetzung«, gab ich zu.

Mr Reed bewegte sich, stieß sich vom Bücherregal ab und fuhr sich unwirsch mit der Hand durch die Haare. »Hat er Sie wieder beschimpft?«, fragte er aber recht neutral und ich schüttelte den Kopf.

»Nein. Eigentlich hat er sogar sehr wenig gesagt. Ich war diejenige, die ihn gescholten hat«, erzählte ich trotz meines schlechten Gewissens, stellte das Buch wieder zurück, ohne den Titel überhaupt gelesen zu haben, und nahm mir ein anderes.

»Das kann ich mir gut vorstellen«, meinte Mr Reed daraufhin und ich konnte leichten Spott hören. Mein Magen krampfte sich zusammen und ich blieb mit dem Gesicht zum Bücherregal stehen, damit Mr Reed meinen gequälten Ausdruck nicht sah. So sah er mich also, als zänkisches Weib.

Und so falsch war das auch sicher nicht, wenn man bedachte, wie ich mich zu Beginn ihm gegenüber benommen hatte. Mr Reed wusste, wie ich war. Und Mr Boyle hatte es jetzt auch erkannt.

»Er glaubt jetzt, ich wäre ein so schlechter Mensch, dass ich es nicht verdient habe, dass man sich in mich verliebt«, brachte ich heraus und wartete auf Mr Reeds Reaktion. Ich starrte auf die Bücher, ohne sie zu sehen und konnte nur hoffen, dass er nicht lachen würde oder Mr Boyle sonst wie recht gab.

»Hat er das gesagt?«, wollte Mr Reed ruhig wissen und kam wieder näher zu mir.

Ich dachte an Mr Boyle und den Blick voller Enttäuschung, der mich so getroffen hatte. Weil er die Selbstzweifel unterstützte, die in letzter Zeit in mir sprossen.

»Nein«, sagte ich und sah verstohlen zu Mr Reed. »Zumindest nicht mit Worten.«

Der Bibliothekar schnaubte laut und rollte doch tatsächlich mit den Augen. Jetzt wusste ich, wie meine Mutter sich fühlen musste, wenn ich sie nicht ernst nahm.

»Das ist nicht wahr, Animant«, tadelte Mr Reed mich viel zu gelassen, als ob ich etwas völlig Unsinniges gesagt hätte, und ich ärgerte mich darüber, überhaupt davon angefangen zu haben. Was hatte ich auch erwartet?

Doch plötzlich beugte sich Mr Reed näher zu mir und ich wich überrascht aus, sodass ich mit der Schulter ungeschickt gegen das Bücherregal stieß.

Mr Reed schien sich dadurch nicht aus der Ruhe bringen zu lassen und sein Mundwinkel zuckte sogar belustigt. »Auf dieser

Welt gibt es sicher noch Hunderte von Idioten, die ihr Herz an Sie verlieren werden«, behauptete er ganz dreist und es klang äußerst unpassend, sogar ein wenig gemein. Aber ein Blick in seine Augen sagte mir, dass es durchaus möglich war, dass auch er einer dieser Idioten sein könnte.

38

Das Achtunddreißigste oder das, in dem wir gemeinsam schwiegen.

»Tee?«, fragte mich Mr Reed plötzlich und ich war noch zu verwirrt, um zu antworten. Mühsam schluckte ich den Kloß hinunter, der sich in meinem Hals gebildet hatte, und befahl meinem Bauch, sich wieder zu beruhigen und das irrsinnige Flattern einzustellen, das mich kribbelig machte bis in die Fingerspitzen.

Mr Reed grinste schalkhaft, brachte Abstand zwischen uns beide und ging zurück zum Ofen, um den Wasserkessel herunterzunehmen.

Ich wusste nun nicht, ob ich mich geschmeichelt oder beleidigt fühlen sollte. Zum einen konnten seine Worte bedeuten, dass er mich mochte, zum anderen wusste ich genau, dass es ihm Spaß machte, mich aufzuziehen, wenn er in guter Stimmung war.

Vielleicht war ja auch beides der Fall, mutmaßte ich und atmete tief durch. Ich bückte mich ungeschickt nach dem Buch, das mir vorhin vor Schreck aus den Händen gerutscht war, und sah Mr Reed dabei zu, wie er Tee in einer Kanne aufgoss und sie anschließend mit zwei Tassen auf seinem Wohnzimmertisch platzierte.

Ich blinzelte überrascht, als mich die Erkenntnis endlich erreichte. Mr Reed hatte mich zum Tee eingeladen! Dann würde ich wohl hierbleiben.

Der Knoten in meinem Magen löste sich langsam.

Zögerlich bewegte ich mich auf das Sofa zu, das Buch an mich gepresst, und setzte mich, immer darauf bedacht, dass man meine Wollsocken nicht sah.

Mr Reed füllte unsere Tassen und ich folgte der Bewegung seiner Hände mit den Augen, wie sich seine schlanken Finger um den Tassenhenkel legten, wie die Sehnen sich an seinem Unterarm spannten, als er die volle Teekanne anhob.

Mir gefielen seine Hände und sofort stellte ich mir vor, wie es sich wohl anfühlen würde, wenn seine Finger meine Wange entlangstrichen.

Mr Reed reichte mir die Tasse auf einem schlichten Unterteller und ich verbannte meine schmachtenden Gedanken sofort aus meinem Kopf. Ich nahm ihm die Tasse ab, bemühte mich, an nichts zu denken, während sich unsere Blicke trafen, und wünschte mir doch gleichzeitig, für immer hier verweilen zu können.

Mr Reed ließ sich ein wenig ungelenk in den Sessel fallen, der dem Sofa am nächsten war, nahm seine eigene Teetasse zur Hand und griff zu einem Buch, das auf dem kleinen Beistelltisch zwischen uns lag. Wie selbstverständlich und ohne ein weiteres Wort schlug er es auf, setzte sich seine Brille auf die Nase und blätterte eine Weile, bevor er zu lesen begann.

Ich brauchte noch eine Weile, ehe ich mich so weit beruhigt hatte, um mich ebenfalls dem Buch zu widmen, das auf meinem Schoß lag, und trank ein paar Schlucke Tee. Er schmeckte gut, mild, wie ich es gerne mochte, und ich schloss kurz die Augen.

Mein Herz klopfte noch ein wenig zu laut, doch ansonsten war es angenehm ruhig. Der Wind draußen zog manchmal an den Schlagläden, irgendwo tickte eine Uhr und das Holz knackte, während es im Ofen vom Feuer verzehrt wurde.

Ich öffnete die Augen wieder, fühlte mich ein wenig befremdlich, in der Anwesenheit eines Mannes zu lesen und fragte mich, wieso überhaupt. Schließlich hatte mich so etwas früher auch nie gestört. Mr Reed blätterte die Seite um, schob sich geistesabwesend die Brille auf der Nase hoch und ich musste lächeln, weil mir das Bild, das er gerade abgab, so gut gefiel.

Auch ich schlug das Buch auf, das ich mir mitgenommen hatte, und stellte überrascht fest, dass es sich um die Selbstbiographie eines spanischen Philosophen handelte. Ich gab mich damit zufrieden, begann zu lesen und trank nebenher meinen Tee.

Einfach so verging die Zeit, in der wir hier saßen, ohne reden zu müssen, und es füllte mein Herz mit der Gewissheit, dass es nicht nur schlechte Seiten hatte, dass wir uns so ähnlich waren. Zum ersten

Mal hatte ich das Gefühl, dass es etwas Gutes war, in der Gegenwart anderer zu lesen. Ich musste mich nicht verstellen, gesellig tun oder mich dafür schämen, dass ich es eben manchmal nicht war. Wir beide saßen beisammen, in einem Zimmer, jeder mit seinem eigenen Buch, die Gedanken in verschiedenen Themengebieten und doch war es wie eine gemeinsame Welt, die wir teilten.

Ich lächelte in mich hinein und zog die Beine auf das Sofa, um gemütlicher zu sitzen. Wenn jemals jemand mich wirklich verstehen würde, dann war es wohl Thomas Reed, dachte ich bei mir und warf ihm wieder einen verstohlenen Blick über den Rand meines Buches zu.

Er schien es zu spüren, denn auch seine Augen sahen zu mir, nur ganz kurz, und dann tauchte ein heimliches Lächeln in seinem Mundwinkel auf.

Ich versteckte mich wieder hinter meinem Buch und konnte nicht verhindern, dass mir die Röte in die Wangen schoss. Doch so konnte mich Mr Reed wenigstens nicht sehen und ich lenkte mich schnell mit den Wörtern ab, die vor mir auf der Seite standen, um mich von meinen Verliebtheitsgefühlen nicht zu sehr hinreißen zu lassen.

Als die Sonne langsam unterging und es zu dunkel wurde, um die Schrift auf den Seiten zu erkennen, klappte Mr Reed sein Buch zu, erhob sich und entzündete die Lampen. Eine nahm er hoch und stellte sie direkt neben mich. »Danke«, murmelte ich und las noch schnell den Abschnitt zu Ende.

Mr Reed rührte sich nicht von seinem Platz hinter der Sofalehne und ich hob fragend den Blick vom Buch. Ich sah zu ihm auf, wie er da stand und auf mich herunterblickte. Und für einen kleinen Moment glaubte ich in seinen Augen etwas aufblitzen zu sehen, etwas, das mir das Herz bis zum Hals schlagen ließ, etwas, das mir die Knie weich machte, sodass ich froh war, bereits zu sitzen.

Ganz leicht beugte er sich zu mir herunter, nur ein klein wenig, und die Aufregung schoss mir durch den ganzen Körper. Ich wusste nicht, was ich tun sollte, ob ich überhaupt etwas tun musste.

Und dann blinzelte Mr Reed und richtete sich ruckartig wieder auf. »Was halten Sie von Abendessen?«, fragte er mich und seine Stimme klang völlig gelassen.

Bei mir war jedoch gar nichts mehr gelassen und ich saß stocksteif da.

Mein Verstand sagte mir, dass es eigentlich gefährlich war, hier in der Wohnung eines Mannes zu sitzen. Doch mein Herz fragte sich, warum dieser umwerfende Mann mich immer noch nicht geküsst hatte.

»Gute Idee«, antwortete ich ein wenig dünn und senkte meinen Blick auf meine Beine, die angewinkelt auf dem Sofa lagen. Mir war ganz heiß, ich konnte kaum atmen.

Noch nie in meinem Leben hatte ich mir gewünscht, geküsst zu werden. Absolut niemals. Und jetzt ging mir dieser Gedanke einfach so auf, wie eine Blume in der Sonne. Wie passierte so etwas nur? Woher kamen solche Gedanken?

Verlegen fuhr ich mir mit der Zunge über die Lippen, klappte das Buch zu und schwang meine Beine auf den Boden.

»Sie sollten sich aber besser Schuhe anziehen«, meinte Mr Reed amüsiert und trat vom Sofa zurück.

Die Scham über seine Bemerkung trug nicht gerade dazu bei, meinem Gesicht seine natürliche Farbe zurückzugeben. Und ich schnaubte genervt in mich hinein, weil dieser Mann es einfach immer wieder schaffte, mich durch Kleinigkeiten aus dem Konzept zu bringen.

Mr Reed zog sein Jackett über und ich verließ schnell die Wohnung, um meine Schuhe zu holen. Der Bibliothekar wartete tatsächlich auf mich im Flur, stand an die Wand gelehnt, als ich hinter mir die Tür abschloss.

Gemeinsam stiegen wir die Treppenstufen nach unten und ich versuchte, unter keinen Umständen vor Aufregung die Unterlippe zwischen die Zähne zu ziehen.

»Wie gefällt Ihnen das Buch?«, fragte Mr Reed. Er ging nah bei mir, die Hände in den Taschen seiner dunkelbraunen Hose, und sah mich an. Sein Blick war auf eine ungewohnte Art weich und die rechte Augenbraue interessiert hochgezogen.

Warme Strudel drehten sich in meinem Bauch und ich wurde ganz schwach, wenn Thomas Reed mich ansah.

»Erstaunlich gut«, gab ich zurück und ein Lächeln erschien auf meinen Lippen, das ich nicht kontrollieren konnte.

»Es ist Ewigkeiten her, dass ich es gelesen habe«, meinte Mr Reed und neigte nachdenklich den Kopf hin und her. »Aber ich erinnere mich an die spanischen Rosen, von denen er irgendwie besessen zu sein schien.«

»Ich denke, die Rosen sind eine Allusion«, behauptete ich auf meine altkluge Art und Mr Reed sah mich überrascht an, was mich zum Lachen brachte.

»Ach wirklich? Und für was?«, wollte er erstaunt wissen und wir erreichten das untere Ende der Treppe.

»Für Liebschaften, Mr Reed«, gab ich ihm belustigt zu verstehen und er schien ein wenig vor den Kopf gestoßen.

»Oh«, sagte er nur und ließ mir den Vortritt.

Die Tür zum Speisesaal stand offen und ich konnte sehen, dass heute reger Betrieb herrschte. Doch wir ließen uns dadurch nicht beirren und betraten den kleinen Raum. Eine Bank im hinteren Teil war noch frei und Mr Reed legte mir ganz leicht die Hand auf den Rücken, um mich durch den Raum zu lenken.

Mir wurde augenblicklich heiß und ich hielt es kaum aus, wie hart mein Herz gegen meine Rippen klopfte. Wären nicht so viele Menschen in diesem Raum, die eine nicht zu geringe Geräuschkulisse produzierten, hätte Mr Reed es sicher auch gehört.

Er schob mich zu der einen Seite der Bank und sofort ließ mich diese Geste an den Ball zurückdenken. An unseren Tanz, seine eine Hand auf meinem Rücken, sein Körper nah an meinem, meine Hand in seiner. Und als wäre ich nicht schon genug kompromittiert durch das Chaos meiner Gefühle, stieg mir auch schon wieder die Röte in die Wangen, weil sich Wünsche von körperlicher Nähe in meine Gedanken schlichen.

Doch so war das nun mal mit der Verliebtheit und ich würde es ertragen müssen, weil es dazugehörte. Und wie peinlich mir das auch war, es erfüllte mich gleichzeitig mit einem Glück, das man erlebt haben musste, um es zu verstehen.

Meine Tante Lillian hatte einmal zu mir gesagt, dass es nicht reichte, über die Liebe zu lesen, um sie zu begreifen. Und jetzt wusste ich, dass sie recht gehabt hatte.

»Und was haben Sie gelesen?«, fragte ich Mr Reed, als er sich mir gegenüber auf einem Stuhl niederließ und dabei die Knöpfe seiner Jacke öffnete.

»Nichts sonderlich Aufregendes«, antwortete er mir und stützte die Ellenbogen auf der Tischkante auf.

Ich musste schmunzeln, denn so etwas hätte ein Herr der höheren Gesellschaft niemals gemacht, und es gefiel mir irgendwie, dass Mr Reed nicht unter dem Zwang der Etikette aufgewachsen war. Es vermittelte mir, dass auch ich in seiner Gegenwart nicht perfekt zu sein hatte, weil es einem Mann wie ihm weder auffallen noch stören würde, und das war eine große Erleichterung für mich.

Denn ich war nicht gut darin, perfekt zu sein. Es zu mimen, gelang mir zeitweise, aber es war anstrengend, zermürbend und ich erachtete es zu sehr als Werkzeug, als dass es einer meiner Wesenszüge hätte sein können.

»Wie viele andere Bücher auch. Eine Erzählung über einen Mann, der von einer Frau gelenkt wird und sich in Schulden verstrickt. Es ist langatmig und vorhersehbar«, beschwerte sich Mr Reed und ich schüttelte den Kopf über ihn.

»Warum lesen Sie es, wenn es Ihnen nicht gefällt?«, erkundigte ich mich und er stöhnte genervt auf.

»Ich habe es angefangen und ich mag es gar nicht, Bücher nicht zu beenden« grummelte er und stützte sein Kinn in die linke Hand.

»Verständlich«, gestand ich ihm zu und zuckte mit den Schultern. »Aber gibt es wirklich so viele Bücher über Männer, die sich von Frauen lenken lassen?«, fragte ich skeptisch.

»Oh, unendlich viele«, stöhnte er und aus den Augenwinkeln konnte ich Mrs Christy aus der Küche kommen sehen. Sie sah uns, lächelte und kam dann zielstrebig auf uns zu.

Doch ich konnte nicht so richtig auf sie achten, da ich im Kopf die im Vergleich recht wenigen Romane durchging, die ich schon so gelesen hatte. Spontan erinnerte ich mich aber an *Claire's Reise zum Mond*, in dem die Hauptfigur Robert seinen Traum vom Fliegen wegen seiner großen Liebe Claire aufgab, damit sie zusammen sein konnten. Vielleicht hatte Mr Reed ja wirklich recht.

»Seien wir doch mal ehrlich. Frauen werden zwar das schwache Geschlecht genannt, aber sie sind der Untergang jedes Mannes. Ob er nun will oder nicht«, sagte Mr Reed recht unverfroren und ich konnte nichts erwidern, da Mrs Christy uns erreichte, ein gewinnendes Lächeln im Gesicht, und zwischen uns hin und her sah, als ob sie mehr sehen würde als nur zwei Menschen, die zusammen zu Abend aßen.

Doch das ging in meinen Gedanken völlig unter, weil Mr Reeds Ausführung in meinem Kopf hängen blieb. Ich musste sofort an Henry denken und wie sehr er Rachel verfallen war. Und dann an meinen Vater, der sich durch den Schmollmund meiner Mutter zu wirklich allem überreden ließ.

Und da wusste ich plötzlich, was ich tun musste, um meinem Bruder zu seinem Glück zu verhelfen.

39

Das Neununddreißigste oder das, in dem ich Angst hatte.

Der Plan war ganz einfach und ich fragte mich, warum ich da nicht schon viel früher drauf gekommen war. Der Schlüssel zum Erfolg war meine Mutter.

Sie war leicht zu begeistern, schloss Menschen schnell ins Herz und wenn ich sie dazu brachte, Rachel zu lieben, dann würde nicht einmal mein Vater sie davon abbringen können, Henry mit ihr zu verheiraten. Jetzt musste ich nur noch eine passende Gelegenheit schaffen, Rachel und meine Mutter zusammenzubringen und der Rest würde sich von ganz allein ergeben.

So einfach.

Doch ich hätte es vorgezogen noch länger über diesen Plan zu grübeln, nur damit ich nicht die ganze Zeit an Thomas Reed denken musste.

An seine dunklen Augen, die Blicke, mit denen er mich bedachte und die mich innerlich schmelzen ließen. Sein braunes Haar, durch das er sich immer wieder mit den langen Fingern fuhr und das ich zu gern berühren wollte. Und dann seine Lippen, wie er sie mürrisch schürzte, gedankenverloren an der Unterlippe kaute oder wie sie sich ganz langsam zu einem Grinsen verzogen, das meinen ganzen Körper in Aufregung versetzte.

Wieso hatte ich mir nur vorgestellt, dass es sich gut anfühlen könnte, geküsst zu werden? Denn jetzt wollte mir dieser Gedanke einfach nicht mehr aus dem Kopf gehen.

Ich wälzte mich in meinem Bett hin und her, stellte mir vor, wie seine Hände meine Taille hielten, wie er mich an sich zog und wie seine Lippen sich auf meine senkten, nur um bei der Vorstellung daran ein ganz heißes Gefühl im Bauch zu bekommen.

Verzweifelt und von meinen eigenen Wünschen beschämt drückte ich mein Gesicht in das Kissen und strampelte wie ein Kind mit den Füßen. Ich war allein in meinem Zimmer, also würde es niemand sehen und ich musste meinen inneren Spannungen irgendwie Ausdruck verleihen.

Verliebt zu sein war wirklich überaus schlafraubend und verdrängte alles, was Mr Boyle zuvor über mich gesagt oder auch nicht gesagt hatte.

Denn Mr Reed und ich hatten zusammen zu Abend gegessen und ich war nicht mal halb so hungrig gewesen, wie ich es sonst wäre, weil mir die Verliebtheit den Appetit nahm. Wir hatten uns gut unterhalten, gescherzt und gelacht und waren dann sogar wieder gemeinsam die Treppen hinaufgestiegen.

»Gute Nacht, Animant«, hatte Thomas Reed leise zu mir gesagt und wieder hatten seine Augen diesen warmen Ausdruck bekommen, der mich ganz weich werden ließ.

»Gute Nacht, Mr Reed«, war meine Antwort gewesen und ich hätte beinahe vor Aufregung keinen Ton rausgebracht.

Denn ich begann die Hoffnung zu spüren, wie sie in mir keimte und ihre Wurzeln in meine Seele schlug. Doch ich wusste genau, dass Hoffnung ein trügerisches Gewächs war, und trotzdem konnte ich sie nicht daran hindern, in mir zu blühen.

Was, wenn Thomas Reed auch so empfand wie ich, wenn seine Annäherungen nicht nur Possen gegen mich waren, sondern der echte Versuch, mir nahe zu sein?

Ich raufte mir die Haare, die von dem Bad vorhin noch ein wenig feucht waren.

Was wusste ich denn schon über die Gefühle von Männern? Alles, was ich zu wissen glaubte, hatte ich aus Büchern, und die würden mir mal wieder nicht sehr hilfreich sein.

Es dauerte bis lang nach Mitternacht, ehe ich endlich einschlief und ich träumte von Earl Gray Tee und warmen Fingern, die sich mit meinen verschränkten.

Trotz des wenigen Schlafs fühlte ich mich am nächsten Morgen nicht so zerschlagen wie sonst und ich machte mich gemütlich für die Arbeit fertig. Ich wusch mich, richtete mein zerzaustes Haar und suchte mir passende Kleidung raus.

Es war nur ein ganz gewöhnlicher Montag und doch war ich aufgeregt. Der Gedanke, gleich Mr Reed gegenüberzustehen, trieb meinen Puls nach oben und ich versuchte, es nicht allzu eilig zu haben, während ich zum Frühstück nach unten ging.

Mr Reed war leider nicht dort und ich stellte mir vor, wie er von seinem Wecker aus dem Bett geworfen wurde und mit verschlafenem Gesicht und furchtbar grässlicher Stimmung ins Bad wankte. Es brachte mich auf eine schadenfrohe Weise zum Schmunzeln und ich fragte mich gleichzeitig, ob es irgendwas gäbe, das ich zur Aufheiterung seines Gemütes beitragen konnte.

Ich bedankte mich bei Mrs Christy für das Essen, machte mich dann fertig und trat nach draußen ins Treppenhaus.

Es war bereits zwanzig Minuten nach sieben und von Mr Reed keine Spur. Ungeduldig wartete ich, lief im Kreis herum, ging in den ersten Stock hoch, um von dort die Treppe nach oben zu sehen, doch Mr Reed blieb verschwunden.

Als es schon fast halb acht war, trat ich irritiert hinaus in den Schnee. Der Himmel war trüb und es war so kalt, dass mir die Luft beim Atmen in die Lunge stach.

Ob Mr Reed wohl ohne mich aufgebrochen war? Möglich wäre es. Enttäuschung breitete sich wie eine schwarze Leere in meinem Bauch aus und ich verschränkte verstimmt die Arme vor der Brust.

Es gab viele Spuren, die vom Haus wegführten. Aber ob nun Mr Reeds darunter war, wusste ich nicht.

Sherlock Holmes hätte es gewusst, dachte ich bei mir und ärgerte mich nur noch mehr.

Plötzlich wurde neben mir die Tür aufgerissen und Thomas Reed wäre beinahe in mich hineingelaufen, so eilig stürmte er aus dem Gebäude.

»Mein Gott, Miss Crumb, was tun Sie denn noch hier?«, rief er überrascht und auch ein wenig griesgrämig.

»Ich warte auf Sie«, antwortete ich ihm in ähnlichem Ton. Mr Reed allerdings hastete bereits den Weg hinunter. Ich folgte ihm auf dem Fuß und wusste nicht, was jetzt schiefgelaufen war.

»In der Kälte?«, blaffte er mich an, als ich zu ihm aufschloss, und sah mich dabei nicht einmal an. Welche Laus war ihm nur heute Morgen über die Leber gelaufen?

»Nein, im Flur. Aber was ist denn nur los?«, versuchte ich es weniger scharf und musste stark auf meine Schritte achten, um auf dem glatten Eis nicht aus Versehen ins Rutschen zu geraten.

»Ich hatte eine heftige Auseinandersetzung mit meinen verdammten Schuhen!«, fluchte Mr Reed lauthals und sein Blick wurde wenn möglich nur noch finsterer. Seine Stirn lag in Falten, seine Nase war widerwillig gekräuselt.

Wenigstens war er nicht ohne mich gegangen und dass sein Ärger auch noch seinen Schuhen galt, hatte eine gewisse Komik an sich.

Auf meine Lippen schlich sich ein Lächeln und Mr Reeds Kopf drehte sich sofort in meine Richtung, als hätte er es gespürt.

»Wenn Sie jetzt lachen, kündige ich Ihnen auf der Stelle!«, drohte er mir unwirsch und reckte sogar warnend seinen Finger, was mein Grinsen nur noch breiter machte.

»Tun Sie nicht«, widersprach ich ihm sofort und das aufkommende Lachen ließ meinen Brustkorb erzittern, weil ich mühselig versuchte, es zu unterdrücken.

Doch Mr Reed konnte immer noch nichts Lustiges daran finden. »Ach ja, passen Sie nur auf! Meine Rache wird fürchterlich sein!«, knurrte er durch zusammengebissene Zähne und jetzt war es endgültig um mich geschehen. Das Lachen brach aus mir heraus und ich lachte Mr Reed so offen aus, dass er nur mürrisch die Hände in die Manteltaschen schieben und es über sich ergehen lassen konnte.

Wir erreichten die Bibliothek mit vier Minuten Verspätung und Mr Reed grummelte etwas in seinen Schal, das ich nicht verstand.

Ich ließ ihm seinen Ärger einfach, legte meinen Mantel ab und versuchte ein ernstes Gesicht zu machen, doch als ich Mr Reed in seinem Zimmer die Akten auf seinen Tisch knallen lassen sah, musste ich mein Grinsen hinter der Hand verstecken, um seine miese Laune nicht noch mehr zu fördern.

Ich kümmerte mich schnell um die Zeitungen und bezahlte den schon viel weniger verschnupften Phillip Tams, mit dem ich vereinbarte, dass wir uns um halb zwölf vor der Bibliothek trafen, damit er seinen versprochenen Kuchen bekam.

Ich begrüßte Oscar und Cody, als sie hereinkamen und sie hoben höflich ihre Hüte. »Mr Reed ist heute früh außerordentlich verstimmt«, warnte ich sie im Vorbeigehen und die beiden sahen mich nur erschrocken an.

Ich spannte die aktuellen Zeitungen wieder in die Halterungen und wurde dann abgelenkt, als Oscar meine Hilfe mit einigen Büchern benötigte. Danach kamen zwei Bücher mit der Post an, die ich in die Unterlagen eintragen und etikettieren musste.

So lange wie möglich schob ich es vor mir her, hinunter ins Archiv zu gehen. Ich hatte das schon so oft gemacht, dass es für mich eigentlich nichts Besonderes mehr sein sollte. Doch ich hasste es immer noch wie am ersten Tag.

Ich räumte Bücher weg, fand noch einige, die falsch sortiert waren, las heimlich in ein Buch über Architektur rein und führte ein paar unwissende Studenten durch die entsprechenden Abteilungen.

Doch irgendwann kam der Moment, in dem es nichts Akutes mehr zu tun gab und ich mir eingestehen musste, dass ich mich nicht länger darum drücken konnte, die veralteten Zeitungen ins Archiv zu bringen.

Ich überlegte, ob ich nicht noch Tee für Mr Reed und mich kochen sollte, kam mir aber dann doch langsam ein wenig lächerlich vor, mich so anzustellen.

Also krempelte ich die Ärmel meiner Bluse nach oben, nahm den Stapel Papier auf, der immer noch auf einer Bank neben dem Zeitungsständer lag, und straffte die Schultern.

Ich redete mir ein, stark und mutig zu sein, lief mit forschen Schritten hinüber in den westlichen Seitenarm der Bibliothek und dort zu der Tür, die hinunter in das Gewölbe des Schreckens führte.

Ich entzündete die Laterne, die an der Wand hing, und stieg die Treppen nach unten in den Keller. Meine Füße gingen schon viel sicherer als zu Anfang, ich wusste mittlerweile, wo Unebenheiten in den alten Steinstufen waren und wie sich die Treppe nach unten wand.

Den Kopf hoch erhoben, versuchte ich allem zu trotzen und mir selbst meine Angst nicht einzugestehen. Schließlich war ich eine erwachsene Frau, die nicht an Gespenster glaubte und auch ein schummriger Keller würde mich nicht klein kriegen.

Ich stellte die Laterne an ihren Platz auf dem schmalen Tischchen und der Spiegel warf ihren Schein durch den ganzen Raum. Ein leichter Windhauch kam mir entgegen, wie der kalte Atem eines Monsters, das den Rachen aufsperrte, damit ich hineintaumeln konnte.

Mühsam versuchte ich den Kloß in meinem Hals zu schlucken, es gelang mir aber nicht und ein Druck lag auf meinem Brustkorb, den ich erst wieder loswerden würde, wenn ich die Treppenstufen nach oben eilte.

Ich riss mich zusammen, trat in den Raum und hielt zielstrebig auf den Gang mit den Glasvitrinen zu, in denen die Kisten für die Zeitungen standen. Hastig öffnete ich die Schranktüren und begann, in Windeseile das raschelnde Papier auf die entsprechenden Stapel zu verteilen. Wenigstens darin war ich inzwischen sehr viel schneller geworden. Anfangs hatte ich für alles sehr lange gebraucht, das konnte ich mir jetzt eingestehen, und wenn ich daran zurückdachte, wie Mr Reed mich damals damit aufgezogen hatte, sah ich jetzt auch das in einem ganz anderen Licht.

Ein Schatten glitt an mir vorbei und ich hob erschrocken den Kopf. Mein Herz klopfte viel zu hart in meiner Brust und mein Atem ging schneller, als er sollte.

Doch da war nichts. Ich schüttelte den Kopf, hatte mir nicht zum ersten Mal irgendwelche Schatten eingebildet, die aber nur meiner Furcht entsprangen, und widmete mich schnell wieder den Zeitungen.

Ein widerliches Quietschen zerschnitt die vollkommene Stille und ich zuckte so heftig zusammen, dass mir die restlichen Zeitungen auf den Boden fielen und ich mir den Ellenbogen an einer der Schranktüren anschlug. Schmerz schoss mir den Arm nach oben und ich biss die Zähne zusammen, um nicht laut zu fluchen. Hier war doch jemand!

Ich horchte in den Raum, hoffte, mir das Geräusch nur eingebildet zu haben, und wurde von einem nasskalten Schauer erfasst, als ich ein Scharren wahrnahm.

Langsam wich ich zurück, bis ich mit dem Rücken gegen die Schrankwand hinter mir stieß, und legte meine Hände auf das kalte Holz, um mich aufrecht zu halten.

Meine Finger tasteten nach irgendwas, an das ich mich klammern konnte, als sich das Scharren wiederholte, und meine Finger bekamen etwas zu fassen. Ich schloss meine Hand darum und hob es hoch. Es war eine hölzerne Einspannung für die Zeitungen und ich packte sie mit beiden Händen wie eine Waffe.

Das Scharren wurde lauter und ein dumpfes Aufschlagen kam dazu, als ob etwas Schweres zu Boden gefallen wäre.

Ich versuchte verzweifelt, meine Fähigkeit zum logischen Denken anzuwerfen, um eine Erklärung dafür zu finden. Doch es wollte mir nicht gelingen und meine Fantasie produzierte Bilder von schrecklichen Kreaturen, Vampiren und Hexen, die meine Knie zum Zittern brachten. Mit schreckgeweiteten Augen schob ich mich an der Schrankwand entlang.

Mein erster Impuls war davonzulaufen, einfach alles liegen zu lassen und so schnell nach oben zu rennen, wie mich meine Beine tragen konnten.

Doch wenn ich das tat, dann würde ich mich niemals wieder hier heruntertrauen. Ich musste dem Geräusch also auf den Grund gehen und einfach hoffen, dass es nur eine Ratte war.

Eine sehr große Ratte.

Langsam schlich ich vorwärts, die Schultern nach oben gezogen, die Finger um die Einspannung gekrampft, bereit zuzuschlagen, wenn es nötig werden sollte. Das Dämmerlicht, das nach hinten hin immer schwächer wurde, ließ nur wenig erkennen und es gab auch keine Schatten, an denen ich festmachen konnte, was die Geräusche verursacht hatte.

Meine Nerven waren bis zum Zerreißen gespannt, meine Haut prickelte und ich machte mich auf alles gefasst.

Vorsichtig sah ich in die Gänge, schlich von einem zum anderen und versuchte in den dunklen Nischen irgendetwas zu erkennen. Nichts war zu sehen, alles lag still da und für einen Moment glaubte ich, mir alles doch nur eingebildet zu haben.

Ganz unvermittelt stieß ich plötzlich mit etwas Dunklem zusammen, ein Schock fuhr mir durch alle Glieder und ein kläglicher Schrei verließ meine Kehle. Die Einspannung fiel mir einfach aus meinen zitternden Fingern, als ich das Gleichgewicht verlor und nach hinten taumelte.

Todesangst schoss mir durch die Adern, als große Hände nach mir griffen, mich packten und auf die Füße zurückzogen.

Doch dann erkannte ich ihn. Das leicht hagere Gesicht, die dunklen Haare, ja sogar die angenehme Art, wie er roch. Es war Thomas Reed und die Erleichterung darüber, dass es tatsächlich nur er war, überfiel mich so stark, dass mir die Tränen in die Augen schossen.

»Miss Crumb«, sagte er überrascht und ich hätte mich am liebsten in seine Arme geworfen, so froh war ich, ihn hier unten zu sehen.

Doch das durfte ich nicht und so musste ich meinem Gefühlschaos auf andere Weise Luft machen. »Sie haben mich zu Tode erschreckt!«, keifte ich ihn an, was ich nicht so hart rüberbrachte, wie ich beabsichtigt hatte, weil meine Stimme zu sehr zitterte und ich zu häufig blinzelte, um meine Tränen zu vertreiben.

»Ich wusste nicht, dass Sie hier sind«, versuchte er sich zu verteidigen, nahm die Hände von meinen Armen und ein gemeines Lächeln schlich sich ganz langsam auf seine Lippen. »Sie haben doch nicht etwa Angst hier unten?«, fragte er mich verschmitzt und von der miesen Stimmung von heute Morgen war nichts mehr zu erkennen.

Ich wusste wirklich nicht, was ich dazu sagen sollte. Es zuzugeben, würde mein Stolz nicht verkraften. Aber um es abzustreiten, fehlte mir im Moment die Kraft.

Mein Herz raste immer noch und auch wenn sich meine Angst wieder in Grenzen hielt, jetzt da Mr Reed bei mir war, fühlte ich mich immer noch nicht wohl hier unten.

»Was ist das?!«, rief er plötzlich so erschrocken, dass die Furcht wie Gummiband zu mir zurückgeschossen kam, und zeigte mit der ausgestreckten Hand hinter mich. Vor Angst kreischend machte ich einen Satz nach vorne, wusste kaum, wo oben und unten war und klammerte mich verzweifelt an Mr Reeds Weste.

Er jedoch begann nur schallend zu lachen, sodass es von den Wänden widerhallte, und ich fühlte mich sofort furchtbar bloßgestellt.

Er zog mich auf, spielte mit meinen Ängsten, machte sich lustig über mich. Und ich ging ihm so einfach auf den Leim.

Wut verdrängte die Angst und ich ballte meine Hände zu Fäusten.

»Sie gemeiner Mann!«, schimpfte ich verbittert und schlug ihm tadelnd mit der Faust gegen die Brust. Ich war eigentlich zu schwach und stand auch viel zu nah bei ihm, als dass ich ihm hätte wehtun können, doch ich wusste keinen anderen Weg, meiner Frustration Raum zu geben.

Mr Reed lachte nur noch mehr und legte mir dann die Hände auf den Rücken, um den Abstand zwischen uns noch zu verringern und mich daran zu hindern, ein zweites Mal zuzuschlagen.

In jeder anderen Situation hätte mich diese Berührung sicher vollkommen aus der Bahn geworfen. Doch hier unten im Archiv, nachdem ich gerade solche Ängste ausgestanden hatte, war ich einfach nur wütend und schaffte es nicht, die Nähe zu genießen, die so plötzlich zustande gekommen war.

»Ich sagte Ihnen, dass meine Rache fürchterlich sein würde«, scherzte Mr Reed und hob belustigt eine Augenbraue. Er schien zufrieden mit der Situation zu sein und ich funkelte ihn nur bitterböse an.

»Ich hasse Sie, Thomas Reed«, rief ich im Eifer des Gefechts und bereute es sofort. So etwas sollte man nicht zu dem Mann sagen, den man eigentlich liebte.

Mr Reed jedoch schien es zum Glück nicht sehr ernst zu nehmen, denn sein Lachen wurde zu einem verschmitzten Grinsen und seine Arme um meine Taille so etwas wie eine Umarmung. »Das weiß ich doch«, behauptete er gelassen und mit einer Spur von Ironie, während er mich ganz langsam wieder losließ.

Verwirrt und nicht mehr ganz so verärgert trat ich ein paar Schritte nach hinten und wusste kaum, wie ich all diese neuen Eindrücke verdauen sollte.

»Ich werde jetzt wieder an meine Arbeit gehen«, sagte ich streng, wandte mich ungelenk um und lief zurück zu dem Gang, in dem ich die restlichen Zeitungen hatte fallen lassen.

Mr Reed lachte leise und kam mir hinterher. Er blieb wortlos im Gang stehen, schob sich die Hände in die Hosentaschen und zog eine kleine silberne Taschenuhr hervor, die er sich durch die Finger gleiten ließ, ohne sie zu öffnen. Er sah mir dabei zu, wie ich die Papiere wieder zusammenschob und in die Kisten sortierte. Als hätte er nichts anderes zu tun, als mich bei meinen Tätigkeiten zu beobachten.

»Hören Sie auf, mich anzustarren«, presste ich ein wenig zu widerspenstig heraus und Mr Reed drehte mir ohne Widerspruch den Rücken zu. Doch das Grinsen in seinem Gesicht hatte ich trotzdem gesehen.

Es war einfach unerhört und ich hätte mich noch ewig darüber empören können, dass er sich so schelmisch verhielt. Aber unter der Wut spürte ich eigentlich ganz genau, dass es nur daran lag, dass er mich bloßgestellt hatte. Ich wollte vor ihm nicht so offensichtliche Schwäche zeigen. Davon gab es ohnehin schon genug.

Mr Reed wartete geduldig, bis ich fertig war und begleitete mich dann bis hinauf in die Bibliothek. Ich blies die Kerze in der Lampe aus, Mr Reed bedachte mich noch mit einem kurzen Blick, der alles hätte bedeuten können, und ließ mich dann einfach so stehen.

Benommen hängte ich die Lampe an ihren Haken an der Wand, kam ganz langsam wieder zu Atem und ließ den Schreck hinter mir. Mein Herz wummerte weiter wie wild gegen meine Rippen und ganz allmählich stieg mir die Röte in die Wangen.

Thomas Reed hatte mich umarmt und obgleich ich es in dem Moment nicht hatte genießen können, bedeutete es mir doch eine ganze Welt.

40

Das Vierzigste oder das, in dem mich braune Augen ansahen.

Ich kam mit schnellen Schritten zurück in den Lesesaal, war innerlich immer noch völlig aufgewühlt und dankte Gott im Stillen, dass es schon fast halb zwölf war. Eine Mittagspause hatte ich jetzt dringend nötig und es kam mir auch sehr gelegen, dass ich sie nicht alleine verbringen musste.

Ich holte schnell meinen Mantel, achtete darauf, Mr Reed nicht wieder in die Arme zu laufen und verschwand nach draußen, wo schon ein ungeduldiger Phillip Tams von einem Bein aufs andere wippte.

Er hatte die Hände tief in den Taschen seiner übergroßen Jacke vergraben und sein Schal bedeckte wie immer das halbe Gesicht.

»Guten Tag, Phillip«, begrüßte ich ihn und machte sogar einen kleinen Knicks, so als wenn er wirklich eine ernst zu nehmende Essensbegleitung wäre.

»Guten Tag, Miss Crumb«, beeilte er sich zu sagen und seine Augen glänzten in Erwartung auf Kuchen.

Ich musste grinsen über so offensichtliche Vorfreude. »Wollen wir?«, fragte ich und Phillip setzte sich sofort in Bewegung.

Die Luft war nicht mehr ganz so schneidend kalt wie am Morgen, doch kalt genug, um mir den Kopf abzukühlen. Ich atmete tief durch und versuchte mir nicht immer wieder in Erinnerung zu rufen, wie sich Mr Reeds Arme um meine Taille angefühlt und wie gut er gerochen hatte.

Wir gingen zu der kleinen Konditorei, an der wir uns damals getroffen hatten. Die Türglocke klingelte, als wir den kleinen Laden betraten und eine gut gekleidete Frau mittleren Alters kam sofort aus dem Hinterzimmer, um mich wohlwollend anzulächeln.

»Guten Tag. Was darf's denn sein?«, erkundigte sie sich eifrig und bemühte sich dabei, nur mich anzusehen und nur ganz selten mit dem Blick zu Phillip zu schweifen, dem bei der Unmenge an kleinen Kuchen, Torten und Gebäckstücken beinahe die Augen aus den Höhlen fielen.

»Wir werden uns setzen«, kündigte ich der Frau an und diese bewahrte ihre Meinung darüber, dass eine junge Frau wie ich mit einem rothaarigen Straßenbengel wie Phillip Tams zusammen Kuchen essen würde, glücklicherweise für sich.

Ich besah mir grob die Auswahl und spürte in mir immer noch diese aufwühlende Verwirrtheit, die sich nicht so schnell abschütteln ließ, wie ich mir das gewünscht hätte. Ich dachte nur immerzu an Thomas Reed und sein Lachen, und das half mir nicht gerade dabei, mich zu entscheiden.

Dann eben nicht, dachte ich bei mir und seufzte laut. »Gut«, sagte ich und die Verkaufsdame sah mich aufmerksam an. »Wir nehmen ein Stück von diesem«, begann ich und zeigte auf einen der vorderen Kuchen, die mit Schokolade überzogen und mit Zuckerdekor verziert waren. »Von diesem, diesem, diesem …«, machte ich weiter und ging wahllos einmal durch die ganze Auslage.

Die Frau kam kaum hinterher und Phillip neben mir hielt die Luft an.

Ich zahlte und wir landeten schlussendlich mit vier Stück Kuchen, drei kleinen Cremetörtchen und einem Quarkgebäck an einem der hinteren Tische. Natürlich war es viel zu viel, aber ich ließ mich nicht beirren. Essen hatte mich in Stresssituationen schon immer beruhigt.

Ich zog meinen Mantel aus und Phillip machte es mir nach, indem er sich eilig aus seinem Schal wickelte. Er beobachtete mich genau, versuchte alles nachzumachen. Es war sehr amüsant zu beobachten, wie der Junge sich bemühte, ja nichts falsch zu machen.

»Setz dich«, wies ich ihn lächelnd an und er schob seinen Hintern unruhig auf einen der fein geschnitzten Stühle. »Iss, was immer du willst. Und wenn was fehlt, können wir die Dame sicher noch einmal bemühen«, gab ich an und Phillip schüttelte sofort den Kopf.

»Es ist alles da. Es ist so viel da«, hauchte er nur und ich musste fürchten, dass ich den armen Kerl völlig überfordert hatte. Seine Augen huschten von einem süßen Stück zum nächsten und er konnte sich wohl nicht entscheiden, womit er anfangen wollte.

Ich nahm mir die Hälfte von einem Vanillecremetörtchen und schob die andere Hälfte zu ihm rüber, um ihm die Entscheidung abzunehmen.

Wir begannen zu essen und mit jedem Bissen Biskuit und jedem Sahneklecks beruhigte sich mein Herz ein wenig mehr. Ich sah klarer in die Zukunft und überdachte die nächsten Schritte meines Handelns, während Phillip laut schmatzend zweieinhalb Kuchenstücke, zwei der Cremetörtchen und das halbe Quarkgebäck in sich reinschaufelte. »Das ist so gut«, murmelte er dabei immer wieder mit vollem Mund und leckte sich Sahne von den Lippen.

Ich ließ ihn einfach essen, schaffte selbst nur eineinhalb Kuchenstücke und orderte dann bei der schockierten Verkaufsdame einen Tee.

Um nicht an Mr Reed zu denken, plante ich mein Vorhaben in Sachen meines Bruders. Ich zog meinen Notizblock hervor, schrieb eine kurze Notiz an meine Mutter und eine längere an Henry, um ihm den Plan näher zu erläutern.

Ich hatte vor, meine Mutter um einen Einkaufsbummel zu bitten. Ich gab vor, dass mir die Blusen ausgegangen waren, die noch keine Flecken von der Druckerschwärze an den Ärmeln hatten, und deutete zusätzlich an, dass sich eine Freundin dieser Unternehmung anschließen würde.

Das war ein Köder, den meine Mutter nicht ausschlagen konnte. Es kam selten vor, dass ich sie um solch einen Gefallen bat, sodass sie dieser Gelegenheit mit glückseligen Gefühlen entgegensehen würde.

Das größere Problem war Rachel. Ich konnte nur hoffen, dass sie dazu bereit war, die Freundin zu sein, die uns begleiten würde. Sie war ein eher scheuer Charakter und obwohl ich keine Zweifel hegte, dass Mutter sie aufgrund ihres offensichtlichen Liebreizes sofort ins Herz schließen würde, konnte ich mir vorstellen, dass Rachel sich fürchten könnte.

Ich musste es drauf ankommen lassen und darauf hoffen, dass ihre Liebe zu Henry ihr genug Ansporn war.

Meine Entscheidung fiel auf morgen Nachmittag, damit genug Zeit zum Vorbereiten da war, aber nicht zu viel, um es sich noch einmal anders zu überlegen. Vielleicht würde ich sogar Mr Reed bitten können, mich eine Stunde früher freizustellen, die ich dann am Mittwoch dranhängen würde, um dem Ganzen mehr Raum zu geben.

Ich trank den letzten Schluck Tee, ließ uns das restliche Essen in Papier einpacken und gab es Phillip mit nach Hause.

Er war überschwänglich, versicherte mir, dass er mir jederzeit wieder einen Gefallen tun würde und ich steckte ihm lachend die beiden Zettel zu, die er für mich abgeben konnte.

Es war ein befreiendes Gefühl, einen Plan zu haben und zu wissen, auf was man sich da einließ.

Bei Thomas Reed wusste ich das allerdings nicht.

Der Wandel in der Beziehung zwischen uns hatte sich schleichend eingestellt. Doch wenn man bedachte, dass ich ihn zu Anfang gehasst und er mich verachtet hatte, waren wir nun an einem ganz anderen Punkt angelangt.

Jetzt war ich in ihn verliebt und er zeigte sich mir von Mal zu Mal zugeneigter. Ich war nicht gut darin, Gefühle zu interpretieren, doch die Art, in der sich Mr Reed mir näherte, ließ mich daran glauben, dass auch er etwas für mich empfand.

Es war aber eine schwierige Sache, meine Wünsche und Hoffnungen von den Tatsachen zu trennen. Und Tatsache war, dass Mr Reed sich zu seinen Gefühlen nie klar geäußert hatte.

Ich hatte also nichts in der Hand als die Vermutung, dass da mehr sein könnte als eine Art Freundschaft. Und was galten Vermutungen schon?

Meine Mittagspause endete erst in einer halben Stunde und ich verbrachte die restliche Zeit in einem Buchladen in der Nähe. Ich las ein bisschen über Mousselin und Taft und versorgte mich mit neuem Lesevorrat, ehe ich mich wieder in der Bibliothek einfand.

Ich brachte meine Bücher in das kleine Aufenthaltsräumchen und begegnete auf meinem Weg die Treppen nach unten Mr Reed, der mit der Nase in einem Buch gemächlich nach oben trottete.

Ich musste lächeln, weil das Bild, das er gerade abgab, mir so gut gefiel. Er hatte seine Lesebrille auf der Nase, die Stirn konzentriert in Falten gelegt, er kaute auf seiner Unterlippe und seine Augen huschten über die Seiten.

Mein Herz begann schneller zu schlagen, meine Seele wallte in mir auf und ich spürte, dass ich mich ohne zu zögern wieder in den Schutz seiner Arme begeben würde, sollte er eine Umarmung auch nur andeuten.

Ich konnte es nicht leugnen, dieser Mann war perfekt für mich. Wo würde ich jemals wieder einen finden, der meine Leidenschaft für Bücher so teilen würde wie Thomas? Nirgendwo wahrscheinlich.

Er war unkonventionell, oft schroff und auch sehr eigen. Doch er war auch aufmunternd, ehrlich, hatte einen bestechenden Sinn für Sarkasmus und wurde in meinen Augen von Tag zu Tag attraktiver. Ich war ihm vollkommen erlegen und fragte mich, wie viel Thomas Reed davon eigentlich wusste.

War ihm bewusst, dass ich ihn mochte? War es ihm bereits aufgefallen? Und interessierte ihn das überhaupt?

Wir gingen aufeinander zu, jeder auf seiner Seite der Treppe, und ich war schon fast vorbei, da hob Mr Reed plötzlich den Blick.

»Oh, Miss Crumb«, hielt er mich leise auf und mein Herz machte einen Satz. »Ich suche für einen auswärtigen Dozenten ein Buch über den Konflikt zwischen dem biblischen Schöpfungsbericht und den Lehren Darwins. Ich bin mir sicher, mal in einem gelesen zu haben, aber mir will der Titel nicht einfallen«, sagte er und seine dunklen Augen sahen mich direkt an. Es war ein warmes Braun und im Nachmittagslicht, das von oben durch die Kuppel schien, konnte ich eine Sternstruktur in seiner Iris erkennen.

Mir wurde ganz warm im Bauch und mein Gehirn kam kaum nach, darüber nachzudenken, was Mr Reed zu mir gesagt hatte. Er fragte mich nach einem Buch?

»Haben Sie nicht extra eine Maschine dafür entwickelt, um solche Anfragen zu bearbeiten?«, gab ich nüchtern zurück, um die Zeit zu bekommen, in meinem Kopf nach den richtigen Büchern zu suchen.

Mr Reed zog eine Augenbraue hoch und war dadurch nur noch begehrenswerter anzusehen. »Animant«, sprach er meinen Vornamen aus und ich spürte, wie mir die Knie weich wurden. »Wenn meine Maschine nur halb so effektiv arbeiten würde wie Sie, dann hätte ich für dieses Ding sicher schon längst sämtliche Preise gewonnen«, behauptete er und ich brauchte ein Wimpernschlag, um zu begreifen, dass das ein Kompliment gewesen war.

Ich hätte vor Stolz platzen können. »Sie stehen aufgrund des herrschenden Konflikts bei den Naturwissenschaften und nicht bei Religion«, begann ich und fragte mich, warum Mr Reed so etwas nicht wusste. »*Die Entstehung der Arten im Licht der Kirche* von Frayson, *Der Ketzer* von Steel und *Das Gift des Darwinismus,* bei dem mir der Autor entfallen ist«, gab ich zum Besten und auf Mr Reeds Lippen erschien ein verschmitztes Lächeln.

»Sie sind wirklich das Beste, was ich je hatte«, meinte er wie im Scherz, klappte das Buch auf, das er in den Händen gehalten hatte, ließ mich einfach stehen und lief die Stufen der Treppe weiter nach oben.

Ich blieb wo ich war, fühlte mich wie im Rausch und mein ganzer Körper war in Aufwallung.

Was war das nur mit uns? Hatte Thomas Reed mich gern oder interpretierte ich in meinem Liebeswahn alles, was er sagte, als Andeutung?

Wenn ich in seinen Kopf hätte schauen können, wäre ich sicher schlauer gewesen. Aber ich konnte nicht, und so blieb mir nichts anderes übrig, als die Treppe nach unten zu eilen und mich in meiner Kammer zu verstecken, bis mir nicht mehr so heiß wäre und die Röte aus meinem Gesicht verschwand.

Ich lief in den Ostflügel, versuchte nicht zu rennen, um nicht unangenehm aufzufallen, und war froh, dass mich keiner auf meinem Weg dorthin aufhielt. Ich betrat den kleinen Raum, meine Gedanken immer noch bei Thomas Reed und den Worten, die er zu mir gesagt hatte. Ich schloss gerade leise die Tür hinter mir, als ich eine Bewegung aus dem Augenwinkel wahrnahm.

Mit einem erschrockenen Quietschen fuhr ich herum und erkannte zu meiner Beruhigung die Person sofort, die vor mir auf meinem Stuhl saß.

Es war Elisa, die amüsiert lächelnd in einen Apfel biss. Ihre Beine waren übergeschlagen und entblößten so skandalös viel von der Spitze ihres Unterrocks. Sie sah zufrieden aus und kaute mit nach oben gezogenen Mundwinkeln.

»Ich wollte dich nicht erschrecken«, nuschelte sie mit halbvollem Mund, legte den Apfel auf den Tisch und erhob sich gespielt elegant von dem Stuhl.

Ich glaubte ihr kein Wort. »Natürlich«, erwiderte ich mit ironischem Ton, versuchte mein Herzklopfen zu ignorieren und wandte mich an die beiden Pakete, die ich vorhin auf einem der Tische abgelegt hatte, um meinen Schreck zu überspielen.

Ich taumelte von einer nervenaufreibenden Situation in die nächste und ich wünschte, dass es auch mal wieder langweilige Tage in meinem Leben geben würde. »Aber ich muss dich enttäuschen. Da bist du nicht die Erste heute«, versuchte ich Elisa den Wind aus den Segeln zu nehmen und merkte zu spät, dass ich damit einen ganz anderen Sturm entfachte.

»Oh, bitte sag, dass es Mr Reed war!«, rief sie sofort aufgeregt und kam zu mir geeilt wie ein neugieriges Waschweib.

Ich seufzte laut und wünschte, ich wäre still geblieben. »Es war Mr Reed«, bestätigte ich ihr also, begann mich mit spitzen Fingern am Knoten der Paketschnur zu schaffen zu machen und versuchte unauffällig zu bleiben.

Doch Elisa blieb einfach neben mir stehen, die Augen erwartungsvoll aufgerissen, die Hände gegen die Brust gedrückt. Es fehlte nur noch, dass sie anfing zu zappeln, so sehr stand sie unter Spannung.

Ihre Erwartungen griffen auf mich über, setzten mich unter Druck und sie brauchte mich nicht lange so anstarren, da knickte ich auch schon ein. »Er hat mir im Archiv aufgelauert«, rang ich mich dazu durch, mehr Einzelheiten preiszugeben und auf Elisas Gesicht erschien ein breites Grinsen.

»Mit Absicht?«, wollte sie aufgeregt und mit glänzenden Augen wissen und ich zuckte undefiniert mit den Schultern.

Der Knoten zwischen meinen Fingern weigerte sich nachzugeben und ich griff kurzerhand nach einem kleinen Papierschneidemesser, das vor mir an einem Nagel an der Wand hing.

»Beim ersten Mal nicht«, gab ich an und durchtrennte die Schnur mit einer kraftvollen Bewegung, die meiner inneren Anspannung Ausdruck verlieh.

Elisas Grinsen wurde noch eine Spur frecher. »Beim zweiten Mal aber schon?«, erkundigte sie sich und es schien ihr unheimlich zu gefallen, sich weiter mit diesem Thema zu befassen.

Ich antwortete ihr diesmal nicht. Doch das musste ich auch gar nicht. Elisa hatte eine blühende Fantasie, sie konnte auch so erraten, was sich heute Morgen zugetragen hatte.

»Hast du dich angstvoll an ihn geklammert?«, fragte sie mit einer gewissen Theatralik und schlang sich dabei selbst die schlaksigen Arme um den schmalen Oberkörper. Sie versuchte nur, mich aufzuziehen und ich hätte sicher sogar darüber gelacht, wenn meine eigenen Erinnerungen nicht wieder in meinem Kopf aufgetaucht wären.

Nur ein einziger Gedanke an Thomas Reeds Arme, die sich um meine Taille legten, während ich ganz nah an seine Brust gedrückt dastand, und mir schoss sofort die Röte wieder in die glühenden Wangen.

»Mein Gott! Hast du wirklich?«, rief Elisa lachend aus und ich schämte mich nur noch mehr für meine allzu deutlichen Körperreaktionen.

»Wie bist du überhaupt hier reingekommen?«, forderte ich recht unwirsch zu wissen und zeigte herausfordernd mit dem Papierschneidemesser in Richtung meiner Freundin.

Elisa ließ sich davon aber nicht im Geringsten beeindrucken und lachte nur weiter über mich. »Du hast die Fenster nicht verriegelt«, gab sie an, als wäre es eine völlige Nebensächlichkeit, dass sie hier zum Fenster eingestiegen war, und der Schalk sprang in ihren Augen.

»Und? Hast du es genossen?«, bohrte sie weiter, während sich ihre Lippen zu einem anzüglichen Lächeln verzogen, und mir reichte es langsam. Damit konnte ich einfach nicht umgehen.

»Nein, habe ich nicht!«, fuhr ich sie daher an und knallte das Messer klirrend auf den Tisch. »Es ist dunkel und zugig da unten. Ich hatte wirklich Angst!«

Elisa trat einen symbolischen Schritt zurück und hob entschuldigend die Hände in die Luft. »Schon verstanden«, meinte sie, verdrehte leicht die Augen und musste sich gleichzeitig mit aller Macht das Lachen verkneifen. »Ich bin eigentlich hier, um dich einzuladen«, eröffnete sie mir, griff in die Tasche ihres Rockes und zog ein zusammengefaltetes Stück Papier hervor.

Ich war wirklich dankbar für den Themawechsel und nahm das Schriftstück entgegen, das sich als Brief herausstellte. Es war eine schriftliche Anerkennung von Elisa Hemmiltons herausragenden Studienleistungen und zeichnete sie mit einer Beurkundung und einem Preisgeld für beste Leistungen aus.

»Das ist ja fantastisch! Glückwunsch«, gratulierte ich erstaunt und las es noch einmal. Ich hatte nicht gewusst, dass Elisa so eine gute Studentin war, aber es überraschte mich nicht. Sie war schlau und hatte das notwendige Durchsetzungsvermögen.

»Das habe ich nur dir zu verdanken«, meinte Elisa lächelnd und ich verstand nicht. »Ohne dich hätte ich niemals die Literatur dafür gehabt«, führte sie aus und machte eine ausladende Geste, wies auf all die Bücher, die noch hier herumlagen.

Auch ich musste lächeln und die Freude machte mir den Bauch ganz flau. Vielleicht maß Elisa meiner Hilfe gerade ein wenig zu viel Anteil bei, aber es machte mich trotzdem glücklich, ihr wirklich geholfen zu haben.

Ich konnte einfach nicht verstehen, wieso Frauen das Privileg des Wissens verwehrt wurde. Es kam mir gemein und rückständig vor, so zu denken.

Ich konnte es vielleicht nicht ändern, aber es machte mich euphorisch, meinen kleinen Beitrag zu der Revolution der Frau beigetragen zu haben.

»Und deshalb will ich dich ausführen. Heute Abend!«, riss mich Elisa aus meinen Gedanken und griff nach meinen Händen. Sie sah so fröhlich aus und mir fiel auf, dass mir ihr unverwüstliches Naturell wirklich gut gefiel. Ich schätze sie als Freundin sehr. Obwohl sie manchmal zu viel Spaß daran hatte, mich zu beschämen.

»Natürlich nur, wenn du nicht schon anderweitige Verpflichtungen hast«, fügte sie hinzu, als hätte sie meine Gedanken gelesen, und klimperte kokett mit den Wimpern.

»Hab ich nicht«, erwiderte ich herausfordernd.

Elisa grinste nur. »Zu schade«, meinte sie vielbedeutend und wir begannen beide zu lachen.

41

Das Einundvierzigste oder das, in dem Elisa mich ausführte.

Pünktlich um sieben stand Elisa vor meiner Tür und ich steckte noch schnell meine Börse ein, obwohl sie mir versicherte, dass ich heute Abend keinen Penny ausgeben müsste, weil sie sich für alle Unkosten verantwortlich fühlte.

Ich lachte nur, zog die Tür hinter mir zu und drehte den Schlüssel im Schloss.

»Wo gehen wir hin?«, fragte ich sie und auf ihren Lippen erschien dieses süße, fast schon gemeine Grinsen, das mir eigentlich schon alles sagte. Sie würde es mir nicht verraten. »Lass dich überraschen«, säuselte sie und ich schlug ihr spielerisch gegen den Arm.

»Ich muss dich übrigens darüber in Kenntnis setzen, dass ich dem Alkohol abgeschworen habe«, informierte ich sie schnell, nur falls sie im Sinn gehabt hatte, sich heute Abend mit mir zu betrinken. Doch Elisa schüttelte nur den Kopf.

»Ach ja? Und woher der Sinneswandel?«, erkundigte sie sich sofort voller Neugierde und ich hätte es eigentlich wissen müssen. Vor Elisa Hemmiltons brillanter Vorahnung für gute Geschichten gab es kein Entkommen.

»Das ist eine peinliche Geschichte voller Dummheiten«, seufzte ich und wusste, dass ich ihr die ganze Sache sowieso erzählen musste. Schließlich war sie doch meine Freundin, sagte ich mir selbst und versuchte mich mit der Tatsache anzufreunden, dass sich Freundinnen ihre Geheimnisse erzählen konnten.

»Da kann ich nur zustimmen«, ergänzte eine tiefe Stimme und mir jagte eine Gänsehaut über den gesamten Körper. Erschrocken fuhr ich herum und stand direkt vor Mr Reed, der müde auf mich herabsah und doch noch ein Schmunzeln im Mundwinkel versteckte.

»Mr Reed«, kam es etwas zu schrill aus meinem Mund und ich machte einen ausweichenden Schritt nach hinten, um nicht so nah bei ihm zu stehen. Dabei stieß ich ungeschickt gegen Elisa, die Mr Reed mit übergroßen Augen musterte.

»Sie sind also Mr Reed«, sprach sie ihn ganz einfach an, stemmte herausfordernd die Arme in die Seite und besah ihn sich so unverhohlen, dass es mir schon peinlich wurde. Doch sie hatte zum ersten Mal die Gelegenheit, den Bibliothekar nicht nur von der Ferne zu sehen und ich stellte mich darauf ein, dass es für mich aufgrund ihrer direkten Art noch peinlicher werden würde.

Wenigstens konnte ich mir sicher sein, dass solche Direktheiten bei Mr Reed keinerlei Spuren hinterlassen würden.

»Der bin ich. Und Sie sind?«, fragte er ganz offen zurück und es war dieser gewisse mürrische Ton in seiner Stimme, den ich mittlerweile richtig gern mochte. Er war nicht so distanziert, wie ich zu Anfang geglaubt hatte. Es war eine Schwäche und die brachte mich dazu, mich ihm nur noch mehr nähern zu wollen.

»Elisa Hemmilton«, stellte Elisa sich vor und reckte das Kinn. Selbst sie schaffte es nicht, mit ihrer für eine Frau doch sehr beachtlichen Größe Mr Reed zu übertrumpfen. Auch sie musste zu ihm aufsehen. »Ich bin Anis engste Freundin«, behauptete sie leicht provokant und mir wurde dabei bewusst, dass das sogar wirklich der Fall war. Sie war meine engste Freundin.

»Ani«, wiederholte Mr Reed etwas abwesend, so als ob er nur hören wollte, wie es klang, wenn man es aussprach. Mir wurde schon wieder viel zu warm.

»Wir sind uns bereits flüchtig begegnet. Auf dem Universitätsball«, erzählte Elisa, obwohl sie nicht erwartete, dass Mr Reed sich tatsächlich an sie erinnerte. »Und ich habe schon viel von Ihnen gehört«, setzte sie daher hinzu und hob frech eine Augenbraue.

Ich seufzte in mich hinein und berührte sie am Arm, um ihr zu signalisieren, dass wir lieber einfach gehen sollten. Wie konnte sie sich als meine engste Freundin vorstellen und mich dann so vor meinem Vorgesetzten brüskieren wollen? Mal ganz davon abgesehen, dass sie ganz genau wusste, dass ich für ihn schwärmte.

»Ich hoffe, nur Gutes«, sagte Mr Reed fast spöttisch und verschränkte die Arme vor der Brust, was ihn aufgrund des Mantels breiter erscheinen ließ, als er war. Wahrscheinlich kannte er die vorherrschende Meinung über ihn oder verschuldete sie sogar mit Absicht.

»Hm«, machte Elisa abwägend und ich wusste, dass sie wieder gemein sein würde. »Ich müsste lügen, um das zu bejahen«, sagte sie nämlich und ich fragte mich, warum ich damals auf dem Ball versucht hatte, einen guten Eindruck auf Miss Brandon-Welderson zu machen, wenn sie mir diesen Gefallen nicht ein kleines bisschen erwidern konnte.

Doch Mr Reed zeigte sich wenig beeindruckt und ich sah sogar seinen Mundwinkel ganz leicht zucken. Das Ganze war für mich wohl wesentlich peinlicher als für ihn.

Ich fühlte mich wie mit einem Eimer kaltem Wasser übergossen. Er hingegen sah Elisa beinahe ungerührt entgegen, während sie seinen Blick scharf erwiderte. Ich beschloss, dieses Geplänkel zum allgemeinen Wohl der hier Versammelten zu beenden.

»Wir gehen jetzt«, unterbrach ich das stille Blickduell der beiden, packte Elisas Arm fester und zog sie unsanft in Richtung der Treppe. »Guten Abend, Mr Reed«, warf ich noch schnell hinterher und Elisa begann leise zu kichern.

»Ja, guten Abend, Mr Reed«, wiederholte sie süffisant und ich zwickte sie unsanft in den Oberarm.

»Aua«, zischte sie leise und begann daraufhin zu kichern.

Mr Reed entgegnete nichts und ich drehte mich auch nicht nach ihm um.

Wir erreichten den Ausgang glücklicherweise ohne weitere Zwischenfälle und kaum standen wir in der Eiseskälte des Abends, begann Elisa laut zu lachen.

»Das war so beschämend!« warf ich ihr wütend vor und sie lachte immer weiter, unbeeindruckt von meinem finsteren Blick.

»Oh verdammt. Jetzt versteh ich so einiges!«, rief sie viel zu laut und ich hakte mich bei ihr unter, damit wir uns in Bewegung setzten. Nicht dass Mr Reed uns von hier unten auch noch hören würde.

Was dachte er jetzt nur? Über Elisa? Über mich? Oder machte es ihm vielleicht gar nichts aus und ich machte mir einfach nur zu viele Gedanken?

Ich rollte über mich selbst mit den Augen. Wahrscheinlich.

»Und was verstehst du?«, wollte ich schroff wissen und Elisa drückte sich näher an mich.

»Warum du ihm so verfallen bist«, behauptete sie und ich schüttelte den Kopf.

»Ich bin ihm nicht verfallen!«, erwiderte ich, auch wenn es nicht ganz der Wahrheit entsprach, und versuchte darauf zu achten, auf dem glatten Boden nicht wegzurutschen. Die Kälte hatte den Schnee zu einer Eisschicht zusammengefroren und wir hielten uns an den Wegseiten, wo die Schneedecke noch nicht so glatt getrampelt war.

»Ich glaub dir kein Wort«, gab Elisa sofort zurück. »Er ist gut aussehend, scharfzüngig und hart wie Granit. Was für ein Mann!«, rief sie euphorisch und schien sich ihres Lebens zu freuen. »Franzin Brandon-Welderson wird sich an ihm die Zähne ausbeißen. Aber du, meine Liebe«, schwärmte sie und das Lächeln auf ihren Lippen zeigte so viel Anerkennung, dass mir ganz mulmig wurde. »Ich bin mir sicher, dass du ihn schon so sehr um den Finger gewickelt hast, dass er alles für dich tun würde«, behauptete sie.

»Das glaube ich kaum«, setzte ich dagegen und hielt es für sehr abwegig, dass Thomas Reed wirklich nach meiner Pfeife tanzen würde, wenn ich es drauf anlegte. So war er nicht. So war auch ich nicht.

»Aber er mag dich, nicht wahr?« erkundigte sie sich plötzlich mit einem gewissen Ernst und ich kniff für einen kurzen Augenblick die Augen zusammen. Denn das war hier die alles entscheidende Frage. Mochte er mich oder war das alles nur ein Gespinst in meinem Kopf?

»Wenn ich das nur wüsste, Elisa«, seufzte ich laut und ließ mich an die Schulter meiner Freundin sinken.

»Du wirst es sicher bald wissen«, versuchte sie mich aufzumuntern und tätschelte meinen Arm. »Schließlich bleibt ihm nicht mehr viel Zeit, um sich zu entscheiden«, meinte sie und ich stutzte.

»Wie bitte?«, fragte ich verwirrt und da ging es mir auch schon selbst auf.

»Sagtest du nicht, dein Onkel hätte dich für einen Monat in der Bibliothek angestellt?«, sprach sie meine Gedanken aus und ich rechnete hastig nach.

Es traf mich wie ein Schock. Elisa hatte tatsächlich recht. Drei Wochen waren seitdem vergangen und wenn man es so sah, dann würde meine Zeit in London bereits am Freitag ablaufen. Meine Mutter hatte damals darauf bestanden, dass es nur ein Monat sein würde. Ein Experiment, an das sie selbst nicht geglaubt hatte, weil sie dachte, ich würde es nicht durchstehen.

»Ani. Ist alles in Ordnung?«, fragte Elisa mich besorgt und ich nickte schnell.

»Ja«, antwortete ich ihr und war mir aber gar nicht sicher, ob es denn wirklich so war. Ich wollte nicht zurück in mein altes Leben. Mein Zuhause schien jetzt hier zu sein.

Was wartete dort schon auf mich als ein langweiliges, sinnloses Leben, das ich nur zu füllen vermochte, wenn ich es durch das Lesen von Büchern bereicherte.

Mein Leben hatte eine neue Perspektive gewonnen. Ich mochte es, meine Zeit in der Bibliothek zu verbringen, zu arbeiten, gebraucht zu werden. Ich mochte es, unabhängig zu sein, meine Freizeit selbst zu bestimmen und mich von meiner Mutter nicht mehr auf sämtliche gesellschaftlichen Anlässe scheuchen zu lassen. Ich mochte, dass wir uns nun, da wir Abstand zueinander hatten, besser verstanden.

Und vor allem mochte ich Mr Reed, mehr als alles andere und ich war nicht bereit, das jetzt so einfach aufzugeben, nur weil es abgemacht war.

Wenn Thomas Reed mich als seine Assistentin behalten wollte, dann würde ich auch bleiben. Gegen den Willen meiner Mutter. Gegen die herrschende Meinung, dass Frauen meines Gesellschaftsstandes nicht arbeiten sollten. Und auch gegen das Wohl meines Vaters, dem mein Bleiben das Herz brechen könnte.

Meine Mutter war es gewohnt, im Konflikt mit mir zu stehen, doch Vater würde es hart treffen, wenn ich mich gegen meine Familie und für ein Leben in London entscheiden sollte.

Aber ich wäre ja nicht aus der Welt. Henry war schließlich auch hier und wir hatten ihn immer wieder zu Gesicht bekommen.

Traurigerweise gab es eine ganz einfache Möglichkeit meine Mutter davon zu überzeugen, dass ich besser hierblieb. Ich musste ihr nur erzählen, dass ich romantische Gefühle für Thomas Reed hegte und sie wäre sofort bereit einzuwilligen.

Doch das wollte ich eigentlich nicht. Es wäre nur der einfachste Weg. Aber nicht der richtige.

Ich wollte ihnen keinen Honig um den Mund schmieren, sondern erreichen, dass sie meine Entscheidungen akzeptierten.

»Ich werde London nicht verlassen«, sagte ich mit fester Stimme, nicht nur zu Elisa, auch, um mich selbst davon zu überzeugen.

»Seit wann ist das beschlossen?«, fragte meine Freundin überrascht und ich lächelte leicht.

»Seit jetzt«, erwiderte ich.

Elisa drückte fest meinen Arm. »Da bin ich aber froh«, meinte sie und ihr Blick wurde ganz weich. »Ich will dich nämlich nicht wieder hergeben«, gestand sie mir und ich musste lachen.

»Als würdest du nicht ohne mich klarkommen«, hielt ich dagegen, um mich von der Wehmütigkeit nicht mitreißen zu lassen, und stupste Elisa spielerisch in die Seite.

»Mit Miss Brandon-Welderson unter einem Dach und einem Haufen höflicher Trottel, die meine Witze nicht verstehen. Nein danke!«, warf sie mir an den Kopf und fing dann selbst wieder an zu lachen.

Es tat gut, sie lachen zu hören und mit guten Gefühlen im Bauch verließen wir das Universitätsgelände und betraten die Gassen der Londoner Innenstadt.

Die Laternenanzünder waren bereits am Werk, um der immer stärker werdenden Dämmerung entgegenzuwirken. Sie wandelten durch die verschneiten Straßen, die an vielen Stellen nur noch mit grauem, dreckigen Matsch bedeckt waren, und Elisa zog mich vorwärts.

»Und jetzt erzählst du mir, was es mit dir und dem Alkohol auf sich hat«, kam sie gut gelaunt auf das Thema zurück, das in meinem Kopf bereits wieder in Vergessenheit geraten war, und lotste mich auf die gegenüberliegende Straßenseite, auf der trotz der sich senkenden Dunkelheit noch erstaunlich viele Menschen unterwegs waren.

»Oh, muss das sein«, stöhnte ich auf und wusste jetzt schon, dass mir jedes einzelne Wort peinlich sein würde.

»Und wie das sein muss«, konterte Elisa aufgeregt und schien kurz davor, aufgeregt neben mir auf und ab zu hüpfen. »Wenn du dich so sträubst, sind es immer die besten Geschichten!«, rief sie aus und ich gab meinen Widerstand gleich auf, da ich gegen Elisas Enthusiasmus ohnehin nicht ankam.

»Na gut«, meinte ich und überlegte, wo ich anfangen sollte, ohne dass sie sofort vor Entzücken zu jauchzen begann. »Es war letzten Donnerstag«, begann ich und Elisa sah mich gespannt an. So weit, so gut. »Mr Reeds Brüder sind in der Bibliothek aufgetaucht«, setzte ich fort und hatte schon verloren.

»Wirklich?«, fiel Elisa mir ins Wort und ihre Augen leuchteten förmlich vor Informationsdurst.

Ich musste ihr die Brüder haarklein beschreiben, erzählte von der Auseinandersetzung, in der ich zusagte, sie zu begleiten und dass Mr Reed schlussendlich doch mitgekommen war.

Elisa bekam sich kaum noch ein vor Aufregung, während wir ein keines Lokal betraten, das eigentlich aussah wie alle anderen auch und in dem es wirklich gute Fish and Chips gab. Selbst der Tee war trinkbar und Elisa rühmte sich, bei ihrer Auswahl auf dieses Detail sogar besonderen Wert gelegt zu haben.

Sie zwang mich allerdings auch, die Geschichte bis zum Schluss zu erzählen und sprang vor Empörung beinahe von ihrem Stuhl auf, als ich gestehen musste, dass meine Erinnerung ab einem bestimmten Punkt nur noch sehr vage wurde.

»Wie gemein. Der beste Teil der Geschichte musste dir natürlich entfallen sein«, beschwerte sie sich schmollend und schob ihre restlichen Chips hin und her, während ich schon längst alles aufgegessen hatte. Doch es musste schließlich einen Grund geben, warum Elisa so klapperdürr war und ich nicht.

»Stell dir nur vor, Thomas hätte dich geküsst und du würdest es einfach nicht mehr wissen«, sagte sie plötzlich und ich fuhr erschrocken auf.

»Nenn ihn nicht so«, schimpfte ich und wusste nicht, ob es eine gute Idee gewesen war, ihr Mr Reeds Vornamen verraten zu haben. Doch noch weniger wollte ich mir vorstellen, dass Thomas mich geküsst hatte. Wie sich seine Lippen meinen näherten, wie es sich anfühlen könnte, was es mir bedeuten würde. »Und das hat er sicher nicht«, versuchte ich es vehement abzustreiten. Elisa sah mich nur skeptisch an.

»Und wenn doch? Ihr wart zusammen in dieser Droschke, ganz nah beieinander. Ihr wart angetrunken, du ein bisschen mehr als er, und dann …«, erzählte sie mit gesenkter Stimme und mein Herz wummerte so sehnsüchtig in meiner Brust, dass ich kaum Luft bekam.

»Hör auf«, fuhr ich sie an und senkte den Blick auf meine Teetasse, die ich mit den Händen fest umklammerte. »Daran würde ich mich erinnern«, behauptete ich.

»Bist du dir sicher?«, fragte sie provokant. Ich hob die Augen wieder, um sie böse anzustarren.

»Ich habe mich kurz zuvor auf die Straße übergeben«, erinnerte ich sie und sie verdrehte nur die Augen.

»Gut, zugegeben, nicht die besten Voraussetzungen. Aber man kann noch mehr küssen als nur die Lippen«, meinte sie großspurig und spitzte die Lippen in meine Richtung wie ein Fisch in seinem Glas.

Ich lachte über ihre Albernheiten und überspielte so meine aufkommenden Bedenken.

Ich hatte diesen Abend schon längst aus meinem Kopf verdrängt gehabt, war abgelenkt gewesen durch Kopfschmerzen, Mr Reeds Geheimnis und durch den Streit mit Mr Boyle.

Doch Elisa führte mir vor Augen, dass es vielleicht wichtig war, mich daran zu erinnern, über was Thomas und ich in der Droschke geredet hatten.

Ich spürte eine Art Vertrautheit, wenn ich daran zurückdachte, einen Arm, der mir Halt gab, und eine Melodie irgendwo in meinem Kopf.

Doch alles war so flüchtig wie ein Traum nach dem Erwachen. Ich konnte es nicht fassen und auch nicht beschreiben.

Aber ich wusste, dass es einen Menschen gab, der mir sagen konnte, was an diesem Abend alles passiert war. Und das war Thomas Reed.

42

Das Zweiundvierzigste oder das, in dem ich in einem Schrank saß.

Mein Wecker klingelte in schrillen Tönen und ich schreckte aus dem Tiefschlaf hoch. Ohne Orientierung kämpfte ich mich aus meinen Laken, streckte mich schlaftrunken zu meinem Wecker und drückte den Bügel, um ihn verstummen zu lassen. Angestrengt blinzelte ich auf die Zeiger, die im Halbdunkel kaum zu erkennen waren.

Es war halb sieben. Ich musste aufstehen.

Stöhnend drückte ich meinen schweren Kopf ins Kissen und traute mich nicht, die Augen wieder zu schließen. Sollte ich es tun, würde ich sofort wieder einschlafen.

Elisa und ich hatten viel zu lange geredet, gelacht und uns über alle möglichen Themen unterhalten. Über Verliebtheiten, Politik, das Leben in der Stadt und irgendwann hatte Elisa angefangen, mir von ihrer Familie zu erzählen, über ihre Schwestern und die unglaublich vielen Cousins und Cousinen, die sie hatte.

Sie packte eine amüsante Geschichte nach der anderen aus und dann war es plötzlich nach Mitternacht. Wir waren mittlerweile so müde, dass wir nur noch lachen konnten, und als dann kurz vor ein Uhr einer von Elisas Cousins auftauchte, um uns nach Hause zu bringen, war ich wirklich sehr dankbar, zu dieser späten Stunde nicht mehr allein durch die dunklen Straßen Londons laufen zu müssen.

Er war ein großer junger Mann mit exakt denselben Gesichtszügen, die auch an Elisa so ausgeprägt zu sehen waren. Er brachte mich bis an die Haustür, nickte mir nur zu, während Elisa mich überschwänglich an sich drückte und ich im Treppenhaus des Personalgebäudes verschwand.

Mit jeder Stufe, die ich nach oben stieg, sank meine gute Laune und meine Müdigkeit nahm zu.

Oben angekommen, schaffte ich es kaum, meine Tür aufzuschließen, zog mich schnell um und fiel so wie ich war einfach ins Bett.

Und jetzt, am nächsten Morgen, an dem ich Kopfschmerzen und Müdigkeit verspürte wie eine lähmende Schwere, die mich mit aller Kraft auf die harte Matratze drückte, bereute ich es, nicht einfach früher heimgekommen zu sein.

Etwas pikte in meinen Kopf und ich setzte mich mühsam auf. Mit einer Hand zog ich mir eine Haarnadel aus der vom Schlaf zerstörten Frisur, mit der anderen klammerte ich mich an den Bettrand, um dem Drang nicht nachzugeben, mich einfach wieder hinzulegen.

Doch es nutzte alles nichts. Ich musste zur Arbeit und dieses Schicksal hatte ich freiwillig gewählt.

Also ließ ich die warmen Decken hinter mir, um mich in der Kälte des Zimmers anzuziehen und mich anschließend um meine Haare zu kümmern, die wie ein blonder Knoten auf meinem Kopf thronten.

Selbst kaltes Wasser in meinem Gesicht half nicht viel und ich wusste, dass es nur ein Mittel gab, um meinen Zustand wirklich zu verbessern. Und das war Tee.

Also warf ich noch einen schnellen Blick in den Spiegel, der mir zeigte, dass ich auch genauso müde aussah, wie ich mich fühlte, und ging eilig hinunter in den Speisesaal. Mrs Christy setzte ich sofort darüber in Kenntnis, dass mir heute nicht wirklich nach Essen zumute war und ich lediglich eine starke Tasse Tee wünschte, schwarz und ohne Zucker.

Mrs Christy lächelte nur stumm, ließ mich meine schlechte Laune in Stille aussitzen und brachte mir liebenswerterweise den gewünschten Tee.

Nur ein Schluck reichte, um mich schon um einiges besser zu fühlen und als ich die Tasse geleert hatte, war ich wieder wie neu. Ich schaffte es sogar, einen Apfel und eine Schale Porridge zu essen, ehe ich mir den Mantel anzog und ins Treppenhaus trat.

Thomas Reed stand am Treppenabsatz, die Hände um die silberne Taschenuhr geschlossen, die er immer hervorholte, wenn seine Finger Beschäftigung brauchten.

Es war wie ein Moment aus einem Buch, wenn die Hauptfigur in den Raum trat und alle Augen nur auf sie gerichtet waren.

Nur dass in diesem Fall ich diese Hauptfigur war und Thomas mir entgegensah, als hätte er auf mich gewartet.

Wahrscheinlich hatte er das sogar wirklich und mein Herz schlug schneller.

Ich sah ihn an, diesen großen, dunklen Mann, der mir alles bedeuten konnte, und wusste, dass dies hier ein Anblick war, den ich jeden einzelnen Tag in meinem Leben genießen wollte. Jeden Morgen mit ihm zu beginnen, war so ein greifbares Gefühl, dass mein Bauch zu kribbeln begann.

»Guten Morgen, Miss Crumb«, begrüßte er mich und wirkte zur Abwechslung einmal sehr viel wacher als ich.

Ich blieb vor ihm stehen, konnte nicht aufhören, ihn anzuschauen und wickelte mir in Ermangelung einer besseren Beschäftigung für meine Hände den Schal noch einmal um den Hals.

»Guten Morgen, Mr Reed«, antwortete ich ihm und unsere Blicke hielten an, dauerten viel zu lang, sodass mir ganz warm in der Brust wurde.

»Wollen wir?«, fragte Mr Reed mich, ohne den Blickkontakt abzubrechen, und ich nickte wie in Trance. Mr Reeds Kinn senkte sich, deutete auf seinen Arm und ich folgte seiner Bewegung mit den Augen.

Sein Unterarm war einladend in meine Richtung ausgestreckt und mir stockte vor Überraschung der Atem. Ich wusste, was diese Geste bedeuten sollte und trotzdem fürchtete ich, etwas missverstanden zu haben. Doch als Mr Reed auch noch auffordernd eine Augenbraue hob, musste ich es für wahrhaftig halten.

Thomas Reed bot mir seinen Arm an!

Verlegen machte ich einen Schritt auf ihn zu, spürte das furchtbare Kribbeln in meinem Bauch und schob ganz vorsichtig meinen Arm um seinen.

Mr Reed lächelte heimlich und mit einer gewissen Verschlagenheit, so als wüsste er ganz genau, wie sehr mich diese Geste aufwühlte. Er öffnete jedoch ohne ein weiteres Wort die Tür und zog mich mit großen Schritten hinaus in den kalten Morgen. Wir stapften durch den Schnee, Seite an Seite, und ich bildete mir ein, dass es heute gar nicht so kalt war wie sonst. Vielleicht war mir aber auch einfach nur zu warm in meinem Herzen.

Ich lächelte, obwohl ich es wahrlich zu unterdrücken versuchte. Wir sprachen zwar den ganzen Weg über kein Wort miteinander, doch es war keine unangenehme Stille.

Es fühlte sich gut an, neben dem Mann zu gehen, den ich so sehr verehrte, und seine Nähe machte mich ganz liebestrunken.

Sein Arm war stark und hielt mich aufrecht, als ich zweimal auf dem eisigen Boden ins Rutschen geriet. Leider kamen wir viel zu schnell an der Tür der Bibliothek an und der Zauber verflog.

Mr Reed begann nach seinen Schlüsseln zu suchen und ich zog meinen Arm zurück, damit er ihn auch aus der Manteltasche fischen konnte.

Ich betrachtete sein Gesicht, während er den richtigen Schlüssel an seinem Bund ausfindig machte und ins Schloss steckte. Nur die Kälte verhinderte, dass meine Wangen sich noch mehr verfärbten, als mein Blick an seinen Lippen hängen blieb und unerhörte Gedanken über Küsse und körperliche Nähe meinen Kopf fluteten.

Ich schüttelte mich, versuchte mich selbst abzulenken und dachte plötzlich an Elisas Worte vom gestrigen Abend.

Wir sprachen über meine fehlende Erinnerung und sie hatte einige sehr wüste Vermutungen angebracht, die ich allesamt vehement verneint hatte. Doch was, wenn Thomas Reed mich tatsächlich geküsst hatte?

Es war ein unsinniger Gedanke, das wusste ich ja selbst, aber insgeheim wünschte ich, ich läge falsch und dass das Unmögliche auch manchmal wahr werden konnte.

Allerdings würde ich nie Gewissheit haben, wenn ich nicht danach fragte.

»Mr Reed«, sprach ich ihn an, als er gerade die Tür aufschob und mich als Erste eintreten ließ.

»Ja, Miss Crumb?«, entgegnete er. Ich genoss das Gefühl, seine volle Aufmerksamkeit zu haben.

»Wissen Sie, mich treiben seit einiger Zeit ein paar Gedanken um, die diese Kutschfahrt vom letzten Donnerstag betreffen«, formulierte ich distanziert, um mich mit meiner Sachlichkeit selbst zu beruhigen.

Thomas schloss die Tür hinter uns und sah im Halbdunkel auf mich herab. »Sie erinnern sich also wieder?«, fragte er und seine Stimme klang so neutral, dass ich davon überzeugt war, dass er dies ebenfalls tat, um seine wahren Gefühlsregungen dahinter zu verstecken.

»Nein«, gestand ich und seufzte. »Das ist ja das Problem.«

Thomas entspannte sich sichtlich, trat aus dem Schatten und setzte ein unechtes Lächeln auf.

Er verheimlichte mir etwas, etwas Wichtiges, und er war augenscheinlich froh, dass ich mich nicht daran erinnerte.

»Das ist sicher ärgerlich, Miss Crumb. Aber glauben Sie mir, manche Dinge sollten einfach vergessen bleiben«, meinte er, als wäre es eine völlige Nebensächlichkeit, schlenderte ins Foyer und durch die Bögen in den Lesesaal.

Mein Herz begann noch schneller zu rasen, weil ich mir sein Verhalten einfach nicht erklären konnte. Was bedeutete das denn? War tatsächlich etwas vorgefallen, das unter der Decke der Vergessenheit bleiben musste? Hatte er etwas Unerhörtes getan?

Oder war es noch schlimmer und ich hatte etwas Unerhörtes getan?

Ich riss mich aus meiner Starre, eilte ihm hinterher und holte ihn an der Treppe hinauf auf den Rundgang wieder ein.

»Habe ich etwas getan oder gesagt, das Sie in Verlegenheit gebracht hat, sodass Sie mit mir nicht darüber reden wollen?«, verlangte ich zu wissen und Thomas drehte sich in einer plötzlichen Bewegung zu mir um, sein Ausdruck irritiert.

»Nein«, betonte er und runzelte verwirrt die Stirn. »Nein, ganz und gar nicht. Sie waren ein Engel, Miss Crumb. Die meiste Zeit sogar ein schlafender«, erklärte er und ich glaubte ihm. Nur leider brachte mich das der Lösung meines Problems in keinster Weise näher.

»Aber was ist es dann?«, bohrte ich weiter und trat zu ihm auf die gleiche Treppenstufe, damit ich mich ihm nicht so unterlegen fühlte. Ich starrte ihn unerbittlich an und nahm mir vor, ihn nicht gehen zu lassen, ehe ich es wusste.

Doch Thomas' Augen wurden plötzlich ganz weich unter meinem Blick und es bildete sich ein Kloß in meinem Hals, als er seine Hände nach mir ausstreckte. »Bitte, Animant«, begann er leise und mein Herz setzte einen Schlag aus, als er meinen Namen sagte.

Doch weiter kam er auch nicht, da unten die Tür laut zuschlug und wir beide erschrocken auseinanderfuhren.

Schritte waren auf dem Marmorboden im Foyer zu hören und keinen Augenblick später tauchte auch schon Oscar im Lesesaal auf.

»Guten Morgen, Miss Crumb«, rief er etwas zu laut und ich nickte ihm flüchtig zu, um mich schnell wieder Thomas Reed zu widmen.

Dieser hatte tatsächlich die Gelegenheit beim Schopfe gepackt und sich klammheimlich aus dem Staub gemacht. Ich sah ihn gerade noch, wie er leise seine Bürotür hinter sich zuzog und schnaubte vor Empörung und Frustration laut auf.

Dieser Mann war ein Feigling! So schimpfte ich ihn zumindest in meinem Kopf und wusste doch, dass ich bei dem Blick, den er mir gerade geschenkt hatte, sowieso weich geworden wäre und ihn hätte ziehen lassen.

Weil es dazu aber nicht gekommen war, bildete ich mir zumindest ein, die Härtere von uns beiden zu sein, legte meinen Mantel ab und wandte mich meiner Arbeit zu.

Als es jedoch Zeit wurde, ins Archiv hinunterzulaufen, spürte ich, wie sich die Angst leise wieder in mein Herz schlich und ich ließ die Zeitungen auf dem Tresen liegen, um mich hinauf in Thomas Reeds Büro zu begeben. Zaghaft klopfte ich an, wusste nicht, in welcher Stimmung ich den Bibliothekar antreffen würde und machte mich auf alles gefasst.

Ich wartete nicht auf ein Herein, drückte die Türklinke einfach hinunter und schob mit Schwung die Tür auf.

Thomas arbeitete. Er wälzte Akten, machte Notizen, erstellte Listen, während sich neben seinem Schreibtisch die Bücher schon wieder bis zur Tischplatte stapelten. Er sah nicht auf, als ich eintrat und winkte mich nur heran, als Zeichen, dass er mich hörte.

»Ich werde jetzt ins Archiv gehen«, teilte ich ihm mit und er schob sich die Brille wieder an der Nase hoch, um etwas in seiner eigenen Schrift entziffern zu können.

»Und das sagen Sie mir, weil …?«, erkundigte er sich und ich merkte, dass er gerade wenig Konzentration für mich übrig hatte. Oder nicht haben wollte.

Wieso war er plötzlich wieder so? In der letzten Zeit war sein Wesen mir gegenüber aufgeschlossen und vertraut gewesen, ja sogar auf seine eigene Art ganz charmant, nur um jetzt wieder wie zu Beginn den Unnahbaren zu spielen. Machte das einen Sinn oder versuchte er nur, mich davon abzuhalten, ihm weitere Fragen zu meiner Erinnerungslücke zu stellen?

Was konnte denn an diesem Abend schon passiert sein, was so schrecklich war, dass er nicht darüber reden wollte?

»Weil ich vermeiden will, dass Sie mir da unten wieder auflauern«, gab ich energisch zurück, über sein Verhalten verärgert. Ich verschränkte sogar trotzig die Arme vor der Brust als Ausdruck meiner Entrüstung.

Thomas Reed stockte, hielt den Finger auf die Zeile, die er gerade gelesen hatte, und ich konnte genau sehen, wie sich ein heimliches Grinsen in seinem Mundwinkel versteckte.

»Ich habe Ihnen nicht aufgelauert«, behauptete er wie nebenbei und stützte sein Kinn wieder in die Hand, um seinen Mund zu verdecken. Doch das Grübchen verriet ihn.

Er lachte über mich und das passte mir in meinem verärgerten Zustand gerade gar nicht in den Kram.

»Ich warne Sie, Thomas Reed! Ich werde Sie mit einem Papiermesser vierteilen, wenn ich Ihnen da unten jemals wieder begegnen sollte!«, fuhr ich ihn an und nun brach das Lachen endgültig aus ihm heraus. Er lachte so laut, dass ich nicht daran zweifelte, dass man es in der ganzen Bibliothek hören konnte, und klang dabei so schadenfroh, dass ich ihn am liebsten geohrfeigt hätte.

Im Gegensatz zu ihm empfand ich nichts an dieser Situation als besonders lustig. Er musste sich ja einen wirklichen Spaß damit gemacht haben, mich da unten zu erschrecken. Doch ich fürchtete mich jetzt nur einfach noch mehr vor den gespenstischen Räumen unterhalb der Bibliothek. Und das trieb mich durch meine aufbrausende Art zur Weißglut.

»Das ist mein voller Ernst!«, setzte ich also hinzu und bekam noch mehr Lachen zu hören, bei dem ihm sogar die Tränen in den Augen stiegen. »Sie sind ein Idiot!«, keifte ich, drehte mich auf dem Absatz um und stampfte frustriert wieder aus dem Büro.

Ich hörte Thomas Reeds Lachen noch bis nach unten in den Lesesaal und wusste, dass es eigentlich ein Glück war, dass er mich so wütend gemacht hatte. Denn Wut war besser als Angst, und so stapfte ich hinunter ins Archiv, schimpfte lautstark vor mich hin und schaffte es mit nur geringem Herzklopfen, wieder ans Tageslicht zu gelangen.

Zu Mittag tauchte Henry in der Bibliothek auf und entführte mich zum Essen, noch bevor ich auf die Idee kommen konnte, Thomas zu fragen, ob er mich zufällig begleiten wolle.

Doch nach dem Vorfall heute Morgen hätte ich das sicher sowieso nicht über mich gebracht. Es war auch so schon peinlich genug, dass ich wegen jeder Kleinigkeit die Nerven verlor und mich in eine Streiterei stürzte, da brauchte ich nicht auch noch Thomas, der über mich lachte, während mein Stolz immer weiter sank.

»Rachel hat zugesagt«, eröffnete Henry übergangslos das Gespräch, nachdem wir die Bibliothek hinter uns gelassen hatten.

Die Kälte kroch mir in die Ärmel und ich hoffte, wir würden nicht allzu weit laufen müssen, um etwas zu essen zu bekommen. Doch wie ich Henry kannte, würde er die Cafeteria ansteuern und damit wäre ich zufrieden.

»Das ist gut. Kannst du ihr sagen, dass ich sie um kurz nach vier bei der kleinen Konditorei in der University Street treffe?«, bat ich ihn. Heute hatte ich Wichtiges vor. Wichtig für Henry, und ich musste meine eigenen Gedanken für eine Weile hinten anstellen.

Zumindest redete ich mir das ein.

»Werde ich«, antwortete Henry und nickte, wandte sich jedoch dann plötzlich an mich. »Musst du nicht bis fünf arbeiten?«, erkundigte er sich und ich lächelte ihm aufmunternd zu.

»Ich werde mit Mr Reed sprechen. Mach dir darum keine Gedanken«, versicherte ich ihm und tätschelte Henry den Arm.

Seine Stirn lag in Sorgenfalten, seine Lippen waren zusammengekniffen und ich seufzte innerlich. Er war schon immer ein recht emotionaler Mensch gewesen. Im Gegensatz zu mir, die man oft als gefühlskalt bezeichnet hatte. Er war freundlich, offen, witzig und begeisterungsfähig. Doch Probleme, egal, ob seine eigenen oder die von anderen, belasteten sein Gemüt und ich fühlte mich dann immer verpflichtet, ihm wie eine tragende Säule beizustehen. Ich verbot mir jeglichen Zweifel an meinem Plan, damit ich Henry unterstützen konnte. Er machte sich schließlich genug Sorgen für uns beide.

»Bist du dir sicher, dass das eine gute Idee ist? Mutter und Rachel. Das könnte ganz schön heftig werden«, brachte er seinen Gemütszustand zum Ausdruck und ich schüttelte bestimmt den Kopf.

»Sei nicht albern. Rachel ist das liebreizendste Geschöpf in ganz Großbritannien. Es gefriert eher die Hölle, als dass Mutter sich nicht Hals über Kopf in sie verlieben wird«, versicherte ich ihm und brachte meinen Bruder dadurch zum Schmunzeln.

»Ja, vielleicht hast du recht«, sagte er zu mir und seine Augen begannen sehnsüchtig zu glänzen, was mir zeigte, dass er an Rachel dachte.

Der feine Stich der Eifersucht traf mich in der Brust, als ich ihn so sah. Verliebt und mit der vollen Gewissheit, dass diese Liebe auch erwidert wurde.

Ich würde mein Äußerstes geben müssen, damit er zu seinem Glück kam, denn alles andere würde ich mir auf Ewig vorhalten.

Wir aßen Rindfleischpasteten, verschiedenes Gemüse und Kartoffeln, redeten wenig über heute Nachmittag und dafür viel über Belanglosigkeiten.

Es tat trotzdem gut, Zeit mit meinem Bruder verbracht zu haben und ich lief zur Bibliothek zurück mit dem Ziel, Thomas um eine Stunde zu bitten, die er mich früher entlassen sollte.

Ich huschte durch die Kälte, die von Tag zu Tag schlimmer wurde, und fragte mich, wie kalt es in London werden konnte.

Mit ein wenig Sehnsucht dachte ich an zu Hause, wie mild unsere Winter doch waren und dass ich mich in Zukunft an das Londoner Klima gewöhnen musste. Schließlich wohnte ich jetzt hier.

Eilig gelangte ich in die warmen Hallen der Bibliothek, die mich empfing wie eine neue Heimat, und ich wusste, dass es die richtige Entscheidung gewesen war, zu bleiben.

Ich lief, um meinen Mantel in das Aufenthaltsräumchen zu bringen, zupfte meine Bluse zurecht, schob den Rock gerade und kontrollierte den Sitz meiner Haare. Es fiel mir generell schon sehr schwer, andere Menschen um etwas zu bitten, doch bei Thomas war es noch ein wenig schlimmer.

Ich dachte daran, dass ich mich erst heute Morgen an seinen Arm geklammert hatte und danach gleich einen Streit vom Zaun brechen musste. Mein Temperament stand mir ständig im Weg und mein Stolz machte die ganze Sache nicht leichter.

Dabei gab es doch eigentlich nichts Schöneres, als meine Zeit in Thomas' Gegenwart zu verbringen. Was brachte mich dann immer wieder dazu, so ruppig zu sein?

Ich straffte die Schultern, ignorierte das erwartungsvolle Kribbeln im Bauch und klopfte strenger an die Bürotür, als ich es beabsichtigt hatte.

»Herein«, hörte ich die vertraut murmelnde Stimme und drückte mit schwitzigen Händen die Türklinke nach unten.

Thomas saß an seinem Schreibtisch, wälzte immer noch Akten und ich vermutete stark, dass er sich seit heute Morgen kaum bewegt hatte.

Wahrscheinlich hatte er zu Mittag nicht einmal etwas gegessen. Ich schnaubte in mich hinein und versuchte meinen Ärger über seine ungesunde Einstellung zu unterdrücken. Jetzt war nicht der richtige Moment, um sich über solche Dinge aufzuregen.

»Mr Reed«, sprach ich ihn an und trat zwei Schritte ins Zimmer hinein. »Könnte ich etwas mit Ihnen besprechen?«, begann ich und Thomas zog konzentriert die Stirn kraus.

Er war noch mitten in irgendeiner Arbeit und ich gab ihm einen Moment, bevor ich eine Antwort erwartete.

Stattdessen betrachtete ich ihn. Den großen Mann, der über seine Akten gebeugt saß, die breiten Schultern, die man so gut sah, da er das Jackett ausgezogen und über die Stuhllehne gehängt hatte.

Auch seine Hemdärmel waren nach oben gekrempelt, was seine Unterarme entblößte und ein Prickeln in meinen Fingerspitzen hervorrief, die sich danach sehnten, sanft über seine Haut zu streichen.

Ich unterdrückte den Gedanken sofort und wurde zugleich von anderen Dingen noch schlimmer überfallen. Die Neigung seines Kopfes, die seinen Nacken freigab, die dunklen Haare, die er sich in den letzten Stunden wohl gerauft hatte. Sie bildeten ein völliges Durcheinander, das geradezu danach schrie, dass man mit den Händen hindurchfuhr.

»Entschuldigung, Miss Crumb«, sagte Thomas plötzlich und ich schreckte aus meinen beschämenden Gedanken. Seine dunkelbraunen Augen sahen mich an und mein Herz drohte mir bei diesem Anblick aus der Brust zu springen. »Erlauben Sie, dass ich diese Arbeit hier noch schnell abschließe?«, fragte er mich mit erschöpftem Gesicht und den Gedanken noch ganz woanders.

»Natürlich, Mr Reed«, gab ich zurück und trat wieder einen Schritt nach hinten, damit er sich nicht gehetzt fühlte. Denn ich kannte das Gefühl, wenn man kurz vor dem Ende unterbrochen wurde. Ob es nun ein Arbeitsgang oder ein Buch war, es war ärgerlich und ließ nur schwer zu, dass man seine Gedanken ruhig mit anderem beschäftigen konnte.

»Ich muss nur eben schnell ein Buch holen. Dann können wir ...«, begann er, sprach dann aber nicht weiter und erhob sich stattdessen von seinem Stuhl, während er noch ein paar Notizen hin und her schob.

Ich lächelte in mich hinein und konnte über die Unordnung nur seufzen. Sein Schreibtisch war schon wieder ein einziges Chaos aus Papier, Briefen, Büchern und Akten und ich würde bald wieder Hand anlegen müssen, um dem Einhalt zu gebieten.

Wie konnte dieser Mann einerseits so logisch veranlagt und vorausschauend sein, und gleichzeitig nicht imstande, eine gewisse Grundordnung zu erhalten? Das war wohl eine Tatsache, die mir auf ewig ein Rätsel bleiben würde.

»Warten Sie kurz hier, ich bin gleich wieder da«, teilte er mir noch schnell mit, lächelte mich auf eine seltsam zerstreute Art von oben herab an und schob sich dann an mir vorbei durch die Tür.

Verwirrt blinzelte ich, noch aufgeregter als vorher, und versuchte mich dann zusammenzureißen.

Ich würde ihn schließlich nur um eine Stunde freie Zeit bitten und nichts weiter. Meine Nervosität war vollkommen ungerechtfertigt und doch konnte ich sie in mir spüren. Manchen Gefühlen konnte man mit Logik einfach nicht beikommen.

Ich konnte es mir nicht verkneifen, musste irgendwie meine Finger beschäftigen und trat an eins der Regale heran, die an den Wänden standen, und begann, die Bücher darin zu sortieren, ein paar Zettel hervorzuziehen, die eindeutig abgeheftet sein sollten, und schob noch ein paar lose Notizen zu einem Stapel zusammen.

Doch plötzlich fiel hinter mir so unvermittelt die Tür ins Schloss, dass ich erschrocken herumfuhr.

Thomas war zurück. Das war aber schnell gewesen.

Es brauchte allerdings nur einen zweiten Blick, um zu erkennen, dass etwas nicht stimmte. Nicht nur, dass er ohne Buch zurückgekehrt war, sein Blick war zu gehetzt, seine Atmung zu schnell und seine Schultern verspannt. Als wäre ihm da draußen ein wildes Tier begegnet. Oder ein Schreckgespenst.

»Ist alles in Ordnung?«, wollte ich besorgt von ihm wissen und konnte es mir nicht verkneifen, einen Schritt näher an ihn heranzutreten.

Thomas sammelte sich, brauchte eine Sekunde, um sich zu fangen, und drehte sich dann wieder zur Tür, um mit einer zügigen Bewegung den Schlüssel im Schloss zu drehen.

Ich zuckte zusammen. Was hatte denn das zu bedeuten?

»Miss Brandon-Welderson ist im Foyer«, platzte es endlich aus ihm heraus und er trat hastig von der Tür zurück, so als würde sie gleich dort durchbrechen. »Dabei ist heute Dienstag. Ich bin mir sicher, dass es Dienstag ist«, murmelte er mehr zu sich als zu mir und ich hob nur skeptisch eine Augenbraue. »Es ist doch Dienstag, oder?«, wandte er sich dann an mich und ich musste mir ein Schmunzeln verkneifen.

Thomas führte sich einfach albern auf. Es war schließlich nur eine Frau. Natürlich gab ich zu, dass sie so ihre Schwächen hatte und sie mir keine willkommene Gesellschaft war. Aber solch einen Eiertanz aufzuführen, nur weil sie in der Nähe war, schien mir ungerechtfertigt.

»Ja, es ist Dienstag«, bestätigte ich ihm und musste mich noch stärker zusammenreißen, um nicht über ihn zu lachen. »Aber egal, zu welchem Tag, Sie sollten mit ihr reden«, riet ich ihm und überkreuzte meine Hände vor dem Bauch.

»Nein, Miss Crumb«, zischte Thomas mir zu und senkte die Stimme. »Ich kann sie nicht ausstehen. Wenn sie nur den Mund aufmacht, werde ich die Beherrschung verlieren und die hochnäsige Pute zum Teufel jagen«, knurrte er und ich fragte mich mal wieder, warum er Miss Brandon-Welderson so sehr hasste.

Ich blinzelte und stellte dann ziemlich überrascht fest, dass ich es wusste. Sie hatte ihn des Diebstahls bezichtigt, als sie noch jung gewesen waren. Thomas hatte es mir erzählt. Und zwar in der Nacht, an die ich mich nicht erinnerte.

Diese Erkenntnis ließ mein Herz flattern und meine Augen leuchten. Ich versuchte mich an noch mehr zu erinnern, an die ganze Situation, an die Droschke, an die Dinge, über die wir noch geredet hatten. Doch es war nichts da. Nur dieser eine Gedanke war zurück und der Rest lag immer noch im Schatten.

Meine Freude fiel wieder in sich zusammen, noch bevor Thomas etwas davon bemerkt hatte, und ich versuchte die Enttäuschung über mich selbst nicht zu sehr zu zeigen. Wäre auch zu schön gewesen.

»Und was wollen Sie jetzt tun? Hier drinbleiben und warten, dass sie wieder verschwindet?«, erkundigte ich mich mit einer Note Sarkasmus und Thomas sah mich finster an.

»Das war genau der Plan!«, eröffnete er mir.

»Schlechter Plan«, gab ich zurück. »Ein ambitionierter Lauscher wird merken, dass sich jemand im Zimmer befindet. Selbst wenn wir still wären«, erklärte ich ihm und er starrte mich schockiert an. Ich hatte schließlich Erfahrung mit dem Lauschen. Es reichte, das Gewicht zu verlagern, um die Bodendielen zum Knarren zu bringen, zu lautes Atmen, ein Räuspern, die bloße Aura einer sich im Raum befindenden Person. »Wir müssten schon in einem Schrank sitzen, damit sie uns nicht hört«, sagte ich daher, um ihm die Ausweglosigkeit seiner Situation vor Augen zu halten, die für mich nur zu einem Schluss führen konnte. Er musste sich Miss Brandon-Welderson stellen!

Doch ich hatte nicht damit gerechnet, dass Thomas Reed auf eine ganz andere Idee kommen würde. Seine Augen zuckten sofort zu dem Schrank, der neben ihm an der Wand stand und den ich zu meinem Pech doch tatsächlich so gründlich aufgeräumt hatte, dass unten Stauraum entstanden war.

Und dann sah Thomas zu mir.

Ich wusste sofort, was jetzt kommen würde. Empört zog ich die Luft ein, hob abwehrend die Hände und wich einen Schritt nach hinten zurück. »Oh nein!«, rief ich und Thomas kam auf mich zu. »Sie werden doch nicht … Das ist doch albern! Sie sind ein erwachsener Mann!«, warf ich ihm vor und versuchte noch mehr Abstand zu ihm zu gewinnen. Doch er kam mir hinterher und sah dabei sehr entschlossen aus.

»Animant!«, grollte er und ich ergriff die Flucht hinter den Schreibtisch.

»Ich werde unter keinen Umständen freiwillig mit Ihnen in diesen Schrank steigen!«, empörte ich mich laut und da packten mich unvermittelt seine Arme an der Taille und hoben mich einfach in die Luft.

Mir entfuhr ein erschrockenes Quietschen, mein Herz setzte aus, mein Bauch kribbelte so schlimm, dass es schon anfing, sich im ganzen Körper zu verteilen, und mir wurde kurz schwindelig von all den Gefühlen, die mich so plötzlich überrollten.

Thomas Reed versuchte mich in einen Schrank zu entführen!

»Dann lassen Sie mir keine Wahl«, schnaubte er an meinem Ohr und meine Gedanken fielen übereinander.

»Sie können sich doch nicht in einem Schrank verstecken!«, versuchte ich an seine Vernunft zu appellieren, bevor mir die Worte ausgingen, und holte Luft, um noch mehr zu sagen, doch Thomas drückte mir eine Hand auf den Mund wie ein Straßenräuber.

»Ist das Ihr Ernst?«, wollte ich schimpfen, doch es kam nur ein »Mpf, hm, hm« heraus. Ich versuchte zu zappeln, mich gegen ihn zu wehren, doch er war sehr viel stärker als ich und kaum dass ich mich versah, saßen wir plötzlich auf dem Boden des Schrankes und hinter uns schlossen sich die schweren Holztüren.

Empört stemmte ich mich gegen den Bibliothekar, versuchte nach seinem Arm zu greifen, mich irgendwie zu befreien, mit dem Ergebnis, dass Thomas mich nur noch fester in seinem schraubstockartigen Griff hielt, der mich bewegungsunfähig machte.

Ich konnte einfach nicht glauben, dass das gerade wirklich passiert war. Ich saß in einem dunklen Schrank, auf dem Schoß des Mannes, in den ich furchtbar verliebt war, an ihn gepresst, sodass ich seine Körperwärme spüren konnte, und das nur wegen einer vollkommen aberwitzigen Sachlage.

Wenigstens nahm er ganz langsam die Hand wieder von meinem Mund, sodass ich besser atmen konnte.

Es änderte aber leider nichts daran, dass mein Herz so hart gegen meine Rippen klopfte, dass es wehtat und mir das Flirren in meinem Bauch das Denken beinahe unmöglich machte. Mein Kopf musste mittlerweile rot leuchten vor Scham und ich versuchte nicht darauf zu achten, dass Thomas Reeds Hemdärmel nach oben gekrempelt waren und somit meine Finger seine Haut berührten.

Mir wurde heiß und kalt und wieder heiß. Und ich hätte bei dem Rauschen in meinen Ohren beinahe das Klopfen an der Tür überhört.

»Mr Reed?«, rief eine weibliche Stimme, die nur sehr gedämpft bei uns ankam und Thomas hinter mir drückte mich noch ein wenig fester an sich.

»Das ist so lächerlich«, flüsterte ich, weil ich nicht ruhig bleiben konnte. Die Stille war unerträglich für meinen Kopf, der nicht dazu fähig war, all meine Emotionen gleichzeitig zu verarbeiten.

Thomas antwortete mir nicht, rührte sich kaum und schämte sich hoffentlich für sein kindisches Verhalten. Er ließ die Arme ein wenig lockerer an meiner Taille ruhen und ich richtete mich ein Stückchen auf, damit ich nicht weiter so anstandslos an ihn gepresst war.

Ungeschickt versuchte ich meine Beine bequemer zu platzieren, ohne Thomas Reed noch näher zu kommen, und zupfte an meinem Rock. Der Stoff lag nicht gerade ideal, zeigte für meinen Geschmack zu viel Bein und ich war nur froh, dass es hier drin so dunkel war.

»Mr Reed? Sind Sie da?«, kam es wieder von draußen und ich schüttelte verwirrt den Kopf.

»Warum musste ich mit in den Schrank?«, fragte ich leise und merkte schon jetzt, dass es anstrengend werden würde, sich nicht nach hinten zu lehnen.

Ich erwartete eigentlich keine Antwort, doch Thomas beugte den Kopf zu mir und kam mir noch näher, sodass seine Lippen beinahe mein Ohr berührten. Mir wurde sofort schwindelig und ich musste mich stark zusammenzureißen, um nicht noch schneller zu atmen.

»Weil Sie mich unter Garantie verpfiffen hätten«, wisperte er genervt und sein Atem streifte meinen Hals. Gänsehaut breitete sich an der Stelle aus und mir fiel erst jetzt auf, wie tief Thomas Reeds Stimme eigentlich war. Vielleicht lag es aber auch daran, dass er flüsterte. Oder dass er sich zusammen mit einer jungen Frau in einen Schrank gesperrt hatte.

Meine Gedanken rutschten in dunklere Gefilde ab und ich spürte eine Hitze im Bauch, die mich innerlich zu verbrennen drohte. Ich war ihm viel zu nah. Unsere Hände lagen so dicht beieinander, dass es nur eine winzige Bewegung war, um unsere Finger zu verschränken. Ich müsste mich nur ein wenig drehen und schon könnte ich seine Lippen küssen.

Doch ich tat weder das eine noch das andere und wusste, dass ich mich schnell ablenken musste, um nicht auf der Stelle dem Wahnsinn zu verfallen.

»Ich müsste heute eine Stunde früher gehen«, sagte ich leise und drehte Thomas dabei nur ganz leicht den Kopf zu, damit er mich besser hörte.

»Was haben Sie denn vor?«, fragte er doch tatsächlich und ich konnte bei der geringen Lautstärke nicht einschätzen, ob es ihn wirklich interessierte.

Ich überlegte einen kleinen Moment, ob ich ihm von Henry und seiner Misere erzählen sollte. Doch ich entschied mich dagegen. Schließlich war es ein Geheimnis und Thomas hätte mich sowieso nur ausgelacht, wenn ich ihm eröffnete, dass gerade ich versuchte, zwei Menschen zu ihrer Liebe zu verhelfen.

»Familiäre Angelegenheiten«, umschrieb ich das Problem also und Thomas schnaubte amüsiert hinter mir.

Ich konnte natürlich sein Gesicht nicht sehen und daher nur vermuten, was er dazu denken mochte.

»Sie sitzen mit mir zusammen in einem Schrank, Animant«, meinte Thomas und lachte leise. »Ich denke, da schulde ich Ihnen einen Gefallen.«

Obwohl alles so surreal war und mein Inneres im Chaos zu versinken drohte, musste ich trotzdem lächeln, als er meinen Namen sagte. Er machte das häufig in der letzten Zeit. Doch fand ich selten die Gelegenheit, es auch auszukosten.

»Das tun Sie allerdings, Thomas«, gab ich zurück und es fühlte sich sehr ungewohnt an, seinen Vornamen zu benutzen. Ungewohnt, aber gut. Vertraut. Und mein Magen flatterte nur noch mehr.

Mein Rücken tat weh, mein Nacken verkrampfte sich langsam in der unnatürlichen Haltung, die ich ihm aufzwang, und ich fragte mich, wie lange wir wohl noch hier drin bleiben würden. Doch leider wusste ich, dass Miss Brandon-Welderson eine sehr hartnäckige Person war und sicher einige Minuten vor dem Büro verbringen würde, ehe sie sich bequemte, wieder zu gehen.

Doch so lange würde ich es wohl kaum noch aushalten und ich beschloss kurzerhand, dass ich es sein lassen würde. Ich ließ mich einfach wieder nach hinten sinken, gegen Thomas' Brust, und legte meinen Kopf an seiner Schulter ab, um es mir für die kommenden

Minuten wenigstens etwas bequemer zu machen. Was machte das jetzt noch für einen Unterschied?

Aber sobald ich an ihm lehnte, spürte ich sofort, dass es doch einen Unterschied machte. Vorher waren wir zwei Menschen in einem Schrank gewesen. Jetzt waren wir zwei Menschen in einem Schrank, die sich sehr nahe waren.

Ich spürte, wie sich etwas in der Atmosphäre zwischen uns änderte, wie die Hände an meiner Taille, die mich festgehalten hatten, zu einer Umarmung wurden, wie aus Unsicherheit Vertrautheit wurde. Ich hörte Thomas' Herzschlag, der genauso raste wie mein eigener, schloss die Augen, als seine Hand sich ganz leicht an meiner Seite entlangbewegte, und fürchtete ohnmächtig zu werden, als er seine Wange an meinem Kopf ablegte.

Und da schoss es mir plötzlich wie ein Blitz durch den Kopf. Letzten Donnerstag in der Droschke. Die Erinnerung überfiel mich, wühlte mich auf, ließ mich alles gleichzeitig denken.

Wir hatten nebeneinander gesessen. Ich nah an ihn gelehnt, und er hatte mich gehalten. Seine Wange an meinem Scheitel, seine Hand an meiner Seite. Und er hatte mir gesagt, dass er kein Ritter war, dass er nicht höflich und charmant sein konnte und dass er mir deshalb niemals genügen würde.

Mein Mund war so trocken, dass ich kaum schlucken konnte und ich wusste nicht mehr, was ich jetzt glauben sollte. Gab es eine Möglichkeit, es anders zu deuten, als dass Thomas Reed mich gern hatte? Musste es nicht so sein?

Mein Kreislauf knickte ein wenig ein und ich fühlte mich wie im freien Fall.

Alles in mir war in Aufruhr, mein Herz, mein Verstand, mein Körper und meine Seele. Und alles wünschte sich nichts sehnlicher, als dass es daran keinen Zweifel geben würde.

Thomas mochte mich und ich nahm all meinen Mut zusammen. Ich löste meine Hand aus dem Stoff meines Rockes, den ich bis dahin eisern umklammert hielt, zog sie an meine Seite und verschränkte sie ganz langsam mit Thomas' warmen Fingern.

43

Das Dreiundvierzigste oder das, in dem mein Plan aufging.

Es war, als säßen wir schon eine Ewigkeit in diesem Schrank und doch auch wieder viel zu kurz. Wir waren still, bewegten uns kaum und ich lauschte meinem klopfenden Herzen. Thomas hielt mich, ließ unsere Finger wie sie waren und ich genoss die Nähe, die wir zueinander hatten.

Draußen klopfte es wieder an der Tür und dann noch ein letztes Mal. Danach blieb es still und nach einer kleinen Weile wussten wir beide, dass Miss Brandon-Welderson wohl gegangen war.

Wir hätten einfach aufstehen, die stickige, heiße Luft des Schrankes hinter uns lassen und endlich die Beine wieder ausstrecken können. Doch wir verharrten, unentschlossen, wer von uns beiden den ersten Schritt unternehmen würde, die Vertrautheit zu zerstören.

Ich blieb still, tat, als wüsste ich nicht, dass es schon so weit war und versuchte mir die Gefühle gut einzuprägen, die mich in Aufruhr versetzten. Das Herzklopfen, das Flattern im Magen, das wunderschöne Gefühl von Thomas' Händen, die eine an meiner Seite, die andere mit meiner verschlungen.

Doch da bewegte sich Thomas und ich wusste, dass es jetzt zu Ende ging. Er entzog mir ganz sachte seine Hand, räusperte sich verhalten und drückte die Schranktür von innen auf.

Der Moment war vorbei und mit der kühlen, frischen Luft wehte auch die Wirklichkeit zu uns herein. Und die Wirklichkeit war, dass ich in einem Schrank auf dem Schoß eines Mannes gesessen hatte.

Ich spürte, wie die Verlegenheit in mir aufstieg, meine Wangen sich rot färbten; ich griff nach der Schrankwand, um mich auf die Füße und hinaus ins Zimmer zu hieven.

Meine Beine waren ganz taub, begannen allerdings sofort schrecklich zu kribbeln, als ich mich aufrichtete. Ich ging zwei wackelige Schritte, hielt mich am Schreibtisch aufrecht und versuchte, unter keinen Umständen zu Thomas zu blicken, der ebenfalls aus dem Schrank geklettert kam und sich Hemd und Weste zurechtrückte.

Zum Glück hatte uns dabei keiner gesehen. Ich wollte mir gar nicht vorstellen, was für eine Blamage es wäre, sollte mein Onkel jemals davon erfahren. Oder mein Vater, Gott bewahre!

Bedacht atmete ich ein und aus und sagte mir dann, dass es schließlich nicht meine Idee gewesen war. Ich hatte laut und deutlich gesagt, dass ich nicht freiwillig in diesen Schrank steigen würde, und ich hatte es auch nicht getan.

Ich war gezwungen worden. Thomas hatte mich gepackt und verschleppt. Und obwohl mein moralisches Empfinden das nicht gutheißen konnte, war es wunderbar gewesen.

Mir war kalt hier draußen in dem zugigen Büro, ich vermisste Thomas' Wärme und das Gefühl von Geborgenheit, das er mir dort drinnen im Schrank gegeben hatte.

»Geht es Ihnen gut?«, fragte Thomas, der neben mich getreten war, und nun hob ich doch die Augen zu ihm. Er sah mich an, sein Blick verwirrt und aufgeregt gleichermaßen. Sein Haar war wirr, seine Hände viel zu weit weg und seine Lippen hatten eine magische Anziehung, die mich dazu brachte, immer wieder hinzusehen.

Doch ich riss mich zusammen. Schließlich waren die letzten Minuten bereits aufregend genug gewesen. »Ja«, entgegnete ich und meine Stimme war sehr dünn, was nicht weiter verwunderlich war. »Mir sind nur die Beine eingeschlafen«, teilte ich ihm mit und Thomas lächelte schief.

Mein Herz zerschmolz in der Brust.

»Zum Glück sind Ihre Röcke nicht so ausladend, sonst hätten wir da niemals reingepasst«, scherzte er, die Hände in den Hosentaschen vergraben, und ich war froh darüber, dass er das alles so leicht nahm. Das machte die Situation weniger peinlich.

Ich rollte mit den Augen, konnte es mir aber nicht verkneifen, trotzdem zu lächeln. »Sie sind doch verrückt«, sagte ich ihm plump ins Gesicht und er lachte nur, ohne es abzustreiten.

»Dafür wird es Ihnen mit mir nicht langweilig«, behauptete er frech und ich konnte ihm da nur zustimmen.

Mir war in seiner Gegenwart schon lange nicht mehr langweilig gewesen. Selbst mit ihm in einem Zimmer zu sitzen und zu lesen, hatte eine sehr angenehme Atmosphäre geschaffen.

Und ich wünschte, wir hätten Zeit, beide mit einem Buch, nur damit wir weiter beieinander sein konnten. Doch wir waren in der Bibliothek. Und wir hatten zu arbeiten.

Ich bewegte die Zehen in meinen Schuhen, um herauszufinden, ob ich meine Beine wieder voll belasten konnte, und ließ dann die Tischkante los, als das Stechen ausblieb.

Thomas sah mich weiter unverwandt an, musterte mich geradezu, und ich errötete unter seiner stillen Betrachtung.

»Ich werde dann wieder an die Arbeit gehen«, meinte ich etwas fester, weil ich mich unter seinem forschenden Blick befangen fühlte. Ich fragte mich, was er wohl empfand, wenn er mich ansah. Spürte er die Verliebtheit, so wie ich es tat, oder waren derlei Gefühle der weiblichen Natur vorbehalten?

»Tun Sie das«, entließ Thomas mich schmunzelnd und ich verging geradezu, als seine kastanienbraunen Augen mir bis in die Seele zu blicken schienen.

Ich schluckte gegen den Kloß in meinem Hals an, versuchte mich gegen das flaue Gefühl im Bauch zu wehren, nahm meinen Rock zwischen die Finger, um besser laufen zu können, und flüchtete aus Thomas' Gegenwart.

Ich schloss die Bürotür auf, stürmte förmlich auf den Rundgang und wäre beinahe mit einem Studenten zusammengestoßen, der einen Stapel Bücher vor sich herbalancierte.

Ich entschuldigte mich eilig, betete still, dass Thomas mich dabei nicht gesehen hatte, und machte, dass ich nach unten in meine Kammer kam, um mich erst mal zu beruhigen. Mein Herz klopfte immer noch wie wild und mein Kopf schaffte kaum zu begreifen, was gerade alles geschehen war.

Nur ein Gedanke stellte sich ganz präsent vor die anderen: Thomas Reed mochte mich.

Es musste so sein. Er schätzte meine Gesellschaft, lachte und scherzte mit mir. Ich hatte gespürt, wie schnell sein Herz geschlagen hatte, als ich so nahe bei ihm gewesen war, er hatte die Hand nicht zurückgezogen, mich geradezu umarmt und seine Blicke sprachen Bände.

Vielleicht hatte ich nicht viel Erfahrung mit Gefühlen und bei Mr Boyle viele Zeichen übersehen. Doch ich müsste blind und taub sein, um es diesmal wieder nicht zu bemerken.

Mir rieselte es heiß und kalt den Rücken runter und eine unbändige Freude schoss mir durch den ganzen Körper.

Es fiel mir unendlich schwer, mich nach dieser Erkenntnis noch auf meine Arbeit zu konzentrieren, ich schaffte nur wenig und lief Thomas dabei auch ständig über den Weg, als wenn er diese Begegnungen auch noch provozieren würde.

Er lächelte mir zu, eine gewisse Verschlagenheit in den Augen, und ich versuchte mich daran zu erinnern, wie er zu Anfang unserer Bekanntschaft gewesen war. Zumindest hatte er nicht so viel gelächelt, da war ich mir sicher.

Und ich auch nicht.

Ich begann mir auszumalen, wie wohl die Zukunft aussehen könnte. Ich würde in London bleiben, wir arbeiteten Seite an Seite in der Bibliothek, so lange, bis einer von uns beiden den Mut fand, sich dem anderen zu offenbaren.

Oder aber es fügte sich einfach. Ohne viel Rummel und Getöse würden wir einfach zueinander finden und wir wüssten beide, wie der andere sich fühlte, auch ohne dass wir es aussprachen.

Ich lächelte in mich hinein, fühlte mich beschwingt und beinahe sorglos, bis mir Henry wieder einfiel.

Es war bereits kurz vor vier und es fuhr mir wie ein Schlag in die Eingeweide, als mir aufging, was mir heute noch bevorstand.

Ich ging zum Einkaufen in die Stadt. Mit meiner Mutter. Und mit Rachel.

Die Last wuchtete sofort wieder auf meinen Schultern, drückte meine schwebenden Füße auf den Boden der Tatsachen zurück und ich versuchte mich auf das Bevorstehende innerlich vorzubereiten.

Ich holte meinen Mantel, schlug mich warm in meinen Schal ein und lief dann auf die Treppe zu.

Thomas stand in der Nähe ans Geländer des Rundganges gelehnt und ich blieb auf der ersten Stufe stehen, um mich zu verabschieden, bevor ich ging.

Ich beobachtete ihn kurz, wie er angestrengt in das Buch blickte, wie die Brille ihm auf der Nase nach unten rutschte und wie er nachdenklich in der freien Hand diese silberne Taschenuhr bewegte. Mein Herz flatterte und das gute Gefühl schlich sich in meinen Bauch zurück.

»Ich wünsche Ihnen einen guten Abend, Mr Reed«, sprach ich ihn vorsichtig an und er hob sofort den Blick von seinem Buch.

»Oh, Sie gehen?«, stellte er etwas verwirrt fest und drehte sich, um auf die Uhr im Foyer sehen zu können.

»Ja«, antwortete ich ihm schlicht und lächelte.

Thomas sah wieder zu mir, schob eilig die Uhr in seine Tasche und zeigte deutlich in seinem Gesicht, dass er versuchte, mir etwas zu sagen, es aber aus irgendeinem Grund nicht sofort herausbekam.

Ich wartete geduldig, hetzte ihn nicht und nutzte die Gelegenheit, noch eine Weile in seiner Gegenwart zu verbringen.

»Werden Sie heute in unserem Speisesaal zu Abend essen?«, fragte er mich nach einer etwas zu lang geratenen Pause und die Verliebtheit in mir prickelte so gefährlich, dass ich fürchten musste, demnächst den Verstand zu verlieren.

Ich vermutete, dass er dies nicht aus reinem Interesse an der Sache fragte, sondern weil er gedachte, sich zu mir zu gesellen.

Doch der Höhenflug meiner Gefühle ebbte schnell ab, als mir bewusst wurde, dass es wahrscheinlich nicht dazu kommen würde, da ich mir ja ausgedacht hatte, den Abend im Haus meines Onkels zu verbringen. Es schmerzte beinahe körperlich, mich dazu durchzuringen, heute Henrys Glück über das meine zu stellen, und ich verzog meine Miene entschuldigend.

»Ich fürchte, ich werde den Abend mit meiner Mutter verbringen müssen«, sagte ich etwas stockend und wünschte, es wäre anders.

Thomas nickte und falls er von meiner Antwort enttäuscht war, verbarg er es gut. Lediglich seine Mundwinkel verloren das Lächeln. »Dann wünsche ich Ihnen eine gute Zeit, Miss Crumb«, verabschiedete er mich und neigte den Kopf wie zu einer Verbeugung und die Wärme in meinem Bauch wurde zu einem schlimmen Kribbeln.

»Danke, Mr Reed«, erwiderte ich, genoss noch eine Sekunde zu lang den Blickkontakt, den wir hatten, und zwang mich dann, den Kopf abzuwenden und die Stufen der Treppe nach unten zu steigen.

Ich konnte Thomas' Blick im Rücken spüren, wie er mir folgte, und versuchte mich zu konzentrieren, damit ich bloß nicht über meine eigenen Füße fiel oder etwas ähnlich Peinliches tat.

Doch ich erreichte ohne Missgeschicke den Ausgang und trat hinaus in die schon sehr winterliche Kälte.

Die frische Luft half mir, meine Gedanken zu klären, und das zügige Laufen über das Universitätsgelände gab mir die nötige Weitsicht, um mich innerlich auf das Kommende vorzubereiten.

Ich klopfte an die Tür am Haus meines Onkels und noch bevor ich meine Fingerknöchel wieder vom Holz gehoben hatte, riss Mutter von innen die Tür auf.

»Da bist du ja!«, rief sie freudig erregt, mit glänzenden Augen und streckte mir die Hände entgegen. Ich tat ihr den Gefallen und ließ mich von ihr umarmen.

Sie war bereits vollständig angezogen, mit Mantel, Schal und dicken wolligen Handschuhen, und begann sofort fröhlich zu plappern. Über die heutige Mode, die besten Geschäfte in London und das kleine Teehaus, in dem sie vorige Woche mit Tante Lillian gewesen war und das sie mir unbedingt zeigen musste.

Ich bot ihr einen Arm, damit sie sich bei mir unterhaken konnte, und sie sah mich zwar etwas erstaunt an, zögerte aber keine Sekunde, damit ich es mir bloß nicht noch anders überlegte.

Sicher wunderte sie sich über mein Entgegenkommen, doch heute würde ich alles tun, was sie sich sonst von mir wünschte, um ihr kein Ärgernis zu sein.

Und ich glaubte kaum, dass sie sich darüber beschweren würde, sie war kein sehr misstrauischer Mensch. Sie war mit den richtigen Anreizen sogar eine richtige Frohnatur.

Ich hörte ihr zu, kommentierte es sogar und versuchte, nicht an Thomas Reed zu denken. Was mir nicht so gut gelang, da er meine Gedanken geradezu bevölkerte. Ich sah meine Mutter an und fragte mich, was sie davon halten würde, wenn sie es wüsste.

Sie hatte sich immer gewünscht, dass ich mich verlieben würde und es auch in Betracht zog, diesen Mann zu heiraten. Und auch wenn ihre Wahl immer auf recht gut betuchte junge Männer aus angesehenen Familien gefallen war, bedeutete es nicht, dass sie nur darauf Wert legte. Es war eher der Tatsache geschuldet, dass es nun mal die einzigen ledigen Männer waren, die in unseren Kreisen verkehrten.

Doch was sie von Thomas Reed halten würde, konnte ich nicht richtig einschätzen. Obwohl es ihr wirklich nichts ausmachen würde, dass ich mich einem Mann zuwandte, der nicht meiner gesellschaftlichen Schicht entsprang, hatte der Bibliothekar keinen besonders guten Ruf.

Mein Onkel hatte keine gute Meinung von ihm und der Rest der Welt wohl auch nicht. Er war mürrisch, unhöflich und nicht gerade gesellig.

Das würde ein schreckliches erstes Treffen geben, dachte ich bei mir und schüttelte mir die Überlegungen aus dem Kopf. Es brachte ja doch nichts, nur darüber nachzudenken.

Ich lotste meine Mutter in Richtung der Konditorei, an der wir auf Rachel treffen würden. Und tatsächlich stand sie dort bereits in der Kälte, in einem dicken Mantel, die Schultern hochgezogen.

Ich winkte ihr von Weitem und sah, wie sie sich noch mehr versteifte. Sie musste wahrlich Angst haben. Ihre Augen waren weit offen, der herzförmige Mund verkniffen, die Augenbrauen besorgt zusammengezogen.

»Da ist meine Freundin Rachel«, machte ich Mutter auf sie aufmerksam und sie hob den Blick in die Richtung, in die ich schaute.

»Oh«, machte diese überrascht und sah mich dann verdutzt an. »Das ist aber nicht das Mädchen, mit dem du dich sonst herumtreibst, oder?«, wollte sie von mir wissen und ich schüttelte den Kopf.

»Nein Mutter. Das wäre Elisa«, bestätigte ich ihr und wir wechselten die Straßenseite.

Mutter nahm es einfach hin und wir hoben unsere Röcke, um über den Schneematsch zu steigen, der sich an den Rändern der Straße gesammelt hatte.

»Guten Tag, Rachel«, begrüßte ich sie mit einem Lächeln, so als ob wir schon seit langer Zeit Freundinnen wären.

»Guten Tag, Animant«, gab sie mit dünner Stimme zurück und blinzelte schüchtern meine Mutter an.

»Darf ich vorstellen, Rachel, das ist meine Mutter, Mrs Charlotte Crumb. Mutter, das ist meine liebe Freundin, Miss Rachel Cohen«, stellte ich sie einander vor und setzte ein heiteres Lächeln auf, um den beiden die Annäherung leichter zu machen.

Auch Rachel versuchte sich an einem Lächeln, das jedoch sehr schüchtern ausfiel, was meiner Mutter wenig ausmachte. Sie betrachtete nur neugierig Rachels liebliches Gesicht und nickte ihr freundlich zu.

»Na dann, lasst uns losziehen und die wundervollen Geschäfte Londons erkunden«, meinte Mutter voller Tatendrang und das Lächeln auf Rachels Lippen wurde echter. »Sagen Sie, Miss Cohen, wohnen Sie in London?«, fragte Mutter aufgeschlossen und Rachel nickte eilig.

»Ja, schon seit über fünf Jahren«, erwiderte sie und die Augen meiner Mutter weiteten sich.

»Das ist ja fantastisch«, rief sie aus und klatschte ihre behandschuhten Hände zusammen. »Wären Sie bereit, uns Ihre Lieblingsorte zu zeigen?«, erkundigte sie sich und wir setzten uns langsam in Bewegung.

»Das können wir tun, Mrs Crumb. Wenn Sie es denn wünschen«, erklärte sich Rachel bereit und Mutter lief so beschwingt vorwärts, dass ihr Rock fröhlich wippte.

Ich verkniff mir ein amüsiertes Augenrollen und freute mich darüber, dass ich meine Mutter bisher nicht falsch eingeschätzt hatte. Sie war immer für neue Bekanntschaften zu haben, war gesellig und lebhaft, wenn man sie ließ, und die neue Umgebung hier in London hatte ihrer natürlichen Fröhlichkeit noch mehr Aufschwung gegeben.

»Wohin gehen wir denn als Erstes?«, wandte sich Mutter an mich und ich zwinkerte mich aus meinen Gedanken heraus.

»Oh, ich brauche eigentlich nicht viel«, gestand ich und hatte mir schon vorher zurechtgelegt, was ich ihr denn sagen wollte. »Es ging mir mehr um die gemeinsame Unternehmung«, fügte ich hinzu und Mutter hob irritiert die Augenbrauen.

»Ist das Ironie?«, wollte sie skeptisch von mir wissen und ich musste lachen. Denn sie hatte durchaus recht damit, mir in diesem Moment zu misstrauen. So etwas hätte ich früher wohl nie gesagt.

Doch selbst wenn ich in diesem Moment Hintergedanken bei der Sache hatte, kam es mir auch nicht mehr so unwahrscheinlich vor, freiwillig Zeit mit meiner Mutter verbringen zu wollen. Diese Zeit in London hatte uns zueinander geführt und ich hoffte, auch in Zukunft ein besseres Verhältnis zu ihr pflegen zu können.

»Nein, Mutter. Ich habe dazugelernt«, beteuerte ich ihr also und Mutter bekam einen so schelmischen Gesichtsausdruck, dass ich mir sofort vorstellen konnte, wie sie als junges Mädchen wohl ausgesehen hatte.

Sie beugte sich näher in meine Richtung. »Du glaubst gar nicht, was für eine Freude du mir gerade machst«, sagte sie und ich lachte.

»Doch, das weiß ich durchaus«, behauptete ich und schob sie spielerisch ein Stück von mir weg. »Aber es ist unhöflich zu tuscheln, wenn man dadurch eine dritte Person ausschließt«, belehrte ich sie, so wie sie es oft bei mir getan hatte, und Mutter richtete sich gerade auf.

»Natürlich«, gab sie mir recht und drehte sich Rachel zu, die still neben uns herlief und unserer kurzen Unterhaltung gefolgt war.

»Entschuldigen Sie, Miss Cohen. Sie müssen wissen, dass meine Tochter sehr unwirsch sein kann«, behauptete Mutter und ich konnte darüber nur den Kopf schütteln.

Doch Rachel lachte nur und versuchte sich mit den dicken Fäustlingen eine verirrte Locke aus der Stirn zu streichen.

»Ja, ich weiß«, bestätigte sie doch tatsächlich mit einem süßen Lächeln. »Bei unserer ersten Begegnung hat sie mich mit einem Schneeball im Gesicht getroffen«, packte sie aus, Mutter sah überrascht zu mir und ich wäre vor Scham gerne im Boden versunken.

»Es war ein Versehen!«, beteuerte ich energisch. Wir passierten eine breite Straße und ließen uns dann von Rachel in eine schmalere Gasse der Londoner Innenstadt lotsen.

»Das war es wirklich«, lachte Rachel und Mutter stimmte in ihr Lachen mit ein.

»Das kann ich mir kaum vorstellen. Wo sie doch sonst so griesgrämig ist«, meinte Mutter.

»Ich bin nicht griesgrämig«, verteidigte ich mich mit neutralem Ton und musste an Thomas denken.

An meinen wunderbar mürrischen Thomas, dem ich mit finsterem Blick und wirrem Haar genauso zugetan war wie seiner fröhlichen, leicht schelmischen Seite.

»Bis auf unser unkonventionelles Kennenlernen hat sich Animant mir gegenüber immer sehr reizend verhalten«, nahm Rachel für mich Partei ein und Mutter seufzte.

»Irgendwo muss meine Erziehung ja angeschlagen haben«, machte sie ihre Witze und Rachel lachte.

Ich hätte beleidigt sein können, doch ich ließ es. Denn mein Plan begann aufzugehen. Meine Mutter und Rachel verstanden sich. Sie hatten die gleiche naive Art, die Dinge zu betrachten, lachten gerne und erfreuten sich an den Kleinigkeiten des Lebens. Rachel hatte ein gutes Herz und meine Mutter eine Schwäche für schüchterne Mädchen.

Rachel führte uns in einen kleinen Teeladen, in dem sie sich mit Mutter lebhaft über die verschiedenen Teesorten und ihren Geschmack unterhielt, während ich nur selten etwas zum Gespräch beitragen musste und den Dingen ihren Lauf ließ.

Wir kauften alle drei etwas und machten uns dann auf den Weg zu einem Schneider, um drei recht einfache Blusen für mich in Auftrag zu geben. Mutter schimpfte, weil ich dadurch nur noch strenger aussehen würde, und Rachel überredete mich daraufhin zu einer feinen Borte an den Manschetten.

Es war schon erschreckend, wie schnell die beiden sich gegen mich verschworen hatten, doch sie kicherten nur hinter vorgehaltener Hand und ich war einfach nur froh darüber, dass Rachels Schüchternheit so leicht zu überwinden war.

Es war erst eine Stunde vergangen, da waren wir schon durchgefroren von der eisigen Kälte des Londoner Winteranfangs und ich sehnte mich nach einer Tasse Tee und einem Stück Plunder. Mutter sah das ähnlich und Rachel führte uns zu den Parks, an deren Seiten sich die Teehäuser aneinanderreihten.

Eine Gruppe aus vier jungen Männern kreuzte unseren Weg, als wir gerade die Straße überqueren wollten, um in die lockende Wärme eines Teehauses zu gelangen. Sie trugen dunkle Mäntel, Zylinder der gehobenen Schicht und lachten laut. Doch als Rachel sie sah, zog sie erschrocken den Kopf ein.

Ich merkte es, weil ich direkt neben ihr stand und das Zucken ihres Körpers sie gegen mich stießen ließ.

Es dauerte keinen Augenblick, da hatten auch die Männer einen näheren Blick auf uns geworfen und der Eine blieb mit seinem Blick an Rachel hängen.

»Hey, seht mal, ist das nicht die Tochter von dem narrischen Itzig?«, rief er viel lauter, als es anständig gewesen wäre, und die anderen sahen ebenfalls zu ihr.

»Ja, du hast recht!«, antwortete ihm ein anderer und Rachel neben mir wurde immer kleiner, versuchte sie aber dennoch zu ignorieren.

Ihr Blick ging nur immer wieder zu meiner Mutter, die sich leicht irritiert nach den Männern umsah, allerdings nicht zu verstehen schien, was hier gerade passierte.

Doch ich wusste es ganz genau. Sie wussten, dass Rachel eine Jüdin war und machten sich öffentlich über sie lustig. Und das war nicht nur unhöflich, sondern auch ziemlich gemein.

Sie kamen dicht an uns vorbei und der eine beugte sich sogar in unsere Richtung. »Hep-hep«, machte er und mir rutschte spontan die Hand aus.

Mit einer schnellen Bewegung verpasste ich dem jungen Kerl einen Schlag auf den Hinterkopf, der ihn erschrocken zurückzucken ließ, wobei er beinahe den Hut verlor. Mit großen Augen starrte er mich entsetzt an, unfähig zu begreifen, dass ich es wirklich gewagt hatte, ihn so anstandslos zu behandeln.

Doch es machte mir wenig aus und obwohl ich im Affekt nicht richtig über meine Handlung nachgedacht hatte, fühlte ich keinerlei Reue. Elisa hatte wohl einen größeren Einfluss auf mich, als ich bisher angenommen hatte.

»Mach, dass du Land gewinnst«, zischte ich ihm zu, hob den Kopf, sodass ich ihn beinahe überragte, und starrte finster auf ihn nieder.

Er sagte nichts dazu, sah sich nur in allen Richtungen um, ob uns möglicherweise jemand anderes außer seinen Kumpanen beobachtet hatte, und lief dann schnellen Schrittes davon.

Erst als ich mir sicher war, dass sie nicht zurückkommen würden, ließ ich sie aus den Augen und wandte mich wieder an die arme Rachel, die mit hochrotem Kopf zu Boden starrte und viel zu oft blinzelte, um nicht zu weinen.

Ich seufzte in mich hinein und wusste gleichzeitig nicht wohin mit meiner inneren Wut. Wieso mussten manche Menschen nur solche Idioten sein? Natürlich war ich die Letzte, die sagen konnte, sie würde sich immer korrekt verhalten, aber zu diesem abscheulichen Benehmen würde ich mich niemals hinreißen lassen.

»Geht es dir gut, Rachel?«, fragte ich sie und berührte ihren Arm.

Sie hob vorsichtig den Kopf, blinzelte weiter gegen ihre Tränen an und nickte verhalten. »Ich, ähm, ja …«, stammelte sie und da schob sich der Arm meiner Mutter um ihre Taille.

»Wir sollten erst einmal einen Tee trinken«, sagte sie in dem fürsorglichen Tonfall, in dem nur eine Mutter sprechen konnte. »Das beruhigt die Nerven«, fügte sie hinzu, schaute sich nach nahenden Kutschen um und zog Rachel mit sich über die Straße.

Ich folgte den beiden und bewunderte die hingebungsvolle Hilfsbereitschaft meiner Mutter. Wahrscheinlich wusste sie nicht einmal, was denn gerade passiert war. Doch sie fragte nicht nach und kümmerte sich stattdessen um Rachels Wohl.

Wir traten in das recht große Teehaus ein. Drinnen wurden wir von Wärme und einer jungen Dame begrüßt, die uns an einen kleinen Tisch in einer der hinteren Nischen führte. Das große Fenster der eher versteckten Ecke gab jedoch die Sicht auf den verschneiten Park frei.

Wir bestellten dreimal Tee und drei Stück Kuchen, legten unsere Mäntel ab und kamen dann erst einmal zur Ruhe.

Rachel bekam wieder ihre natürliche Gesichtsfarbe und Mutter redete lauter unwichtiges Zeug, um sie abzulenken.

Der Tee kam schnell, da sich bei all dem Schnee draußen nicht so viele Menschen aus ihren Häusern trauten und es viele freie Plätze gab.

Das heiße Getränk war wunderbar und der Kuchen noch besser. Wir redeten gerade über die Wetterlage der letzten Tage, da entschuldigte sich Rachel plötzlich für einen Moment, um sich frisch zu machen.

Wir ließen sie, lächelten ihr hinterher, aber kaum war sie um die Ecke verschwunden, fiel Mutters fröhliche Maskerade in sich zusammen. Sorge trat in ihr Gesicht und sie sah mich fragend an.

»Was war das vorhin? Warum haben diese Männer sich so schlecht benommen?«, wollte sie von mir wissen und ich war überrascht über diesen schnellen Wechsel an Gefühlen. Ich hatte meiner Mutter nicht zugetraut, diese Sache ernst zu nehmen und nur für die liebe Rachel eine fröhliche Miene zu machen.

»Sie haben sich über Rachel lustig gemacht«, erklärte ich, obwohl ich mir denken konnte, dass dies auch meiner Mutter nicht entgangen sein konnte.

»Aber wieso tun sie so was?«, fragte sie ganz entsetzt und warf einen Blick in die Richtung, in die Rachel verschwunden war. Sie zog die Stirn in Falten, dachte nach und ich beschloss, dass jetzt der Moment für die Wahrheit war.

Denn es war offensichtlich, dass meine Mutter sie gern leiden konnte und das musste ich nutzen, bevor ihre eigenen Überlegungen eine falsche Bahn nehmen konnten.

»Weil sie Jüdin ist, Mutter«, eröffnete ich also und sah sofort, wie ihre Augen sich weiteten. »Aber das ist kein Grund zur Beunruhigung«, warf ich hinterher und versuchte dabei ganz ruhig und aufgeklärt zu klingen. Denn ich konnte mir nicht vorstellen, dass meine Mutter in irgendeiner Art fundiertes Wissen über Juden besaß. Wahrscheinlich wusste sie nur, was man sich erzählte.

»Oh«, machte sie und faltete bestürzt die Hände über der Brust. »Aber waren es nicht die Juden, die Jesus gekreuzigt haben?«, stellte sie eine Frage und es war genau das, was ich an Vorurteilen erwartet hatte.

Ich nahm meine Teetasse zwischen die Finger. »Ja«, bestätigte ich, beließ es aber nicht dabei. »Und Jesus war auch Jude. Der heilige Petrus war ein Jude und alle anderen Jünger auch.« Ich nahm einen Schluck Tee, um meiner Mutter zu vermitteln, dass dieses Thema nicht so heikel sein musste, wie man es sonst behandelte. Natürlich war dem nicht so, aber es würde niemandem helfen, wenn sie sich wegen so einer Sache versteifte.

»Und die Männer, die bei den Kreuzzügen unter dem Vorwand, eine Missionsbotschaft in den mittleren Osten zu bringen, Millionen von Menschen niedergemetzelt haben, waren Christen«, legte ich ihr vor und wusste, dass selbst meine Mutter in dieser Hinsicht nichts mehr erwidern konnte. »Menschen tun nun mal schlimme Dinge, aber das hat nichts mit ihrer religiösen Ausrichtung zu tun, sondern damit, dass sie Menschen sind.«

Ich sah sie erwartungsvoll an, wartete darauf, dass sie zustimmte oder ablehnte, und klammerte mich solange an meine Tasse, obwohl ich äußerlich immer noch versuchte, den Eindruck von Gelassenheit zu mimen.

Mutter blinzelte ein paar Mal und nickte dann zögerlich. »Du musst es ja wissen«, sagte sie und ich atmete erleichtert auf. »Denn wenn nicht du, wer dann?«, gestand sie mir sogar zu. Ich musste lächeln, weil sie tatsächlich anfing, meine Belesenheit zu würdigen.

Vielleicht aber auch nur, weil ich sie endlich mal für nützliche Dinge einsetzte und nicht nur für mich allein hinter einem Buch in der Ecke saß und die ganze Welt ausblendete.

Ich sah eine Bewegung aus dem Augenwinkel und hob den Kopf. Rachel kam zurück. Genau zum richtigen Zeitpunkt.

»Sieh sie dir an«, sagte ich und wies mit dem Kinn in Rachels Richtung. »Glaubst du, sie wäre dazu fähig, Jesus zu kreuzigen?«, raunte ich ihr zu und Mutter blickte Rachel mit einem versöhnlichen Lächeln entgegen.

Rachel war aber auch wirklich liebreizend. Ihre runden Wangen waren leicht gerötet, ihre dunklen Locken lieblich zusammengesteckt. Ihr Kleid war hellrosé, einfach, aber sehr stilvoll verziert und der weitläufige Rock wippte im Takt ihrer Schritte. Ihre Bewegungen waren alle von einer besonderen Weichheit, die ihr sanftes Gemüt offenlegte.

»Nein, du hast recht«, seufzte Mutter und ihr Lächeln wurde noch freundlicher. »Sie ist bezaubernd.«

Rachel setzte sich zu uns, sah schüchtern von meiner Mutter zu mir und ich begann von den kleinen Törtchen in der Konditorei zu schwärmen, bei der wir uns getroffen hatten, nur damit keine unangenehme Stille entstand.

Mutter sprang sofort drauf an, redete tatsächlich eine Weile mit Rachel über die Vorteile von Buttercreme gegenüber einer einfachen Sahnehaube und ich trank meinen Tee aus. Die beiden steckten sogar die Köpfe zusammen und meine Gedanken drifteten in einem unachtsamen Moment davon.

Ich bemühte mich wirklich, bei der Sache zu bleiben, meine Aufmerksamkeit ganz auf Rachel und meinen Plan zu lenken, der es bereits durch die zweite Schwierigkeit geschafft hatte.

Doch meine Gedanken trieben immer wieder zu Thomas Reed, zu seinen langen, starken Fingern, die eine Teetasse hielten, zu seinem Gesichtsausdruck, wenn er den ersten Schluck nahm, und dann öffnete er die Augen und warf mir diesen herausfordernden Blick über den Rand der Tasse zu.

Mehr Herz begann schneller zu schlagen, Schmetterlinge flatterten in meinem Bauch und dann griff plötzlich Mutters Hand nach mir und ich schreckte in die Wirklichkeit zurück.

»Wir sollten auf dem Rückweg wirklich ein paar von diesen Kuchen holen, Ani«, rief Mutter fröhlich erregt und ich nickte, obwohl ich gerade das Stück aß, das ich mir ausgesucht hatte. Aber Kuchen war immer gut. Besonders für angespannte Nerven und meinen flauen Magen.

»Und du musst unbedingt zum Abendessen bleiben, meine Liebe«, wandte sie sich plötzlich an Rachel und die starrte sie nur erschrocken an. Doch Mutter merkte das in ihrem Eifer kaum. »Mein Sohn Henry wird auch da sein. Er ist ein so wunderbarer junger Mann. Ich muss ihn dir einfach vorstellen«, erzählte Mutter weiter und ich sah, wie Rachel bei Henrys Namen blass um die Nase wurde.

Sie hatte Angst vor der Konfrontation, die uns bevorstehen würde, wenn sich Henry und sie zusammen mit meiner Mutter und wahrscheinlich auch Onkel Alfred und Tante Lillian im gleichen Raum aufhielten. Sie war sicher keine gute Schauspielerin und Henry sah man jede Lüge schon an der Nasenspitze an. Es würde keine zehn Minuten dauern, bis zumindest Tante Lillian Verdacht schöpfen würde.

Doch Rachel wusste ja auch nicht, was ich wusste. Nämlich, dass der Ton in der Stimme meiner Mutter bedeutete, dass sie vorhatte, sie zu verkuppeln.

Ich hatte immer angenommen, dass der Drang, eine gute Partie zu finden, nur auf mich zutraf. Aber offensichtlich galt das auch für Henry.

Und es war fast zu gut, um wahr zu sein. Meine Mutter konnte sich aktiv vorstellen, Henry mit Rachel zu verheiraten und das war mehr, als ich zu erreichen erhofft hatte.

Mein Plan war nur so weit gegangen, dass Mutter Rachel ins Herz schließen würde und daher einer Verbindung zustimmen könnte. Doch dass sie sie selbst zu erwirken versuchte, war grandios.

Auf die Hochzeitsversessenheit meiner Mutter war eben immer wieder verlass.

44

Das Vierundvierzigste oder das, in dem ich als Einzige ruhig blieb.

Mutter kaufte eine kleine Armee an Törtchen, weil sie sich nicht entscheiden konnte, und ließ sie von der Konditorei zu uns nach Hause liefern. Wir machten uns ebenfalls auf den Weg.

Rachel hatte versucht, sich mit Ausreden der Essenseinladung zu entziehen, doch meine Mutter war entschlossen wie eh und je, eine Ehe zu stiften und ließ absolut keine Widerrede gelten.

So hatte sie mich auch immer dazu gekriegt, auf Empfänge, Bälle und anderen gesellschaftlichen Firlefanz zu gehen.

Und schon standen wir vor dem Haus meines Onkels und selbst mich überfiel eine gewisse Nervosität, als Mutter den Türklopfer betätigte.

Rachel neben mir klammerte sich fest an meinen Arm, den ich ihr angeboten hatte, und ihr Gesichtsausdruck wechselte ständig. Sie war unruhig, ängstlich, verschreckt, aber gleichzeitig auch freudig erregt, weil sie Henry sehen würde und weil nach diesem sehr erfolgreichen Nachmittag eine Hoffnung entstanden war, dass sich alles zu einem guten Ende entwickeln könnte.

Ich hatte auf dem Weg ihre Hand getätschelt, ihr versichert, dass meine Mutter sie vollkommen ins Herz geschlossen hatte und dass sie keine Angst zu haben brauchte.

Wir hörten Schritte im Flur und ich erwartete gleich das stille, freundliche Gesicht von Mr Dolls zu erblicken, da wurde die Tür mit Schwung aufgerissen und es stand kein Geringerer als mein Vater darin.

Als ich ihn erkannte, war mein erster Impuls, laut zu rufen und ihm freudestrahlend in die Arme zu fallen. Ich hatte ihn vermisst und erst jetzt wurde mir bewusst, wie sehr.

Doch im zweiten Moment spürte ich Rachel wieder an meinem Arm und meine Freude blieb mir im Hals stecken.

Mein Vater war hier und das bedeutete, dass eine Konfrontation unvermeidbar war. Das hatte mein Plan aber nicht vorgesehen. Ich hatte gehofft, meine Mutter würde zurück aufs Land fahren, sobald ich verkündet hätte, sie nicht wieder dorthin zu begleiten. Dort würde sie dann meinem Vater von dem zauberhaften Mädchen erzählen, das wie geschaffen für ihren lieben Henry wäre und obwohl sie Jüdin war, man nichts an ihr auszusetzen hätte.

Vater wäre beleidigt, vielleicht ein wenig brüskiert, doch Mutter hätte schon gewusst, wie sie ihn umzustimmen hatte.

Doch jetzt war alles anders. Die langsame, schmerzlose Methode war in diesem Moment vom Tisch und ich spürte die Welle des Schreckens auf mich zurollen.

»Charles!«, rief Mutter so überschwänglich und mit der Liebe einer Ehefrau in der Stimme, dass für Rachel kein Zweifel bestehen konnte, dass dies hier Mr Charles Crumb war.

Hinter ihm kam Henry in den Flur geeilt, sah erst mich und lächelte unsicher. Doch dann fiel sein Blick auf Rachel und ich konnte ihm förmlich ansehen, wie ihm das Blut in den Adern gefror.

Sein Blick wanderte wieder zu mir, Hilfe suchend, verwirrt und ich konnte nichts anderes tun, als meine eigenen Gefühlsregungen zu verbergen und ihm einen aufmunternden Blick zu schenken. Vater bat uns ins Haus, begrüßte mich mit einer festen Umarmung und bemerkte dann erst, dass wir nicht allein gekommen waren.

»Das ist meine liebe Freundin Rachel«, stellte ich sie meinem Vater vor und er neigte den Kopf, während sie einen verhaltenen Knicks machte.

»Wie kommt es, dass jetzt auch du in London bist?«, erkundigte ich mich und versuchte freudig zu klingen, was mir schwerfiel, wenn ich Rachels blasses Gesicht aus den Augenwinkeln sah.

»Ich habe euch vermisst. Das Haus war so leer und da dachte ich, ich komme nach London, wir verbringen noch ein paar schöne Tage zusammen und dann reisen wir alle gemeinsam wieder nach Hause«, erzählte Vater überschwänglich und hielt sich offensichtlich für einen tollen Pläneschmied.

Doch damit gefährdete er leider meinen.

Nicht nur, dass er völlig ungelegen in einen Abend platzte, der so vielversprechend hätte werden können, er glaubte auch daran, dass ich mit ihm und Mutter zurück nach Hause fahren würde.

Aber jetzt war der falsche Zeitpunkt, um damit herauszurücken, dass ich beschlossen hatte, in London zu bleiben. Die Situation war auch so schon brenzlig genug, als dass ich auch noch mit meiner Angelegenheit mitmischen mussten.

Sollten wir diesen Abend wider Erwarten gut überstehen, konnte ich es morgen früh immer noch anbringen und es wäre früh genug.

Vater führte Mutter in den Salon, begann von seiner Reise zu erzählen und Henry, Rachel und ich blieben im Flur zurück.

»Das ist eine Katastrophe«, flüsterte Henry und Rachel neben mir begann panisch zu blinzeln.

»Ist es nicht. Wir schaffen das«, versuchte ich nüchtern dagegenzuhalten, nahm Rachels Hand, um sie bei mir unterzuhaken, und zog sie mit mir in den Salon. Würden wir noch länger hier draußen stehen, machten wir uns nur verdächtig.

Wir setzten uns auf ein kleines Sofa gegenüber meinen Eltern und Henry stellte sich an den Kamin. Er war unruhig und ich hätte ihn gerne geschüttelt, weil er die Sache so nur noch schwieriger machte.

Doch wenigstens ich schaffte es, Ruhe zu bewahren und verwickelte Rachel in ein oberflächliches Gespräch über den Gebrauch von Puder.

Ich sprach leise und sie bemühte sich, mir zu antworten, ohne ständig zu Henry zu sehen. Die beiden waren aber auch zu schlecht darin, ihre Gefühle zu verbergen. Es fehlte nur noch ein Aufsteller, auf dem zu lesen wäre: *Wir lieben uns und es ist eine verbotene Liebe!* Wie überdramatisch.

Irgendwann kam auch Onkel Alfred nach Hause, begrüßte Vater mit Überschwang und freute sich lautstark über so viel Besuch am heutigen Abend. Natürlich hieß er auch meine Freundin Rachel willkommen und versicherte ihr, dass der Schweinebraten in seinem Haus einer der besten in ganz London sein.

Rachel fiel das recht milde Lächeln aus dem Gesicht und ich drückte ihre Hand, während ich mir nicht vorstellen konnte, wie man an einem Abend so viel Pech haben konnte. Hätte es nicht irgendetwas anderes sein können? Mussten wir der Jüdin tatsächlich Schwein servieren?

Und noch bevor ich mir etwas ausdenken konnte, um Rachel zu entschuldigen, tauchte auch schon Tante Lillian auf und rief uns alle freudestrahlend zum Essen.

Sie war ein sehr gastfreundlicher Mensch, schätzte Gesellschaft und machte sogar Witze darüber, dass wir bei der Anzahl an Leuten schon fast eine kleine Soiree sein könnten.

Wir nahmen alle am gedeckten Tisch Platz, Rachel zu meiner Linken, Henry zu meiner Rechten und ich konnte die Spannung beinahe körperlich spüren, die in unserer Reihe herrschte.

Am Kopf des Tisches saß Onkel Alfred, daneben sein Bruder und uns gegenüber Tante Lillian und Mutter, die sofort zu tuscheln begannen und immer wieder flüchtige Blicke auf Henry warfen, der versuchte, desinteressiert dreinzublicken.

Mutter teilte ihr sicher ihre Absicht mit, Henry mit Rachel zu verkuppeln, und ich hätte das sicher begrüßt, wenn Vater nicht anwesend gewesen wäre.

Das Essen wurde aufgetragen und ich spürte, wie mir das Wasser im Mund zusammenlief. Es sah wirklich köstlich aus und ich war so unter Spannung, dass ich mich geradezu nach einem guten Stück Fleisch sehnte. Doch ich musste stark bleiben, um Rachels willen.

Vater sprach das Dankgebet und dann wurde das Essen gereicht. Mr Dolls ging reihum und legte jedem ein großzügiges Stück Schweinebraten auf den Teller. Er bediente den erstarrten Henry und kam dann zu mir, doch ich schüttelte den Kopf.

»Danke Mr Dolls, aber ich werde heute auf den Braten verzichten«, sagte ich zu ihm und Tante Lillian auf der anderen Seite hob überrascht die Augenbrauen. Auch Mutter starrte mich ungläubig an und Vater räusperte sich verwirrt.

»Ich fürchte, mir hat unsere ausgedehnte Teezeit ein wenig auf den Magen geschlagen. Der Kuchen war einfach zu viel des Guten«, entschuldigte ich mich scheinheilig und wandte mich dann an Rachel.

»Nicht wahr?«, holte ich mir ihre Bestätigung ein und Rachel fand ein wenig ihrer Fassung wieder.

»Oh ja, du hast recht. Mir ist auch nicht ganz wohl. Vielleicht sollten wir uns heute Abend nur auf die leichten Sachen beschränken«, stimmte sie mir zu und ich nahm ihre Hand wie als Zeichen meiner Dankbarkeit, dass sie zu mir hielt.

Dabei wusste sie gar nicht, was für Opfer ich gerade für sie brachte. Henry würde mir das doppelt und dreifach zurückgeben müssen. Denn sosehr ich ihn auch liebte, bei Essen hörte der Spaß auf.

»Na, wenn du meinst«, murmelte Mutter etwas irritiert, tat es aber mit einem Schulterzucken ab und widmete sich ihrem Teller.

Doch Tante Lillian schien sich nicht so leicht überzeugen lassen zu wollen. Sie hielt ihren Blick weiter auf mich gerichtet, versuchte hinter mein seltsames Verhalten zu blicken und hatte trotzdem die Umsicht, mich nicht direkt darauf anzusprechen.

Onkel Alfred und Vater begannen über Geschäftliches zu reden, achteten wenig auf uns und Mutter war ganz genau anzusehen, dass sie schon ein Attentat auf Henry plante.

»Rachel«, sprach sie das schüchterne Mädchen an und diese hob wie ein verschrecktes Kaninchen mit großen Augen den Kopf. »Seit wie vielen Jahren, sagten Sie, wohnen Sie schon in London?«, erkundigte sich Mutter, als hätte sie es vergessen und ich verkniff es mir, mit den Augen zu rollen.

»Seit fünf«, wiederholte Rachel brav für sie und meine Mutter sah zu Henry.

»Mein Sohn Henry studiert seit zwei Jahren hier in London die Rechtswissenschaften. Da seid ihr euch doch sicher schon mal über den Weg gelaufen«, meinte Mutter wie zufällig und Henry neben mir hob den Blick.

»London ist sehr groß, Mutter. Und ich gehe nicht besonders viel aus«, behauptete er leichthin, zwar nicht so ruhig, wie er gekonnt hätte, aber undefiniert genug, dass man ihm hinterher keine Lüge würde nachsagen können. Und das war die beste Taktik, die er gerade zur Verfügung hatte.

Er aß, um etwas zu tun zu haben, während Rachel auf meiner anderen Seite nur nervös ihr Gemüse hin und her schob.

»Rachel, gehen Sie denn gerne aus?«, fragte Tante Lillian und Rachel nickte.

»Ja, sehr gerne«, bestätigte sie und ein leichtes, wirklich süßes Lächeln legte sich auf ihre vollen Lippen. »Ich liebe vor allem die Oper«, brachte sie heraus und meine Mutter riss erstaunt die Augen auf.

»Lillian«, rief sie fast aufgebracht und wandte sich an ihre Schwägerin. »Wie kann es sein, dass ich schon so lange in London bin und wir nie auf die Idee gekommen sind, die Oper zu besuchen?«, wollte sie wissen und ich schüttelte heimlich den Kopf über sie, beschwerte mich jedoch nicht. Solange das Gespräch weiter so harmlos blieb, könnten wir den Abend womöglich glimpflich überstehen.

»Weil ich von diesem Gejodel nur Kopfschmerzen bekomme«, grummelte Onkel Alfred und blieb größtenteils ungehört. Nur Vater ließ ein Schmunzeln sehen, während er auf seinem Fleisch kaute.

»Was spielen sie denn gerade?«, erkundigte sich Mutter wieder bei Rachel, deren Wangen sich langsam rot färbten.

»La Traviata und Carmen«, erzählte Rachel und ihre Stimme wurde wieder weicher. Das Stockende wich und sie entspannte sich langsam wieder. Genau wie ich.

Nur Henry saß weiterhin steif da und blickte ausschließlich auf seinen Teller.

»Ich möchte unbedingt noch in die Oper, bevor wir wieder abreisen!«, verkündete Mutter und sah zu meinem Vater, der nur wohlwollend nickte.

Onkel Alfred schüttelte den Kopf. »Aber ohne mich«, knurrte er und Lillian begann zu kichern. Sie zwinkerte ihrem Mann aufmunternd zu und schenkte ihm ein feines Lächeln, das ihn wieder ein Stück weit zu besänftigen schien.

»Würden Sie uns denn begleiten?«, sprach Mutter wieder Rachel an. Diese sah unschlüssig von Mutter zu mir und wieder zu Mutter.

»Ich komme natürlich mit«, sagte ich ihr das, was sie zu ihrer Beruhigung hören musste, und hoffte, ich würde es nicht bereuen.

Nicht wegen der Oper, die würde sicher grandios werden, aber noch ein Abend mit meinen Eltern und Rachel auf engem Raum würde bloß zu noch mehr Aufregung führen.

»Dann wäre es mir eine Freude«, willigte Rachel ein und die Falle schnappte zu.

»Natürlich muss Henry uns begleiten«, meinte Mutter nämlich daraufhin. Ich kannte dieses Spiel, war schon oft genug Gegenstand einer solchen Unterhaltung gewesen und konnte kaum fassen, wie glücklich ich war, einmal nicht Teil von Mutters Verkupplungsversuchen zu sein.

Henry wiegte den Kopf, wusste nicht, was die richtige Antwort war und sah schlussendlich mich an, genau wie Rachel es auch getan hatte.

Doch Mutter ließ nicht so schnell locker. »Wir kriegen dich auch so schon viel zu selten zu Gesicht. Tu deiner Mutter den Gefallen und begleite uns in die Oper«, kochte sie ihn mit Schuldgefühlen weich und ich musste mir ein Grinsen verkneifen, weil ich genau wusste, dass Henry einknicken würde.

»Aber natürlich, Mutter«, gab er nach und zum ersten Mal erlaubte er sich einen Blick auf Rachel.

Auch sie hob gerade den Kopf, ihre Blicke trafen sich und es entstand hinter meinem Rücken ein inniger Moment, der in dieser Situation ganz und gar nicht angebracht war.

Geräuschvoll ließ ich meine Gabel auf den Teller fallen und beide zuckten zusammen. Aber zumindest hörten sie auf, sich verliebte Blicke zuzuwerfen.

Tante Lillians Aufmerksamkeit schien es nicht entgangen zu sein, der Rest übersah es aber scheinbar gänzlich.

»Sagen Sie, Miss …«, begann Vater, der seine Handgelenke an der Tischkante abgestützt hatte und versuchte, mit dem vor Soße triefenden Besteck keine Flecken aufs weiße Tischtuch zu machen.

»Cohen«, ergänzte Mutter hilfreich und es durchzuckte mich wie ein Schlag. Denn daran hatte ich gar nicht gedacht.

Vater öffnete den Mund, um Rachel etwas zu fragen, da kam der Gedanke auch in seinem Kopf an und er stutzte. »Cohen?« wandte er sich verdutzt an meine Mutter. »Das ist aber doch ein sehr jüdischer Nachname«, brachte er vor und ich hielt den Atem an.

Natürlich war er das und es war auch irgendwie klar gewesen, dass Vater so etwas als Erstes auffallen würde.

»Oh, wirklich?«, fragte Mutter überrascht und es wäre die perfekte Vorlage für eine Ausrede gewesen. Doch ich war nicht schnell genug. Ich holte gerade Luft, da sagte sie schon: »Sie ist ja auch Jüdin.« Und ich schloss für einen Moment frustriert die Augen. Nun war die Katastrophe nicht mehr abzuwenden.

Vater brauchte eine Sekunde, um die Information zu verarbeiten, dann riss er schockiert die Augen auf und seine Hände umklammerten das Besteck so fest, dass er sich selbst die Fingernägel in die Handflächen bohren musste.

»Sie ist Jüdin?«, kam es ein wenig zu hoch aus seinem Mund und er sah erst Mutter an, um dann zu Rachel zu starren, als hätte sich das zarte Mädchen vor seinen Augen plötzlich in ein Ungeheuer verwandelt.

Rachel sackte ängstlich auf ihrem Stuhl zusammen und ich griff sofort nach ihrer Hand, damit sie wusste, dass wir für sie da sein würden.

»Aber …«, begann Mutter und ich konnte die Entschlossenheit in ihrem Gesicht sehen, doch Vater fuhr ihr sofort über den Mund.

»Du wolltest ernsthaft versuchen, unseren Sohn mit einer Jüdin zusammenzubringen?«, entrüstete er sich mit bissigem Ton und auch Mutter zuckte davor zurück.

Selbst ich musste zugeben, dass ich zwar gewusst hatte, dass er sich dagegen aussprechen würde, aber nicht, dass er mit so einer Feindseligkeit reagieren könnte.

Ich fühlte mich gezwungen einzuschreiten. Mutter war zusammengeschreckt, Rachel ein Häufchen Elend und Henry unglücklicherweise zu Stein erstarrt.

Und von Tante Lillian und Onkel Alfred konnte man gerade auch keine Hilfe erwarten, dafür schienen sie zu wenig von der Ernsthaftigkeit der Situation zu verstehen.

»Was hat das schon für eine Bedeutung?«, fragte ich und versuchte meiner Stimme eine gewisse Leichtigkeit zu geben, um ihm zu zeigen, dass ich mich von seinem so plötzlichen Wutanfall nicht würde einschüchtern lassen.

»Du bist jetzt lieber still, Animant«, zischte Vater und seine Wut schien gerade erst seinen Anfang zu nehmen. »Du hast uns das Mädchen angeschleppt und du wusstest genau, was sie ist!«, brüskierte er sich laut und ich begann mich innerlich abzuschotten, seine Worte nicht an mich heranzulassen, um weiterhin einen klaren Kopf zu behalten.

Rachel zerquetschte beinahe meine Hand.

»Vater!«, sagte ich scharf und schob das Kinn nach vorne, um Stärke zu zeigen. Denn was er da gerade von sich gab, war nicht gerade höflich. Ganz im Gegenteil. Es grenzte schon an eine offene Beleidigung und ganz gleich, wie sehr ich es schätzte, dass er den christlichen Glauben für eine ernste Sache hielt, hier ging er meines Erachtens einen Schritt zu weit.

Vater kniff die Lippen aufeinander, was ihn alt und bitter aussehen ließ, und dann schnaubte er. »Na schön, lass sie deine Freundin sein«, trat er einen Schritt zurück, nur um dann mit neuer Entschlossenheit vorzupreschen. »Aber ich werde niemals erlauben, dass Henry sich für sie interessiert!«, setzte er hinterher und neben mir kamen Rachel die Tränen. Laut begann sie zu schluchzen und riss damit die anderen am Tisch aus ihrer erschrockenen Starre. Mutter ließ ihr Besteck fallen und griff nach dem Arm ihres Mannes, Tante Lillian zückte sofort ein spitzenbesetztes Taschentuch, immer noch viel zu schockiert über die jüngsten Entwicklungen, um irgendetwas dazu zu sagen.

Und bei Henry brach endlich die harte Schale. Die erste Träne rollte über Rachels blasses Gesicht, da war er aufgesprungen, trat neben sie, zog sie mit einer kraftvollen Bewegung von ihrem Stuhl nach oben und direkt in eine Umarmung.

Sie ließ sofort meine Hand los, klammerte sich an ihren Liebsten und drückte ihre Nase in sein Hemd, die Augen fest zusammengekniffen.

»Oh mein Gott! Ich wusste es!«, rief Tante Lillian bestürzt und durchbrach damit den Schockmoment.

»Es ist egal, was er sagt, Rachel«, flüsterte Henry dem weinenden Mädchen ins Ohr, wiederholte es immer und immer wieder wie ein Mantra und drückte ihr einen Kuss auf die Haare, während sie sich weiterhin wie eine Ertrinkende an ihn klammerte.

»Henry!«, donnerte Vaters Stimme und man konnte die Unsicherheit aus seiner Stimme heraushören. Für ihn war das alles ebenso überraschend gekommen wie auch für Mutter und Onkel Alfred.

»Ich werde sie heiraten, Vater. Ob es dir nun passt oder nicht!«, ließ mein Bruder die Katze aus dem Sack und Mutter legte sich atemlos die Hände auf die Brust. Für sie war das alles zu viel.

Und für mich auch. Ich hätte mich jetzt zu gern einfach entschuldigt und wäre, nicht ohne ein Stück Fleisch auf meinen Teller zu legen, mit meinem Essen im Gästezimmer verschwunden, nur um ein wenig in Ruhe zu lesen und von Thomas Reed zu träumen. Ich hätte den heutigen Abend auch mit ihm verbringen können, doch ich hatte ja auch auf die wahnwitzige Idee kommen müssen, meinem Bruder helfen zu wollen, indem ich meine Familie in einen Streit hineinriss.

Deshalb durfte ich jetzt auch nicht einfach gehen. Ich musste hierbleiben und das alles über mich ergehen lassen. Und wenn sie sich dann alle genug aufgeregt hatten, würde ich mich darum bemühen, die Scherben wieder aufzukehren.

»Das wirst du nicht!«, erwiderte Vater nicht weniger aufgebracht als Henry und stand ebenfalls von seinem Platz auf, um mit seinem Sohn auf Augenhöhe zu sein.

»Aber Charles«, kam es plötzlich von meiner Mutter, die verschreckt zu ihm aufsah. »Sie ist wirklich eine bezaubernde junge Frau. Sollten wir nicht …«, setzte sie an und Vater ließ sie wieder nicht ausreden.

»Ich bitte dich, Charlotte! Glaubst du, der Einkaufsbummel war Zufall? Es war eine geplante Täuschung, um dich von ihrer Sache zu überzeugen!«, schimpfte er und obwohl ich am liebsten laut protestieren wollte, wusste ich, dass er eigentlich recht hatte. Zumindest in diesem Punkt.

»Du meinst, Henry hat versucht, mich reinzulegen?«, wollte Mutter unsicher wissen und Vater schüttelte energisch den Kopf, wandte den Blick von seiner Frau ab und fixierte mich mit den Augen.

»Henry? Nein. Solche Pläne stammen immer von Animant. Nicht wahr?«, sprach er mich herausfordernd an und ich blieb einfach weiterhin still, auch wenn es mich unglaublich viel Überwindung kostete.

»Vielleicht ist es besser, wenn Rachel fürs Erste nach Hause gehen würde«, brachte sich Tante Lillian mit besänftigender Tonlage ein und stand ebenfalls langsam von ihrem Stuhl auf.

»Wenn sie geht, dann werde ich auch gehen!«, kündigte Henry uns an und sein Blick lag dabei weiterhin auf Vater.

»Du wirst nicht gehen, Henry!«, brüllte Vater und ich zuckte ein wenig zusammen. Ich hatte ihn wahrlich noch niemals so wütend gesehen.

Die Fronten begannen sich zu verhärten und all meine Pläne verabschiedeten sich auf Nimmerwiedersehen. Wie sollten wir es unter diesen Umständen jemals zu einem guten Ergebnis für alle Parteien schaffen?

»Und wie willst du mich aufhalten?«, hielt Henry dagegen, verschränkte seine Finger mit Rachels und zog sie mit eiligen Schritten an mir vorbei in den Flur.

Mr Dolls eilte, um die Mäntel zu holen.

»Ich warne dich, Henry! Wenn du jetzt gehst, dann sind wir geschiedene Leute!«, schimpfte Vater und ich erschrak vor der Härte dieser Worte.

Gott stehe uns bei.

Mr Dolls gab die Mäntel in einer schnellen Bewegung an Henry weiter und dieser war mit Rachel aus der Tür heraus, noch bevor sie sie angezogen hatten.

Die Tür knallte ins Schloss und besiegelte unser aller Unglück. Stille legte sich über den Raum. Erdrückende, vergiftete Stille, die mir so sehr auf die Brust drückte, dass ich kaum noch atmen konnte.

Alles war schiefgelaufen. Alles war zerbrochen und ich fragte mich, was ich hätte tun können, um das zu verhindern.

Doch mein Kopf war ohne Gedanken und ich schaffte es nicht, mich auf irgendwas zu konzentrieren.

»Nein«, brach Mutter plötzlich die Stille, schob ihren Stuhl nach hinten und stellte sich neben ihren Mann. »Nein!«, wurde sie etwas lauter und dann schlug sie Vater mit der Hand gegen die Schulter. »Das du mein Urteilsvermögen anzweifelst und mir ständig das Wort abschneidest, lass ich mir ja gefallen. Aber dass du meinen Sohn von der Familie scheidest, das werde ich niemals zulassen!«, fuhr sie ihn schroff an und ich konnte gar nicht fassen, dass es tatsächlich meine Mutter war, die hier stand und meinem Vater die Meinung geigte.

Und auch Vater schien durchaus überrascht zu sein. Zögerlich löste er sich aus seiner Starre und sah verblüfft zu seiner Frau.

»Aber Charlotte …«, setzte er zögerlich an und streckte die Hand aus, um sie am Arm zu berühren.

Doch sie wich nach hinten zurück. »Fass mich nicht an!«, zischte sie so gefährlich, dass mir ein unangenehmer Schauer den Rücken runterrieselte. »Du wirst dich jetzt wieder fassen, Charles Harrison Crumb. Du wirst deine Meinung ändern und Henry und auch Rachel förmlichst um Verzeihung bitten und dieser Hochzeit offiziell zustimmen!«, stellte sie schonungslos ihre Bedingungen und ihr Blick wurde dabei so finster wie eine mondlose Nacht. »Und bis dahin wirst du wohl ein anderes Gästezimmer beziehen müssen«, endete sie, warf erhaben ihre Rockschleppe nach hinten und stolzierte einfach an Vater vorbei und aus dem Zimmer.

Fassungslos sah ich ihr hinterher und hätte niemals für möglich gehalten, dass so etwas wirklich jemals passieren könnte.

Ich hatte immer geglaubt, ich wäre meinem Vater am ähnlichsten. Doch jetzt erkannte ich, dass ich wohl mehr von meiner Mutter hatte als erwartet.

Und das machte mich stolz.

45

Das Fünfundvierzigste oder das, in dem etwas nicht stimmte.

Ich saß als Einzige im Esszimmer und verdrückte ein sehr üppiges Frühstück, um meine Nerven zu beruhigen.

Schlaf hatte es in dieser Nacht nicht viel gegeben. Zuerst war eine endlose Diskussion zwischen Vater und Tante Lillian entfacht, in der ich versucht hatte, die ganze Sache so gut es ging und so positiv wie möglich aufzuklären. Jedoch ohne viel zu erreichen, was sehr frustrierend war.

Danach kam Mutter wieder aus ihrem Zimmer und wir verbrachten eine geschlagene Stunde im Salon, in der sich alle nur anschwiegen, bis die Nerven zum Zerreißen gespannt waren. Unerwarteterweise platzte Onkel Alfred als Erstem der Kragen. Er murrte lautstark über fehlenden Seelenfrieden und die zerstörte Harmonie der Familie und stürzte uns so nur wieder in eine nicht enden wollende Diskussion über die Ernsthaftigkeit des Glaubens und der Vernunft eines Menschen.

Es war lange nach Mitternacht, als ich es endlich geschafft hatte, Vater zu beruhigen, Mutter zu bestätigen, Onkel Alfred zu versichern, dass es sich schon regeln würde, und Tante Lillian dafür zu danken, dass sie in ihrem mittlerweile sehr angesäuerten Gemütszustand doch die Größe gezeigt hatte, ihre Meinung nicht auch noch weiter in den Raum zu stellen.

Wir zogen uns alle in unsere Schlafzimmer zurück, wobei Mutter ihre Drohung wirklich wahrmachte und Vater ihres Bettes verwies.

Als sich endlich die Tür hinter mir schloss und ich in der Stille meines Gästezimmers versank, atmete ich müde auf, machte mich eilig bettfertig und schlüpfte unter meine Decke.

Mein Kopf schmerzte, mein Nacken war so verspannt, dass ich mich hin und her wälzte und doch keine bequeme Position fand, in der ich hätte einschlafen können.

Mein Kopf war voller Gedanken, über meine Eltern, die ich noch nie so hatte streiten sehen. Über Onkel und Tante, die ich ebenfalls in den ganzen Ärger mit hineingezogen hatte. Da waren Rachel und Henry, die sich gerade furchtbar fühlen mussten. Und ich begann mich zu fragen, ob mein Plan wirklich so eine gute Idee gewesen war, denn bisher hatte er nur die Spaltung meiner Familie hervorgebracht.

Aber was hätte ich sonst tun sollen? Zulassen, dass die beiden heimlich heirateten und erst dann der ganze Streit losbrach? Ich konnte mir nicht vorstellen, dass Vater dabei milder gewesen wäre. Im Gegenteil sogar.

Vielleicht war diese Auseinandersetzung einfach unausweichlich gewesen. Zumindest musste ich mir das einreden, um meinen nervösen Körper zu beruhigen und meine Hände dazu zu bringen, nicht mehr zu zittern.

Es drehte sich alles weiter in meinen Gedanken, obwohl ich nichts lieber getan hätte, als einfach einzuschlafen. All die lauten Worte, die heute gesprochen worden waren, drückten mir auf die Seele und ich hätte das alles gerne mit jemandem geteilt. Und dieser Jemand war Thomas Reed.

Ich sehnte ihn so sehr herbei, seinen offenen Blick, seinen bissigen Witz, seine Direktheit, die mir schon öfter zu einem klareren Kopf verholfen hatte.

Doch er war nicht hier und ich auch nicht bei ihm. Aber schon nur an ihn zu denken, half mir, mich aus dem Strudel der schlechten Gedanken zu retten.

Ich dachte an seine verstrubbelten Haare, wenn er sie sich gerauft hatte. An die Geste, wenn er sich die Brille an der Nase nach oben schob. Ich dachte aber auch daran, wie sich seine Nähe angefühlt hatte, seine Wärme, sein Geruch, als wir so nah beieinander im

Schrank gesessen hatten. Seine Finger, mit meinen verschränkt, seine Lippen nah an meinem Ohr, seine dunkle Stimme, die mich beim Vornamen nannte.

Und ehe ich michs versah, war ich, versunken in schönen Bildern, doch irgendwann eingeschlafen.

Das Erwachen war mir trotzdem sehr schwergefallen und nur die Aussicht, etwas zu essen zu bekommen, trieb mich aus meinem mollig warmen Bett.

Mir war elend, meine Hände zitterten schon wieder von den anstrengenden Gesprächen des gestrigen Abends und nicht einmal Tee schien richtig zu helfen.

Zum Glück sah niemand sonst die Notwendigkeit, zu so früher Stunde auf den Beinen zu sein, denn ich hätte die Anwesenheit der anderen gerade wenig ertragen können und schätzte es sehr, dass Mr Dolls mich die meiste Zeit allein im Speisezimmer ließ. Als ich in den Flur kam, stand er bereits mit meinem Mantel bereit, half mir sogar beim Anziehen und ich nickte ihm dankend zu, was er mit einem schmalen Lächeln entgegennahm.

Dann brach ich auf in den trüben Morgen, der dunkel und wolkenverhangen über London schwebte und die Gemüter in den langsam schmutzig werdenden Schnee drückte.

Ich stapfte meinen Weg entlang, der mir mittlerweile schon so vertraut war, und beobachtete den Rauch der Schornsteine in der näheren Umgebung, um an nichts zu denken. Der schwarze Ruß stob in die Luft, tanzte im Wind und wurde eins mit den grauen Wolken.

Ich fror, störte mich aber nicht daran, da die Kälte mich wacher werden ließ, und beschleunigte lediglich meine Schritte ein wenig. Doch mit der Wachheit kam auch die Erkenntnis, und Zerschlagenheit legte sich auf meine Glieder. Denn erst die verstrichene Nacht zeigte mir das Ausmaß unseres Schlamassels auf.

Vater und Mutter waren verstritten. Und auch wenn meine Mutter schon öfter ihre zänkische Seite gezeigt hatte, war es noch nie so weit gekommen, dass mein Vater dermaßen die Fassung verlor. Er war immer der Ruhige, Vernünftige gewesen und ich hatte gehofft, dass diese Besonnenheit ihn auch in dieser Situation lenken würde. Doch so war es nicht passiert und nun schliefen die beiden in getrennten Zimmern.

Und ich war schuld daran.

Die Bibliothek kam in Sicht, das edle Gebäude, in dem ich mich schon so heimisch fühlte, und es gab mir durch seine Größe und Erhabenheit das ersehnte Gefühl von Beständigkeit und Ruhe zurück.

Ich eilte durch die Tür der Bibliothek und sah sofort an der großen Uhr im Foyer, dass ich bereits vier Minuten zu spät war.

Ich seufzte in mich hinein und entschied, nicht nach oben zu gehen, um meinen Mantel abzulegen. Denn Thomas war sicher schon da und je nachdem, wie gut und lang seine Nacht gewesen war, würde sich auch seine Laune verhalten. Und ich hatte gerade nicht die Kraft, mich von ihm wegen vier Minuten Verspätung aufziehen zu lassen.

Außerdem wusste ich ganz genau, dass er mir meine gedrückte Stimmung sofort ansehen würde und ich war noch nicht bereit, über alles zu reden, obwohl es mir wahrscheinlich gutgetan hätte.

Ich brachte Mantel, Schal und Handschuhe also schnell in meine Kammer und widmete mich dann den Zeitungen, um den Anschein zu erwecken, ich wäre schon die ganze Zeit hier gewesen.

Irgendwann tauchte auch Oscar auf, der eigentlich erst morgen wieder hier sein sollte. Doch er erklärte nur kurz, dass Cody und er den Dienst getauscht hätten und ich fragte nicht weiter nach, weil es mich nicht wirklich interessierte. Phillip Tams betrat schlurfend die Bibliothek und Oscar machte sich leise summend an die Arbeit, die Bücher, die auf den Wägen lagen, in die Regale zurückzubringen.

Ich raffte mich auf und gab dem schon wieder verschnupften Jungen seine zwei Schilling, während er mich durch kleine Witze aufzuheitern versuchte, als er meine trübselige Laune bemerkte. Ich zwang mir für ihn sogar ein kleines Lächeln auf, damit er guten Gewissens wieder verschwinden konnte, und entschied anschließend, dass ich heute nicht in der Verfassung war, ins Archiv hinunterzugehen. Ich legte die alten Zeitungen also zu meinem Mantel in die Kammer und atmete dann noch einmal tief durch.

Ganz dringend brauchte ich jetzt noch einen Tee und dann würde ich mich Thomas Reed stellen.

Ich lief nach oben, nahm den langen Weg, einmal andersherum um den Rundweg, um nicht an Thomas' Büro vorbeizukommen, und huschte ins Aufenthaltsräumchen. Der kleine Ofen brauchte nicht lange, um gestopft und eingeheizt zu werden und ich nutzte die Zeit, in der das Feuer die Ofenplatte langsam erhitzte, um Wasser für den Kessel zu holen.

Meine Gedanken wanderten immer wieder zum gestrigen Abend, zu den Drohungen meines Vaters, der eigentlich ein so gutmütiger Mensch war, und zu den entschlossenen Forderungen meiner Mutter, die ich zwar immer für sehr hartnäckig gehalten, aber niemals als dermaßen aufbrausend empfunden hatte.

Diese Ehe, die Henry zu schließen bemüht war, zerriss uns alle und doch konnte ich ihm dafür keinen Vorwurf machen. Denn ich hatte gesehen, wie sie sich ansahen, er und Rachel. Es war Liebe und jetzt wusste ich auch selbst, dass sie eine sehr starke Macht war.

Ich goss den Tee auf, schloss die Augen, als das Aroma sich im heißen Wasser entfaltete, und wünschte, das Leben wäre leichter und Probleme würden sich einfach im warmen Wasser auflösen. Nur kurz wartete ich ab, entfernte dann die Teeblätter wieder aus dem Sieb und füllte mir schon eine Tasse, von der ich sofort einen Schluck trank. Er verbrannte mir die Zunge, aber das war mir egal und ich stellte die Kanne mit einer frischen Tasse auf ein schmales Tablett.

Ich schob sie eine Weile hin und her, versuchte die Zeit zu verlängern, ehe ich hinüberging und nach einem zweiten heißen Schluck Tee fühlte ich mich bereit für meine Begegnung mit Thomas Reed.

Zaghaft klopfte ich an seine Bürotür, obwohl sie geöffnet war, und sah, wie Thomas den Kopf hob. Er hatte seine Brille auf der Nase, einen Füllfederhalter in der Hand und einige Bögen Papier vor sich.

»Guten Morgen, Mr Reed«, begrüßte ich ihn, trat auf ihn zu und er legte hastig den Stift weg, um mir auf dem Schreibtisch Platz für das Tablett zu machen, das ich vor mir balancierte.

»Guten Morgen, Miss Crumb«, erwiderte er ganz ruhig und ich genoss den Klang seiner Stimme. »Seit wann kochen Sie mir denn Tee?«, fragte er mich und hob skeptisch eine Augenbraue.

Mein Bauch begann zu kribbeln, mir wurde ganz warm und in meinem Kopf formte sich der Wunsch, von Thomas Reed umarmt zu werden. Es würde mir Sicherheit geben, das wusste ich. Und Sicherheit brauchte ich gerade dringend.

»Seit ich ebenfalls einen nötig hatte«, gab ich ganz nüchtern zu und Thomas musterte mich neugierig über den Rand seiner Brille.

Ich liebte und fürchtete diesen Blick gleichermaßen. Er trieb mir eine Gänsehaut über die Haut und eine Sehnsucht ins Herz. Und gleichzeitig durchdrang er mich, als könnte Thomas jeden noch so kleinen Gedanken in meinem Kopf erahnen.

»Und wo ist dann Ihre Tasse?«, wollte er aber nur wissen und ein geheimes Schmunzeln saß in seinem Mundwinkel. Er machte einen Scherz mit mir und sein herausfordernder Blick brachte mich ebenfalls zum Lächeln.

Ganz leicht verzogen sich meine Lippen, die Last auf meinen Schultern begann bereits ein wenig zu bröckeln und das, obwohl er nur einen so unbedeutenden Satz gesagt hatte.

»Die steht noch nebenan«, gab ich zu und Thomas griff ungerührt nach der Kanne, um sich einzuschenken.

»Vielleicht sollten Sie sie holen«, schlug er wie beiläufig vor und ich nickte, während ich meine verschwitzten Handflächen unauffällig am Rock abwischte. So einer Einladung konnte ich nicht widerstehen und sie machte mich ganz kribbelig.

Ich lief aus dem Zimmer, holte meine jetzt trinkwarme Tasse Tee und kam dann wieder zurück.

Thomas hatte einen zweiten Stuhl in seiner Nähe platziert, an der Seite seines Schreibtisches, und ich ging darauf zu. Er hielt seinerseits eine Tasse in der Hand, nippte daran und las gleichzeitig stirnrunzelnd einen Brief, den er vor sich auf Augenhöhe in die Luft hielt. Die Schrift, die durch das Licht vom Fenster durch das Papier hindurchschien, war fein und rund und ich konnte davon ausgehen, dass diesen Brief wohl eine Frau geschrieben hatte.

Doch Thomas zeigte sich nicht gerade erfreut über das, was er las, also machte ich mir über diese Frau auch keine Gedanken.

Ich setzte mich auf den Stuhl, trank einen Schluck Tee, der sich auf meiner verbrannten Zunge seltsam anfühlte, aber angenehm warm den Hals hinunterrann, und sah dabei aus dem Fenster.

Es hatte begonnen zu regnen und die Tropfen klopften leise an das Glas. Es war, als hätte das Wetter genau den richtigen Moment ausgesucht, um sich dermaßen zu verschlechtern.

Ich dachte an meinen Bruder, dem ein Streit immer so viel mehr an die Nieren ging als mir. Er fühlte sich jetzt sicher fürchterlich. Und Rachel erst. Ich konnte mir fast vorstellen, wie sie jetzt zu Hause saß und zu Tode betrübt in den Regen starrte.

Unbewusst hob ich meine Tasse an die Lippen und trank, den Blick weiter in die Ferne gerichtet, die Gedanken ganz woanders.

Ich kam nicht umher, mich mit einem schlechten Gewissen zu quälen, weil ich mir vorwarf, alles viel schlimmer gemacht zu haben, als es hätte sein müssen.

Etwas berührte mich am Arm und ich schreckte in die Wirklichkeit zurück. Mir fiel sogar die Tasse aus der Hand und landete auf meinem Schoß. Zum Glück hatte ich, ohne es zu merken, ausgetrunken.

Mein Blick ging zu Thomas Reed, der selbst irritiert die Hand zurückzog, mit der er mich angetippt hatte. »Ich wollte Sie nicht erschrecken«, beteuerte er und räusperte sich verhalten.

»Entschuldigen Sie, Mr Reed. Ich war nur in Gedanken«, erklärte ich schnell, schaffte es nicht zu lächeln und seine Augen wurden schmaler. Er musterte mich wieder, zog die Augenbrauen zusammen und ich wich seinem Blick aus. Ich hatte gewusst, dass er merken würde, dass etwas nicht stimmte.

»Ist etwas passiert? Fühlen Sie sich unwohl?«, erkundigte er sich vorsichtig und ich hätte ihm gerne einfach alles erzählt. Die Sache mit Henry und Rachel, dem Streit meiner Eltern, der mich mehr belastete, als mir lieb war, und meine Gefühle. Die Liebe, die mich so sehr zu ihm zog und von der ich mir wünschte, dass er sie mir kundtun würde.

Doch was sollte ich schon sagen. Ich wusste ja selbst, dass ich mich seltsam verhielt. Thomas musste da ja einfach merken, dass etwas nicht im Lot war. Aber gleichzeitig konnte ich ihm auch nicht so einfach alles offenbaren. Es waren schließlich Angelegenheiten meiner Familie. Also schwieg ich dazu, lächelte fahl und hob die Tasse von meinem Schoß auf. »Machen Sie sich keine Gedanken«, sagte ich knapp, stemmte mich von meinem Stuhl hoch und stellte die Tasse zurück aufs Tablett. »Ich werde einfach wieder an die Arbeit gehen. Genießen Sie den Tee«, wünschte ich, drehte mich um und verließ schnellen Schrittes das Büro.

Mein Herz war schwermütig und es kostete mich tatsächlich einige Überwindung, einfach so zu meiner Arbeit zurückzukehren, ohne mit Thomas meine Sorgen geteilt zu haben. Ich wollte ihn schließlich auch nicht vor den Kopf stoßen, indem ich vor seinen Fragen floh.

Vielleicht machte ich mir auch einfach zu viele Gedanken.

Ich seufzte und begann damit, Bücher an ihren Platz zu räumen, um mein Inneres zu sortieren. Es musste schließlich alles nicht so schlimm sein, wie ich es jetzt empfand. Möglicherweise würde dieser Streit auch einfach so schnell wieder verfliegen, wie er gekommen war, alle würden sich vertragen und nächstes Frühjahr gäbe es dann eine liebliche Hochzeit.

Ich seufzte wieder, weil mein logisch denkender Kopf solch eine alberne Schönrederei niemals für die Wahrheit halten würde, sosehr sich mein Herz das auch wünschte.

Aber wenigstens konnte ich mir sagen, dass all die Sorgen, die ich mir machte, zu nichts führen würden. Mich selbst so betrübt zu fühlen, machte nichts wieder gut und war keinem hilfreich. Am wenigsten mir selbst.

»Guten Morgen, Miss Crumb«, wurde ich von der Seite angesprochen und war viel zu sehr mit mir selbst beschäftigt, um mich dieses Mal dabei zu erschrecken. Ich drehte den Kopf, ohne wirklich hinzusehen, und blinzelte ein paar Mal, ehe ich den ölverschmierten Jamie Lennox wirklich wahrnahm, der ein Grinsen im Gesicht trug, als gehörte es dorthin. Ihn hatte ich wahrhaftig eine Weile schon nicht mehr gesehen.

»Guten Morgen, Mr Lennox«, grüßte ich zurück und die Mundwinkel des Mechanikers zogen sich noch ein Stück weiter nach oben.

»Sie erinnern sich tatsächlich an mich?«, meinte er erfreut und verbeugte sich recht ungelenk, wobei das Werkzeug an seinem Gürtel leise klapperte.

»Natürlich«, gab ich freundlich zurück und legte das Buch aus der Hand, das ich gerade ins Regal stellen wollte. »Sind Sie gekommen, um die Maschine aufzuziehen?«, fragte ich nach und Mr Lennox nickte.

»Das ist wirklich dringend notwendig. Eigentlich hätte ich schon letzte Woche hier sein müssen, aber es haben sich recht ungewöhnliche Umstände ereignet, die mich verhindert haben. Und es ist ja auch eine der Stufen gebrochen, wie ich hörte«, erzählte er frei heraus und die Erinnerung kam zu mir zurück. Der Tag, an dem ich in der Maschine hängen geblieben war. Der Tag, an dem Thomas Reed mich das erste Mal gerettet hatte. Wenn ich daran dachte, dann fiel mir auch auf, dass dies der Moment gewesen war, in dem ich angefangen hatte, den Bibliothekar mehr zu schätzen als einen bloßen Vorgesetzten.

Es kam mir vor, als wäre seitdem eine Ewigkeit vergangen.

»Oh, aber eigentlich habe ich Sie angesprochen, weil ich Ihnen das hier geben soll«, fuhr Mr Lennox fort und reichte mir ein Stück Papier, das ich ihm überrascht abnahm. »Eine überaus bezaubernde junge Frau hat mich gerade gebeten, Ihnen das auszuhändigen. Sie steht draußen im Regen«, erklärte er mir und ich entfaltete eilig das Papier.

Im ersten Moment musste ich an Rachel denken und überflog auf die Schnelle den Inhalt. *Mach mir das Fenster auf*, stand dort in krakeliger Schrift und ich runzelte die Stirn, nur um gleich darauf meinen Irrtum zu erkennen. Es war nicht Rachel. Es war Elisa. Und sie hatte vor, wieder durchs Fenster in meine Kammer zu steigen.

Ich dankte Mr Lennox mit einem echten Lächeln und versicherte ihm, dass ich verstanden hätte.

Er nickte mir lachend zu, zog die regennasse Mütze vor mir und machte sich dann auf, die Treppen nach oben auf den Rundgang zu nehmen um zur Suchmaschine zu gelangen.

Ich hingegen versuchte nicht zu schnell zu laufen auf meinem Weg zu meiner Kammer, da ich sonst nur zu viel Aufmerksamkeit auf mich gezogen hätte.

Leise schloss ich die Tür hinter mir, lief zum Fenster und entriegelte es. Es dauerte keine Minute, da sah ich eine Gestalt durch den Regen laufen. Ich öffnete das Fenster einen Spalt und schon wurde eine kleine Tasche hindurchgereicht, gefolgt von zwei nassen Händen, die sich auf den Rahmen legten und sich daran in die Höhe zogen. Eleganter als ich es ihr in dem weiten Reifrock zugetraut hätte, kletterte Elisa durch das Fenster und schob es hinter sich wieder zu.

»Was für ein furchtbares Wetter!«, schimpfte sie, wischte sich mit den durchweichten Handschuhen ein paar nasse Haarsträhnen aus dem Gesicht und schüttelte sich dabei.

»Du bist ja ganz nass! Du wirst dir so den Tod holen!«, schimpfte ich sie und Elisa begann doch tatsächlich zu lachen.

»Ach was, so schlimm ist es gar nicht«, wehrte sie ab und ließ sich auf einen Stuhl sinken. Sie war ein wenig außer Atem und zog sich mühsam die Handschuhe aus, die an ihrer Haut klebten. »Nur gut, dass du meine Nachricht bekommen hast«, meinte sie und bekam ein spitzbübisches Lächeln. »Und wenn du mir jetzt noch sagst, wer dieser Prachtbursche war, den ich da abgefangen habe, kann ich auch in Frieden ruhen, wenn mich tatsächlich eine Lungenentzündung dahinraffen sollte«, witzelte sie und ich schüttelte den Kopf über ihre Gedankenlosigkeit.

»Das ist wirklich ernst, Elisa. Es ist eiskalt draußen!«, versuchte ich ihr beizubringen und sie schüttelte nur den Kopf.

»Verrätst du mir seinen Namen trotzdem?«, erkundigte sie sich und ich gab es auf. In ihren Dickkopf würde ich niemals vordringen können.

»Jamie Lennox, Uhrmacher und Mechaniker«, teilte ich ihr mit und sie begann zu kichern.

»Jamie Lennox«, ließ sie sich den Namen auf der Zunge zergehen und griff nach ihrer Tasche. »Das ist mal ein Name, den es sich zu merken lohnt«, behauptete sie und öffnete den Verschluss, der leicht quietschte.

»Was machst du eigentlich hier? Wir hätten uns doch auch später zum Lunch treffen können«, meinte ich. »Ich wusste ja nicht, ob dein liebster Thomas dich nicht vielleicht schon eingeladen hat«, behauptete sie provokant und hob eine Augenbraue.

Mein Herz begann sofort schneller zu schlagen und meine Wangen erhitzten sich. »Er ist nicht *mein* Thomas!«, informierte ich sie mit Bestimmtheit und Elisa lachte nur darüber. »Und außerdem ist heute Mittwoch, was bedeutet, dass er ab Mittag anderweitige Verpflichtungen hat«, fügte ich hinzu und Elisa nickte nur, während sie etwas aus ihrer Tasche holte.

Es war eine kleine Schachtel, die sie auch sogleich öffnete und doch tatsächlich ein Cremetörtchen hervorzauberte.

»Das ist für dich«, eröffnete sie mir und hielt es mir hin.

Ich starrte sie jedoch nur an und blinzelte erst ein paar Mal, da mir die entstandene Situation doch ein wenig sonderbar vorkam. Hatte Elisa gerade wirklich ein Cremetörtchen aus ihrer Tasche geholt?

»Und was soll ich damit?«, brachte ich heraus und Elisa schüttelte lachend den Kopf über meinen skeptischen Gesichtsausdruck.

»Du sollst es essen«, machte sie mich auf das Offensichtliche aufmerksam und ich streckte die Hand aus, um es ihr abzunehmen. Jedoch nicht, ohne ihr zumindest einen misstrauischen Blick zu schenken.

»Und was genau willst du dafür?«, wollte ich von ihr wissen und sah ihr sofort an, dass ich damit genau ins Schwarze getroffen hatte. Sie biss sich auf die Unterlippe und ihr Blick wurde ein wenig verschämt. Sie brauchte etwas von mir, und ich nahm stark an, dass es ein Buch war.

»Ich brauche was zum Nachschlagen«, gestand sie mir, was ich eh schon wusste und kratzte sich verlegen am Hals.

Ich nahm das Törtchen entgegen, das nach Vanille duftete, und sah Elisa dabei eindringlich an. »Aber dafür musst du mir doch keine Geschenke mitbringen«, erklärte ich ihr nüchtern und sie seufzte laut.

»Doch, Ani. Ich möchte ja auch nicht, dass du glaubst, wir wären nur deshalb befreundet«, widersprach sie mir und jetzt musste ich lachen.

Es war wirklich schön, Elisa zu sehen. Ihre ungezwungene Art und ihre Ehrlichkeit hoben meine Stimmung wirklich rapide und meine Sorgen traten ein wenig in den Hintergrund.

»Das würde ich nie glauben«, versicherte ich ihr und ließ mir von ihr aufschreiben, was sie denn benötigte, damit ich es ihr zum Mittagessen mitbringen könnte, für das wir uns auch gleichzeitig verabredeten.

Es konnte mir nur guttun, meine Zeit mit ihr zu verbringen, und es würde auf jeden Fall helfen mich abzulenken.

Elisa verschwand wieder durch das Fenster in den regnerischen Vormittag und ich verließ die Kammer, um die beiden Bücher auf meinem Zettel zusammenzusuchen. Ich trug sie in die Kammer, legte sie unter meinen Mantel, damit ich sie nachher nicht vergaß, und lief dann vor ins Foyer, um die Bücher auf unserer falschen Verleihkarte einzutragen.

Das Cremetörtchen nahm ich mit mir, weil ich mir vornahm, es im Anschluss nach oben in den Aufenthaltsraum zu bringen, platzierte es neben mir auf dem Tresen und schrieb die Titel fein säuberlich unter die Bücher, die Elisa mir letzte Woche zurückgebracht hatte. Ich konnte mich wirklich nicht über sie beschweren. Sie hatte ihre Bücher immer schnell und in tadellosem Zustand wiedergebracht.

»Könnte ich Ihnen eine Frage stellen?«, kam es plötzlich von vorne und ich zuckte so sehr zusammen, dass mir ein Stich in den Nacken fuhr und ich beinahe mit dem Ellenbogen das Cremetörtchen von der Tischplatte gestoßen hätte.

Ich fühlte mich ertappt, schockiert und mein Herz raste vor Schreck davon.

Vor mir stand ein Mann, ein Student, den ich schon öfter hier gesehen hatte und der mir ganz unbedarft entgegensah. Er hatte blondes Haar, trug einen sehr strengen Anzug und blinzelte mich aus kleinen Augen an.

»Natürlich«, bemühte ich mich zu sagen und ein höfliches Lächeln huschte über seine Lippen. Es schien ihm etwas peinlich zu sein, eine Frau einfach so anzusprechen.

»Würden Sie mir wohl bei der Suche nach einem Buch behilflich sein?«, wollte er wissen und ich nickte schnell.

»Aber sicher«, meinte ich ganz aufgeschlossen und mit einer gewissen Professionalität, um meinen Schreck und den rasenden Puls zu überspielen, schnappte mir die Verleihkarte, die noch vor mir auf dem Tresen lag, und schob sie eilig zurück an ihren Platz. Ich kam unauffällig um den Tresen herum, nahm aus Gedankenlosigkeit das Cremetörtchen wieder zur Hand und ließ mir dabei erklären, was genau er denn suchte.

Es war nicht wirklich anspruchsvoll, wenn man sich in der Bibliothek auskannte und ich führte ihn zu einem Regal im mittleren Teil des Westflügels, in dem er schlussendlich auch fündig wurde.

Doch auch ich fand etwas, das mir neue Arbeit bescherte, weil irgendjemand die Bücher in diesem Teil so sehr durcheinandergebracht hatte, dass ich kurz entschlossen begann, hier hinten aufzuräumen. Das Cremetörtchen, das ich unnötigerweise immer noch mit mir herumtrug, stellte ich der Einfachheit halber ins Regal und begann damit, die Bücher herauszunehmen, die nicht hier hingehörten, und die anderen nach dem Autorennamen alphabetisch einzuordnen.

Es war eine mühsame Aufgabe, doch sie lenkte mich wunderbar weiter von meinen trüben Gedanken ab, die sich so viel leichter unterdrücken ließen.

Ich hörte die Schritte schon, bevor sie auch von meiner Wahrnehmung erfasst wurden. Jemand kam in meine Richtung, doch ich machte mir nur wenig Gedanken darum und schob weiter Bücher an ihren eigentlichen Platz.

Erst als ein Schatten auf mich fiel und ich die Präsenz eines anderen Körpers in meinem Rücken spürte, hielt ich in meiner Arbeit inne, nahm die Hände von den ledernen Buchrücken und drehte mich überrascht um.

Hinter mir stand niemand anderes als Thomas Reed, der mit konzentrierter Miene ein Buch aus dem Regal über mir zog, und ich wich erschrocken zurück, sodass ich mit dem Hinterkopf leicht gegen ein Regalbrett stieß.

Er stand viel zu nah bei mir, mein Herz setzte aus, um anschließend zu holpern und in meinem Bauch begannen sich Schmetterlinge zu einem wilden Tanz zu erheben. Mein Mund wurde trocken, mein Hände schwitzen und das alles nur im Bruchteil einer Sekunde.

Thomas bemerkte meine Bewegung, spürte wohl auch meinen Blick, denn er sah zu mir herunter, als ich mich ihm zugedreht hatte. Seine Miene zeigte zuerst einen recht neutralen Ausdruck, doch es dauerte auch bei ihm nur einen winzigen Augenblick, bis ihm aufzugehen schien, dass er in seiner Unbedarftheit eine Nähe zu mir geschaffen hatte, die auch an ihm nicht spurlos vorbeiging.

Ich konnte förmlich spüren, wie sich die Atmosphäre um uns herum von ungezwungener Normalität ganz schnell in elektrisierende Spannung verwandelte. Erst gestern hatten wir zusammen in einem Schrank gesessen und ich konnte mich plötzlich wieder ganz genau erinnern, wie sich Thomas' Arme um meine Taille angefühlt hatten.

»Ich suche nur nach einem Buch«, behauptete Thomas und es klang jetzt nur noch wie eine Ausrede, selbst wenn es vielleicht einmal der Wahrheit entsprochen hatte, denn seine kastanienfarbenen Augen ließen meine nicht mehr los und ich schluckte gegen den Kloß in meinem Hals an.

Ich wusste gar nicht wie mir geschah, konnte mich nicht daran erinnern, wie wir so einfach in seine solche Lage geraten waren, obwohl gerade eben noch alles so ruhig gewesen war.

Heute früh hatte ich ihm noch Tee gemacht und war dann vor ihm geflohen, und jetzt standen wir hier und mir blieb beinahe das Herz stehen, als Thomas seine Hand neben mir am Regal abstützte und sein Gesicht meinem ein Stückchen näher kam.

Mein Blick fiel sofort auf seine Lippen und der Gedanke, dass er mich möglicherweise küssen würde, blendete alles andere aus. Die Welt um uns herum versank in Bedeutungslosigkeit, meine Haut begann zu prickeln und meine Fantasie ging mit mir durch. Ich stellte mir schon vor, wie es sich anfühlen würde, was ich dann tun sollte und was das alles für mich bedeutete.

Doch dazu kam es nicht, denn Thomas' Augen verloren plötzlich den Fokus und seine Augenbrauen zogen sich verwundert zusammen. »Steht da ein Cremetörtchen im Regal?«, fragte er mehr als irritiert und ich brauchte länger als einen Moment, um meine Sinne wieder zusammenzubekommen und mit meinen Gedanken wieder in die Realität zurückzukehren.

»Ja«, hauchte ich, weil meine Stimme mir noch nicht so richtig gehorchen wollte, und schämte mich dafür.

Thomas schüttelte den Kopf, blinzelte ein paarmal und stemmte sich dann vom Regal weg, um Abstand zwischen uns zu schaffen.

Enttäuschung stieg in mir auf und ich versuchte dieses Gefühl sofort wieder zu unterdrücken. Denn ich hatte schließlich kein Recht auf einen Kuss, sagte ich mir. Vor allem nicht jetzt und hier.

Ich senkte meinen Blick nach unten, war beschämt davon, mir doch wirklich einen Kuss erhofft zu haben und wusste absolut nichts zu sagen, um die peinliche Stille zu durchbrechen, die sich über mich legte wie ein grauer Schleier.

»Warum sind Sie heute so betrübt?«, fragte Thomas Reed und erlöste mich so davon, als Erster etwas sagen zu müssen.

Weil du mich nicht geküsst hast, hätte ich gerne gesagt und tat es aber nicht, weil es nicht das war, was er wissen wollte. Es war die Misere mit Henry und meinen Eltern, die mich zuvor beschäftigt hatte und ich wusste noch immer nicht, wie ich darüber denken wollte.

Doch ich wusste zumindest, dass ich nicht mehr lange schweigen konnte. Nicht nach der Nähe und der darauf gefolgten kleinen Enttäuschung, die mich nur wieder zurück in meine deprimierte Stimmung gestoßen hatte.

Meine Nerven waren heute einfach zu dünn, um diesen schnellen Wechsel an Gefühlen auch noch zu verdauen und ich musste mit einer meiner Sorgen rausrücken, wenn ich nicht demnächst daran vergehen wollte.

»Animant?«, sprach Thomas meinen Namen aus, um mich noch einmal aufzufordern, ihm meine Last mitzuteilen. Und es war die Vertrautheit, mit der er meinen Vornamen benutzte, die mich nun schlussendlich einknicken ließ.

»Mein Bruder ist entschlossen, ein Mädchen zu heiraten«, begann ich und hielt mich dabei sehr vage. »Doch mein Vater verbietet es und nun ist meine ganze Familie im Streit miteinander«, erklärte ich weiter und war erstaunt, wie wenig Worte nötig waren, um die ganze Problematik zusammenzufassen.

»Ich verstehe«, entgegnete Thomas sanft und neigte den Kopf zur Seite, um meinen Blick wieder aufzufangen. Doch ich wollte ihm nicht in die Augen sehen, dafür hatte ich noch nicht genügend Fassung wiedererlangt.

Ich versuchte nicht an Henry oder meinen Vater zu denken, und tat es trotzdem. Vielleicht war es sogar ganz gut gewesen, dass Thomas mich nicht geküsst hatte. Das hätte in meinem Inneren alles nur noch mehr kompliziert.

»Wieso verbietet Ihr Vater es?«, hakte Thomas vorsichtig nach und ich wusste, dass er spürte, wie heikel die ganze Situation war.

Ich dachte darüber nach, was ich ihm antworten sollte. Denn das waren Informationen, Geheimnisse, die nicht mir gehörten. Und ich wollte auf keinen Fall Rachel oder jemand anderen bloßstellen, nur weil ich mich nicht zusammenreißen konnte.

»Er hält sie … für keine gute Partie«, drückte ich es so diplomatisch wie möglich aus und atmete erst einmal tief durch, ehe ich meine Augen nun doch hob.

Thomas sah mich mit einem seltsamen Blick an, den ich nicht deuten konnte, und ich überlegte mir, was ich noch sagen könnte, als ich wieder Schritte hörte, die sich uns näherten.

Thomas löste sich aus seiner Starre, in der er verharrt hatte, und trat nach vorn zum Gang, um zu sehen, wer auf uns zukam.

Es war Oscar, der nur wenige Sekunden später auch in mein Blickfeld geriet und damit das Gefühl von Zweisamkeit vollständig zerstörte, das immer noch zwischen Thomas Reed und mir bestanden hatte.

»Entschuldigen Sie, Mr Reed. Ich bräuchte Ihren Rat«, sprach er den Bibliothekar leise an, warf mir nur einen flüchtigen Blick zu und Thomas nickte.

Er bedeutete Oscar, schon einmal vorzugehen und sah dann wieder zu mir. »Wir sollten später darüber reden«, sagte er knapp und ich schluckte gegen meinen trockenen Hals an. Irgendetwas stimmte plötzlich nicht mehr und ich fühlte es wie eine drohende Gefahr, die sich ganz langsam zusammenbraute wie ein Gewitter und über uns hereinbrechen würde, wenn ich es am wenigsten erwartete.

»In Ordnung«, gab ich ebenso knapp zurück und mein Blick hielt an dem Mann fest, den ich liebte, obwohl die Welt bereits zu schwanken begonnen hatte.

46

Das Letzte oder das, in dem ich ging.

Ich sah Thomas hinterher, fühlte mich unruhig und versuchte, meine schlechten Vorahnungen in Sortierarbeit zu ertränken.

Doch es funktionierte nicht gut. Ich stellte Bücher an den richtigen Ort, wollte damit auch meine Gedanken ordnen, und trotzdem konnte ich nicht verstehen, was gerade geschehen war. Meine Gedanken blieben durcheinander und als ich das Cremetörtchen wieder auf dem Regalbrett entdeckte, erfasste mich sogar die Wut.

Ich legte all meine Frustration und Verwirrung in den Hass, den ich jetzt dem Vanillecremetörtchen entgegenbrachte, und sagte mir selbst, dass ich bis an mein Lebensende niemals wieder ein Cremetörtchen anfassen würde.

Es war albern und völlig sinnentstellend, aber ich fühlte mich nach diesem Entschluss tatsächlich ein wenig besser, griff mir das Törtchen und entsorgte es mit einer gewissen Genugtuung in einem Papierkorb.

Ich trat aus dem Westflügel wieder zurück in den Lesesaal, in dem absolute Normalität herrschte. Männer saßen an den Tischen, beugten sich über Bücher und studierten das Wissen der Welt. Es war ein gewohnter Anblick und ich versuchte tief durchzuatmen. Ich setzte mich viel zu sehr unter Druck, machte mir das Leben schwer und begann schon Gespenster zu sehen, wo überhaupt kein Grund bestand, sich über Dinge Gedanken zu machen.

Ich ging gerade die zurückgegebenen Bücher des Vormittags durch, als ich Oscar die Treppen nach unten laufen sah. Er war wohl in Thomas' Büro gewesen und ich fragte mich kurz, worüber sie wohl geredet hatten. Doch diese Überlegung war nicht von langer Dauer und ich zwang mich energisch, einfach mit meiner Arbeit weiterzumachen. Ich konnte ja sonst nichts tun.

Die Minuten vergingen, rannen mir viel zu schnell durch die Finger und mein Blick ging immer wieder hinauf auf den Rundgang, in der Hoffnung, dass Thomas Reed wieder aus seinem Büro kommen würde. Doch die Tür blieb geschlossen und ich traute mich nicht, selbst hinaufzugehen und mich Thomas zu stellen. Die Spannung, die in unserem letzten Wortwechsel geherrscht hatte, machte mich unsicher.

Es dauerte nicht lange, bis die Uhr im Foyer halb zwölf anzeigte und ich sträubte mich dagegen, einfach so in die Mittagspause zu gehen. Natürlich wusste ich, dass Elisa auf mich wartete, doch ich konnte auch nicht verschwinden, ehe ich Thomas noch einmal gesehen hatte. Ich wusste, dass er nach der Mittagspause nicht mehr da sein würde und mich die Nervosität in den Wahnsinn triebe, sollte sich unser nächstes Gespräch auf den morgigen Tag verschieben.

Ich versuchte mir Zeit zu lassen, während ich Bücher an Studenten verlieh, ein wenig aufräumte und immer wieder die Treppe nach oben sah.

Als es beinahe zwölf Uhr schlug und mein schlechtes Gewissen, Elisa so lang warten zu lassen, immer stärker wurde, sah ich ihn endlich. Thomas schloss die Tür seines Büros, richtete den Kragen seines Mantels und lief schnellen Schrittes zur Treppe.

Das war meine Chance. Auch ich ließ alles stehen und liegen und eilte ihm entgegen. Doch sein Blick richtete sich nicht auf mich. Seine Stirn war in Falten gelegt, der Mund zu einem schmalen Strich zusammengekniffen und seine Gedanken schienen in weiter Ferne zu liegen.

Ich trat näher an ihn heran, nahm sein Schritttempo auf, mit dem er zügig auf den Ausgang zuhielt, und kam bis an seine Seite. Mein Bauch begann sofort wieder zu kribbeln und ich wünschte, wir wären irgendwo alleine, damit wir in Ruhe sprechen konnten.

Ich wusste nicht, was in ihm vorging und die ganze Situation zwischen uns schien so gespannt zu sein, dass es nach einer Klärung verlangte.

»Mr Reed«, sprach ich ihn an und er wandte mir endlich seinen Blick zu. Seine Aufmerksamkeit hatte ich jedoch nicht, das konnte ich in seinen Augen sehen.

»Später, Animant«, erwiderte er nur ganz knapp, während er seinen Schal fester zog, nach der Türklinke griff und ohne ein weiteres Wort hinaus in den Regen verschwand.

Die Tür fiel direkt vor meiner Nase wieder ins Schloss und ich konnte nicht fassen, dass er mich tatsächlich einfach so hatte stehen lassen. Was war nur mit ihm los? Lag es an mir? Oder an etwas, das ich gesagt hatte?

Oder hatte das Ganze möglicherweise nicht einmal etwas mit mir zu tun und es war Oscar gewesen, der ihm irgendetwas mitgeteilt hatte, das ihn so sehr ablenkte, dass er mir keine Aufmerksamkeit schenken konnte?

Was es auch war, es würde mich bis zum Abend beschäftigen. So viel stand jedenfalls fest.

Das Essen mit Elisa zog nur so an mir vorbei und ich versuchte mich aufgeschlossen und fröhlich zu verhalten, was mir ungemein schwerfiel. Ich konnte mich hinterher nicht einmal mehr daran erinnern, was ich überhaupt gegessen hatte.

Elisa war zum Glück zu sehr mit ihren eigenen Gesprächsthemen beschäftigt und erzählte mir von ihrer neuen Seminararbeit, den Büchern, die ich für sie entliehen hatte, und der Idee, eines Tages in der britischen Politik mitzuwirken, um die Rechte der Frauen zu verteidigen.

Mir war es ganz recht, dass sie meine gedrückte Stimmung nicht bemerkte, denn ich hätte wahrhaftig keine Lust gehabt, mich jetzt auch noch von ihr ausfragen zu lassen.

Den Rest des Tages quälte ich mich durch meine Arbeit, die mir heute so bedeutungslos erschien, und entschied mich, nachdem ich etwa gegen drei Uhr nichts Dringendes mehr zu tun fand, mich mit dem Buch über die osmanischen Kriege, das ich vor einiger Zeit begonnen hatte, im Aufenthaltsräumchen zurückzuziehen.

Ich behielt meine Konzentration nur mühsam zusammen, las nicht besonders viel und gab es schließlich auf, nachdem ich eine Zeile zum fünften Mal gelesen und immer noch nicht verstanden hatte. Seufzend sah ich aus dem Fenster, starrte wieder in den Regen und verfluchte meine Unruhe.

Wie war es nur dazu gekommen? War ich nicht gestern noch in der Glückseligkeit dahingeschwebt, die mir die Erkenntnis verlieh, dass Thomas Reed mich mochte? Und heute fühlte ich gar nichts mehr davon.

Ich war mir sicher, dass Thomas heute Morgen versucht hatte, mich zu küssen. Und doch herrschte nun dieser seltsame Abstand zwischen uns, eine Unsicherheit, eine unsichtbare Mauer, die uns voneinander trennte.

Und ich hasste dieses Gefühl, das mich so ohnmächtig zurückließ.

Als ich es nicht mehr aushielt, nur herumzusitzen und meinen Gedanken nachzuhängen, die mich in einem Strudel immer weiter nach unten zogen, raffte ich mich wieder auf und streifte kopflos durch die Bibliothek, auf der Suche nach einer anderen Ablenkung.

Wäre das Leben doch nur ein Buch, dachte ich bei mir und ließ die Fingerspitzen an den ledernen Rücken entlanggleiten, während ich den Rundgang beschritt. In einem Buch konnte man einfach die letzte Seite aufschlagen und nachsehen, wie es enden würde. Ob alles in die Brüche ging oder es sich schlussendlich doch noch fügen würde.

Was würde ich dafür geben, das Ende meiner Geschichte zu kennen. Zu wissen, was als Nächstes passieren würde.

Zwar glaubte ich an ein gutes Ende, an eine Aussprache zwischen Thomas und mir, die schon sehr bald stattfinden würde, doch das Warten machte mich mürbe und kraftlos.

Als es endlich fünf Uhr war und ich nach Hause gehen konnte, stürmte ich geradezu los, meinen Mantel zu holen und die Bibliothek so schnell wie möglich zu verlassen. Ich wünschte Oscar noch einen guten Abend und rannte dann recht undamenhaft hinaus in den Regen.

Ich musste mich eigentlich nicht beeilen. Schließlich würde Thomas um diese Uhrzeit selber noch nicht wieder zu Hause sein. Doch ich konnte nicht anders, ließ mir die kalten Tropfen ins Gesicht prasseln und lief so schnell, dass ich ganz außer Atem war, als ich durch die Tür des Personalgebäudes stolperte.

Ich brauchte gut eine Minute, um meinen Puls wieder zu beruhigen und mich dem Treppenaufstieg wieder gewachsen zu fühlen. Auf dem Weg nach oben entledigte ich mich bereits meines nassen Mantels und machte als Erstes Feuer in dem kleinen Ofen in meinem Zimmer. Der Regen draußen wurde stärker, klopfte immer lauter gegen das Fensterglas und hinterließ ein beklemmendes Gefühl in mir.

Es dauerte natürlich nicht allzu lange, bis mich auch hier die Unruhe aufzufressen drohte und ich entschloss mich zu einem Bad mit anschließender ausgiebiger Pflege für meine Haare, nur damit ich irgendetwas mit mir anzufangen wusste.

Ich fieberte intensiv dem Abendessen entgegen, während ich mich noch einseifte und das warme Wasser meine Nerven ein wenig beruhigte. Nicht weil ich in irgendeiner Art Hunger verspürte, sondern weil ich annahm, Thomas dort zu begegnen. Er würde kommen, da war ich mir vollkommen gewiss.

Und wurde enttäuscht. Eine Stunde saß ich im Speisesaal, wartete, schob unmotiviert mein Essen auf dem Teller hin und her und sah immer wieder zur Tür, durch die Thomas jedoch nicht erschien.

Als mir Mrs Christy die dritte Tasse Tee brachte, musste ich mir so langsam schmerzlich eingestehen, dass er nicht kommen würde.

Und dabei war ich mir so sicher gewesen.

Mein Herz schmerzte, meine Hände zitterten leicht von all der Spannung, die meinen Körper gefangen hielt, und mein Kopf begann langsam zu schmerzen.

Ich dankte Mrs Christy für die Mahlzeit, die ich kaum angerührt hatte, und stieg mühsam alle Treppenstufen wieder nach oben.

Den ganzen Weg stritt ich mit mir selbst. Sollte ich vielleicht an seine Tür klopfen? Oder wäre es nur aufdringlich, sich so zu verhalten? Wäre er nicht zum Abendessen erschienen, wenn er mich hätte sehen wollen? Oder war ihm das in der Unordnung seiner Gedanken vielleicht entfallen und er würde sich freuen, dass ich die Initiative ergriff, die Unsicherheiten zwischen uns klären zu wollen?

Doch was ich mir auch überlegte, ich wusste sowieso, dass ich klopfen würde, weil ich in jedem anderen Fall in dieser Nacht keinen Schlaf finden könnte.

Meine Fingerknöchel schwebten in der Luft, immer noch unentschlossen, an das dunkle Holz vor mir zu klopfen. Ich riss mich zusammen, reckte den Hals und drückte den Rücken durch, um mir selbst Entschlossenheit vorzugaukeln. Energisch pochte ich an die Tür und wartete.

Doch es geschah nichts.

Nervös trat ich von einem Fuß auf den anderen, wiederholte mein Klopfen, wartete weiter und legte anschließend mein Ohr an die Tür, um herauszufinden, ob Thomas nun nicht da war oder möglicherweise nur nicht mit mir reden wollte.

Ich raffte all meine Konzentration zusammen und kam doch nur zu dem nicht zufriedenstellenden Ergebnis, dass ich es nicht wusste. Es war nichts zu hören, doch das musste noch lange nichts bedeuten.

Ich klopfte ein drittes Mal, spürte aber schon, wie meine Hoffnungen sanken und zog mich dann von meinem eigenen Enthusiasmus gedemütigt in mein Zimmer zurück.

Wie ich es vorhergesehen hatte, fand ich in dieser Nacht nicht besonders viel Schlaf, wälzte mich hin und her und träumte immer wieder wirre Zusammenspiele zwischen dem Streit meiner Eltern, dem Unglück von Henry und Rachel und meinen eigenen Sorgen.

Als am nächsten Morgen die Sonne aufging und einen sehr viel schöneren Tag versprach als den gestrigen, wusste ich, dass ich heute bereit war, mich meinen Gefühlen zu stellen. Nach all den nervenaufreibenden Traumfetzen, der nächtlichen Angst und der inneren Anspannung war ich entschlossen, Thomas Reed meine Liebe zu gestehen.

Ich hatte viel nachgedacht, die Ereignisse von vorn nach hinten und wieder zurück durchdacht und erörtert und war zu dem Entschluss gekommen, dass es sich um ein Missverständnis zwischen uns handeln musste.

Anders war es mir nicht zu erklären, warum Thomas sich mir in den letzten Wochen so zugewandt hatte, nur um dann plötzlich Abstand zwischen uns zu schaffen.

Und selbst wenn ich mich doch irrte und es sich bei seinen Anspannungen um eine ganz andere Sache handeln sollte, würde eine Offenbarung die Dinge nicht schlimmer machen, als sie waren.

Ich musste es nur wagen und dann dem natürlichen Hergang seinen Lauf lassen.

Ich stand auf, machte mich fertig und verwendete viel mehr Zeit auf meine Frisur, als ich es bisher getan hatte. Doch der heutige Tag würde meiner Zukunft eine neue Ausrichtung geben und ich wollte ihm Wichtigkeit verleihen, indem ich mich besonders zurechtmachte.

Mein Magen war viel zu flau, um auch nur an Essen zu denken und ich betrachtete mich noch eine Weile im Spiegel, ehe es Zeit war, zur Arbeit aufzubrechen.

Ich sah mir entgegen, beobachtete die Entschlossenheit in meinen Augen, die mich unwillkürlich schmunzeln ließ. Gestern hatte ich mich in meinen Selbstzweifeln und der Sorge um meine Familie beinahe aufgelöst. Aber so ein Mensch wollte ich nicht sein und ich hatte mit dem neuen Tag auch neue Tatkraft erlangt.

Ein Tag in Selbstmitleid war mehr als genug gewesen und ich war zufrieden damit, meine nüchterne Art zu denken zurückbekommen zu haben.

Natürlich war ich nicht gerade sehr ruhig und auch die Nervosität machte mich kribbeliger als jemals zuvor, aber es war ein gutes Gefühl, die Dinge wieder in der Hand zu haben, meine eigene Zukunft zu formen, für meine Ansichten einzustehen.

Ich erhob mich von meinem Hocker, strich den dunklen Rock glatt und griff nach meinem Mantel.

Es hatte über Nacht aufgehört zu regnen und ich wusste, dass das ein gutes Omen war.

Jedoch wartete ich auch an diesem Morgen vergeblich auf Thomas, der sich immer noch nicht blicken ließ, und ich versuchte, mir nicht schon wieder Sorgen deswegen zu machen.

Thomas Reed war ein erwachsener Mann, ihm würde schon nichts passiert sein und meinen eigenen Gedanken zum Trotz fragte ich mich, ob er in dieser Nacht überhaupt zu Hause gewesen war.

»Oh, guten Morgen, Miss Crumb«, schreckte mich Mrs Christy aus meinen Überlegungen und ich drehte mich ihr nur widerwillig zu, weil ich dadurch den Blick auf die Treppe aufgeben musste.

»Guten Morgen, Mrs Christy«, erwiderte ich ihren Gruß und die rundliche Frau wischte sich die mehligen Hände an ihrer Schürze ab.

»Müssen Sie nicht schon los?«, wollte sie wissen und ich lächelte schmal.

»Ich warte auf Mr Reed«, brachte ich hervor. Einzig diese Worte vermochten es, meinen Herzschlag zu beschleunigen.

Mrs Christy blinzelte ein wenig verdutzt und runzelte dann die Stirn. »Dann warten Sie aber vergebens, Kind. Mr Reed ist schon vor über einer halben Stunde gegangen«, teilte sie mir mit und nun war ich verwirrt.

»Tatsächlich?«, fragte ich noch einmal nach und Mrs Christy nickte eifrig.

»Er hätte mich beinahe umgerannt, als ich mit der Wäsche die Treppen raufwollte. Wieder einmal die schlimmste Laune, das können Sie sich kaum vorstellen«, schimpfte sie los. Ich hörte ihr jedoch nicht länger richtig zu.

Thomas war bereits weg. Er war heute Nacht also hier gewesen und dann ohne mich gegangen. Das ungute Gefühl von gestern kam wieder in mir hoch und ich unterdrückte es mit aller Macht. Wahrscheinlich hatte das gar nichts zu bedeuten und sobald ich in der Bibliothek war, würde sich das seltsame Verhalten bestimmt aufklären.

Ich dankte Mrs Christy und hinderte sie so daran, sich noch weiter über Mr Reeds Manieren auszulassen, um schnellstmöglich zur Arbeit aufzubrechen.

Ich lief nach draußen, zog den Schal enger, als der eisige Wind mir in die Kleider kroch, und schaffte es nicht einmal, die Sonne zu genießen, die sich zuvor ja seit Tagen nicht mehr gezeigt gehabt hatte. Meine Schritte trugen mich den Weg zur Bibliothek, mir wurde ganz warm von der Anstrengung und ich erreichte das Gebäude mit verschwitzten Handflächen und einem unangenehmen Pochen in den Schläfen.

Es war gerade sieben Uhr sechsundzwanzig, als ich die Eingangstür hinter mir schloss und geradewegs durchs Foyer in den Lesesaal schritt, um dort die Treppen zum Rundgang nach oben zu steigen.

Ohne meinen Mantel überhaupt abzulegen, trat ich an Thomas Reeds Bürotür und hielt wieder einmal inne.

Ich starrte auf die geschlossene Tür, wusste, dass nur dahinter die Antworten auf all meine Fragen lagen, und spürte, wie mir die Furcht ganz langsam in den Nacken kroch.

Doch ich hatte es heute Morgen beschlossen und ich würde dabei bleiben, dass ich nicht mehr in dieser Unsicherheit leben wollte. Die Worte mussten aus mir heraus und es vor mir herzuschieben, machte es für mich nur noch schwerer.

Ich würde also jetzt an diese Tür klopfen, hineingebeten werden und Thomas Reed meine Liebe gestehen.

Mein Herz begann zu rasen, mein Atem ging schneller und die Angst, alles falsch zu machen und nur dummes Zeug zu reden, sobald ich dieses Zimmer betreten hatte, machte mir mehr zu schaffen, als ich gedacht hatte.

Der Moment war gekommen. Jetzt oder nie.

Ich hob die Hand und klopfte mit den Fingerknöcheln gegen die Tür. Und dann wartete ich, und wartete. Beinahe fürchtete ich schon, Thomas wäre wieder nicht hier, würde mich genauso vor seiner Tür stehen lassen wie auch gestern Abend schon.

Doch zu meiner Erleichterung hörte ich Holzdielen knarren und dann bewegte sich auch schon die Türklinke. Die Tür wurde aufgezogen und vor mir stand Thomas Reed.

Sein Haar war zerzaust, sein Blick furchterregend und seine Augenringe sehr viel dunkler als gewöhnlich. Er sah aus, als hätte er sich die Nacht ebenso wie ich um die Ohren geschlagen.

Doch als er mich erblickte, sog er scharf die Luft ein, richtete sich gerade auf und drückte seine Lippen zu einem schmalen Strich zusammen.

Ich schrak innerlich zurück. Diese Reaktion hatte ich nicht unbedingt erwartet und es kränkte mich, auch solch eine Ablehnung in seiner Haltung zu spüren.

»Guten Morgen, Mr Reed«, grüßte ich, um etwas gesagt zu haben, und es kam mir so hohl vor, angesichts der Tatsache, dass ich eigentlich vorhatte, ihm etwas so viel Tieferes zu gestehen.

»Miss Crumb«, kam es von Thomas und seine Stimme hatte eine gewisse Schärfe, die mich aufhorchen ließ. Er war wütend auf mich. Wieso war er wütend auf mich?

Er trat einen Schritt zurück, bewegte sich ungelenk und ließ mich ins Zimmer, obwohl ich mir nach dieser Begrüßung nicht mehr so sicher war, ob ich wirklich eintreten wollte.

Meine Instinkte rieten mir nämlich, schleunigst die Beine in die Hand zu nehmen und zu laufen, denn etwas Schreckliches braute sich gerade über mir zusammen.

Thomas schloss die Tür hinter uns, lief betont langsam zu seinem Schreibtisch zurück, während ich blieb, wo ich war, in der Mitte des Zimmers. Mein Puls raste, meine Gedanken fielen übereinander und ich konnte absolut nicht einschätzen, was nun als Nächstes passieren würde. Nur eins war sicher, es würde nichts Gutes sein.

»Gestern kam Oscar zu mir, um mich nach einem Studenten zu fragen«, begann er fast tonlos, während er immer wieder recht erfolglos versuchte, seine negativen Emotionen vor mir zu verbergen und mich damit noch mehr verunsicherte, als ich ohnehin schon war. »Er brachte mir eine Verleihkarte, die nicht sauber zurück in ihre Schublade gesteckt worden war. Doch er merkte an, dass ihm der Name darauf nicht bekannt sei«, machte er weiter, schlug eine Mappe auf, die ganz oben auf einem Stapel von Dokumenten lag, und zog einen gelblichen Streifen Karton hervor. Er legte ihn verkehrt herum vor sich auf den Schreibtisch, damit ich die Schrift lesen konnte, und mir sackte das Herz nach unten.

Denn in meiner eigenen, säuberlichen Handschrift stand dort gut lesbar *Edward Teach* geschrieben. Das war Elisas Karte. Die, die ich gefälscht hatte, um heimlich Bücher für sie zu entleihen, damit sie in ihren Studien vorankam.

Mein Blut rauschte mir in den Ohren, mein Magen drehte sich um und ich musste totenbleich geworden sein, denn Mr Reeds Augen verengten sich zu Schlitzen, die mich rasend vor Wut niederstarrten.

»Gehe ich recht in der Annahme, dass Sie diese Verleihkarte erstellt haben?«, fragte mich Thomas und wir wussten beide, dass er die Antwort auf seine Frage bereits kannte.

»Ja«, antwortete ich ihm und räusperte mich hastig, als ich hörte, wie gebrochen meine Stimme klang.

Kein Grund zur Panik. Entschlossen reckte ich das Kinn vor, um mir selbst Stärke zu beweisen. Denn was auch immer Thomas dachte, was ich getan hatte, es war alles nur ein ganz simpler Gefallen für eine Freundin.

»Ich muss sagen, dass Sie das geschickt angestellt haben. Oscar gab mir die Karte und ich konnte ihm gleich sagen, dass mir der Name doch tatsächlich bekannt vorkommt«, zischte Thomas und ich senkte für eine Sekunde den Blick, um ihm nicht in die Augen sehen zu müssen. Augen, die ich eigentlich liebte und die mir gerade wenig Achtung entgegenbrachten.

»Ich kann das erklären«, versicherte ich ihm und hoffte, er würde endlich aufhören, sich so in diese Sache hineinzusteigern. Seine Wut war wirklich echt und erschien mir recht maßlos dafür, dass er doch keinerlei Fakten kannte.

»Wirklich? Dann erklären Sie mir doch mal, warum Sie Bücher aus meiner Bibliothek stehlen?«, knurrte er verbissen und ich schüttelte sofort den Kopf.

Er dachte, ich stahl Bücher? Wie konnte er so was von mir denken? »Ich habe nichts gestohlen. Ich habe sie verliehen!«, rief ich ein wenig hastiger als gewollt und nahm mich sofort wieder zusammen. Es würde keinem helfen, wenn wir beide die Nerven verloren. Schon gar nicht, wenn ich eigentlich an einer friedlichen Lösung interessiert war.

»Ach ja?«, wurde der Bibliothekar aber sofort lauter und der Ärger trat noch deutlicher hervor als ohnehin schon. »An einen Piraten? Der seit fast zweihundert Jahren tot ist?«, empörte er sich und ich wusste ja, dass er recht hatte. Die ganze Sache war so nicht geplant gewesen. Ich hatte Thomas nicht damit kränken wollen. Er hätte das alles eigentlich niemals erfahren sollen.

Ich schloss kurz die Augen und atmete durch. Seine Wut auf mir zu spüren, zerquetschte mir das Herz, schnürte mir den Brustkorb zusammen und ich hätte jetzt gern geweint, so elend fühlte ich mich in diesem Moment. Doch ich musste mich zusammenreißen. Mich in Schwäche zu ergehen, half niemandem.

Denn jetzt war der Augenblick, in dem ich mit der Wahrheit rausrücken musste, wenn ich nicht alles kaputtmachen wollte.

»Nein. Natürlich nicht«, gab ich daher zu und versuchte, den Dingen mutig entgegenzusehen, mich nicht zu sehr einschüchtern zu lassen, meinen Stolz zu bewahren. »Ich habe sie meiner Freundin Elisa gegeben. Sie studiert in St. Alberts Rechtswissenschaften und …«, begann ich mit meiner Erklärung und kam nicht weiter, weil Thomas mir direkt das Wort abschnitt.

»Sie haben einer Frau Bücher entliehen?!«, rief er so schockiert, dass ich mir beinahe wünschte, es ihm nicht gesagt zu haben. Seine Miene war fassungslos, seine Augen geweitet und sein Mund ein wütender Strich.

Ich krallte meine Finger ineinander und versuchte weiterzuatmen. »Sie hat mich darum gebeten. Die Bibliothek ihrer Universität ist einfach nicht ausreichend für ihre Studien«, versuchte ich mich irgendwie zu verteidigen und stieß aber auf taube Ohren.

Denn Thomas schlug doch tatsächlich mit der Faust auf seinen Schreibtisch, sodass die Tassen, die immer noch auf dem Tablett an der Kante des Tisches standen, laut klirrten. »Aber sie ist eine Frau, Miss Crumb!«, betonte er, als ob ich das nicht gewusst hätte. »Es ist ordnungswidrig!«

Ich schnaubte. Ordnungswidrig. War das sein Argument, solch eine Wut auf mich zu haben? »Was machte das schon? Wen soll es stören?«, rief ich erbost zurück und spürte, wie auch mein Geduldsfaden dünn wurde. Ich hatte mir vorgenommen, die Sache harmonisch zu regeln. Doch ich wusste selbst, dass meine Toleranzschwelle nicht sehr hoch war, wenn man mich verbal angriff. Und das galt auch für Thomas Reed.

»Sie verstehen das nicht!«, hielt er genauso laut dagegen und ballte die Hände zu Fäusten. »Ich bin eigentlich verpflichtet, das dem Universitätsrat zu melden. Sie, Miss Crumb, werden gefeuert, mir wird eine nicht sehr angenehme Untersuchung angehängt und Ihre Freundin wird ihre Immatrikulation verlieren. Ihre akademische Laufbahn wird ein jähes Ende haben, und wenn sie Glück hat, wird es für sie mit einer Geldstrafe getan sein. Anderenfalls wird sie eine Gefängniszelle von innen sehen«, ratterte Mr Reed herunter, ohne einmal Luft zu holen, und mir wurde, falls möglich, noch viel elender.

Das waren die Konsequenzen dafür, dass ich meiner Freundin ein Buch ausgeliehen hatte? In was für einer rückständigen Welt lebten wir denn, dass so etwas mit Gefängnisstrafen geahndet werden konnte?

»Das ist doch nicht fair, ihr Bücher zu verweigern, nur weil sie eine Frau ist!«, rief ich, weil ich es einfach nicht begreifen konnte. Thomas Reed war in meinen Augen kein Mann, der so etwas gutheißen würde. »Wie können Sie das unterstützen?«, warf ich ihm vor und er schnaubte laut, sodass sich seine Nasenflügel aufblähten, und stützte seine Hände auf der Tischplatte auf, was seine Schultern nach oben drückte und ihm einen noch genervteren Ausdruck verlieh.

»Mein Gott, ich mache die Regeln nicht! Ich befolge sie nur!«, beschwerte er sich in harschem Ton und wich meinem Blick aus.

Und mir platzte der Kragen. Ich konnte es nicht ertragen, wie feige er sich hinter den Regeln anderer Leute versteckte. »Nur dumme Menschen folgen dummen Regeln!«, behauptete ich wütend und Thomas' Augen schossen wieder nach oben.

»Ja«, schnaubte er verbissen. »Und auch die, die ihren Job behalten wollen, weil sie sonst auf der Straße verhungern würden!«, teilte er mir recht schonungslos mit und zog die Augenbrauen düster zusammen. »Nicht jeder kann es sich leisten, Ideale über alles zu stellen«, meinte er und ich wusste genau, was er damit sagen wollte.

Er behauptete, dass ich nur so denken konnte, weil ich Geld besaß. Doch das konnte und wollte ich nicht glauben.

»So denken Sie also von mir?«, hauchte ich, weil ich so vor den Kopf gestoßen war, dass ich vergaß, wütend zu sein. Meine Aufmüpfigkeit fiel in sich zusammen und zurück blieb ein harter Klumpen aus Angst und Hoffnungslosigkeit.

»Sie haben es hiermit bewiesen«, gab Thomas zurück, nahm die Verleihkarte zur Hand, die immer noch zwischen uns lag wie ein Mahnmal. Er hob sie hoch, zerknüllte sie mit einer Hand und warf sie mit einem gezielten Wurf in seinen Papierkorb. Er sagte nichts weiter und seine ganze Haltung zeigte mir, dass er das Gespräch für beendet hielt.

Meine Gedanken warfen sich weiter übereinander und ich konnte einfach keine Lösung dafür finden, wie wir nur zu diesem Punkt hatten gelangen können.

Vor nicht einmal zehn Minuten hatte ich noch vorgehabt, Thomas Reed zu sagen, dass ich ihn liebte und nun standen wir uns gegenüber, beide mit Enttäuschung im Bauch, und ich wollte wahrhaftig einfach nur noch weinen.

Denn diese Unterredung konnte nur auf eine Weise enden. Ich musste gehen. Und zwar nicht aus diesem Büro, sondern aus meiner Position als Bibliotheksassistentin. Thomas hatte mir schließlich schon gesagt, dass meine Handlungen mich meinen Job kosten würden.

»Dann sollte ich jetzt wohl besser gehen«, sagte ich zu Thomas und fühlte mich innerlich zerrissen. Denn ich wollte nicht gehen. Wie konnte so eine kleine Sache nur solche Auswirkungen haben? Wie konnte es sein, dass es nur einer so einfachen Tat bedurfte, um alles zu zerstören, was ich mir im letzten Monat aufgebaut hatte? Wie konnte es sein, dass mein Sinn für Gerechtigkeit sich doch tatsächlich zwischen mich und Thomas gestellt hatte?

»Der Monat ist ohnehin fast vorbei«, fügte ich hinzu, damit Thomas wusste, wie ich seine Worte verstanden hatte. Damit er wusste, dass ich gehen würde, wenn er mir nicht zeigte, dass sein Ärger nicht so tief saß, wie er mir vormachte.

Thomas schnaubte nur noch einmal, sah mich nicht an, das Gesicht weiterhin zu einer genervten Grimasse verzogen.

»Das sollten Sie wirklich tun. Sie haben schließlich keinen Grund, länger hierzubleiben«, behauptete er und hob den Blick, um mir verbissen in die Augen zu starren.

Es traf mich so sehr, dass ich den Schmerz körperlich spüren konnte. Der Druck auf meinen Brustkorb wurde schlimmer, meine Augen brannten und ich blinzelte, damit mir bloß nicht die Tränen kamen.

»Wirklich keinen Grund?«, fragte ich mit dem letzten Funken Hoffnung und das Entsetzen war mir deutlich anzuhören, dass ich mich schämte, meinen Gefühlen so offensichtlich Ausdruck zu verleihen. Doch mein Kopf wollte es einfach nicht begreifen und mein Herz noch weniger. Ich war so fest der Überzeugung gewesen, dass Thomas Reed etwas für mich empfand, dass es mir schwerfiel, seine sehr deutliche Ablehnung zu verstehen. Nicht einmal, wenn er gerade wütend auf mich war.

Das durfte einfach nicht wahr sein!

»Mir fällt keiner ein«, kam es sehr monoton aus Thomas' Mund und jedes Wort stach mich wie ein Messer in die Brust, fügte mir so viel mehr Schmerz zu als seine Anschuldigungen zuvor. Sein Blick war immer noch hart, der Gesichtsausdruck distanziert, die Haltung streng und ablehnend.

Ich spürte, wie mir die Tränen überzulaufen drohten, wie die Verzweiflung in meinem Kopf zunahm und alle sinnvollen Gedanken verdorren ließ. Mein Herz erstarrte, meine Hände waren ganz kalt und ich hätte nichts lieber getan, als noch einmal nachzufragen, ob er sich wirklich sicher war.

Doch obwohl mein Herz gebrochen war, mein Stolz war es nicht. Und ich würde jetzt nicht anfangen zu betteln wie ein liebeskrankes Weibsbild, das nicht den Anstand hatte, eine Ablehnung als solch eine zu akzeptieren. Er hatte mir bereits mehr als deutlich gezeigt, dass er mich nicht wollte.

Es war wie ein Schock. Er wollte mich nicht. Ich war ein verliebtes Mädchen, das abgelehnt wurde, obwohl es alle Hoffnungen und Pläne auf ihre Liebe gesetzt hatte. Es war das schrecklichste aller Enden und ich würde mich nicht mehr lange zusammenreißen können.

»Na gut«, brachte ich heraus und meine Stimme klang so brüchig, wie ich mich fühlte. »Dann leben Sie wohl, Mr Reed«, zwang ich mich, es auszusprechen und versuchte in seinen Augen einen letzten Hinweis zu finden, dass das alles nicht so spurlos an ihm vorbeiging, wie sein Gesicht vermuten ließ. Dass er etwas empfand, etwas anderes als Wut.

Doch er wandte nur säuerlich den Blick ab und sah aus dem Fenster hinaus in den Sonnenschein, der mir jetzt so unpassend vorkam. Wo waren der Regen, das Gewitter und der Sturm, wenn man sie brauchte?

»Kommen Sie gut nach Hause«, erwiderte er fast schon gelassen und ich fühlte mich, als würde er mich mit seinen Worten verhöhnen.

Ich konnte kaum noch an mich halten, würde gewiss jeden Moment in Tränen versinken und wusste, dass ich mir wenigstens diese Schmach ersparen wollte. Also drehte ich mich zur Tür und ging.

Mit zügigen Schritten verließ ich das Büro und kam an Cody vorbei, der auf dem Rundgang zu tun hatte und mich mit großen Augen anstarrte.

Ich versuchte vor ihm das Gesicht abzuwenden, damit er meinen Schmerz nicht sah, und rannte die Treppenstufen nach unten in den Lesesaal und von dort aus ins Foyer. Mein Rock behinderte mich, ließ mich nicht so schnell sein, wie ich gern gewesen wäre und ich war schon fast an der Tür, da stellte sich mir Cody in den Weg. Mit ausgebreiteten Armen versperrte er mir den Ausgang und ich stockte kurz vor dem Ziel.

»Cody, bitte«, begann ich mit zitternder Stimme und spürte, wie mir die erste Träne entwich, über meine Wange nach unten floss und ich wischte sie mit einer schnellen Bewegung fort.

»Nein!«, sagte er und ich erschrak, obwohl ich gedacht hätte, jetzt in diesem Zustand von gar nichts mehr überrascht zu werden. Doch Cody hatte gesprochen und das war mir in den ganzen vier Wochen, die ich hier verbracht hatte, kein einziges Mal untergekommen. »S-s-s-Sie dürfen n… n… nicht ge-gehen«, stotterte er so schlimm, dass er mir sofort leidtat und jetzt wusste ich auch, warum er nie zuvor ein Wort herausgebracht hatte.

Er hatte sich sicher zu dieser Geste überwinden müssen und doch konnte ich ihm das nicht so hoch anrechnen, um ihm diesen Gefallen zu tun.

»Es tut mir leid, Cody«, entschuldigte ich mich bei ihm, machte einen Bogen um ihn und schob mit zitternden Fingern die Tür auf. Kaum war der Spalt groß genug, dass ich hindurchpasste, rannte ich los, lief blindlings einfach geradeaus und blieb erst stehen, als Schluchzer mir die Luft nahmen. Weinend sackte ich auf einer Parkbank zusammen, krümmte und schüttelte mich und konnte nur von Glück sagen, dass zu dieser frühen Stunde noch niemand unterwegs war, der mich dabei sehen konnte.

Denn ich würde mich nicht zusammenreißen können, selbst wenn ich es gewollt hätte. Die Tränen quollen immer weiter hervor, benetzten mein Gesicht, überschwemmten meine geschundene Seele. Ich spürte mein Herz, das mit jedem Schlag noch ein Stückchen mehr zerbrach, und hätte mir niemals in meinem ganzen Leben vorstellen können, dass unerwiderte Liebe so sehr wehtun konnte.

Und trotzdem waren da immer noch diese Gedanken, dass alles nur ein schlechter Scherz gewesen war, und der unbändige Wunsch, zurückzugehen. Oder dass Thomas kommen würde, um mich in seine Arme zu schließen, um mich zu trösten.

Ich konnte es nicht verstehen. Wie hatte ich alles so falsch deuten können? Ich war so sicher gewesen, dass er mich ebenfalls liebte, und musste nun feststellen, dass alles nur ein schlimmer Irrtum war. Ich hatte mir in meiner Verliebtheit Dinge eingebildet, die da nie gewesen waren und jetzt musste ich den Preis dafür zahlen.

Es dauerte lange, bis ich mich so weit beruhigt hatte, dass ich mich imstande fühlte, aufzustehen und zu gehen. Und das keinen Moment zu früh, denn ich sah von Weitem schon den ersten Pulk an jungen Männern, die auf dem Weg in die Bibliothek waren und die dafür direkt an mir vorbeikommen würden.

Ich senkte den Blick, zog mir den Schal ins Gesicht und lief langsam den Weg entlang, immer weiter, einen Fuß vor den anderen, bis ich zu dem Haus meines Onkels gelangte. Denn das war der einzige Ort, an dem ich jetzt sein wollte.

Ich klopfte recht zaghaft, spürte die Erschöpfung, die mit ausgiebigem Weinen einherging, und war froh, als Mr Dolls mir die Tür öffnete.

Er sah mich an, senkte den Blick wieder und ließ mich ohne ein Wort eintreten. Er nahm mir den Mantel ab, führte mich in den Speisesaal und machte dann mit einem lauten Räuspern die Anwesenden auf mich aufmerksam.

Alle waren versammelt. Vater, Mutter, Onkel Alfred und Tante Lillian. Sie alle hoben den Kopf und sahen mich an, jeder auf seine eigene Art, und Mutter begriff als Erste, dass etwas nicht in Ordnung war.

Erschrocken zog sie die Luft ein und sprang sofort von ihrem Stuhl auf. »Ach du liebe Güte!«, rief sie entsetzt aus und kam auf mich zugeeilt.

Ich musste auch schauerlich aussehen. Sicher waren meine Augen gerötet und verquollen. Ich hatte mir die Haare gerauft und meine Frisur dadurch zerstört. Doch ich würde niemals so fürchterlich aussehen, wie ich mich fühlte.

Mutter zog mich in ihre Umarmung und es bedurfte nur ihrer liebenden Hände an meinem Rücken und die Tränen kamen erneut zum Vorschein. Sie verschleierten meine Sicht und meine Welt brach noch weiter in sich zusammen, als mir aufging, was ich als Nächstes sagen würde.

»Ich will nach Hause«, schluchzte ich und Mutter drückte mich noch fester an sich.

»Ach Ani«, begann sie und ich wartete nicht darauf, was sie mir sagen würde.

»Heute noch!«, drängte ich energisch und machte mich von ihr los. Ich wollte London so schnell wie möglich verlassen, wollte räumlichen Abstand zwischen mich und Thomas Reed bringen, wollte mich auf meinem Dachboden verkriechen und nie wieder herunterkommen.

Was hatte ich mir auch dabei gedacht? Zu Hause war ich sicher gewesen, zu Hause war es mir gut gegangen, zu Hause hatte ich mich niemals so schrecklich zerbrochen gefühlt.

»Ist das dein Ernst?«, hörte ich Mutter unsicher fragen, während ich mir mit dem Ärmel meiner Bluse über die Augen wischte.

»Ja«, schimpfte ich und wünschte, meine Wut wäre echt. Denn Wut war ein Gefühl, das man herausschreien konnte, etwas, das einen zu handeln zwang.

Doch ich spürte nur Leere und Schmerz und war dazu verdammt, es in Untätigkeit über mich ergehen zu lassen.

Keiner wagte es zu fragen, was denn passiert war und ich sagte es ihnen auch nicht.

Onkel Alfred sorgte dafür, dass jemand meine Sachen aus meinem Zimmer im Personalgebäude holte, Tante Lillian half Mutter beim Packen und Vater machte sich auf, um unsere Kutsche holen zu lassen.

Ich verkroch mich währenddessen in dem Gästezimmer, das ich in meiner Zeit hier immer mal wieder bewohnt hatte, und sammelte zusammen, was hier noch spärlich von mir übrig geblieben war. Doch als ich die Schublade meines Nachtschränkchens öffnete, erstarrte ich zu einer eisigen Statue.

In der Schublade lag ein fein säuberlich gefaltetes Taschentuch. Es gehörte Thomas Reed und er hatte es mir damals gegeben, nachdem er mich aus der Maschine rettete.

Ich hatte es ihm nie zurückgegeben und würde es auch jetzt nicht mehr tun.

Doch ich konnte es genauso wenig einfach hierlassen. Also nahm ich es vorsichtig heraus, hielt es in den Händen, als würde es bei einer falschen Bewegung zu Staub zerfallen, und setzte mich langsam aufs gemachte Bett.

Ich schloss die Augen und drückte dann das Taschentuch an meine Brust.

So fühlte sich also enttäuschte Liebe an, sagte ich zu mir und wünschte, ich hätte dieses Gefühl niemals kennengelernt. Es schmerzte, es stach, es war übelerregend. Ich fühlte mich krank und gebrochen und wollte am liebsten den ganzen Tag weiterweinen. Ich hasste es.

Und doch drückte ich meine Nase in das Tuch, dachte an Thomas, klammerte mich an meine unerwiderte Liebe mit allem was ich hatte, mit allem, was ich war. Denn es loszulassen, würde bedeuten, Thomas Reed loszulassen, und dazu war ich nicht bereit. Nicht jetzt, nicht morgen und vielleicht würde ich niemals dazu bereit sein.

47

Das wirklich Letzte oder das, in dem sich alles fügte.

Der Schnee war zurückgekehrt und hatte die ganze Welt in Zuckerhüte verwandelt. Der Himmel war bedeckt und es war so kalt draußen, dass ich schon seit Tagen keinen Fuß mehr vor die Tür gesetzt hatte. Der Schnee lag ohnehin zu hoch, um ordentlich voranzukommen und ich starrte nur weiter aus dem Fenster nach draußen.

Ich saß auf der Bank im Erkerfenster, die Beine hochgezogen, ein Buch aufgeschlagen auf meinem Schoß, und doch drifteten meine Gedanken immer wieder ab.

Es fiel mir schwer, mich in mein altes Leben wieder einzufinden. Die Tage mit Müßiggang und Büchern zuzubringen, machte mich träge und gelangweilt und ließ in mir das Gefühl erwachen, nutzlos zu sein.

Ich hatte in meinem Monat in London so viel erlebt, dass ich eine andere geworden war. Menschen hatten in meinen Augen an Wert gewonnen und Bücher schafften es nicht mehr, mich so zu erfüllen, dass ich alles andere vergessen konnte.

Immer mal wieder gelang es mir, vollkommen in den Seiten zu verschwinden, meinen Geist mit anderen Welten zu füllen und die Abenteuer anderer zu meinen eigenen werden zu lassen.

Doch dafür tat es umso mehr weh, wenn ich daraus zurückkam und feststellen musste, dass mein eigenes Leben seinen Reiz verloren hatte.

Mutter saß in ihrem Sessel vor dem Kamin und stickte irgendetwas. Immer wieder spürte ich, wie ihr Blick zu mir wanderte, doch sie sprach mich nicht an. Ich hatte nur sehr wenig gesprochen, seit wir aus London aufgebrochen waren, aber ich vermutete, dass sie in ihrem mütterlichen Scharfsinn bereits ahnte, was vorgefallen war.

»Ich glaube ihr Herz ist gebrochen«, hatte sie einmal leise gegenüber meinem Vater erwähnt, als sie dachten, ich würde lesen und ihnen nicht zuhören.

»Aber von wem?«, hatte Vater gefragt und Mutter hatte keine Antwort gewusst.

Wenigstens ein Gutes hatte meine Schweigsamkeit daher doch. Mutter und Vater hatten wieder begonnen, miteinander zu reden. Zuerst waren es nur sehr oberflächliche Gesprächsthemen über das Wetter oder die Nachbarn. Später dann über das Befinden des anderen und zum Schluss begannen sie sich mit der Ursache ihres Streits zu befassen.

Jedoch mit mäßigem Erfolg. Vater sah immer noch nicht ein, seine Meinung ändern zu müssen und Mutter schimpfte über seinen unangebrachten Starrsinn.

Ich machte mir aber wenig Gedanken darüber, denn ich konnte spüren, dass Vater begann, weich zu werden, und überraschenderweise lag es nicht an Mutters Forderungen, sondern an meiner Schweigsamkeit, die ihm bewusst werden ließ, wie sehr er seine Kinder liebte und ihnen eigentlich stets nur das Beste wünschte.

Doch ich würde niemals kriegen, was ich wollte und es trieb mir jedes Mal aufs Neue die Tränen in die Augen, wenn ich an *ihn* dachte.

Zuerst war ich nur verletzt gewesen, hatte mich in meinem Zimmer verkrochen und stundenlang geweint. Ich hatte nicht gegessen und viel geschlafen, und irgendwann war es wieder besser geworden.

Ich glaubte es überwunden zu haben, war zum Abendessen erschienen und hatte wieder begonnen zu lesen.

Doch das Gefühl der Erleichterung war nicht von Dauer. Denn mit der inneren Leere kam die Wut. Ich war so wütend auf Thomas Reed, auf seine Dreistigkeit, mir das Gefühl gegeben zu haben, dass ich ihm wertvoll war, wenn er mich danach so einfach gehen ließ.

Was war er nur für ein schrecklicher Mensch? Hatte er sich nur einen Spaß mit mir erlaubt? Oder hatte er tatsächlich in der Liederlichkeit des männlichen Geschlechts die Nähe einer Frau gesucht, ohne das Gefühl von Zuneigung zu spüren?

Doch was ich mir auch ausdachte, sosehr ich auch schimpfte und fluchte, es schien sich nicht mit dem Mann vereinen zu lassen, den ich glaubte zu kennen. Und so verebbte auch die Wut nach einer Weile wieder.

Die Tage zogen an mir vorbei, Morgen- und Abenddämmerung verloren an Bedeutung und ich fühlte mich wie eine leere Hülle, eine Strohpuppe, gekleidet und frisiert, doch ohne Gedanken und ohne eigenen Weg.

»Ani?«, sprach mich Mutter an und ich zuckte nicht einmal zusammen, als ich aus dem endlosen Nichts in meinem Kopf gerissen wurde. Sie stand neben mir, schob sich in die andere Ecke des Erkers und ich nahm meine Füße von der Bank, damit sie sich setzen konnte.

»Dein Vater und ich haben beschlossen, am Freitag eine Soiree zu geben«, erzählte sie mir und ich nickte nur. »Und wir hätten gerne, dass du ebenfalls anwesend bist«, meinte sie vorsichtig und ich nickte wieder.

Denn es war mir egal. Ob ich nun allein hier saß oder in einem Raum voller Leute, die mich ohnehin schon für verschroben hielten, machte in meinem Kopf keinen Unterschied.

Doch als der Freitag kam, fühlte es sich tatsächlich anders an. Ich zog ein schlichtes cremefarbenes Kleid an, das Mutter immer als langweilig bezeichnet hatte, und ließ anschließend zu, dass sie mir die Haare flocht und zusammensteckte.

»Danke«, sagte ich zu ihr, als sie fertig war und ihr Werk von allen Seiten noch einmal betrachtete. Sie blinzelte, zeigte sich überrascht und lächelte dann.

»Gerne, mein Schatz«, erwiderte sie so fröhlich, dass es mir beinahe seltsam vorkam, und begann davon zu erzählen, wen sie alles heute Abend erwartete.

Es waren die Familien aus der Umgebung, die ich schon immer kannte, und ich erwartete nicht, dass die Zusammenkunft sonderlich interessant werden würde.

Doch als die Ersten eintrafen, sich für die Einladung bedankten und über all den Schnee schimpften, empfand ich doch ein gutes Gefühl, endlich wieder andere Gesichter als die meiner Eltern zu sehen zu bekommen.

Früher hatte ich nie gemerkt, wie langwierig unsere Winter und wie einsam unsere Zeit hier gewesen war. Immer hatte ich mich in meinen Büchern versteckt und es nicht verstanden, wenn Mutter mich dazu zwang, mit ihr auf wirklich jede Veranstaltung zu fahren, zu der eingeladen wurde.

Aber jetzt konnte ich sie besser verstehen und erkannte, dass sie es aus Langeweile tat. Sie verbrachte ihre Zeit mit sticken und herumsitzen und wartete den ganzen Tag darauf, dass mein Vater nach Hause kehrte, um wenigstens einen Gesprächspartner zu haben.

Und ich hatte mich doch wirklich gewundert, wie es sein konnte, dass sie sich ständig mit Hochzeitsplänen für mich beschäftigte. Sicher war das auch nur eine von vielen Kleinigkeiten gewesen, um sich die Langeweile in ihrem Leben erträglicher zu machen.

Der Raum füllte sich, Häppchen wurden gereicht, Punsch in Fülle ausgeschenkt und es dauerte nicht lang, bis sich Mrs Dolbin ans Klavier setzte, um uns mit leiser, getragener Musik zu erfreuen.

Ich lauschte dem Klavierstück und klappte den Roman zu, den ich in meinem Erkerfenster deponiert hatte. Ich mochte Klaviermusik sehr gern und es war früher der einzige echte Grund gewesen, weshalb ich mich während einer Soiree nicht auf dem Dachboden versteckt, sondern mit allen anderen im Salon gesessen hatte.

Nur das Geschnatter einiger Mädchen, die in meiner Nähe standen, zerstörte mir den Moment, den ich zu genießen versucht hatte, und so wandte ich ihnen zwangsläufig meine Aufmerksamkeit zu.

»Und dann hat er seinen Hut gezogen und gesagt: Wenn die Miss nicht in die Kutsche steigt, dann muss sie wohl nach Hause laufen«, erzählte die eine gerade und die anderen beiden folgten mit großen Augen ihrer Erzählung.

Es waren Julia Goodman, die so etwa in meinem Alter sein musste, ihre jüngere Schwester Mildred und Cassandra Brown, die alle drei ein Punschglas in der Hand hielten und die Köpfe zusammensteckten wie eh und je.

»Das hat er nicht wirklich gesagt!«, brachte Julia atemlos hervor und Cassandra zuckte mit den Schultern.

»Und was hast du dann gemacht?«, wollte Mildred wissen und trat nervös von einem Bein aufs andere.

»Ich bin natürlich gelaufen! Auch ich habe meinen Stolz«, antwortete Cassandra und die Mädchen begannen wieder zu kichern.

Sie waren so albern und lieblich, die Kleider in bunten Farben, die Gesichter bemalt und mit allerlei Schnickschnack in ihren aufgetürmten Frisuren. Diese drei entsprachen der Art Mädchen, von der sich meine Mutter immer gewünscht hätte, dass ich dazugehören würde und ich es immer tunlichst vermieden hatte, zu nah bei ihnen zu stehen, um nicht den Tratsch der ganzen Gegend mit anhören zu müssen. Sie waren immer bester Laune, redeten gerne und viel und waren bei allen Veranstaltungen anzutreffen, um nach dem besten aller Männer Ausschau zu halten. Soweit ich wusste, hatte Julia ihren sogar schon gefunden und würde im Frühjahr heiraten.

Obwohl der Vergleich sehr grotesk war, musste ich an Elisa denken. Auch sie hatte ich zurückgelassen, als ich so plötzlich aus London geflohen war, und ich hatte mich seitdem nicht bei ihr gemeldet. Ich wusste nicht mal, was aus ihr geworden war. Wenn Mr Reed meine Ordnungswidrigkeit tatsächlich gemeldet hatte, dann konnte es nicht gerade gut um sie stehen.

Doch ich musste darauf hoffen, dass er der gute Mensch war, den ich in ihm sah. Es musste ihm einfach genug gewesen sein, dass ich meinen Job gekündigt hatte.

Ich verdrängte den Gedanken schnell, erlaubte mir nicht, an *ihn* zu denken und achtete stattdessen weiter auf die drei Mädchen, nur um mich abzulenken.

Mir wurde allerdings die Sicht genommen, als Edmund Collins sich direkt zwischen uns stellte. Er war ein ansehnlicher junger Mann mit einem großen Vermögen und Mutter hatte schon mehrere Male versucht, ihn mir begehrenswert darzustellen. Aber ich konnte ihm nichts abgewinnen. Er war hochnäsig, schnell mit Gemeinheiten, aber schlecht darin, wenn man ihm Kontra bot, und dabei auch noch in keinster Weise intelligent.

Er begrüßte die kleine Gruppe auf seine eitle Art und trank dann einen Schluck aus seinem Punschglas.

»Meine Damen, Sie haben sicher schon davon gehört, dass ich eines dieser neuen Gefährte erworben habe, die man derzeit in Deutschland baut«, begann er sich selbst in den Vordergrund zu spielen und die

Mädchen lächelten nur verschämt. »Es heißt Automobil und ich bin davon überzeugt, dass Sie so eine Fahrt nicht so leicht abgeschlagen hätten wie bei dem bedauernswerten Georg, Miss Brown«, wandte er sich an Cassandra und diese sah ihn ein wenig verschüchtert an. Wahrscheinlich hatte sie nicht damit gerechnet, direkt angesprochen zu werden. »Anstatt wie eine niedere Dienstmagd den ganzen Weg zu laufen«, wurde Mr Collins ein wenig spitzfindig und die ganze Unterhaltung begann mir sauer aufzustoßen.

»Man erzählt sich, Ihr Rocksaum soll sechs Zoll hoch voll Schmutz gewesen sein«, stichelte er mit seiner gemeinen Art und aus irgendeinem Grund tat es mir weh, das mit anzusehen, ohne zu handeln.

Edmund Collins war wirklich nur ein dreister Mann, der sich daran ergötzte, gesitteten Mädchen mit Beleidigungen die Sprache zu verschlagen, um sich dabei besser zu fühlen.

Ohne es zu merken, war ich aufgestanden und trat an die Gruppe heran.

»Mr Collins«, mischte ich mich ein und Edmund Collins drehte mir irritiert den Kopf zu. Er hob überrascht die Augenbrauen, als er mich sah und ich fragte mich unwillkürlich, ob ich von mir aus jemals einen Menschen aus unserer Gesellschaft angesprochen hatte. Doch ich bezweifelte es.

»Ich weiß, es muss traurig sein, nicht der Mittelpunkt des Universums zu sein. Aber leider dreht sich die Erde um die Sonne und nicht um Sie«, spottete ich mit einem gespielt entschuldigenden Ton, wie es Elisa so gut konnte, und Edmund fielen beinahe die Augen aus den Höhlen.

Früher wäre ich niemals so offensichtlich unhöflich gewesen. Doch in meiner Zeit in London hatte ich gelernt, wie man am besten mit offener Dreistigkeit umging. Und zwar, indem man sich ihrer selbst bediente.

»Also sollten Sie davon absehen, die Damen mit Ihrem Nonsens zu langweilen«, setzte ich noch einen drauf und Mr Collins begann sich aufzuplustern, um der Beleidigung entgegenzustehen.

»Miss Crumb, mit solch einem Benehmen wird es Ihnen aber schwerfallen, in der nahen Zukunft einen Ehegatten zu finden!«, warf er mir vor und ich zuckte mit den Schultern.

Denn das sagte mir meine Mutter schon seit Jahren. »Wenn nur Männer wie Sie zur Verfügung stehen, dann verzichte ich gerne«, erwiderte ich prompt und recht ungerührt, und Mr Collins verschluckte sich an seiner eigenen Spucke. Er hustete verhalten, wusste nun selbst nichts weiter zu sagen, verneigte sich nur knapp und brachte schleunigst Abstand zwischen uns.

Ich sah, wie er ging, den Kopf hoch erhoben, die Ohren vor unterdrückter Scham gerötet, und ich dachte schon wieder ohne es zu wollen an Thomas Reed.

Er hätte bei solch einem Spruch nur gelacht, das Grübchen in seiner linken Wange, ein spitzbübischer Ausdruck in den Augen, und ich spürte schon wieder dieses furchtbare Ziehen im Herzen.

»Oh mein Gott! Animant, das war brillant!«, riss mich Cassandra aus meinen trüben Gedanken und legte mir die Hand auf den Arm. Auch die anderen beiden lächelten mich fröhlich an und sie öffneten ihren Kreis, damit ich mich zu ihnen stellen konnte.

»Das hätte ich mich niemals getraut«, behauptete Julia mit einer gewissen Anerkennung in der Stimme und Mildred klatschte mir einen heimlichen Beifall.

»Hast du das in London gelernt?«, erkundigte sich Cassandra ganz offen und blinzelte mich mit ihren naiv blickenden hellblauen Augen an. »Es heißt, du hättest einen Monat dort bei deinem Onkel gewohnt«, fragte sie gleich weiter und ich nickte, während ich mir ein kleines Lächeln aufzwang.

»Ich denke ja. Meine Freundin Elisa hat mir das vorgemacht«, erklärte ich und bemühte mich darum, freimütig zu klingen. »Sie ist ein echtes Londoner Stadtmädchen«, fügte ich hinzu und wusste nicht so genau, warum ich das eigentlich alles erzählte. Doch die drei Mädchen hingen an meinen Lippen, fragten mich alles Mögliche über London und mein Leben dort, über das Wetter und die Gesellschaften, und es war auf eine ganz ungewöhnliche Art ein gutes Gefühl, dazuzugehören.

Menschen waren mir früher nicht wichtig gewesen, doch das hatte sich geändert und ich hatte es vermisst, mit anderen im Gespräch zu sein.

Der Abend verklang in gelassener Stimmung und Julia und Mildred gingen mit ihren Eltern als eine der Ersten. Cassandra blieb aber noch in meiner Nähe.

»Ich muss dir was beichten«, sagte sie zu mir und ich sah sie überrascht an, denn was konnte sie mir schon zu erzählen haben. Wir hatten uns schließlich an diesem Abend das erste Mal unterhalten.

»Wir haben früher immer einen Bogen um dich gemacht, weil wir dachten, du wärst eingebildet und würdest uns nur für dumme Gänse halten«, erzählte Cassandra lachend und mir blieb das Plätzchen im Hals stecken, das ich mir gerade genommen hatte. »Dabei bist du so ein netter Mensch. Und ich wollte mich entschuldigen für unsere bösen Gedanken«, fuhr sie fort und ich spürte den Stich des schlechten Gewissens, lächelte aber nur und sagte nichts weiter.

Cassandra musste ja nicht unbedingt wissen, dass sie und die anderen mich völlig zu Recht für eine hochnäsige Ziege gehalten hatten.

Doch auch sie ging heim und irgendwann saß ich wieder allein in meinem Erkerfenster und starrte in die nächtliche Dunkelheit. Aber es hatte sich etwas verändert. War ich vorher eine leere Hülle gewesen, so wusste ich jetzt, dass ich so nicht weitermachen konnte. Mein Leben musste gelebt werden, und das auch ohne Thomas Reed.

Nur wusste ich noch nicht wie. Zurück in meinen alten Trott hatte ich es nicht geschafft, denn diese Gewohnheiten schienen nicht mehr genug zu sein, um mich auszufüllen.

Ich brauchte mehr. Freunde waren dabei ein guter Anfang, aber das reichte immer noch nicht.

Ich brauchte eine Beschäftigung, eine Arbeit, etwas, das mich produktiv werden ließ und mit dem ich mich sinnvoll beschäftigt fühlte.

»Wir gehen zu Bett«, informierte mich Mutter und lächelte auf eine ganz besondere Art, die sie wunderschön wirken ließ.

»Gute Nacht, Mutter«, wünschte ich ihr und sie begann leise zu lachen.

»Ich muss dir noch was erzählen, Ani«, rief sie ganz aufgeregt und kam näher an mich heran. Ich hoffte sofort, sie wäre nicht auf die vollkommen schwachsinnige Idee gekommen, mich aufs Neue verkuppeln zu wollen.

Sie setzte sich zu mir und lehnte sich mir entgegen. »Dein Vater hat zugestimmt, Henry und Rachel über die Feiertage zu uns einzuladen«, verkündete sie überglücklich und jetzt musste auch ich lachen.

Meine Mundwinkel zogen sich nach oben, mein Bauch spannte sich an und noch während das helle Geräusch von Lachen über meine Lippen kam, spürte ich, dass ich das schon lange nicht mehr gemacht hatte.

Und auch Mutter schien es zu merken, denn sie streckte die Hände nach mir aus und zog mich in ihre Umarmung.

»Wunden heilen«, flüsterte sie, küsste mich auf die Stirn und stand dann auf, um sich zurückzuziehen.

Und auch ich ging bald zu Bett, mit dem Vorsatz, morgen mein Leben wieder in die Hand zu nehmen.

Die Sonne ging auf und ich war schon seit einer ganzen Weile wach. Ich schlüpfte in meinen Morgenmantel und eilte die Treppen hinunter ins Erdgeschoss. Mary-Ann und die Köchin erschreckten sich zu Tode, als ich in die Küche geplatzt kam und mich nach Post erkundigte. Und es gab tatsächlich so einiges für mich.

Es waren in der Zeit, die ich bereits zu Hause war, sechs Briefe für mich eingetroffen. Vier davon waren von Elisa, die mich darüber ausfragte, wieso ich so plötzlich abgereist war und mir von ihren neuesten Unternehmungen berichtete. Offensichtlich ging es ihr gut, was mich darauf schließen ließ, dass Thomas uns nicht offenbart hatte. Einer der Briefe kam von Rachel, die sich ebenfalls Sorgen um mich machte. Und der letzte verriet mir erst nach dem Öffnen, dass er von Mr Boyle stammte.

Ich verbrachte den Vormittag damit, allen dreien zu antworten. Wobei ich Elisa am Ausführlichsten alles erklärte und Mr Boyle auf freundliche Weise mitteilte, dass er mir nicht wieder schreiben sollte. Er musste nach vorne sehen, mich loslassen und sich auf eine bessere Zukunft konzentrieren.

Ich schluckte hart, als ich den Brief versiegelte und spürte wieder den Schmerz in meiner Brust, die Enttäuschung, die mich verfolgte. Denn es war nicht nur ein Ratschlag an Mr Boyle, es war auch eine Devise an mich selbst.

Und ich war entschlossen, mich daran zu halten.

Die Feiertage kamen, verliefen prachtvoll und fröhlich. Rachel fügte sich wunderbar in unsere Familienunternehmungen ein, lachte viel und erweichte Vaters Herz, sodass er zu Neujahr tatsächlich in die Ehe von Henry und Rachel einwilligte.

Und so begann Mutter sich gänzlich in die Hochzeitsvorbereitungen zu stürzen und ich bemühte mich, deswegen so wenig wie möglich zu Hause zu sein.

Ich traf mich öfter mit Cassandra, Julia und Mildred, die zwar niemals an Elisa herankommen würden, aber sehr herzensgute Menschen waren, die meinen Alltag bereicherten.

»Ich gedenke einen Buchladen zu eröffnen«, sagte ich eines Nachmittags, an dem wir gemeinsam in einem Teehaus saßen.

»Ein eigenes Geschäft? Ist das überhaupt möglich?«, fragte Julia irritiert und ich trank ganz gelassen meinen Tee.

»Wieso nicht?«, stellte ich die Gegenfrage und Julia sah zu Mildred und diese zu Cassandra.

»Weil das nicht so einfach ist, wenn man eine Frau ist«, brachte Letztere recht scheu heraus, so als ob sie glaubte, mich über die Gewohnheiten unserer Gesellschaft aufklären zu müssen.

»Das wird mich nicht davon abhalten«, stellte ich klar und wusste, dass Elisa stolz auf mich wäre. Ich war ja selbst fast ein wenig stolz auf mich. Denn dieser Entschluss war auf jeden Fall ein Schritt in die richtige Richtung.

»Du bist doch verrückt, Ani«, lachte Cassandra und die anderen begannen ebenfalls zu kichern, wie es nur Mädchen in einem bestimmten Alter konnten.

»Dafür wird es mit mir nie langweilig.« Ich sprach die Worte noch, da ging mir auf, dass Thomas das zu mir gesagt hatte und meine sogar recht ausgelassene Stimmung bekam einen jähen Dämpfer.

Ich dachte sowieso viel zu viel an ihn. Sosehr ich es mir auch verbot, ich verlor den Kampf gegen mich selbst nur allzu oft, schwelgte viel zu häufig in Erinnerungen. In guten wie auch in schlechten.

Und was ich auch machte, mir zuredete, mich ablenkte, immer wieder sah ich ihn vor mir. Wie er mich über den Rand seiner Brille abschätzig betrachtete. Wie er die Quadrille völlig verkehrt tanzte und dabei zu lachen begann. Wie er neben mir am Bücherregal lehnte, diesen speziellen Blick in den Augen, der meinen Puls zum Rasen brachte und mir sagte, dass es bestimmt noch Hunderte Idioten geben würde, die sich in mich verlieben würden.

Aber warum war er nicht dieser Idiot gewesen?

Diese Frage konnte ich mir jeden Tag stellen und wusste doch keine Antwort darauf, die mir das Gefühl gab, damit abschließen zu können.

Doch die Nächte wurden wieder kürzer und schob bald kündigte sich auch schon der Frühling an. Der Schnee schmolz und ich konnte auf meinem Kalender den dritten Monat verzeichnen, den ich bereits wieder zu Hause war.

London kam mir mittlerweile meilenweit weg vor und ich redete mir selbst ein, dass das ein gutes Zeichen war. Ich heilte und bald würde ich wieder ohne Herzschmerz zurückblicken können.

Die Mädchen hatten mich zu einem Spaziergang im Park eingeladen und ich hatte zugesagt, weil ich gerade meine Lehrbücher über Unternehmensführung und den freien Wirtschaftsmarkt beendet und sonst nichts weiter vorhatte.

Ich machte mich zurecht, steckte mir nur nachlässig die Haare zusammen und ließ mir von Mary-Ann zum ersten Mal in diesem Jahr den leichteren Mantel bringen.

Meine Gedanken hingen noch in den letzten Abschnitten des Buches fest, das ich gerade erst ausgelesen hatte, und ich war völlig unbedarft, als ich zur Klinke griff und die Haustür aufzog.

Als ich aufsah und in ein paar kastanienfarbene Augen blickte, fühlte es sich an, als würde ein Blitz in meinen Körper einschlagen.

Geschockt schlug ich die Tür wieder zu und musste mich erst einmal mit dem Rücken gegen das schwere Holz lehnen, um nicht das Gleichgewicht zu verlieren. Mein Herz schlug mir bis zum Hals, mein Bauch kribbelte so schrecklich, dass mir davon übel wurde, und ich atmete viel zu schnell, um den Schreck irgendwie zu überwinden. Doch es half nichts.

Vor dieser Tür stand Thomas Reed. Das dunkle Haar völlig zerzaust, das Gesicht müde und erschrocken zugleich, er trug einen dunkelblauen Mantel, der ihm ausgezeichnet stand, und das hatte ich alles bemerkt, obwohl ich ihn nur wenige Sekunden angesehen hatte.

Und ich wusste nicht, was ich tun sollte, wie ich damit umgehen konnte. Meine Gefühle brodelten in meiner Brust, ließen meinen Kopf ganz leicht und mein Herz ganz schwer werden, und ich musste mir eingestehen, dass ich viel weiter davon entfernt war, über meine Verliebtheit hinweg zu sein, als ich für möglich gehalten hatte.

Doch wer hätte auch damit rechnen können, dass Thomas Reed vor meiner Haustür auftauchen würde?

Was machte er nur hier? Jetzt, nachdem ich auf einem so guten Weg gewesen war. Tat er das aus Vorsatz, um mich zugrunde zu richten, oder war es einfach nur ein blöder Zufall, dass er sich nach drei Monaten entschloss, ganz plötzlich wieder in mein Leben zu treten?

Doch das würde ich mir nicht einfach gefallen lassen, sagte ich mir entschlossen und reckte das Kinn nach vorne. So würde er nicht mit mir umgehen. Ich hatte geweint, gelitten, war tausend Tode gestorben, hatte unendlich viele herzzerreißende Träume geträumt. Und jetzt, wo ich mich etwas besser fühlte, hatte er kein Recht, mir das wieder zu nehmen.

Ich atmete tief ein und wieder aus, richtete mich auf, zupfte meinen Mantel zurecht und ignorierte gekonnt Mary-Anns irritierten Blick.

Ich würde da drüberstehen, würde mich nicht unterkriegen lassen und ganz sicher nicht einknicken. Ich griff entschlossen wieder zu der Türklinke, hoffte einen Moment, dass ich mich geirrt hatte und Thomas überhaupt nicht hier war, nur um diesen Gedanken gleichzeitig zu verfluchen und mir zu wünschen, dass er nur wegen mir gekommen war.

Ich riss die Tür auf, energischer als das erste Mal, trat die Stufen hinunter auf den Weg und ließ sie hinter mir wieder ins Schloss fallen.

»Miss Crumb«, hörte ich seine tiefe Stimme neben mir, die mir eine Gänsehaut über die Arme jagte und die ich so oft in meinen Träumen gehört hatte. Ich weigerte mich, ihn anzusehen, versuchte, nicht in den Augenwinkeln auf ihn zu achten und ging einfach los. Den Weg hinunter zum Tor und von dort aus auf die Straße.

Thomas kam mir hinterher, ich spürte es, fühlte seine Nähe, die Anziehung, die er auch jetzt noch auf mich hatte, und ich lenkte meine Gedanken mit Gewalt von ihm weg und zu meinen Mädchen, die sicher schon auf mich warteten.

»Miss Crumb. Ich muss mit Ihnen reden«, sprach er mich wieder an, klang unsicher und ich presste die Lippen aufeinander, um ihm nicht zu antworten.

Ich ging weiter die Straße entlang, die belebter war als in letzter Zeit, da die milde Luft und der Sonnenschein die Menschen wieder nach draußen lockte.

»Könnten Sie nicht kurz stehen bleiben?«, wurde er ein wenig energischer und ich verdrehte die Augen, spürte, wie ich wütend wurde und verlor sofort die Kontrolle über meine Zunge.

»Ich bin verabredet«, teilte ich Thomas recht harsch mit und dachte gar nicht daran, stehen zu bleiben. Er lief mir jedoch weiter hinterher und ich musste zwangsläufig stehen bleiben, als ein Karrenwagen das Kopfsteinpflaster hinunterratterte, genau an der Stelle, an der ich gedachte, die Straße zu überqueren.

»Miss Crumb, nur eine Minute«, redete Thomas sofort auf mich ein und kam mir näher, als mir lieb war. Ich zuckte zurück, sah immer noch starr geradeaus und versuchte nicht hinzuhören.

»Sie haben mir nichts zu sagen, was ich zu hören wünsche«, schlug ich seine Bitte aus und verfluchte den Fahrer des Karrens, der unfähig zu sein schien, schneller als eine Schnecke vorwärtszukommen.

»Ich bin einen verdammten halben Tag in einem sehr unkomfortablen dampfbetriebenen Omnibus hierhergefahren. Gewähren Sie mir wenigstens, mein Anliegen vorzutragen«, ereiferte Thomas sich und ich hörte, wie sein Geduldsfaden sich spannte. So gut kannte ich ihn.

Und auch in mir begann die Wut stärker zu werden, die aus Frust und Zurückweisung entstanden war und in den letzten Monaten Zeit zum Gären gehabt hatte.

»Was kümmert mich, wie Sie hierhergelangt sind!«, erwiderte ich gereizt und setzte mich endlich wieder in Bewegung, nachdem die Straße frei wurde.

Der Park war nicht mehr weit und ich konnte die Birken schon sehen, die ohne ihre Blätter immer noch sehr kahl wirkten.

»Es sollte Sie zumindest kümmern, wieso ich hier bin«, knurrte Thomas verbissen und zeigte keinerlei Bestreben, mich wieder in Ruhe zu lassen und dahin zu verschwinden, wo er hergekommen war.

Es war zum Verrücktwerden! Was wollte er denn noch von mir?

»Tut es aber nicht. Steigen Sie wieder in Ihren Bus und fahren Sie zurück nach London, wo Sie hingehören!«, keifte ich beinahe verbittert und betrat den ersten Weg in den Park hinein. Irgendwo hier mussten Cassandra, Julia und Mildred auf mich warten.

»Und wo Sie auch hingehören sollten!«, rief Thomas mir hinterher und die Worte trafen mich wie ein Messer in die Brust, rissen eine

Wunde auf, die gerade angefangen hatte zu heilen, und quetschten mir das Herz zusammen.

Ohne es zu merken, war ich stehen geblieben, rang nach Atem und musste mich zusammenreißen, um nicht die Beherrschung zu verlieren.

Keinen Ton hatte ich von mir gegeben, doch Thomas setzte noch einen Satz nach. »Ich möchte, dass Sie wieder mit mir nach London kommen«, sagte er und das brachte das Fass zum Überlaufen.

Energisch wirbelte ich herum, hob den Blick und sah ihn an. Wie er dastand, das hagere Gesicht, der mürrische Blick, die gerade Haltung. Und das reichte, um mir die Fassung zu rauben.

»Drei Monate!«, schrie ich ihm ins Gesicht und er zuckte in sich zusammen. »Drei Monate haben Sie nichts von sich hören lassen. Keine Nachricht, keinen Brief, nicht einmal eine winzige Notiz, und jetzt tauchen Sie hier allen Ernstes auf und möchten, dass ich mit Ihnen zurück nach London komme?!«, brüllte ich meine Wut und meinen Schmerz aus mir heraus und Thomas schloss für einen Moment resignierend die Augen.

»Ich brauche Sie«, brachte er leise hervor und ich wusste ernsthaft nicht, was ich Sinnvolles darauf antworten sollte. Gleichzeitig begann mein Herz schneller zu schlagen und das Kribbeln sich wieder in meinem Bauch auszubreiten, obwohl ich mir wünschte, dass mich das alles kaltlassen würde und ich meine Hoffnungen schon längst begraben hätte.

Aber so einfach war das leider nicht, und nur sein Auftauchen hatte die Hoffnung in mir wieder sprießen lassen. Ich wusste jetzt schon, dass es höllisch wehtun würde, sie wieder auszureißen.

»Nein!«, sagte ich so deutlich wie ich konnte, drehte mich auf dem Absatz um und marschierte weiter den Weg entlang. Nicht weit sah ich schon die Mädchen auf mich warten und sie reckten bereits ihre Hälse, um bloß nichts von dem zu verpassen, was sich hier in aller Öffentlichkeit abspielte.

»Miss Crumb, es gibt nur Schwachköpfe in London! Alles vor und alles nach Ihnen waren inkompetente Dümmlinge mit der Auffassungsgabe einer toten Maus!«, ratterte Thomas herunter und ich hoffte, ich hätte mich verhört. Es war einfach nur unerhört, wie unsensibel dieser Mann doch war.

Verlangte er tatsächlich, dass ich wieder mit nach London kam, nur um seine Bibliothekarsassistentin zu sein, weil er niemanden fand, der dieser Arbeit nachgehen konnte?

Wusste er nicht, wie sehr er mich damit verletzte?

Ich konnte mir unmöglich vorstellen, dass ihm in der Zeit mit mir entgangen war, dass ich etwas für ihn empfand, wie ich für ihn empfand. Wie ungehobelt er auch manchmal gewesen war, so blind konnte nicht mal er sein.

Das war genug. Endgültig. Ich wollte nicht noch mehr von dem hören, was mir die Seele folterte.

»Ich habe jetzt eine Verabredung mit meinen Freundinnen. Sie sollten also gehen«, forderte ich Thomas auf und legte so viel Kälte in meine Stimme, wie ich in meinem gebrochenen Zustand aufbringen konnte.

»Oh nein, Animant. Wir haben alle Zeit der Welt. Sprecht euch nur aus«, fiel mir Cassandra mit lieblicher Stimme in den Rücken und Julia und Mildred nickten eifrig dazu.

Ich dachte, ich würde verrückt. Aber das war mal wieder typisch für die Menschen auf dem Land. Hier passierte so wenig, das man als aufregend bezeichnen konnte, dass man jede Gelegenheit nutzte, die sich einem bot.

»Hören Sie, wir sollen uns aussprechen«, wiederholte Thomas ganz frech Cassandras Worte und ich funkelte ihn bitterböse an.

»Halten Sie die Klappe!«, warf ich ihm an den Kopf und stampfte frustriert mit dem Fuß auf. Meine Gedanken wirbelten durcheinander und ich wusste nicht, wie ich diese Auseinandersetzung durchstehen sollte, ohne irgendwann in Tränen auszubrechen. Doch ich musste mir einfach weiter einreden, stark zu sein, und dann würde sich das irgendwie machen lassen. Es musste einfach.

»Wie können Sie nur so dreist sein?! Sie haben mich gefeuert!«, begann ich und wusste, dass das überhaupt nicht der Punkt war. Er hatte mich nicht nur gefeuert. Er hatte mir das Herz herausgerissen und jetzt trampelte er auch noch darauf herum.

»Das war ein Fehler«, gestand er mir und seine Stimme hatte einen sehr viel ruhigeren Ton angenommen. »Alles. Verstehen Sie. Ich hätte Sie niemals gehen lassen dürfen«, behauptete er und ich schüttelte den

Kopf, wollte das gar nicht hören, wollte bloß nicht wieder anfangen, in seine Worte mehr hineinzulegen, als da wirklich war.

»Wie können Sie glauben, ich würde für einen Job zurück nach London kommen?«, fragte ich ihn spottend und betonte das Wort *Job*, um ihm zu zeigen, wie unsinnig sein Anliegen doch war.

»Bei Gott, Animant!«, rief Thomas aus und fuhr sich frustriert mit den Händen durch die ohnehin schon wirren Haare. »Es geht ja auch nicht um den verdammten Job!«, brach es aus ihm heraus und ich blinzelte verwirrt, unwillig, seine Worte als das zu deuten, was sie in meinem Herzen bedeuten konnten. »Es geht mir um dich. Ich will dich zurück und ich kann einfach nicht leben ohne dich!«, sprach er aus, was ich mir auf der ganzen Welt am meisten wünschte und ich konnte im ersten Moment nicht glauben, dass das tatsächlich passiert war.

Was hatte ich mich gequält, versucht, alles hinter mir zu lassen, mir diesen Mann und meine schreckliche Verliebtheit aus dem Kopf zu schlagen. Und jetzt sagte er mir, dass er ohne mich nicht leben konnte. Es war frustrierend und wunderschön zugleich und ich verharrte in einer Art Schockzustand, der mich nicht darauf reagieren lassen wollte.

»Ist das Ihr Ernst?«, kam es stockend aus meinem Mund und er trat einen Schritt näher auf mich zu. »Und da reden Sie ernsthaft zuerst über eine unbesetzte Arbeitsstelle?«, fragte ich entrüstet, weil es mir unmöglich war zu begreifen, wieso er mich damit hatte verletzen müssen, nur um mir danach seine Zuneigung zu gestehen.

»So einfach ist das nicht für mich«, empörte sich Thomas und wich meinem Blick aus. »Schlimm genug, dass ich drei Monate und einen Arschtritt von deinem Bruder gebraucht habe, um mich überhaupt hierher zu trauen. Wie soll ich da solche Worte herausbringen?«, erklärte er und seine Stimme wurde von Wort zu Wort immer mürrischer. Doch dann schüttelte er den Kopf und begann seine Manteltaschen abzusuchen, bis er einen Zettel fand und ihn entfaltete.

Er räusperte sich und sah sich um. Und da bemerkte auch ich die Menschen, die sich in der Zwischenzeit um uns versammelt hatten. Es waren längst nicht mehr nur Cassandra, Julia und Mildred, die unserer Unterhaltung folgten, sondern auch viele andere, die an diesem Nachmittag im Park unterwegs gewesen waren, und sogar solche, die tatsächlich aus den nahe gelegenen Häusern herauskamen, nur um zu sehen, was hier gerade vor sich ging.

»Du weißt hoffentlich, dass ich weder romantisch veranlagt noch besonders wortfindig bin. Doch ich habe ein Gedicht rausgeschrieben, das ich dir vortragen werde, wenn du es wünschst«, erklärte Thomas mir und mir stieg die Röte unweigerlich zu Kopf.

»Nein, bloß nicht!«, rief ich energischer als beabsichtigt und mein Herz klopfte so hart gegen meinen Brustkorb, dass es sich anfühlte, als ob es bald herausspringen würde. »Dafür habe ich ebenso zu wenig romantische Züge, als dass ich erlauben würde, dass Sie uns beide in der Öffentlichkeit noch mehr in Verlegenheit bringen.«

Thomas sah mich eindringlich an, atmete tief durch und schob den Zettel wieder zurück in seine Manteltasche. Er wirkte nervös und auch ich spürte das Zittern meines Körpers bis in die Fingerspitzen.

Und doch war ich immer noch wütend auf ihn. Er liebte mich, verdammt noch mal. Wahrscheinlich hatte er mich auch schon die ganze Zeit geliebt und ich hatte mich überhaupt nicht geirrt. Und das machte die Art und Weise, mit der er mich vor drei Monaten weggeschickt hatte, nur noch grausamer. Dieser Dreckskerl!

»Gut, dann bleibt nur noch eins, das ich dir sagen muss und von dem du wissen sollst, dass ich es ernst meine«, sagte er und kam auf mich zu. Ganz langsam, Schritt für Schritt, verringerte er die Entfernung zwischen uns. »Und ich schwöre, ich werde ganz sicher keine Ausreden mehr suchen, um mir einzureden, dass es besser für dich wäre, ohne mich zu leben«, erzählte er weiter und blieb nur eine Armlänge von mir entfernt stehen.

Ich musste den Kopf in den Nacken legen, um zu ihm aufzusehen und es fiel mir unglaublich schwer, meinen Ärger über ihn weiterhin aufrechtzuerhalten. Denn sein Blick war weich und ich schaffte es nicht mehr, meine Augen abzuwenden.

»Animant Crumb, bist du gewillt, meine Frau zu werden?«, fragte er mich ganz ernst und mir stockte der Atem, meine Gedanken sprangen durcheinander und ich weigerte mich in einem Anfall von Trotz, einfach *Ja* zu sagen.

Ich konnte mir nicht erklären, wie ich plötzlich zu so einem so klaren Gedanken kam, doch ich war entschlossen, es ihm heimzuzahlen, dass er mich tatsächlich drei Monate hatte leiden lassen, bevor er hierher gekommen war, um mich das zu fragen.

»Das ist an Bedingungen geknüpft, Thomas!«, gab ich fast schon schroff von mir und konnte sehen, dass Thomas hart schlucken musste. »Ich werde nie wieder«, sagte ich, »nie wieder«, wiederholte ich es, um es wirklich deutlich zu machen, »einen Fuß ins Archiv setzen!«, beendete ich meinen Satz mit stolz nach vorne gerecktem Kinn und der vollen Entschlossenheit, es nicht zurückzunehmen.

Und Thomas' Mundwinkel verzog sich zu einem geheimen Schmunzeln. »Nie wieder«, schwor er mir, überbrückte den Abstand zwischen uns, indem er nach meiner Taille fasste, mich zu sich zog, und dann wie in einem Traum seine Lippen auf meine legte und mich küsste.

Mein starrköpfiger Widerstand zerschmolz unter seiner Berührung, als sich seine Arme um meine Mitte schlangen und er mich ganz nah an sich drückte. Seine Lippen waren so sanft, dass mir die Knie weich wurden und in meinem ganzen Körper die Schmetterlinge tanzten, sodass jeder Millimeter meiner Haut zu prickeln begann. Ein Feuerwerk an Gefühlen tobte in meinem Bauch, als sich seine Lippen auf meinen bewegten und hinter meinen geschlossenen Augenlidern tauchten dunkle Flecken auf, weil ich vor Aufregung vergessen hatte zu atmen.

Ein lautes Geräusch drang an mein Ohr und riss mich so plötzlich in die Wirklichkeit zurück, dass ich erschrocken Luft holte. Auch Thomas hob benommen den Kopf und dann erkannte ich auch die immer noch anhaltende Geräuschkulisse.

Es war Applaus. Die Menschen, die unserer recht umfangreichen Vorstellung gefolgt waren, klatschten und johlten, pfiffen und stampften. Und ein schneller Blick zur Seite zeigte mir, dass Julia neben uns sogar in Ohnmacht gefallen war.

Thomas ließ mich allerdings nicht los. Seine Arme waren immer noch um mich gelegt, hielten mich in einer so wunderbaren Umarmung, dass auch ich keinen Anlass sah, mich jemals wieder daraus zu befreien.

Denn Thomas Reed, Bibliothekar und Griesgram, liebte mich und das war alles, was zählte.

Ich verbarg mein Gesicht an seiner Brust, zeigte niemandem die Röte, die meine Wangen zum Glühen brachte, und musste plötzlich an meine Mutter denken.

Denn wie sollte ich ihr das jetzt nur erklären?

Ende

Danksagung

Ein Buch entsteht nicht von allein. So viele Menschen haben dazu beigetragen und ich bin so dankbar dafür, dass ihr mich alle auf meinem Weg begleitet.

Ich danke als Erstes meinem Mann **Manuel.** Für sein Verständnis, seine Liebe und den Tee, den er mir gekocht hat.

Ich danke **Astrid**, die mich so herzlich in die Drachenmond Familie aufgenommen hat. **Ava** für all die Koordination und die aufmunternden Worte, wenn man sie brauchte. **Marie** für das wunderschöne Cover und ihre begeisternde Art. **Vika** für die tolle Zusammenarbeit bei Lektorat und Klappentext und für all die lieben Kommentare. Und **Michaela** für den grandiosen Feinschliff. Ihr seid alle so tolle Persönlichkeiten und ich bin froh, dass ihr mir zur Seite steht und aus meinem Geschreibsel ein richtiges Buch gemacht habt.

Ich danke meiner **Mutter,** die mich schon immer fördert und ermutigt, über mich hinauszuwachsen, und nie aufgehört hat, daran zu glauben, dass aus meinen Schreibereien mal ein Buch wird. Und auch meiner **Schwester Rebecca.** Du bist meine härteste und auch meine liebste Kritikerin. Jeden Logikfehler hast du mir um die Ohren gehauen und mir zugehört, wenn ich mich in meiner eigenen Handlung verstrickt hatte. Danke für Hunderte Stunden am Telefon. Einen ganz herzlichen Dank und eine Umarmung an **Jessica** und **Jule.** Meine Schreiberlinge aus der Ferne. Ihr seid die besten Mitstreiter im Kampf gegen Lustlosigkeit, Prokrastination und Schreibblockaden.

Und natürlich danke ich auch meinen **Wattpadern,** die das Buch von Anfang an begleitet, auf neue Kapitel hingefiebert und mich mit Kommentaren überschüttet haben. Danke an Waldkind, LinoPee, BlackLady8, MissAurelia, Azyrit, Lotrfan4eva, nimeda, Clarencehoho, DreamOn-Emi, Inspirationsquelle, Sophie_Fechter, Funkentanz, urmelinchen, mockingbird1801, die Stalker-Zwillinge PippaPhilippa und Originella, littlePandaxD, Lachlinchen, Storydragon, musicallover_00, DanielaFranka, Storytimeisnow, MisteryMo und noch so viele mehr.

Und natürlich geht mein Dank an **Gott**, der immer bei mir ist und mich durch alle guten und schweren Zeiten begleitet. Danke für das Schreiben, denn das habe ich allein durch deine Gnade.

Drachenmond Verlag